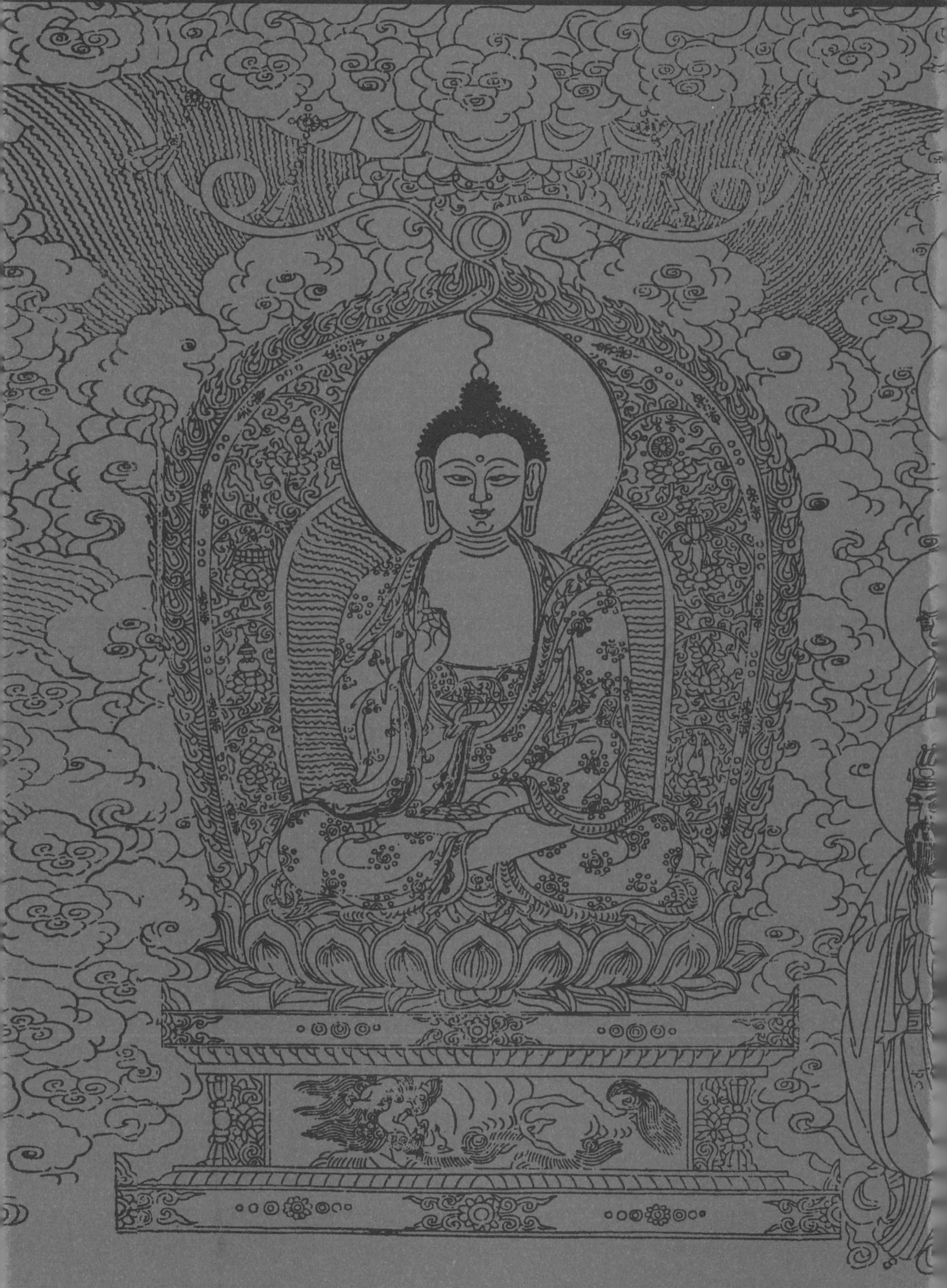

御製

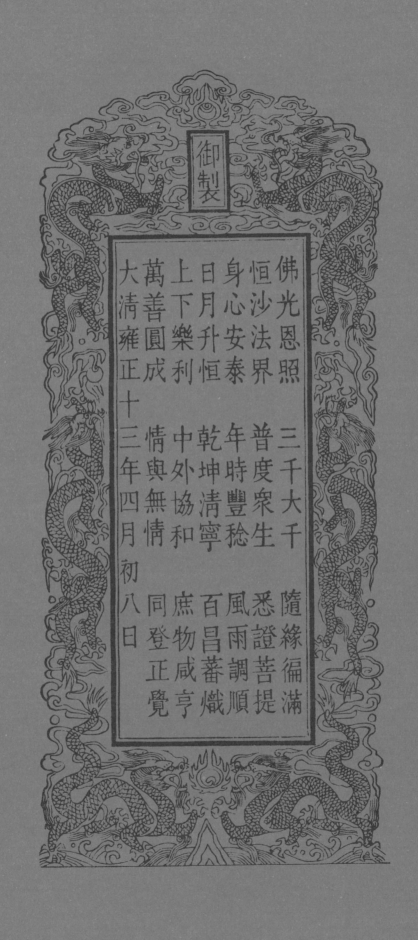

佛光恩照　三千大千　隨緣徧滿
恒沙法界　普度衆生　悉證菩提
身心安泰　年時豐稔　風雨調順
日月升恒　乾坤清寧　百昌蕃熾
上下樂利　中外協和　庶物咸亨
萬善圓成　情與無情　同登正覺
大清雍正十三年四月初八日

第一三六册　此土著述（二六）

大方廣佛華嚴經疏鈔會本

大方廣佛華嚴經疏鈔會本

唐于闐國三藏沙門實叉難陀譯

唐清涼山大華嚴寺沙門澄觀撰述

清刻龍藏佛說法變相圖

大方廣佛華嚴經疏鈔會本第四十八之一

唐于闐國三藏沙門實叉難陀　譯

唐清涼山大華嚴寺沙門澄觀撰述

如來十身相海品第三十四

初來意者前品總明果法此品別顯相德近答前品身問遠答普光眼等六根非唯眼等徧於法界而名具多相用難思議故二釋名者如來十身標人顯德言相海者依人顯相如來十身並如前釋福報奇狀炳著名相相德深廣故稱爲海故文云有十蓮華藏微塵數相相體廣矣一一用徧相用廣矣一一難思互相融入體用深矣若此之相唯屬圓教標以十身故如來十身者疏文有四一標名二辨類三出體四辨因若準探玄宗中有佛相章八門分別一釋名二體性三種類四出因五積成六修時七建立八業用今四門中已具其要觀

佛三昧海經辯相有三類一略中略說有三十二相二略說八萬四千相三廣說有無量相如雜華經中爲普賢賢首等說雜華即此經異名觀佛三昧下第二辨類即引證以辨於中有二先正明即第九經菩薩本行品第八佛告阿難如來有三十二大人相八十隨形好金色光明一一光明無量化佛身諸毛孔一切變化及一切色略中略說者我今爲此時會大衆及淨飯王略說相好佛生人間示同人相故說三十二相勝諸天故說八十種好爲諸菩薩說八萬四千諸妙相好佛實相好我初成道摩竭提國寂滅道場爲普賢賢首等諸大菩薩於雜華經中已廣分別釋曰略言即是經文二略三廣乃疏取意釋之以前有略中略則必有略矣又彼先說八萬四千今有十蓮華藏故對彼爲廣則彼經文從爲諸菩薩說八萬四千諸妙好相爲第二段從佛實相好我初成道下爲第三段文亦分明三中初通權小示同於人端正不亂故次唯大乘菩薩修八萬四千波羅蜜故後唯一乘一乘修無盡行故又初化次報後屬十身十身之相海依主釋也

又初凡聖同見次唯地上後唯圓機然通五位三中下第二料揀依前三類三重料揀一約乘兼含五教初一小乘及始教二即終教三即圓教其頓教以無相爲宗後二兼舉因顯果言示同於人端正不亂者俱舍說輪王相云相不正圓明故與佛非等此明輪王有三十二相有三義不及如來一處處不正二相不圓三不明了今正不亂即處處異輪王其端正二字是明是圓故示同人而勝人矣次唯大乘者即明果相如因中斷八萬四千煩惱成八萬四千波羅蜜獲八萬四千相好無量壽觀經云阿彌陀佛有八萬四千相一一相有八萬四千好一一好復有八萬四千光明一一光明遍照法界念佛衆生攝取不捨即此中等相也又初約化下二約三身十身料揀若配三身二是報身三是法身若約四身二由屬他受用報有分限故後即自受用報及法又法身無相今前二屬三身後一屬十身十身必融三身故後其前二又初約凡下三約機見料揀次唯地上者他受用故上報化不同後唯圓機即屬圓融不分地前地上故云然通五位此五位者即三賢十聖等妙二覺六位之中除果位耳若開十信即除等覺若語其體初以形色次即定慧後以無盡法界若語其體下第三出體二即定慧者以法門爲相故若語其因後通純

雜如初會說故一一相果皆周法界前二相因如瑜伽智度等論涅槃大集等經廣如章說若語其因下第四辨因通純雜者即是圓融相因如前主水神處巳明前二相因者指廣有源瑜伽四十九云一切菩薩資糧皆感相好作業者宣說種種業各各感等如是三十二相無有差別當知皆由淨戒為因若犯戒尚不得下賤人身況佛相好若言各各業感如契經說即是別因就中有一行感一相如云若諸有情有所希冀隨其所樂正捨珍財感得頻如師子是或一行感多相如能施悅意發喜飲食嚴具等感身皮金色常光一尋一毛孔一毛生身皮細滑等或多行感一相如言於其父母種種供養於諸有情諸苦惱事種種救護由往來等動轉業故得足下千輻輪相又由四種修事業感一切相謂決定修感足下善安住由委悉修感千輻輪等由恒常修感纖長指等由無罪修感餘相皮金色等又諸佛加行感異釋日此即一行品類所感不同論云此相好種性地有種子勝解行地修方便清淨增上意樂地名得餘上意樂地轉勝清淨佛地善淨無上即此相由所依性能任持故由極殊妙令端嚴故說名隨好釋日從即此相由所依下釋好義好義後品方用因便此引其智論涅槃等經初會主水神處巳引若觀佛三昧海經次前明三品相後云佛告阿難如來往昔無量無邊阿僧祇劫以智慧火燒煩惱薪修無相定不作非時證是故獲得如是相好一一相中無三量化佛何況多耶釋日此通後二相因

宗趣者顯無盡相海為宗令修無盡之行顯成為趣令修無盡之行顯成為趣者顯約本有成約修生

爾時普賢菩薩摩訶薩告諸菩薩言佛子今當為汝演說如來所有相海

後正釋文文有三別第一誡聽許說二正陳相狀三結略顯廣今初所以普賢說者相海普周故令行普行獲普相故普賢本是會主前說已窮此便說故或前品末經來未盡更應別答國土等問故普賢本是會主者此下通不請之妨有二意通初意可知二或前品末下二約五品答問通謂先列國土等十問前品答種性問此下四品更答四問餘之五問或在此品之前已答經來未盡所以略無別屬問答前品已明

第二佛子如來頂上下正陳相狀略舉九十七相文通有五一依

處二列名三體嚴四業用五結數或略不具至文當知或加成益業用中攝然名依體用以立皆以體用釋名或單從體用或雙從二隨文思之或名與體用義不相似者則是文略義含耳細論一一相各依一處則爲九十七段經自標次今以類例相從依十九處即爲十九段始自於頂終至於足斯即順觀相海斯即順觀者觀佛三昧海經說觀佛相海有二一總觀有三十二別觀一一諸相就別觀中復有二義一從頂至足輪名爲順觀二從足輪至頂名逆觀故云今是順觀據普賢言應言順說爲欲成觀是本意故名爲順觀即彼第九經觀像品爲九

佛子如來頂上有三十二寶莊嚴大人相

今初依頂中三初約處總標次其中下別列名相後佛子下總結爲嚴今初寶莊嚴者通顯體嚴事實則云皆摩尼等爲莊嚴故亦顯智實圓淨嚴故一一相中皆有事理二嚴隨宜解釋大人相者大人之相故二別列中三十二相文各唯四以依處一種已總標故此處獨有三十二者理實應多爲顯圓融一即一切故一頂中便具權教三十二數

若爾餘何不然顯頂尊勝故善生經云一切世間福不及如來一毛功德一切毛功德不及一好功德一切好功德不及一相一切相不及白毫白毫復不及無見頂相故知勝也此約相好相對明之若約人具有好爲勝故相伏於人好勝諸天故餘處說好爲微細若爾等者上正圓融此下通妨謂有問言若表圓融何不諸相皆具三十二耶答意可知此約相好下亦是通難難云諸經論說伏於人故說三十二相伏諸天故說八十種好故人中輪王許有三十二相而無八十種好則人好

勝矣故爲此通謂此約相體以對好體相勝於好彼約人具則具好爲勝亦如世人一尺之面不及三寸之鼻三寸之鼻不及一寸之目則相相望以辯勝劣若有人有三寸之鼻一寸之目更無餘相則不及身總具多相爲貴人矣

其中有大人相名光照一切方普放無量大光明網一切妙寶以爲莊嚴寶髮周徧柔輭密緻一一咸放摩尼寶光充滿一切無邊世界悉現佛身色相圓滿是爲一

第一相中四者一列名名從用立二一切妙寶下體嚴三一一下業用四是爲一者結數他皆倣此一列名者謂此名能照一切方等下辯業用云一一咸放摩尼寶光等明知從用以立光名下諸文勢皆悉如是或從用立或從體得可以意求

次有大人相名佛眼光明雲以摩尼王種種莊嚴出金色光如眉間毫相所放光明其光普照一切世界是爲二

二中以摩尼下體嚴即釋光明義其光下業用釋佛眼義佛眼無不照故餘並準思毫相放光如現相品說雲義亦如初會

次有大人相名充滿法界雲上妙寶輪以爲莊嚴放於如來福智燈明普照十方一切法界諸世界海於中普現一切諸佛及諸菩薩是爲三

次有大人相名示現普照雲真金摩尼種種莊嚴其諸妙寶咸放光明照不思議諸佛國土一切諸佛於中出現是爲四

次有大人相名放寶光明雲摩尼寶王清淨莊嚴毗瑠璃寶以爲華蘂光照十方一切法界於中普現種種神變讚歎如來往昔所行智慧功德是爲五

次有大人相名示現如來徧法界大自在雲

菩薩神變寶燄摩尼以爲其冠具如來力覺悟一切寶燄光輪以爲其鬘其光普照十方世界於中示現一切如來坐於道場一切智雲充滿虛空無量法界是爲六

次有大人相名如來普燈雲以能震動法界國土大自在寶海而爲莊嚴放淨光明充滿法界於中普現十方諸菩薩功德海過現未來佛智慧幢海是爲七

次有大人相名普照諸佛廣大雲因陀羅寶如意王寶摩尼王寶以爲莊嚴常放菩薩燄燈光明普照十方一切世界於中顯現一切諸佛衆色相海大音聲海清淨力海是爲八

八中嚴内摩尼名意故不同如意

次有大人相名圓滿光明雲上妙瑠璃摩尼王種種寶華以爲莊嚴一切衆寶舒大燄網充滿十方一切世界一切衆生悉見如來現坐其前讚歎諸佛及諸菩薩法身功德令入如來清淨境界是爲九

次有大人相名普照一切菩薩行藏光明雲衆寶妙華以爲莊嚴寶光普照無量世界寶燄普覆一切國土十方法界通達無礙震動佛音宣暢法海是爲十

次有大人相名普光照耀雲毗瑠璃因陀羅金剛摩尼寶以爲莊嚴瑠璃寶光色相明徹普照一切諸世界海出妙音聲充滿法界如是皆從諸佛智慧大功德海之所化現是爲十一

十一中如是皆從下辨業用因亦業用攝

次有大人相名正覺雲以雜寶華而爲莊嚴其諸寶華悉放光明皆有如來坐於道場充

滿一切無邊世界令諸世界普得清淨永斷一切妄想分別是爲十二

次有大人相名光明照耀雲以實燄藏海心王摩尼而爲莊嚴放大光明光中顯現無量菩薩及諸菩薩所行之行一切如來智身法身諸色相海充滿法界是爲十三

次有大人相名莊嚴普照雲以金剛華毗瑠璃寶而爲莊嚴放大光明光中有大寶蓮華座具足莊嚴彌覆法界自然演說四菩薩行其音普徧諸法界海是爲十四

十四用中云四菩薩行者瑜伽菩薩地云一切菩薩略有四行一波羅蜜行二菩提分法行三神通行四成熟有情行

次有大人相名現佛三昧海行雲於一念中示現如來無量莊嚴普徧莊嚴一切法界不思議世界海是爲十五

次有大人相名變化海普照雲妙寶蓮華如須彌山以爲莊嚴衆寶光明從佛願生現諸變化無有窮盡是爲十六

次有大人相名一切如來解脫雲清淨妙寶以爲莊嚴放大光明莊嚴一切佛師子座示現一切諸佛色像及無量佛法諸佛刹海是爲十七

次有大人相名自在方便普照雲毗瑠璃華眞金蓮華摩尼王燈妙法燄雲以爲莊嚴放一切諸佛寶燄密雲清淨光明充滿法界於中普現一切妙好莊嚴之具是爲十八

次有大人相名覺佛種性雲無量寶光以爲莊嚴具足千輪內外清淨從於往昔善根所生其光徧照十方世界發明智日宣布法海

是爲十九
十九云具足千輪者梵本云具千輻輪也
次有大人相名現一切如來相自在雲衆寶瓔珞瑠璃寶華以爲莊嚴舒大寶燄充滿法界於中普現等一切佛刹微塵數去來現在無量諸佛如師子王勇猛無畏色相智慧皆悉具足是爲二十
次有大人相名徧照一切法界雲如來寶相清淨莊嚴放大光明普照法界顯現一切無量無邊諸佛菩薩智慧妙藏是爲二十一
二十一示身智二光俱顯智慧
次有大人相名毗盧遮那如來相雲上妙寶華及毗瑠璃清淨妙月以爲莊嚴悉放無量百千萬億摩尼寶光充滿一切虚空法界於中示現無量佛刹皆有如來結跏趺坐是爲二十二
次有大人相名普照一切佛光明雲衆寶妙燈以爲莊嚴放淨光明徧照十方一切世界悉現諸佛轉於法輪是爲二十三
次有大人相名普現一切莊嚴雲種種寶燄以爲莊嚴放淨光明充滿法界念念常現不可說不可說一切諸佛與諸菩薩坐於道場是爲二十四
次有大人相名出一切法界音聲雲摩尼寶海上妙栴檀以爲莊嚴舒大燄網充滿法界其中普演微妙音聲示諸衆生一切業海是爲二十五
次有大人相名普照諸佛變化輪雲如來淨眼以爲莊嚴光照十方一切世界於中普現去來今佛所有一切莊嚴之具復出妙音演

不思議廣大法海是爲二十六

二十六中莊嚴云如來淨眼爲莊嚴者此通十眼光照下顯業用亦通身智二光淨眼及光釋前普照現於嚴具是上輪義即法輪故

次有大人相名光照佛海雲其光普照一切世界盡于法界無所障礙悉有如來結跏趺坐是爲二十七

次有大人相名寶燈雲放於如來廣大光明普照十方一切法界於中普現一切諸佛及諸菩薩不可思議諸衆生海是爲二十八

次有大人相名法界無差別雲放於如來大智光明普照十方諸佛國土一切菩薩道場衆會無量法海於中普現種種神通復出妙音隨諸衆生心之所樂演說普賢菩薩行願令其迴向是爲二十九

次有大人相名安住一切世界海普照雲放寶光明充滿一切虛空法界於中普現淨妙道場及佛菩薩莊嚴身相令其見者得無所見是爲三十

次有大人相名一切寶清淨光燄雲放於無量諸佛菩薩摩尼妙寶清淨光明普照十方一切法界於中普現諸菩薩海莫不具足如來神力常遊十方盡虛空界一切剎網是爲三十一

從二十七至三十一並略無莊嚴亦由名中已含有故

次有大人相名普照一切法界莊嚴雲最處於中漸次隆起閻浮檀金因陀羅網以爲莊嚴放淨光雲充滿法界念念常現一切世界

諸佛菩薩道場衆會是爲三十二

三十二先名次最處下體嚴此居頂極特顯別處故云處中則知所餘皆繞此相略不明耳漸次隆起者正顯其相智論第五云如來頂有骨髻如拳觀佛三昧經云如合拳即隆起之相也觀佛三昧者卽第四經引此成上如拳拳言尚隱合拳卽覆拳於頂上有隆起之相也然此相能滅一切罪長一切福故佛頂尊勝正明於此卽烏瑟尼沙躄念躄觀延善住之壽滅地獄之苦不受七反畜生來離人間殘報

佛子如來頂上有如是三十二種大人相以爲嚴好

三總結爲嚴

佛子如來眉間有大人相名徧法界光明雲摩尼寶華以爲莊嚴放大光明具衆寶色猶如日月洞徹清淨其光普照十方國土於中顯現一切佛身復出妙音宣暢法海是爲三十三

第二眉間有一相自下並有依處故文皆有五初依處二顯名三摩尼下體嚴謂此相若收則右旋 如覆瑠璃椀若展則具十楞有大光明嚴唯一寶光具多色中表皆空即是洞徹四其光下業用復出巳下即是法光故此光名從用而立五結數可知則具十楞者亦觀佛三昧經第二廣說觀白毫之相彼經先說白毫之因云從捨心不慳不見前相不憶財物無所封著而行布施鼓弭持戒忍辱六度十力四無所畏諸妙功德生次云我滅度後有諸弟子晝夜六時能於一時中少分少分之中能須臾間念佛白毫令心了了無謬亂想分明止住注意不息念白毫者若見相好若不得見如是等人除九十六億那由他恒河沙微塵數劫生死之罪佛告父王如來有無量相好一一相中有八萬四千諸小相好如是相好不及白毫少分功德釋曰故應觀察況依此經如是而觀

如來眼有大人相名自在普見雲以衆妙寶而爲莊嚴摩尼寶光清淨映徹普見一切皆無障礙是爲三十四

如來鼻有大人相名一切神通智慧雲清淨妙寶以爲莊嚴衆寶色光彌覆其上於中出現無量化佛生寶蓮華往諸世界爲一切菩薩一切衆生演不思議諸佛法海是爲三十五

第三眼第四鼻各有一相

如來舌有大人相名示現音聲影像雲衆色妙寶以爲莊嚴宿世善根之所成就其舌廣長徧覆一切諸世界海如來若或熙怡微笑必放一切摩尼寶光其光普照十方法界能令一切心得清涼去來現在所有諸佛皆於光中炳然顯現悉演廣大微妙之音徧一切刹住無量劫是爲三十六

如來舌復有大人相名法界雲其掌安平衆寶爲嚴放妙寶光色相圓滿猶如眉間所放光明其光普照一切佛刹唯塵所成無有自性光中復現無量諸佛咸發妙音說一切法是爲三十七

第五舌有四相初一即舌廣長相於體嚴中宿善成者此舉因嚴偏此說因者令讃演一乘故其舌廣長即語其體福德人至鼻權佛至髮際餘大乘中明現神足方至梵世或覆三千今直語體便覆一切後如來下辯其業用演法釋音聲現佛釋影像福德人者卽智度論文或至梵世卽法華經如來神力品爾時如來出廣長舌上至梵世或覆三千卽阿彌陀云出廣長舌徧覆三千大千世界說誠實言二舌掌之相掌謂近根其光下顯業用光照諸

刹令應度者無侯觀破摶聚自曉但合塵成何性之有無侯觀破者金剛經云須菩提於意云何三千大千世界所有微塵是爲多不須菩提言甚多世尊須菩提諸微塵如來說非微塵是名微塵如來說世界非世界是名世界釋日此段論名第十色及衆生身摶取中觀破相應行住處大意云衆生世界但攬塵成今從麤至細乃至極微皆無實體故云世界即非世界今云無侯觀破者觀破但是假想爲未了者若了法本空不待觀破又彼云摶取今云摶聚是義引耳什公云欲破極微覺賢云以一故衆以衆故一微自無性則爲空矣餘如前說

如來舌端有大人相名照法界光明雲如意寶王以爲莊嚴自然恒出金色寶燄於中影現一切佛海復震妙音充滿一切無邊世界一一音中具一切音悉演妙法聽者心悅經無量劫玩味不忘是爲三十八

如來舌端復有大人相名照耀法界雲摩尼寶王以爲嚴飾演衆色相微妙光明充滿十方無量國土盡于法界靡不清淨於中悉有無量諸佛及諸菩薩各吐妙音種種開示一切菩薩現前聽受是爲三十九

後二同在舌端或居左右或在上下觀文業用但有展卷不同前則卷佛海於舌端後則展諸佛於法界

如來口上齶有大人相名示現不思議法界雲因陀羅寶毗瑠璃寶以爲莊嚴放香燈燄清淨光雲充滿十方一切法界示現種種神通方便普於一切諸世界海開演甚深不思議法是爲四十

第六上齶一相上齶旣有下亦宜然或是梵本脫漏

如來口右輔下牙有大人相名佛牙雲衆寶摩尼卍字相輪以爲莊嚴放大光明普照法

界於中普現一切佛身周流十方開悟羣生是爲四十一

第七牙有四相謂左右上下四大牙故故佛涅槃四牙不碎輔頰也亦云頰車骨也故佛涅槃者卽後分經聖軀廓潤品

如來口右輔上牙有大人相名寶燄彌盧藏雲摩尼寶藏以爲莊嚴放金剛香燄清淨光明一一光明充滿法界示現一切諸佛神力復現一切十方世界淨妙道場是爲四十二

二右輔上牙名彌盧者顯妙高故

如來口左輔下牙有大人相名寶燈普照雲一切妙寶舒華發香以爲莊嚴放燈燄雲清淨光明充滿一切諸世界海於中顯現一切諸佛坐蓮華藏師子之座諸菩薩衆所共圍繞是爲四十三

如來口左輔上牙有大人相名照現如來雲清淨光明閻浮檀金寶網寶華以爲莊嚴放大燄輪充滿法界於中普現一切諸佛以神通力於虛空中流布法乳法燈法寶教化一切諸菩薩衆是爲四十四

四中有法乳等三同一演法約資法身名乳照了萬境稱燈令其圓淨爲寶卽演三德涅槃之法亦成三德涅槃之益也四中有法乳者論第三十八云五想聽法一如寶二如眼三如明四大果功德五無罪想今云法燈合明眼二義大果卽資法身無罪總明離過

如來齒有大人相名普現光明雲一一齒間相海莊嚴若微笑時悉放光明具衆寶色摩尼寶燄右旋宛轉流布法界靡不充滿演佛言音說普賢行是爲四十五

第八齒有一相

如來脣有大人相名影現一切寶光雲放閻浮檀真金色蓮華色一切寶色廣大光明照于法界悉令清淨是爲四十六

第九脣有一相上二各應分出上下放閻浮下體嚴以脣色赤好如日初出紅蓮葉故後照于下業用

如來頸有大人相名普照一切世界雲摩尼寶王以爲莊嚴紺蒲成就柔輭細滑放毗盧遮那清淨光明充滿十方一切世界於中普現一切諸佛是爲四十七

第十頸有一相

如來右肩有大人相名佛廣大一切寶雲放一切寶色真金色蓮華色光明成寶燄網普照法界於中普現一切菩薩是爲四十八

如來右肩復有大人相名最勝寶普照雲其色清淨如閻浮金放摩尼光充滿法界於中普現一切菩薩是爲四十九

如來左肩有大人相名最勝光照法界雲猶如頂上及以眉間種種莊嚴放閻浮檀金及蓮華色衆寶光明成大燄網充滿法界於中示現一切神力是爲五十

如來左肩復有大人相名光明徧照雲其相右旋閻浮檀金色摩尼寶王以爲莊嚴放衆寶華香燄光明充徧法界於中普現一切諸佛及以一切嚴淨國土是爲五十一

如來左肩復有大人相名普照耀雲其相右旋微密莊嚴放佛燈燄雲清淨光明充徧法界於中顯現一切菩薩種種莊嚴悉皆妙好是爲五十二

第十一肩有五相右二左三或亦肬也

如來胷臆有大人相形如卍字名吉祥海雲摩尼寶華以爲莊嚴放一切寶色種種光燄輪充滿法界普令清淨復出妙音宣暢法海是爲五十三

吉祥相右邊有大人相名示現光照雲因陀羅網以爲莊嚴放大光輪充滿法界於中普現無量諸佛是爲五十四

吉祥相右邊復有大人相名普現如來雲以諸菩薩摩尼寶冠而爲莊嚴放大光明普照十方一切世界悉令清淨於中示現去來今佛坐於道場普現神力廣宣法海是爲五十五

吉祥相右邊復有大人相名開敷華雲摩尼寶華以爲莊嚴放寶香燄燈清淨光明狀如蓮華充滿世界是爲五十六

吉祥相右邊復有大人相名可悅樂金色雲以一切寶心王藏摩尼王而爲莊嚴放淨光明照于法界於中普現猶如佛眼廣大光明摩尼寶藏是爲五十七

吉祥相右邊復有大人相名佛海雲毗瑠璃寶香燈華鬘以爲莊嚴放滿虛空摩尼寶王香燈大燄清淨光明充徧十方一切國土於中普現道場衆會是爲五十八

吉祥相左邊有大人相名示現光明雲無數菩薩坐寶蓮華以爲莊嚴放摩尼王種種間錯寶燄光明普淨一切諸法界海於中示現無量諸佛及佛妙音演說諸法是爲五十九

吉祥相左邊復有大人相名示現徧法界光明雲摩尼寶海以爲莊嚴放大光明徧一切剎於中普現諸菩薩衆是爲六十

吉祥相左邊復有大人相名普勝雲日光明摩尼王寶輪鬘而爲莊嚴放大光燄充滿法界諸世界海於中示現一切世界一切如來一切衆生是爲六十一

吉祥相左邊復有大人相名轉法輪妙音雲一切法燈清淨香藥以爲莊嚴放大光明充滿法界於中普現一切諸佛所有相海及以心海是爲六十二

吉祥相左邊復有大人相名莊嚴雲以去來今一切佛海而爲莊嚴放淨光明嚴淨一切諸佛國土於中普現十方一切諸佛菩薩及佛菩薩所行之行是爲六十三

第十二曾有十一相初一當中左右各五今初卍字正翻爲吉祥海雲以依形立名故先標形相應廻安名下以屬體攝無違前後左右可知

如來右手有大人相名海照雲衆寶莊嚴恒放月燄清淨光明充滿虛空一切世界發大音聲歎美一切諸菩薩行是爲六十四

如來右手復有大人相名影現照耀雲以毗瑠璃帝青摩尼寶華而爲莊嚴放大光明普照十方菩薩所住蓮華藏摩尼藏等一切世界於中悉現無量諸佛以淨法身坐菩提樹震動一切十方國土是爲六十五

如來右手復有大人相名燈燄鬘普嚴淨雲毗盧遮那寶以爲莊嚴放大光明成變化網於中普現諸菩薩衆咸戴寶冠演諸行海是爲六十六

如來右手復有大人相名普現一切摩尼雲蓮華燄燈而爲莊嚴放海藏光充徧法界於

中普現無量諸佛坐蓮華座是爲六十七
如來右手復有大人相名光明雲摩尼燄海以爲莊嚴放衆寶燄香燄華燄清淨光明充滿一切諸世界網於中普現諸佛道場是爲六十八
第十三手有十三相分三初九直語手相右五左四者或左肬一或表右常用故而前肩則右二左三相通正等右中六十六云成變化網者光化爲網也
如來左手有大人相名毗瑠璃清淨燈雲寶地妙色以爲莊嚴放於如來金色光明念念常現一切上妙莊嚴之具是爲六十九
如來左手復有大人相名一切剎智慧燈音聲雲以因陀羅網金剛華而爲莊嚴放閻浮檀金清淨光明普照十方一切世界是爲七十
如來左手復有大人相名安住寶蓮華光明雲衆寶妙華以爲莊嚴放大光明如須彌燈普照十方一切世界是爲七十一
如來左手復有大人相名徧照法界雲以妙寶鬘寶輪寶瓶因陀羅網及衆妙相以爲莊嚴放大光明普照十方一切國土於中示現一切法界一切世界海一切如來坐蓮華座是爲七十二
左中七十二云因陀羅網爲嚴者即是網鞔之相互涉入故
如來右手指有大人相名現諸劫剎海旋雲水月燄藏摩尼王一切寶華以爲莊嚴放大光明充滿法界其中恒出微妙音聲滿十方剎是爲七十三

如來左手指有大人相名安住一切寶雲以帝青金剛寶而爲莊嚴放摩尼王衆寶光明充滿法界其中普現一切諸佛及諸菩薩是爲七十四

次二左右指可知

如來右手掌有大人相名照耀雲以摩尼王千輻寶輪而爲莊嚴放寶光明其光右旋充滿法界於中普現一切諸佛一一佛身光燄熾然說法度人淨諸世界是爲七十五

如來左手掌有大人相名燄輪普增長化現法界道場雲以日光摩尼王千輻輪而爲莊嚴放大光明充滿一切諸世界海於中示現一切菩薩演說普賢所有行海普入一切諸佛國土各各開悟無量衆生是爲七十六

後二左右掌皆有千輪者輪轂輻輞三事具足自然成就不待人功

如來陰藏有大人相名普流出佛音聲雲一切妙寶以爲莊嚴放摩尼燈華燄光明其光熾盛具衆寶色普照一切虛空法界其中普現一切諸佛遊行往來處處周徧是爲七十七

第十四陰藏一相猶如馬王

如來右髀有大人相名寶燈鬘普照雲諸摩尼寶以爲莊嚴放不思議寶燄光明彌布十方一切法界與虛空法界同爲一相而能出生一切諸相一一相中悉現諸佛自在神變是爲七十八

如來左髀有大人相名示現一切法界海光明彌覆虛空雲猶如蓮華清淨妙寶以爲嚴飾放光明網徧照十方一切法界於中普現

種種相雲是爲七十九
第十五坐處二相
如來右脞有大人相名普現雲以衆色摩尼而爲莊嚴其脞與腨上下相稱放摩尼燄妙法光明於一念中能普示現一切寶王遊步相海是爲八十
如來左脞有大人相名現一切佛無量相海雲一切寶海隨順安住以爲莊嚴廣大遊行放淨光明普照衆生悉使希求無上佛法是爲八十一
第十六髀有二相左云隨順安住者髀多行動故須多寶隨順而嚴
如來右邊伊尼延鹿王腨有大人相名一切虛空法界雲光明妙寶以爲莊嚴其相圓直善能遊步放閻浮金色清淨光明徧照一切諸佛世界發大音聲普皆震動復現一切諸佛國土住於虛空寶燄莊嚴無量菩薩從中化現是爲八十二
如來左邊伊尼延鹿王腨有大人相名莊嚴海雲色如眞金能徧遊行一切佛刹放一切寶清淨光明充滿法界施作佛事是爲八十三
如來寶腨上毛有大人相名普現法界影像雲其毛右旋一一毛端放寶光明充滿十方一切法界示現一切諸佛神力其諸毛孔悉放光明一切佛刹於中顯現是爲八十四
第十七腨有三相第三膊毛通於二腨若準晉經直云毛端則通身一切毛也義應如昔則處成十九
如來足下有大人相名一切菩薩海安住雲

色如金剛閻浮檀金清淨蓮華放寶光明普照十方諸世界海寶香燄雲處處周徧舉足將步香氣周流具衆寶色充滿法界是爲八十五

第十八足有十三相通分爲七初足下一相略無左右而晉經足趺之後別有足下千輻輪相此必合有故後品明足下輪相名普照王今經千輪之言乃在指間或以常明易知指間有異故舉之耳名安住者以足下安平一切著地不容針故

如來右足上有大人相名普照一切光明雲一切衆寶以爲莊嚴放大光明充滿法界示現一切諸佛菩薩是爲八十六

如來左足上有大人相名普現一切諸佛雲寶藏摩尼以爲莊嚴放寶光明於念念中現一切佛神通變化及其法海所坐道場盡未來際劫無有間斷是爲八十七

二足上

如來右足指間有大人相名光照一切法界海雲須彌燈摩尼王千輻燄輪種種莊嚴放大光明充滿十方一切法界諸世界海於中普現一切諸佛所有種種寶莊嚴相是爲八十八

如來左足指間有大人相名現一切佛海雲摩尼寶華香燄燈鬘一切寶輪以爲莊嚴恒放寶海清淨光明充滿虛空普及十方一切世界於中示現一切諸佛及諸菩薩圓滿音聲卍字等相利益無量一切衆生是爲八十九

三足指間

如來右足跟有大人相名自在照耀雲帝青寶末以爲莊嚴常放如來妙寶光明其光妙好充滿法界皆同一相無有差别於中示現一切諸佛坐於道場演說妙法是爲九十

如來左足跟有大人相名示現妙音演說諸法海雲以變化海摩尼寶香燄海須彌華摩尼寶及毗瑠璃而爲莊嚴放大光明充滿法界於中普現諸佛神力是爲九十一

四足趺

如來右足趺有大人相名示現一切莊嚴光明雲衆寶所成極妙莊嚴放閻浮檀金色清淨光明普照十方一切法界其光明相猶如大雲普覆一切諸佛道場是爲九十二

如來左足趺有大人相名現衆色相雲以一切月燄藏毗盧遮那寶因陀羅尼羅寶而爲莊嚴念念遊行諸法界海放摩尼燈香燄光明其光徧滿一切法界是爲九十三

五足趺

如來右足四周有大人相名普藏雲因陀羅尼羅金剛寶以爲莊嚴放寶光明充滿虚空於中示現一切諸佛坐於道場摩尼寶王師子之座是爲九十四

如來左足四周有大人相名光明徧照法界雲摩尼寶華以爲莊嚴放大光明充滿法界平等一相於中示現一切諸佛及諸菩薩自在神力以大妙音演說法界無盡法門是爲九十五

六足四周因陀羅尼羅者此云帝青

如來右足指端有大人相名示現莊嚴雲甚可愛樂閻浮檀清淨眞金以爲莊嚴放大光

明充滿十方一切法界於中示現一切諸佛及諸菩薩無盡法海種種功德神通變化是爲九十六

如來左足指端有大人相名現一切佛神變雲不思議佛光明月燄普香摩尼寶燄輪以爲莊嚴放衆寶色清淨光明充滿一切諸世界海於中示現一切諸佛及諸菩薩演説一切諸佛法海是爲九十七

七足指端上六各左右爲二文顯可知

上來略列九十七相次第數名譯者安置既不説盡豈不盈百足下闕一脣齶不開設合此二六根皆辨耳何獨殊若加兩耳及足下一則圓百數以顯無盡豈不妙哉況此中所列於三十二尚有未盡豈普賢力不及百耶晉經有遺但九十四亦無次第之數故知九十七數不在生情配屬諸法

上來略列下結釋料揀於中有四初總辨名數言譯者安置者以晉經無數故既不說盡下二明立理欲合盈百故言既不說盡者十蓮華塵不可說盡故況此中下三重以理成合成百義晉經有遺下四遮其傍救恐有救云如大慧百八豈要圓數凡立名數多有所表故故今難云此有九十七即有所表晉有九十四復何所表昔表爲是今表即非是故不應生情配屬若表亦須成九十八

佛子毗盧遮那如來有如是等十華藏世界海微塵數大人相一一身分衆寶妙相以爲莊嚴

第三佛子下結略顯廣别說難周故須結略非略能盡故須顯廣一華藏塵相已無邊況十華藏則無盡無盡非普眼者安能覩歟既三十二相權實不同互有互無故不會釋

大方廣佛華嚴經疏鈔會本第四十八之一

音釋

廓苦郭切空大也頰古協切鞔音漫齶逆各切柔輭輭而兖切亦柔也宻緻緻直利切亦宻也鬘莫班切熙怡熙許羈切怡弋支切熙怡和樂貌脣食倫切頸居郢切頭莖也紺古暗切深青含赤色也輻方六切車輻也臀徒渾切髀也髀部禮切股也腨市兖切腓腸也跟古痕切是踵也

大方廣佛華嚴經疏鈔會本第四十八之二

唐于闐國三藏沙門實叉難陀　譯

唐清涼山大華嚴寺沙門澄觀　撰述

如來隨好光明功德品第三十五

初來意者前品明相此品辨好相好雖殊俱用嚴身以荅前身及眼等兼自在問好依相有德劣於相故次明之劣德之用用成頓益翻顯大相德難思矣

二釋名者如來標人表德隨好等顯德依人隨好是體隨逐大相益姿好故光明者用功德者德謂從好發光光能益物顯好之德故以爲名如來之隨好等亦如來有隨好等通二釋也（隨逐大相者即觀佛經意前品已引）三宗趣者明好勝德爲宗令物敬修爲趣

爾時世尊告寶手菩薩言佛子如來應正等覺有隨好名圓滿王此隨好中出大光明名爲熾盛七百萬阿僧祇光明而爲眷屬

次釋文中二先略後廣略中二先標果好二佛子我爲下舉因對顯今初佛自說者有二意故一僧祇因終此品果極故二皆佛說二好用劣相而用難思恐物不信故佛自說告寶手者亦有二義一說手隨好彼主此門故二令當寶重起信手故有隨好者總相舉也即足下之好與後名同故德用周備故云圓滿攝益自在最勝名王光名熾盛者如日具德由此復能攝諸眷屬百萬等顯多復云七者淨七支修七覺照七地故（照七地者一種性地二勝解行地三淨勝意樂地即是初地四止行地從二地至七地五決定地八地六決定行地九地七到究竟地從十地至如來地）

佛子我爲菩薩時於兜率天宮放大光明名

光幢王照十佛刹微塵數世界

第二舉因對顯者爲顯勝故此有數重一以相德深廣言不能備故置之說好二好德復多以三十二相旣有八十隨好十蓮華藏之相好彌多矣且舉其一三一中置勝但說劣者故明足下四足下一好復有多光但說一光五果位一光亦不可說故寄因顯因光成益三重頓圓況果一光如是展轉況於諸相況復總說如來諸德果海絕言亦斯義矣如是展轉者上有五重今越中間故云展轉然其舉況亦合五重一以因一光況果一光所越應云二果一光尚爾況果多光三足下好光尚爾況餘好光四好光尚爾況於一相五一相尚爾況於多相疏文但有初及後句餘可例耳復應更有二重謂六外相尚爾況於內德七一德尚爾況於多德故瑜伽四十九廣說舉況因說相好因竟云又於此中以要言之一切有情福聚量等爾所福聚能感如來一毛孔處乃至一切所有毛孔隨入福聚能感如來一種隨好乃至所有一切隨好隨入福聚增至百倍爾所福聚能感如來相中一相乃至一切所有諸相隨入福聚除白毫烏瑟膩沙增至十倍爾所福聚能感如來眉間白毫乃至白毫增至百千倍爾所福聚能感如來其頂上現烏瑟膩沙無見頂相乃至白毫隨爾福聚增至俱胝百千倍爾所福聚能感如來諸相隨好而不攝餘大法螺相由此法螺隨如來欲發大音聲普能遍告無邊無際諸世界中所化有情如是無量福聚資糧修證圓滿能感如來不可思議無上無等遍一切種圓滿所攝自體下取意引又此相隨好畧由三因說爲無量一時無量三僧祇修故二意樂無量緣無量衆生利益安樂故三品類無量無量善業差別故故云無量福聚能起如來諸相隨好釋曰經中說所感之相論舉能感之因而因果相成此文證知佛德難思可證前後數節之文

文中二先光照分齊即前圓滿好中放光故不別標放處而非前光好具多光故

彼世界中地獄衆生遇斯光者衆苦休息得十種清淨眼耳鼻舌身意亦復如是咸生歡喜踊躍稱慶

後彼世界下光所成益於中二先令離苦淨宿善益

從彼命終生兜率天天中有鼓名甚可愛樂彼天生已此鼓發音而告之言諸天子汝以心不放逸於如來所種諸善根往昔親近衆善知識毗盧遮那大威神力於彼命終來生此天

後從彼命下轉報生天得聞法益於中初示宿因謂皆近善友必聞普法成金剛種心不放逸顯曾修行種諸善根通見聞等次毗盧下顯其現緣後於彼下結因屬果文從略故結屬生天理實息苦及淨眼等皆由此因緣也是知佛光等照不種善因無斯勝益何以一光頓成斯益無盡功德之所顯故純盡法界之所流故非如權教八十隨好但嚴於形生信而已此中略無墮獄之因謂雖修乘戒行寬故謂雖修乘者初地已引別有一解以全悟意往昔親近衆善知識親近法華涅槃經等衆善知識心不放逸顯曾修行依諸經修行後聞此經因該果海果徹因源便生毀謗故墮地獄由聞歷耳種金剛種以爲宿因毘盧遮那大威神力以爲現緣因緣相資頓昇十地等據此即非是戒緩墮於地獄故十地品云雖此衆淨廣智慧甚深明利能決擇其心不動如山王不可傾覆逾大海有行未久十生五生解未得未有華嚴圓融之解隨識而行不隨智聞此生疑墮惡道我愍是等故不說此即是生疑墮地獄又偈讚品云如來廣大身究竟於法界不離於此座而遍一切處若有聞此法恭敬信樂者永離三惡道一切諸苦難釋曰定知不是戒緩又出現品云如乾草積等須彌投芥子火必燒盡供養如來少功德必令滅苦至涅槃何以故性究竟故全悟雖是後輩不忍見疏失於經意所以扶同拯教異於古人緣疏已行不可改疏請後賢審詳

佛子菩薩足下千輻輪名光明普照王此有隨好名圓滿王常放四十種光明中有一光名清淨功德能照億那由他佛刹微塵數世

界隨諸衆生種種業行種種欲樂皆令成熟阿鼻地獄極苦衆生遇斯光者皆悉命終生兜率天

第二佛子菩薩足下廣辨但廣於因果難説故文中亦二先廣淨宿善益後既生天下廣聞法益今初摧下惡趣之苦放足下輪光四十光者表四十位無不照故中有一者置廣説略能照已下分齊過前隨諸已下淨感成德故前光受清淨等名以重況輕舉阿鼻耳

既生天已聞天鼓音而告之言善哉善哉諸天子毗盧遮那菩薩入離垢三昧汝當敬禮爾時諸天子聞天鼓音如是勸誨咸生是念奇哉希有何因發此微妙之音是時天鼓告諸天子言我所發聲諸善根力之所成就

第二廣聞法中長分爲六一略標勸誨二爾時諸天子下聞已生疑三是時天鼓下總示所因四諸天子如我説下正明勸教五時諸天子聞是音下依勸請佛六説是法時下見聞益深前三可知

諸天子如我説我而不著我不著我所一切諸佛亦復如是自説是佛不著於我不著我所諸天子如我音聲不從東方來不從南西北方四維上下來業報成佛亦復如是非十方來

四中有四一以已喻佛無我無來

諸天子譬如汝等昔在地獄地獄及身非十方來但由於汝顛倒惡業愚癡纏縛生地獄身此無根本無有來處諸天子毗盧遮那菩薩威德力故放大光明而此光明非十方來

諸天子我天鼓音亦復如是非十方來但以三昧善根力故般若波羅蜜威德力故出生如是清淨音聲示現如是種種自在諸天子譬如須彌山王有三十三天上妙宮殿種種樂具而此樂具非十方來我天鼓音亦復如是非十方來

二諸天子譬如汝下以他喻已顯來即無來文有三喻並顯可知然惡業善根是來因緣因緣無性故來即無來非先有法在十方中從彼來也故因緣者即是智慧智慧之法本非因緣云何念言有何因緣

然惡業下遮難釋文恐有難言地獄及身既由惡業即從惡業中來前業成佛即從善根中來何以並言非十方來故今釋云正由從業即是從緣無性來即無來若不從緣則有定性不得無來中論云若法從緣生是即無定性若無定性者云何有是法即因緣故空義耳故因緣者即畧暗引涅槃二十一爲證前疏已引彼經云智慧之法不從因緣云何問於因緣今取此勢汝諸天子何因向疑何因發此微妙之音

諸天子譬如億那由他佛刹微塵數世界盡末爲塵我爲如是塵數衆生隨其所樂而演說法令大歡喜然我於彼不生疲厭不生退怯不生憍慢不生放逸諸天子毗盧遮那菩薩住離垢三昧亦復如是於右手掌一隨好中放一光明出現無量自在神力一切聲聞辟支佛尚不能知況諸衆生

三諸天子譬如億那由下以已況佛難思之境合中舉手隨好者别舉顯勝上救下趣故舉足光今約現通故說手也

諸天子汝當往詣彼菩薩所親近供養勿復貪著五欲樂具

四諸天子汝當下正勸往詣誡不應留於中二先總誡勸

著五欲樂障諸善根諸天子譬如劫火燒須彌山悉令除盡無餘可得貪欲纏心亦復如是終不能生念佛之意

後著五欲下廣釋於中亦二先釋前誡有法喻合

諸天子汝等應當知恩報恩諸天子其有衆生不知報恩多遭横死生於地獄諸天子汝等昔在地獄之中蒙光照身捨彼生此汝等今者宜疾迴向增長善根諸天子如我天鼓非男非女而能出生無量無邊不思議事汝天子天女亦復如是非男非女而能受用種種上妙宮殿園林如我天鼓不生不滅色受想行識亦復如是不生不滅汝等若能於此悟解應知則入無依印三昧

後諸天子下釋勸於中有六一順釋爲報恩故二諸天子其有下反釋三諸天子汝等下示其恩相四汝等今者下勸往增善五諸天子如我天鼓非男非女下示法令修謂說二空非男女喻以顯人空不生滅喻以顯法空六汝等若能下勸修成益言無依印者既解悟無生則能所雙絶儻然靡據故曰無依以斯智印印定萬法不收不攝任心自安故稱三昧

時諸天子聞是音已得未曾有即皆化作一萬華雲一萬香雲一萬音樂雲一萬幢雲一萬蓋雲一萬歌讚雲作是化已即共往詣毗盧遮那菩薩所住宮殿合掌恭敬於一面立欲申瞻覲而不得見

第五依勸詣佛中分五一獻供不遇

時有天子作如是言毗盧遮那菩薩已從此

沒生於人間淨飯王家乘栴檀樓閣處摩耶夫人胎

二時有下聞其所在

時諸天子以天眼觀見菩薩身處在人間淨飯王家梵天欲天承事供養

三時諸天下觀見下生

諸天子衆咸作是念我等若不往菩薩所問訊起居乃至一念於此天宮而生愛著則爲不可時一一天子與十那由他眷屬欲下閻浮提

四諸天子衆下發心欲往

時天鼓中出聲告言諸天子菩薩摩訶薩非此命終而生彼間但以神通隨諸衆生心之所宜令其得見

五時天鼓中出聲告下教見佛儀於中二先教識受生令捨曲見後教發心悔過令其必見今初由前不遇後覩下生不離有無情存彼此故示體用顯無生現生文中有法喩合法中先誡其曲見後但以下示其正見是知佛化所生非殁生也先教識者涅槃二十一說若見如來實王宮生納妃生子雙林滅等是二乘曲見是知已下即淨名經觀衆生品舍利弗問天女汝於此沒當生何所天曰佛化所生吾如彼生曰佛化所生非沒生也天曰衆生猶然非沒生也

諸天子如我今者非眼所見而能出聲菩薩摩訶薩入離垢三昧亦復如是非眼所見而能處處示現受生離分別除憍慢無染著

二諸天子如我下喩三菩薩下合於中先明法身無生徧而叵見後而能下應無不生即處處皆有有感此中亦見何須更下閻浮離分別下顯應生之德拂其諸見以

無分別智而生非謂有選生處雖處王宮而無憍慢諸天圍遶而無染著先明法身者叵不可也故出現品云譬如法界遍一切不可見取爲一切諸佛境界亦復然遍於一切非一切非謂有者本行經說如來將欲下生以淨天眼觀閻浮提何處堪我下生乃至云唯有淨飯王家堪餘家不堪似有選生處無分別智實無選擇即智之悲應物然耳則選無所選

第二諸天子汝等應發下教發心悔過中三先標教悔次徵問其方後如法正教夫欲悔過須識逆順十心謂先識十種順生死心以爲所治一妄計人我起於身見二內具煩惱外遇惡緣我心隆盛三內外既具滅善心事不喜他善四縱恣三業無惡不爲五事雖不廣惡心徧布六惡心相續晝夜不斷七覆諱過失不欲人知八虜扈抵突不畏惡道九無慚無愧不懼凡聖十撥無因果作一闡提夫欲悔過下先明所治之病此即天台止觀之意今初但畧彼名若具云一自從無始闇識昏迷煩惱所醉妄計我人計我人故起於身見由身見故妄想顛倒由顛倒故起貪嗔癡由癡故廣造諸業業則流轉生死二者內具煩惱外值惡友扇動邪法勸惑我心倍加隆盛三者內外惡緣既具則能內滅善心外滅善事又於他善都無隨喜四者縱恣下七全同但八言虜扈者亦云跋扈皆不尊敬貌下結云是爲十種順生死流昏倒造惡如厠蟲樂厠不覺不知積集重累不可稱計四重五逆極至闡提生死浩然而無際畔

次起十種逆生死心從後翻破一明信因果二自愧尅責三怖畏惡道四不覆瑕疵五斷相續心六發菩提心七修功補過八隨喜他善九念十方佛十觀罪性空今此三段文皆具有而爲次不同向以起心之次第此以勝劣言故次起十種下二顯能治之藥彼云今欲懺悔應當逆此罪流用十種心翻除惡法先正信因果決定孱然業種雖久久不敗亡終無自作他人受果精識善惡不生疑惑是爲深信翻破一闡提心二自媿尅責鄙極罪人無羞無恥習畜生法棄捨白淨第一莊嚴咄哉無鉤造斯重罪天見我屏罪是故

慙天人見我顯罪是故媿人以此翻破無慙無媿心三怖畏惡道人命無常一息不追千載長往幽途緜邈無有資糧苦海悠深船筏安寄聖賢呵棄無所恃怙年事稍去風刀不奢豈可晏然坐待酸痛譬如野干失耳尾牙詐眠望脫忽聞斷頭心大驚怖遭生老病尚不爲急死事不奢那得不怖怖心起時如履湯火六塵五欲不暇貪染如阿育王弟坐於御床希大帝王聞旃陀羅朝朝振鈴一日已盡六日當死雖有五欲無一念受行者怖畏苦到懺悔不惜身命如野干決死絕無思念如彼怖王以此翻破不畏惡道心四當發露不覆瑕疵賊毒惡草急須除之根露條枯源乾流竭若覆藏罪是不良人迦葉頭陀令大衆中發露方等令向一人發露如餘行法但以實心向佛像前自求改革如隱處有癰覆諱不治則致於死以此翻破覆藏罪心五斷相續心者一懺已後更不復作若懺悔已更重作者譬如王法初犯得輕若更作則重初入道場罪則易滅更作難除若能吐之云何更噉以此翻破常念惡事心六發菩提心者昔自安危人遍惱一切境令廣起兼濟遍至虛空界利益於他以此翻破於一切處起惡心也七修功補過者昔三業造罪不計晝夜今善身口意策勵不休匪移山岳安填江海以此翻破縱恣三業之心八守護正法者昔自滅善亦滅他善不自隨喜亦不喜他今守護諸善方便增廣不令斷絕勝鬘經云守護正法攝受正法最爲第一翻破無隨喜心今疏但云隨喜他善者取意對上耳九念十方佛者昔親狎惡友信受其言今念十方佛念無等慈作不請友念無等智作大導師翻破順惡友心十觀罪性空者了達貪欲瞋癡之心皆是寂靜門何以故貪瞋若起在何處住知此貪瞋住於妄念妄念住於顛倒顛倒住於身見身見住於我見我見則無住處十方諦求我不可得我心自空罪福無主深達罪福相遍照於十方今此空慧與心相應如日出時朝露皆失一切諸心皆是寂靜門樂寂靜故以此翻破無明昏暗是爲十種懺悔順涅槃道逆生死流能滅四重五逆之過若不解此十心全不識是非云何懺悔設入道場徒爲苦行終無大益涅槃云若言勤修苦行是大涅槃近因緣者無有是處即斯意也是名懺悔事中除滅重罪彼止觀中更有別懺悔見罪亦有十心翻破前十而皆約觀行別歷十心大意觀罪性空中意與下經文同不能繁引其中釋文此疏不廣及下釋經皆已暗用今皆併引使知來處亦分疏中主客之言向以起心者從微至著故翻破則從麤至細謂先起信心次生慚愧等如垢衣受垢先微後著洗濯之時先去麤垢後除細垢言此中則以勝劣言故者謂菩薩最勝等故

諸天子汝等應發阿耨多羅三藐三菩提心

今初標教誨中文有四節治其六失一發菩提心爲懺所依以是行本攝衆德故首而明之翻昔惡心徧布自安危人令悲覆法界廣利有情（一發菩提心者依菩提心懺方爲真懺不發心懺非是真善故五十八經云忘失菩提心修諸善根是爲魔業故以是行本下通不次妨義如前說）

淨治其意住善威儀

二淨治下令淨三業爲能懺體淨治其意是意止行住善威儀義通止作謂當發露不覆瑕疵及斷相續心翻前六七

悔除一切業障煩惱障報障見障

三悔除一切下令懺四障即所滅之非謂惑業苦業報二障約因果分異既懺報障則怖畏惡道以翻不畏天子新從彼來故不廣明於煩惱中利鈍分二邪見斷善最可畏故別明見障又障所知亦見障故餘如別說（餘如別說者此有二事一明二障名體下疏更明二明別說見障即如向引止觀說也）

以盡法界衆生數等身以盡法界衆生數等頭以盡法界衆生數等舌以盡法界衆生數等善身業善語業善意業悔除所有諸障過惡

四以盡法界下運心普徧令無不盡由昔起過既徧諸境今悔昔非故普運三業等衆生界一一佛前及衆生前皆發露懺悔既人天凡聖皆對懺悔則自愧尅責翻無慚愧由意徧運令身口徧頭即頂禮兼身爲總五輪著地此言徧者爲以何徧故下次言善三業徧此即修功補過翻縱恣三業（於一一佛前者佛爲懺悔之主憑佛能除衆生是所觀對之境昔曾惱害故既）

於人天者一一生衆中有天一一佛前即
聖聖天見我屏過人見我顯過故爲慚愧
此一段疏用一段經而有二意一以遍對
翻無慚愧二由意遍運下亦以遍對翻第
四縱恣
三業

時諸天子聞是語已得未曾有心大歡喜而問之言菩薩摩訶薩云何悔除一切過惡

第二時諸天子下徵問其方上言猶略餘義未盡故次徵之

爾時天鼓以菩薩三昧善根力故發聲告言

第三爾時天鼓下如法正教正教觀罪性空兼顯妄計我人撥無因果外過惡緣而文分二先明發聲之因

兼顯妄計者觀罪
性空正破妄計而
言兼顯者以有二意故一兼顯所治故下
三事皆是所治次下一一皆有能治謂勝
義空破妄計我人顯非斷常破撥無因果
對十方佛翻外過惡緣二者觀空正破横
計我人今加後二故云兼
也唯一性空破於三過

諸天子菩薩知諸業不從東方來不從南西北方四維上下來而共積集止住於心但從顛倒生無有住處菩薩如是決定明見無有疑惑

後諸天子下正說教誨於中分五一別觀業空二總觀四障三別觀見惑四對業觀報五總結懺益今初業爲報因三障首故非先有體從十方來正顯空義但從顛倒生釋空所以由業障海從妄想生故無自性令此空慧與心相應則決定無疑能如是知即名菩薩

今初文也下出別懺業及
先懺所以非先有體下釋
經有二先釋不從東方等來無體性故即
是空義二釋從顛倒生言釋空所以者從
因緣生即空所以從顛倒生故成無體
性空義從由業障海下即普賢觀經引此
成上二義即一切業障海皆從妄想生若
欲懺悔者端坐念實相是也言令此空慧
與心相應者亦即普賢觀經將此釋令經
決定明見無有疑惑空慧相應斯慧決斷
故能如是知知釋菩薩字今天子懺悔乃
云菩薩如是者由見二空之理即爲菩薩

故

諸天子如我天鼓說業說報說行說戒說喜說安說諸三昧諸佛菩薩亦復如是說我說我所說衆生說貪恚癡種種諸業而實無我無有我所諸所作業六趣果報十方推求悉不可得

第二諸天子如我天鼓下總觀四障即天鼓說法無說喻以喻俗有真無先喻中初舉所治謂業報二障後說行等五即是能治謂行善止惡喜他安他住定以喻俗有者即中論意緣生幻有爲俗無性空理爲真後諸佛下合於中先隨俗說有言我我所者即是見障說貪恚癡即煩惱障後而實下勝義實無有無二文三障影略既無我所翻破第一妄計我人有無二文者謂說有中畧無報障說無之中畧無煩惱從既無我下會前十心

諸天子譬如我聲不生不滅造惡諸天不聞餘聲唯聞以地獄覺悟之聲一切諸業亦復如是非生非滅隨有修集則受其報

第三譬如我聲下別破見惑見惑深險故廣破之文有三喻一鼓無生滅隨聞喻喻業雖無生隨修感報謂向觀業空爲遣執有若謂爲空諸佛不化故今顯非斷無翻破撥無因果若謂爲空者中論云諸佛說空法爲離於有見若復見有空諸佛所不化故今顯下會上十心以是緣成無性之無故非斷無所以經言而受其報亦同淨名無我無造無受者善惡之業亦不亡

諸天子如我天鼓所出音聲於無量劫不可窮盡無有間斷若來若去皆不可得諸天子若有去來則有斷常一切諸佛終不演說有斷常法除爲方便成熟衆生

二聲無去來喻喻歸中道定有即常定無

則斷俱亦是二故雙破二見顯離斷常定有即常者亦中論偈云定有則著常定無則著斷是故有智者不應著有無言俱亦是二者謂有無俱者則二見相違而亦不離亦斷亦常言故雙破二見者故經云諸佛不說有斷常法文中先喻諸天子若有下合若有可來即常去而不來則斷故雖空不斷雖有不常故雖空下亦中論偈論云雖空亦不斷雖有而不常罪福亦不失是名佛所說

諸天子譬如我聲於無量世界隨衆生心皆使得聞一切諸佛亦復如是隨衆生心悉令得見

三鼓聲隨心喻喻佛由心見遣其心外定執懺主令其眞念十方諸佛翻破外遇惡緣令其真念者若不了唯心見從外來取色分齊豈知即心即佛若知心佛衆生三無差別爲真念佛善知識云念佛即是念心念心即是念佛佛無形相心無生滅心境一致故爲真念

諸天子如有頗梨鏡名爲能照清淨鑒徹與十世界其量正等無量無邊諸國土中一切山川一切衆生乃至地獄畜生餓鬼所有影像皆於中現諸天子於汝意云何彼諸影像可得說言來入鏡中從鏡去不答言不也諸天子一切諸業亦復如是雖能出生諸業果報無來去處諸天子譬如幻師幻惑人眼當知諸業亦復如是

第四如玻瓈下對業觀報文有二喻一鏡像體虛喻喻雖有而無謂鏡像依鏡現像非去來果報業生何有來去二幻師惑眼喻喻業招報雖無而有又業亦如幻又幻非有無即中道矣又業亦如幻者重幻之義如前已引又幻非有無下上辨性空此下說中道

若如是知是眞實懺悔一切罪惡悉得清淨

第五若如是下總結儭益可知
說此法時百千億那由他佛刹微塵數世界中兜率陀諸天子得無生法忍無量不思議阿僧祇六欲諸天子發阿耨多羅三藐三菩提心六欲天中一切天女皆捨女身發於無上菩提之意
第六見聞益深中二先明餘衆益以三昧力聲普聞故以三昧力者釋妨妨云此土兜率天鼓說法云何益及百千億等刹耶答意可知
爾時諸天子聞說普賢廣大迴向故得十地故獲諸力莊嚴三昧故
後爾時下正辨當機益於中二先一重益後其諸香雲下展轉益前中亦二先得法益後以衆生下見佛益今初皆有故字義似牒前爲因則見佛爲益而前來未有得十地等處爲何所牒是以晉經皆無故字應言聞說普賢廣大迴向故便得十地獲諸力莊嚴三昧上句得位下句成行分得十力爲莊嚴故今初等者疏文有五一牒經義言似牒前爲因者則似由聞迴向及得十地并得三昧此三爲因見佛爲益二前來下出不合加故字所以三是以下引古經爲證四應言下正其經文五上句下釋文位即十地言下句成行者即諸力莊嚴三昧分得十力下釋力義謂十力是佛果德今言得者即分得耳
以衆生數等清淨三業悔除一切諸重障故即見百千億那由他佛刹微塵數七寶蓮華一一華上皆有菩薩結跏趺坐放大光明彼諸菩薩一一隨好放衆生數等光明彼光明中有衆生數等諸佛結跏趺坐隨衆生心而爲說法而猶未現離垢三昧少分之力爾時彼諸天子以上衆華復於身上一一毛孔化作衆生數等衆妙華雲供養毗盧遮那如來

持以散佛一切皆於佛身上住
二明見佛益中三一明見因二即見下正明見佛三爾時下敬心興供言以上者上來持華詣佛猶未散故毛孔出華者已得地位故華在最初故略舉之上所持中有香蓋等故下見香見蓋並皆成益
其諸香雲普雨無量佛剎微塵數世界若有衆生身蒙香者其身安樂譬如比丘入第四禪一切業障皆得消滅
第二展轉益中二一聞香益二見蓋益並依前供成今初有法喻合法中由脫障故得解脫樂故喻四禪無八災患
若有聞者彼諸衆生於色聲香味觸其內具有五百煩惱其外亦有五百煩惱貪行多者二萬一千瞋行多者二萬一千癡行多者二萬一千等分行者二萬一千
若有下合由滅障故得淨善根是爲益相文中先顯所滅即八萬四千古有二釋一云衆生煩惱根本有十然一惑力復各有十即爲一百計應分爲九品但上品重故開爲三品中下輕故各爲一品合爲五百復於內外境起謂自五塵爲內以他五塵爲外一一各五百即爲五千別迷四諦則成二萬并本一千則有二萬一千依三毒等分成八萬四千經文自具二有云以十惡爲本展轉相成一一各十故成一百迷自他五塵爲一千正迷十諦法門謂四諦三諦二諦一諦或迷說成諦等十諦或迷十善故成一萬然迷十諦空有不同分成二萬或迷十善二諦亦分二萬并本一千

餘如經辨然二皆有理任情去取更有異

釋如賢劫經等非今經意或迷說成者即五地中十諦之義言十諦者即是十種觀察四諦謂一善知俗諦二善知第一義諦三善知相諦四善知差別諦五善知成立諦六善知事諦七善知生諦八善知盡無生諦九善知入道諦十善知一切菩薩地次第成就乃至善知如來智成就諦今言說成者即論經中第五成立諦名也以其第五觀於四諦緣起集成故偏舉之隨言顯示故論中名爲說成也二皆有理者即疏會通並未見文故未可去取但以理通然其前解似喻於煩惱故後似約業故又迷十諦感義多故更有異釋者會通異釋九地已明

了知如是悉是虛妄如是知已成就香幢雲

自在光明清淨善根

後了知下能滅謂了惑本虛居然不生故晉經云此諸煩惱皆悉除滅除滅故清淨惑亡智顯即自在光明善根成就言香幢雲者即九地善根至下當明

若有衆生見其蓋者種一清淨金網轉輪王

一恒河沙善根

第二若有衆生見其蓋下明見蓋益於中二先正明得益二佛子菩薩住此下明攝化轉益今初準晉經云種一恒河沙轉輪聖王所植善根所謂白淨寶網輪王等是則多箇輪王非一輪王之多善也梵本亦然今初已下疏文有二先通釋清淨金網於中有三一引晉經梵本成寶網義是則多箇者即寶網一是一等取金網瑠璃等多故有一恒沙非一輪王之多善者則以舊經彈於今經今經云種清淨金網轉輪王一恒河沙善根則一輪王有多善耳言梵本亦然者即以梵本成於晉經而言清淨金網者準瓔珞上卷金輪在十迴向初地已上皆是瑠璃輪而增寶數爲別是知舊譯爲寶網者勝金網也故彼經云歡喜地百寶瓔珞七寶相輪四天王一萬子爲眷屬百法身爲百佛國土中化十方天下已後略無化之

分齊寶數一一增至第七地十三寶相輪八地但云大應寶相輪九地云白雲寶相輪十地云百萬神通寶光瓔珞無畏珠寶相輪增至第七地者以初地七寶二地八寶三地九寶四地十寶五地十一寶六地十二寶七地十三寶八地已上不增寶數但云大寶相輪若順晉經白淨之言則是九地即前香幢雲自在光明若然彼但是所等則金網無失若順晉經下二成晉經謂令得十地成九地已上善根白淨同白雲寶故即前香幢者引前行經證成晉經晉有白字此前有雲字二經合成瓔珞白雲寶義若然下第三會取今經於中又二先順晉經收今謂晉經得十地有九地已下白淨寶等諸輪王善彼云白淨寶網等等即等於金銀輪等若是能等爲金網則十地非金若以所等爲金金等何失則晉經從九地向下等今經從十迴向當中向上等故言無失則亦是多箇輪王善根謂得金網等一恒河沙輪王善根故云無失若取十地爲清淨金網正當十地以無畏珠爲清淨義又攝化分齊與上第十地攝報果同則證十地明矣故下此王放光遇者亦登十地若取十地下直順金網一轉輪王多善根義以三義證成一以無畏珠爲清淨義二以攝化分齊同十地義即後行經云住此轉輪王位於百千億那由他佛剎微塵數世界中教化眾生正同十地攝報果中所化分齊三故下此下以轉益文證成此王轉益尚皆得於十地故知此王即是十地彼經云菩薩安住清淨金網轉輪王位亦復如是則金網非所等正是十地但其金字瓔珞雖無餘經或有故金剛頂經廣說金輪佛頂言一恒沙者謂從九地已還乃至十住銅輪以此十地所化分齊比前如恒沙矣故晉經云寶網輪王等等取前也一恒沙下第二別釋恒沙善根雖金輪爲所等能具義則不同一恒沙善根二經須一言九地已還者正順晉經從白淨九地向下等故

佛子菩薩住此轉輪王位於百千億那由他佛剎微塵數世界中教化眾生

第二攝化轉益中二先明得位益後佛子如得初禪下成德益今初有法喻合法中

直明攝化分齊已如前釋

佛子譬如明鏡世界月智如來常有無量諸世界中比丘比丘尼優婆塞優婆夷等化現其身而來聽法廣爲演說本生之事未曾一念而有間斷若有衆生聞其佛名必得往生彼佛國土

喻中初化無間斷喻上法中教化衆生後若有聞名必生其國喻下合中遇斯光明獲十地位

菩薩安住清淨金網轉輪王位亦復如是若有暫得遇其光明必獲菩薩第十地位以先修行善根力故

後合中初句總合準晋經亦復如是下欠故曼陀羅自在光明之言今經影在後喻合中若直云得遇斯光前文無放光處爲遇何耶言得十地者此品總有三重皆得十地故名展轉益一諸天子聞鼓說法得十地二此天子毛孔出華蓋雲見者得輪王位即是十地三輪王放光遇者復得十地此三位皆齊等同時頓成各塵數多類總是一隨好中一光之力餘光好等彌更難說言以先修行善根力者顯頓益之因因聞普法修普善故今經影在者出今經闕光之理即後得初禪喻合中經云菩薩摩訶薩住清淨金網轉輪王位放摩尼髻清淨光明是也若直云得下以理成立

佛子如得初禪雖未命終見梵天處所有宫殿而得受於梵世安樂得諸禪者悉亦如是

第二成德益中先喻後菩薩下合喻意云欲界修得色定以欲界眼見色界境喻菩薩頓證未轉凡身見十地境以法力故是

則三祇可一念而屆者明一攝一切故塵劫不窮一位者明一切攝一故如是遲速自在是此圓教非餘宗也

菩薩摩訶薩住清淨金網轉輪王位放摩尼髻清淨光明若有衆生遇斯光者皆得菩薩第十地位成就無量智慧光明得十種清淨眼乃至十種清淨意具足無量甚深三昧成就如是清淨肉眼

二合中初正明得益後佛子假使下顯境分齊今初言得菩薩第十地者猶是牒前合中以德依地成所以重牒不然則成兩度放光各得十地言成就如是清淨肉眼者謂上諸德十眼皆依凡身肉眼而成故就結之猶是牒前者即是前明鏡世界喻中合文云菩薩安住清淨金網轉輪王位亦復如是若有暫得遇其光明必獲菩薩第十地位以德依地成下出重牒所以不然下反以成立

佛子假使有人以億那由他佛剎碎爲微塵一塵一剎復以爾許微塵數佛剎碎爲微塵如是微塵悉置左手持以東行過爾許微塵數世界乃下一塵如是東行盡此微塵南西北方四維上下亦復如是如是十方所有世界若著微塵及不著者悉以集成一佛國土

後顯境分齊者即顯肉眼境界廣大肉眼尚爾餘眼玄妙不可說也文中三初假設譬喻以顯境多次正明能見後結德有歸

今初分三初明一重廣大

寶手於汝意云何如是佛土廣大無量可思議不答曰不也如是佛土廣大無量希有奇特不可思議若有衆生聞此譬喻能生信解當知更爲希有奇特佛言寶手如是如是如

汝所說若有善男子善女人聞此譬喻而生信者我授彼記決定當成阿耨多羅三藐三菩提當獲如來無上智慧

二寶手於汝意下問答顯廣

寶手設復有人以千億佛刹微塵數如上所說廣大佛土末爲微塵以此微塵依前譬喻一一下盡乃至集成一佛國土復末爲塵如是次第展轉乃至經八十反

三寶手設復下復積前數重顯廣大

如是一切廣大佛土所有微塵菩薩業報清淨肉眼於一念中悉能明見亦見百億廣大佛刹微塵數佛如頗梨鏡清淨光明照十佛刹微塵數世界

第二如是一切下正明能見先見前廣刹之塵肉眼能見已是超勝況一念耶次亦見下明見多佛後如玻瓈下明見之相無心無來去矣

寶手如是皆是清淨金網轉輪王甚深三昧福德善根之所成就

第三寶手如是下結德有歸歸輪王善差別因果竟此品之末經來未盡此品之末者以說展轉益竟應須結歸本光及隨好力并現瑞成益等今並無此明是未盡

大方廣佛華嚴經疏鈔會本第四十八之二

音釋

頗梨梵語也此云水玉千年水所成也頗普禾切　藉子智切積也　叵普火切不可也　跋蒲撥切　扈後五切　邈墨角切遠也

大方廣佛華嚴經疏鈔會本第四十九

唐于闐國三藏沙門實叉難陀 譯

唐清涼山大華嚴寺沙門澄觀 撰述

普賢行品第三十六

初來意者先通後別通謂二品明出現因果故次來也亦名平等因果謂會前差別因成此普賢之圓因會差別果成性起出現之果又前約修生此約修顯故若爾何以更無別問復何以差別果終而無瑞證平等因竟便有瑞耶即以此義顯是會前若更別問便有隔絕欲會前故不以瑞隔普法希奇因果各瑞又前應有瑞經來未盡故所以無耳若更別問下別答三問初答不問之難二欲會前故不以瑞隔通前第二差別果終而無瑞難三普法希奇下通第三平等因竟便有瑞難又前應有下第二經來未盡答以第四十八經終無結束故此後更合有經然此但通第二前無瑞證難別謂此品先因後果義次第故亦遠答前第二會初所行問及不思議品念請本願問故前雖已答下二深妙故重明之亦猶相海隨好而妙中之妙古德別爲一段因果前雖已答下二解妨文三初正答重難謂先若未答應須答之不思議品已答何須重答故爲此通二亦猶下引例三妙中之妙下重通伏難謂有難言若例相海等但是重答何以別爲平等因果故爲此通古德等者然平等因果乃是古意爲欲須古故爲此通若疏正意欲將五品皆答所成果問已如不思議品初說二釋名者初通顯二品義名依性起修依性起用差別相盡因果體均故云平等因果又因是果因量周法界果是果果境界如空因果俱盡未來利樂含識故名出現初通顯二品疏文有二先約平等釋於中亦二先約同歸一理所以平等依性起修約因起用約果相盡同眞所以平等後又因是果因下約二事交徹故云平等以是得果不捨之因故云因是果因依果起果之果故云果是果果如空

法界二文影畧別則品名普賢即標人顯法明此行法非次第法行者顯法非人品明所行非説人體德周法界爲普至順調善曰賢依性造修曰行品明所行下審彈苑公以彼釋云普者遍也賢者善也行者道也因也謂若依若正普遍法界塵毛爲普具滿衆善德海爲賢得道不捨因行爲行後便廣引普賢三昧品中釋普賢身周遍之義曾不說於行行之相故又以普屬人賢屬德故今彈云爲此以人取行非說普賢之身然普賢行諸經多有其名品中雖廣今略顯十義以表無盡一所求普謂要求證一切如來平等所證故二所化普一毛端處有多衆生皆化盡故三所斷普無有一惑而不斷故四所行事行普無有一行而不行故五所行理行普即上事行皆徹理源性具足故六無礙行普上二交徹故七融通行普隨一一行融攝無盡故八所起用普用無不能無不周故九所行處普上之八門徧帝網刹而修行故十所行時普窮三際時念劫圓融無竟期故上之十行參而不雜涉入重重故善財入普賢一毛所得法門過諸善友不可說倍又上十行通收爲二若位後普賢則得果不捨因徹窮來際爲普賢行以人彰法則普賢之行若位前位中普賢則以德成人但修普行即曰普賢亦則普賢即行但從行名故若獨位後普賢則普賢之行無施下位廣釋普賢如初會辨然普賢行下別釋普行於中有三一標舉言諸經多有其名者法華經云若有受持讀誦正憶念解其義趣如說修行當知是人行普賢行釋曰此即有名而相猶隱則受持讀誦是事行也正憶念通智行理行也普賢觀經名觀普賢行法經亦是持經禮懺坐禪皆其行耳故多有名少辨行相故今辨之品中雖廣者長行與偈一一皆是普賢之行猶散難見故後束之上之十行下三料揀於中有二先融通謂前

有圓融行布事理等殊今總融爲一若不說事理等異無可融故故畧述其十後方總融又上十行下約位重揀兼會六釋普賢位者已見上文若獨位後下二彈異釋即是前總中所破然復有二一破其獨用位後普賢故如前所引疏文二廣釋普賢下結成非說人體兼示說人之處

三宗趣者亦先通後別通以二品明平等因果爲宗會前差別爲趣別以此品明平等圓因爲宗成平等果無二爲趣

爾時普賢菩薩摩訶薩復告諸菩薩大衆言佛子如向所演此但隨衆生根器所宜畧說如來少分境界何以故諸佛世尊爲諸衆生無智作惡計我我所執著於身顚倒疑惑邪見分別與諸結縛恒共相應隨生死流遠如來道故出興于世

釋文中二此品辨因後品明果前中亦二先長行直明後以偈重顯前中又二先正說後瑞證今初亦二先明說因後佛子我不見下正陳今義前中亦二先標前少說徵釋所由今初普賢說者以人表法故言指向者一近指向前隨好品爲障重地獄衆生畧說隨好少分用故廣說難思二通指前所說之果爲少分境果海絕言故三遠通差別因果雖有圓融之義以五位漸次因果殊分逐機就病未盡法源故名少分則顯下平等因果逐法性說因果圓融名廣大說二徵釋中徵意云何以前名少說釋文二意一者成上諸佛世尊所以出世者以衆生有無明等十過未宜廣說故先明差別等二者生後謂衆生既過滋多障累無盡則一治一切治一現一切現衆生無盡因果亦窮來際前之所隨由未盡

故十過者一者無明二作惡行晉經名諸纏則亦是惑此二爲總次六皆無明三計我我所四著身見故六地云世間受身皆由著我五三倒四倒等不能決斷六乖僻正理七徧計分別八結縛常隨九隨生死流義通業苦因流果流故十遠如來行邪徑故此結成其失結縛等名如常所辨結縛等者非唯易故指於常解然上經文早已頻釋恐後學難尋今更具出經云一無智者即是無明此通獨頭相應二種二作惡者即諸纏也此有八種十纏言八種者謂一昏沉二睡眠此二障止雜集第七云謂修止時昏沉睡眠爲障於內能引昏沉故三掉舉四惡作此二障觀論云於修觀時掉舉惡作爲障於外能引散亂故五慳六嫉此二障捨論云於修捨時慳嫉爲障由成就此於自他利悋妬門中數數搖動行人心故七無慚八無愧此二障尸羅論云淨尸羅時無慚無愧爲障由具此二犯諸學處無羞恥故言十纏者更加忿覆俱舍頌云或十加忿覆雜集論云數數增盛纏繞身心故名爲纏由此諸纏數數增盛纏繞一切觀行者心於修善品能爲障礙更有五纏謂愛恚慢嫉慳經云結者雜集第此有六問云結有幾種云何結耶何處結耶三問答結有九種謂愛結恚結慢結無明結見結取結疑結嫉結慳結應爲頌曰愛恚慢無明見取疑嫉慳論云愛結者謂欲界貪恚結者謂於有情苦及順苦法心生損害慢結者即七慢等無明結者謂三界無知見結者即三見謂薩迦耶見邊執見邪見取結者謂見取戒禁取疑結者謂於諦理猶豫嫉結者謂耽著利養不耐他榮發起心妬慳結者耽著利養於資生具其心悋惜釋曰云何結何處結二問廣答如論

佛子我不見一法爲大過失如諸菩薩於他菩薩起瞋心者

第二正陳普賢行中二先明所治廣多後是故諸菩薩下能治深妙今初既一惑成百萬障則一障一切障義則惑惑皆然今從重說文中三初標次徵釋後結成今初總標瞋最重除瞋之外更徧推求無有一惡如瞋之重故晉經云起一瞋心一切惡中無過此惡決定毗尼經云菩薩寧起百

千貪心不起一瞋以違害大悲莫過此故菩薩善戒亦同此說言於他菩薩者若於菩薩起瞋其過尤重以令菩薩發大行故是以大般若中天魔見諸菩薩互相是非過常大喜

故晉經者以今經譯者爲順文令人誤解故引三經以正其義謂習禪者聞經不見諸法爲大過惡便云惡本性空故云不見見則妄想雖是正理不順今經故引三經明是無惡過此爲不見有耳決定毗尼者經但一卷優波離白佛言世尊或有欲相應心而犯於戒或有嗔相應心而犯於戒或有癡相應心而犯於戒何者爲重佛言若有菩薩如恒河沙欲相應心而犯於戒或有菩薩由一嗔心而犯於戒因嗔犯者當知最重所以者何因嗔恚故能捨衆生乃至云所有諸結能生親愛菩薩於此不應生畏所有諸結能捨衆生菩薩於此應生大畏乃至云大乘之人因欲犯戒我說是人不名爲犯因嗔犯者名大過惡名大墮落於佛法中是大留難是以大般若下證於菩薩起嗔最重彼說魔見衆生互相是非亦生歡喜而非大喜若見菩薩互相是非則生大喜過於常喜如二虎鬭小亡大傷二俱無益菩薩亦爾自他並損

何以故佛子若諸菩薩於餘菩薩起瞋恚心即成就百萬障門故

二何以下徵釋釋中二一總顯

何等爲百萬障所謂不見菩提障不聞正法障生不淨世界障生諸惡趣障生諸難處障多諸疾病障多被謗毀障生頑鈍諸趣障壞失正念障闕少智慧障眼障耳障鼻障舌障身障意障惡知識障惡伴黨障樂習小乘障樂近凡庸障不信樂大威德人障樂與離正見人同住障生外道家障住魔境界障離佛正教障不見善友障善根留難障增不善法障得下劣處障生邊地障生惡人家障生惡神中障生惡龍惡夜叉惡乾闥婆惡阿脩羅惡迦樓羅惡緊那羅惡摩睺羅伽惡羅刹中障不樂佛法障習童蒙法障樂著小乘障不

樂大乘障性多驚怖障心常憂惱障愛著生死障不專佛法障不喜見聞佛自在神通障不得菩薩諸根障不行菩薩淨行障退怯菩薩深心障不生菩薩大願障不發一切智心障於菩薩行懈怠障不能淨治諸業障不能攝取大福障智力不能明利障斷於廣大智慧障不護持菩薩諸行障樂誹謗一切智語障遠離諸佛菩提障樂住衆魔境界障不專修佛境界障不決定發菩薩弘誓障不樂與菩薩同住障不求菩薩善根障性多見疑障心常愚闇障不能行菩薩平等施故起不捨障不能持如來戒故起破戒障不能入堪忍門故起愚癡惱害瞋恚障不能行菩薩大精進故起懈怠垢障不能得諸三昧故起散亂障不修治般若波羅蜜故起惡慧障於處非處中無善巧障於度衆生中無方便障於菩薩智慧中不能觀察障於菩薩出離法中不能了知障不成就菩薩十種廣大眼故眼如生盲障耳不聞無礙法故口如啞羊障不具相好故鼻根破壞障不能辨了衆生語言故成就舌根障輕賤衆生故成就身根障心多狂亂故成就意根障不持三種律儀故成就身業障恒起四種過失故成就語業障多生貪瞋邪見故成就意業障賊心求法障斷絕菩薩境界障於菩薩勇猛法中心生退怯障於菩薩出離道中心生懶惰障於菩薩智慧光明門中心生止息障於菩薩念力中心生劣弱障於如來教法中不能住持障於菩薩離生道不能親近障於菩薩無失壞道不能修習障隨順二乘正位障遠離三世諸佛菩

薩種性障
二何等下徵列標雖百萬略列百門古人寄位分五初障十信行二不樂佛法下障十住行三不得菩薩諸根下障十行之行四樂誹謗一切下障十向行五不樂與菩薩同住下障十地行言口如瘂羊障者此是耳根障以生邊地不聞法處故口無所説舌根之障次下自明昔結云菩薩萬行不過此五起一瞋心一切頓障此釋非不有理如賊心求法豈獨障於地耶是知通障一切信尚不起況後位耶又所障法界如帝網重重能障同所亦皆無盡故知百萬猶是略明古人寄位下二斥古釋刊定同此又所障下四結成正義猶是古釋故有又言疏意取此不欲局配故爲正義

佛子若菩薩於諸菩薩起一瞋心則成就如是等百萬障門何以故佛子我不見有一法爲大過惡如諸菩薩於餘菩薩起瞋心者

三佛子若菩薩下結成可知

是故諸菩薩摩訶薩欲疾滿足諸菩薩行應勤修十種法

第二能治深妙中二先正顯後結勸今初文有六位位各十行初一始修後五成益故後五段展轉依初是爲初即攝後一治一切治也説有前後得即一時今初分二先標舉勸修

何等爲十所謂心不棄捨一切衆生於諸菩薩生如來想永不誹謗一切佛法知諸國土無有窮盡於菩薩行深生信樂不捨平等虛空法界菩提之心觀察菩提入如來力精勤修習無礙辯才教化衆生無有疲厭住一切

世界心無所著是爲十

後何等下徵列及結於中十法攝爲五對辨五種修初二約人明謙敬修敬上愛下故次二約法明眞正修順敎知事故次二約心行明廣大修樂大行堅大心故次二約智明增勝修内入果智外起勝辨故後二約悲願明長時修衆生無盡悲此不疲世界無邊願住不著故

佛子菩薩摩訶薩安住此十法已則能具足十種清淨何等爲十所謂通達甚深法清淨親近善知識清淨護持諸佛法清淨了達虛空界清淨深入法界清淨觀察無邊心清淨與一切菩薩同善根清淨不著諸刧清淨觀察三世清淨修行一切諸佛法清淨是爲十

第二清淨者依前正修行時成離染故文中二初躡前起後後徵數列名下皆倣此例中十句次第從前十句而成一由不捨衆生故達深法淨以衆生皆有佛性即妄而眞爲深法故二由敬上故能近三由不謗故能護四由知無盡故了如空五由菩薩行不離法界故深入六知菩提心等虛空故無邊七觀察菩薩皆同此觀能入佛力故名爲根八精修不懈故不著刧數九由化無厭故觀三世衆生化未化等十由願住世界能修一切佛法

佛子菩薩摩訶薩住此十法已則具足十種廣大智何等爲十所謂知一切衆生心行智知一切衆生業報智知一切佛法智知一切佛法深密理趣智知一切陀羅尼門智知一切文字辯才智知一切衆生語言音聲辭辯

善巧智於一切世界中普現其身智於一切衆會中普現影像智於一切受生處中具一切智智是爲十

第三廣大智者垢染既拂本智自明稱性相知故云廣大亦從前十及次十而成然有開合恐煩不配說者隨宜亦從前十等者疏恐文繁今當畧配其中名字有同初十有同次十今且如次配於次十一由知深法了衆生心行衆生心行最甚深故二由近友成勝業報三由護法故知佛法四了達空界知深理趣五深入法界成妙義持六觀無邊心卽是所詮故得能詮辯才演暢七具菩薩行能隨心演八同菩薩善故能普遍九不著諸劫常現影像十順諸佛法具一切智從次十生既如次第從初十生義同前說上依不開若開合者如初二法皆是深法則此開前合若此總持由於近友護法而成則此合前開約理無方故云開合實則如次義已周圓如三對前二既然四五承前可以思準

佛子菩薩摩訶薩住此十智已則得入十種普入何等爲十所謂一切世界入一毛道一毛道入一切世界一切衆生身入一身一身入一切衆生身不可說劫入一念一念入不可說劫一切佛法入一法一法入一切佛法不可說處入一處一處入不可說處不可說根入一根一根入不可說根一切根入非根非根入一切根一切想入一想一想入一切想一切言音入一言音一言音入一切言音一切三世入一世一世入一切三世是爲十

第四普入者事隨理融本來卽入智了法爾無境不通故身心皆入亦從前三生可以意得非根者境識及理皆非根也

佛子菩薩摩訶薩如是觀察已則住十種勝妙心何等爲十所謂住一切世界語言非語言勝妙心住一切衆生想念無所依止勝妙心住究竟虛空界勝妙心住無邊法界勝妙

心住一切深密佛法勝妙心住甚深無差別法勝妙心住除滅一切疑惑勝妙心住一切世平等無差別勝妙心住三世諸佛平等勝妙心住一切諸佛力無量勝妙心是爲十

第五勝妙心者由前知法本融則事理無礙應機成益名勝妙心從前四生亦可意得

佛子菩薩摩訶薩住此十種勝妙心已則得十種佛法善巧智何等爲十所謂了達甚深佛法善巧智出生廣大佛法善巧智宣說種種佛法善巧智證入平等佛法善巧智明了差別佛法善巧智悟解無差別佛法善巧智深入莊嚴佛法善巧智一方便入佛法善巧智無量方便入佛法善巧智知無邊佛法無差別善巧智以自心自力於一切佛法不退轉善巧智是爲十

第六善巧智者由上事理無礙令則權實決斷名善巧智有十一句後二合一餘皆如次從前十成一卽言亡言爲甚深二無依故廣大三如依空生色故能說種種四住無二邊故證平等五了種智深密故了差別六無差全同七若無疑惑則佛法莊嚴八以平等成一方便九三世法約差別門爲無量方便十由住佛力得知佛無邊自力不退從前十既爾從前四段亦然如是展轉不離始修故隨一法具一切矣

佛子菩薩摩訶薩聞此法已咸應發心恭敬受持何以故菩薩摩訶薩持此法者少作功力疾得阿耨多羅三藐三菩提皆得具足一切佛法悉與三世諸佛法等

第二佛子菩薩下結勸一行能具一切故疾得菩提

爾時佛神力故法如是故十方各有十不可說百千億那由他佛刹微塵數世界六種震動雨出過諸天一切華雲香雲末香雲衣蓋幢旛摩尼寶等及以一切莊嚴具雲雨衆妓樂雲雨諸菩薩雲雨不可說如來色相雲雨不可說讚歎如來善哉雲雨如來音聲充滿一切法界雲雨不可說莊嚴世界雲雨不可說增長菩提雲雨不可說光明照耀雲雨不可說神力說法雲如此世界四天下菩提樹下菩提場菩薩宮殿中見於如來成等正覺演說此法十方一切諸世界中悉亦如是

大文第二爾時佛下證成中二一現瑞證於中先此界後如此下結通

爾時佛神力故法如是故十方各過十不可說佛刹微塵數世界外有十佛刹微塵數菩薩摩訶薩來詣此土充滿十方作如是言善哉善哉佛子乃能說此諸佛如來最大誓願授記深法佛子我等一切同名普賢各從普勝世界普幢自在如來所來詣此土悉以佛神力故於一切處演說此法如此衆會如是所說一切平等無有增減我等皆承佛威神力來此道場爲汝作證如此道場我等十佛刹微塵數菩薩而來作證十方一切諸世界中悉亦如是

二爾時至十方下諸菩薩證亦先此土後如此下結通言授記深法者少用功力疾得菩提故同名普賢者皆有此行故普勝界者依此普法最爲勝故普幢自在者此

行成果高出無礙故

爾時普賢菩薩摩訶薩以佛神力自善根力觀察十方洎于法界欲開示菩薩行欲宣說如來菩提界欲說大願界欲說一切世界劫數欲明諸佛隨時出現欲說如來隨根熟衆生出現令其供養欲明如來出世功不唐捐欲明所種善根必獲果報欲明大威德菩薩爲一切衆生現形說法令其開悟而說頌言

第二以偈重顯中二先叙述後正頌今初亦二先說儀後欲開下說意此有十意偈中並具文顯可知

汝等應歡喜捨離於諸蓋一心恭敬聽菩薩諸願行

第二正頌中百二十一頌分二前二十四顯說分齊餘皆正辨普賢行相此是伽陀與前長行綺互共顯普賢之行前是略明十法展轉相生此則廣顯諸門略無展轉又前多顯體此多辨用前中二初一誡聽許說第二正顯頌中文三初總科二此是伽陀者是孤起偈揀非祇夜不重頌前三前是畧明下揀二文別

往昔諸菩薩最勝人師子如彼所修行我當次第說亦說諸劫數世界幷諸業及以無等尊於彼而出興如是過去佛大願出于世云何爲衆生滅除諸苦惱一切論師子所行相續滿得佛平等法一切智境界見於過去世一切人師子放大光明網普照十方界思惟發是願我當作世燈具足佛功德十力一切智一切諸衆生貪恚癡熾然我當悉救脫令滅惡道苦發如是誓願堅固不退轉具修菩薩行獲十無礙力如是誓願已修行無退怯

所作皆不虛說名論師子

餘正示分齊於中二前九頌許說過去菩薩行

於一賢刧中千佛出于世彼所有普眼我當次第說如一賢刧中無量刧亦然彼未來佛行我當分別說如一佛刹種無量刹亦然未來十力尊諸行我今說

於一賢刧下許說三世佛菩薩行於中二前三偈舉說時處前二時後一處

諸佛次與世隨願隨名號隨彼所得記隨其所壽命隨所修正法專求無礙道隨所化衆生正法住於世隨所淨佛刹衆生及法輪演說時非時次第淨羣生隨諸衆生業所行及信解上中下不同化彼令修習入於如是智修其最勝行常作普賢業廣度諸衆生身業無障礙語業悉清淨意行亦如是三世靡不然菩薩如是行究竟普賢道出生淨智日普照於法界未來世諸刧國土不可說一念悉了知於彼無分別行者能趣入如是最勝地此諸菩薩法我當說少分智慧無邊際通達佛境界一切皆善入所行不退轉具足普賢慧成滿普賢願入於無等智我當說彼行

後十一偈明所說行於中前四諸佛出世行即普賢行故名因果圓融後七菩薩三輪願智行即普賢行

於一微塵中悉見諸世界衆生若聞者迷亂心發狂如於一微塵一切塵亦然世界悉入中如是不思議一一塵中有十方三世法趣刹皆無量悉能分別知一一塵中有無量種佛刹種種皆無量於一靡不知法界中所有

種種諸異相趣類各差別悉能分別知

第二於一微塵下正顯普賢行九十七頌分二初六十七明即悲大智行後末安者下三十頌即智大悲行今初有十種行一初五頌明善入帝網行

深入微細智分別諸世界一切劫成壞悉能明了說知諸劫脩短三世即一念衆行同不同悉能分別知深入諸世界廣大非廣大一身無量刹一刹無量身十方中所有異類諸世界廣大無量相一切悉能知一切三世中無量諸國土具足甚深智悉了彼成敗十方諸世界有成或有壞如是不可說賢德悉深了或有諸國土種種地嚴飾諸趣亦復然斯由業清淨或有諸世界無量種雜染斯由衆生感一切如其行無量無邊刹了知即一刹如是入諸刹其數不可知一切諸世界悉入一刹中世界不爲一亦復無雜亂世界有仰覆或高或復下皆是衆生想悉能分別知廣愽諸世界無量無有邊知種種是一知一是種種普賢諸佛子能以普賢智了知諸刹數其數無邊際知諸世界化刹化衆生化法化諸佛化一切皆究竟一切諸世界微細廣大刹種種異莊嚴皆由業所起無量諸佛子善學入法界神通力自在普徧於十方衆生數等劫說彼世界名亦不能令盡唯除佛開示

二十七頌深入時處微細行

世界及如來種種諸名號經於無量劫說之不可盡何況最勝智三世諸佛法從於法界生充滿如來地清淨無礙念無邊無礙慧分別說法界得至於彼岸

三世界及如來下三頌明了佛心祕密行

前一偈半攝前起後後一偈半正顯難了能了

過去諸世界廣大及微細修習所莊嚴一念悉能知其中人師子修佛種種行成於等正覺示現諸自在如是未來世次第無量劫所有人中尊菩薩悉能知所有諸行願所有諸境界如是勤修行於中成正覺亦知彼衆會壽命化衆生以此諸法門爲衆轉法輪菩薩如是知住普賢行地智慧悉明了出生一切佛現在世所攝一切諸佛土深入此諸刹通達於法界彼諸世界中現在一切佛於法得自在言論無所礙亦知彼衆會淨土應化力盡無量億劫常思惟是事調御世間尊所有威神力無盡智慧藏一切悉能知

四十偈了三世佛攝化行

出生無礙眼無礙耳鼻身無礙廣長舌能令衆歡喜最勝無礙心廣大普清淨智慧徧充滿悉知三世法

五出生下二偈六根無礙行

善學一切化刹化衆生化世化調伏化究竟化彼岸世間種種别皆由於想住入佛方便智於此悉明了衆會不可說一一爲現身悉使見如來度脱無邊衆

六有三偈如化無方行

諸佛甚深智如日出世間一切國土中普現無休息了達諸世間假名無有實衆生及世界如夢如光影於諸世間法不生分别見善離分别者亦不見分别無量無數劫解之即一念知念亦無念如是見世間無量諸國土

一念悉超越經於無量劫不動於本處不可說諸劫即是須臾頃莫見脩與短究竟剎那法心住於世間世間住於心於此不妄起二非二分別衆生世界劫諸佛及佛法一切如幻化法界悉平等普於十方剎示現無量身知身從緣起究竟無所著依於無二智出現人師子不著無二法知無二非二

七諸佛甚深下十頌三世間自在行此中玄妙宜審思之

此中玄妙者大經文理觸途多妙但文言浩博不能具釋又理玄文易故令思之既云玄妙今重畧釋初偈法喻雙標能觀之智明橫周豎永次偈達二世間假名無實即是假觀三有一偈雙離分別及無分別以成空觀四有一偈解念無念即中道觀又二即是觀三即是止四即雙運五不動遊剎於器界自在六融念劫於時自在上二事理雙遊七遣二不二善會中道通二世間八結三世間等同法界九結能遍身十結能所不二上半無二遣二下半復遣無二若著無二即是於二有能所故故知無二非二故無所著

了知諸世間如燄如光影如響亦如夢如幻如變化如是隨順入諸佛所行處成就普賢智普照深法界衆生剎染著一切皆捨離而與大悲心普淨諸世間菩薩常正念論師子妙法清淨如虛空而興大方便見世常迷倒發心咸救度所行皆清淨普徧諸法界諸佛及菩薩佛法世間法若見其眞實一切無差別

八六頌別明智正覺世間自在行

如來法身藏普入世間中雖在於世間於世無所著譬如清淨水影像無來去法身徧世間當知亦如是如是離染著身世皆清淨湛然如虛空一切無有生知身無有盡無生亦無滅非常非無常示現諸世間除滅諸邪見開示於正見法性無來去不著我我所

九如來法身藏下五頌非身示身行法身藏者即前藏身普賢菩薩自體徧言亦同此也

譬如工幻師示現種種事其來無所從去亦無所至幻性非有量亦復非無量於彼大衆中示現量無量以此寂定心修習諸善根出生一切佛非量非無量有量及無量皆悉是妄想了達一切趣不著量無量諸佛甚深法廣大深寂滅甚深無量智知甚深諸趣菩薩離迷倒心淨常相續巧以神通力度無量衆生

十有六頌非量示量行

未安者令安安者示道場如是徧法界其心無所著不住於實際不入於涅槃如是徧世間開悟諸羣生法數衆生數了知而不著普雨於法雨充洽諸世間普於諸世界念念成正覺而修菩薩行未曾有退轉

第二即智之悲行中亦有十行一初四偈無住攝化行

世間種種身一切悉了知如是知身法則得諸佛身普知諸衆生諸劫及諸刹十方無涯際智海無不入衆生身無量一一爲現身佛身無有邊智者悉觀見一念之所知出現諸如來經於無量劫稱揚不可盡

二有四偈非身現身行

諸佛能現身處處般涅槃一念中無量舍利各差別

三一頌分布舍利行

如是未來世有求於佛果無量菩提心決定智悉知如是三世中所有諸如來一切悉能

知名住普賢行

四二頌知佛大心行

如是分別知無量諸行地入於智慧處其輪不退轉微妙廣大智深入如來境入已不退轉說名普賢慧一切最勝尊普入佛境界修行不退轉得無上菩提

五三頌法輪深入行

無量無邊心各各差別業皆由想積集平等悉了知染汙非染汙學心無學心不可說諸心念念中悉知了知非一二非染亦非淨亦復無雜亂皆從自想起如是悉明見一切諸衆生心想各不同起種種世間以如是方便修諸最勝行從佛法化生得名爲普賢

六無量無邊下五頌了知根器行

衆生皆妄起善惡諸趣想由是或生天或復墮地獄菩薩觀世間妄想業所起妄想無邊故世間亦無量一切諸國土想網之所現幻網方便故一念悉能入

七三頌了世業惑行

眼耳鼻舌身意根亦如是世間想別異平等皆能入一一眼境界無量眼皆入種種性差別無量不可說所見無差別亦復無雜亂各隨於自業受用其果報普賢力無量悉知彼一切一切眼境界大智悉能入如是諸世間悉能分別知而修一切行亦復無退轉

八五頌了達根境無礙行

佛說衆生說及以國土說三世如是說種種悉了知

九一頌知四種說法行而剎說等者略有三義一約通力二約融通一說一切說故

三約顯理是説菩薩觸境皆了知故則觸類成教如香飯等九有一頌者即三世間及時爲四若時分三世間則成六種若於三世各三世間則有九種總一切説即是十義從而剎等説者釋義剎及三世此義微隱故疏釋之言融通者一塵即攝一切何得剎中無説言顯理者如色即顯質礙即顯緣生即顯無常即顯無性等言則觸類成教者證顯理義如前教體中明

過去中未來未來中現在三世互相見一一皆明了如是無量種開悟諸世間一切智方便邊際不可得

十末後二頌三世攝化行平等因竟

大方廣佛華嚴經疏鈔會本第四十九

音釋

啞羊　上倚下切音瘂瘖瘂不能言也

大方廣佛華嚴經疏鈔會本第五十之一

唐于闐國三藏沙門實叉難陀　譯

唐清涼山大華嚴寺沙門澄觀撰述

如來出現品第三十七

初來意者前品明稱果之因此品辨如因之果體雖平等不壞二相先因後果義次第故亦爲答前不思議品出現念故答第二會所行問故會釋如前答第二會問者以不思議法品中出現即第二會所行故二釋名者如來是有法之人即三身十身之通稱出現是依人之法果用化用之總名如來雖見上文對出現故重辨十身皆有出現且寄三身以明然來即出現爲分人法曉喻分明故重辨之若依法身如來者即諸法如義如理常現名爲出現故文云普現一切而無所現又云體性平等不增減等若依報身乘如實道來成正覺故曰如來本性功德一時頓顯名爲出現故文云如來成正覺時於一切義無所疑惑普見一切衆生成正覺等若依化身則乘薩婆若乘來化衆生故曰如來則應機大用一時出現文云以本願力現佛身令見如來大神變又云隨其所能隨其勢力於菩提樹下以種種身成正覺等今以新佛舊成曾無二體新成舊佛法報似分無不應時故即真而應應隨性起故即應而真三佛圓融十身無礙故辨應現即顯真成若依法身下三別釋然法身若約報上論法應云真如出纏是法身出現今以出纏爲報直就體上故云如理常現餘二可知新新佛舊成者以報就法如出模之像像本舊成故無二體新成舊佛者以法就報如金成像金像似分以有未成像金故今成像竟似分二矣前對是非異此對是非一非一即非異故

言似分竟無二體無不應時下第二真應相對以辯融通法報皆真體上常用故卽真成應用不離體故卽應而真三佛圓融下第三結融三十謂以三佛收於十佛不出三身三身既融十身卽三自然無礙故辯應成下結成正義是以晉名性起性字雖是義加未爽通理以應雖從緣不違性故無不從此法界流故以淨奪染性即起故若離於緣性叵說故下加性起菩薩表所說故妄雖即性不順性故今以起義多含直云出現從性從因從真從感皆出現故若唯辨應身出現非唯失前二義亦未足顯深何能融前差別之果若以來爲現義則如來即出現持業釋也若分人法三皆如來之出現揀餘出故是以晉名下第二會品名二經品名卽爲二別先會晉經初二句總標以將晉經用成前義故有是以之言雖是義加者梵本無故以應雖從緣下釋性起義順應現義於中總有六義證成性起今初立理卽不相違門然出現義亦名緣起亦名性起若取相說覽

緣出現故名緣起謂由衆生業感如來大悲而出現故八相成道從法性生故名性起入以從緣無性緣起卽名性起又淨緣起常順於性亦名性起故云應雖從緣不違性故無不從下第二引梁論證成卽相成門明性性成於緣故此性起自有二義一從緣無性而爲性起二法性隨緣故名性起前段卽初義今段卽後義亦應云無不還證此法身故此乃緣起能成性起卽是前義但前取無違今取相成是故此爲相成門也以淨奪染者第三卽明相奪門亦是通妨謂有問言性起唯淨緣起通染云何緣起卽是性起故爲此通謂緣起有二一染二淨淨謂如來大悲菩薩萬行等染謂衆生惑業等若以染奪淨則屬衆生故唯緣起今以淨奪染唯屬諸佛故名性起若離於緣者卽第四相卽門亦是通妨以謂有問言緣起約事性起約理如何相卽故爲此通從緣無性方顯性起又由見緣推知性起若離於緣復論何性離緣有性是斷空故下加性起者卽第五段引當經證卽以人表法門妄雖卽性下第六以妄隱真門亦是解妨妨云若緣卽性妄本自空當體卽性何以不得染奪淨耶故爲此通淨緣順性染緣違故瓔珞云始起一想住於緣順第一義諦爲善違背爲惡今以起義多含直云出現下第二會通今經則性起局性智現卽起起含緣性故曰多含言從性者性起卽法身從因者緣起緣起卽報身從真從感卽是化身而從真約

佛通於緣性謂依法身而起於化名曰從真從感約生卽是緣起由上諸義故云多合

第三宗趣平等出現爲宗融差别果爲趣

爾時世尊從眉間白毫相中放大光明名如來出現無量百千億那由他阿僧祇光明以爲眷屬其光普照十方盡虛空法界一切世界右繞十帀顯現如來無量自在覺悟無數諸菩薩衆震動一切十方世界除滅一切諸惡道苦映蔽一切諸魔宮殿顯示一切諸佛如來坐菩提座成等正覺及以一切道場衆會作是事已而來右繞菩薩衆會

四正釋文文爲七分一加分二本分三請分四說分五顯名受持分六表瑞證成分七偈頌總攝分今初有二光毫先加請主後口光加說主前中三初光次加後益光

中有十分三一光出處眉間者表正道離有無二邊故表無住道離真應二邊故白毫者表所出現性無垢故能詮出現諸教本故二放大下辨光名體如所說故三無量下八段皆是光業初眷屬光卽是因業總攝諸法皆此生故四其光下舒業五顯現下敬業六覺悟下覺業七除滅下止業八映蔽下降伏業九顯示下示現業十作是下卷業

入如來性起妙德菩薩頂

二入如來下正明加相所以加此菩薩者如名所顯故性有二義一種性義因所起故二法性義若真若應皆此生故亦有釋云此之妙德卽是文殊說此法門加性起稱此釋無違大理以文殊大智爲能顯普

賢法界爲所顯共成毗盧遮那之出現故
亦是解行滿故佛出現也從頂入者是加
持相妙智之極方能顯故
時此道場一切大衆身心踊躍生大歡喜作
如是念甚奇希有今者如來放大光明必當
演說甚深大法
第三時此道場下加益中二先大衆同欣
知法將被故
爾時如來性起妙德菩薩於蓮華座上偏袒
右肩右跽合掌一心向佛而說頌言
二爾時下妙德領旨知令求說主故於中
二先長行身心致敬跽者跪也
正覺功德大智出普達境界到彼岸等於三
世諸如來是故我今恭敬禮
已升無相境界岸而現妙相莊嚴身放於離
垢千光明破魔軍衆咸令盡
十方所有諸世界悉能震動無有餘未曾恐
怖一衆生善逝威神力如是
虛空法界性平等已能如是而安住一切含
生無數量咸令滅惡除衆垢
苦行勤勞無數劫成就最上菩提道於諸境
界智無礙與一切佛同其性
後偈頌讃請十偈分二前五讃後五請前
中初一總讃申敬餘四別讃放光中有讃
因讃果讃用等文並可知
導師放此大光明震動十方諸世界已現無
量神通力而復還來入我身
決定法中能善學無量菩薩皆來集令我發
起問法心是故我今請法王
今此衆會皆清淨善能度脫諸世間智慧無

邊無染著如是賢勝咸來集
利益世間尊導師智慧精進皆無量今以光
明照大衆令我問於無上法
誰於大仙深境界而能真實具開演誰是如
來法長子世間尊導願顯示
後五中初一自叙得益即是領旨次偈領
衆意請次偈歎衆堪聞次偈叙佛令請後
偈正求說主已領佛意故不請佛
爾時如來即於口中放大光明名無礙無畏
百千億阿僧祇光明以爲眷屬普照十方盡
虛空等法界一切世界右繞十帀顯現如來
種種自在開悟無量諸菩薩衆震動一切十
方世界除滅一切諸惡道苦映蔽一切諸魔
宮殿顯示一切諸佛如來坐菩提座成等正
覺及以一切道場衆會作是事已而來右繞
菩薩衆會入普賢菩薩摩訶薩口其光入已
普賢菩薩身及師子座過於本時及諸菩薩
身座百倍唯除如來師子之座
第二口光加說主者示所請故文中三初
光次加後益今初亦十一出處口放者表
教道傳通故二光明令得無礙辨不畏大
衆及深理故餘如前辨二入普下加中入
口者教以口傳故如佛說故加普賢者是
普賢行之果故所證法界由理顯故三其
光入下明益中唯除如來揀師資故
爾時如來性起妙德菩薩問普賢菩薩摩訶
薩言佛子佛所示現廣大神變令諸菩薩皆
生歡喜不可思議世莫能知是何瑞相普賢
菩薩摩訶薩言佛子我於往昔見諸如來應
正等覺示現如是廣大神變即說如來出現

法門如我惟忖今現此相當說其法說是語時一切大地悉皆震動出生無量問法光明

第二爾時下本分中三初徵事而問次引例以答答即是本後說是語下表瑞證成顯說希奇纔聞其名已有徵故大地動者大法將顯大惑將傾故出問法光者冥加智慧助發請故

時性起妙德菩薩問普賢菩薩言佛子菩薩摩訶薩應云何知諸佛如來應正等覺出現之法願爲我說佛子此諸無量百千億那由他菩薩衆會皆久修淨業念慧成就到於究竟大莊嚴岸具一切佛威儀之行正念諸佛未曾忘失大悲觀察一切衆生決定了知諸大菩薩神通境界已得諸佛神力所加能受一切如來妙法具如是等無量功德皆以來集佛子汝已曾於無量百千億那由他佛所承事供養成就菩薩最上妙行於三昧門皆得自在入一切佛祕密之處知諸佛法斷衆疑惑爲諸如來神力所加知衆生根隨其所樂爲說真實解脫之法隨順佛智演說佛法到於彼岸有如是等無量功德善哉佛子願說如來應正等覺出現之法身相言音心意境界所行之行成道轉法輪乃至示現入般涅槃見聞親近所生善根如是等事願皆爲說

第三時性起下請分中有長行與偈前中四一總舉法請二佛子此諸下歎衆堪聞三佛子汝已下歎說主具德四善哉下標章別請前二可知三中別歎十事一供多佛必曾聞故二成妙行曾已修故三定自

在有所依故四親證入故五知教道故六除他疑故七上力加故八審根器故九能隨說故十順智到彼岸得意深故有如是下總結既有說德堪宜說故第四標章別請中初句讚善躡前三段後列十事以顯無盡一如來出現之法此是總相總集多緣成出現法法含持軌餘九是別初三即三業祕密四境即智之所緣亦分齊境五依境修行通因通果六成菩提道七成轉法輪八應必示涅槃九若存若亡見聞皆益備斯九事一化始終有云初一所依之法餘九能依之德亦有斯理如是下結請時如來性起妙德菩薩欲重明此義向普賢菩薩而說頌曰

善哉無礙大智慧　善覺無邊平等境　願說無量佛所行　佛子聞已皆欣慶

菩薩云何隨順入　諸佛如來出與世　云何身語心境界　及所行處願皆說

云何諸佛成正覺　云何如來轉法輪　云何善逝般涅槃　大衆聞已心歡喜

若有見佛大法王　親近增長諸善根　願說彼諸功德藏　衆生見已何所獲

若有得聞如來名　若現在世若涅槃　於彼福藏生深信　有何等利願宣說

第二爾時下偈請十偈分三初一讚德標請頌前第三段次四舉法別請頌第四段

此諸菩薩皆合掌　瞻仰如來仁及我　大功德海之境界　淨衆生者願爲說

願以因緣及譬喻　演說妙法相應義　衆生聞已發大心　疑盡智淨如虛空

如徧一切國土中諸佛所現莊嚴身願以妙
音及因喻示佛菩提亦如彼
十方千萬諸佛土億那由他無量劫如今所
集菩薩衆於彼一切悉難見此諸菩薩咸恭
敬於微妙義生渴仰
願以淨心具開演如來出現廣大法
三有五偈歎德勸請通頌後三段於中初
偈總讃請次二偈勸說之方以法深難領
故請說因喻次一偈半歎衆堪聞末後半
偈結請所說淨心顯無說過具演文義周
圓
爾時普賢菩薩摩訶薩告如來性起妙德等
諸菩薩大衆言佛子此處不可思議
第四說分大分爲二初別答十問後佛子
如來以一切譬下總以結酬今初十段答
前十問各有長行偈頌一一具十今初答
出現之法長行中二初標告歎深
所謂如來應正等覺以無量法而得出現
二所謂下隨義別顯於中三初法說深廣
酬前因緣二佛子譬如下喻明深廣雙酬
因喻後佛子至知如來出現下總結成益
結上十喻初中分三謂標釋結今初總標
多因成出現果
何以故非以一緣非以一事如來出現而得
成就以十無量百千阿僧祇事而得成就
二何以下釋於中二先徵以總釋後何等
爲下徵數別明今初先反釋緣約能成之
緣事即所成因體後以十下順釋向言無
量乃是總相今明有十箇無量以顯無盡
理實則有百千阿僧祇數無量此十無量

皆徧十喻言百千者古人云以十無量入中十喻成百以後結中十句一一結前百門爲千其中更有别義方成無量今以下列十中門門皆云無量則不俟相入是知百千之言但是數之總稱耳

何等爲十所謂過去無量攝受一切衆生菩提心所成故過去無量清淨殊勝志樂所成故過去無量救護一切衆生大慈大悲所成故過去無量相續行願所成故過去無量修諸福智心無厭足所成故過去無量供養諸佛教化衆生所成故過去無量智慧方便清淨道所成故過去無量清淨功德藏所成故過去無量莊嚴道智所成故過去無量通達法義所成故

二徵數别明中一始發大心誓期出現故此心何相二明上求勝志三明下化慈悲四行以續願此行謂何五明不出福智六别顯福嚴七别明智嚴八淨前功德九嚴前智慧所謂方便道教道證道無住道正道助道一道二道等皆莊嚴故十窮究法源真實智故

佛子如是無量阿僧祇法門圓滿成於如來三佛子如是下結中既皆過去積因多法圓滿令二利果一時出現故出現言通真通應

佛子譬如三千大千世界非以一緣非以一事而得成就以無量緣無量事方乃得成

第二喻明深廣中十喻各三謂喻合結喻酬譬喻合酬因緣故文云非以一緣一事而得出現又前法説多約往因此中合文

多約現緣十中一大千與造喻此喻爲總總喻衆緣以成出現故云以無量緣等下說雲雨皆此所霔初喻中四一總辨多緣二別顯緣相三顯被因起四性相結成今初先反後順緣卽因緣如衆生業及風雨等事卽事相謂如所持水及宫殿等

所謂興布大雲降霔大雨四種風輪相續爲依其四者何一名能持能持大水故二名能消能消大水故三名建立建立一切諸處所故四名莊嚴莊嚴分布咸善巧故

二所謂下別顯中先雲雨上霔後風輪下持一能持者若無此輪雨無停處二水若不減凝起天宫三水雖已減假此成立謂減一節水起一重天如嚴冬急流重重冰結四雖起總處無別莊嚴故須第四

如是皆由衆生共業及諸菩薩善根所起令於其中一切衆生各隨所宜而得受用

三如是皆由下顯彼因起謂上雲等略由二因一衆生外增上業言共業者謂多有情應生此界共業同變於中有四句謂共中共等

一衆生者揀異內異熟業謂多有情者卽唯識論釋初能變中處之一字論云所言處者謂異熟識由共相種成熟力故變似色等器世間相卽外大種及所造色雖諸有情所變各別而相相似處所無異如衆燈明各遍似一釋曰此釋共變之義相似名共論又云誰異熟識變爲此相有義一切所以者何如契經說一切有情業增上力共所起故有義不許乃至云經依少分說一切言諸業同者皆共變故釋曰此揀通局卽令疏文疏依此義云應生此界故下經云各隨所宜而得受用若不應生豈安樂界所有衆生變爲此界之穢土耶於中有四者卽唯識第二引瑜伽論說共不共中各有二種共中二者一共中共如山河等非唯一趣獨能用故二共中不共如已田宅及鬼所見爲水火等卽於彼境非互用也不共中二者一不共中不共如眼等根唯自識依用之緣境非他依故二不共中共如自浮塵根他亦

受用故根即不耳二菩薩善根此有二意一約同
居謂地前菩薩二約能化謂隨諸衆生應
以何國起菩薩根等便修彼因以取彼國
故有衆生類即菩薩佛國令於其中下顯
受用果謂先成器界後起衆生依之而住
如俱舍婆沙等辨一約同居者地前菩薩未生受用同居變化亦以善業共變此土二約能化者即淨名意能化菩薩非自業成以大悲故取土攝生及衆生之類皆淨名經並如世界成就品引謂先成器界者俱舍十二云壞從獄不生至外器都盡成劫從風起至地獄初生論釋云謂成劫中初一劫起器世間後十九劫起有情漸住壞中後劫壞於器界前十九劫有情漸捨二十中劫初劫唯滅後劫唯增然此二時等中十八成壞時量法爾先成必在後壞各隨所宜
者謂水族衆生得水受用等又人羅刹宮
殿無礙菩薩衆生淨穢同居
佛子如是等無量因緣乃成三千大千世界
法性如是無有生者無有作者無有知者無
有成者然彼世界而得成就
第四佛子如是下性相結成中先結前生
後後法性如是下正結此句爲總此法性
言通於性相無有生下別顯性空亦遮其
妄計謂非冥性微塵等生非自在梵王等
作無神我能知上三顯能作空無有成者
顯所作空雖能所俱空不礙相有故云而
得成就如是無礙爲法性如是
如來出現亦復如是非以一緣非以一事而
得成就以無量因緣無量事相乃得成就所
謂曾於過去佛所聽聞受持大法雲雨因此
能起如來四種大智風輪何等爲四一者念
持不忘陀羅尼大智風輪能持一切如來大
法雲雨故二者出生止觀大智風輪能消竭
一切煩惱故三者善巧迴向大智風輪能成

就一切善根故四者出生離垢差別莊嚴大智風輪令過去所化一切衆生善根清淨成就如來無漏善根力故如來如是成等正覺法性如是無生無作而得成就佛子是爲如來應正等覺出現第一相菩薩摩訶薩應如是知

次合中略不合第三顯彼所因以次下二喻自別合故合四輪中前三是因後一二利果滿因圓果滿佛出現故一品之内多以依喻正者非唯義類相似實則外由内變故令外器全似於内是以上云菩薩善根所起衆生共業所生等華藏品中已略開顯一品之中下總顯喻意

復次佛子譬如三千大千世界將欲成時大雲降雨名曰洪霔一切方處所不能受所不能持唯除大千界將欲成時佛子如來應正等覺亦復如是興大法雲雨大法雨名成就如來出現一切二乘心志狹劣所不能受所不能持唯除諸大菩薩心相續力佛子是爲如來應正等覺出現第二相菩薩摩訶薩應如是知

第二洪霔大千喻此之雲雨即前喻中興雲降雨正喻出現法門廣大難知周十方故言心相續力者若約信受但是圓機堅種相續能受深旨若約具受則八地已上得無盡陀羅尼方能受持乃至十地方受如來雲雨說法是以文言除大菩薩由初義故但揀二乘廣大難知者下結文疏以十句各結一喻文皆暗用可以意得

復次佛子譬如衆生以業力故大雲降雨來

無所從去無所至如來應正等覺亦復如是以諸菩薩善根力故興大法雲雨大法雨亦無所從來無所至去佛子是爲如來應正等覺出現第三相菩薩摩訶薩應如是知

第三雲雨無從喻菩薩善根如生共業感彼出現法雲法雨機感而現非先有一方所從彼而來機謝而去亦非歸至舊所故體無生滅（體無生滅下結文結第三也）

復次佛子譬如大雲降霔大雨大千世界一切衆生無能知數若欲筭計徒令發狂唯大千世界主摩醯首羅以過去所修善根力故乃至一滴無不明了佛子如來應正等覺亦復如是興大法雲雨大法雨一切衆生聲聞獨覺所不能知若欲思量心必狂亂唯除一切世間主菩薩摩訶薩以過去所修覺慧力故乃至一文一句入衆生心無不明了佛子是爲如來應正等覺出現第四相菩薩摩訶薩應如是知

第四大雨難知喻喻深非心境故古云教廣行大因深果遠故非預二乘亦不乖理但是大機即世間主無能所行即能知之

復次佛子譬如大雲降雨之時有大雲雨名爲能滅能滅火災有大雲雨名爲能起能起大水有大雲雨名爲能止能止大水有大雲雨名爲能成能成一切摩尼諸寶有大雲雨名爲分別分別三千大千世界佛子如來出現亦復如是興大法雲雨大法雨有大法雨名爲能滅能滅一切衆生煩惱有大法雨名爲能起能起一切衆生善根有大法雨名爲能止能止一切衆生見惑有大法雨名爲能

成能成一切智慧法寶有大法雨名爲分別分別一切衆生心樂佛子是爲如來應正等覺出現第五相菩薩摩訶薩應如是知

第五大雨成敗喻況佛滅惑成德喻中初一即壞界之時三即以水止水合中初二滅惑成福次二滅障成智即止觀雙運後一權智照機又無二同二乘無三同外道無四增無明無五非種智此即分上總中法雨令差

復次佛子譬如大雲雨一味水隨其所雨無量差別如來出現亦復如是雨於大悲一味法水隨宜說法無量差別佛子是爲如來應正等覺出現第六相菩薩摩訶薩應如是知

第六一雨隨別喻喻佛一味隨器隨器即合前差別

復次佛子譬如三千大千世界初始成時先成色界諸天宮殿次成欲界諸天宮殿次成於人及餘衆生諸所住處佛子如來出現亦復如是先起菩薩諸行智慧次起緣覺諸行智慧次起聲聞善根諸行智慧次起其餘衆生有爲善根諸行智慧佛子譬如大雲雨一味水隨諸衆生善根異故所起宮殿種種不同如來大悲一味法雨隨衆生器而有差別佛子是爲如來應正等覺出現第七相菩薩摩訶薩應如是知

第七勝處先成喻喻佛勝緣先濟德文中先正明後佛子譬如下牒以釋疑先成由業力法異由機殊不乘第六一味

復次佛子譬如世界初欲成時有大水生徧滿三千大千世界生大蓮華名如來出現功

德寶莊嚴徧覆水上光照十方一切世界時摩醯首羅淨居天等見是華已即決定知於此劫中有爾所佛出興于世佛子爾時其中有風輪起名善淨光明能成色界諸天宮殿有風輪起名淨光莊嚴能成欲界諸天宮殿有風輪起名堅密無能壞能成大小諸輪圍山及金剛山有風輪起名勝高能成須彌山王有風輪起名不動能成十大山王何等爲十所謂佉陀羅山仙人山伏魔山大伏魔山持雙山尼民陀羅山目真隣陀山摩訶目真隣陀山香山雪山有風輪起名爲安住能成大地有風輪起名爲莊嚴能成地天宮殿龍宮殿乾闥婆宮殿有風輪起名無盡藏能成三千大千世界一切大海有風輪起名普光明藏能成三千大千世界諸摩尼寶有風輪起名堅固根能成一切諸如意樹佛子大雲所雨一味之水無有分別以衆生善根不同故風輪不同風輪差別故世界差別

第八事別由因喻喻佛成辦大事德亦是德殊由智喻喻中分三初蓮華表佛總中略無名出現者表佛現故而言大者準五卷大悲經第三云有千葉故光照十方者金色光也言爾所佛者有千枝華表千佛故故劫名賢賢善多故餘多同此二佛子爾時下風輪起處者即有力遥持廣前建立風輪三佛子大雲下結因有屬準五卷大悲者經云阿難何故名爲賢劫阿難此三千大千世界劫欲成時盡爲一水淨居天子以天眼觀見此世界唯一大水見有千枝諸妙蓮華一一蓮華各有千葉甚可愛樂彼淨居天子因見此華心生歡喜踊躍無量而皆讃言奇哉希有奇哉希有如此劫中當有千佛出興於世以是因緣遂名此劫號之爲賢我滅度後當有九百九十六佛

佛子如來出現亦復如是具足一切善根功德放於無上大智光明名不斷如來種不思議智普照十方一切世界與諸菩薩一切如來灌頂之記當成正覺出與於世佛子如來出現復有無上大智光明名清淨離垢能成如來無漏無盡智復有無上大智光明名普照能成如來普入法界不思議智復有無上大智光明名持佛種性能成如來不傾動力復有無上大智光明名迥出無能壞能成如來無畏無壞智復有無上大智光明名一切神通能成如來諸不共法一切智智復有無上大智光明名出生變化能成如來令見聞親近所生善根不失壞智復有無上大智光明名普隨順能成如來無盡福德智慧之身爲一切衆生而作饒益復有無上大智光明名不可究竟能成如來甚深妙智隨所開悟令三寶種永不斷絕復有無上大智光明名種種莊嚴能成如來相好嚴身令一切衆生皆生歡喜復有無上大智光明名不可壞能成如來法界虛空界等殊勝壽命無有窮盡

二合中亦三先合蓮華表佛喻於中一切善根功德合上大水徧滿放於下合生蓮華謂不斷種性如華表佛故普照十方合上光照十方與諸菩薩下合知佛當出第二佛子下合風輪起處喻此十智光次第合前所成唯果德能成通因果又能成即實之權所成唯差別之德故下結云同一體等次第合前者一清淨離垢光合善淨光明風輪此約能成若約所成義類亦同此一能成如來無漏無盡智合成色界色界離於欲過故如無漏四禪不壞如無盡也二普照光合淨莊嚴風輪三持佛種性合堅密無能壞四迥出無能壞合勝

高輪五一切神通合不動輪六出生變化合安住輪七普隨順合莊嚴輪八不可究竟合無盡藏九種種莊嚴合普光明藏十不可壞合堅固根其所成德可以意取所成雖果德雖釋於法如無漏無盡智不傾動力等皆果德也能成通因果者如持佛種性一切神通皆通因果

佛子如來大悲一味之水無有分別以諸衆生欲樂不同根性各别而起種種大智風輪令諸菩薩成就如來出現之法佛子一切如來同一體性大智輪中出生種種智慧光明佛子汝等應知如來於一解脫味出生無量不可思議種種功德衆生念言此是如來神力所造佛子此非如來神力所造佛子乃至一菩薩不於佛所曾種善根能得如來少分智慧無有是處但以諸佛威德力故令諸衆生具佛功德而佛如來無有分别無成無壞無有作者亦無作法佛子是爲如來應正等覺出現第八相菩薩摩訶薩應如是知

第三佛子如來下合結因有屬於中三一結因即能成之智合上一味之水風輪不同此輪由一節水減一重輪生如澄水沍今推能成由一味大悲二佛子一切下結果即所成之大智從一實之智隨權而生合上風輪差別故世界差别三佛子汝等下結緣即由衆生異合上以衆生善根不同兼釋外疑於中又三初牒前正理一解脫味即能成之水水具二義悲及解脫二文影略種種功德通能所二智二衆生念言舉外疑情然感應之道略有三義一互相成二互相奪三緣成性空今衆生以緣奪因純推佛力失因緣義以緣奪因者此中化生以衆生自力爲因佛力爲緣餘可思準三佛子此非下如來爲釋

於中初以因奪緣一向言非次但以下爲説正義初句因緣相成後而佛下有二義一成上因緣雖隨衆生心無分别二成第三義了性空故緣成故無成無成故無壞所成既空何有能成作者及作法耶

復次佛子如依虛空起四風輪能持水輪何等爲四一名安住二名當住三名究竟四名堅固此四風輪能持水輪水輪能持大地令不散壞是故説地輪依水輪水輪依風輪風輪依虛空虛空無所依雖無所依能令三千大千世界而得安住

第九四輪相依喻況佛體用依持德亦廣建立風之别義喻中二先明能持之風有四者一一時持水名安住二多時不動名常住三與劫齊量四體性堅密是以俱舍云假使有一大諾健那以金剛輪奮威懸擊金剛有碎風輪無損其量廣無數厚十六洛叉彼但有一與此不同二此四下四輪相依準俱舍論次上水輪厚八洛叉洛叉億也次上更有金輪厚三億二萬由旬然其世界或説三輪成謂風水金或説五輪謂下加虛空上加大地今欲稱法合成四輪則地中含金金亦地故（大諾健那者此云露形也其量廣無數厚十六洛叉是俱舍頌上二句云安立器世間風輪最居下）

佛子如來出現亦復如是依無礙慧光明起佛四種大智風輪能持一切衆生善根何等爲四所謂普攝衆生皆令歡喜大智風輪建立正法令諸衆生皆生愛樂大智風輪守護一切衆生善根大智風輪具一切方便通達無漏界大智風輪是爲四佛子諸佛世尊大

慈救護一切衆生大悲度脱一切衆生大慈大悲普徧饒益然大慈大悲依大方便善巧大方便善巧依如來出現如來出現依無礙慧光明無礙慧光明無有所依佛子是爲如來應正等覺出現第九相菩薩摩訶薩應如是知

二合中先合能持四風有配四攝義則少似既合以如來出現則成太局今謂一未信入者以四攝普攝示以正理二已信受者建立教法三已入法者令其成行四已成行者令其得果二佛子下合四輪相依一慈悲合地能厚載故二方便合水曲隨器故出現合風力能持故無礙合空如空無礙故故淨名云其無礙慧無若干故文意雖但取展轉相依不妨有似其事若準偈中慈悲之前有一切佛法以況樹林則五重相依故淨名云者即菩薩行品經前已頻引令更畧示因說香飯爲佛事竟便明諸佛功德平等云阿難汝見諸佛國土地有若干而虛空無若干也汝見諸佛色身有若干其無礙慧無若干也

復次佛子譬如三千大千世界既成就已饒益無量種種衆生所謂水族衆生得水饒益陸地衆生得地饒益宮殿衆生得宮殿饒益虛空衆生得虛空饒益如來出現亦復如是種種饒益無量衆生所謂見佛生歡喜者得歡喜益住淨戒者得淨戒益住諸禪定及無量者得聖出世大神通益住法門光明者得因果不壞益住無所有光明者得一切法不壞益是故說言如來出現饒益一切無量衆生佛子是爲如來應正等覺出現第十相菩薩摩訶薩應如是知

第十大千饒益喻況佛利世德別顯總中一切衆生各隨所宜而得受用合中次第合前四益見佛生喜如魚得潤故戒如平地萬善由生故定如宮室得安息故慧如虛空不可壞故於中二句初不壞事後不壞理

佛子菩薩摩訶薩知如來出現則知無量知成就無量行故則知廣大知周徧十方故則知無來去知離生住滅故則知無行無所行知離心意識故則知無身知如虛空故則知平等知一切衆生皆無我故則知無盡知徧一切剎無有盡故則知無退知盡後際無斷絕故則知無壞知如來智無有對故則知無二知平等觀察爲無爲故則知一切衆生皆得饒益本願迴向自在滿足故

第三總結成益中有十一句各別結上十門以九十二句結第九門故有十一一多因出現故二廣故難受三無生故無從四非心識故思必發狂五如空故感見雙亡六平等無我故一味七由無盡故諸乘徧化八後際無斷故佛種不斷九無對即無礙慧十爲無爲平等即攝三輪歸無礙慧十一本爲衆生故今利益滿足若將一一通前十門未爲得意若將一一下結彈古釋

大方廣佛華嚴經疏鈔會本第五十之一

音釋

踴躍 踊余隴切躍以灼切　跽 渠委切兩膝著地也　垽 魚僅切銀去聲滓也

大方廣佛華嚴經疏鈔會本第五十之二

唐于闐國三藏沙門實叉難陀　譯

唐清涼山大華嚴寺沙門澄觀撰述

爾時普賢菩薩摩訶薩欲重明此義而説頌言

十力大雄最無上譬如虚空無等等境界廣大不可量功德第一超世間

第二偈頌三十七頌分三初十四頌歎深許説次二十二頌頌上十喻後一頌結説無盡不頌上文今初分二前十一頌歎深難量後三頌誡聽許説今初亦二初偈總歎頌前標告不思議言後十別歎即次第頌前總結十一句亦第九偈頌九十二句結既結喻今此亦即通頌前喻喻則性相雙明此中多就性説古稱性起彌復有由

十力功德無邊量心意思量所不及人中師子一法門衆生億劫莫能知

一無邊量即無量義

十方國土碎爲塵或有筭計知其數如來一毛功德量千萬億劫無能説

二一毛叵量即廣大義

如人持尺量虚空復有隨行計其數虚空邊際不可得如來境界亦如是

三空際叵得即無生義然唯此第三偈似頌第五如空第六偈似頌第三無生滅然取義不同故皆案次

或有能於刹那頃悉知三世衆生心設經衆生數等劫不能知佛一念性

四不能知者離心識故

譬如法界徧一切不可見取爲一切十力境

界亦復然徧於一切非一切
五徧於一切非一切者即如空義
眞如離妄恒寂靜無生無滅普周徧諸佛境
界亦復然體性平等不增減
六體性平等即平等無我義
譬如實際而非際普在三世亦非普導師境
界亦如是徧於三世皆無礙
七前徧諸刹此徧三世文綺互耳
法性無作無變易猶如虛空本清淨諸佛性
淨亦如是本性非性離有無
八無變易故盡後際
法性不在於言論無說離說恒寂滅十力境
界性亦然一切文辭莫能辯
九離言說故無二無對
了知諸法性寂滅如鳥飛空無有跡以本願
力現色身令見如來大神變
十本願現身故能成益
若有欲知佛境界當淨其意如虛空遠離妄
想及諸取令心所向皆無礙
是故佛子應善聽我以少譬明佛境十力功
德不可量爲悟衆生今略說
導師所現於身業語業心業諸境界轉妙法
輪般涅槃一切善根我今說
第二誡聽許說中分二初一誡聽勸修淨
意如空總以喻顯下二句別顯一離妄取
如彼淨空無雲翳故斯即眞止二觸境無
滯如彼淨空無障礙故斯即眞觀此觀不
作意以照境則所照無涯此止體性離而
息妄故諸取皆寂若斯則不拂不瑩而自
淨矣無淨之淨則闇蹈佛境矣此爲心要

謂後學思行總以喻顯下此中有深止觀宜審思之　後二偈
許說分齊於中初半偈結前生後後偈半
正示分齊牒舉十門略無行者三業攝故
闕正覺者導師中攝或復略無
譬如世界初安立非一因緣而可成無量方
便諸因緣成此三千大千界
如來出現亦如是無量功德乃得成刹塵心
念尚可知十力生因莫能測
譬如劫初雲澍雨而起四種大風輪衆生善
根菩薩力成此三千各安住
十力法雲亦如是起智風輪清淨意昔所廻
向諸衆生普導令成無上果
如有大雨名洪澍無有處所能容受唯除世
界將成時清淨虛空大風力
如來出現亦如是普雨法雨充法界一切劣
意無能持唯除清淨廣大心
譬如空中澍大雨無所從來無所去作者受
者悉亦無自然如是普充洽
十力法雨亦如是無去無來無造作本行為
因菩薩力一切大心咸聽受
譬如空雲澍大雨一切無能數其滴唯除三
千自在王具功德力悉明了
善逝法雨亦如是一切衆生莫能測唯除於
世自在人明見如觀掌中寶
譬如空雲澍大雨能滅能起亦能斷一切珍
寶悉能成三千所有皆分別
十力法雨亦如是滅惑起善斷諸見一切智
寶皆使成衆生心樂悉分別
譬如空中雨一味隨其所雨各不同豈彼雨
性有分別然隨物異法如是

如來法雨非一異平等寂靜離分別然隨所
化種種殊自然如是無邊相
譬如世界初成時先成色界天宫殿次及欲
天次人處乾闥婆宫最後成
如來出現亦如是先起無邊菩薩行次化樂
寂諸緣覺次聲聞衆後衆生
諸天初見蓮華瑞知佛當出生歡喜水緣風
力起世間宫殿山川悉成立
如來宿善大光明巧别菩薩與其記所有智
輪體皆淨各能開示諸佛法
譬如樹林依地有地依於水得不壞水輪依
風風依空而其虚空無所依
一切佛法依慈悲慈悲復依方便立方便依
智智依慧無礙慧身無所依
譬如世界既成立一切衆生獲其利地水所

住及空居二足四足皆蒙益
法王出現亦如是一切衆生獲其利若有見
聞及親近悉使滅除諸惑惱
第二頌前十喻即爲十段初喻四頌以是
總故餘九各二今初文二前二頌總顯多
緣後二頌别顯緣相其第九喻合云方便
依智者智即頌前出現然初無礙慧是佛
實智中二皆權於中智即知事方便隨機
合上即權實無礙對初即悲智雙游
如來出現法無邊世間迷惑莫能知爲欲開
悟諸含識無譬喻中說其譬
三結說無盡
佛子諸菩薩摩訶薩應云何見如來應正等
覺身
第二别答出現九門先明身業後八依故

長行中二先標舉
佛子諸菩薩摩訶薩應於無量處見如來身
何以故諸菩薩摩訶薩不應於一法一事一
身一國土一衆生見於如來應徧一切處見
於如來
後佛子諸菩薩下釋相於中三初就法總
明次約喻別顯後就法總結然總中五徧
通喻中十身結中十句別結十喻亦同前
出現今初分四一總教廣見二何以故徵
其所由三諸菩薩下反釋所以四應徧一
切下順以結酬就反釋中總舉五法法是
所知法界及調伏法事是調伏衆生行事
故晉經名行身即是正國土是依生是所
化四順結中應翻上五成五無量界身爲
能徧四爲所徧一徧法界二徧調伏界三
徧調伏加行界四徧世界五徧衆生界唯
有五界非是畧也唯有五界者結示正義非是畧也彈於古釋古
云應有十句但文畧耳故今彈之第二佛子譬如下約喻
別顯中明如來出現有十種身一周徧十
方身二無著無礙身三普入成益身四平
等隨應身五無生潛益身六圓廻等住身
七無心普應身八窮盡後際身九嚴刹益
生身十嚴好滿願身此即八地十身而爲
次不同一法身二智身三威勢四菩提五
莊嚴六意生七化八力持九福德十願四
是菩提者初成先照故偈云日光出現故
五莊嚴者一一毛孔隨好光明以莊嚴故
餘文並顯顯此十身擧十喻況一一喻中
文各有三謂喻合結明如來者疏文有四一正科經文二此即
下會釋十身三四是下隨難重釋四一一下釋文此亦古德同迷之處不知此十即

十身故

佛子譬如虛空徧至一切色非色處非至非不至何以故虛空無身故如來身亦如是徧一切處徧一切衆生徧一切法徧一切國土非至非不至何以故如來身無身故爲衆生故示現其身佛子是爲如來身第一相諸菩薩摩訶薩應如是見

今初虛空周徧喻況周徧十方身故下結云以其心無量徧十方故喻中先直示後徵釋徵云至不至別何得俱耶以一無身釋上二義由無身故無可得至亦以無故無所不至如色中空空若有身身即質聚便礙於色如鐵入水水不入鐵今由無身故徧入色中法準喻知此以事空以況理空理空即是法身故經偈云佛以法爲身

清淨如虛空故爲衆生下此釋外疑

復次佛子譬如虛空寬廣非色而能顯現一切諸色而彼虛空無有分別亦無戲論如來身亦復如是以智光明普照明故令一切衆生世出世間諸善根業皆得成就而如來身無有分別亦無戲論何以故從本已來一切執著一切戲論皆永斷故佛子是爲如來身第二相諸菩薩摩訶薩應如是見

第二空無分別喻況無著無礙身故經結云所行無礙如虛空故空無分別不礙顯色智無分別不礙利生

復次佛子譬如日出於閻浮提無量衆生皆得饒益所謂破闇作明變濕令燥生長草木成熟穀稼廓徹虛空開敷蓮華行者見道居者辦業何以故日輪普放無量光故佛子如

來智日亦復如是以無量事普益衆生所謂滅惡生善破愚爲智大慈救護大悲度脱令其增長根力覺分令生深信捨離濁心令得見聞不壞因果令得天眼見歿生處令心無礙不壞善根令智修明開敷覺華令其發心成就本行何以故如來廣大智慧日身放無量光普照耀故佛子是爲如來身第三相諸菩薩摩訶薩應如是見

第三日光饒益喻喻普入成益身普入法界故喻合皆有總别釋成合中别内有十種益合前八句初二合初句世出世異故三拔四流之苦與出世之樂拯二乘沉定水之苦與菩提樂皆變濕令燥之義四道品通長三乘草木五信有二義一成上義信能增長一切法故二合成熟信能必到如來地故六七二句合廓徹虛空一得見聞四諦因果智二得三明十力智如空有日廓淨照徹故八有二義令心無礙成上徹空不壞善根成下蓮華如赤蓮華不遇日光翳死無疑三乘善根若遇智日則便不壞九正合開華上已開不壞今未開今開十合後二句發菩提心即見大道成就本行是辦家業初二合初句世出世異故者謂初二句皆合破暗作明初句滅惡生善即世間破暗作明惡即黑暗善即明故後句破愚為智即是出世破暗作明三拔四流之苦即大慈救護大悲度脱合變濕令燥四流是濕出世是燥定水是濕菩提是燥不沉定水故道品通長下合上生長草木三乘草木即藥草喻品三草二木初會已引

復次佛子譬如日出於閻浮提先照一切須彌山等諸大山王次照黑山次照高原然後普照一切大地日不作念我先照此後照於

彼但以山地有高下故照有先後如來應正等覺亦復如是成就無邊法界智輪常放無礙智慧光明先照菩薩摩訶薩等諸大山王次照緣覺次照聲聞次照決定善根衆生隨其心器示廣大智然後普照一切衆生乃至邪定亦皆普及爲作未來利益因緣令成熟故而彼如來大智日光不作是念我當先照菩薩大行乃至後照邪定衆生但放光明平等普照無礙無障無所分別

第四日光等照喻平等隨應身由住真際故無私平等文中二先正喻後重舉釋疑前中黒山喻緣覺者無法空之光故不出功德故不同菩薩十大山王表十地故高原喻聲聞者不生佛法蓮華故大地一種通含三聚取決定能生處喻正定聚得緣方生喻不定聚砂鹵等地喻邪定聚然亦不捨故皆等照高原喻聲聞者淨名第二云譬如高原陸地不生蓮華卑濕淤泥乃生此華如是聲聞諸結斷者於佛法中無所復益煩惱泥中乃有衆生出佛法矣前亦已引故法華經法師品內穿鑿高原亦況聲聞

佛子譬如日月隨時出現大山幽谷普照無私如來智慧亦復如是普照一切無有分別隨諸衆生根欲不同智慧光明種種有異佛子是爲如來身第四相諸菩薩摩訶薩應如是見

後釋疑云日光是一佛智萬殊豈爲同喻釋云豈不向說但隨山地有高下耶故知但隨衆生智慧不同佛無私智無若干也未達前喻又既約機說異則照高未能兼下照下而猶照高又若捨化先捨於小次捨於中唯菩薩高山盡日常照思之又既約機

者如照高山未照黑山若照黑山即照高山謂說華嚴是照高山二乘不預說阿含等菩薩常聞等餘例可知又若捨化下約會權歸實然經但有先照高言無有後照高山之語今以義求必有之矣會權歸實先棄人天非出離故如平地落照次捨聲聞令自悟故如高無光次捨緣覺令起悲故如黑山掩曜次捨三乘歸一乘故如山銜夕陽故先大後小即從本流末於一佛乘分別說三等捨小歸大即攝末歸本則二義皆具

復次佛子譬如日出生盲衆生無眼根故未曾得見雖未曾見然爲日光之所饒益何以故因此得知晝夜時節受用種種衣服飲食令身調適離衆患故

第五日益生盲喻喻佛無生潛益身有目者覩非是獨爲生盲不見亦未曾滅以潛益故

如來智日亦復如是無信無解毀戒毀見邪命自活生盲之類無信眼故不見諸佛智慧日輪雖不見佛智慧日輪亦爲智日之所饒益何以故以佛威力令彼衆生所有身苦及諸煩惱未來苦因皆消滅故

合中二先略後廣略中五事皆盲而無信爲總故云無信眼故此即涅槃闡提三罪無信斷善即一闡提無解毀見即謗方等毀戒邪命即犯四重禁作五逆罪此四至惡猶有佛性亦爲饒益令離苦集

畧中五事皆盲等者亦通外難謂有問言五事皆盲何不言無解眼等答意可知此即涅槃下會涅槃第九初明三罪最重有涅槃因不說闡提後聖行品下收闡提云一闡提人雖斷善根猶有佛性故總收之此四明至惡不捨言三罪者一謗方等經二犯四重三作五逆罪此三未必撥無因果撥無因果即一闡提令離苦集者現在身苦爲苦果也及諸煩惱未來苦因義兼惑業上二皆集

佛子如來有光明名積集一切功德有光明名普照一切有光明名清淨自在照有光明

名出大妙音有光明名普解一切語言法令他歡喜有光明名示現永斷一切疑自在境界有光明名無住智自在普照有光明名永斷一切戲論自在智有光明名隨所應出妙音聲有光明名出清淨自在音莊嚴國土成熟衆生佛子如來一一毛孔放如是等千種光明五百光明普照下方五百光明普照上方種種刹中種種佛所諸菩薩衆

後佛子如來下廣顯中二先能益光後所益衆今初二先列十光後結分齊今初十中初三成二莊嚴慧中二句一普照事一照淨理次三成三慧初二成聞慧後一成思修後四成四智大圓鏡智無住普照故平等性智絕戲論故妙觀察智隨應演故成所作智嚴土化生故佛子下結數分齊

以日有千光故結云千實乃無數五百照下者五位自分行五百照上者五位勝進行

其菩薩等見此光明一時皆得如來境界十頭十眼十耳十鼻十舌十身十手十足十地十智皆悉清淨彼諸菩薩先所成就諸處諸地見彼光明轉更清淨一切善根皆悉成熟趣一切智住二乘者滅一切垢其餘一分生盲衆生身既快樂心亦清淨柔輭調伏堪修念智

二其菩薩下所益中有四初益菩薩二益二乘三益生盲四益惡趣菩薩有二種益一益圓機頓證佛境二益權機令熟權趣實諸處謂五眼等諸地謂種性地等二乘生盲可知

地獄餓鬼畜生諸趣所有衆生皆得快樂解脱衆苦命終皆生天上人間佛子彼諸衆生不覺不知以何因緣以何神力而來生此彼生盲者作如是念我是梵天我是梵化是時如來住普自在三昧出六十種妙音而告之言汝等非是梵天亦非梵化亦非帝釋護世所作皆是如來威神之力彼諸衆生聞是語已以佛神力皆知宿命生大歡喜心歡喜故自然而出優曇華雲香雲音樂雲衣雲蓋雲幢雲旛雲末香雲寶雲師子幢半月樓閣雲歌詠讚歎雲種種莊嚴雲皆以尊重心供養如來何以故此諸衆生得淨眼故如來與彼授阿耨多羅三藐三菩提記佛子如來智日如是利益生盲衆生令得善根具足成熟佛子是爲如來身第五相諸菩薩摩訶薩應如是見

四地獄下光益惡趣文有六段一拔苦與樂二佛子下因起邪見三是時下慈音示正四彼諸下廻邪報恩五如來下佛與授記六佛子下結光利益此中諸益多同隨好

復次佛子譬如月輪有四奇特未曾有法何等爲四一者映蔽一切星宿光明二者隨逐於時示現虧盈三者於閻浮提澄淨水中影無不現四者一切見者皆對目前而此月輪無有分別無有戲論佛子如來身月亦復如是有四奇特未曾有法何等爲四所謂映蔽一切聲聞獨覺學無學衆隨其所宜示現壽命修短不同而如來身無有增減一切世界淨心衆生菩提器中影無不現一切衆生有

瞻對者皆謂如來唯現我前隨其心樂而爲說法隨其地位令得解脱隨所應化令見佛身而如來身無有分別無有戲論所作利益皆得究竟佛子是爲如來身第六相諸菩薩摩訶薩應如是見

第六月光奇特喻喻佛圓廻等住身謂等住三世無增減故合中四法者一圓智映二乘二常身示延促三由器見有無四所見無向背初及後二皆圓廻義菩提器者堪受菩提之人覩意生身若心海澄清妄念都寂則眞見佛矣

復次佛子譬如三千大千世界大梵天王以少方便於大千世界普現其身一切衆生皆見梵王現在已前而此梵王亦不分身無種種身佛子諸佛如來亦復如是無有分別無有戲論亦不分身無種種身而隨一切衆生心樂示現其身亦不作念現若干身佛子是爲如來身第七相諸菩薩摩訶薩應如是見

第七梵王普現喻喻佛無心普應身不分而徧故

復次佛子譬如醫王善知衆藥及諸呪論閻浮提中諸所有藥用無不盡復以宿世諸善根力大明呪力爲方便故衆生見者病無不愈彼大醫王知命將終作是念言我命終後一切衆生無所依怙我今宜應爲現方便是時醫王合藥塗身明呪力持令其終後身不分散不萎不枯威儀視聽與本無別凡所療治悉得除差

第八醫王延壽喻喻佛窮盡後際身喻中二先彰現德後彼大下呪力持身

佛子如來應正等覺無上醫王亦復如是於無量百千億那由他劫鍊治法藥已得成就修學一切方便善巧大明呪力皆到彼岸善能除滅一切衆生諸煩惱病及住壽命經無量劫其身清淨無有思慮無有動用一切佛事未嘗休息衆生見者諸煩惱病悉得消滅佛子是爲如來身第八相諸菩薩摩訶薩應如是見

合中亦二初合現德於中初合用藥無不盡次修學下合呪力爲方便後善能下合見者病愈二及住下合呪力持身用前呪藥持住多劫故略不重明藥呪能持

復次佛子譬如大海有大摩尼寶名集一切光明毗盧遮那藏若有衆生觸其光者悉同其色若有見者眼得清淨隨彼光明所照之處雨摩尼寶名爲安樂令諸衆生離苦調適佛子諸如來身亦復如是爲大寶聚一切功德大智慧藏若有衆生觸佛身寶智慧光者同佛身色若有見者法眼清淨隨彼光明所照之處令諸衆生離貧窮苦乃至具足佛菩提樂佛子如來法身無所分別亦無戲論而能普爲一切衆生作大佛事佛子是爲如來身第九相諸菩薩摩訶薩應如是見

第九摩尼利物踰佛嚴刹益生身雨寶利貧即嚴刹故各有體用可知

復次佛子譬如大海有大如意摩尼寶王名一切世間莊嚴藏具足成就百萬功德隨所住處令諸衆生災患消除所願滿足然此如意摩尼寶王非少福衆生所能得見

第十寶王滿願踰踰佛相嚴滿願身

如來身如意寶王亦復如是名爲能令一切衆生皆悉歡喜若有見身聞名讚德悉令永離生死苦患假使一切世界一切衆生一時專心欲見如來悉令得見所願皆滿佛子佛身非是少福衆生所能得見唯除如來自在神力所應調伏若有衆生因見佛身便種善根乃至成熟爲成熟故乃令得見如來身耳佛子是爲如來身第十相諸菩薩摩訶薩應如是見

合中先正合後佛子佛身下釋疑於中初雖合喻已是釋疑謂有疑云若念皆見今何不見故云少福不見次疑云亦有貧下薄福何以得見釋云除可調者

以其心無量徧十方故所行無礙如虛空故普入法界故住眞實際故無生無滅故等住三世故永離一切分別故住盡後際誓願故嚴淨一切世界故莊嚴一一佛身故

第三以其心無量下就法總結十句次第結前十身其有難者前已會釋

爾時普賢菩薩摩訶薩欲重明此義而說頌言

第二頌中有二十偈次第頌喻喻各二偈

譬如虛空徧十方若色非色有非有三世衆生身國土如是普在無邊際

諸佛眞身亦如是一切法界無不徧不可得見不可取爲化衆生而現形

譬如虛空不可取普使衆生造衆業不念我今何所作云何我作爲誰作

諸佛身業亦如是普使羣生修善法如來未曾有分别我今於彼種種作

譬如日出閻浮提光明破闇悉無餘山樹池
蓮地衆物種種品類皆蒙益
諸佛日出亦如是生長人天衆善行永除癡
闇得智明恒受尊榮一切樂
譬如日光出現時先照山王次餘山後照高
原及大地而日未始有分别
善逝光明亦如是先照菩薩次緣覺後照聲
聞及衆生而佛本來無動念
譬如生盲不見日日光亦爲作饒益令知時
節受飲食永離衆患身安隱
無信衆生不見佛而佛亦爲興義利聞名及
以觸光明因此乃至得菩提
譬如淨月在虚空能蔽衆星示盈缺一切水
中皆現影諸有觀瞻悉對前
如來淨月亦復然能蔽餘乘示修短普現天
人淨心水一切皆謂對其前
譬如梵王住自宫普現三千諸梵處一切人
天咸得見實不分身向於彼
諸佛現身亦如是一切十方無不徧其身無
數不可稱亦不分身不分别
如有醫王善方術若有見者病皆愈命雖已
盡藥塗身令其作務悉如初
最勝醫王亦如是具足方便一切智以昔妙
行現佛身衆生見者煩惱滅
譬如海中有寶王普出無量諸光明衆生觸
者同其色若有見者眼清淨
最勝寶王亦如是觸其光者悉同色若有得
見五眼開破諸塵闇住佛地
譬如如意摩尼寶隨有所求皆滿足少福衆
生不能見非是寶王有分别

善逝寶王亦如是悉滿所求諸欲樂無信衆
生不見佛非是善逝心棄捨

大方廣佛華嚴經疏鈔會本第五十之二

音釋

燥蘇到切乾燥也　廓苦郭切開也　澍朱戍切降注也　萎於爲切蔫也

依怙怙侯古切依怙倚恃也　踞渠几切　奮方問切揚也

大方廣佛華嚴經疏鈔會本第五十之一

唐于闐國三藏沙門實叉難陀　譯

唐清涼山大華嚴寺沙門澄觀撰述

佛子菩薩摩訶薩應云何知如來應正等覺音聲佛子菩薩摩訶薩應知如來音聲徧至普徧無量諸音聲故應知如來音聲隨其心樂皆令歡喜說法明了故應知如來音聲隨其信解皆令歡喜心得清涼故應知如來音聲化不失時所應聞者無不聞故應知如來音聲無生滅如呼響故應知如來音聲無主修習一切業所起故應知如來音聲甚深難可度量故應知如來音聲無邪曲法界所生故應知如來音聲無斷絶普入法界故應知如來音聲無變易至於究竟故

第三出現語業長行有標釋結釋中三初就法略說二約喻廣說三以法通結昔人亦以初十爲百後十通前十爲千此亦可通今更一解後結則容通結中十中十則別喻初十但小不次耳今初圓音之義略啓四門一敘昔二辨違三會通四正釋前三非要廣在別章但正釋文自会衆妙第三出現語業一敘昔有三義一云諸佛雅是第一義身永絶萬像無形無聲直隨機現無量色聲猶空谷無聲隨呼發響然則就佛一言之無音是一約機論之衆音非一而言一音圓音者良由一時一會異類等解隨其根性各得一音不聞餘聲不亂不沓顯是奇特故名一音音遍十方隨機熟處無不聞故名爲圓音非謂如空遍滿無別韻曲經云隨其類音普告衆生斯之謂也二云就佛言之實有色聲其音遍滿無所不遍但無五音四聲等異無異曲故名爲一音無不遍故名爲圓音但是圓音作增上緣隨根差別現衆多聲猶如滿月唯一圓形隨器差別而現多影亦如長風隨其衆竅聲有多種經言佛以一音演說法衆生隨類各得解三云如來於一語業之中演出一切衆生言音是故令彼衆生各聞已語非是如來唯發一音但以語業同故

名爲一音所發多故名爲圓音如舍支聲尚多音齊發況如来耶二辯遠者上來三解偏取皆失初第一義無形無聲非音義故但隨他音非自音故第二雖是一語無多音故一不即多豈爲圓音有則多亦應有無則一亦須無何得一有而多無耶第三雖但是多又無一故若語業同一切衆生豈一音耶故並非也三會通者上但責偏不謂全失合上三義方是圓音之義耳謂多即一若多不即一則非一音一復即多若一不即多即非圓音二即是空空即是二若二不即空是所執故不無性故非圓非一空不即二非音非圓故鎔融無礙即是圓音此中三義謂初是無生滅義次一是無邪曲義後一是普至義是知得文正義則傍收無遺不得正意並爲乖理

有十音以顯無盡各上句標下句釋一普徧者即隨類音然有二義一約體廣無聲不至故云普徧無量音聲斯則人天等異萬類齊聞上云衆生隨類各得解二者隨前一一之音皆能獨徧如目連不究其邊二隨樂欲音謂趣舉一一類音能隨樂欲說種種法上經云如來於一語言中演說無邊契經海又云佛以一妙音周聞十方國衆音悉具足法雨皆充徧通證前之二義三隨根解音謂即上說中隨說一法大小各聞故云隨其信解寶積云佛以一音演說法衆生各各隨所解四隨時音謂即上大小之法令聞不聞皆自在故云不失時亦兼隨聞一法欣憂不同寶積云或有恐畏或歡喜上四多約即體之用是圓音義後六多約即用之體顯一音義謂五外隨緣叩我無生滅六內集緣成何有主宰七甚深者欲言其一則萬類殊應欲言其異一體無生又欲言其一隨一音中能具多音故上云一切衆生語言法一言演說盡無餘欲言其異即上多音唯令聞一故下喻云譬如天鼓發種種聲懈怠諸天唯

聞無常覺悟之音故甚深也八純稱法界九橫入無斷十竪歸一極此十圓融一味是如來圓音四釋文者在文可見但初一即隨類音亦同淨名佛以一音演說法衆生隨類各得解皆謂世尊同其語斯則神力不共法釋曰此即詞無礙解以辯一音三四皆引寶積亦即淨名寶積長者子偈讚一音次上所引第二偈云佛以一音演說法釋曰此即法無礙解云一音也第三偈云佛以一音演說法或有恐畏或歡喜或生厭離或斷疑斯則神力不共法釋曰此即義無礙解三一音也此十圓融下結成上義是知或謂無聲隨叩發響或謂唯一直聲無宮商等異皆大地之一塵耳是知或謂下第三結彈古說但結前二以其第三可入正故皆大地下約收以結則此一塵不離地界積多小塵可成大地積其多義以爲圓音若約斥彈異說之微豈同正解廣大智地

佛子菩薩摩訶薩應知如來音聲非量非無量非主非無主非示非無示

第二佛子菩薩下約喻廣說中三初結前生後次徵後釋今初收上十聲要不出三約相則廣無量約體則無主宰約用則有顯示今並雙非以顯中道謂莫窮其邊故非量隨機隨時有聞不聞故非無量多緣集故非有主純一法界生故非無主當體無生故無能示巧顯義理故非無示

更以四句明體用無礙謂一以用從體由體無不在故能令上十類皆徧一切非唯徧聲亦徧一切時處衆生如來法界等雖復於色等皆徧恒不雜亂若不等徧則音非圓若由等徧失其音曲則圓非音今不壞曲而等徧不動徧而差韻方成圓音二以體從用其一一音皆具含真性三用即體故上十類聲皆不可得唯第一義求離所執故法螺恒震妙音常寂名寂靜音如

空谷響有而即虛若不即虛非但失於一音亦不得圓融自在四體即用故寂而恒宣若天鼓無心而應一切長風隨竅萬吹不同若不徧同非但失於能圓亦非真一梵音隨緣自在名爲如來圓音妙音非是心識思量境界

何以故佛子譬如世界將欲壞時無主無作法爾而出四種音聲其四者何一曰汝等當知初禪安樂離諸欲惡超過欲界衆生聞已自然而得成就初禪捨欲界身生於梵天二曰汝等當知二禪安樂無覺無觀超於梵天衆生聞已自然而得成就二禪捨梵天身生光音天三曰汝等當知三禪安樂無有過失超光音天衆生聞已自然而得成就三禪捨光音身生徧淨天四曰汝等當知四禪寂靜超徧淨天衆生聞已自然而得成就四禪捨徧淨身生廣果天是爲四佛子此諸音聲無主無作但從衆生諸善業力之所出生佛子如來音聲亦復如是無主無作無有分別非入非出但從如來功德法力出於四種廣大音聲其四者何一曰汝等當知一切諸行皆悉是苦所謂地獄苦畜生苦餓鬼苦無福德苦著我我所苦作諸惡行苦欲生人天當種善根生人天中離諸難處衆生聞已捨離顛倒修諸善行離諸難處正人天中二曰汝等當知一切諸行衆苦熾然如熱鐵丸諸行無常是磨滅法涅槃寂靜無爲安樂遠離熾然消諸熱惱衆生聞已勤修善法於聲聞乘得隨順音聲忍三曰汝等當知聲聞乘者隨他語解智慧狹劣更有上乘名獨覺乘悟不由

師汝等應學樂勝道者聞此音已捨聲聞道修獨覺乘四曰汝等當知過二乘位更有勝道名爲大乘菩薩所行順六波羅蜜不斷菩薩行不捨菩提心處無量生死而不疲厭過於二乘名爲大乘第一乘勝乘最勝乘上乘無上乘利益一切衆生乘若有衆生信解廣大諸根猛利宿種善根爲諸如來神力所加有勝樂欲希求佛果聞此音已發菩提心佛子如來音聲不從身出不從心出而能利益無量衆生

第二徵意云前言無量等今何雙非第三舉喻廣釋其大意云性相無礙體用相即故約法難顯寄喻以明十喻即爲十段段各有三謂喻合結今第一劫盡唱聲喻喻前第六無主喻中言法爾者俱含第二云生無色界有二種因一因力謂近習及數習故二業力謂上界後報業果欲至故若生色界則有三因謂加法爾力但器壞時法爾有聲故然四種音非是一時初二火劫將壞欲界及初禪時三即水災壞二禪時四即風災欲壞三禪時四聲各別故非無主但從緣生故非有主合中明佛欲壞生死世間亦有四聲說五乘法

佛子是爲如來音聲第一相諸菩薩摩訶薩應如是知

復次佛子譬如呼響因於山谷及音聲起無有形狀不可覩見亦無分別而能隨逐一切語言如來音聲亦復如是無有形狀不可覩見非有方所非無方所但隨衆生欲解緣出其性究竟無言無示不可宣說佛子是爲如

來音聲第二相諸菩薩摩訶薩應如是知

第二響聲隨緣喻喻上第五無生

復次佛子譬如諸天有大法鼓名爲覺悟若諸天子行放逸時於虛空中出聲告言汝等當知一切欲樂皆悉無常虛妄顛倒須臾變壞但誑愚夫令其戀著汝莫放逸若放逸者墮諸惡趣後悔無及放逸諸天聞此音已生大憂怖捨自宮中所有欲樂詣天王所求法行道佛子彼天鼓音無主無作無起無滅而能利益無量衆生當知如來亦復如是爲欲覺悟放逸衆生出於無量妙法音聲所謂無著聲不放逸聲無常聲苦聲無我聲不淨聲寂滅聲涅槃聲無有量自然智聲不可壞菩薩行聲至一切處如來無功用智地聲以此音聲徧法界中而開悟之無數衆生聞是音已皆生歡喜勤修善法各於自乘而求出離所謂或修聲聞乘或修獨覺乘或習菩薩無上大乘而如來音不住方所無有言說佛子是爲如來音聲第三相諸菩薩摩訶薩應如是知

第三天鼓開覺喻喻第九無斷絕聲徧入法界化無斷故喻合各三一能開覺二開覺益三結用歸體二當知下合中三者初合能開覺別有十一聲義分四節而有二意一初二通五乘次六通三乘次一通第一第二乘後二唯大乘二者初一節人天餘三節配三乘次無數下合開覺益後而如來下合結歸體由不住方等故上能普徧是以莊嚴論云若佛音聲是有法非非法者不能徧至十方反此故能若佛音聲下釋曰此

非法言即是真理爲非法耳

復次佛子譬如自在天王有天婇女名曰善口於其口中出一音聲其聲則與百千種樂而共相應一一樂中復有百千差別音聲佛子彼善口女從口一聲出於如是無量音聲當知如來亦復如是於一音中出無量聲隨諸衆生心樂差別皆悉徧至悉令得解佛子是爲如來音聲第四相諸菩薩摩訶薩應如是知

第四天女妙聲喻喻第三隨信解聲多音隨樂故

復次佛子譬如大梵天王住於梵宮出梵音聲一切梵衆靡不皆聞而彼音聲不出衆外諸梵天衆咸生是念大梵天王獨與我語如來妙音亦復如是道場衆會靡不皆聞而其音聲不出衆外何以故根未熟者不應聞故其聞音者皆作是念如來世尊獨爲我說佛子如來音聲無出無住而能成就一切事業是爲如來音聲第五相諸菩薩摩訶薩應如是知

第五梵聲及衆喻喻化不失時熟者必聞即以根熟爲衆

復次佛子譬如衆水皆同一味隨器異故水有差別水無念慮亦無分別如來言音亦復如是唯是一味謂解脫味隨諸衆生心器異故無量差別而無念慮亦無分別佛子是爲如來音聲第六相諸菩薩摩訶薩應如是知

第六衆水一味喻喻無邪曲聲從法界生一體性故

復次佛子譬如阿那婆達多龍王興大密雲

徧閻浮提普霔甘雨百穀苗稼皆得生長江河泉池一切盈滿此大雨水不從龍王身心中出而能種種饒益衆生佛子如來應正等覺亦復如是興大悲雲徧十方界普雨無上甘露法雨令一切衆生皆生歡喜增長善法滿足諸乘佛子如來音聲不從外來不從内出而能饒益一切衆生是爲如來音聲第七相諸菩薩摩訶薩應如是知

第七降雨滋榮喻喻歡喜聲稱根增長故離佛無聲不從外來離機無聲不從内出

復次佛子譬如摩那斯龍王將欲降雨未便即降先起大雲彌覆虛空凝停七日待諸衆生作務究竟何以故彼大龍王有慈悲心不欲惱亂諸衆生故過七日已降微細雨普潤大地佛子如來應正等覺亦復如是將降法雨未便即降先興法雲成熟衆生爲欲令其心無驚怖待其熟已然後普降甘露法雨演說甚深微妙善法漸次令其滿足如來一切智智無上法味佛子是爲如來音聲第八相諸菩薩摩訶薩應如是知

第八漸降成熟喻喻無變聲以皆至究竟故上先照高山以顯頓圓此先小後大即是漸圓將降法雨者思欲說一也未便即降者恐破法墮惡道故先興法雲是說方便方便含實如雲含水

復次佛子譬如海中有大龍王名大莊嚴於大海中降雨之時或降十種莊嚴雨或百或千或百千種莊嚴雨佛子水無分别但以龍王不思議力令其莊嚴乃至百千無量差别如來應正等覺亦復如是爲諸衆生說法之

時或以十種差別音說或百或千或以百千或以八萬四千音聲說八萬四千行乃至或以無量百千億那由他音聲各別說法令其聞者皆生歡喜如來音聲無所分別但以諸佛於甚深法界圓滿清淨能隨衆生根之所宜出種種言音皆令歡喜佛子是爲如來音聲第九相諸菩薩摩訶薩應如是知

第九降霔難思喻喻上甚深聲雖多差別皆於甚深法界之所流故

復次佛子譬如娑竭羅龍王欲現龍王大自在力饒益衆生咸令歡喜

第十徧降種種喻喻普徧聲非唯普徧四洲亦徧出多雷音喻中有總別結

從四天下乃至他化自在天處興大雲網周帀彌覆其雲色相無量差別或閻浮檀金光明色或毗瑠璃光明色或白銀光明色或玻瓈光明色或牟薩羅光明色或碼碯光明色或勝藏光明色或赤真珠光明色或無量香光明色或無垢衣光明色或清淨水光明色或種種莊嚴具光明色如是雲網周帀彌布既彌布已出種種色電光所謂閻浮檀金色雲出瑠璃色電光瑠璃色雲出金色電光銀色雲出玻瓈色電光玻瓈色雲出銀色電光牟薩羅色雲出碼碯色電光碼碯色雲出牟薩羅色電光勝藏寶色雲出赤真珠色電光赤真珠色雲出勝藏寶色電光無量香色雲出無垢衣色電光無垢衣色雲出無量香色電光清淨水色雲出種種莊嚴具色電光種種莊嚴具色雲出清淨水色電光乃至種種色雲出一色電光一色雲出種種色電光復

於彼雲中出種種雷聲隨衆生心皆令歡喜所謂或如天女歌詠音或如諸天妓樂音或如龍女歌詠音或如乾闥婆女歌詠音或如緊那羅女歌詠音或如大地震動聲或如海水波潮聲或如獸王哮吼聲或如好鳥鳴囀聲及餘無量種種音聲旣震雷已復起涼風令諸衆生心生悅樂然後乃降種種諸雨利益安樂無量衆生從他化天至於地上於一切處所雨不同所謂於大海中雨清冷水名無斷絶於他化自在天雨簫笛等種種樂音名爲美妙於化樂天雨大摩尼寶名放大光明於兜率天雨大莊嚴具名爲垂髻於夜摩天雨大妙華名種種莊嚴具於三十三天雨衆妙香名爲悅意於四天王天雨天寶衣名爲覆蓋於龍王宮雨赤真珠名涌出光明於阿脩羅宮雨諸兵仗名降伏怨敵於北鬱單越雨種種華名曰開敷餘三天下悉亦如是然各隨其處所雨不同

從四天下别中有五一雲二電三雷四風五雨此與賢首品文有影略思之

雖彼龍王其心平等無有彼此但以衆生善根異故雨有差别

後雖彼下結

佛子如來應正等覺無上法王亦復如是欲以正法教化衆生先布身雲彌覆法界隨其樂欲爲現不同所謂或爲衆生現生身雲或爲衆生現化身雲或爲衆生現力持身雲或爲衆生現色身雲或爲衆生現相好身雲或爲衆生現福德身雲或爲衆生現智慧身雲或爲衆生現諸力不可壞身雲或爲衆生現

無畏身雲或爲衆生現法界身雲

合中亦有總別結別中亦有五前四各有

佛子一以身合雲有覆陰等故即菩提等

十身中有四身名異義同一即願身願生

兜率故第四即意生身隨意所生同世色

故八即菩提身具佛十力成菩提故九即

威勢具四無畏能伏外故亦可十力降魔

爲威勢無畏爲正覺有正覺義故餘六名

義俱同

佛子如來以如是等無量身雲普覆十方一

切世界隨諸衆生所樂各別示現種種光明

電光所謂或爲衆生現光明電光名無所不

至或爲衆生現光明電光名無邊光明或爲

衆生現光明電光名入佛祕密法或爲衆生

現光明電光名影現光明或爲衆生現光明

電光名光明照曜或爲衆生現光明電光名

入無盡陀羅尼門或爲衆生現光明電光名

正念不亂或爲衆生現光明電光名究竟不

壞或爲衆生現光明電光名順入諸趣或爲

衆生現光明電光名滿一切願皆令歡喜

第二合電光不出通明無畏

佛子如來應正等覺現如是等無量光明電

光已復隨衆生心之所樂出生無量三昧雷

聲所謂善覺智三昧雷聲熾然離垢海三昧

雷聲一切法自在三昧雷聲金剛輪三昧雷

聲須彌山幢三昧雷聲海印三昧雷聲日燈

三昧雷聲無盡藏三昧雷聲不壞解脫力三

昧雷聲

第三以三昧合雷聲者略有三義一若秋

之雷蟄蟲藏匿若入三昧諸惡不行二若

春之雷則發蟄開萌猶彼三昧發生功德三雷是雨之先相三昧是說之先兆十名思而釋之

佛子如來身雲中出如是等無量差別三昧雷聲已將降法雨先現瑞相開悟衆生所謂從無障礙大慈悲心現於如來大智風輪名能令一切衆生生不思議歡喜適悅

第四以大智合風者以後得智觀機警覺加被令成法器故

此相現已一切菩薩及諸衆生身之與心皆得清涼然後從如來大法身雲大慈悲雲大不思議雲雨不思議廣大法雨令一切衆生身心清淨所謂爲坐菩提場菩薩雨大法雨名法界無差別爲最後身菩薩雨大法雨名菩薩遊戲如來祕密教爲一生所繫菩薩雨大法雨名清淨普光明爲灌頂菩薩雨大法雨名如來莊嚴具所莊嚴爲得忍菩薩雨大法雨名功德寶智慧華開敷不斷菩薩大悲行爲住向行菩薩雨大法雨名入現前變化甚深門而行菩薩行無休息無疲厭爲初發心菩薩雨大法雨名出生如來大慈悲行救護衆生爲求獨覺乘衆生雨大法雨名深知緣起法遠離二邊得不壞解脫果爲求聲聞乘衆生雨大法雨名以大智慧劒斷一切煩惱寃爲積集善根決定不決定衆生雨大法雨名能令成就種種法門生大歡喜

第五此相現已下以說法合雨於中初結前標後所謂下別有十法者一將成正覺念相欲盡聞斯法雨便細念都忘得見心性等虛空界法界一相始本無二契同諸

佛平等法身故云說法界無差別一將成正覺者即起信論意數段論文參而用之論云如菩薩地盡一念相應覺心初起心無初相以遠離微細念故得見心性心即常住名究竟覺今取意釋云將成正覺言念相欲盡者即微細念也此念亦名生相即論三細之一論云一無明業相以依不覺故心動說名爲業動則有苦果不離因故釋曰此念即細中之細今無此相云細念都亡言得見心性者即上論文言等虛空界法界一相者即論釋本覺之文論云所言覺義者謂心體離念離念相者等虛空界無所不遍法界一相即是如求平等法身依此法身說名本覺釋曰今畧取二句彰所顯本覺言始本無二者即所成始覺彼論釋前說名本覺後云何以故本覺義者對始覺義說以始覺者即同本覺故始覺義者依本覺故而有不覺依不覺故說有始覺又以覺心源故名究竟覺不覺心源故非究竟覺釋曰今疏取意故云始本無二言契同諸佛下結成上來無二之義平等法身即前本覺故云說法界下以經帖成二出胎已後坐道場前後更無身故名最後法雨名遊戲等者此有二義一開爲二謂遊戲是神通大用祕教即心智所契二合爲一令於祕教出沒自在故云遊戲言祕教者即詮如來三德涅槃故涅槃經云祕密藏安住於此能建大事神通作用故名遊戲在法華經以體從用名如來知見深固幽遠名爲祕密雖初心同禀而窮究在斯故亦爲說三德涅槃者涅槃章明在法華者涅槃約理知見約智知見有性非無有理涅槃亦有般若之德非無有智涅槃乃是攝用從體但稱涅槃以爲所證法華經明以體從用但名知見故法華論釋開義云開者無上義即雙開菩提涅槃示法身同即唯約理悟約菩提即是於智明具理智況知法無性豈非理耶故今疏云以體從用等深固幽遠者即法華經法師品文文云此法華經藏深固幽遠無人能到今佛教化成就菩薩而爲開示釋曰幽遠深固名爲祕密雖初心下解妨妨云法華經除諸菩薩衆信力堅固者又三根聲聞初發大心皆禀法華如來知見何要此位方爲說耶故爲此通約究竟故爲等覺說實則此法通被始末三一生所繫者謂如彌勒更一下生故所以更一生者由微細無明能障所知故今爲說令淨彼細惑成

種智普照上三皆等覺位所以更一生者第二會初已廣分別四灌頂菩薩即十地受職位十方諸佛法水灌頂墮在佛數能受如來大法雲雨令具佛功德智慧廣作佛事爲莊嚴故

五得忍菩薩若取忍淨八地已上將止此忍勸滿福智不斷悲故若取初得有說初地即得爲說信等功德後後圓淨十地地智一一開發不斷二利故有說初地者六地已引即仁王云若得信心必不退進入無生初地道爲說信者即初地淨治地法信悲慈捨無疲猒知經論了世法堅固力慚愧莊嚴供養佛也後後圓淨者釋經寶字以此十法淨治地障地地漸淨故云後後十地地智者即釋智慧華開數不斷二利者不斷大悲行等地地之中有二利故六住向行三即三賢位令其入證真如現前依此變化爲甚深門而勝進不息

七初發心者通信初發心及信滿發心既發上求下化之心令依願行故上皆已得本位故並爲說勝進上位之法

此下二門通有二意一約初求顯說說其自乘二約已住密說密授大乘如緣覺中約自乘說則因謝非常果續非斷逆觀非有順觀非無爲離二邊雖離二邊而不壞自乘之果約密十二因緣即是中道中道者名爲佛性故曰甚深緣起是爲上上智觀故得不壞佛解脫果故中道等者初二會中已廣分別爲上上者亦涅槃文六地已引九聲聞中二者一顯說由彼猒患苦集故說人空智劒斷之二約密說應以法空斷一切惑故名大劒應以法空者此有二意一以法空揀於人空照惑無本無斷斷故二言一切者兼斷所知亦煩惱故

十爲二聚衆生故云集善根者其邪定聚未堪法雨未定令得爲成熟已定令增種

種法門

佛子諸佛如來隨衆生心雨如是等廣大法雨充滿一切無邊世界佛子如來應正等覺其心平等於法無悋但以衆生根欲不同所雨法雨示有差別是爲如來音聲第十相諸菩薩摩訶薩應如是知

三佛子諸佛下合上結中有二佛子初合結數後合心等以釋外疑

大方廣佛華嚴經疏鈔會本第五十一之一

音釋

竅詰弔切穴也　蟄直立切蟲藏也

大方廣佛華嚴經疏鈔會本第五十一之二

唐于闐國三藏沙門實叉難陀　譯

唐清涼山大華嚴寺沙門澄觀撰述

復次佛子應知如來音聲有十種無量何等爲十所謂如虛空界無量至一切處故如法界無量無所不徧故如衆生界無量令一切心喜故如諸業無量說其果報故如煩惱無量悉令除滅故如衆生言音無量隨解令聞故如衆生欲解無量普觀救度故如三世無量無有邊際故如智慧無量分別一切故如佛境界無量入佛法界故

第三復次佛子應知下通結十喻皆無分量文顯可知

佛子如來應正等覺音聲成就如是等阿僧祇無量諸菩薩摩訶薩應如是知

爾時普賢菩薩摩訶薩欲重明此義而說頌言

第二偈頌頌上十喻喻各二偈

三千世界將壞時　衆生福力聲告言　四禪寂靜無諸苦　令其聞已悉離欲

十力世尊亦如是　出妙音聲徧法界　爲說諸行苦無常　令其永度生死海

譬如深山大谷中　隨有音聲皆響應　雖能隨逐他言語　而響畢竟無分別

十力言音亦復然　隨其根熟爲示現　令其調伏生歡喜　不念我今能演說

如天有鼓名能覺　常於空中震法音　誡彼放逸諸天子　令其聞已得離著

十力法鼓亦如是　出於種種妙音聲　覺悟一切諸羣生　令其悉證菩提果

自在天王有寶女口中善奏諸音樂一聲能
出百千音一一音中復百千
善逝音聲亦如是一聲而出一切音隨其性
欲有差別各令聞已斷煩惱
譬如梵王吐一音能令梵衆皆歡喜音唯及
梵不出外一一皆言已獨聞
十力梵王亦復然演一言音充法界唯霑衆
會不遠出以無信故未能受
譬如衆水同一性八功德味無差別因地在
器各不同是故令其種種異
一切智音亦如是法性一味無分別隨諸衆
生行不同故使聽聞種種異
譬如無熱大龍王降雨普洽閻浮地能令草
樹皆生長而不從身及心出
諸佛妙音亦如是普雨法界悉充洽能令生
善滅諸惡不從内外而得有
譬如摩那斯龍王興雲七日未先雨待諸衆
生作務竟然後始降成利益
十力演義亦如是先化衆生使成熟然後爲
說甚深法令其聞者不驚怖
大莊嚴龍於海中霔於十種莊嚴雨或百或
千百千種水雖一味莊嚴別
究竟辯才亦如是說十二十諸法門或百或
千至無量不生心念有殊別
最勝龍王娑竭羅興雲普覆四天下於一切
處雨各別而彼龍心無二念
諸佛法王亦如是大悲身雲徧十方爲諸修
行雨各異而於一切無分別
佛子諸菩薩摩訶薩應云何知如來應正等
覺心佛子如來心意識俱不可得但應以智

無量故知如來心

第四出現意業先身次語後意義次第故長行中二先徵起後正釋釋中三初約法總辨二寄喻別顯三總結勸知今初言如來心意識俱不可得者約體遮詮也但應以智無量故知如來心者寄用表詮約體遮下釋此疏文有三初總釋文意就心即是王就王辯體智則是所約所明用體則表詮不遠故但遮詮用則柜可照著故寄表詮然用亦有遮詮同體故無分量故若一向遮則無由顯妙故寄表詮以辯玄極而言寄者謂寄所顯王寄用顯體又用及心所皆有遮義今但寄表以顯於深然此一文古有多說一云識等有二一染二淨佛地無彼有漏染心心所而有淨分心及心所果位之中智強識劣故於王上以顯染無約彼智所以明無量若必無王所依何立故成唯識第二引如來功德莊嚴經云如來無垢識是淨無漏界解脫一切障圓鏡智相應則有王明矣言轉識者智依識轉非轉識體佛地無彼者唯有八識心王及二十一心所即遍行五別境五善十一也果位之中下解妨有徵問云若爾則王所俱有何以王上言不可得故此釋云果位之中識劣故云不可得智強故云智無量言識劣者以二分中但有淨故不同衆生分別強故言智強者無惡慧故決斷勝故若必無王下第三反以成立智是心所若無心王智何所依故成唯識下第四引證言是淨無漏界者漏即垢染既言無垢識則有識矣又云圓鏡智相應明有心王與所相應非所獨立是故結云有王明矣言轉識下第五重通妨難謂有難言既言轉八識成四智明知唯智無識故今釋云智依識轉等言依識轉者識爲主故智非王故然唯識轉有三師義今並用之此是一師上智強識劣亦是一師一云以無積集思量等義故說心等叵得就無分別智以顯無量非無心體故攝論第八云無分別智所依非心非思義故亦非非心爲所依止心種類故以心爲因數習勢力引得此位名心種類上之二解

俱明心意識有一云無積集下此義有三初正明以集起名心思量名意分別名識今果位中八不積集種子而起現行七不思量第八爲我而言等者等取前六又不分別諸境所以爾者以皆與四智相應故言無耳非不有彼無集第八無思第七無分別六是故結云非無心體故攝論下第二引證非心非思義故者明八非積集七非思量等亦非非心下第三遮救恐有難云若非心義無分別智應依於色故今顯云所依之王非全無體此上總標有也次心種類下釋成有義謂是心種類安得非心以心爲因下復釋上文心爲種種類言此位者即是果位謂以集起等心爲因引得果位淨八識故不可名爲非心也如無表色依表色生故得名色據此亦得名無集起心等上之二解下第二結前生後明結前二是法相宗生後一解是法性宗問二俱是有復有何別答前釋有淨無染後釋有體無用故不同也然二義相成以無思等故說無染以無染故說非積集思量義等一云佛果實無心意識及餘心法云不可得唯有大智故言智無量故知如來心故金光明經及梁攝論皆云唯如如及如如智獨存佛地論中五法攝大覺性唯一真法界及四智菩提不言更有餘法一云下即第三師是無相宗及法性宗先正明可知故金光下第二引證論當第三論云此中自性身者即法身也釋論云唯有真如及真如智獨存名為法身上之二宗徧取皆妨若依前有未免增益亦不能通不可得言又此淨分此何不說彼無垢識而得說耶經何不言染不可得若依後義未免損滅亦不能通知佛心言既云以智無量知如來心不言無心可知明非無心矣又心既是無智何獨立非唯違上二論亦違涅槃滅無常識獲常識義若二義雙取未免相違若互泯雙非寧逃戲論若依前下初奪破先明違義以不得即有即空故成增益後亦不能下明違於文以文但云心意識俱不可得不言染不可得故又此淨下第二縱破縱許淨有染無經何不言有淨分也彼無垢下第三遮救二句疏文遮其兩救上句恐彼救云淨相難說故不言之故今遮云彼莊嚴經何得說有無漏識耶豈非是淨下句恐彼救云經言叵得意在於染故亦遮

云經何不言添不可得若依後義下二明法性宗妨於中有二先明違義以空礙故云損減亦不能通下二明其違文文中既言智無量故知如來心不言知如來智明知假智知心心則如來心何得言無又心既是無下第二縱破縱汝心無智有亦有二過一違義心王最勝尚說為無智無所依豈當獨立如無君主何有臣下二非唯下明其違文言上二論者即唯識攝論言涅槃滅無常則通五蘊故經云憍陳如因滅無常色而獲常色受想行識亦復如是既有常識則有心矣若二義雙取下第二合破二宗成四謗故此亦遮救謂有救云上之二宗偏取不可合豈過耶故云合則相違以其定謂有無非即有之無即無之有故若爾互泯雙非可乎故今答云寧逃戲論以無詮當故

若爾何以指南今釋此義先會前二宗後消經意今初若後宗言唯如智者以心即同真性故曰唯如照用不失故曰如智豈離心外而智別有如是則唯如不乖於有前宗以純如之體故有淨心心既是如有之何失是知即真之有與即有之真二義相成有無無礙今初文下初別會二宗即分為

二先會法性宗意云心即是如智即如智離心無如則知有如已有心矣況即體之用故稱如智即用之體即是真如如一明珠珠體即如明即如智豈得存如亡於心矣前宗以純如下會法相宗意云即如之有有豈乖如如境即靈則有心無失是知即真下二通會二宗即真之有是法相宗即有之真是法性宗兩不相離方成無礙真佛心矣

後消經意者言不可得者以心義深玄言不及故寄遮顯深言但以智知如來心者託以心所寄表顯深故晉經云但知如來智無量故知心無量後消經下二釋經文於中有三初畧明即雙標遮表故晉經下二引證雙證遮表既言知心無量則有心矣言無最失

云何深玄欲言其有同如絕相欲言其無幽靈不竭欲言其染萬累斯亡欲言其淨不斷性惡欲言其一包含無外欲言其異一味難分欲謂有情無殊色性欲謂無情無幽不徹口欲辯而辭喪心將緣而慮亡亦猶果分不可說故是知佛心即有即

無即事即理即王即數即一即多心中非有意亦非不有意意中非有心亦非不有心王中非有數亦非不有數數非依於王亦非不依王一一皆爾圓融無礙則令上諸義各隨一理不爽玄宗云何深下初明偏語不能盡理畧有四對一有無者即別對二宗事理故非有理不失事故非無二染淨對即法相宗淨約絕相染約契性言不斷性惡者善惡同以心性爲性若斷性惡則斷心性性不可斷亦猶闡提不斷性善三一異對通對二宗即體之相能包即相之體一味四情非情對亦對二宗即用之體同色即體之用非徹幽言無殊色性者即起信論云以知色性即智性故說名智身以知智性即色相故說名法身遍一切處又梵行品云知一切法即心自性故情非情性曾何異體是知佛心下三總具性相不可別彰皆雙融前二宗之法心中非有意下四明不即不離故難顯說言非有者是不即義二相別故亦非不有是不離義無二體故又非有者以無二體互攝盡故亦非不有者二相不壞力用交徹故言寄表顯深者既心不可以智知且託智以稱歎智是心所尚以十喻明玄則所依之心玄又玄矣故十喻之末皆結爲心之相

然佛尚不說凡何敢思有因緣故輒憑教理以示玄宗望無咎其繁而不要也然佛尚不說下第四歎退結成佛尚不說者即此經云心意識皆不可得是不說也釋迦掩室於摩竭淨名杜口於毗耶皆佛不說也果海離言唯證相應皆不可說有因緣故者即四悉檀因緣則得無說之說耳

譬如虛空爲一切物所依而虛空無所依如來智慧亦復如是爲一切世間出世間智所依而如來智無所依佛子是爲如來心第一相諸菩薩摩訶薩應如是知

第二譬如下寄喻別顯舉十大喻以喻如來十種大智十智體用非一非異亦文各有三謂喻合結今初虛空無依爲依喻喻佛無依成事智合中謂諸乘之智依佛智

生如十地云此十地智皆因佛智而有差別離佛智外無所依學而佛智果滿更不依他豈不依心及依理耶豈不向言王所無二耶良以佛智照極無有智外如為智所依故智體全如若有所依不名如智豈不依心者次設難也依心約法相宗依理約法性宗良以佛智下釋依理義於中有四初正釋即迴向經云無有智外如為智所入亦無如外智能證於如今但通上豈不依理難故但引前句謂彼難云上言唯如如及釋如如智獨存則智依如矣何言無依故今釋云智外無如故無所依然彼迴向經文自有三意一約如體性空故智外無如智體性空故如外無智二如智一味同一真體安得智外更有如耶三約事事無礙舉一全收今但用前二意以酬難竟後意即第四舉況之中亦猶淨名云法隨於如無所隨故亦猶淨名者二引例也即目連章彼約性相相對此約如智相對義非全同義勢相似故云引例言法隨於如者法即一切一切法即如故云隨如言無所隨故者經自釋隨如之義由法即如法外無如故云無所隨故若有所隨能所未泯豈得隨如又法外有如法非如矣故無所隨方曰隨如此中亦爾若有所依智外有法能所未忘不名如智如外有智智亦不如故得引例文殊般若云若無境界則無所依文殊般若者三引證也文義全同故得引證即大般若曼殊室利分光明覺品已引今當更引經云若知我性即知無法若知無法即無境界若無境界即無所依若無所依即無所住釋曰今但要無依之言故但引一對況佛智外無法可得以一切法即佛智故況佛智外下第四舉況謂上引二經但明契理無依心境雙寂即理事無礙之義已通前難況今約事事無礙舉一全收即迴向中第三意也佛智稱真收法界盡差別之事皆隨於理在佛智中況所證如寧在智外此約相入門下句云以一切法即佛智故者釋上無法可得約相即門佛智即一切一切即佛智也

復次佛子譬如法界常出一切聲聞獨覺菩薩解脫而法界無增減如來智慧亦復如是恒出一切世間出世間種種智慧而如來智無增減佛子是為如來心第二相諸菩薩摩訶薩應如是知

第二法界湛然喻喻佛體無增減智即轉釋前依依者依此出故雖出諸智亦不減少菩薩解脫成佛智時亦不增足以同體均故如上海中板喻（即轉釋者謂疏意明初喻為總含下九喻故下喻中節節指初今以第一喻云虛空為一切法所依喻佛智為一切世出世智所依故今釋之云得為依依彼出故雖出諸智者如山出雲山亦不減菩薩下如谷納雲谷亦不增海中板喻即十行品）

復次佛子譬如大海其水潛流四天下地及八十億諸小洲中有穿鑿者無不得水而彼大海不作分別我出於水佛智海水亦復如是流入一切衆生心中若諸衆生觀察境界修習法門則得智慧清淨明了而如來智平等無二無有分別但隨衆生心行異故所得智慧各各不同佛子是爲如來心第三相諸菩薩摩訶薩應如是知

第三大海潛益喻喻佛體均益生智即雙釋前依及出生義謂與衆生心同體故義曰潛流穿鑿自心得智慧時即是見他佛智是曰依之出生又由體同令外佛加持資其念力亦是流入

復次佛子譬如大海有四寶珠具無量德能生海內一切珍寶若大海中無此寶珠乃至一寶亦不可得何等爲四一名積集寶二名無盡藏三名遠離熾然四名具足莊嚴佛子此四寶珠一切凡夫諸龍神等悉不得見何以故娑竭龍王以此寶珠端嚴方正置於宮中深密處故

第四大寶出生喻喻佛用與體容智釋上能生以何義故而能生耶具四寶故喻中有三初總明出處體用次徵列寶名後結

其深勝合三同喻

佛子如來應正等覺大智慧海亦復如是於中有四大智寶珠具足無量福智功德由此能生一切衆生聲聞獨覺學無學位及諸菩薩智慧之寶何等爲四所謂無染著巧方便大智慧寶善分別有爲無爲法大智慧寶分別說無量法而不壞法性大智慧寶知時非時未曾誤失大智慧寶

列名中行英諸公皆云初證道智斷惑障二助道智斷智障三不住道智捨於報障上三自利四利益衆生智即利他行此釋亦無大過果地具此三道能令學者入菩薩地故今更一解若直就文文自明顯今以法相收之即四智菩提此釋下總明果地具此三道下為其通釋恐有難云助等是因何將釋果故為此通一大圓鏡智以離諸分別名無染著所緣行相微細難知不忘不愚一切境相名巧方便一大下二別辯然取唯識論以為疏文心無染著巧方便智寶為大圓鏡智論云一大圓鏡智相應心品謂此心品離諸分別所緣行相微細難知不忘不愚一切境相性相清淨離諸雜染純淨圓德現種依持能現能生身土智影無間無斷窮未來際如大圓鏡現衆色像釋曰觀上論文自分主客但云不忘者二常現前故不愚者不迷暗故餘義可知即平等性智觀一切法若爲無爲自他平等名善分別論云二平等性智相應心品謂此心品觀一切法自他有情皆悉平等大慈悲等恒共相應隨諸有情所樂示現受用身土影像差別妙觀察智不共所依無住涅槃之所建立一味相續窮未來際釋曰由昔因中執有我故自他不等今由我無故皆平等言一味者一無漏味餘義可知由涅槃故此識恒共悲智俱行三即妙觀察智此智善觀諸法自相共相無礙而轉故說無量法而不壞法性無量法者即攝觀無量總持定門等而言說者雨大法雨斷一切疑故論云三即妙觀察智相應

心品謂此心品觀察諸法自共相無礙而轉攝觀無量總持定門及所發生功德珍寶於大衆會能現無邊作因差別皆得自在雨大法雨斷一切疑令諸有情皆獲利樂釋曰攝謂攝藏觀謂觀察功德珍寶即六度道品等四即成所作智知機知時作所應作故論云四成所作智相應心品謂此心品為欲利樂諸有情故普於十方示現種種變化三業成本願力所應作事釋曰四智廣義初會已明今以疏有故復重引令知主客

若諸如來失智海中無此四寶有一衆生得入大乘終無是處此四智寶薄福衆生所不能見何以故置於如來深密藏故

三若諸如來下合前深勝於中先明用勝體深此中用勝喻在總中此中體深同法華髻中明珠不妄與人然約下智不及故稱密藏不全同喻故涅槃中明有密語而無密藏同法華下七喻之中此當第六如安樂行品明一乘圓智居佛心頂以權覆實如在髻中開權為解前亦已引然約下者釋上密義故法華云我以無數方便種種因緣譬喻言詞演說諸法是法非思量分別之所能解唯有諸佛乃能知之所以者何諸佛世尊唯以一大事因緣故出現於世釋曰種種說法皆為一乘衆生不知故云秘密故涅槃下引證亦如前引

此四智寶平均正直端潔妙好普能利益諸菩薩衆令其悉得智慧光明佛子是爲如來心第四相諸菩薩摩訶薩應如是知

後此四智寶平均下明體勝用深平均正直即平等性智大慈悲等共相應故故曰平均一味相續名爲正直二端潔即大圓鏡智端者純淨圓德現種依持故潔者性相清淨離諸雜染故三妙好即妙觀察智四普能利益即成所作智此約別配今以四智圓融故四德亦該四寶況四智乃十中之一則永異餘宗純淨圓德者純即無雜淨即離染圓者滿義現行功德之依種子功德之持自性明善名為清淨有漏永亡云離諸雜染餘如

前釋今以四智下二辟妨妨云何以將法相宗釋法性義故為此通謂彼四智迥然不同今一具四豈得同耶先將四寶以況四智此即別義於一寶上復具四德即圓融義況四圓融十中之一豈得言同欲顯包融故用之釋

大方廣佛華嚴經疏鈔會本第五十一之三

音釋

鑿 疾各切

大方廣佛華嚴經疏鈔會本第五十一之三

唐于闐國三藏沙門實叉難陀　譯

唐清涼山大華嚴寺沙門澄觀撰述

復次佛子譬如大海有四熾然光明大寶布在其底性極猛熱常能飲縮百川所注無量大水是故大海無有增減何等爲四一名日藏二名離潤三名火燄光四名盡無餘佛子若大海中無此四寶從四天下乃至有頂其中所有悉被漂没佛子此日藏大寶光明照觸海水悉變爲乳離潤大寶光明照觸其乳悉變爲酪火燄光大寶光明照觸其酪悉變爲酥盡無餘大寶光明照觸其酥變成醍醐如火熾然悉盡無餘

第五珠消海水喻佛滅惑成德智由有前智無智不生由有此智無惑不斷又前則横具四智此則竪具四智皆是釋前爲依之義喻中二先總明體用後佛子此日藏下别顯用相此爲極教了説而起世婆沙等説阿毘地獄在下火氣上吞銷鑠海水蓋是少分方便之説而俗典云以沃焦石消海水者或測度而知或見實不辨謂之石耳又云注尾廬壂者但見其消以名之耳第五珠消海水喻躡前以釋疏文中分二先明智斷不同後又前下横竪分别一佛果中具有四智名横菩薩歷位具於四智名竪言皆是下即虛空無依爲依喻中之一義也而起世下起世即經婆沙即論皆同俱舍俱舍云此下過二萬無間深廣同上七捺落迦八增皆十六而俗典者山海經説又云注下亦如彼説莊子秋水篇亦明已見迴向品

佛子如來應正等覺大智慧海亦復如是有四種大智慧寶具足無量威德光明此智寶光觸諸菩薩乃至令得如來大智何等爲四

所謂滅一切散善波浪大智慧寶除一切法愛大智慧寶慧光普照大智慧寶與如來平等無邊無功用大智慧寶

合中亦二先合總明體用

佛子諸菩薩修習一切助道法時起無量散善波浪一切世間天人阿脩羅所不能壞如來以滅一切散善波浪大智慧寶光明觸彼菩薩令捨一切散善波浪持心一境住於三昧又以除一切法愛大智慧寶光明觸彼菩薩令捨離三昧味著起廣大神通又以慧光普照大智慧寶光明觸彼菩薩令捨所起廣大神通住大明功用行又以與如來平等無邊無功用大智慧寶光明觸彼菩薩令捨所起大明功用行乃至得如來平等地息一切功用令無有餘佛子若無如來此四智寶大光照觸乃至有一菩薩得如來地無有是處佛子是爲如來心第五相諸菩薩摩訶薩應如是知

後佛子諸菩薩修習下合別顯用相然此四智古德有配四三昧初是大乘光明三昧智二是集福德王三是賢護四是首楞嚴此釋配定可爾案次乖理以第三名智光普照故若將初爲三以三爲初乃順文理

別顯用相下疏文分三初敘昔有三師釋卽靈辯法師此三昧名卽唯識第九論云一大乘光明定謂此能發照了大乘理教行果智光明故二集福王定謂此自在集無邊福如王勢力無等雙故三賢守定謂此能守世出世間賢善法故四健行定謂佛菩薩大健有情之所行故攝論名健行定八意亦同此首楞嚴者是梁論名卽健行義然是梵言此云一切事畢竟又英法師云初定空智除不善障二除著禪障三除煩惱障四除所知障賢首云初能除流散雜染業二能除味定著靜障三能除根本無明障四能除盡成果智障與前大同

今更一解標其所成

即是四定約能成智應別立名又將竪配諸位尤異昔解謂一佛以即事而真智治於地前成初四地令得賢守定以此三昧能守世出世間賢善法故前三地爲世四地爲出世既了即事而真則即散而定二以即體之用智治四地未能起用令得五地入俗成集福德王定三以平等無相智治五地雖能隨俗未得平等令得六七地般若大光功用後邊成光明定四以平等無功用智治七地功用令入八地乃至佛果得首楞嚴定所作究竟故果既具四因亦通修且約相顯爲此竪配不可偏局今更一解下三申正義於中有二先總所成即是四定者如唯識論定爲能發智爲所發四智即是所成今明佛具四智令諸菩薩能具四定故智爲能成定爲所成竪配之相下別當具謂一佛以下第二別釋一一智中文皆有三初舉能成智二治於下治所破病三令得下顯所成德

復次佛子如從水際上至非想非非想天其中所有大千國土欲色無色衆生之處莫不皆依虛空而起虛空而住何以故虛空普徧故雖彼虛空普容三界而無分別佛子如來智慧亦復如是若聲聞智若獨覺智若菩薩智若有爲行智若無爲行智一切皆依如來智起如來智住何以故如來智慧徧一切故雖復普容無量智慧而無分別佛子是爲如來心第六相諸菩薩摩訶薩應如是知

第六虛空含受喻喻佛依持無礙智亦釋前依義上但云依猶通外依他力今明體徧普容是則五乘等智皆是如來大智中物肇公亦云夫聖人虛心冥照理無不統懷六合於胷中而靈鑒有餘鏡萬有於方

寸其神常虛即斯義也肇公亦云下即涅槃無名論第七妙存中文云然則玄道在乎妙悟妙悟在於即眞即眞則有無齊觀有無齊觀則彼已莫二所以天地與我同根萬物與我一體同我則非復有無異我則乖於會通所以不出不在而道存乎其間矣何則夫至人虛心冥照理無不統懷六合於胷中而靈鑑有餘鏡萬有於方寸而其神常虛等今但引兩對足顯經意

復次佛子如雪山頂有藥王樹名無盡根彼藥樹根從十六萬八千由旬下盡金剛地水輪際生彼藥王樹若生根時令閻浮提一切樹根生若生莖時令閻浮提一切樹莖生枝葉華果悉皆如是此藥王樹根能生莖莖能生根根無有盡名無盡根佛子彼藥王樹於一切處皆令生長唯於二處不能爲作生長利益所謂地獄深坑及水輪中然亦於彼初無猒捨

第七藥王生長喻喻佛窮劫利樂智喻中四初顯體用二彼藥樹根下别顯用相三此藥王下得名所由四佛子下揀其非處先揀後收收者亦不猒故晉經云不捨生性

佛子如來智慧大藥王樹亦復如是以過去所發成就一切智慧善法普覆一切諸衆生界除滅一切諸惡道苦廣大悲願而爲其根於一切如來眞實智慧種性中生堅固不動善巧方便以爲其莖徧法界智諸波羅蜜以爲其枝禪定解脫諸大三昧以爲其葉總持辯才菩提分法以爲其華究竟無變諸佛解脫以爲其果

合亦四段而文不次初合總顯體用有六一以悲願菩提合根此爲諸佛之本深難拔故文有四弘二依實智所生方便爲莖

能幹事故菩提體故三依前二智分爲諸度旁陰爲枝四戒定息熱別受業名五辯才道品等親生菩提開發爲華六果可知上六亦可豎配地位而下別顯用相既云一切菩薩故但從通釋四戒定者此中唯定下合別顯用相中有淨戒頭陀

佛子如來智慧大藥王樹何故得名爲無盡根以究竟無休息故不斷菩薩行故菩薩行即如來性如來性即菩薩行是故得名爲無盡根

二一佛子越次合得名所由窮未來際故云究竟無休得果不捨因故云不斷菩薩行由此故得因果交徹展轉相生

佛子如來智慧大藥王樹其根生時令一切菩薩生不捨衆生大慈悲根其莖生時令一切菩薩增長堅固精進深心莖其枝生時令一切菩薩增長一切諸波羅蜜枝其葉生時令一切菩薩生長淨戒頭陀功德少欲知足葉其華生時令一切菩薩具諸善根相好莊嚴華其果生時令一切菩薩得無生忍乃至一切佛灌頂忍果

三一佛子却合前別顯用相深心樂修善行即前方便淨戒亦能息熱相好如華爲嚴文多影畧者爲分能所成故文多影略者能成即如來悲等所成即菩薩悲等如在佛爲方便在菩薩爲深心在佛禪定爲葉在菩薩淨戒頭陀爲葉在佛即是菩提爲果在菩薩即無生忍等

佛子如來智慧大藥王樹唯於二處不能爲作生長利益所謂二乘墮於無爲廣大深坑及壞善根非器衆生溺大邪見貪愛之水然亦於彼曾無猒捨佛子如來智慧無有增減

以根善安住生無休息故佛子是爲如來心第七相諸菩薩摩訶薩應如是知

四一佛子合揀非器亦先揀後收無爲正位一墮難出故喻深坑又無悲水取灰斷故如彼地獄邪見撥無貪愛浸爛皆喻於水不容善根又闕土緣非生處故後收言無猒捨者上據現惡闕緣今生猒怖直進一乘故除二處而同有佛性久久當成故不猒捨是知現惡明無則無惡必有是知現惡等者卽生公意生公忍死待得大經以證大義如何至今猶不信耶廣如玄中今當重釋言現惡明無者正作闡提撥無因果故無惡必有者由撥無因果之惡故無今無此惡是則有矣故應問言頗有新作一問提不復有闡提後生信不若有新作未作之時有佛性不若未作時有作時無者佛性可斷若先無者則不由於闡提無也本自無故後生信心亦復如是若有佛性佛性是可生之法前則本有今無此則本無今有若發信心亦無性者此亦不干闡提故無故知但是約於長時未成果善抑言無耳誚抑令恐怖使發大心未作闡提令其莫作故皆謗物何定言無故涅槃云一闡提人雖復斷善猶有佛性若能發心非闡提也法華云決了聲聞法餘諸聲聞衆亦當復如是結云根善安住者常住大悲故故涅槃下引證此引二經先引涅槃自有二文唯證闡提有性成上不捨邪見水輪初意卽第九經玄中已引今復略明經云彼一闡提雖有佛性而爲無量罪垢所纏不能得見如蠶處繭則有而非無三十五經云斷善根人以現在世煩惱因緣能斷善根未來佛性力因緣故還生善根亦其文也若能發心者卽二十六經高貴德王菩薩品經云善男子一闡提輩若遇善友諸佛菩薩聞說深法及以不遇俱不得離一闡提心何以故斷善根故一闡提輩亦得阿耨多羅三藐三菩提所以者何若能發於菩提之心則不名爲一闡提也法華云下二引法華亦有二文以證定性二乘皆成佛義一卽法師品藥王汝當知如是諸人等不聞法華經去佛智甚遠若聞是深經決了聲聞法是諸經之王聞已諦思惟當知此人等近於佛智慧釋曰既言決了聲聞法明昔淨名等經聲聞如根敗之士其於五欲不能復利及如燋穀芽佛名經說如燋穀芽雖逢春陽無希秋實及深密等說於定性不得

成佛三乘聖人心皆猶預今皆作佛故云決了第一經云菩薩聞是法疑網皆以除千二百羅漢悉亦當作佛故云決了復恐人云千二百外定性聲聞卽不作佛故引次文卽五百弟子授記品初千二百人悉皆求記如來先授陳如作佛次授五百末後偈云其五百比丘次第當作佛同號曰普明轉次而授記我滅度之後某甲當作佛其所化世間亦如我今日國土之嚴淨及諸神通力菩薩聲聞衆正法及像法壽命劫多少皆如上所說迦葉汝已知五百自在者餘諸聲聞衆亦當復如是其不在此會汝當爲宣說釋曰據此非唯列千二百則靈山之會萬二千人五千佛席增上慢者應是聲聞不厠靈山法華勝會者令此會中聲聞菩薩轉爲授記餘如玄中

有引向所揀證無佛性及定性義不觀次後不捨之言況第十喻平等共有滅損佛性恐毀謗一乘願諸後學當誡愼之無滯權說

有引向求下卽舉邪顯正謂法相師以水輪中證有無性地獄深坑證有定性趣寂二乘不觀已下破其妄引疏有三節初指經中却收之義二引第十等有喻意三滅損下以理結勸謂唐三藏創自西廻薦福寺有一人大德不肯修敬後因見日三藏遠涉流沙廣取經論誡曰劬勞然滅損佛性增足煩惱未知與聖意相應不言滅損佛性者以五性之中唯一性半有佛性耳謂菩薩性及不定性之半以不定性容有無故餘三性半一向言無謂一無種性人二定性聲聞三定性緣覺言一半者卽不定性中或無是也恐謗一乘者以罪怖之然法華經特稱妙者以佛昔說三乘五性今法華云一乘一性謂一切衆生有如來知見更無餘性故惟一乘涅槃亦云佛性者名爲一乘以凡是有心定當作佛故唯一乘法華又云唯此一事實餘二則非眞終不以小乘濟度於衆生又第四云平等大慧彼疏曰立一乘爲宗而其立義定有五性却以一乘而爲方便此豈不是謗一乘耶謗一乘罪法華具明事不可輕如增上慢不信不輕皆作佛言卽爲謗耳

復次佛子譬如三千大千世界劫火起時焚燒一切草木叢林乃至鐵圍大鐵圍山皆悉熾然無有遺餘佛子假使有人手執乾草投彼火中於意云何得不燒不答言不也佛子彼所投草容可不燒如來智慧分別三世一切衆生一切國土一切劫數一切諸法無不知者若言不知無有是處何以故智慧平等

悉明達故佛子是爲如來心第八相諸菩薩摩訶薩應如是知

第八劫火燒盡喻喻佛知無不盡智由此佛智更無所依

復次佛子譬如風災壞世界時有大風起名曰散壞能壞三千大千世界鐵圍山等皆成碎末復有大風名爲能障周帀三千大千世界障散壞風不令得至餘方世界佛子若令無此能障大風十方世界無不壞盡如來應正等覺亦復如是有大智風名爲能滅能滅一切諸大菩薩煩惱習氣有大智風名爲巧持巧持其根未熟菩薩不令能滅大智風輪斷其一切煩惱習氣佛子若無如來巧持智風無量菩薩皆墮聲聞辟支佛地由此智故令諸菩薩超二乘地安住如來究竟之位佛子是爲如來心第九相諸菩薩摩訶薩應如是知

第九劫風持壞喻喻佛巧令留惑智非但能斷亦復能留謂佛有斯巧授與根未熟未具萬行菩薩令留潤生之惑由此留惑惑方至盡得一切智不同二乘不爲菩提心期速出廣明留惑潤生具如別章廣明留惑者即義理分齊別有一門

復次佛子如來智慧無處不至何以故無一衆生而不具有如來智慧

第十塵含經卷喻喻佛性通平等智文中四謂法喻合結今初所以知佛智徧者無一衆生不有本覺與佛體無殊故以上言潛流則似佛智徧他衆生今顯衆生自有故云徧耳此有三意一明無一衆生不有

則知無性者非衆生數謂草木等已過五性之見則知無性下反成上義即涅槃經云除墻壁瓦石皆有佛性故無佛性則非衆生凡是有心定當作佛性則無一不有以一切人皆有心故即知言無佛性者則無心也無心寧異瓦礫此是涅槃一性之宗故云已過五性二者衆生在纏之因已具出纏之果法故云有如來智慧非但有性後方當成亦非理先智後是知涅槃對昔方便且說有性後學尚謂談有藏無況聞等有果智誰當信者二者衆生下二明因有果智揀勝初義但有佛性於中有三初正立中謂遠公等釋涅槃經言因性本有果性當成今因有佛智佛智非因故超前也所以有者因果二性無二體故若因無果性果是新生便有始故新生有始佛性非常住故非但有性者第二正揀前義於中有二一揀因果不同謂前義意如木有火性鑽方生火乳有酪性緣具成酪今此中意果尚本有況於因性況當有耶亦非理先者二揀理智兩别若唯理性爲先有者則第一義空不名智慧理智異故無漏智性本自有之不應理故大智光明非本有故智後生者果無常故能證所證成二體故是知涅槃下第三結會勸信謂涅槃終極會昔有餘四十九年多說三乘五性之教機習已久難可頓移且說有心皆有佛性一經前後縱奪合離而其明言凡是有心定當作佛後學尚謂者即大乘法師法華疏意彼意涅槃經言一切衆生皆有佛性總談皆有欲獎衆生實而明之亦有無者藏在一切總有之中言通别類異者通相皆有别揀有無無有不同不應一類況聞衆生者即舉今宗結成難信勸令信耳三彼因中之果智即他佛之果智以圓教宗自他因果無二體故不爾此說衆生有果何名說佛智耶斯則玄又玄矣非華嚴宗無有斯理三彼因中下第三自他交徹謂諸凡夫因中果智即他諸佛已成果智自身佛性一身豎論他佛在凡自他横辯故更玄也不爾此說下以理成立自他平等謂此章中舉其十喻以辯佛智忽引衆生有佛智者何名爲說諸佛心耶明知是說衆生心爲佛矣斯則玄下結歎歸宗

但以妄想顛倒執著而不證得

次但以下釋疑疑云涅槃云佛性者名爲智慧有智慧時則無煩惱今得佛智那作

衆生釋中先順答前義謂倒故不證豈得言無如壯士迷於額珠豈謂膚中無寶如壯士者即涅槃第八如來性品此經第七佛告迦葉善男子譬如王家有大力士其人眉間有金剛珠與餘力士捔力相撲而彼力士以頭抵觸其額上珠尋沒膚中欲自覺知是珠所在其處有瘡即命良醫因珠療治時有明醫善知方藥即知是瘡入皮即便停住是時良醫尋問力士汝額上珠爲何所在力士驚答大師醫王我額上珠乃無去耶是珠今者爲何所在將非幻化憂愁啼哭是時良醫慰喻力士汝今不應生大愁惱汝因鬬時嗔恚毒盛珠陷入體故不自知是時力士不信醫言若在皮裏膿血不淨何緣不出若在筋裏不應可見汝今云何欺誑於我時醫執鏡以照其面珠在鏡中明了顯現力士見已心懷驚怪生奇特想上具經文下合文賚以意引之謂以良醫喻之善友煩惱爲皮膚佛性爲寶珠不知爲失藏盡乃得證知了了如彼力士於明鏡中見其寶珠薦福解云貧女金藏通喻凡夫不知佛性此喻菩薩二乘觀心之首隱其佛性已發三乘心名爲王家以未入佛家故有觀心力名爲力士中道佛性之珠在其心間與倒競力觀於俗境名爲相鏡觀心取境名頭抵觸取相隱理名沒膚中以相求理不能得見名不知所在取相見空名之爲瘡訪友爲命醫佛爲良醫知佛性珠取其空相名知是瘡因珠入體定得之性在上相内名珠入皮即便停住是時良醫下問性所在相覆眞性故力士不知所在先因發心將非虛說名將非幻化恐無性流轉名憂愁啼哭次佛慰云言性不失汝與妄競性隱無我名珠入體在於皮裏因本有理有理性相名影現於外汝觀空等時其心猛利如嗔恚盛因斯陷入故不自知此上有性不見喻二乘是時力士下拒敎不信喻若在皮裏膿血等者謂在凡身若等相中有漏不淨性淨應出何緣不見若筋等者若是眞理眞理無相不應可見汝今云何下正明不信是時良醫下依教見性喻珠在鏡中明了顯現者定得之性惟大涅槃理教能顯如鏡照面了了分明力士見已者衆生則聞見十住則目見餘可知也

若離妄想一切智自然智無礙智則得現前後若離下反以理成謂若先無離倒寧有既離倒則現明本不無如貧得珠非今授與是以涅槃恐不修行故云言定有者則爲執著恐不信有故云若言定無則爲妄語乍可執著不可妄語自然智自覺聖智

也無礙智者始本無二絕二礙也如貧得珠者即法華第四五百弟子授記品說繫珠喻領解得記經云譬如有人至親友家醉酒而臥是時親友官事當行以無價寶珠繫其衣裏與之而去其人醉臥都不覺知起已遊行到於他國爲衣食故勤力求索甚大艱難若少有所得便以爲足於後親友會遇見之而作是言咄哉丈夫何爲衣食乃至如是我昔欲令汝得安樂五欲自恣於某年月日以無價寶珠繫汝衣裏今故現在而汝不知勤苦憂惱以求自活甚爲癡也汝今可以此寶貿易所須常可如意無所乏短下合可知然繫有二一約結緣則圓解爲珠爲說爲繫煩惱昏醉少有微解故曰繫珠五道求樂爲勤力艱難證小涅槃不求大果云得少爲足後聞法華爲會過親友示以知見如得衣珠以因易果無樂不得昔已繫之故云非今授與二約天性然其昔繫亦非新與未知令知故云繫耳則不全同喻今疏取天性繫珠以成本有故云非今授與是以涅槃下以涅槃經結成上義執著過輕作可言有妄語過重不可言無況無著而知決須有矣始本無二者此有二意一則眾生本有佛智是則本覺不礙始覺如是而證名無礙智二者斷障顯了則無煩惱所知二礙

佛子譬如有大經卷量等三千大千世界書寫三千大千世界中事一切皆盡所謂書寫大鐵圍山中事量等大鐵圍山書寫大地中事量等大地書寫中千世界中事量等中千世界書寫小千世界中事量等小千世界如是若四天下若大海若須彌山若地天宮殿若欲界空居天宮殿若色界宮殿若無色界宮殿一一書寫其量悉等此大經卷雖復量等大千世界而全住在一微塵中如一微塵一切微塵皆亦如是時有一人智慧明達具足成就清淨天眼見此經卷在微塵內於諸眾生無少利益即作是念我當以精進力破彼微塵出此經卷令得饒益一切眾生作是念已即起方便破彼微塵出此經卷令諸眾生普得饒益如於一塵一切微塵應知悉然

第二喻中二光明大經潛塵以喻上文妄

纏佛智大經卷者佛智無涯性德圓滿也
書各稱境者智如理故潛一塵者畧有三
義一妄覆真故二小含大故三一具多故
一切塵者無一衆生不具佛智故後時有
一人下出經益物喻上離妄現前

佛子如來智慧亦復如是無量無礙普能利
益一切衆生具足在於衆生身中但諸凡愚
妄想執著不知不覺不得利益爾時如來以
無障礙清淨智眼普觀法界一切衆生而作
是言奇哉奇哉此諸衆生云何具有如來智
慧愚癡迷惑不知不見我當教以聖道令其
永離妄想執著自於身中得見如來廣大智
慧與佛無異即教彼衆生修習聖道令離妄
想離妄想已證得如來無量智慧利益安樂
一切衆生佛子是爲如來心第十相諸菩薩
摩訶薩應如是知

第三合中亦二先合大經潛塵無量無礙
普能利益合上書寫多事衆生身及妄想
俱合上塵後爾時如來下合出經益物如
來合上一人智眼合上天眼是知不信衆
生等有佛智智眼未開復何可恠然如來
藏等經說有九喻喻如來藏爲如青蓮華
在泥水中未出泥水人無貴者又如貧女
而懷聖胎如大價寶垢衣所纏如摩尼珠
落在深厠如真金像弊衣所覆如菴羅樹
華實未成亦如稻米在糠糩中如金在鑛
如像在模皆是塵中有佛身義與此大同
也如來藏下二引例釋成言九喻者如來藏經具有九喻一二不同餘經或有一二三四多少不定故致等言言如來藏經者即如來在王舍城耆闍崛山成佛十年後方說之與大比丘百千人菩薩六十恒河沙云爾時世尊於栴檀重閣正坐三昧

而現神變有千葉蓮華大如車輪其數無量色香具足而未開敷一切華內皆有化佛上昇虛空彌覆世界猶如寶帳一一蓮華放無量光一切蓮華同時舒榮佛神力故須臾之間皆悉萎變其諸華內一切化佛結跏趺坐各放無數百千光明於時此剎莊嚴殊特一切大眾歡喜踊躍云金剛慧菩薩問佛下為答云我以佛眼觀一切眾生貪欲恚癡諸煩惱中有如來智如來眼如來身結跏趺坐儼然不動善男子一切眾生雖在諸趣煩惱身中有如來藏常無染汙德相備足如我無異又善男子如譬如天眼之人觀未敷華見諸華內有如來身結跏趺坐除其萎華便得顯現如是善男子佛見眾生如來藏已欲令開敷為說經法除滅煩惱顯現佛性善男子諸佛法爾若佛出世若不出世一切眾生如來之藏常住不變但彼眾生煩惱覆故如來出世廣為說法除滅塵勞成一切智云每喻之後皆有偈文二復次善男子譬如淳蜜在巖樹中無數羣蜂圍遶守護時有一人巧智方便先除彼蜂乃取其蜜隨意食用惠及近遠下取意合蜜喻如來藏蜂喻煩惱人喻如來除蜂喻說法除煩惱三復次善男子譬如粳糧未離皮糟貧愚輕賤謂為可棄除蕩既精當為御用合云糠喻煩惱米喻如來知見說法除煩惱淨一切智於諸世間為最正覺四復次善男子譬如真金墮不淨處隱沒不現經歷年載真金不壞而莫能知有天眼者語眾人言此

不淨中有真金寶汝可出之隨意受用法合例知五復次善男子譬如貧家有珍寶藏寶不能言我在於此既不自知又無語者不能開發此珍寶藏一切眾生亦復如是如來知見力無所畏大法寶藏在其身內不聞不知耽惑五欲流轉生死受苦無量是故諸佛出興于世為開身內如來法藏無礙辯才為大施主六復次善男子譬如菴羅果內實不壞種之於地成大樹王善男子我以佛眼觀諸眾生如來寶藏在無明縠內猶如果種在於核內善男子彼如來藏清淨無極大智慧聚妙寂泥洹名為如來應正等覺七復次善男子譬如有人持真金像行詣他國經遊險路懼遭劫奪裹以弊物令無識者此人於道忽便命終於是金像棄捐曠野行人躡跡咸謂不淨得天眼者見弊物中有真金像即為出之一切禮敬合有如來微妙寶藏八復次善男子譬如女人貧賤醜陋眾人所惡而懷貴子當為聖王王四天下此人不知經歷時節常作下劣生賤子想合有如來寶藏九復次善男子譬如鑄師鑄真金像既鑄成已倒置於地外現燋黑內像不變開模出像金色晃曜合云有如來身眾相具足下校量功德受持此經供養過去恒河沙現在諸佛造恒河沙七寶臺高十由旬日日如是乃至十五恒河沙七寶臺供養恒河沙如來不如有人喜樂菩提受持此經乃至算數譬喻所不能及上之九喻初蓮華有佛喻與青蓮在泥喻大同小異其

金墮不淨處與摩尼墮深廁中大同彼闕此如金在鑛如蜜在山中餘多大同而不次者此取圓意略舉十耳山中有蜜又與塵中佛性小異故略無之又此所引為順圓融自凡至聖具含諸義故亂引之若依佛性論具釋九喻雖不引如來藏經而與此經喻次全同各別有意廣如佛性論別鈔中已引言餘經或有一二三等者涅槃勝鬘等經皆說不能具引金鑛之喻涅槃第十有文云復次善男子譬如金鑛淘煉滓穢然後銷鎔成金之後價直無量善男子聲聞緣覺菩薩亦爾皆得成就同一佛性何以故除煩惱故如彼金鑛除諸滓穢以是義故一切衆生同一佛性無有差別以其先聞如來蜜藏後成佛時自然得知如彼長者知乳一相何以故以斷無量煩惱故釋曰以是長者多牛聲乳一色喻後轉以喻顯第五經中有雪山甘藥喻全同淳蜜在巖喻餘有多喻不能具引大價摩尼垢衣所纏者即楞伽第二疏當第五經云爾時大慧菩薩摩訶薩白佛言世尊修多羅說如來藏自性清淨轉三十二相入於一切衆生身中如大價寶垢衣所纏如來之藏常住不變亦復如是而陰界入垢衣所纏貪欲恚癡不實妄想塵勞所汚一切諸佛之所演說釋曰此中大慧引昔之說下難同外道說我佛下答不同外道但是虛妄無有真實如來說如來藏有時說空無相無願實際法性法身涅槃自性不生不滅本來寂靜自性涅槃如是等句說

如來藏等餘經所有可略言也

佛子菩薩摩訶薩應以如是等無量無礙不可思議廣大相知如來應正等覺心

大文第三總結上來十喻初總明無依爲依二能出生三能潛徧四横具四智五竪具四能六體廣包含七用無終竟八知無不盡九巧能攝持十處處具足前九直語佛智後一乃融自他此十圓融畧顯佛智之相寄顯如來之心未盡佛心一毫故應更以無量無礙等知也總結者疏文有二先結上十門以成未盡故應更下正釋經文由經云如是等無量相知如是指前等即等後更明別義此結有四一無量二無礙三不可思四廣大並遍上十及所不說

爾時普賢菩薩摩訶薩欲重明此義而說頌言

欲知諸佛心　當觀佛智慧

第二偈頌二十二偈分二初兩句約法總顯

佛智無依處如空無所依衆生種種樂及諸方便智皆依佛智慧佛智無依止

餘頌上喻於中初喻一偈半後一四偈餘八各二偈並顯可知

聲聞與獨覺及諸佛解脫皆依於法界法界無增減佛智亦如是出生一切智無增亦無減無生亦無盡如水潛流地求之無不得無念亦無盡功力徧十方佛智亦如是普在衆生心若有勤修行疾得智光明如龍有四珠出生一切寶置之深密處凡人莫能見佛四智亦然出生一切智餘人莫能見唯除大菩薩如海有四寶能飲一切水令海不流溢亦復無增減如來智亦爾息浪除法愛廣大無有邊能生佛菩薩下方至有頂欲色無色界一切依虛空虛空不分別聲聞與獨覺菩薩衆智慧皆依於佛智佛智無分別雪山有藥王名爲無盡根能生一切樹根莖葉華實佛智亦如是如來種中生既得菩提已復生菩薩行如人把乾草置之於劫燒金剛猶洞然此無不燒理三世劫與刹及其中衆生彼草容不燒此佛無不知有風名散壞能壞於大千若無別風止壞及無量界大智風亦爾滅諸菩薩惑別有善巧風令住如來地如有大經卷量等三千界在於一塵內一切塵悉然有一聰慧人淨眼悉明見破塵出經卷普饒益衆生佛智亦如是徧在衆生心妄想之所纏不覺亦不知諸佛大慈悲令其除妄想如是乃出現饒益諸菩薩

大方廣佛華嚴經疏鈔會本第五十一之三

音釋

度量 度徒落切 量龍張切 無觀 觀古玩切 丸 胡官切圓也 狹劣 狹侯夾切隘也 劣力輟切鄙也 須臾 臾羊朱切須臾不久貌 霔 之戍切霖霔也 清泠 泠郎丁切 瞖 音計 疲厭 疲音皮勞也 厭於豔切足也 悋 良刃切慳也 鑿 疾各切 縮 所六切 漂没 漂音飄浮也 没莫勃切溺也 也 酪 盧各切 酥 音蘇 醍醐 醍杜奚切 醐侯孤切 糩 苦會切麤糠也 萎 邕危切蔫也 鑛 古猛切銅鐵樸石也 犛 居侯切取牛乳也 沃燋 沃烏酷切 燋茲消切 搉 訖岳切校也 撲 弼角切踣也 療 力弔切治也 鎔 餘封切銷鎔也

大方廣佛華嚴經疏鈔會本第五十二之一

唐于闐國三藏沙門實叉難陀 譯

唐清涼山大華嚴寺沙門澄觀撰述

第五明出現境界正顯分齊之境兼辨所緣之境依初義者前約智以顯心此正明智用分齊依後義者前明能知今辨所緣由所緣無邊故顯分齊難思分齊難思故方窮所緣之境二義相成如函蓋相稱（依初義下對前二義以辨來意）

佛子菩薩摩訶薩應云何知如來應正等覺境界

文中長行分三謂標釋結

佛子菩薩摩訶薩以無障無礙智慧知一切世間境界是如來境界知一切三世境界一切剎境界一切法境界一切衆生境界眞如無差別境界法界無障礙境界實際無邊際境界虛空無分量境界無境界境界是如來境界

釋中二先法後喻法中亦二先廣取所緣顯分齊境後近取諸心以況佛境前中又二先列所緣無邊後顯分齊無量今初先令以無障礙智爲能知者非此不能量佛境故後正顯所緣文有十句一通舉所化二化時三化處四化法五所化人六七八三皆明所證於中眞如語其體常一味故云無差別法界生法所依故云無礙實際是窮事至實故云無邊九化處分齊後一徧通若約二諦境前五爲俗次三爲眞九通眞俗事空理空俱是空故後一雙非顯前九境即同無故若約三諦空即是眞三

眞爲中道若以五界攝之初三是世界無量四即調伏及調伏加行界五即衆生次三即法界餘二雙非

佛子如一切世間境界無量如來境界亦無量如一切三世境界無量如來境界亦無量乃至如無境界境界無量如來境界亦無量如無境界境界一切處無有如來境界亦如是一切處無有

二佛子如一切下顯分齊無量中先約十境以顯分齊境智相稱故皆無量後約無境顯其非有乃至眞如皆不可得故是以諸境雲與而常寂也如無旣爾如眞如等無變易等亦然

佛子菩薩摩訶薩應知心境界是如來境界如心境界無量無邊無縛無脫如來境界亦無量無邊無縛無脫何以故以如是如是思惟分別如是如是無量顯現故

第二佛子至應知心下近取諸心以況佛境於中二先正明後徵釋今初無量無邊語其相用廣大無縛無脫明其體性深寂次徵意云何以將心況於佛境釋意云菩薩自心隨思即顯故無分量佛境亦爾隨機顯現若身若智何有量耶智假思顯則性無縛脫不爲相縛後無脫故

佛子如大龍王隨心降雨其雨不從內出不從外出如來境界亦復如是隨於如是思惟分別則有如是無量顯現於十方中悉無來處佛子如大海水皆從龍王心力所起諸佛如來一切智海亦復如是皆從如來往昔大願之所生起

第二佛子如大龍下喻顯有三喻前二喻無縛無脱後一喻無量無邊無量無邊通前二段令初前明降雨無從喻正喻無縛脱既無來處有何縛脱耶後明海水從心喻喻無縛脱所因水從心力爲因非定内外智從昔願緣起故來即無來

佛子一切智海無量無邊不可思議不可言説然我今者略説譬喻汝應諦聽

第二海水宏深喻喻無量無邊中三先標章誡聽

佛子此閻浮提有二千五百河流入大海西拘耶尼有五千河流入大海東弗婆提有七千五百河流入大海北欝單越有一萬河流入大海佛子此四天下如是二萬五千河相續不絶流入大海於意云何此水多不答言甚多佛子復有十光明龍王雨大海中水倍過前百光明龍王雨大海中水復倍前大莊嚴龍王摩那斯龍王雷震龍王難陀跋難陀龍王無量光明龍王連澍不斷龍王大勝龍王大奮迅龍王如是等八十億諸大龍王各雨大海皆悉展轉倍過於前娑竭羅龍王太子名閻浮幢雨大海中水復倍前佛子十光明龍王宮殿中水流入大海復倍過前百光明龍王宮殿中水流入大海復倍過前大莊嚴龍王摩那斯龍王雷震龍王難陀跋難陀龍王無量光明龍王連澍不斷龍王大勝龍王大奮迅龍王如是等八十億諸大龍王宮殿各別其中有水流入大海皆悉展轉倍過於前娑竭羅龍王太子閻浮幢宮殿中水流入大海復倍過前佛子娑竭羅龍王連雨大

海水復倍前其娑竭羅龍王宫殿中水涌出入海復倍於前

二佛子此閻浮下喻顯三佛子此大下法合喻中三初别顯水多文有四節一四洲水二龍王雨水三宫殿出水四娑竭王兼雨兼出皆後後倍前以顯深廣

其所出水紺瑠璃色涌出有時是故大海潮不失時

二其所出下通顯水相涌出故潮上速爲寳消故潮下此爲極説

佛子如是大海其水無量衆寳無量衆生無量所依大地亦復無量

三佛子如是大海下通顯無量兼水有四

佛子於汝意云何彼大海爲無量不答言實爲無量不可爲喻佛子此大海無量於如來智海無量百分不及一千分不及一乃至優波尼沙陀分不及其一但隨衆生心爲作譬喻而佛境界非譬所及佛子菩薩摩訶薩應知如來智海無量從初發心修一切菩薩行不斷故應知寳聚無量一切菩提分法三寳種不斷故應知所住衆生無量一切學無學聲聞獨覺所受用故應知住地無量從初歡喜地乃至究竟無障礙地諸菩薩所居故

第三合中二先合水無量佛智一念即無窮盡況盡三際周乎十方重重重重安可喻顯二佛子至應知如來下合通顯無量非唯智爲佛境菩提分等皆分齊境也智海合水餘合寳等並顯可知

佛子菩薩摩訶薩爲入無量智慧利益一切衆生故於如來應正等覺境界應如是知

大文第三總結即結云知意不知佛境安能利生

爾時普賢菩薩摩訶薩欲重明此義而說頌言

如心境界無有量諸佛境界亦復然如心境界從意生佛境如是應觀察

第二偈頌五偈分二初一頌法說

如龍不離於本處以心威力澍大雨雨水雖無來去處隨龍心故悉充洽

十力牟尼亦如是無所從來無所去若有淨心則現身量等法界入毛孔

餘頌前喻亦二初二合頌前二喻同喻無縛脫

如海珍奇無有量衆生大地亦復然水性一味等無別於中生者各蒙利

如來智海亦如是一切所有皆無量有學無學住地人悉在其中得饒益

後二頌大海宏深喻但頌通顯無量餘文略無

第六出現之行前明分齊境智無邊今彰運用則悲智無盡雖智海已滿悲無息故

雖智海下二通妨謂有問言行在因中今果何有釋云行雖無量總不出二謂智與悲智行已圓自利滿故而運即智之悲利他不息若爾何以下文說眞如行答此即果滿之行將說悲智無礙之行故說眞如行之本耳

佛子菩薩摩訶薩應云何知如來應正等覺行

長行中二先標舉後釋相

佛子菩薩摩訶薩應知無礙行是如來行應知眞如行是如來行

釋相中三初雙標二行次雙釋二行後雙

結二行令初義有多含一無礙行者即理之事行眞如行者即事之理行前即行相後即行體又前是即智之悲後是即悲之智前即眞之俗後即俗之眞融而無礙爲如來行

佛子如眞如前際不生後際不動現在不起如來行亦如是不生不動不起

第二佛子如眞如下雙釋中二先釋眞如行後釋無礙行令初眞如之名言含法喻文中有三初牒名以解明體絕三際故同眞如契如成行行即如也過未非緣故不生不動現在離緣故非起也眞如之名者經云如眞如前際不生等即以眞如喻佛行也若佛行契如行即是如故即是法過未非緣者過去緣已謝未來緣未會故曰非緣由非緣故過去無可生未來無可動現在雖在緣中不與緣合故云離緣故廻向中明遍在三世不同三世遍在一切而非一切故緣雖起滅而湛然無起

佛子如法界非量非無量無形故如來行亦如是非量非無量無形故

二復舉法界無形明雙非契中是知實相等皆如來行

佛子譬如鳥飛虛空經於百年已經過處未經過處皆不可量何以故虛空界無邊際故如來行亦如是假使有人經百千億那由他劫分別演說已說未說皆不可量何以故如來行無邊際故

三舉鳥飛虛空喻釋非量義非量有二一行廣無量故云如來行無邊際故二即事同眞便無分量故以空喻旣無有量何有無量若謂無量即是量故雙非永寂爲如來行故心彌虛行彌曠終日行而未曾行

故涅槃云復有一行是如來行所謂大乘大般涅槃若謂無量者離量有無量故故楞伽云無心之心量我說爲心量謂以無心量而爲是者還是心量耳故心彌虛句明無量不礙量終日行句明一量即無量涅槃下即十一經遠公有二釋一云辨行所依謂如來先成之德修習趣入亦可五行是其教行顯性成行是如來行顯如來性以成行故意云此一即是證行證性而成行故

佛子如來應正等覺住無礙行無有住處而能普爲一切衆生示現所行令其見已出過一切諸障礙道

第二佛子如來應正等下釋無礙行文中二先約法總明後以喻別顯今初智無所住悲示所行即悲智無礙自無二礙令他無礙皆無礙行也

佛子譬如金翅鳥王飛行虛空迴翔不去以清淨眼觀察海內諸龍宮殿奮勇猛力以左右翅鼓揚海水悉令兩闢知龍男女命將盡者而搏取之如來應正等覺金翅鳥王亦復如是住無礙行以淨佛眼觀察法界諸宮殿中一切衆生若曾種善根已成熟者如來奮勇猛十力以止觀兩翅鼓揚生死大愛水海使其兩闢而撮取之置佛法中令斷一切妄想戲論安住如來無分別無礙行佛子譬如日月獨無等侶周行虛空利益衆生不作是念我從何來而至何所諸佛如來亦復如是性本寂滅無有分別示現遊行一切法界爲欲饒益諸衆生故作諸佛事無有休息不生如是戲論分別我從彼來而向彼去

二別以喻顯中二喻初金翅闢海喻喻即智之悲後日月無思喻喻悲不失智

佛子菩薩摩訶薩應以如是等無量方便無

量性相知見如來應正等覺所行之行

第三佛子至應以如是下雙結二行性結眞如相結無礙

爾時普賢菩薩欲重明此義而說頌言

譬如眞如不生滅無有方所無能見大饒益者行如是出過三世不可量

法界非界非非界非是有量非無量大功德者行亦然非量無量無身故

如鳥飛行億千歲前後虛空等無別衆劫演說如來行已說未說不可量

金翅在空觀大海闢水搏取龍男女十力能拔善根人令出有海除衆惑

譬如日月遊虛空照臨一切不分別世尊周行於法界敎化衆生無動念

第二偈頌有五前三頌眞如後二頌無礙

佛子諸菩薩摩訶薩應云何知如來應正等覺成正覺

第七出現菩提圓行之果故對緣造修必有成正覺故圓行之果下明來意有二上約眞菩提辨來意對緣造修下約應菩提以辨來意文中三謂徵起釋相總結徵言正覺略顯五門一釋名晉名菩提存其梵語此翻爲覺正揀二乘成異菩薩初會已顯又單語菩提但是所覺之道今云成者即理智契合之名

二明體性攝論云二智二斷爲菩提體智論云菩提菩提斷俱名爲菩提若依此經通一切法如文具之二辨體者此引二論二互相成攝論第九智論第三二智即根本後得二斷即斷煩惱所知此經圓宗故通一切下云得一切法量等三輪自他平等因果交徹如是等義故通一切三辨種類或說唯一如智契合無二相故淨名云夫如

者不二不異故或開爲二大品明有性淨菩提及修成故亦名性淨方便淨也或分爲三約三乘故如十地論或開爲四涅槃云下智觀者得聲聞菩提乃至上上智觀得佛菩提又四智菩提亦是四義或分爲五如大品智論說發心等或具明十如離世間品唯十爲圓是此所辨三除前二四除前三五除前四餘皆兼通同教一乘之所攝故若業用所現則無所不收三辨種類於中有二先正辨夫如者不二不異即彌勒章下當辨意涅槃云下智觀等六地已引或分爲五者智論五十八云一發心菩提無量生死中發阿耨多羅三藐三菩提心故名菩提因中說果二伏心菩提斷諸煩惱降伏其心行諸波羅蜜三明心菩提觀三世諸佛法本末總別相分別得諸法實相謂般若波羅蜜四出到菩提於涅槃中得方便力故不著若滅一切煩惱見一切佛得無生法忍出三界到薩婆若五無上菩提坐道場斷習氣得阿耨多羅三藐三菩提或具十者即五十九經十種成如來力

爲十菩提經云佛子菩薩摩訶薩有十種成如來力何等爲十所謂一超過一切衆魔煩惱業故成如來力二具足一切菩薩行遊戲一切菩薩三昧門故成如來力三具足一切菩薩廣大禪定故四圓滿一切白淨助道法故五得一切法智慧光明善思惟分別故六其身周遍一切世界故七所出言音悉與一切衆生心等故八能以神力加持一切故九與三世諸佛身語意業無有殊異於一念中了三世法故十得善覺智三昧具如來十力故成如來力是爲十若諸菩薩具此十力則名如來應正等覺句句皆有成如來力言此十菩提多同今經唯十爲圓下第二料揀先示別教後三除下約同教門揀而收之四明業用文有十門而體用參顯各隨別義立目今統收之謂緣二諦斷二障證二空起二智印羣機現萬像具十身徧十方周於毛端微塵等處通因及果業用無邊具如文顯四明業用者以下科經有其十門兼體相用今唯辨用有其十耳不出下文五者辨相即當釋文略辨十門一總明體相二即現萬機三體相甚深四三輪平等五因果交徹六體

離虧盈七相無增減八用該動寂九周于法界十普徧諸心十門之中亦可當門別釋

佛子菩薩摩訶薩應知如來成正覺於一切義無所觀察於法平等無所疑惑無二無相無行無止無量無際遠離二邊住於中道出過一切文字言說

今且以初爲總餘九爲別別雖九門而釋十義初釋第一二釋第十謂舉初該後三從第二次第解釋第十一門釋八九二義至文當知釋文顯然不應異解今初總明具有十門皆含體相用三一寂照爲菩提體故云於一切義無所觀察一切義者眞俗境也觀極於無觀故淨名云不觀是菩提離諸緣故如海無心而能頓鑒非無所了故晉經云解一切義二經合明義方圓妙解即是觀觀即無觀既觀念斯寂無惑習種無觀是體照斷爲用合之爲相離諸緣者有觀則有緣無緣則絕觀如海下釋文以成上義非無所了下成上觀極於無觀義謂觀智之極謂之無觀無彼分別取相之觀非無甚深無分別觀故晉經下合明二經應云解一切義無所觀察改於爲解義則圓足譯經之人見下文有知衆生心故此但明無觀之義既觀念下上明成智即無分別智今明斷障即斷煩惱無觀是體下結成具三無觀是體者無念體也照智是上無分別智斷即是向無惑習種合爲相者謂寂照無二爲菩提相猶如明鏡無心爲體鑑照爲用合爲其相亦即禪宗即體之用自知即用之體恒寂知寂不二爲心之相　二等同萬法爲菩提體謂智與理冥同一圓覺故云於法二等而不失照決斷分明云無疑惑既無所疑即所知永寂上二已攝攝論之體二等同萬法者釋經於法平等無有疑惑即是下文三輪平等上二已攝等者初是實智斷煩惱障二是權智斷所知障故二句中已具二智二斷體也　三一成一

切成不見生佛有異故云無二以知一切衆生即菩提相故亦是能所不二淨名云不二是菩提離意法故三一成者釋經無二即是下文因果交徹於中有二一明生佛不二即一成一切成故下釋云如來成正覺時於其身中普見一切衆生成正覺等暗引淨名一切衆生即菩提相即菩提相于何不成二明能所不二即下釋中皆同一性闇引淨名不二是菩提離意法故法即是所意即是能良以心境同一性故生佛亦然此章淨名皆彌勒章四總指前三體相衆生寂滅是菩提滅諸相故四總指前三者釋經無相即是下文體離虧盈下釋云成與不成常無增減菩提非相非非相故由寂滅故無有虧盈寂滅即是無相義故引淨名云滅諸相故釋於寂滅五即心行處滅湛然不還亦是不行是菩提無憶念故五心行處滅者釋經無行即是下文相無增減故云湛然不還釋云若無有相則無增減六雖覺而常定不住定故六雖覺者釋經無止以不住定故即是下文用該動寂下釋云住善覺智三昧而現多身由不住止故能動用七有二義一橫徧十方廣無量故

二體無生滅絕分量故七有二義者釋經無量即是下文周于法界此中有二下釋亦二一明一毛含於多佛周遍法界即是此中初義又云如來成正覺身究竟無生滅故即第二義八亦二義一豎念念成無際畔故二一得永常無後際故心無初相冥符於理無前際故八亦二義者釋經無際即是下文普遍諸心下釋亦二一云菩薩應知自心念念常有佛成正覺即此竪無際畔二下釋云何以故諸佛如來不離此心成正覺故即第二意念念應即是化身一心得永常一即是報身心無初相下契同法界身然此一句即起信論云菩薩地盡覺心初起心無初相以其遠離微細念故得見心性心即常住名究竟覺下云不離此心即冥符理義然覺心初起心無初相自有二意一者覺是能覺心是所覺心是初相即業相是微細念最初迷真不覺心動今無此相二者覺心合明謂正覺心起無能起相故與理冥若有起相不合理故正取此意故云心無初相冥符於理義兼於前以無細念故無覺相由依法相化身有始有終報身有始無終法身無始無終今符於理報亦無始故云始覺同本覺無後始本之異名究竟覺故云無前際故則無始也無終同於上句無後際耳法報既融即體之應念念無斷三身融矣九離邊

契中晉經此前有無縛無脫並含在二邊之內謂若染若淨若縛若脫有無一異等斯邊皆離不徧住著故曰離邊非見有邊邊即中故無中無邊方住中道

九離邊契中下釋經遠離二邊住於中道即是下文普遍諸心下釋云廣大周遍無處不有不離不斷無有休息入不思議方便法門疏文有二先釋離邊後釋住中今初經云離邊未知何是故舉晉經及取下釋畧舉四種以等一切染淨約惑縛脫通惑業有無通事理一異約心境何以有此謂成菩提既離細念顯現法身智慧純淨若爲此見未免是邊故上經云若有見正覺解脫離諸漏不著一切世彼非證道眼今了於惑體性本空後無所淨故離二邊又染淨交徹故無住著是曰離邊縛脫者謂昔常被惑業繫縛流轉無窮今得菩提釋然解脫若爲此見即是住邊菩提智了本自無縛於何有解無縛無解則無樂猒故得離耳有無上言通事理若昔謂惑有今了惑空昔謂心苦空今知妙有又真樂本有失而不知妄苦本空得而不覺今日始知空者妄有者本涅槃若如是知並未離邊又煩惱業苦本有今無菩提佛身本無今有等皆三世有法菩提之性不屬三世故三世有無皆是邊攝真智契理絕於三世故離有無之二邊等一異有二一者心境不了則二契合則一亦成於邊二者生佛有異今了一性亦名爲邊今正覺了此中無有二亦復無有一大智善見者如理巧安住故離此邊而言等者謂斷常來去生滅依正雖是二法皆稱爲邊又二與不二亦名爲邊今契菩提一切都寂故云遠離不偏住下釋住於中道然通妨難生下契中謂有難言若著各曰離邊非見有邊而可離也謂不偏住染染性空故性即淨故不偏住淨若無有染則無淨故淨相離故同染性故染淨交徹安可住耶智契此理故曰離邊故言非見有邊邊即中故復有難云有邊即有中邊既即中則無邊矣既無有邊對何說中故次答云無邊無中方住中道此有二意一順上答謂誠如所言無邊無中故曰中道若有中邊非真中也二反上答謂中道有二一者相待則離邊住中二者絕相即邊而中相待而空則有邊中無邊無中爲真中矣相待絕待尚是相待得意亡言言不盡矣歷上染淨等一一皆然十

總顯離言上九寄言顯深未盡菩提之奧故收歸性離今亡言契之

十總顯下釋經出過一切文字言說即是下文體相甚深斯則上九寄言顯深今菩提離言顯深

知一切眾生心念所行根性欲樂煩惱染習

舉要言之於一念中悉知三世一切諸法佛子譬如大海普能印現四天下中一切衆生色身形像是故共說以爲大海諸佛菩提亦復如是普現一切衆生心念根性樂欲而無所現是故說名諸佛菩提

第二知一切衆生下印現萬機即海印三昧文中三初法一念知三世名一切智次喻即舉海印以喻菩提無心頓現三合言無所現者有三義一無心現故如海二所現空故如像三無别體故如水與像不可分異自體顯現故名爲覺起信論云諸佛如來離於見想無所不徧心眞實故即是諸法之性自體顯照一切妄法有大智用斯即無思顯照同體之境爲菩提相用故上文云於一切義無所觀察無所現者一無心現約止

二所現空約觀三無别體約止觀契合人一約心二約境三心境兩冥又一約智二約理三理智冥契就第三義中疏先正釋自體顯現者通妨謂有難言若無别體何能普現衆生心行故答云自體顯現如珠有光自照珠體珠體喻心光喻於智心之體性即諸法性照諸法時是自照耳故引起信文甚分明然論問曰虛空無邊故世界無邊世界無邊故衆生無邊衆生無邊故心行差别亦復無邊如是境界不可分齊難知難解若無明斷無有心想云何能了名一切種智答曰一切境界本來一心離於想念以諸衆生妄見境界故心有分齊以妄起想念不稱法性故不能決了諸佛如來離於見想無所不徧心眞實故即是諸法之性自體顯照一切妄法有大智用無量方便隨諸衆生所應得解皆能開示種種法義是故得名一切種智釋曰疏但引中間以證自體顯照前後可知故不廣引

佛子諸佛菩提一切文字所不能宣一切音聲所不能及一切言語所不能說但隨所應方便開示

第三佛子諸佛菩提下性相甚深性離言故理圓言偏故

佛子如來應正等覺成正覺時得一切衆生量等身得一切法量等身得一切刹量等身得一切三世量等身得一切佛量等身得一切語言量等身得眞如量等身得法界量等身得虛空界量等身得無礙界量等身得一切願量等身得一切行量等身得寂滅涅槃界量等身

第四佛子如來應正等下三輪平等釋上於法平等等諸法故意輪等故何所疑哉（意輪等者緣上標章云於法平等無有疑惑故）文中二先別舉身等後類結顯多今初有十三身前六等事次三等理次一等事理事事無礙後三等因果略舉十三故結云無量皆言量者是所等之分量皆言等者即能等之三輪等有二義一等彼事理之量二者等彼事理之體所以等者彼諸理事即我所證能所冥合彼尚即我等之何難是以聖人空洞無像物無非我會萬物以成已也（是以聖人下三結成玄旨即肇公涅槃無名論通古中文由前窮源中云非衆生無以御三乘非三乘無以成涅槃然必先有衆生後有涅槃有始必有終而經云涅槃無始無終湛若虛空則涅槃先有非復學而後成也釋曰此文以修得難今涅槃有始終義以涅槃無始終難其修得故爲此通古答云無行名涅槃至人空洞無像而物無非我會萬物以成已者其唯聖人乎何則非理不聖非聖不理理而爲聖者聖不異理也故天帝曰般若當於何求善吉曰般若不可於色中求亦不可離色中求又曰見緣起爲見法見法爲見佛斯則物我不異之効所以至人戢玄機於未兆藏冥運之即化總六合以鏡心一去來以成體古今通始終同窮本極末莫之與二浩然大均乃曰涅槃釋曰彼雖明涅槃亦以能證所證一契合故物我一體今雖約菩提亦取能所一體故得用其文耳）

大方廣佛華嚴經疏鈔會本第五十二之一

音釋

奮迅奮方問切迅思晉切金翅翅矢利切金翅鳥名搏補各切擊也

撮子活切爪取也闢毗亦切開也嫡丁歷切正長曰嫡

大方廣佛華嚴經疏鈔會本第五十二之三

唐于闐國三藏沙門實叉難陀　譯

唐清涼山大華嚴寺沙門澄觀撰述

佛子如所得身言語及心亦復如是得如是等無量無數清淨三輪

後佛子如所得下類結可知

佛子如來成正覺時於其身中普見一切衆生成正覺乃至普見一切衆生入涅槃

第五佛子如來成正覺下明因果交徹釋上無二同一性故文中三初標次皆同下釋三知一切下結

今初八相之中略舉其二故云乃至此文正同淨名云若彌勒得菩提者一切衆生皆亦應得一切衆生即菩提相彌勒示迷此旨但謂理詰之言不知真得菩提實如所詰

此文正同下第二會淨名於中有三初正顯同即菩薩品彌勒爲兜率天子說不退轉地之行淨名難云爲從如生得授記耶云云若以如生得授記者如無有生若以如滅得授記者如無有滅一切衆生皆如也一切法亦如也衆聖賢亦一如也至於彌勒亦如也若彌勒得授記者一切衆生亦應授記所以者何夫如者不二不異若彌勒得阿耨多羅三藐三菩提者一切衆生皆亦應得所以者何一切衆生即菩提相若彌勒得滅度者一切衆生亦當滅度所以者何諸佛知一切衆生畢竟寂滅即涅槃相不復更滅釋曰今正釋成正覺義故但引菩提若據經文云乃至入涅槃則有亦當滅度之義故今具引耳彌勒示迷下第二出彼經意既爲補處何理不窮寄於受屈以悟時聽耳言但謂理詰之言者即是迷相然迷有二意一約彌勒受難云一切同如而我獨得授記識乖理也故云理詰之言二者彌勒不受難云理雖一如行滿得記何得以理而難事耶故云理詰不知真得者三正會釋淨名非曰妄詰真實菩提誠乃一得一切得耳則受難不受難俱迷此理若顯不迷應對淨名實如所言我已見生得記作佛入涅槃竟

又前章以我等彼故徧同彼量今明以彼等我故全現我中是知一性平等反覆相成

又前章下三對前揀異則前是普徧

此是廣容言一性平等反覆相成者前章明平等此章明一性故下釋中皆同一性由平等故唯是一性由一性故何不等耶故云相成此中之成爲理爲事若是事成何以釋云同一性故若是理成何以此云成正覺耶入涅槃耶此是華嚴大節圓宗之義不對諸宗難以取解然諸衆生若於人天位中觀之具足人法二我小乘唯是五蘊實法大乘或說但心所現或說幻有即空人法俱遣或說唯如來藏具恒沙性德故衆生即在纏法身法身衆生義一名異猶據理說更有說言本自盡性本自現不可說言即佛不即佛等若依此宗舊來成竟亦涅槃竟非約同體此成即是彼成然諸衆生下二別釋即五教意兼人天爲六若爾何以現有衆生非即佛耶若就衆生位看者尚不見唯心即空安見圓教中事

如迷東謂西正執西故若諸情頓破則法界圓現無不已成猶彼人悟西處全東若爾諸佛何以更化衆生不如是知所以須化如是化者是究竟化如是化者無不化時故下結云大悲相續救度衆生若就衆生下二解釋此中意云以理融通不可作理事別解若爾下三以能難所佛既了達何用化耶不如是知下四釋化之由如是化下五結成眞化言無不化時即常化也故引相續正成常恒隨門不同種種有異約成佛門一切成也隨門不同下第三結例即類結餘門門雖有多且略分四一約性即一眞法界二約相即無盡事法三約性相交徹顯此二門不即不離四以性融相德用重重初約性門者問體是佛不答是應成四句一是佛法性身無所不至故經云性空即是佛故二非佛絶能所覺爲其性平等一眞法界非佛非衆生故三亦佛亦非佛以法性身無自性故四雙非性與無性雙泯絶故經云無中無有二無二亦復無三世一切空是則諸佛見二就相門乃有二義一情二非情眞心隨緣變能所故然此二門各分染淨謂無明熏眞如成染緣起眞如熏無明成淨緣起染成萬類淨

至成佛以修淨緣斷彼染緣方得成佛依此二義則生佛不同於淨緣中因果因有純雜果有依正若約純門隨一菩薩盡未來際唯修一行一一皆然若約雜門萬行齊修盡未來際若約因門盡未來際常是菩薩若約果門盡未來際常是如來經云爲衆生故念念新新成等正覺若雙辯二門盡未來際修因得果若約雙非盡未來際非因非果便同眞性前之二門雙具悲智雙融心境第三性相交徹門中曲有四門一以性隨相同第二門二會相歸性同第一門三雙存無礙具上二門依此則悲智雙運性相齊驅寂照雙流成大自在四互奪雙亡則性相俱絕沒同果海無成不成第四以性融相門相雖萬差無不卽性性德包含全在相中以性融相相如於性令上諸門皆無障礙因果交徹純雜相融事事相參重重無盡今就性門四句之內是卽佛門不取餘三就相門中約有情門是淨非染是果非因是一分義非此所用

就交徹門佛則性相雙融生則會相歸性令經正約第四以性融相一成一切皆成謂以佛之淨性融生之染以佛一性融生之多令多染生隨一眞性皆如於佛已成佛竟非唯有情會萬類相融爲佛體無不皆成故肇公云會萬物而成已者其唯聖人乎又云故至人空洞無像物無非我以佛之性融於物性同佛皆成以物之性融物之相故令三業等於萬類卽令經意而非餘門故云隨門不同今是成佛門也頓教多同約性四門終教卽同性相交徹始教有二幻有卽空同會相歸性但唯心現多同第二小乘人天皆同相門由此有云無情成佛是約性相融以相情之性融無情相以無情相隨性融同有情之性故說無情有成佛義若以無情不成佛義融情之相亦得說言諸衆生不成佛也以成與不成情與無情無二性故法界無限故佛體普周故色空無二故法無定性故十身圓融故緣起相由故生界無盡故因果周徧故遠離斷常故萬法虛融故故說一成一切成也非謂無情亦有覺性同情成佛若許成佛此成則能修因無情變情情變無情便同邪見餘義具如前後廣說

又此衆生乃是像上之模令其去模則自見已佛亦見他成如第十段又此衆生者四重釋此是一義前同佛心塵中經卷下同第十普徧諸心以見自成卽見他成同下自心念念常有佛成正覺皆同一性所謂無性無何等性所謂無相性無盡性無生性無滅性無我性無非我性無衆生性無非衆生性無菩提性無法界性無虛空性亦復無有成正覺性

二釋中先總釋同一無性故得現成妄性本虛生元是佛眞性叵得非今始成故皆成也二釋中者此有三意一云同一無性故得現成者謂旣無二性佛證一性得成佛故生隨一性皆成佛矣二云妄性本虛生元是佛者生自有妄見生非佛佛了妄虛生何非佛三眞性叵得非今始成者若有可得今得成佛證性叵得佛非始成佛非始成佛本是佛佛之本佛何異生佛是故一成一切皆成亦可說言若一不成一切不成一同一性故今是成佛門故故一切皆成佛也次轉徵所無無何等性同菩提性故後釋所無有十二句前四通生及佛次四約衆生後四唯約佛非獨妄空眞有亦非妄有眞空以性融相法界圓現故由此無性說成正覺後釋所無下疏文有二先消文言非獨妄空等者揀宗有顯別妄空眞有法相宗說徧計是空圓成有故涅槃經說生死是空涅槃不空三論中云妄說爲有眞諦空故今十二句生卽是妄佛卽是眞眞妄俱非不應偏說以性融相者示其正理生佛眞妄皆是相異融同眞界故說一成一切皆成是以結云由此無性說成正覺若有取成非眞覺故

是故文云亦復無有成正覺性又攝十二總爲六對一能相所相對謂染相淨相相待有故念念之盡緣所盡故煩惱永盡本自盡故又攝十二下二成對也一能相所相對者相爲所相盡卽能相所相法體卽是有爲不出染淨言相待有故者釋成無義染待淨有故無染相淨待染有故無淨相是故經云無相性也言無盡性者盡卽能相生滅染淨全是有爲然生滅四相畧有二種一剎那盡云念念滅以緣滅故顯無滅性二一期滅如煩惱性盡以性空門顯無滅義二生滅對約凡則本自不生卽涅槃相不復更滅故約佛菩提非始生故何有滅耶二生滅對凡則緣生故本不生性淨涅槃本來寂滅故不更滅此對皆淨名意前約滅惑此約滅苦由滅惑苦則菩提生故今遣之言約佛菩提非始生者性淨菩提非始修得何有滅耶三我非我對有緣無主故我尚不可得非我何可得諸法實相中無我無非我故三我非我對以緣破我以我遣非我言我尚不可得非我何可得卽不二法門諸法實相中下以實相門雙遣上二卽中論文前已頻引四緣非緣對

攬緣生故緣尚不可得故四緣非緣對衆生是緣攬緣無性故無衆生非衆生爲非緣緣尚不可得非緣何可得卽相待破五能所證對能證菩提因所證故所證法界由智顯故五能證所證對並因緣門雙破能所故上經云知菩提性從緣起入深法界無違逆六合不合對虛空非合因有顯故所以性無成覺是合理智契合卽爲緣起故非有也六合非合對虛空無體不與物合亦以因緣顯無虛空成正覺者能所契合亦因緣門釋無正覺故一合相非一合相

知一切法皆無性故得一切智大悲相續救度衆生

三結中物物無性故成種智證斯同體而起大悲一得永常故云相續又只由不知無性故教化不絕物物無性下疏有二意一由證無性故得成佛無性卽是大悲之體故得起悲又只由下二由生不知佛證無性故化令知

佛子譬如虛空一切世界若成若壞常無增減何以故虛空無生故諸佛菩提亦復如是若成正覺不成正覺亦無增減何以故菩提無相無非相無一無種種故

第六佛子譬如虛空下明體離虧盈釋上無相虛空無生故體無增減菩提無相成不寧殊

佛子假使有人能化作恒河沙等心一一心復化作恒河沙等佛皆無色無形無相如是盡恒河沙等劫無有休息佛子於汝意云何彼人化心化作如來凡有幾何如來性起妙德菩薩言如我解於仁所說義化與不化等無有別云何問言凡有幾何普賢菩薩言善哉善哉佛子如汝所說設一切衆生於一念中悉成正覺與不成正覺等無有異何以故菩提無相故若無有相則無增無減佛子菩

薩摩訶薩應如是知成等正覺同於菩提一相無相

第七佛子假使下明相無增減釋上無行湛然不異行豈能遷文中三初舉喻問答以化現無形喻成不異化多心者喻修多因化成多佛喻證多果次普賢下讚善以合三佛子下結此生後

如來成正覺時以一相方便入善覺智三昧入已於一成正覺廣大身現一切衆生數等身住於身中如一成正覺廣大身一切成正覺廣大身悉亦如是佛子如來有如是等無量成正覺門是故應知如來所現身無有量以無量故說如來身爲無量界等衆生界

第八如來成正覺時下用該動寂釋上無止不滯定故文中四初舉所依三昧覺不滯寂故名善覺覺彼一相故用爲方便二入已下顯一身之用旣以一相爲方便則物皆一相故一即現多三如一下類顯餘身如來成正覺時布身雲於法界一一皆是廣大之身並如一身之現四佛子下總結多門謂上來所現一定爲門餘定亦爾定門旣然悲智總持等門亦爾故有無量界矣是謂高而無上廣不可極（是謂高而無上者顯高廣義此及下大包天地等皆是肇公涅槃無名論位體中文彼云經言菩提之道不可圖度高而無上廣不可極淵而無下深不可測大包天地細入無間）

佛子菩薩摩訶薩應知如來身一毛孔中有一切衆生數等諸佛身何以故如來成正覺身究竟無生滅故

第九佛子至應知如來下明周于法界釋上無量無量有二一廣多無量一毛含多

徧法界故二無分量皆不生故文中三初明一毛舍多釋以不生故此與前段分有分異又此唯現佛即同類相望前通多類即異類相入又前則住體徧應此則如理而舍亦如理而徧此與下後揀異

第八有三重揀一約能現前身爲有分此毛爲無分故二又此下約所現揀前通多類者但言現身此云現佛故三又前下約義相揀前住體徧應者即緣起相由門由住緣起一佛身體徧應一切成多類故此則如理下是法性融通門法性如空有其二義一則廣大無所不包故譬如虛空具含衆象二則體性周徧故喻云譬如虛空徧至一切色非色處一毛含多即廣容義徧法界毛即普徧義

如一毛孔徧法界一切毛孔悉亦如是當知無有少許處空無佛身何以故如來成正覺無處不至故

二如一毛下類顯多毛但容毛處即是毛孔次徵意云身契無生可許能含法界虛空無有能契何能亦含釋云無處不至則無非佛身矣是謂大包天地細入無間是謂

大包下一毛廣容即大包天地多身入毛即細入無間

隨其所能隨其勢力於道場菩提樹下師子座上以種種身成等正覺

三隨其下釋疑疑云若爾何以要就覺樹釋云隨機所能受耳是知坐菩提樹多身頓成尚曰隨宜有頂鹿園豈爲真極是知等者

舉況顯勝有頂即是權教中說真成之處鹿園即是八相化身轉法之處今於此成即周法界此處轉法輪即於法界無盡處轉

佛子菩薩摩訶薩應知自心念念常有佛成正覺何以故諸佛如來不離此心成正覺故如自心一切衆生心亦復如是悉有如來成等正覺

第十佛子至應知自心下明普徧諸心釋

前二門即分爲二初正明普徧釋上無際念念常成無際畔故後廣大下總結雙非釋上遠離二邊住於中道今初亦二先指一心後如自心下例一切心前中先標次徵後釋釋云不離者有二義一衆生身心即佛所證故二全即佛菩提性故此即他果在我之因非約因人自有佛性此文正辨佛菩提故此文正辨者成上非約因人有性是佛性義今說佛菩提而言衆生心有之者即他果佛在我因人之内耳廣大周徧無處不有不離不斷無有休息入不思議方便法門後總結雙非不離不斷釋有二意一不離結上無處不有不斷生下無有休息二不離者生佛非異故不斷者生佛非一不同衆生可斷壞故是名入不思議方便法門是以不得意者作衆生思故是不可設作佛思是亦不可即亦不可非即亦不可當淨智眼無取諸情

佛子菩薩摩訶薩應如是知如來成正覺第三總結即最後佛子令依此知映前十門無幽不盡離此何有眞菩提耶

爾時普賢菩薩摩訶薩欲重明此義而說頌言

後偈有六頌前十門初二次第頌初二門次三如次頌六七八後一通頌四五九十以同是普現無量義故其第三門但顯離言故略不頌

正覺了知一切法無二離二悉平等自性清淨如虚空我與非我不分別總明體相如海印現衆生身以此說其爲大海菩提普

印諸心行是故說名爲正覺印現萬機

譬如世界有成敗而於虛空不增減一切諸佛出世間菩提一相恒無相體離虧盈

如人化心化作佛化與不化性無異一切衆生成菩提成與不成無增減相離增減

佛有三昧名善覺菩提樹下入此定放衆生等無量光開悟羣品如蓮敷用該動寂

如三世劫刹衆生所有心念及根欲如是數等身皆現是故正覺名無量十六通頌四五九

佛子菩薩摩訶薩應云何知如來應正等覺轉法輪

第八明出現轉法輪得大菩提理必轉授

長行中三初標徵次釋相後總結

佛子菩薩摩訶薩應如是知如來以心自在力無起無轉而轉法輪知一切法恒無起故以三種轉斷所應斷而轉法輪知一切法離邊見故離欲際非際而轉法輪入一切法虛空際故無有言說而轉法輪知一切法不可說故究竟寂滅而轉法輪知一切法涅槃性故

就釋相中二先顯體用後顯所因今初分三初法次喻後結勸今初文有九句減數十也皆先標後釋前五顯體性寂寥後四辨相用深廣前中一能轉心二所轉體三所得果四能詮教五所顯理今初等者明轉法輪然法輪義廣如別章而今畧以三門分別一釋名二出體三轉相今初然俱舍論亦名梵輪如來大梵之所轉故言法輪者法即一軌持輪者如帝王輪從喻得名畧有四義一圓滿義具轂輻輞軸等體用周備故二摧壞義摧壞煩惱如摧未伏等三鎮還義已伏煩惱令勢轉遠故如鎮已伏四不定義從見至修修至無學從自至他他信至解解至行果等轉者說也故總釋云流演圓通名之爲輪自我之彼故名爲轉若別說

者畧有四義轉謂動也顯也運也起也動宣言教顯揚妙理運聖道於聲前起眞智於言後圓摧障惱名轉法輪釋曰此四約敎理行果如其次第下出轉體不出四故出體轉相在文具之

夫轉法輪不過此五今皆即事契眞一能轉心者由知法無起故正轉法時不起心念言我轉授前人名心自在如是方爲眞能轉也

夫轉法輪者此五即是出體亦是轉相且第二出體者大小諸敎有多差別今以大乘貫通諸說體總有五一輪自性謂擇法覺支正見正知等通見修無學或取八聖道具輪輻轂輞故正見思惟如轂是根本故正語業命說名爲輻由轂有故正念勤定說名爲輞攝錄餘故二者法輪因謂能生後聖道諸教聞思修等諸經論中多說佛教爲法輪故三法輪眷屬聖道助伴五蘊諸法四法輪境聖道所緣四諦因緣三性等理五法輪果謂因道所證菩提涅槃無爲等果大乘法師收取五體不出教理行果意明二即是教四即是理一三皆行五即是果今經五句即攝此五一能轉心即是眷屬二即是性三即第五四即第二五即第四若以教理行果攝今五者後三可知初一是行二所詮理亦是行攝三轉約於見修等故又此五句即是轉相第三轉相者瑜伽九十五說由五種相轉法輪者當知名爲善轉法輪一者世尊爲菩薩時爲得所得所緣境界二者爲得所得方便三者證得所應得識四者得已以他相續令於自證深生信解五者令他於他所證深生信解今經五句即攝彼五一即第四令他信解二即第二三即第三四即第五五即第一會釋可知但言所得方便者即以三周正轉見修無學隨其次第知見現觀名得方便瑜伽又說三周行相名得所得之方便也然上出體與其轉相皆大乘意細尋二門多有相似或應爲一彼是法相之所宗師且順於彼以今一五攝彼二五今皆即事者揀實異權名數則同意旨懸隔

二所轉體者即示勸證名爲三轉此三名輪者摧障惱故言離邊者若有惑可摧未離於常無惑可摧寧免於斷今永離斷常等邊方爲眞能斷所應斷知與證修亦然

二所轉者一示相轉二勸修轉三作證轉第一示相轉者諸佛世尊正證諸法隨何等器而指示之如轉四諦言此身是苦業惑爲集此滅爲滅能滅爲道示因緣等眞理妙智例皆同此當爾之時生聖慧眼由示依去來今世有差別故如其次第得眼智明覺此之一智總名爲眼有三行相名智明覺非於四諦別起四智由眞見道唯一剎那不同小乘上下別觀依詮證

滅說通三世非是滅諦通三世有第二勸修轉者如說四諦云此是苦汝當知此是集汝當斷此是滅汝當證此是道汝當修此亦生眼智明覺若轉因緣眞實法等例此可知第三作證轉者如轉四諦云此是苦我已知此是集我已斷此是滅我已證此是道我已修亦生眼智明覺四行轉餘例此然其三轉尊者妙音八正爲轉唯是見道以憍陳那見道生時說名已轉若通相說諸有聖道皆名法輪顯宗論說三轉卽是三道謂初是見道二是修道三是無學道如憍陳那名已轉者已初轉故大乘法師意取彼義若成實師初轉生聞慧次生思慧後生修慧無十二行唯作一期行相此言却通以說陳如卽得初果未經修道何有初果第十六智是修道故又初雖示是苦集等未勸知斷何因成果若示勸轉已得果竟何用引已而爲證耶是以見道已於三轉義却長也況通諸法皆有示勸及與證耶故今經中始成正覺演大華嚴轉一乘輪亦具三矣大乘見道唯在初地則彼地前應非如來轉法輪矣若別配二道者第二轉者謂是有學以其妙慧如實通達我當於後猶有所作應當徧知苦諦應當永斷集諦應當作證滅諦應當修習未修道諦如是有四種行相如前應知第三轉者謂是無學以得盡智無生智故言所應作我皆已作謂我已徧知未知苦諦乃至廣說我已修習未修道諦亦有四行例皆可知釋曰此卽大乘諸師別配三轉屬於三道而言證者是彼自證非佛證也然今經文卽是三轉中道法輪永離邊見亦具說於知斷證修卽是大乘無作四諦已申轉體

三所得果者由斷惑故得離欲際由證性空本無可離斯際亦遣得果等四皆有虛求四能詮敎者理假言詮今了本寂滅不可說故則終日言而未曾言也

五所顯理謂卽寂滅今了性淨涅槃法本不然今則無滅方爲究竟之滅是知其輪本來常淸淨也是知其輪者卽暗引淨名寶積云三轉法輪於大千其輪本來常淸淨古來多釋今取卽事之眞性淨之理爲法輪體也

以一切文字一切言語而轉法輪如來音聲無處不至故知聲如響而轉法輪了於諸法眞實性故於一音中出一切音而轉法輪畢竟無主故無遺無盡而轉法輪內外無著故後四相用深廣中一觸言皆輪廣也二卽

用而寂深也下二亦深亦廣三一即多而無主四即横竪而恒虚謂横則無遺無所不轉故竪則無盡窮未來故而不著内外則深廣無涯矣故後四段明相用深廣則迥異餘宗爲不壞相畧引餘釋耳

佛子譬如一切文字語言盡未來劫説不可盡佛轉法輪亦復如是一切文字安立顯示無有休息無有窮盡佛子如來法輪悉入一切語言文字而無所住譬如書字普入一切事一切語一切算數一切世間出世間處而無所住如來音聲亦復如是普入一切處一切衆生一切法一切業一切報中而無所住一切衆生種種語言皆悉不離如來法輪何以故言音實相即法輪故

第二佛子譬如下喻中文有二喻一文字無盡喻喻第九無盡二徧入無住喻喻六七八用而常寂故於中有法喻合合中二先合普入一切以上法中但云入一切言故今明入餘法則觸類皆法輪豈同三乘但用佛聲爲輪等耶一切衆生種種下正合前文入一切語前五易故畧不喻之豈同三乘者揀實異權而言等者就佛聲中揀尋常言如問晴雨安慰弟子等亦非法輪唯取轉法又要令他斷惑見理方明法輪令此乃至數重深玄一則不論斷不斷等説即名輪故經云如來所轉妙法輪一切皆是菩提分若能聞已悟法性如是之人常見佛二者尋常之言亦是法輪如來無有散亂聲故言不虚發如涅槃説如來一切語言皆名轉法輪故三者能令三界所有聲聞者皆是如來音故四者不揀聲與非聲遍於法界皆法輪體況復一多交徹相映融即豈同三乘之法輪哉

佛子菩薩摩訶薩於如來轉法輪應如是知

第三佛子下結勸可知

復次佛子菩薩摩訶薩欲知如來所轉法輪

應知如來法輪所出生處何等爲如來法輪所出生處佛子如來隨一切衆生心行欲樂無量差别出若干音聲而轉法輪佛子如來應正等覺有三昧名究竟無礙無畏入此三昧已於成正覺一一身一一口各出一切衆生數等言音一一音中衆音具足各各差别而轉法輪令一切衆生皆生歡喜能如是知轉法輪者當知此人則爲隨順一切佛法不如是知則非隨順佛子諸菩薩摩訶薩應如是知佛轉法輪普入無量衆生界故

第二復次下顯法輪所起因於中三先辨輪所起因因機差故若離物機佛無説故次佛子如來下明因所起輪物既爲力不同教須適宜差别於中説法所依之定名者無礙辯才無所怯畏得究竟者唯佛有故後能如是知下結其得失及第三總結文並可知

爾時普賢菩薩摩訶薩欲重明此義而説頌言

如來法輪無所轉三世無起亦無得譬如文字無盡時十力法輪亦如是

如字普入而無至正覺法輪亦復然入諸言音無所入能令衆生悉歡喜

佛有三昧名究竟入此定已乃説法一切衆生無有邊普出其音令悟解

一一音中復更演無量言音各差别於世自在無分别隨其欲樂普使聞

文字不從内外出亦不失壞無積聚而爲衆生轉法輪如是自在甚奇特

偈有五頌分二初二偈頌法輪體用後三

偈頌法輪所因

大方廣佛華嚴經疏鈔會本第五十二之二

音釋

詰　契吉切問也　遏　阿葛切遮止也

大方廣佛華嚴經疏鈔會本第五十二之三

唐于闐國三藏沙門實叉難陀　譯

唐清涼山大華嚴寺沙門澄觀撰述

第九出現涅槃轉化既周安住祕藏爲物示滅故次明之然大涅槃蓋衆聖歸宗冥會之所寂寥無爲而廣大悉備形名絕朕識智難思

轉化既周躡前起後安住祕藏顯眞涅槃爲物示滅顯應涅槃文具二故然大涅槃下二總明大旨以顯深玄多用肇公涅槃無名論有十演九折十演者一開宗二位體三超境四妙存五辨差六會異七明漸八動寂九通古十玄得九折者一覈體二徵出三搜玄四難差五責異六詰漸七譏動八窮源九考得開宗爲初次一折一演折爲有名之難演即無名之答共相研覈顯無名旨今多用者亦顯肇公憑此經故今初大旨多用開宗言衆聖歸宗冥會之所者總顯深廣包含無外故論云九流於是乎交歸衆聖於是乎冥會謂三乘賢聖必會其中猶於百川朝宗于海寂寥無爲者顯深也而廣大悉備者顯廣也形名已下復拂深廣之迹朕者迹也兆也論云夫涅槃之爲道也寂寥虛曠不可以形名得微妙無相不可以有心知故淨名云不可以智知不可以識識

今以無名强名亦爲五別

今以無名下第三開章別釋此句總明開意涅槃二十一云羝羅波夷名爲食油蟲無有名字强立名字善男子是大涅槃亦復如是無有名字强立名字位體云有餘無餘者蓋是涅槃之外稱應物之假名耳而存稱謂者封名志器像者耽形名也極於題目形也盡於方圓方圓有所不寫題目有所不傳焉可以名於無名而形於無形者哉則無名亦假

一釋名涅槃正名爲滅取其義類乃有多方總以義翻稱爲圓寂以義充法界德備塵沙曰圓體窮眞性妙絕相累爲寂而言大者橫無不包竪無無初際此約三德涅槃若約義開略明三義一者體大自性清淨故二者相大方便修淨累亡德備故三者用大化用無盡故般若入義性入眞入示現入故若圓融無礙即大涅槃

一釋名者若具梵云摩訶般涅槃那具翻爲大圓寂入謂那即入義應迴在上言正名爲滅者取其義類乃有多方者即生公釋遠公同此言多方者或

云不生或云無作或云無起亦云無爲亦云無相或云不滅或云寂靜或曰安隱或名解脱皆是義翻法華序品長行之中便於中夜入無餘涅槃次即云佛滅度後偈中又云佛此夜滅度明知古德正翻爲滅亦云滅度超度四流故總以義翻者即唐三藏等在義周圓而言大下先總後別總以横竪釋如題中涅槃二十一云譬如虛空不因小空名爲大空涅槃亦爾不因小相名大涅槃釋曰此即絶待當體受名若約義開下别釋曰三大釋三大雖通本有修成欲分三異性淨約體圓淨約相用修成兼含三身下對三大亦有三入若有那字般字没在圓寂之中今無那字以般釋入梵語出息名爲安那梵言入息名爲般那入那是息義欲明此章具足真應三四涅槃故對三大别釋三入性入即性淨涅槃真入即是圓淨示入即方便淨遠公約已證說一就實論入息歸真從因趣果二真應相對辨入息妄歸真名入三唯就應化歸真名入三唯就應

現捨有爲道趣入無爲故名爲入若約圓融者若不圓融三入各别法相宗故二

出體性涅槃旣妙絶常數恬怕希夷雖迥出百非而靡所不在今以義求不出三法即摩訶般若解脱法身以爲其體所以三者翻三雜染故成智恩斷故成法門法性應化身故能證大智冥所證理累永寂故然此三種不離一如德用分異即寂之照爲般若即照之寂爲解脱寂照之體爲法身如一明淨圓珠明即般若淨即解脱圓體法身約用不同體不相離故此三法不縱不横不並不別如天之目如世之伊名祕密藏爲大涅槃

二出體性者疏文分二一總顯深玄先顯體深後體用無礙初中妙絶常數者即第十九濆玄得中文彼云何者夫涅槃之道妙盡常數融冶二儀滌蕩萬有均天人一同異內視不已見返聽不我聞未常有得未常無得今取此言總歎深旨恬怕希夷者恬和也怕靜也夷平也亦開宗中言彼云然則有無絶於內稱謂淪於外視聽之所不暨四空之所昏昧恬焉而夷怕焉而泰九流於是乎交歸衆聖於是乎冥會斯乃希夷之境太玄之鄉而欲以有無題牓標其方域而語其神道不亦邈哉雖迥出下明體用無礙亦開章中文文云寘寘杳杳誰見誰曉彌綸靡所不在而獨曳於有無之表今反用之今以義求下初正出體性然遠公亦以三法爲體與此小别一色二心三非色非心滅無常色獲得常色等故擇

滅無爲廣如前說亦非全要不欲繁敘言今以義求者取其深義三德爲體則身智常住無不包含故所以三者下出三所以於中有二一翻對說三二當體辨三今初釋三迴向具對十義今畧有三翻三雜染者煩惱爲般若煩惱即菩提菩提即是涅槃之中般若德也翻於結業以爲解脫翻苦依身即是法身心體離念本法身故故三雜染即性淨三德二成三德者般若是智解脫是斷法身是息法身熱應應物息德三成三身般若法門身法身是法性身解脫爲應化身作用解脫亦解脫故若眞應對辨則有眞實三德應化三德應化三德一一別從眞三德起今從通義應身但解脫德攝能證大智下二當體明三然薦福法師總有四釋先總釋云身是能證身般若是智慧火解脫則煩惱等滅此三法合名證涅槃言四義者一云身是自受用身餘二即金剛心後智斷二德二云身即法身法身即如如摩訶般若即如如智解脫即是一切餘究竟盡故法身爲所證般若爲能證解脫爲離障三云佛身者即法性有佛身義作二所依故有智慧義遍照法界光明故有解脫義性離一切障故此三亦不相離自結云此三釋中初順經意欲明報身是常涅槃不滅身故四云身者色身四智爲般若解脫準前釋曰上之四解初約報二約法身此二約眞四通眞應三即約理性淨三德今疏舉第二義者欲顯圓具通因通果通眞通應應即

常身即法身故應即是法況自受用自受用體亦全法性法身但約在纏出纏異故能證所證及與離障十地分得故得通因故舉一義理無不收然此三種下三融通無礙有法喻結法中通因通果理具此三即性淨三德能如是知即名字三德依此修觀即觀行三德初住分證如來究竟直就出纏法身即具三故成不別義故此三法下結成涅槃涅槃第二云我今當令一切衆生及以我弟子四部之衆悉皆安住祕密藏中我亦復當安住是中入於涅槃何等名爲祕密之藏猶如伊字三點若並則不成伊縱亦不成如摩醯首羅面上三目乃得成伊三點若別亦不得成我亦如是解脫之法亦非涅槃如來之身亦非涅槃摩訶般若亦非涅槃三法各異亦非涅槃我今安住如是三法爲衆生故名入涅槃薦福釋曰若將喻類法喻文不足以法云解脫之法亦非涅槃等喻中應云唯一一點不成伊也以解脫等三有一一不成故夫證涅槃須有能證證身須有智慧火煩惱等滅此三法合名證涅槃若唯身亦非涅槃唯般若亦非涅槃唯解脫亦非涅槃此三各別未有斷證亦非涅槃喻別亦不成若智者意四義各殊東西曰橫南北曰縱縱即豎也謂若法身本有次修般若後得解脫則是縱義以經生越世彌亘淨穢故如縱三點橫者三法異體同時如三列火並乃合爲一體別乃各居一處即但用一法今摩訶般若亦非涅槃等是合縱並

竪明此三曰縱舉一攝二曰並故云般若非者般若中已攝二故三德若異亦非涅槃即雙合橫別一一異體即合於別異體同時即合於橫故故上云三點若別不得成伊已合橫別也亦可橫即是並對縱爲橫對別爲並故經但有三句於義成四而總釋云今三俱不思議焉可縱俱不思議焉可橫俱不思議焉可並俱不思議焉可別意云即一而三即三而一非三非一雙照三一焉可作一三等思若作體一用別而明尚未免於並別也然有云伊字如品字倒書品字後義爲正由此見異古德解義取捨不同或一德在上二德在下或謂二德在上一德在下並不得意西方伊字二點在上天目之喻不可二目在一目上如來恐人誤作此解故以天目轉喻伊字則不得定一二上下但取不可縱橫及並別耳若定說言一上二上非唯義理不得圓妙致令二喻自互相違謂梵字樣者呰此西方伊字三目之一當於着間

𠑽此其狀也諸公何惑言祕密者以深妙故遠公釋云昔隱不說故名祕密權教所覆故復名藏故下文云十一部中所不說者名之爲藏又於其中包含諸德亦名爲藏薦福釋云皆非二乘境界故名祕密二賢皆是對昔顯密今明深妙當體祕密

三顯種類雖理無不統義類塵沙今自陋

之寬略分一兩或唯說一即大涅槃或說

有二自有三門一餘無餘二性淨方便淨

三眞與應或分爲三此有二種一約三乘

二即自性眞應或分爲四一自性清淨涅

槃二有餘依三無餘依四無住處有餘無

餘義通大小今唯說大於三種內不明二

乘餘皆具論融而無礙爲大涅槃如文具

之非獨應滅

今自狹下三明種類餘無餘者釋有多義依小乘中自有二義一有宗云涅槃體一約時不同得二名字言體一者於此宗中煩惱業思以道力故應起不起擇滅無爲是涅槃體此體是一約對身智得二名字身智未盡說前涅槃以爲有餘身智盡竟向前涅槃轉名無餘非身智滅即名涅槃以此身智起已謝滅是無常故若斷因故令後不起是非擇滅故非涅槃二依成實涅槃體二生死因盡名一涅槃生死果盡名二涅槃由有宗中要道親斷方稱擇滅身口二業及生死果非道親斷故不取之成實由斷煩惱餘不起故見修斷故亦得擇滅故名涅槃然望大乘皆名有餘有餘變易故若依大乘遠公自有四別一云二死因盡名曰有餘二死果盡名曰無餘二云分段因果盡名曰有餘變易生死盡名曰無餘三云分

段因果及變易因盡名曰有餘變易果滅名曰無餘四云唯就變易因果爲二分段因果屬小乘故若依金光明約三身說三身品云善男子依此二身一切諸佛說有餘涅槃依法身者說無餘涅槃何以故一切餘究竟盡故依此三身一切諸佛說無住涅槃何以故爲二身故不住涅槃離於法身無有別佛何故不住涅槃二身假名不實念念滅不住故數數出現以不定故法身不爾是故二身不住涅槃法身者不二故不住生死依三身故說不住涅槃準上經文法身即是自受用身常在寂嚴佛土一切餘盡者是煩惱正習分段變易皆盡筆公生名有餘滅名無餘亦即此意下疏用之若依唯識云一有餘依涅槃謂即眞如出煩惱障雖有徵苦所依未滅而障永寂故名涅槃二無餘依涅槃謂即眞如出生死苦煩惱既盡餘依亦滅衆苦來寂故名涅槃釋曰此通大小而說眞如爲體即異小乘論下料揀云如何善逝有有餘依問雖無實依而現似有惑若依盡說無餘依非苦依在說有餘依是故世尊可言具四釋曰此答有二前明示有同於二乘後明以無漏蘊爲有餘依故云非苦依在二性淨者亦名二德亦名二寂亦名同相不同相並如初地示說分齊中辨性本淨故從因方便之所顯故作用善巧故亦是體用餘如別章二即自性者上明眞應自性合其二佛約淨今開自性通於染淨或分爲四即唯識論論云一本來自性清淨

涅槃謂一切法眞如理雖有客塵而本性淨具無數量微妙功德無生滅湛若虛空一切有情平等共有與一切法不一不異離一切相一切分別尋思路絕名言道斷唯眞聖者自內所證其性本寂故名涅槃二有餘依三無餘依具如上說四無住處涅槃謂即眞如出所知障大悲般若常所輔翼由斯不住生死涅槃利樂有情窮未來際用而常寂故名涅槃一切有情皆有初一二乘無學容有前三唯我世尊獨言具四下疏結文用此四也有餘無餘四下三通相料揀非獨應滅揀於異釋

彰業用囊括終古導達羣方靡不度生靡不成就故涅槃云能建大事則出現法門皆斯用也然諸門廣義備於別章略在文具

四彰業用初正明亦即無名論第十玄得中言也彼云故能囊括終古導達羣方亭毒蒼生疎而不漏汪哉洋哉何莫由之哉故梵志曰吾聞佛道厥義弘深汪洋無涯靡不成就靡不度生然則三乘之路開眞僞之途辨賢聖之道存無名之致顯矣釋曰彼後結歎無名今畧不舉二故涅槃下引謠前疏已引三則出現下結成深廣今以出現爲總門則涅槃當其一德若涅槃爲門出現九門皆涅槃出矣四然諸門下指廣在餘已攝諸妙故云畧在文具

佛子菩薩摩訶薩應云何知如來應正等覺般涅槃

第五釋文中二先徵起後正顯

佛子菩薩摩訶薩欲知如來大涅槃者當須了知根本自性

正顯中十一體性眞常二德用圓備三出没常湛四虧盈不遷五示滅妙存六隨緣起盡七存亡互現八大用無涯九體離二邊十結歸無住然斯十段隨義雖殊皆含體用互相交徹顯大涅槃今初分三初舉法勸知二如眞如下指理同事三何以下釋顯同相今初根本自性者即下所列眞如等十爲眞應涅槃之根本故體即自性清淨涅槃以出二礙名方便淨爲眞涅槃大悲應物亦自此流故名爲本以是本故

但了眞如即了涅槃今初根本者此三行流已具上列一二三四諸涅槃矣思之可見

如眞如涅槃如來涅槃亦如是如實際涅槃如來涅槃亦如是如法界涅槃如來涅槃亦如是如虚空涅槃如來涅槃亦如是如法性涅槃如來涅槃亦如是如離欲際涅槃如來涅槃亦如是如無相際涅槃如來涅槃亦如是如我性際涅槃如來涅槃亦如是如一切法性際涅槃如來涅槃亦如是如眞如際涅槃如來涅槃亦如是

二指理同事中皆云如者如即同義能同涅槃通眞及應所同如等即自性涅槃故上句皆有涅槃之稱

眞應無本應非不生何出現之爲妙故以本該末以體顯用今皆圓寂爲大涅槃眞應

無本下總顯文意先反顯真應涅槃若無自性涅槃爲本皆非不生而真涅槃由性淨顯共許不生而應涅槃皆謂生滅故今特説應無性淨安得不生後故以本下順顯以性淨本該真應末真望性淨亦稱末故真與性淨二俱爲體該應化用皆爲無住三德涅槃

所以列十名者欲明究竟妙道窮理盡性無不同故德無盡故十名已如前釋於中後二加際言者窮真於無真爲真如際等故

所以下釋十所由究竟妙道者即無名論難差中文文云有名曰涅槃既絕圖度之域則超六境之外不出不在而玄道獨存斯則窮理盡性究竟之道妙一無差今取意引

何以故涅槃無生無出故若法無生無出則無有滅

三釋顯同相者向言亦如是者云何如耶故云如真如等不生滅故何以不生以但了因所顯非生因所生故既無有生亦非出障始既無生則永常不滅是知玄道存於妙悟妙悟在於即真即真則生滅齊觀齊觀則彼此莫二所以真如與我同根法性與我一體真既不滅應滅寧真是知涅槃名滅者乃在於無滅者矣

是知玄道下二結成正義言妙悟者即能契由能契即真方得成此所契即真即是性淨即妄即真生無生矣豈非齊觀齊觀一味能所兩寘故全真性以爲我體真既湛然故知雙林應滅非滅以常住故言無滅者本寂滅故然此亦即妙存中文上意業中用其一半彼已具引今側用兩句謂云天地與我同根萬物與我一體今順經文真如等爲涅槃本

佛子如來不爲菩薩説諸如來究竟涅槃亦不爲彼示現其事

第二佛子如來不爲下明德用圓備者如來之身色相圓備常現大機前故文中先標舉後徵釋標中約人顯實云不爲菩薩明説永滅是爲二乘迹盡雙樹並爲凡小據此亦名揀異灰斷

何以故爲欲令見一切如來常住其前於一念中見過去未來一切諸佛色相圓滿皆如現在亦不起二不二想

後徵釋中文有二重初釋之中自有二義一令稱實見受用身即同法身常住其前涅槃云涅槃不空者謂有善色常樂我淨故因滅無常獲此常故（涅槃不空者遠公引此證色爲體今亦一義）二於一念下令見三際應用亦即是常故云皆如現在涅槃云吾今此身即是常身法身下開栴檀座佛塔見三世佛無涅槃者楞伽亦云無有佛涅槃無有涅槃佛亦不起二不二想者遠離覺所覺故謂旣知幽靈不竭妙色湛然三際大均何生滅之動靜故不起二也亦不取此一常故無不二也（栴檀座塔前皆已引妙色湛然者六卷泥洹經純陀歎佛云妙色湛然常安隱不爲時節劫數遷大聖曠劫行慈悲獲得金剛不壞體餘可知）

何以故菩薩摩訶薩永離一切諸想著故

下重徵釋徵意云菩薩何以能不起想釋云菩薩由了法空本無想著故旣無心於動靜終不謂佛常與非常

佛子諸佛如來爲令衆生生欣樂故出現於世欲令衆生生戀慕故示現涅槃而實如來無有出世亦無涅槃何以故如來常住清淨法界隨衆生心示現涅槃

第三佛子諸佛如來下出沒常湛謂涅槃無爲而無所不爲無不爲故能建大事不礙出沒以無爲故住淨法界體常湛然不礙出沒故顯迹爲生即是有餘息迹爲滅即是無餘故餘無餘乃應物之假號耳體性常湛故存不爲有亡不爲無是知寂然

不動未嘗無爲應迹無方未嘗有爲豈可隨於見聞以滯殊應之迹

第三等者經文有二先明出没之跡後而實如來下明常湛之本疏分五段解釋如文是知寂然下四結成相融上句體不礙用下句用不礙體豈可隨於下五結彈惑情然此五段多用無名第二位體論云其爲稱也因應而作顯跡爲生息跡爲滅生名有餘滅名無餘然則有無之稱本於無名無名之道于何不名是以至人居方而方止圓而圓在天而天在人而人原夫能天能人者豈天人所能哉果以非天非人故能天能人耳其爲治也應而不爲因而不施因而不施故施莫之廣應而不爲故爲莫之大爲莫之大故乃返乎小成施莫之廣乃歸乎無名又下云意謂至人寂怕無兆隱顯同原存不爲有亡不爲無何則佛言吾無生不生雖生不生無形不形雖形不形以知存不爲有經云菩薩入無盡三昧盡見過去滅度諸佛又云人於涅槃而不般涅槃以知亡不爲無亡不爲無故雖無而有存不爲有故雖有而無雖有而無故所謂非有雖無而有故所謂非無然則涅槃之道果出有無之域絶言象之逕斷矣子乃云聖人患於有身故滅身以歸無勞勤莫先於有智故絶智以淪虛無乃乖於神極傷於玄旨者哉上一段論文義理連環但觀所引自見疏意其結彈文亦彼章末云惑者居見聞之域尋殊應之迹秉執規矩以擬大方欲以智勞至人形患大聖謂捨有入無因以名之豈謂採微言於聽表拔玄根於虛壤者哉

佛子譬如日出普照世間於一切淨水器中影無不現普徧衆處而無來往或一器破便不現影佛子於汝意云何彼影不現爲日咎不答言不也但由器壞非日有咎佛子如來智日亦復如是普現法界無前無後一切衆生淨心器中佛無不現心器常淨常見佛身若心濁器破則不得見

四佛子譬如日出下虧盈不遷先牒後合

然法身無像故無器而不形聖智無心故無感而不應像非我有自彼器之虧盈心非我生豈普現之前後

後合然法身者疏文有三初正釋亦前章後意次彼論云經云法身無像應物而形般若無知對緣而照萬機頓赴而不撓其神千難殊對而不干其慮動若行雲止猶谷神豈有心於彼此情係於動靜者

乎既無心於動靜亦無像於去來去來不以像故無器而不形動靜不以心故無感而不應然則心生於有心像出於有像像非我出故金石流而不燋心非我生故日用而不勤紛紜自彼於我何爲所以智周萬物而弗勞形充八極而無患益不可盈損不可虧寧復痾癘中逵壽極雙樹靈竭天棺體盡焚燎者哉

故攝論第十頌云衆生罪不見如月於破器徧滿諸世間由法光如日是以經言非日咎也持戒器破定水無依菩提器破智水寧止無信清珠故心水渾濁何由見佛耶

故攝論下引證釋先舉論後是以下會釋經文論云此頌顯示顯現甚深在喻可知合者釋論云衆生心中無者摩他清淵定水佛影不現非如來咎如說如來是眞妙道即無漏影有感斯現生盲不覩釋下半云諸佛法日放契經等光徧照有情世間有緣教光斯現如日流光盲者不覩

然此中雖明現身即是三德涅槃所流大用亦涅槃攝若爾寧殊出現之身出現身以法身爲門而論眞應非無般若解脫二德智慧日身無不照故永離戲論即解脫故醫王之喻即示滅故

然此文下第三揀定亦展轉通妨於中有三初正揀定恐有問言今說法身何名涅槃故此釋云大般涅槃必具三德此即法身餘之二德從法身流

此有般若寧異菩提若分相說菩提爲能證智唯是修生涅槃是所證理唯約修顯故涅槃中說菩提必從生因所生涅槃必從了因所顯

此有般若下三對菩提揀解脫無濫故不揀之若分相下釋於中有二先明分相即唯識等意唯識第十釋轉依果云四所轉得此復有二一所顯得謂大涅槃此雖本來自性清淨而有客障覆令不顯眞聖道生斷彼障故令其相顯名得涅槃此依眞如離障施設故體即是清淨法界二所生得謂大菩提此雖本來有能生種而所知障礙故不生由聖道力斷彼障故令從種起名得菩提起已相續窮未來際此即四智相應心品故大乘法師云理凝本有離纏而號涅槃智照新生果圓而稱正覺乃四德之鴻源三明之妙本矣

若攝相說菩提是即理之智涅槃是即智之理即智之理不礙摩訶般若即理之智不礙寂滅菩提智性本有亦

是性淨涅槃修顯亦方便淨隨一爲門則皆收盡即大涅槃具菩提也今以涅槃收之非唯菩提反身前後諸用皆從三德所流能建大事

若攝下後明攝相文有四別一約理智相攝以離理無智離智無理如珠之明如明之珠故般若云覺法自性離諸分別爲菩提故則有理矣涅槃中有般若德故智性本有下二約本有修生相攝則性淨但名涅槃方便淨者方名菩提今明二淨俱通上二今疏但顯別說所無故於菩提說性淨等上說菩提如虛空故世界成壞無增減故涅槃經說修習常住二字爲滅相者我於其人爲般涅槃彼中宣說本隱今顯法常名常方便修生報常名住修此二字爲大涅槃寂滅之相大般涅槃獨顯其心故佛證之爲般涅槃故知各具方便性淨

佛子若有衆生應以涅槃而得度者如來則爲示現涅槃而實如來無生無歿無有滅度

第五佛子若有衆生下示滅妙存旣爲物示滅即體無滅

示滅下滅旣是示即無滅矣故爲妙存妙存二字全是無名第四章名彼論云聖人處有不有若無不無居無不無故不無於無處有不有故不有於有故能不出有無不在有無怕爾無朕斯爲妙存然出沒常湛然明於出今但無滅故不同也

佛子譬如火大於一切世間能爲火事或時一處其火息滅於意云何豈一切世間火皆滅耶答言不也佛子如來應正等覺亦復如是於一切世界施作佛事或於一世界能事已畢示入涅槃豈一切世界諸佛如來悉皆滅度

第六佛子譬如火大下隨緣起盡有喻合結合中以機喻薪以涅槃喻火衆生善根未熟可熟者成正覺以熟之如爲火事若所應度者皆已度竟則現般涅槃寂無所爲如火息滅故法華云佛此夜滅度如薪盡火滅然現滅現生皆是涅槃大用故攝論第十名涅槃如火旣起滅在緣則益不

可盈損不可虧云云自彼非佛然也合中有四初正釋文引法華者以法華中諸師異解今將此文楷定彼義然現滅下二彰其大意明生與滅皆涅槃故既起滅下結成常住亦是無名位體中義第四已引

佛子菩薩摩訶薩應如是知如來應正等覺大般涅槃

復次佛子譬如幻師善明幻術以幻術力於三千大千世界一切國土城邑聚落示現幻身以幻力持經劫而住然於餘處幻事已訖隱身不現佛子於汝意云何彼大幻師豈於一處隱身不現便一切處皆隱滅耶答言不也佛子如來應正等覺亦復如是善知無量智慧方便種種幻術於一切法界普現其身持令常住盡未來際或於一處隨衆生心所作事訖示現涅槃豈以一處示入涅槃便謂一切悉皆滅度佛子菩薩摩訶薩應如是知如來應正等覺大般涅槃

第七復次佛子譬如幻師下存亡互現由順機故此滅彼存非如來身不能長久前喻約見滅見成此喻約常見不見第七存亡互現隨機見故

復次佛子如來應正等覺示涅槃時入不動三昧入此三昧已於一一身各放無量百千億那由他大光明一一光明各出阿僧祇蓮華一一蓮華各有不可說妙寶華蘂一一華蘂有師子座一一座上皆有如來結跏趺坐其佛身數正與一切衆生數等皆具上妙功德莊嚴從本願力之所生起若有衆生善根熟者見佛身已則皆受化然彼佛身盡未來際究竟安住隨宜化度一切衆生未曾失時

第八復次下大用無涯謂正示涅槃而便

分身無邊窮於來際不動三昧者究竟寂滅也由寂無動故無所不動耳涅槃受純陀供處大同於此而佛數少順機不同故

第八至大用無涯疏文有二先釋文即無名論動寂云聖人無爲而無不爲無爲故雖動而常寂無不爲故雖寂而常動雖寂而常動故物莫能一雖動而常寂故物莫能二物莫能二故逾動逾寂物莫能一故逾寂逾動所以爲即無爲無爲即爲動寂雖殊而莫之可異也涅槃等者即舉同揀異彼第十經大衆問品云爾時一切菩薩摩訶薩天人雜類出大音聲唱如是言奇哉純陀成大福德能令如來受取最後無上供養而我等輩無福所致所設供具則爲唐捐爾時世尊欲令一切衆望滿足於自身上一一毛孔化無量佛一一諸佛各有無量諸比丘僧是諸世尊及無量衆悉皆現身受其供養釋迦如來自受純陀所奉設供養時純陀所持粳糧成熟之食一摩伽陀國滿足八斛以佛神力悉皆充足一切大會爾時純陀見是事已心生歡喜踊躍無量一切大衆亦復如是釋曰彼經雖言無量化佛但云受大衆供無此重重等衆生數盡未來際此但約文以明優劣非當時化不能普周亦以彼證無盡化現皆涅槃用

大方廣佛華嚴經疏鈔會本第五十二之三

音釋

華蘂 蘂如壘切華蘂花鬚也

趺 音夫跏趺屈足坐也

大方廣佛華嚴經疏鈔會本第五十二之四

唐于闐國三藏沙門實叉難陀　譯

唐清涼山大華嚴寺沙門澄觀撰述

佛子如來身者無有方處非實非虛但以諸佛本誓願力衆生堪度則便出現菩薩摩訶薩應如是知如來應正等覺大般涅槃

第九佛子如來身者下體離二邊身若是實有不可滅身若是虛何能起滅若有方所此現彼無由非實故起滅無恒由非虛故能無不現無方所故感處即形本願力故化周法界隨堪度故見則不同第九體離二邊亦即彼超境中意彼中有名先徵出云請褰妙道之本為有為無果若有也雖妙非無雖妙非無故則入有境果若無也無則無差無而無差則入無境總而括之即而究之無有異有而非無無有異無而非有者明矣而曰有無之外別有妙道非有非無謂之涅槃吾聞其語矣未即於心也第五超境答云然則有無雖殊俱未免於有也此乃言像之所以形是非之所以生豈足以統夫幽極而擬夫神道者乎是以論稱出有無者良以有無之數正乎六境之內六境之內非涅槃之宅也故借出以袪之庶悕玄之流髣髴幽途託情絕域得意亡言體其非有非無豈曰有無之外別有一有而可稱哉今但云體離二邊非唯離有離無若實若虛若處非處等皆二邊也

佛子如來住於無量無礙究竟法界虛空界眞如法性無生無滅及以實際為諸衆生隨時示現本願持故無有休息不捨一切衆生一切剎一切法

第十佛子如來住於下結歸無住上來九門初門多顯其體餘八皆體用雙明今此分二初至實際通結九門之體後為諸衆生下通結八門之用隨時示現正顯於用本願力故顯何所因無有休息皆窮來際不捨已下明用分齊誰獨非涅槃而欲捨之耶第十至結歸無住結上九門皆歸無住涅槃於中有二先釋經文即是結

前之義言誰獨非涅槃而欲捨之耶者即側用玄得中文彼以第九考得難云經云衆生之性極於五陰之內又云得涅槃者五陰都盡譬猶燈滅等下結意云云至則五陰不都盡陰若都盡誰得涅槃故玄得荅云且談論之作必先定其本既論涅槃故不可離涅槃而語涅槃也若即涅槃以與言誰獨非涅槃而欲得之耶意云即涅槃故更不可得下引淨名一衆生即涅槃相此明一體故無可得今言一體故無可捨衆生即涅槃若捨衆生即捨涅槃也

是則初住實際故不住生死後不捨衆生故不住涅槃由雙住故能俱不住前即大智後即大悲般若常所輔翼爲無住涅槃自性涅槃衆生等有二乘無學容有前三唯佛世尊獨言具四故就無住總以結之即安住涅槃建大事也

是則初住下二歸無住於中有四初正結無住無住涅槃前已具引由雙住下二出無住所以經中是住今乃結歸無住者由若不住實際安能不住生死若不安住大悲安能不住涅槃然則亦由俱不住故而能俱住今此順文經是俱住結歸無住故但用住以成無住前即大智下三別舉成無住因即唯識文自性涅槃下四釋歸無住之意涅槃有四何以但歸無住無住涅槃唯佛得故皆是論文具如上引即安住下是涅槃經

爾時普賢菩薩摩訶薩欲重明此義而説頌言

如日舒光照法界　器壞水漏影隨滅
最勝智日亦如是　衆生無信見涅槃

偈文有六初偈頌第四

如火世間作火事　於一城邑或時息
人中最勝徧法界　化事訖處示終盡

次頌第六

幻師現身一切剎　能事畢處則便謝
如來化訖亦復然　於餘國土常見佛

次頌第七

佛有三昧名不動　化衆生訖入此定
一念身放無量光　光出蓮華華有佛

佛身無數等法界有福衆生所能見如是無數一一身壽命莊嚴皆具足

次二頌第八

如無生性佛出興如無滅性佛涅槃言辭譬喻悉皆斷一切義成無與等

後偈頌第十初句無生之生次句無滅之滅次句結歸涅槃無名後句結其大用無盡此二無礙是無住義餘不頌者含在此中初句無生者如無生性無生也佛出興成也下句例知後句一切義成故爲大用上三句是體第四句是用故云餘不頌者含在此中者不出體用故

佛子菩薩摩訶薩應云何知於如來應正等覺見聞親近所種善根佛子菩薩摩訶薩應知於如來所見聞親近所種善根皆悉不虛出生無盡覺慧故離於一切障難故決定至於究竟故無有虛誑故一切願滿故不盡有爲行故隨順無爲智故生諸佛智故盡未來際故成一切種勝行故到無功用智地故

第十明出現見聞親近所生善根前九門出現一期始終今明於上見聞功深益遠奬物進修文中三初徵起次正顯後結示就正顯中分二先明見聞信向益後見聞不信益前中先法後喻法中先總後別今初見等如後喻合中後出生下別即示不虛之相有十一句不出智斷恩德思之第十出現見聞不出智斷恩者初三句標三德果初句智德般若滿故次句斷德解脫滿故次句恩德法身究竟故次二句總成上三三俱願滿皆不虛故後六句復釋上三初三句釋上無盡覺慧不盡有爲此成事智隨順無爲此生理智此二因圓生諸佛智即是果滿次二句釋上究竟大悲恩德窮未來故種智行成得法身故後一句釋上斷德得至佛地無障可斷故解脫功用故故上出現意業中云得如來地息一切用

佛子譬如丈夫食少金剛終竟不消要穿其身出在於外何以故金剛不與肉身雜穢而同止故於如來所種少善根亦復如是要穿一切有爲諸行煩惱身過到於無爲究竟智處何以故此少善根不與有爲諸行煩惱而共住故

第二喻中三喻喻其三德初少服金剛喻喻於智德智慧破惑如金剛故以有智慧者必無煩惱故不共住

佛子假使乾草積同須彌投火於中如芥子許必皆燒盡何以故火能燒故於如來所種少善根亦復如是必能燒盡一切煩惱究竟得於無餘涅槃何以故此少善根性究竟故

第二少火燒多喻喻斷德性究竟者了惑本寂故

佛子譬如雪山有藥王樹名曰善見若有見者眼得清淨若有聞者耳得清淨若有齅者鼻得清淨若有嘗者舌得清淨若有觸者身得清淨若有衆生取彼地土亦能爲作除病利益

第三藥王徧益喻喻恩德種種利生故文中先喻後合

佛子如來應正等覺無上藥王亦復如是能作一切饒益衆生若有得見如來色身眼得清淨若有得聞如來名號耳得清淨若有得齅如來戒香鼻得清淨若有得嘗如來法味舌得清淨具廣長舌解語言法若有得觸如來光者身得清淨究竟獲得無上法身若於如來生憶念者則得念佛三昧清淨

二合中二先明爲六根境界益合上藥王

徧益六根皆通在世滅後滅後亦有見故況憶念等寶性論中亦明如來與菩薩爲六根境界大同於此寶性論者論有四卷此當第一是成就自利利他偈云諸佛如來身如虛空無相爲諸勝智者作六根境界示現微妙色出於妙音聲令齅佛戒香與佛妙法味使覺三昧觸令知深妙法若有衆生供養如來所經土地及塔廟者亦具善根滅除一切諸煩惱患得賢聖樂後若有衆生下明遺迹之益合上取彼地土所經土地猶通現滅其塔廟者唯約滅後亦同法華乃至舉一手等皆已成佛道亦同法華者即第一經前已引竟

佛子我今告汝設有衆生見聞於佛業障纏覆不生信樂亦種善根無空過者乃至究竟入於涅槃

第二佛子我今告下明不信益者此明益深如來祕密藏經明罵藥服之得力罵沉燒已還香罵佛猶勝敬諸外道若爾豈無罵罪罵罪非無今語遠益故法華云跋陀婆羅等罵常不輕千劫於阿毗地獄受大苦惱畢是罪已還遇常不輕菩薩教化涅槃喻以毒塗之鼓欲聞不聞無不死者故菩薩之名起自聞謗之日謗尚遠益況深信耶況解行耶況證悟耶弘持之者勉思此文如來祕密藏者具云大方廣如來祕密藏經此即下卷大迦葉問唯願說是如來祕密藏法佛言迦葉於汝意云何汝謂我行菩薩道時所捨手足頭目耳鼻皮肉骨髓血及妻子眷屬乃至一切財物處處遍惱於菩薩者是諸衆生不墮地獄畜生餓鬼及諸惡趣何以故本行菩薩行時志意淨故及大誓願淨戒聚故於諸衆生大悲純至及堅忍故以大慈故大功德法故牢強精進向大乘故息心淨故大願饒益故不喜自樂故其有衆生觸嬈菩薩毀罵之者菩薩德故不墮惡道迦葉我今引喻以明斯義迦葉猶如病人良醫授藥而是病人故罵是藥及與良醫先毀以後

乃服此藥迦葉於意云何藥以罵故不為藥耶病不除耶不也世尊雖復毀罵不失藥勢而能除病如是迦葉菩薩如藥及彼良醫不生恭敬種種腦惱然是菩薩純淨志意無有缺減又舉大寶珠有大勢力有人毀罵不失寶力又罵明燈燒之亦能除闇言罵況者義引彼云罵赤栴檀以手搥打連燒棄之為作何香迦葉答言作栴檀香又云如人抱執糞穢棄之以華香供養是人有何等氣答有穢氣佛言供養外道但有見畏地獄畜生餓鬼等畏涅槃喻者即第九經如來性品南亦第九即菩薩品文云譬如有人以雜毒藥用塗大鼓於衆人中擊令發聲雖無心欲聞聞之皆死唯除一人不橫死者不橫死者即一闡提釋曰彼一經猶揀闡提此意取不欲聞以喻不信而得益耳法華不輕可知菩薩之名者亦即此卷答云云何未發心而名為菩薩如日光明諸明中大大涅槃光能入衆生諸毛孔故衆生雖無菩提之心而能為作菩提因緣迦葉問言云何未發心而作菩提因緣次如來舉夢中見羅剎喻初聞不信夢中羅剎令其發心云汝若不發菩提心者當斷汝命寤已發心或於一塗續復憶念發菩提心即大菩薩也生公云菩薩之名起自聞謗之日

佛子菩薩摩訶薩應如是知於如來所見聞親近所種善根悉離一切諸不善法具足善法

第三佛子至應如是下結示可知

佛子如來以一切譬喻說種種事無有譬喻能說此法何以故心智路絕不思議故諸佛菩薩但隨衆生心令其歡喜爲說譬喻非是究竟

第二佛子如來下總以結酬揀喻異法上來性起請說因喻普賢依請明十出現皆借象取譬意顯佛旨深玄深玄之旨尚不可以智知豈言象之能及故令外忌言象內絕思求則庶幾於出現之旨豈言象之能及即周易畧例中意言者所以在象得象而忘言象者所以在意得意而忘象第二會已引則庶幾下庶幾即周易繫辭云顏氏之子其殆庶幾有不善未嘗不知知而未嘗復行注釋云殆者近也庶者衆也幾者事動之微也謂聖人見幾賢人庶幾今令効學亞夫聖賢也

佛子此法門名爲如來祕密之處名一切世間所不能知名入如來印名開大智門名示現如來種性名成就一切菩薩名一切世間所不能壞名一向隨順如來境界名能淨一切諸衆生界名演說如來根本實性不思議究竟法

大文第五佛子此法門下顯名受持分於中分二先長行後偈頌今初準晉經此前有諸菩薩發二種問謂何名此經云何奉持今但有答即分爲二先顯名後佛子此法門下明受持令知總名尋名求旨識受持法依之修持故今初有十名分爲五對一內深外絕對爲內證三德祕密藏故外則凡小不能測故二證寂開智對三現果成因對謂性淨萬德即是佛種今十門出現即示現義四越世順佛對世尚不知安能破壞此十通是佛分齊境五淨機演實對知生佛同源則能淨故隨緣不變之性諸佛本故而性相無礙因果圓融爲不思議過此更無爲究竟法前九別義後一總該

佛子此法門如來不爲餘衆生說唯爲趣向大乘菩薩說唯爲乘不思議乘菩薩說此法門不入一切餘衆生手唯除諸菩薩摩訶薩

第二明受持中二先辨定法器後是故菩薩下舉益勸修今初有法喻合法中二先標器非器非器不爲所謂權小乘可思議乘歷次修故名餘衆生是器則爲所謂圓機不揀凡聖趣向大乘揀於小乘不思議乘揀於權乘一運一切運十信滿心即攝

諸位圓融無礙名不思議乘後此法門下明受非受釋上爲不爲有圓信手能受衆行故上爲之權小於斯不盡能受是故不爲法集經云是經雖行閻浮提於能信深法者常住如是衆生心手中行亦有以信解行證皆有手義以後後破前前亦是一理法集經者經有六卷即第六卷末云善男子是法門多行於娑伽羅龍王世界多行帝釋住處多行阿那婆達多龍王處然後行閻浮提中常於諸佛所護衆生中行於直心不諂曲衆生中行於能信深法者常在如是衆生心手中行

佛子譬如轉輪聖王所有七寶因此寶故顯示輪王此寶不入餘衆生手唯除第一夫人所生太子具足成就聖王相者若轉輪王無此太子具衆德者王命終後此諸寶等於七日中悉皆散滅

第二喻可知

佛子此經珍寶亦復如是不入一切餘衆生手唯除如來法王眞子生如來家種如來相諸善根者佛子若無此等佛之眞子如是法門不久散滅何以故一切二乘不聞此經何況受持讀誦書寫分别解說唯諸菩薩乃能如是

第三合中以經合七寶者若無此法非眞佛故生如來家合第一夫人所生太子如來相者初心頓行佛行故散滅有二義一不能信受則教不行故二不能修行則行不行故般若論云法欲滅時者修行滅故下釋散滅所由可知般若論者即金剛般若無著論上卷釋經須菩提白佛言世尊頗有衆生得聞如是言說章句生實信不佛告須菩提莫作是說如來滅後後五百歲有持戒修福者於此章句能生信心以此為實當知是人不於一佛二佛三四五佛而種善根已於無量佛所種諸善根論云為欲得言說法身

住處故經云正法欲滅時者謂修行漸滅時應知

是故菩薩摩訶薩聞此法門應大歡喜以尊重心恭敬頂受何以故菩薩摩訶薩信樂此經疾得阿耨多羅三藐三菩提故

第二舉益勸修中三初畧標釋二佛子設有下廣釋所由三佛子至成就如是功德下總結成益

佛子設有菩薩於無量百千億那由他劫行六波羅蜜修習種種菩提分法若未聞此如來不思議大威德法門或時聞已不信不解不順不入不得名爲眞實菩薩以不能生如來家故

就廣釋中二先反顯後順釋今初若不依此教縱多劫修行尚非眞實況能疾得菩提此中設有之言似當假設望慈氏讚善財言餘諸菩薩於百千萬億那由他劫乃能滿足菩薩願行今善財一生則能淨佛刹等斯則舉權顯實非假設也若實有此不信人者爲在何位文無定判義當三賢以入證聖必信圓故若約教道三祇亦未入玄所以凡夫頗能信者宿因聞熏爲種別故今更不信當來豈聞若約教道者即古十玄意然歷三祇設未究竟亦已入位何以得言未入玄耶是故上云若約教道施設三祇教既未真則成佛義亦非真也教不實故若約正道三祇修行必已超證修權既深則入實教

若得聞此如來無量不可思議無障無礙智慧法門聞已信解隨順悟入當知此人生如來家隨順一切如來境界具足一切諸菩薩法安住一切種智境界遠離一切諸世間法出生一切如來所行通達一切菩薩法性於

佛自在心無疑惑住無師法深入如來無礙境界

第二若得聞下順釋中二先明聞信生家益後佛子聞此法已則能下信聞成行益令初先明聞信後當知下成益生如來家爲總餘句爲别别中一以如境爲家無性論云生如來家者謂佛法界於此證會故名爲生二以行法爲家具家法故三以俗境爲家世親釋云由此能令諸佛種性不斷絶故四遠離非家五以佛行爲家十住毗婆沙第一云今此菩薩行如來道相續不斷故廣如彼釋六菩薩法性爲家亦是佛種性故亦同如來一如境故七淨當佛家八住本佛家九總明因果事理無礙家前六自分家後三勝進家前來初住見心性故故名生家四地寄出世故生道品家八地無功用故生無生法忍家今此通三兼顯凡夫解心亦名生家因果無礙故（無性攝論即第六論若世親釋云由此能令諸佛種性不斷絶故十住毘婆等者此即第二釋初地常生如來家文文云初地心生必能常集諸善根不休息故名爲常生如來家如來家者即是佛家下廣釋如來義意以涅槃實相四諦三空等皆名爲如智慧到彼故名爲來結云如來者所謂十方三世諸佛是諸佛家名如來家今是菩薩行如來道相續不斷名生如來家釋曰具如來道即佛行也）

佛子菩薩摩訶薩聞此法已則能以平等智知無量法則能以正直心離諸分别則能以勝欲樂現見諸佛則能以作意力入平等虛空界則能以自在念行無邊法界則能以智慧力具一切功德則能以自然智離一切世間垢則能以菩提心入一切十方網則能以大觀察知三世諸佛同一體性則能以善根

迴向智普入如是法不入而入不於一法而有攀緣恒以一法觀一切法

第二信聞成行益十句分爲五對無礙一即觀不礙於止二見佛不礙入法三智行法界不礙起福四智不染世不礙悲入五體絶三世不礙用而迴向不入而入釋上入義不於已下復釋不入而入智體即如如外無法而可攀緣故無可入心行處滅寂然無入不失照用故恒以一如而觀諸法故名而入此二無礙方爲眞入又一即是如便於一中已見一切

佛子菩薩摩訶薩成就如是功德少作功力得無師自然智

第三總結可知

爾時普賢菩薩欲重明此義而說頌言

見聞供養諸如來所德功德不可量於有爲中終不盡要滅煩惱離衆苦

譬人吞服少金剛終竟不消要當出供養十力諸功德滅惑必至金剛智

如乾草積等須彌投芥子火悉燒盡供養諸佛少功德必斷煩惱至涅槃

雪山有藥名善見見聞齅觸消衆疾若有見聞於十力得勝功德到佛智

第二偈頌即屬第十見聞之益不頌顯名受持顯名受持後文自頌此頌應在揀法異喻之前以前長行鉤鎖顯名亦是見聞益故若迴此偈於現瑞後與後偈相續文理甚順四偈分二初一頌法說後三如次頌前三喻

爾時佛神力故法如是故十方各有十不可

說百千億那由他世界六種震動所謂東踊西没西踊東没南踊北没北踊南没邊踊中没中踊邊没十八相動所謂動徧動等徧動起徧起等徧起踊徧踊等徧踊震徧震等徧震吼徧吼等徧吼擊徧擊等徧擊雨出過諸天一切華雲一切蓋雲幢雲旛雲香雲鬘雲塗香雲莊嚴具雲大光明摩尼寶雲諸菩薩讚歎雲不可說菩薩各差别身雲雨成正覺雲嚴淨不思議世界雲雨如來言語音聲雲充滿無邊法界如此四天下如來神力如是示現令諸菩薩皆大歡喜周徧十方一切世界悉亦如是

大文第六現瑞證成於中二先現瑞後證成令初先此界後類通動刹等數皆廣多者應難思故

是時十方各過八十不可說百千億那由他佛刹微塵數世界外各有八十不可說百千億那由他佛刹微塵數如來同名普賢皆現其前而作是言善哉佛子乃能承佛威力隨順法性演說如來出現不思議法佛子我等十方八十不可說百千億那由他佛刹微塵數同名諸佛皆說此法如我所說十方世界一切諸佛亦如是說

二是時十方下證成中二先果人證後因人證所以具二者法立妙故因果交徹之法故因圓果滿之法故前來諸會唯菩薩者唯因行故發心品中唯果證者果之本故初心成佛難信受故隨義各别所以互無唯斯具二今初分四一現身二而作下讚說三佛子我等下引說證成兼明結通

所說一說一切說故

佛子今此會中十萬佛刹微塵數菩薩摩訶薩得一切菩薩神通三昧我等皆與授記一生當得阿耨多羅三藐三菩提佛刹微塵數衆生發阿耨多羅三藐三菩提心我等亦與授記於當來世經不可說佛刹微塵數劫皆得成佛同號佛殊勝境界我等爲令未來諸菩薩聞此法故皆共護持如此四天下所度衆生十方百千億那由他無數無量乃至不可說不可說法界虛空等一切世界中所度衆生皆亦如是

四佛子今此會下擧益證成於中四一得因位果滿益一生得菩提故神通三昧即十通十定故二佛刹微塵下得發心益與遠記者不期速成故又前明一生即多之一此辨多劫即一之多既一多圓融何定劫數妄生多劫智日不遷苟執短長未期成佛同號佛殊勝境者緣佛出現境故三我等下護持久遠益四如此下結益廣徧

爾時十方諸佛威神力故毗盧遮那本願力故法如是故善根力故如來起智不越念故如來應緣不失時故隨時覺悟諸菩薩故往昔所作無失壞故令得普賢廣大行故顯現一切智自在故

第二爾時十方下因人證於中四一明集因前果人證承前現瑞之因故畧不叙今此顯因果別故廣出集因文顯可知

十方各過十不可說百千億那由他佛刹微塵數世界外各有十不可說百千億那由他佛刹微塵數菩薩來詣於此充滿十方一切

法界

二十方各過下明現身雖來自十方而周徧法界則來即無來矣

示現菩薩廣大莊嚴放大光明網震動一切十方世界壞散一切諸魔宫殿消滅一切諸惡道苦顯現一切如來威德歌詠讚歎如來無量差別功德法普雨一切種種雨示現無量差別身領受無量諸佛法

三示現菩薩下辨其德用十句文顯

以佛神力各作是言善哉佛子乃能說此如來不可壞法佛子我等一切皆名普賢各從普光明世界普幢自在如來所而來於此彼一切處亦說是法如是文句如是義理如是宣說如是決定皆同於此不增不減我等皆以佛神力故得如來法故來詣此處爲汝作證如我來此十方等虛空徧法界一切世界諸四天下亦復如是

四以佛神力下發言誠證皆同普者普法同故界佛名異者不失主伴故普光明者常寂光土無不徧故佛名普幢自在者本智高出無所不摧事理無礙故兼示結通所說

爾時普賢菩薩承佛神力觀察一切菩薩大衆欲重明如來出現廣大威德如來正法不可沮壞無量善根皆悉不空諸佛出世必具一切最勝之法善能觀察諸衆生心隨應說法未曾失時生諸菩薩無量法光一切諸佛自在莊嚴一切如來一身無異從本大行之所生起而說頌言

大文第七爾時普賢下以偈總攝文中二

先叙意後正頌前中二先説儀後欲重下辨意欲重顯前十門出現故文有十句句各一門而約利生爲次不等一成正覺二即法輪三是見聞生善此三正顯益故四即出現之法是前總門五即是心約智顯故六即圓音七即境界境界無量生光亦多八即涅槃動寂自在大般涅槃爲佛莊嚴故九即是身約本説一故十即是行果中説因故

一切如來諸所作世間譬喻無能及爲令衆生得悟解非喻爲喻而顯示

如是微密甚深法百千萬劫難可聞精進智慧調伏者乃得聞此祕奥義

若聞此法生欣慶彼曾供養無量佛爲佛加持所攝受人天讃歎常供養

此爲超世第一財此能救度諸羣品此能出生清淨道汝等當持莫放逸

後正頌中四頌初一頌説分中結酬以此總包十段意故後三頌顯名受持初句顯名餘皆勸持且分爲三初偈歎深難聞次一偈明聞由多善後偈舉勝勸持然此一品文旨宏奥能頓能圓究衆生之本源罄諸佛之淵海根本法輪之内更處其心生在金輪種中復爲嫡子妙中之妙玄中之玄並居凡類之心小功而能速證安得自欺不受長淪生死之中今聞解能欣尤須自慶昔善出現品竟

大方廣佛華嚴經疏鈔會本第五十二之四

音釋

齅 許救切以鼻擸氣也　積 子智切聚也　踊 余隴切跳也

鬘 莫班切

大方廣佛華嚴經疏鈔會本第五十三之一

唐于闐國三藏沙門實叉難陀　譯

唐清涼山大華嚴寺沙門澄觀撰述

離世間品第三十八

初明來意來意有三一分來前明修因契果生解分則於法起解今明託法進修成行分則依解起行義次第故二會來者前會因圓果滿生解之終此會正行處世無染通於始終故次來也三品來者前品出現之果殊勝今明依彼起行圓融故次來也雖一分一會一品是同所對旣殊來意亦別

第二釋名亦有三別一分名者沒彼位名但彰行法欲顯行位無礙前後圓融故以名也

二會名者約法不異分名約處名三會普光明殿之會第七重會會終歸始故雖越四天同爲生解之會今復重會通對彼分始終依解成行故會普光而前分生解差別故寄歷處以顯淺深今分起行圓融故一會並收因果亦表成行不離普光明智故此中不隔餘處何有重會之義若約次第前時後時即是重義若約圓融就義名重故不動前二而升四天二七相望亦何所隔明知約義亦猶燈光涉入無礙亦似燈炷重發重明約人名普慧普賢問答之會

第七重會下釋意明第七已曾重會故今名三會而便明七八俱會普光而有差別而前分下解妨文有二妨初有伏難即重會不同妨謂有問言一種重會何以前歷多會此唯一會答有二意一前約解故須多今約行故須一以頓起故二前約行布故歷位不同今約圓融故一會頓起在文可思此中不隔餘處何有重會之義

即第二顯難重會不成妨若約下答有二意一約行布不壞相邊約時明重如人前於此講續前豈非重耶若約圓融下二就圓融門約義明重於中有三初標可知故不動下次及難以成謂汝向問意云第二至第七中隔四會故得名重第七第八中無有隔何得名重今謂第二望七亦不隔越何者既不起覺樹而昇第四天四天覺樹定是一時第六他化天後即說第七七曾何隔越則二七不隔亦得名重今七八不隔何不名重明知約義者結成七八重會皆是約義而言不動前二者文中雖云不起覺樹以普光近覺樹故不別言之實則不起前二頓昇四天也亦猶燈光下第三以喻明也光雖涉入一隨燈有異時處雖一約義不同以約圓融一時頓演故爲此通亦似一燈炷下復以喻顯前喻燈異光重此則燈一光異燈一喻於一處光重喻三會不同

三品名有二一得名二釋名今初又二

一異名下文十義至彼當辨有別行本名度世經度即離義又有別行名普賢菩薩答難二千經此就能離人法受稱答難二千經者準度世品普智菩薩白言世尊諸來菩薩達者無礙中下之士各懷猶豫各心念言事物繁鬧不知何事可捨可奉願佛分解佛歎善哉當爲汝說佛言普智用有二故故問二百答以二千問二百者有神貪身計有吾我有內有外在有在無所可諮問皆除吾我內外有無則有權慧開化無際答二千者十方一切皆來集會其心各異意行不同達者聞要則以至道不能達者爲演多辭曉諭文說牽攀義旨自所覩形以喻其意乃得解慧此經乃在遍字函中文只六卷長行文畢後有二百三十二頌義甚富贍

二正辨本稱總由超絕世染故受其名別有三義一約法二約行三約位約法之中先世後離世有三類一約事相有二世間謂器及有情此約依正分之二約麤細亦二一有爲世間二無爲世間此約分段變易分之以變易非三有攝名之無爲故勝鬘云有爲生死無爲生死然麤細雖殊體不出二三約染淨有三於初二中加智正覺示同世間不同世故如地論辨二明離者離有二義一性離世間性空即是出世間故二明事離行成無染故力林頌

云三世五蘊法說名爲世間彼滅非世間如是但假名滅通二義於事離中有似離真離分離全離次下當辨二約行者略爲四句一隨二離三俱四泯言隨者凡夫沉溺世蘊非離非隨二乘無悲不能隨世雖離非真菩薩能隨方爲真離故以隨釋離二離者有大智故了世性離處而不染亦異凡小三俱者悲故常行世間智故不染世法既以世與性離無二爲其境故以悲智無二爲其行境行融通有其三句一悲無不智則世無不離是以常在世間未曾不出二智無不悲故離無不世是以恒越世表無不遊世三雙融故動靜無二唯是一念所謂無念無念等故世與出世無有障礙四俱泯者謂境既世與性離形奪兩亡故令悲智俱融二念雙絶又由境行相由形奪齊離則絶待離言融前四句皆無障礙方爲真離世間也三約位者凡夫染而非離二乘分離非真謂果離分段因唯事離非今所明菩薩具上真行可得名離而非究竟唯佛爲離故經云佛常在世間而不染世法然今文中備六位之行即是行離行所依位即是位離故若事若理若因若果皆名離也世間性空者即是淨名不二法門分別世間故敬禮無所觀二明事下引十行偈義則可知度世品云品名度者一切衆生閉在世間五陰六衰之所覆蓋纏綿生死不能自拔以權方便智度無極消去五陰捐棄六衰不計吾我不在生死不住滅度譬如日月晝夜演光權慧如是忽然無跡德如虛空然今文中者就別得名中二一上別顯三義二次下會釋經文明具三義若事若理下即是總結然若事即前事離若理即前性離此正約法因果即兼結行位也

二釋名者約法事離無他受稱離非世間

即相違釋若約性離通持業釋約行四句前三句俱通持業相違二事理離故泯句並非六釋亦可持業泯即離故然此釋名妙則妙矣易則易爲故不委釋第三宗趣頓彰六位理事二離爲宗令體性離頓成眞離究竟爲趣

爾時世尊在摩竭提國阿蘭若法菩提場中普光明殿坐蓮華藏師子之座

第四釋文長科十分一序分二三昧分三發起分四起分五請分六說分七結勸分八現瑞分九證成分十重頌分今初有三一器世間圓滿義如前釋二妙悟下智正覺世間圓滿三與不可說下衆生世間圓滿

妙悟皆滿二行永絕達無相法住於佛住得佛平等到無障處不可轉法所行無礙立不思議普見三世身恒充徧一切國土智恒明達一切諸法了一切行盡一切疑無能測身一切菩薩等所求智到佛無二究竟彼岸具足如來平等解脫證無中邊佛平等地盡於法界等虛空界

二中明佛二十一種殊勝功德廣引諸論已見升兜率品今但略明初句爲總具下二十一種功德故云妙悟皆滿二中明佛下既指前釋有疑當尋彼疏鈔不繁重舉後二行下別於中前四自利餘皆利他前中一智德二斷德三恩德四作用平等德今初二行永絕即於所知一向無障轉功德佛地經名不二現行不字此宜言無即永絕義謂佛智德離所知障非如聲聞極遠時處等有不知故有知不知即是二行今無不知故云永絕二達

無相法則於有無無二相眞如最勝清淨能入功德彼經名趣無相法趣謂趣入即此達義然無相法體即眞如無彼有無二相故名無相諸法中最淨無客塵令自他入勝於二乘名最勝清淨三住於佛住者即無功用佛事不休息功德世親云謂住佛所住無所住處此即釋經於此住中常作佛事無有休息此即解論四得佛平等即於法身中所依意樂作事無差別功德謂諸佛有三事無差一所依智同二益生意樂同三報化作業同故云平等五到無障處則修一切障對治功德世親云謂一切時常修覺慧對治一切障故此明覺慧爲能治一切障即二障爲所治六不可轉法即降伏一切外道功德謂教證二道他

不能動故七所行無礙即生在世間不爲世法所礙功德謂利衰等八法不能拘故八立不思議即安立正法功德謂安立十二分教餘不能思故九普見三世即授記功德謂記別過未皆如現在故十身恒充滿一切國土即一切世界示現受用變化身功德謂二種身徧二種國故十一智恒明達一切諸法即斷疑功德謂自於一切境善決定故能決他疑十二了一切行即令入種種行功德二釋攝論易故不解意云徧了一切有情性行隨根令入故十三盡一切疑即當來法生妙智功德謂聲聞言其全無善根如來知其久遠微善後當生故十四無能測身即如其勝解示現功德謂隨諸有情種種勝解現金色等身雖

現此身而無分別如末尼等故無能測十五一切菩薩等所求智即無量所依調伏有情加行功德謂由無量菩薩所依爲欲調伏諸有情故發起加行佛增上力聞法爲先獲得妙智異類菩薩攝受付囑展轉傳來相續無間而轉由此證得一切菩薩等所求智意云佛智爲一切菩薩等所求故十六到佛無二究竟彼岸即平等法身波羅蜜多成滿功德平等即無二義無二法身爲波羅蜜多所依十七具足如來平等解脫即隨其勝解示現差別佛土功德此中解脫即是勝解隨物勝解所宜如來勝解能現金銀等土佛佛皆然故云平等十八證無中邊佛平等地即三種佛身方處無分限功德世親云謂佛法身不可分限爾所方處受用變化亦不可說爾所世界十九盡於法界即窮生死際常現利樂一切有情功德二十等虛空界即無盡功德謂佛實智如空無盡故今經缺最後窮未來際總別合有二十一句義如前說然佛地攝論約受用身此約十身所以知者處摩竭提國是變化土而歎受用功德明知二身二國本相融故不要地前地上則五位遍見故

與不可說百千億那由他佛刹微塵數菩薩摩訶薩俱皆一生當得阿耨多羅三藐三菩提各從他方種種國土而共來集

第三衆生世間圓滿中二先舉數歎德後其名下列名歎德前則多人具德後則勝人具德前中二先舉數揀定前則多人者以舉多數次

即歎故後列普賢諸勝上人而歎德故

悉具菩薩方便智慧

二悉具菩薩下歎具勝德分三初總標二所謂下別顯後成就下總結

所謂善能觀察一切衆生以方便力令其調伏住菩薩法善能觀察一切世界以方便力普皆往詣善能觀察涅槃境界思惟籌量永離一切戲論分別而修妙行無有間斷善能攝受一切衆生善入無量諸方便法知諸衆生空無所有而不壞業果善知衆生心使諸根境界方便種種差別悉能受持三世佛法自得解了復爲他說於世出世無量諸法皆善安住知其眞實於有爲無爲一切諸法悉善觀察知無有二

別中十九句皆不出方便智慧分二前十歎自分德後於一念下九句勝進德今初前八皆有慧方便依體起用故前五以善能爲句首六知空不壞業果七知根器別明識病八持法化之後二明有方便慧皆即事歸實

於一念中悉能獲得三世諸佛所有智慧於念念中悉能示現成等正覺令一切衆生發心成道於一衆生心之所緣悉知一切衆生境界雖入如來一切智地而不捨菩薩行諸所作業智慧方便而無所作爲一一衆生住無量劫而於阿僧祇劫難可值遇轉正法輪調伏衆生皆不唐捐三世諸佛清淨行願悉已具足成就如是無量功德一切如來於無邊劫說不可盡

後勝進中初句總明速成果智餘皆果智

之用及後總結文並可知

其名曰普賢菩薩普眼菩薩普化菩薩普慧菩薩普見菩薩普光菩薩普觀菩薩普照菩薩普幢菩薩普覺菩薩如是等十不可說百千億那由他佛剎微塵數皆悉成就普賢行願深心大願皆已圓滿一切諸佛出興世處悉能往詣請轉法輪善能受持諸佛法眼不斷一切諸佛種性善知一切諸佛與世授記次第名號國土成等正覺轉於法輪無佛世界現身成佛能令一切雜染衆生皆悉清淨能滅一切菩薩業障入於無礙清淨法界

第二列名歎德中二初列名結數二皆悉下歎德文有十句初總餘別別中一契理願圓普眼滿故二攝法上首爲普化故三受持正法有普慧故四不斷佛種普見有性故五知佛化儀光普徹故六示現成佛觀見無故七淨染機照其源故八摧他障有智幢故九證法界覺法性故上之九句別明則初句爲願餘八爲行通說則皆普賢願宿誓今滿故如十大願並普賢行現緣所作故故總句云成就行願又此十句十人通具文云皆悉成故亦句顯一人之德當釋名故故總句爲普賢餘九如次前已配釋（餘九如次者如前云一契理願圓即是釋德普眼滿故即是屬人二攝法上首即是顯德爲普化故即普化菩薩三受持正法即是顯德有普慧故即是菩薩等）

爾時普賢菩薩摩訶薩入廣大三昧名佛華莊嚴

大文第二爾時普賢下三昧分普賢入者是會主故說普行故佛華嚴者萬行披敷

嚴法身故即以法界行門心海爲體持無限故說法成行發起爲用依此能故佛華嚴下釋佛華嚴三昧華者菩薩萬行也以因能感果故言如華嚴者行成果滿契合相應垢障外消證理圓潔隨用讃德故稱嚴也三昧者理智無二交徹鎔融彼此俱亡能所斯絕故亦可華即是嚴理智無礙故華嚴即三昧以行融離見故華即是嚴一行頓修一切行故華嚴三昧即多而不礙一故華嚴即三昧以定亂雙融故三昧即華嚴理智如故晉經云一切自在難思議華嚴三昧勢力故此即據行爲言名華嚴三昧如賢首品

入此三昧時十方所有一切世界六種十八相動出大音聲靡不皆聞

大文第三入此三昧時下明發起分先明地動警群機故後顯出聲令聞法故前皆有加而無發起此有發起而無加分者前表解可從他故有他加此表行由已立故自力發起又表行依解起無別法故不加攝解成行亦須入定聖旨多端不可一準前皆有加下畧釋文此下對前料揀然有二意前意自他對說後意亦通伏難難云前釋入定云爲受佛加故今無佛加何須入定故爲此通結云多端不可例難

然後從其三昧而起

大文第四然後從下起分三義如前

爾時普慧菩薩知衆已集問普賢菩薩言

大文第五爾時普慧下請分分三初標問意二佛子下正顯問端三善哉佛子下結請願說今初當機衆集說法時至此爲問意何以前來諸會先問後定今乃翻此此有二意一說儀無定前表重法感而後應此明悲深觀機欲說衆既已集故先入定令知說主二約所表則前明從相入實以成正解此中依體起用以成正行故不同也普慧問者稱法界慧能發行故一人問

者行獨巳成非如解故

佛子願爲演說何等爲菩薩摩訶薩依何等爲奇特想何等爲行何等爲善知識何等爲勤精進何等爲心得安隱何等爲成就衆生何等爲戒何等爲自知受記何等爲入菩薩何等爲入如來何等爲入衆生心行何等爲入世界何等爲入劫何等爲說三世何等爲知三世何等爲發無疲厭心何等爲差別智何等爲陀羅尼何等爲演說佛何等爲發普賢心何等爲普賢行法以何等故而起大悲何等爲發菩提心因緣何等爲於善知識起尊重心何等爲清淨何等爲諸波羅蜜何等爲智隨覺何等爲證知何等爲力何等爲平等何等爲佛法實義句何等爲說法何等爲持何等爲辯才何等爲自在何等爲無著性何等爲平等心何等爲出生智慧何等爲變化何等爲力持何等爲得大欣慰何等爲深入佛法何等爲依止何等爲發無畏心何等爲發無疑惑心何等爲不思議何等爲巧密語何等爲巧分別智何等爲入三昧何等爲徧入何等爲解脫門何等爲神通何等爲明何等爲解脫何等爲園林何等爲宮殿何等爲所樂何等爲莊嚴何等爲發不動心何等爲不捨深大心何等爲觀察何等爲說法何等爲清淨何等爲印何等爲智光照何等爲無等住何等爲無下劣心何等爲如山增上心何等爲入無上菩提如海智何等爲如寶住何等爲發如金剛大乘誓願心何等爲大發起何等爲究竟大事何等爲不壞信何等爲授記何等爲善根迴向何等爲得智慧何

等爲發無邊廣大心何等爲伏藏何等爲律儀何等爲自在何等爲無礙用何等爲衆生無礙用何等爲刹無礙用何等爲法無礙用何等爲身無礙用何等爲願無礙用何等爲境界無礙用何等爲智無礙用何等爲神通無礙用何等爲神力無礙用何等爲力無礙用何等爲遊戲何等爲境界何等爲力何等爲無畏何等爲不共法何等爲業何等爲身何等爲身業何等爲身何等爲語何等爲淨修語業何等爲得守護何等爲成辦大事何等爲心何等爲發心何等爲周徧心何等爲諸根何等爲深心何等爲增上深心何等爲勤修何等爲決定解何等爲決定解入世界何等爲決定解入衆生界何等爲習氣何等爲取何等爲修何等爲成就佛法何等爲退失佛法道何等爲離生道何等爲決定法何等爲出生佛法道何等爲大丈夫名號何等爲道何等爲無量道何等爲助道何等爲修道何等爲莊嚴道何等爲足何等爲手何等爲腹何等爲藏何等爲心何等爲被甲何等爲器仗何等爲首何等爲眼何等爲耳何等爲鼻何等爲舌何等爲身何等爲意何等爲行何等爲住何等爲坐何等爲卧何等爲所住處何等爲所行處何等爲觀察何等爲普觀察何等爲奮迅何等爲師子吼何等爲清淨施何等爲清淨戒何等爲清淨忍何等爲清淨精進何等爲清淨定何等爲清淨慧何等爲清淨慈何等爲清淨悲何等爲清淨喜何等爲清淨捨何等爲義何等爲法何等爲福德助道具何等爲智慧助道具何等爲明

足何等爲求法何等爲明了法何等爲修行法何等爲魔何等爲魔業何等爲捨離魔業何等爲見佛何等爲佛業何等爲慢業何等爲智業何等爲魔所攝持何等爲佛所攝持何等爲法所攝持何等爲住兜率天所作業何故於兜率天宮歿何故現處胎何等爲現微細趣何故現初生何故現微笑何故示行七步何故現童子地何故現處內宮何故現出家何故示苦行云何往詣道場云何坐道場何等爲坐道場時奇特相何故示降魔何等爲成如來力云何轉法輪何故因轉法輪得白淨法何故如來應正等覺示般涅槃

第二正顯問端中有二百句其別行度世經別作六番問答番番之中皆先問次答後動地現瑞顯益證成古來諸德皆依彼文用科此經以爲六段初二十句問十信行二從發普賢心下二十句問十住行三從力持下三十句問十行之行四從如實住下二十九句問十迴向行五從身業下五十句問十地行六從觀察下五十一句問因圓果滿行其第四段中句雖三十以無礙用一句是總標虛句故此有五十一句（以無礙用者次下別問衆生無礙用等十問下文各以十句答之其無礙用句即用衆生無礙用等十句釋之明是虛句）此經總三徧說六位此當第二約行說也以普賢行該六位故故度世經初請云唯願解說諸菩薩行從始至終令無疑故彼經雖不配於信等旣云從始至終末後復明成佛則知決是六位之行此經所以不問答相間者意取位中之行不取位故如下圓融若尅定約位

何殊差別因果此經上下及本業經等判於六位皆以信未入位十住爲首謂三賢十聖等妙覺故今何不開等覺而取信耶此有深意彼及此前意在於位取位成說今此意明於行故十信之行正居行始等覺之位有其三義或攝屬前十地勝進或攝屬後即名佛故或別開位無垢地故今爲說行攝屬因圓之中故五十一句唯後四句屬妙覺位餘皆等覺若爾此中依言依菩提心等豈非發心住耶此難尤非第二段初發普賢心豈非發心住耶十信之初豈無發心耶故賢首云菩薩發意求菩提非是無因無有緣等正是發心所依不究斯旨空張援據此經下上直科釋今出爲六所以於中五一正明言三遍說者一差別因果是第一遍下法界品寄位修行爲第三遍故此爲

第二既云此約行說則知前約解說後約證說也故度世下二引證證其二義一證約行云諸菩薩行二證六位云從始至終約經雖不下三遮伏難恐有難云既云始彼經終何必配信等故爲此通此經所以下四會今經亦是通妨妨云彼中別別問答縱許配位此中通問何得例彼故爲此通此經上下五會異釋即破刊定於中有二先敘彼問即刊定問然其問意不問十信從十住問亦爲六段謂前四三賢十聖後二即等妙二覺則令六段盡皆不同謂以信爲住以住爲行以行爲向以向爲地以地爲等覺以因圓果滿爲妙覺此判既乖即知苑公於此一品經不解一句以判六段盡皆錯故此有深意下二疏爲會釋即答其問也於中有五一總明爲行故初有十信等覺之位下釋不開等覺所以雖舉中三義而取第三別開但攝在第六因圓之中若爾中下三即出刊定救義欲令初是問十住故此難尤非下四破所引之文不得文意不究斯旨下五結彈援者註引也引文不當義旨全乖故上判其不解一句以信爲住明不解信亦不解住以住爲行明不解行亦不解住等故一品經不解一句

善哉佛子如是等法願爲演說

爾時普賢菩薩告普慧等諸菩薩言

大文第六爾時普賢菩薩告下說分中二

先總告二佛子下正答答前門二百問問一答十以顯無盡成其二千普賢勝行故英公云雲興二百問瓶瀉二千酬英公云者彼有九會禮讚第八會云法門當再席法雨更滂流懸河二百問瓶瀉二千酬一心窮性海萬行炳齊修五位因成滿八相果圓周今畧舉二句復改懸河作雲興字釋此二千略爲五門一約因果二分行位三顯普別四明統收五辨行相前問例此令初有四一約大位前五爲因後一爲果或後四門爲果餘皆是因二約細辨一一皆徹佛果故諸文末皆結得佛是則二千並通因果三或總屬因普賢位行示成佛故四或皆屬果下文多云雖得成佛不斷菩薩行故普賢行位通向四門是果之義二分行位者亦有四義一束行成位分成六分故二總屬位收以行並是位中行故三總屬行普賢行體不依位故四一行徧六位位位通修故如此無礙方爲普賢行然文正顯後二以攬行成位位虛行實故故問答併舉不分六畨意在此也

三普別者謂一行相必徧一切然恒不雜不雜故別義殊分必徧故普義該攝猶如錦文衆色成文常普常別縷縷交徹非如繡成行法亦爾即普是別即別成普皆無障礙若爾此則普別具足何以獨名普賢行耶非謂守普而不能別亦非作別而失於普實謂能別而不壞普故名普賢行也又普必有別但語一別未必有普如一縷非錦非是錦中縷故若爾此則下上正釋普別此下通妨後非謂守普下解釋釋有二意一別不失普故名普賢不名別賢二又普必有別下明別不必普普能攝別故名普賢如一縷下出別無普以錦外之縷故別不必普則有縷

未必有錦有錦必有其縷兼成前義別不失普是普中別故四統收攝者復有四重一以位收位六位各各收一切位故一位即具二千爲萬二千行也上云一地之中具足一切諸地功德二以門收門即二百門一一各收一切門即成二百二百爲四萬行三以行收行一行具一切行則有二千箇二千行成四兆行四以略攝廣此二千行下頌結云如大地一塵以此一塵之略說不離十方之廣地是故攝廣亦無不盡此乃等無極之法界越無際之虛空下頌云虛空可度量菩薩德無盡斯之謂矣此乃等下結歎

佛子菩薩摩訶薩有十種依何等爲十

五辨行相即隨文釋釋寄相別即分六段今初二百句答前信行二十句問文分三別初九門明自分行滿二入諸菩薩下八門勝進行圓三差別智下三門明二行究竟今初一門一類即爲九段首明依者起行所依故謂依託菩提心等成萬行故賢首品云菩薩發意求菩提非是無因無有緣等然二百門多分五別一總標二徵數三列釋四結數五顯修勝益或缺後二或缺第五至文當知今此依中文具有五初二可知今初一門下文中有四初總標二首明下辨初門來意三然二百下總科諸段四今此下正釋經文

所謂以菩提心爲依恒不忘失故以善知識爲依和合如一故以善根爲依修習增長故以波羅蜜爲依具足修行故以一切法爲依究竟出離故以大願爲依增長菩提故以諸行爲依普皆成就故以一切菩薩爲依同一

智慧故以供養諸佛爲依信心清淨故以一切如來爲依如慈父敎誨不斷故是爲十就列釋中十句各先標名後釋義一依菩提心者十皆名依已爲衆行之首而菩提心復是十中之初以是萬行之本故貫二千之首釋云不忘失者忘失菩提心修諸善根則是魔業故依斯不忘能成萬行此句爲總二上雖内有勝心若外不依善友行亦無成故大聖謂善財言求善知識是無上菩提最初因緣釋云如一者若不心行符契豈爲我友三若不增修善根遇友何益四隨所修善須到彼岸五非獨十度觸境皆通上四自利六願七行並通自他上皆依法後三依人八勝侶智同九十唯佛究竟爲所依處故淨心供養以成福德長熏慈訓以成智嚴又前五自分後五勝進六廣菩提心七廣三四五後三廣第二四結可知不忘失菩提心下卽五十八經

若諸菩薩安住此法則得爲如來無上大智所依處

五顯修勝益者由依上十成佛大智爲一切所依斯爲勝益豈得不修故亦名勸修

佛子菩薩摩訶薩有十種奇特想何等爲十所謂於一切善根生自善根想於一切善根生菩提種子想於一切衆生生菩提器想於一切願生自願想於一切法生出離想於一切行生自行想於一切法生佛法想於一切語言法生語言道想於一切佛生慈父想於一切如來生無二想是爲十若諸菩薩安住此法則得無上善巧想

第二奇特想者前依因緣以成諸行今依勝想以攝善根翻妄想源次所依故並出常想受奇特名即上文中常欲利樂諸衆生等利益之想也十中一以他善同已者隨喜於他情無彼此故互爲主伴相資益故同體性故即我所行故自他相即故四六願行亦然二一毫微善皆是佛因故法華中舉手低頭皆已成佛三下至闡提皆有佛性故五思益云知離名爲法故七諸性相法佛所證故文殊云我不見一法非佛法者皆不可得故諸軌儀法皆佛所流涅槃云外道之法亦如來正法之餘故八因言契理而理非言故名言道九佛以覺他圓滿故爲慈父十如來即諸法如義故無有二益中無想之想名善巧想一毫之善者迴向已釋故文殊云我不見一法下即大般若曼殊室利分前亦已引涅槃云者初卷宗中已引文意

佛子菩薩摩訶薩有十種行何等爲十所謂一切衆生行普令成熟故一切求法行咸悉修學故一切善根行悉使增長故一切三昧行一心不亂故一切智慧行無不了知故一切修習行無不能修故一切佛刹行皆悉莊嚴故一切善友行恭敬供養故一切如來行尊重承事故一切神通行變化自在故是爲十若諸菩薩安住此法則得如來無上大智慧行

第三十種行依勝想之解造修大行想唯在心行通三業空想不行亦無成辦即上文中修學處也釋中唯九者準晉本此脫第三善學一切戒具十爲五對一下化上

求二止惡進善三妙止深觀四修因嚴刹

五敬友事師

佛子菩薩摩訶薩有十種善知識何等爲十所謂令住菩提心善知識令生善根善知識令行諸波羅蜜善知識令解說一切法善知識令成熟一切衆生善知識令得決定辯才善知識令不著一切世間善知識令於一切劫修行無厭倦善知識令安住普賢行善知識令入一切佛智所入善知識是爲十

第四善知識者行起必依善友故次明之未知善令知未識惡令識故凡所順益皆我善友故十皆益也上云即得親近善知識是

佛子菩薩摩訶薩有十種勤精進何等爲十所謂教化一切衆生勤精進深入一切法勤精進嚴淨一切世界勤精進修行一切菩薩所學勤精進滅除一切衆生惡勤精進止息一切三惡道苦勤精進摧破一切衆魔勤精進願爲一切衆生作清淨眼勤精進供養一切諸佛勤精進令一切如來皆悉歡喜勤精進是爲十若諸菩薩安住此法則得具足如來無上精進波羅蜜

第五精進者行友既具必須策勤於此十事離身心相而進修不雜故上云勤修佛功德

佛子菩薩摩訶薩有十種心得安隱何等爲十所謂自住菩提心亦當令他住菩提心心得安隱自究竟離忿諍亦當令他離忿諍心得安隱自離凡愚法亦令他離凡愚法心得安隱自勤修善根亦令他勤修善根心得安

隱自住波羅蜜道亦令他住波羅蜜道心得安隱自生在佛家亦當令他生於佛家心得安隱自深入無自性眞實法亦令他入無自性眞實法心得安隱自不誹謗一切佛法亦令他不誹謗一切佛法心得安隱自滿一切智菩提願亦令他滿一切智菩提願心得安隱自深入一切如來無盡智藏亦令他入一切如來無盡智藏心得安隱是爲十若諸菩薩安住此法則得如來無上大智安隱

第六心得安隱進成二利故獲心安自利故智心安利他故悲心安即上文增上最勝心十中初一行本次二離過一無諍三眛離一切諍二越凡小凡謂凡夫愚即愚法小乘次二進善次三證入一入位二入法三入益謂謗有二義一麤言此非佛說等其過彌大二細謂說不契實其過則微若無細謗證實方能後二因圓果滿得益中究竟安隱謂菩提涅槃三入益者以得證實方無細謗即是益也

佛子菩薩摩訶薩有十種成就衆生何等爲十所謂以布施成就衆生以色身成就衆生以說法成就衆生以同行成就衆生以無染著成就衆生以開示菩薩行成就衆生以熾然示現一切世界成就衆生以示現佛法大威德成就衆生以種種神通變現成就衆生以種種微密善巧方便成就衆生是爲十菩薩以此成就衆生界

第七成就衆生者上通明二利心安今別明利物成就故上云則能慈愍度衆生然有二義一以此十通用成就一切衆生二

各成一類衆生謂一成就慳貪貧窮衆生二成恃形色憍慢衆生三疑法四佷戾五貪愛六樂二乘七不樂嚴刹八不欣佛果九邪歸依十邪智狡猾以經中十法如次成就

佛子菩薩摩訶薩有十種戒何等爲十所謂不捨菩提心戒遠離二乘地戒觀察利益一切衆生戒令一切衆生住佛法戒修一切菩薩所學戒於一切法無所得戒以一切善根迴向菩提戒不著一切如來身戒思惟一切法離取著戒諸根律儀戒是爲十若諸菩薩安住佛法則得如來無上廣大戒波羅蜜

第八戒者欲成就衆生須自止惡行善十中若忘菩提心乃至諸根犯境皆名破菩薩戒故上云堅固大悲心則不破也此十三聚如應思之

佛子菩薩摩訶薩有十種受記法菩薩以此自知受記何等爲十所謂以殊勝意發菩提心自知受記永不厭捨諸菩薩行自知受記住一切劫行菩薩行自知受記修一切佛法自知受記於一切佛教一向深信自知受記修一切善根皆令成就自知受記置一切衆生於佛菩提自知受記於一切善知識和合無二自知受記於一切善知識起如來想自知受記恒勤守護菩提本願自知受記是爲十

第九受記法者既離過德成自驗已行必招當果故自知受記故上云若得無生深法忍則爲諸佛所授記即此中一義一見理深悲即發心殊勝得果無疑若因他厭

若則非殊勝未定得記二無厭修三長時修四無餘修五契理修餘五可知於此十中隨有其一即自知得記此辨得記之行非顯受記相殊如瑜伽等又此約十信橫具餘約豎位不同非顯受記下如下五十五經不壞迴向中十種受記中說瑜伽即當菩薩地由六相故佛爲授記一安住種性未發心位二已發心位三現前住四不現前住五有定時限謂爾所時證菩提六無定時限謂不說時限與授記又善戒經非種性人亦得授記如不輕授記四衆記種性如十信得記又此約瑜伽豎說授記相殊下結成上義則得授記上來自分行竟

佛子菩薩摩訶薩有十種入入諸菩薩何等爲十所謂入本願入行入聚入諸波羅蜜入成就入差別願入種種解入莊嚴佛土入神力自在入示現受生是爲十菩薩以此普入三世一切菩薩

第二八門明勝進行中旣自分行成故勝進入諸所入之處等即爲八段今初入菩薩入有二義一證得義二觀達義入因則通證通達入果唯達未證此下五門皆是智入四五二入亦通身入今此即是入因所以入者即彼所修是我所修互相資益爲同行故故度世經名不相求短即上文中神通深容用等四結可知

佛子菩薩摩訶薩有十種入入諸如來何等爲十所謂入無邊成正覺入無邊轉法輪入無邊方便法入無邊差別音聲入無邊調伏衆生入無邊神力自在入無邊種種差別身入無邊三昧入無邊力無所畏入無邊示現涅槃是爲十菩薩以此普入三世一切如來

第二入諸如來是入果所以入者必當證入故上云則以佛德自莊嚴

佛子菩薩摩訶薩有十種入衆生行何等爲十所謂入一切衆生過去行入一切衆生未來行入一切衆生現在行入一切衆生善行入一切衆生不善行入一切衆生心行入一切衆生根行入一切衆生解行入一切衆生煩惱習氣行入一切衆生教化調伏時非時行是爲十菩薩以此普入一切諸衆生行

第三入衆生行前二入能化此明入所化心行等上云悉能調伏諸衆生等問中脫於行字行有多種如文可知十時非時謂熟未熟等不知時者非大法師

佛子菩薩摩訶薩有十種入世界何等爲十所謂入染世界入淨世界入小世界入大世界入微塵中世界入微細世界入覆世界入仰世界入有佛世界入無佛世界是爲十菩薩以此普入十方一切世界

第四入世界對佛是依報對生是化處上云普隨諸趣而現身結云普入者不離此十故一時頓入非前後故

佛子菩薩摩訶薩有十種入劫何等爲十所謂入過去劫入未來劫入現在劫入可數劫入不可數劫入可數劫即不可數劫入不可數劫即可數劫入一切劫即非劫入非劫即一切劫入一切劫即一念是爲十菩薩以此普入一切劫

第五入劫者即是化時此下三門皆是成上一念悉知無有餘也十中前五直入後五約相即入此相即入有二意一彼劫相即智入彼故二由彼劫相攝相入故但入能攝即入彼所攝等餘如前發心品

佛子菩薩摩訶薩有十種說三世何等爲十所謂過去世說過去世過去世說未來世過去世說現在世未來世說過去世未來世說現在世未來世說無盡現在世說過去世現在世說未來世現在世說平等現在世說三世即一念是爲十菩薩以此普說三世

第六說三世者前劫此世長短有異通皆時分並是十世隔法異成十中前九別後一總別中三世各三故成九世未來是續起法故未來未來名爲無盡過去已起故過去過去不名無盡現在現在即事可見例過未之現在故云平等過未之現在非可見故但對前後立現在名

然此三世何以成九古人釋云義說爲九實唯有五意云如五日相望前三爲過去三世從後取二爲未來三世處中取三爲現在三世若依此釋進無九世之體退過三世之數云何一念得具九耶

今謂若不令九緣起相由但以三世緣起相由即九世成矣謂過去因現未則過去之中有現未現未各因二世亦然是以三世各三故中觀云若法所因出是法不異因中論破執則一中有三爲過此明離過之用則一中有三爲德以病成藥豈不良哉

今謂已下四申正義於中有三一具約九世緣起相由昔設用九日而爲九世於理無違謂過去下初正明也是中論破時品意謂小乘立有實時菩薩以相待門破之若因過去時有未來現在未來現在時應名爲過去若過去時中無未來現在未來現在時云何因過去釋曰此中論意以過去爲因現未爲果果由因有故無二時前偈縱成則果應名因亦因中有果後偈奪其因既不名爲果則果不從於因亦應以現在爲因過未爲果未來爲因過現爲果但長行例耳今疏具明而以一爲果

以二爲因初以過去爲果現未爲因過去果中應有因起故下引證云若法所因出是法不異因則果不異因是果中有因也次現未下例釋二世爲果亦各用二世爲因謂現在果因於過未未來之果因過現也從是以三世各有三者總結故中觀云下二引證即是第二論觀合品具云異因異有異異離異無異若法所因出是法不異因十通品已引此中但取果不異因之一義耳如因梁椽以成於舍梁椽若壞則舍亦壞果不異因故若果不異因則過去爲果則應名現未現未即是過去因故中論破執下第三解妨妨云此是中論破時則果中有因因中有果皆成雜亂既不相有明無定時今何將過以爲其德故有此通遣執成德二義懸差若執三時有定性者尚不能見無性之理安知一中即具三耶今由無性方互相由成無盡耳以病成下結讃其能

總云一念者前之九世相望以立今攝末歸本不離一念即此一念現在是過去未來是未來過去自具三世三世相白九十具矣故以一融九雖九而常一以九別一雖一而常九九一無礙没果絶言假十圓融爲入門矣況積念成世念外無世耶又無念等故又法性同故此有四義後三通於餘宗

即此一念下成其九十先成九世此一念上雖因前後而其三世全在一中一中之三更互相因故爲九世本之一念故爲十耳故以一下以一對九互融相成結成上義九約於義一約實體體用相融故常九常一無有障礙體用相奪離九一相故同果海餓十圓下收前正義亦是釋疑疑云既以絶言而爲果海何要十耶故今釋云假之爲門則是說大同果絶言即義大也上即圓教之義二況積念下即始教義三又無念等故即頓教義四又法性同故即終教義故結云有四後三通餘宗謂法相無相大乘等宗也上取同義若取別義第四法性同故即是理性融通之門乃圓教義故云後三通於餘宗非全同餘宗則顯二三亦是此宗同教一乘若作法性融通釋者然此九世時無別體唯依緣起緣起無性即真法性理融通故今時融通無礙自在畧有四重一相泯俱盡二時相與兩存三相隨互攝四相是互即初中以本從末唯事而無理以末從本唯理而無事二中全事之理非事故一相無時全理理之事非理故九世不亂三中由隨事之理故令一時能容一切時由隨理之事故令一切時隨理入一時中多一反上互入可知四中由即理之事故令一時即一切時由即事之理故令一切時即一時唯理無物可相即入唯事

相礙不可即入要以事理相從無礙方有即入思之可見

佛子菩薩摩訶薩有十種知三世何等爲十所謂知諸安立知諸語言知諸談議知諸軌則知諸稱讚知諸制令知其假名知其無盡知其寂滅知一切空是爲十菩薩以此普知一切三世諸法

第七知三世者前之二段明法上之時此辦時中之法即化生之法隨彼安立而化故是上所知之法故晉經名三世間度世經名入於三處皆意取其中事也十中初七知安立諦次一通二成上安立事無有盡生下非安立性無可盡後二句知非安立

佛子菩薩摩訶薩發十種無疲厭心何等爲十所謂供養一切諸佛無疲厭心親近一切善知識無疲厭心求一切法無疲厭心聽聞正法無疲厭心宣說正法無疲厭心教化調伏一切衆生無疲厭心置一切衆生於佛菩提無疲厭心於一一世界經不可說不可說劫行菩薩行無疲厭心遊行一切世界無疲厭心觀察思惟一切佛法無疲厭心是爲十若諸菩薩安住此法則得如來無疲厭無上大智

第八無疲厭心既所化無邊求法化之而無厭怠由上即知煩惱無所起故十中初四上求次四下化後二通二謂遊剎近佛化生故思惟二利行法故上八門勝進行竟

大方廣佛華嚴經疏鈔會本第五十三之二

音釋

阿蘭若梵語也此云閑靜處若爾者切　唐捐捐以專切唐捐徒棄也　誹謗誹敷尾切非議也謗補曠切訕也　軌則軌居洧切法也　怙候古切恃也　揀古限切擇也　警居影切寤也　縷朧主切線也　闡提梵語也此云信不具闡齒善切　鬘莫班切　狡猾狡古巧切猾戶八切

大方廣佛華嚴經疏鈔會本第五十三之二

唐于闐國三藏沙門實叉難陀　譯

唐清涼山大華嚴寺沙門澄觀撰述

佛子菩薩摩訶薩有十種差別智何等爲十所謂知衆生差別智知諸根差別智知業報差別智知受生差別智知世界差別智知法界差別智知諸佛差別智知諸法差別智知三世差別智知一切語言道差別智是爲十若諸菩薩安住此法則得如來無上廣大差別智

第三有三門明前二行究竟令初一門明所持差別智究竟上云則以智慧辯才力隨衆生心而化誘也

佛子菩薩摩訶薩有十種陀羅尼何等爲十所謂聞持陀羅尼持一切法不忘失故修行陀羅尼如實巧觀一切法故思惟陀羅尼了知一切諸法性故法光明陀羅尼照不思議諸佛法故三昧陀羅尼普於現在一切佛所聽聞正法心不亂故圓音陀羅尼解了不思議音聲語言故三世陀羅尼演說三世不可思議諸佛法故種種辯才陀羅尼演說無邊諸佛法故出生無礙耳陀羅尼不可說佛所說之法悉能聞故一切佛法陀羅尼安住如來力無畏故是爲十若諸菩薩欲得此法當勤修學

第二陀羅尼即能持究竟上云修行諸度勝解脫等十中初一聞持次四義持次四廣聞持之用後一收上義持又初四如次持教行理果次二重顯持行即定慧故次一持理不思議故次二重顯教後一重顯

果

佛子菩薩摩訶薩說十種佛何等爲十所謂成正覺佛願佛業報佛住持佛涅槃佛法界佛心佛三昧佛本性佛隨樂佛是爲十

第三說十種佛上能持所持皆是佛法主究竟上云則得灌頂而升位等十信滿心便得佛故然此十佛與下十種見佛名義全同與前十身名有同異而義亦不殊一示成正覺故即前菩提身二願生兜率故與前全同三萬行因感故即前相好莊嚴身四自身舍利住持故即力持身五涅槃佛化必示滅故即前化身六法界佛眞無漏界故即前法身七依唯心故即威勢身雖光明亦能攝伏心伏最勝如慈心降魔等八常在定故即福德身定爲福之最故九了本性故即前智身大圓鏡智平等性智皆本有故故下云明了見十隨所欲樂無不現故即意生身故晉經云如意佛然佛就內覺身多就相故立名不同餘廣如別章略如八地一示成正覺故者但唐梵之異九了本性故者非約所了所了即法界故然佛下會釋二門總名廣如別章即華嚴章門中亦義分齊內

大文第二發普賢心下有二十門答前二十句問明十住行法古德同分爲四初六門別明發心住義二十種波羅蜜下六門明餘九住中所成內德行三從十種說法下三門明諸住中外化行四從十種自在下有五門明無礙殊勝行非不有理今取順十住經文二十門如次明十住行但與前行互有廣略影顯解中之行廣無盡故若依圓融行行徧通若不壞相不妨次第

初四門明初住行二三各有二門四五各一後五皆二門今初四門明發心住初一總明後三別顯若依圓融下五通妨妨云既沒位名意存大行何須別配故今釋云行既有二意取圓融即沒於位約於行布不妨次第若無次第何所圓融初四門正依位科下文解釋若有疑者但觀前經自當曉了

佛子菩薩摩訶薩發十種普賢心

今初總發名普賢心前十住中自分之內即緣佛十力發心但廣發心之境今發普賢心則廣發心之相影略明故普賢心者即菩提心就果以明普賢心約相用說橫周法界竪窮未來故

何等為十所謂發大慈心救護一切眾生故發大悲心代一切眾生受苦故發一切施心悉捨所有故發念一切智為首心樂求一切佛法故發功德莊嚴心學一切菩薩行故發如金剛心一切處受生不忘失故發如海心一切白淨法悉流入故發如大山王心一切惡言皆忍受故發安隱心施一切眾生無怖畏故發般若波羅蜜究竟心巧觀一切法無所有故是為十若諸菩薩安住此心疾得成就普賢善巧智

十中初三悲護眾生心次六起願心於中一求果智即前緣佛十力二求因行三竪四廣四皆上求願忍施下化願後一智心即三心菩提也又前七護小乘於中初三護陋心後四護小心餘三護煩惱心故異凡小是菩提心又初三眾生無邊誓願度度生無悋故一切施也次一佛道無上誓願成次三法門無盡誓願學後三煩惱無邊誓願斷即四弘誓願觀理發心

佛子菩薩摩訶薩有十種普賢行法何等爲十所謂願住未來一切劫普賢行法願供養恭敬未來一切佛普賢行法願安置一切衆生於普賢菩薩行普賢行法願積集一切善根普賢行法願入一切波羅蜜普賢行法願滿足一切菩薩行普賢行法願莊嚴一切世界普賢行法願生一切佛刹普賢行法願善觀察一切法普賢行法願於一切佛國土成無上菩提普賢行法是爲十若諸菩薩勤修此法疾得滿足普賢行願

二有十種普賢行法下別明菩提心此門即大願心亦即是前勝進行所謂勤供養佛樂住生死等文相多同恐繁不會亦即是下反舉其二等於餘八十者謂一勤供養佛二樂住生死三主導世間令除惡業四以勝妙法常行教誨五歎無上法六學佛功德七生諸佛前恒蒙攝授八方便演說寂靜三昧九讚歎遠離生死輪廻十爲苦衆生作歸依處文音相同恐繁不會今當爲會一即第二二即第一其三四五六如其次第七即第九八即第七九即第八十成大菩提方堪爲苦衆生依故其間小有異處會意皆同

佛子菩薩摩訶薩以十種觀衆生而起大悲何等爲十所謂觀察衆生無依無怙而起大悲觀察衆生性不調順而起大悲觀察衆生貧無善根而起大悲觀察衆生長夜睡眠而起大悲觀察衆生行不善法而起大悲觀察衆生欲縛所縛而起大悲觀察衆生沒生死海而起大悲觀察衆生長嬰疾苦而起大悲觀察衆生無善法欲而起大悲觀察衆生失諸佛法而起大悲是爲十菩薩恒以此心觀察衆生

三有十種大悲即別明悲心初一總謂外無善友可依內無自德可怙故餘九別初

五欲求衆生但縱目前之情故次一有求衆生故没生死海後三邪梵行求衆生無明邪見之所病故但欲邪法故

佛子菩薩摩訶薩有十種發菩提心因緣何等爲十所謂爲教化調伏一切衆生故發菩提心爲除滅一切衆生苦聚故發菩提心爲與一切衆生具足安樂故發菩提心爲斷一切衆生愚癡故發菩提心爲與一切衆生佛智故發菩提心爲恭敬供養一切諸佛故發菩提心爲隨如來教令佛歡喜故發菩提心爲見一切佛色身相好故發菩提心爲入一切佛廣大智慧故發菩提心爲顯現諸佛力無所畏故發菩提心是爲十

四有十種菩提心因緣別顯智心觀境推理發心別故此與前自分行中發心因緣亦互影略十中前五以薩埵爲緣初句總餘四別別中一令滅妄苦二得眞滅三斷癡集四證眞道即推無作四諦理發菩提心後五以菩提心爲緣初二福智因後三希福智果然上二段文含二意一成上發心住中行二成下治地住中行謂十種大悲即廣彼自分中十心之一菩提因緣前五即彼自分中初之五心一利益二大悲三安樂四憐愍五安住後五即彼此互闕

此與前下彼經有十一見佛世尊形貌端嚴二色相圓滿三人所樂見四難可值遇五有大威力六或見神足七或聞記別八或聽教誡九或見衆生受諸劇苦十或聞如來廣大佛法發菩提心求一切智今而言影畧者前五下化衆生即前第九或見衆生受諸劇苦即正當第二則彼畧此廣彼一義含此五此影取也後五上求佛道第六第八即攝彼前六則此畧彼廣第七即前七八記別教誡九十即彼第十廣大佛法故云影畧後之五句下彼五即攝受守護同已師心導師心彼闕此五可知

佛子若菩薩發無上菩提心爲悟入一切智智故親近供養善知識時應起十種心何等爲十所謂起給侍心歡喜心無違心隨順心無異求心一向心同善根心同願心如來心同圓滿行心是爲十

第二近善知識下二門正明治地住中行此門明勝進中近善知識文中標內兼是顯意列中前六事友後四同修無異求者不求名聞利養及過失故此門即勝進者彼具十句云所謂誦習多聞虛閑寂靜近善知識發言和悅語必知時心無怯怖了達於義如法修行遠離愚迷安住不動釋曰後之四句在後清淨之中今言近善知識即彼第三第三是總下四五六句皆是發心之德即此中別意其彼初二句文中畧無

佛子若菩薩摩訶薩起如是心則得十種清淨何等爲十所謂深心清淨到於究竟無失壞故色身清淨隨其所宜爲示現故音聲清淨了達一切諸語言故辯才清淨善說無邊諸佛法故智慧清淨捨離一切愚癡暗故受生清淨具足菩薩自在力故眷屬清淨成就過去同行衆生諸善根故果報清淨除滅一切諸業障故大願清淨與諸菩薩性無一故諸行清淨以普賢乘而出離故是爲十

二十種清淨下即勝進近友之果故云起如是心即得此十即是前文了達於義如法修行遠離愚迷安住不動梵云波利戌提此有二義一徧清淨即此十種二極清淨即下第六十四段列中初六三業淨前三體淨後三用淨次二主伴果報淨後二願行淨梵云波利戌提者戌字卒音戌提者此云清淨波利是遍是極

佛子菩薩行訶薩有十種波羅蜜何等爲十所謂施波羅蜜悉捨一切諸所有故戒波羅

蜜淨佛戒故忍波羅蜜住佛忍故精進波羅蜜一切所作不退轉故禪波羅蜜念一境故般若波羅蜜如實觀察一切法故智波羅蜜入佛力故願波羅蜜滿足普賢諸大願故神通波羅蜜示現一切自在用故法波羅蜜普入一切諸佛法故是爲十若諸菩薩安住此法則得具足如來無上大智波羅蜜

第三波羅蜜下有二門明修行住中行此門即自分行彼開一慧爲十觀察今總顯修具修十度十度皆總相而釋一一多含故施云一切皆捨等智即方便進趣佛力權智立以智名神通即力度晋名神力法即是智從所知名法彼開一慧者經云此菩薩以十種行觀一切法所爲觀一切法無常二苦三空四無我五無作六無味七不如名八無處所九離分別十無堅實皆如初句有一切法

佛子菩薩摩訶薩有十種智隨覺何等爲十所謂一切世界無量差別智隨覺一切衆生界不可思議智隨覺一切諸法一入種種種種入一智隨覺一切法界廣大智隨覺一切虛空界究竟智隨覺一切世界入過去世智隨覺一切世界入未來世智隨覺一切世界入現在世智隨覺一切如來無量行願皆於一智而得圓滿智隨覺三世諸佛皆同一行而得出離智隨覺是爲十若諸菩薩安住此法則得一切法自在光明所願皆滿於一念頃悉能解了一切佛法成等正覺

二十種智隨覺由前行成無倒了達隨事隨理善覺知故即前勝進十法觀察衆生界等亦有影略恐繁不會言即前勝進者彼經云所謂觀察衆生世界觀察地界水界觀察欲界色界無色界影畧可知

佛子菩薩摩訶薩有十種證知何等爲十所謂知一切法一相知一切法無量相知一切法在一念知一切衆生心行無礙知一切衆生諸根平等知一切衆生煩惱習氣行知一切衆生心使行知一切衆生善不善行知一切菩薩願行自在住持變化知一切如來具足十力成等正覺是爲十若諸菩薩安住此法則得一切法善巧方便

第四證知一門明生貴住中行五即彼自分行由前了達故能證知證故於聖教中生十中初三總知一切法次五廣前知衆生九菩薩行願即前業行中攝後一即知涅槃對生死故其勝進但了佛法無別行相故略不明第四證知者彼自分行云此菩薩於聖教中生成就十法所謂永不退轉於諸佛所深生淨信善觀察法了知衆生國土世界業行果報生死涅槃是爲十疏會異同可知

佛子菩薩摩訶薩有十種力何等爲十所謂入一切法自性力入一切法如化力入一切法如幻力入一切法皆是佛法力於一切法無染著力於一切法甚明解力於一切善知識恒不捨離尊重心力令一切善根順至無上智王力於一切佛法深信不謗力令一切智心不退善巧力是爲十若諸菩薩安住此法則具如來無上諸力

第五十種力即具足方便住中行準梵本此名積集即方便具足之義下第九十五即是十力前十住中但云所修諸行皆爲衆生不知修何令顯所修之行又入即了達兼其勝進解衆生等於中前六解法力餘四上求力但云所修者畧義而已具云皆為救護一切衆生二饒益

三安樂四衰惱五度脫此上皆同初句有一切衆生言六令一切衆生離諸災難七出生死苦八發生淨信九悉得調伏十咸證涅槃後五先明令一切衆生兼其勝進者彼經云菩薩應勸學十法所謂知衆生無邊二無量三無數四不思議五無量色六不可量七空八無所作九無所有十無自性皆如初句有知衆生故

佛子菩薩摩訶薩有十種平等何等爲十所謂於一切衆生平等一切法平等一切剎平等一切深心平等一切善根平等一切菩薩平等一切願平等一切波羅蜜平等一切行平等一切佛平等是爲十若諸菩薩安住此法則得一切諸佛無上平等法

第六十種平等下二門明正心住此門即自分行由了平等故聞讚毁心定不動然平等之言通有三義一事等謂十類各各相望如說衆生等有佛性乃至諸佛同一法身一心一智等二者理等謂此十類等一眞故三心等由了前二即之於心故於十境不生高下十中一於衆生等謂無怨親故二於善惡不生分別故三見染見淨無高下故四同一眞道而出離故五無一善根不爲佛故六於諸同行如自己故七一一大願徹來際故八不謂般若勝檀等故九隨一一行徹事理故十不謂此佛此最勝故聞讚毁者彼云此菩薩聞十種法心定不動所謂聞讚毁佛於佛法中心定不動二法三菩薩四所行五聞衆生有量無量六衆生有垢無垢七衆生易度難度八法界有量無量九法界或有或無十法界有成有壞皆如初句

佛子菩薩摩訶薩有十種佛法實義句何等爲十所謂一切法但有名一切法猶如幻一切法猶如影一切法但緣起一切法業清淨一切法但文字所作一切法實際一切法無相一切法第一義一切法法界是爲十若諸

菩薩安住此法則善入一切智智無上眞實義

二十種佛法實義句者即彼勝進中行與前雖少前却而義多同於中初一約徧計都無實故次四約依他後五約圓成一無名相中假名說故餘四各一義可知即彼勝進者彼云菩薩應勸學十法所謂一切法無相二無體三不可修四無所有五無眞實六空七無性八如幻九如夢十無分別皆如初句有一切法言前却可思

佛子菩薩摩訶薩說十種法何等爲十所謂說甚深法說廣大法說種種法說一切智法說隨順波羅蜜法說出生如來力法說三世相應法說令菩薩不退法說讚歎佛功德法說一切菩薩學一切佛平等一切如來境界相應法是爲十若諸菩薩安住此法則得如來無上巧說法

第七說十種法下有二門明不退住中行於中初一自分後一勝進前中由能說深廣法故聞說心不退轉所以說業性等成如來力隨義演說令菩薩不退涅槃二十八中廣明退不退相餘文可知聞說者大同前位亦有十句聞有佛無佛於佛法中心不退轉二有法無法三有菩薩無菩薩四有菩薩行無菩薩行五菩薩修行出離修行不出離六過去有佛過去無佛七未來八現在同過去九聞佛智有盡無盡十三世一相三世非一相皆如初句涅槃二十八中者中有云有六種法壞菩提心一者恡法二者於諸衆生起不善心三者親近惡友四者不勤精進五者自大憍慢六者營務世業釋曰無此六事則不退也

佛子菩薩摩訶薩有十種持何等爲十所謂持所集一切福德善根持一切如來所說法持一切譬喻持一切法理趣門持一切出生陀羅尼門持一切除疑惑法持成就一切菩薩法持一切如來所說平等三昧門持一切

法照明門持一切諸佛神通遊戲力是爲十若諸菩薩安住此法則得如來無上大智住持力

二十種持持謂受持奉行非但宣之於口

十句可知

佛子菩薩摩訶薩有十種辯才何等爲十所謂於一切法無分別辯才於一切法無所作辯才於一切法無所著辯才於一切法了達空辯才於一切法無疑暗辯才於一切法佛加被辯才於一切法自覺悟辯才於一切法文句差別善巧辯才於一切法眞實說辯才隨一切衆生心令歡喜辯才是爲十若諸菩薩安住此法則得如來無上巧妙辯才

第八十種辯才下二門明童眞住中行此門即自分行由三業無失故有無著辯由知衆生欲解故辯令他喜此門即自分行者彼具云所謂身行無失語行無失隨意受生知衆生種種欲知衆生種種解知衆生種種界知衆生種種業知世界成壞神足自在所行無礙是爲十

佛子菩薩摩訶薩有十種自在何等爲十所謂教化調伏一切衆生自在普照一切法自在修一切善根行自在廣大智自在無所依戒自在一切善根迴向菩提自在精進不退轉自在智慧摧破一切衆魔自在隨所樂欲令發菩提心自在隨所應化現成正覺自在是爲十若諸菩薩安住此法則得如來無上大智自在

後門即彼勝進現變化自在身等皆自在義後門即彼下彼云彼菩薩應勸學十法所謂知一切佛剎二動一切佛剎三持四觀五詣六遊上皆有一切佛剎言七遊行無數世界八領受無數佛法九現變化身出廣大遍滿音十一剎那中奉事供養無數諸佛今疏舉一以等於餘故

佛子菩薩摩訶薩有十種無著何等爲十所謂於一切世界無著於一切衆生無著於一切法無著於一切所作無著於一切善根無著於一切受生處無著於一切願無著於一切行無著於一切菩薩無著於一切佛無著是爲十若諸菩薩安住此法則能速轉一切衆想得無上清淨智慧

第九十種無著下二門明王子住中行此門由無著故能善知十法能善知者彼經云此菩薩善知十種法所謂善知諸衆生受生二諸煩惱現起三習氣相續四所行方便五無量法六諸威儀七世界差別八前際後際事九演說世諦十演說第一義諦句句皆有善知之言

佛子菩薩摩訶薩有十種平等心何等爲十所謂積集一切功德平等心發一切差別願平等心於一切衆生身平等心於一切衆生業報平等心於一切法平等心於一切淨穢國土平等心於一切衆生解平等心於一切行無所分別平等心於一切佛力無畏平等心於一切如來智慧平等心是爲十若諸菩薩安住其中則得如來無上大平等心

後門由平等故勝進學法王處法後門勝進者彼云佛子菩薩應勸學十法所謂法王處善巧二軌度三宮殿四趣入五觀察六灌頂七力持八無畏九宴寢十讚歎皆如初句後五畧無處字

佛子菩薩摩訶薩有十種出生智慧何等爲十所謂知一切衆生解出生智慧知一切佛剎種種差別出生智慧知十方網分齊出生智慧知覆仰等一切世界出生智慧知一切法一性種種性廣大住出生智慧知一切種種身出生智慧知一切世間顛倒妄想悉無所著出生智慧知一切法究竟皆以一道出

離出生智慧知如來神力能入一切法界出生智慧知三世一切衆生佛種不斷出生智慧是爲十若諸菩薩安住此法則於諸法無不了達

第十十種出生智下二門明灌頂位中行

此門明成就十智學佛十智此門下彼勝進云此菩薩應勸學諸佛十種智所謂三世智佛法智法界無礙智法界無邊智充滿一切世界智普照一切世界智住持一切世界智知一切衆生智知一切法智知無邊諸佛智

佛子菩薩摩訶薩有十種變化何等爲十所謂一切衆生變化一切身變化一切刹變化一切供養變化一切音聲變化一切行願變化一切教化調伏衆生變化一切成正覺變化一切説法變化一切加持變化是爲十若諸菩薩安住此法則得具足一切無上變化法

後十種變化故能動刹等然此變化即實如化非要化作上來數段文相並顯雖有深旨類前可知後自分中者即彼經自分十法云此菩薩得成就十種智所謂振動無數世界二照明三住持四往詣五嚴淨上五皆有無數世界言六開示無數衆生七觀察無數衆生根八知無數衆生九令無數衆生趣入十令無數衆生調伏然此變化者謂緣生如化故若變化作無而忽有故佛地論第三云化身三種一自身相應化謂自身作輪王等二他身相應化謂化王為佛身等三非身相應化化大地為寶等今並非此大文第三十種力持下有三十門答前十行三十句問古德分三初六門明大志曠遠行二從十種不思議下九門明定慧業用行三從十種園林下十五門明德備成滿行然約圓融此意非無今不壞次亦次第顯十行中行第一行有三門二三行各一第四行二門第五行六門次四行各二門第十行有九門至文當

知所以用門多少者檀在初故具三戒忍通世間故唯一定慧尊勝故有多門智中既多故般若中略餘次勝故但用二門又此十行雖約十度而義多含故文中或就十度明義或就行名以釋

佛子菩薩摩訶薩有十種力持何等爲十所謂佛力持法力持衆生力持業力持行力持願力持境界力持時力持善力持智力持是爲十若諸菩薩安住此法則於一切法得無上自在力持

今初三門明歡喜行中之行三中初明力持此含總別總者以是十行之首依此十事加持建立能起諸行故度世經名十建立別即歡喜行中凡所布施皆爲修習諸佛本所修行等故是建立行意十中初三三寶即境界持衆生即僧寶菩薩之僧即衆生世間故餘七行持悲所作業故正起行故願持行故有悲智境行方成故時即起行之時後二福智然第十地大盡分中有十一持第四加煩惱持故論判行持中初二逆行彼約應化不斷所以加之今但約爲行本故無煩惱彼有供養持及劫持無境界持及善力持此以時中攝劫彼以行攝善力依境起供故並無異餘名並同具如彼釋既數名不同寀名以釋此無僧寶有教化衆生亦未爽通理上辨陀羅尼即總持文義次云受持即領納受行今云力持即加持任持故不相濫

大方廣佛華嚴經疏鈔會本第五十三之二

音釋

嬰於盈切縈也　分齊分扶問切齊在詣切分齊限量也　埵都火切

陿胡夾切隘也　撓而沼切與擾同　嬈而沼切亂也　寤五故切　諮津夷切訪問也　劇竭戟切艱也

大方廣佛華嚴經疏鈔會本第五十四之一

唐于闐國三藏沙門實叉難陀　譯
唐清涼山大華嚴寺沙門澄觀　撰述

佛子菩薩摩訶薩有十種大欣慰

第二大欣慰正辨歡喜行義彼但見乞者來倍復歡喜今則知由施故見佛供佛等心大歡喜初行多同歡喜地故

何等爲十所謂諸菩薩發如是心盡未來世所有諸佛出興於世我當皆得隨逐承事令生歡喜如是思惟心大欣慰復作是念彼諸如來出興於世我當悉以無上供具恭敬供養如是思惟心大欣慰

十中畧爲五對一事佛供佛對

復作是念我於諸佛所興供養時彼諸如來必示誨我法我悉以深心恭敬聽受如說修行於菩薩地必得已生現生當生如是思惟心大欣慰復作是念我當於不可說不可說劫行菩薩行常與一切諸佛菩薩而得共俱如是思惟心大欣慰

二聞法親善對

復作是念我於往昔未發無上大菩提心有諸怖畏所謂不活畏惡名畏死畏墮惡道畏大衆威德畏自一發心悉皆遠離不驚不恐不畏不懼不怯不怖一切衆魔及諸外道所不能壞如是思惟心大欣慰復作是念我當令一切衆生成無上菩提成菩提已我當於彼佛所修菩薩行盡其形壽以大信心興所應供佛諸供養具而爲供養及涅槃後各起無量塔供養舍利及受持守護所有遺法如是思惟心大欣慰

三二利行成對

又作是念十方所有一切世界我當悉以無上莊嚴而莊嚴之皆令具足種種奇妙平等清淨復以種種大神通力住持震動光明照耀普使周徧如是思惟心大欣慰復作是念我當斷一切衆生疑惑淨一切衆生欲樂啓一切衆生心意滅一切衆生煩惱閉一切衆生惡道門開一切衆生善趣門破一切衆生黑闇與一切衆生光明令一切衆生離衆魔業使一切衆生至安隱處如是思惟心大欣慰

四嚴土化生對

菩薩摩訶薩復作是念諸佛如來如優曇華難可值遇於無量劫莫能一見我當於未來世欲見如來則便得見諸佛如來常不捨我恒住我所令我得見爲我説法無有斷絶既聞法已心意清淨遠離諂曲質直無僞於念念中常見諸佛如是思惟心大欣慰復作是念我於未來當得成佛以佛神力於一切世界爲一切衆生各別示現成等正覺清淨無畏大師子吼以本大願周徧法界擊大法鼓雨大法雨作大法施於無量劫常演正法大悲所持身語意業無有疲厭如是思惟心大欣慰

五難見能見難成能成對文相甚顯

佛子是爲菩薩摩訶薩十種大欣慰若諸菩薩安住此法則得無上成正覺智慧大欣慰

佛子菩薩摩訶薩有十種深入佛法何等爲十所謂入過去世一切世界入未來世一切世界入現在世世界數世界行世界説世界

清淨入一切世界種種性入一切衆生種種業報入一切菩薩種種行知過去一切佛次第知未來一切佛次第知現在十方虚空法界等一切諸佛國土衆會説法調伏知世間法聲聞法獨覺法菩薩法如來法雖知諸法皆無分別而説種種法悉入法界無所入故如其法説無所取著是爲十若諸菩薩安住此法則得入於阿耨多羅三藐三菩提大智慧甚深性

三十種深入者上明預欣當成此辨現能證了即前法施之行故彼云我當盡學諸佛所學證一切智知一切法爲衆生説十中前六有入字後四以知爲初證入了知二文影顯於中初四入器世間前三別入三世後一總明別中現在内數謂多少行

謂刹因説謂彼彼果中説法清淨謂刹體此是通體後總句云種種性即染淨等殊斯即別體次二入衆生世間後四入智正覺世間於中前三入三世佛後一入法法中初知差別五乘後雖知下明權實雙行以性不壞相故雖無分別而説種種此中分別即是差別故晋經云雖諸法無一無異而説一異次言悉入法界無所入故者釋成上義謂悉入法界故無差別無所入故而説種種何者若別有一入處則入時失本相不得説種種以當法自虚名入法界無別可入則不壞種種矣言如其下此上辨知此下明説夫説法者當如法説法既權實雙融説亦即説無著夫説法下即淨名目連章中時目連於里巷中爲白衣居士説法時維摩詰來謂我言唯大目連爲白衣居士

說法不當如仁者所說所以者何夫說法者當如法說法無衆生離衆生垢故法無有我離我垢故等說法無權實下義取淨名之意

佛子菩薩摩訶薩有十種依止菩薩依此行菩薩行何等爲十所謂依止供養一切諸佛行菩薩行依止調伏一切衆生行菩薩行依止親近一切善友行菩薩行依止積集一切善根行菩薩行依止嚴淨一切佛土行菩薩行依止不捨一切衆生行菩薩行依止深入一切波羅蜜行菩薩行依止滿足一切菩薩願行菩薩行依止無量菩提心行菩薩行依止一切佛菩提行菩薩行是爲十菩薩依此行菩薩行

第二十種依止明饒益位中行上明證入今託良緣徧依此十方能饒益非但依戒況戒有攝善何所不具非但依戒者阿難四問佛令依戒爲師彼以戒爲饒益即是依止之義

佛子菩薩摩訶薩有十種發無畏心何等爲十所謂滅一切障礙業發無畏心於佛滅後護持正法發無畏心降伏一切魔發無畏心不惜身命發無畏心摧破一切外道邪論發無畏心令一切衆生歡喜發無畏心令一切衆會皆悉歡喜發無畏心調伏一切天龍夜叉乾闥婆阿脩羅迦樓羅緊那羅摩睺羅伽發無畏心離二乘地入甚深法發無畏心於不可說不可說劫行菩薩行心無疲厭發無畏心是爲十若諸菩薩安住此法則得如來無上大智無所畏心

第三十種無畏即無違逆位中行由依菩薩止善則於十難作能作難忍能忍爲發無畏心一障礙難滅二遺法難護三惡魔

難降四身命難捨五外道難摧六物心難稱七大衆難喜八八部難調九下乘難離十上行難修於此十難皆無所畏豈畏衆生相惱害耶（豈畏衆者以無違逆行多約耐怨害故）

佛子菩薩摩訶薩發十種無疑心於一切佛法心無疑惑

第四發無疑心下二門明無屈撓位中行於中此門由前於難無懼故於十所作決志無疑即被甲精進中行後門攝善之行利樂徧在二門

何等爲十所謂菩薩摩訶薩發如是心我當以布施攝一切衆生以戒忍精進禪定智慧慈悲喜捨攝一切衆生發此心時決定無疑若生疑心無有是處是爲第一發無疑心

今初十中一十度攝生

菩薩摩訶薩又作是念未來諸佛出興於世我當一切承事供養發此心時決定無疑若生疑心無有是處是爲第二發無疑心

二事佛供佛

菩薩摩訶薩又作是念我當以種種奇妙光明網周徧莊嚴一切世界發此心時決定無疑若生疑心無有是處是爲第三發無疑心

三光明嚴刹

菩薩摩訶薩又作是念我當盡未來劫修菩薩行無數無量無邊無等不可數不可稱不可思不可量不可說不可說不可說過諸筭數究竟法界虛空界一切衆生我當悉以無上教化調伏法而成熟之發此心時決定無疑若生疑心無有是處是爲第四發無疑心

四長時調熟

菩薩摩訶薩又作是念我當修菩薩行滿大誓願具一切智安住其中發此心時決定無疑若生疑心無有是處是爲第五發無疑心

五具一切智

菩薩摩訶薩又作是念我當普爲一切世間行菩薩行爲一切法清淨光明照明一切所有佛法發此心時決定無疑若生疑心無有是處是爲第六發無疑心

六作世明燈

菩薩摩訶薩又作是念我當知一切法皆是佛法隨衆生心爲其演說悉令開悟發此心時決定無疑若生疑心無有是處是爲第七發無疑心

七說法開悟

菩薩摩訶薩又作是念我當於一切法得無障礙門知一切障礙不可得故其心如是無有疑惑住真實性乃至成於阿耨多羅三藐三菩提發此心時決定無疑若生疑心無有是處是爲第八發無疑心

八滅障成佛

菩薩摩訶薩又作是念我當知一切法莫不皆是出世間法遠離一切妄想顛倒以一莊嚴而自莊嚴而無所莊嚴於此自了不由他悟發此心時決定無疑若生疑心無有是處是爲第九發無疑心

九離妄自覺

菩薩摩訶薩又作是念我當於一切法成最正覺離一切妄想顛倒故得一念相應智故若一若異不可得故離一切數故究竟無爲故離一切言說故住不可說境界際故發此

心時決定無疑若生疑心無有是處是爲第十發無疑心

十決成菩提於此十事發誓要期故名被甲

若諸菩薩安住此法則於一切佛法心無所疑

佛子菩薩摩訶薩有十種不可思議

二十種不思議即所攝之善由決志無疑故所爲難測

何等爲十所謂一切善根不可思議一切誓願不可思議知一切法如幻不可思議發菩提心修菩薩行善根不失無所分別不可思議雖深入一切法亦不取滅度以一切願未成滿故不可思議修菩薩道而示現降神入胎誕生出家苦行往詣道場降伏衆魔成最正覺轉正法輪入般涅槃神變自在無有休息不捨悲願救護衆生不可思議雖能示現如來十力神變自在而亦不捨等法界心教化衆生不可思議

十中初三單約善根願智稱性名不思議餘七權實雙運故不思議於中前四約行後三約智智約内明行就外相前中四涉有而一道清淨五悟空而萬行沸騰六修因而八相果成七現果而大用不捨皆難思也

知一切法無相是相相是無相無分別是分別分別是無分別非有是有有是非有無作是作作是無作非說是說說是非說不可思議

後三中八二諦相即九三事融而不融十

權實即而不即八中十句五對一境二心三通一切四約修起五即名言亦即五法一相二妄想三如如四正智五名然各有二意一直就法體無相是真相即是俗常互相即下四例然二約迷悟五對大同小異謂一迷如無相以成於相悟相無相即是如如二迷於正智無分別即成妄想分別悟妄分別即正智無分別三了如非有真有如如若執有如則非如有四智若無作是作正智若有所作非作正智五知名非說是真說名謂名有說非是說名八中十句者疏文有二先標所依相而有二意然各二意下雙釋上二言各二意者十句五對各具上二也下依二意釋之先直就法體但約二諦以明釋前約境心等五後二約迷悟下即釋上約五法明通就迷悟以釋上即約境不出二諦今此約心不出迷悟悟即正智迷即妄想由此二故說成五法即分爲五一約相上以如對之故無相是如二就妄想上以正智對之三就如如之上唯就如如得失以明四就正智上亦約正智得失以明五就名上亦唯就名得失以明五中皆通迷悟然迷即有名相妄想悟則唯正智如如智契於如一味平等餘如前後說

知心與菩提等知菩提與心等心及菩提與衆生等亦不生心顛倒想顛倒見顛倒不可思議

九中初融三事後亦不下顯離融相名爲不融三事即心佛衆生皆無差別如覺林偈九中初融三事心佛衆生三無差故後不壞相二離融相離融相約理無可融約心無想念故不壞相約本自融不可融故從三事下指文引證

於念念中入滅盡定盡一切漏而不證實際亦不盡有漏善根雖知一切法無漏而知漏盡亦知漏滅雖知佛法即世間法世間法即佛法而不於佛法中分別世間法不於世間

法中分別佛法一切諸法悉入法界無所入故知一切法皆無二無變易故是爲第十不可思議

十中三句初明盡而不盡此約斷時以明體用二無而不無此將法性對斷以明體用二句雖殊俱是權實雙行三雖知佛法下明即而不即於中初正明後一切諸法下釋成上義悉入法界故說相即無所入故不應世中分別佛法等謂以當法自虛故名相即非世間中佛法可得下重釋云知一切法皆無二故不得二中互求無變易故亦非世法作彼佛法思之

佛子是爲菩薩摩訶薩十種不可思議若諸菩薩安住其中則得一切諸佛無上不可思議法

佛子菩薩摩訶薩有十種巧密語何等爲十所謂於一切佛經中巧密語於一切受生處巧密語於一切菩薩神通變現成等正覺巧密語於一切衆生業報巧密語於一切衆生所起染淨巧密語於一切法究竟無障礙門巧密語於一切虛空界一一方處悉有世界或成或壞間無空處巧密語於一切法界一切十方乃至微細處悉有如來示現初生乃至成佛入般涅槃充滿法界悉分別見巧密語見一切衆生平等涅槃無變易故而不捨大願以一切智願未得圓滿令滿足故巧密語雖知一切法不由他悟而不捨離諸善知識於如來所轉加尊敬與善知識和合無二於諸善根修習種植迴向安住同一所作同一體性同一出離同一成就巧密語是爲十

若諸菩薩安住其中則得如來無上善巧微密語

第五十種巧密語下六門明無癡亂中行於中三初二門即無癡之行次二門明無亂之行後二門雙明二門引生功德離癡亂有通今從別說又此三段即是三禪初即饒益有情禪二即正法樂住禪三即引生功德禪今初二門中初門不愚巧密之言後門不愚善巧之智今初前既明內行今辨外言彼行文云以正念故善解世間一切言說能持出世諸法言說等皆言密語者汎明有五一說深密法故如出現品名如來密藏等二一言說一切法故上云如來於一語言中等亦如仙陀四實九義瞿聲等三近而不聞如身子在座遠而無隔如目連尋聲等四言近意遠如說三乘爲究竟等言遠意近如說寒時得火名涅槃等此意亦名隱實說權五以異言說異法如覺不堅爲堅等亦如仙陀者謂鹽水器馬前已廣釋九義瞿聲即俱舍論云方獸地光言金剛眼天水於斯九種事智者立瞿聲唯金剛二字一義餘八各一如寒得火等即涅槃經五以異言者即攝論第四祕密中第四轉變祕密論云復有四種意趣四種祕密一切佛語應須決了四意趣義已見普賢三昧品四祕密者一令入祕密謂三乘中依俗諦理說有人法令入俗諦二相祕密謂說法相三自性等三對治祕密治八萬四千煩惱四轉變祕密欲令悟入總名祕密論釋第四轉變祕密云謂於是處以其別義諸言諸字即顯別義如有頌云覺不堅爲堅善住於顛倒極煩惱所惱得最上菩提無性釋云謂於義轉變差別雜集云謂說無餘義名句文身隱密轉變更顯餘義無性釋上偈云謂剛強流散說名爲堅非此堅固說名不堅即是調柔無散亂定即於此中起堅固慧覺彼爲堅世親釋云不堅謂定由不剛強馳散難伏故名不堅即於此中起尊重覺名覺爲堅釋曰二家釋論言異意同皆就密說順得菩提若取顯了於散亂心起堅固慧則遠菩提今取祕密

於定不堅起堅固慧則得菩提言善住於顛倒者無性釋云謂於四顛倒善能安住知是顛倒決定無動釋曰若取顯了則住於無常計等四倒之中不得菩提今則祕密知於常等於無無常等上横計而起決定知此名爲善住住於顛倒能得菩提也世親釋云是於顛倒中善安住義謂於無常等是能顛倒釋曰此則到彼所計義名善顛倒於此安住故得菩提言極煩惱所惱者無性釋云爲衆生故長時劬勞精進所惱亦引上偈云一同無性二釋無別釋云若取顯說爲貪嗔等惱亂行者名爲煩惱此即遠離菩提今取祕密精進勤苦劬勞行者亦名煩惱則得菩提其第四句得最上菩提該上三義莊嚴論第八對法第十二皆同此說

文中十句初一具五以是總故一切教故次二含二意謂示而謂實故即第四意此二皆是深密之法即第一意餘通前二或並兼五可以意得

大方廣佛華嚴經疏鈔會本第五十四之一

音釋

欣慰　欣許斤切喜也慰於胃切安慰也　懼　其遇切怖懼也　怯　去劫切畏懦也　黑闇　闇烏紺切不明也　濫　盧瞰切汎濫也　叵　普火切不可也

大方廣佛華嚴經疏鈔會本第五十四之二

唐于闐國三藏沙門實叉難陀 譯

唐清涼山大華嚴寺沙門澄觀撰述

佛子菩薩摩訶薩有十種巧分別智何等爲十所謂入一切刹巧分別智入一切衆生處巧分別智入一切衆生心行巧分別智入一切衆生根巧分別智入一切衆生業報巧分別智入一切聲聞行巧分別智入一切獨覺行巧分別智入一切菩薩行巧分別智入一切世間法巧分別智入一切佛法巧分別智是爲十若諸菩薩安住其中則得一切諸佛無上善巧分別諸法智

二十種巧分別智外言既客内智又巧故於利生無有癡闇故彼文云菩薩於善知識所聽聞正法所謂甚深法等文義多同十句可知

佛子菩薩摩訶薩有十種入三昧何等爲十所謂於一切世界入三昧於一切衆生身入三昧於一切法入三昧見一切佛入三昧住一切劫入三昧從三昧起現不思議身入三昧於一切佛身入三昧覺悟一切衆生平等入三昧一念中入一切菩薩三昧智入三昧一念中以無礙智成就一切諸菩薩行願無有休息入三昧是爲十若諸菩薩安住其中則得一切諸佛無上善巧三昧法

第二二門明無亂行皆是定體於中初門明入三昧顯處等不同後明徧入則觸類皆徧令初故彼文云善入一切諸禪定門此中明十皆通一切十中通辨縁斯十境入定不同別則十門各異而前五一重之

事餘五涉入圓融可知九十皆即一而多故彼行云一念中得無數三昧但從多分對前後說判爲定體耳非此無用

佛子菩薩摩訶薩有十種徧入何等爲十所謂衆生徧入國土徧入世間種種相徧入火災徧入水災徧入佛徧入莊嚴徧入如來無邊功德身徧入一切種種說法徧入一切如來種種供養徧入是爲十若諸菩薩安住其中則得如來無上大智徧入法

二十徧入亦猶小乘說十徧處即令三昧漸更增廣前明一切如衆生身謂童子身等雖能一切身入而不必一時今此隨入一類皆徧一切如海初來一切皆水等十句可知亦猶小乘者大乘亦有廣畧不同今順定十故引小乘至法界品當廣分別

佛子菩薩摩訶薩有十種解脫門何等爲十所謂一身周徧一切世界解脫門於一切世界示現無量種種色相解脫門以一切世界入一佛刹解脫門普加持一切衆生界解脫門以一切佛莊嚴身充滿一切世界解脫門於自身中見一切世界解脫門一念中往一切世界解脫門於一世界示現一切如來出世解脫門一身充滿一切法界解脫門一念中示現一切佛遊戲神通解脫門是爲十若諸菩薩安住其中則得如來無上解脫門

三十解脫下二門明引生功德禪中此門明作用無礙故稱解脫後門於境無擁故曰神通今初解脫即不思議解脫梵云毗木叉此云勝解脫謂殊勝作用亦由依禪成八解脫十句可知亦猶依禪者亦如法界品

佛子菩薩摩訶薩有十種神通何等爲十所謂憶念宿命方便智通天耳無礙方便智通知他衆生不思議心行方便智通天眼觀察無有障礙方便智通隨衆生心現不思議大神通力方便智通一身普現無量世界方便智通一念徧入不可說不可說世界方便智通出生無量莊嚴具莊嚴不思議世界方便智通示現不可說變化身方便智通隨不思議衆生心於不可說世界現成阿耨多羅三藐三菩提方便智通是爲十若諸菩薩安住其中則得如來無上大善巧神通爲一切衆生種種示現令其修學

二十種神通如依四禪引六通用此十若以六攝前四可知次五神境後一漏盡成菩提故約位不同與十通小異

佛子菩薩摩訶薩有十種明

第六十種明下二門明善現位中行此門正顯行體即是般若故曰智明後門明離智障故稱解脫今初然皆權實無礙之智故稱善巧非如十度唯約根本但約增微分成五行

何等爲十所謂知一切衆生業報善巧智明知一切衆生境界寂滅清淨無諸戲論善巧智明知一切衆生種種所緣唯是一相悉不可得一切諸法皆如金剛善巧智明

十中前七單約一智後三雙行前中初三約所化

能以無量微妙音聲普聞十方一切世界善巧智明普壞一切心所染著善巧智明能以方便示現受生或不受生善巧智明

次三約能化各初事次理後即事歸理

捨離一切想受境界善巧智明

七離能所想會歸般若念想觀除不受境界爲入理善巧故念想觀除者即智論文云般若波羅蜜實法不顛倒念想觀已除言語法亦滅無量衆罪除清淨心常一如是尊妙人則能見般若是也念想觀除約於內智則不受外境見色如盲等而言善巧者非涉事善巧不念不受是入理善巧耳

知一切法非相非無相一性無性無所分別而能了知種種諸法於無量劫分別演說住於法界成阿耨多羅三藐三菩提善巧智明

後三雙行中八明無說之說無成之成善巧智明謂雙非照寂離言而能差別照事有說非相遣相非無遣無一性遣多無性遣有即性相俱寂住於下無成之成法界之體實無所成照斯法界即說成佛

菩薩摩訶薩知一切衆生生本無有生了達受生不可得故

九明無生起生智明文中三初正明次何以下徵釋三是名下結名今初明無緣之緣兼顯無化之化於中二先明無緣謂衆生真心稱理不可得故若無緣即無所化

而知因知緣知事知境界知行知生知滅知言說

而知下明真心隨緣不壞緣起則亦有所化於中二先知所化後結成雙行前中文有三節初有八句别知緣相因謂無明等緣謂業行事即識名色等境界即觸受塵境行即現在愛取有生即生支滅即老死知言說者總是隨俗緣生不離三世故初有八句者十二因緣相

知迷惑知離迷惑知顛倒知離顛倒知雜染知清淨知生死知涅槃知可得知不可得知執著知無執著

二知迷下十二句六對通知染淨迷悟迷理則倒惑雜染悟皆反此隨俗則俱可得第一義中二俱叵得得非得約理著非著約智二知迷下十二句知染淨者卽雙知性相迷悟染淨猶是約相廣如六地第一義中二俱叵得卽約性說

知住知動知去知還知起知不起知失壞知出離知成熟知諸根知調伏

三知住下明知心行住謂本性動謂客塵隨客塵則去而莫歸見本性則還源反本有還有去皆是起心還住兩亡寂然不起起則諸善失壞不起則出離蓋纏觸境寂知是爲成熟上通物我後兼知機約自根謂六根不爲境牽卽是調伏三知住下明知心行者卽能知性相觀照之心此中可以寂照虛懷而了亦爲明示心觀處也

隨其所應種種教化未曾忘失菩薩所行

後隨其下結雙行中謂智隨曲化不失無行

何以故菩薩但爲利益衆生故發阿耨多羅三藐三菩提心無餘所爲是故菩薩常化衆生身無疲倦不違一切世間所作

二徵釋中所以爾者爲物發心故

是名緣起善巧智明

結名可知

菩薩摩訶薩於佛無著不起著心於法無著不起著心於刹無著不起著心於衆生無著不起著心不見有衆生而行教化調伏說法然亦不捨菩薩諸行大悲大願見佛聞法隨

順修行依於如來種諸善根恭敬供養無有休息能以神力震動十方無量世界其心廣大等法界故

十平等教化智明中三初明實不礙權

知種種說法知衆生數知衆生差別知苦生知苦滅知一切行皆如影像行菩薩行永斷一切受生根本但爲救護一切衆生行菩薩行而無所行隨順一切諸佛種性發如大山王心知一切虛妄顛倒入一切種智門智慧廣大不可傾動當成正覺

二知種種下權不礙實

於生死海平等濟度一切衆生善巧智明是爲十若諸菩薩安住其中則得如來無上大善巧智明

三於生死下結名並可知

佛子菩薩摩訶薩有十種解脫何等爲十所謂煩惱解脫邪見解脫諸取解脫蘊處界解脫超二乘解脫無生法忍解脫於一切世間一切刹一切衆生一切法離著解脫無邊住解脫發起一切菩薩行入如來無分別地解脫於一念中悉能了知一切三世解脫是爲十若諸菩薩安住此法則能施作無上佛事教化成熟一切衆生

二十種解脫脫二障故梵云毗木底此云解脫與前不同十中初四脫凡三障取增爲業故後六脫智障初一揀劣餘皆顯勝

佛子菩薩摩訶薩有十種園林何等爲十所謂生死是菩薩園林無厭捨故教化衆生是菩薩園林不疲倦故住一切劫是菩薩園林攝諸大行故清淨世界是菩薩園林自所止

住故一切魔宮殿是菩薩園林降伏彼衆故思惟所聞法是菩薩園林如理觀察故六波羅密四攝事三十七菩提分法是菩薩園林紹繼慈父境界故十力四無所畏十八不共乃至一切佛法是菩薩園林不念餘法故示現一切菩薩威力自在神通是菩薩園林以大神力轉正法輪調伏衆生無休息故一念於一切處爲一切衆生示成正覺是菩薩園林法身周徧盡虛空一切世界故是爲十若諸菩薩安住此法則得如來無上離憂惱大安樂行

第七園林下二門明無著位中行於中此門明遊處縱情後門明棲止適悅皆通二利權實方便而無所著今初可知

佛子菩薩摩訶薩有十種宮殿何等爲十所謂菩提心是菩薩宮殿恒不忘失故十善業道福德智慧是菩薩宮殿教化欲界衆生故四梵住禪定是菩薩宮殿教化色界衆生故生淨居天是菩薩宮殿一切煩惱不染故生無色界是菩薩宮殿令諸衆生離難處故生雜染世界是菩薩宮殿令一切衆生斷煩惱故現處內宮妻子眷屬是菩薩宮殿成就往昔同行衆生故現居輪王護世釋梵是菩薩宮殿爲調伏自在心衆生故住一切菩薩行遊戲神通皆得自在是菩薩宮殿善遊戲諸禪解脫三昧智慧故一切佛所受無上自在一切智王灌頂記是菩薩宮殿住十力莊嚴作一切法王自在事故是爲十若諸菩薩安住其中則得法灌頂於一切世間神力自在

二宮殿十中四梵住者即四無量亦色因

故故度世云修四梵行慈悲喜捨餘可知

佛子菩薩摩訶薩有十種所樂何等爲十所謂樂正念心不散亂故樂智慧分別諸法故樂往詣一切佛所聽法無厭故樂諸佛充滿十方無邊際故樂菩薩自在爲諸衆生以無量門而現身故樂諸三昧門於一三昧門入一切三昧門故樂陀羅尼持法不忘轉受衆生故樂無礙辯才於一文一句經不可說劫分別演說無窮盡故樂成正覺爲一切衆生以無量門示現於身成正覺故樂轉法輪摧滅一切異道法故是爲十若諸菩薩安住此法則得一切諸佛如來無上法樂

第八所樂下二門明難得位中行於中此門內心願樂願即行體既處宮殿則情欣勝樂故

佛子菩薩摩訶薩有十種莊嚴何等爲十所謂力莊嚴不可壞故無畏莊嚴無能伏故義莊嚴說不可說義無窮盡故法莊嚴八萬四千法聚觀察演說無忘失故願莊嚴一切菩薩所發弘誓無退轉故行莊嚴修普賢行而出離故剎莊嚴以一切剎作一剎故普音莊嚴周徧一切諸佛世界雨法雨故力持莊嚴於一切劫行無數行不斷絕故變化莊嚴於一衆生身示現一切衆生數等身令一切衆生悉得知見求一切智無退轉故是爲十若諸菩薩安住此法則得如來一切無上法莊嚴

二十莊嚴即外德莊嚴具以衆德莊嚴願故文並可知

佛子菩薩摩訶薩發十種不動心何等爲十

所謂於一切所有悉皆能捨不動心思惟觀察一切佛法不動心憶念供養一切諸佛不動心於一切衆生誓無惱害不動心普攝衆生不揀怨親不動心求一切佛法無有休息不動心一切衆生數等不可説不可説劫行菩薩行不生疲厭亦無退轉不動心成就有根信無濁信清淨信極清淨信離垢信明徹信恭敬供養一切佛信不退轉信不可盡信無能壞信大歡喜踊躍信不動心成就出生一切智方便道不動心聞一切菩薩行法信受不謗不動心是爲十若諸菩薩安住此法則得無上一切智不動心

第九不動心下二門明善法位中行此門明外緣不動後門明内心不捨又此明心堅後明深入皆是力義今初十中二及第九是思擇力餘皆修習力八中有十一信一生佛果故二不雜不信濁故三淨無煩惱故四無細念故五離所知垢故六徹事源故七向果位故八自分堅故九德無盡故十緣不動故十一證眞如故餘並相顯

佛子菩薩摩訶薩有十種不捨深大心何等爲十所謂不捨成滿一切佛菩提深大心不捨教化調伏一切衆生深大心不捨不斷一切諸佛種性深大心不捨親近一切善知識深大心不捨供養一切諸佛深大心不捨專求一切大乘功德法深大心不捨於一切佛所修行梵行護持淨戒深大心不捨親近一切菩薩深大心不捨求一切佛法方便護持深大心不捨滿一切菩薩行願集一切諸佛法深大心是爲十若諸菩薩安住其中則能

不捨一切佛法

二不捨深大心者由不動故能窮理事理深事廣故云深大十句可知

佛子菩薩摩訶薩有十種智慧觀察何等爲十所謂善巧分別說一切法智慧觀察了知三世一切善根智慧觀察了知一切諸菩薩行自在變化智慧觀察了知一切諸法義門智慧觀察了知一切諸佛威力智慧觀察了知一切陀羅尼門智慧觀察於一切世界普說正法智慧觀察入一切法界智慧觀察知一切十方不可思議智慧觀察知一切佛法智慧光明無有障礙智慧觀察是爲十若諸菩薩安住其中則得如來無上大智慧觀察

第十智慧觀察下九門明眞實位中行即分爲九一觀察智二說法智三離障智四審决智五照徹智六無等智七無劣智八高出智九深廣智今初亦由不捨深大故能觀察前問但言觀察者脫智慧言十句準思

佛子菩薩摩訶薩有十種說法何等爲十所謂說一切法皆從緣起說一切法皆悉如幻說一切法無有乖諍說一切法無有邊際說一切法無所依止說一切法猶如金剛說一切法皆悉如如說一切法皆悉寂靜說一切法皆悉出離說一切法皆住一義本性成就是爲十若諸菩薩安住其中則能善巧說一切法

二說法智由能內觀故能外說十中初二說俗後八說眞一無二可諍二體德兼廣三相深遠四體堅利五如如不動六體絶

百非七在纏不染八體相一味

佛子菩薩摩訶薩有十種清淨何等爲十所謂深心清淨斷疑清淨離見清淨境界清淨求一切智清淨辯才清淨無畏清淨住一切菩薩智清淨受一切菩薩律儀清淨具足成就無上菩提三十二種百福相白淨法一切善根清淨是爲十若諸菩薩安住其中則得一切如來無上清淨法

第三十種清淨即離障智此離智障晉名無垢故雖同清淨所淨不同十中與七淨有開合不同在文易了七淨如五地初辨

佛子菩薩摩訶薩有十種印

第四十種印者即審決智以清淨智決定印可一切法故故晉本中名爲智印後所結益亦是智印亦猶三法印等亦猶三法印等等取

四印五印並如明法品說

何等爲十所謂菩薩摩訶薩知苦苦壞苦行苦專求佛法不生懈怠行菩薩行無有疲懈不驚不畏不恐不怖不捨大願求一切智堅固不退究竟阿耨多羅三藐三菩提是爲第一印

十中一於安受苦境忍智不動

菩薩摩訶薩見有衆生愚癡狂亂或以麤弊惡語而相毀辱或以刀杖瓦石而加損害終不以此境界捨菩薩心但忍辱柔和專修佛法住最勝道入離生位是爲第二印

二他不饒益忍行決定

菩薩摩訶薩聞說與一切智相應甚深佛法能以自智深信忍可解了趣入是爲第三印

三於佛法深信忍決定即諦察法忍

菩薩摩訶薩又作是念我發深心求一切智我當成佛得阿耨多羅三藐三菩提一切衆生流轉五趣受無量苦亦當令其發菩提心深信歡喜勤修精進堅固不退是爲第四印

四決定成佛度生

菩薩摩訶薩知如來智無有邊際不以齊限測如來智菩薩曾於無量佛所聞如來智無有邊際故能不以齊限測度一切世間文字所說皆有齊限悉不能知如來智慧是爲第五印

五決定知佛智無邊

菩薩摩訶薩於阿耨多羅三藐三菩提得最勝欲甚深欲廣欲大欲種種欲無能勝欲無上欲堅固欲衆魔外道并其眷屬無能壞欲求一切智不退轉欲菩薩住如是等欲於無上菩提畢竟不退是爲第六印

六決欲佛果不退

菩薩摩訶薩行菩薩行不顧身命無能沮壞發心趣向一切智故一切智性常現前故得一切佛智光明故終不捨離佛菩提終不捨離善知識是爲第七印

七決不顧身命以親人法

菩薩摩訶薩若見善男子善女人趣大乘者令其增長求佛法心令其安住一切善根令其攝取一切智心令其不退無上菩提是爲第八印

八決度已入大乘者

菩薩摩訶薩令一切衆生得平等心勸令勤修一切智道以大悲心而爲說法令於阿耨多羅三藐三菩提永不退轉是爲第九印

九決平等度

菩薩摩訶薩與三世諸佛同一善根不斷一切諸佛種性究竟得至一切智智是爲第十印

十決同佛體因圓果滿

佛子是爲菩薩摩訶薩十種印菩薩以此速成阿耨多羅三藐三菩提具足如來一切法無上智印

佛子菩薩摩訶薩有十種智光照何等爲十所謂知定當成阿耨多羅三藐三菩提智光照見一切佛智光照見一切衆生死此生彼智光照解一切修多羅法門智光照依善知識發菩提心集諸善根智光照示現一切諸佛智光照教化一切衆生悉令安住如來地智光照演說不可思議廣大法門智光照善巧了知一切諸佛神通威力智光照滿足一切諸波羅蜜智光照是爲十若諸菩薩安住此法則得一切諸佛無上智光照

第五智光照即照徹智由印定故照徹無礙十句易知

佛子菩薩摩訶薩有十種無等住一切衆生聲聞獨覺悉無與等

第六無等住即無等智由前照徹故不偏住著雙住事理名無與等故

何等爲十所謂菩薩摩訶薩雖觀實際而不取證以一切願未成滿故是爲第一無等住菩薩摩訶薩種等法界一切善根而不於中有少執著是爲第二無等住菩薩摩訶薩修菩薩行知其如化以一切法悉寂滅故而於佛法不生疑惑是爲第三無等住菩薩摩訶

薩雖離世間所有妄想然能作意於不可說劫行菩薩行滿足大願終不中起疲厭之心是爲第四無等住菩薩摩訶薩於一切法無所取著以一切法性寂滅故而不證涅槃何以故一切智道未成滿故是爲第五無等住菩薩摩訶薩知一切劫皆即非劫而眞實說一切劫數是爲第六無等住菩薩摩訶薩知一切法悉無所作而不捨作道求諸佛法是爲第七無等住菩薩摩訶薩知三界唯心三世唯心而了知其心無量無邊是爲第八無等住菩薩摩訶薩爲一衆生於不可說劫行菩薩行欲令安住一切智地如爲一衆生爲一切衆生悉亦如是而不生疲厭是爲第九無等住菩薩摩訶薩雖修行圓滿而不證菩提何以故菩薩作如是念我之所作本爲衆生是故我應久處生死方便利益皆令安住無上佛道是爲第十無等住

列十中皆權實雙行或即寂之用即用之寂等並顯可知

佛子是爲菩薩摩訶薩十種無等住若諸菩薩安住其中則得無上大智一切佛法無等住

大方廣佛華嚴經疏鈔會本第五十四之三

音釋

齊限 齊在詣切齊限分量也　諂曲 諂丑琰切諂曲佞言不直也　誕 徒按切　揀 古限切擇也　乖諍 乖公懷切戾也諍側迸切訟也　懈怠 懈古隘切懶也怠徒耐切惰也　沮壞 沮慈呂切遏也壞古瞶切毀也

大方廣佛華嚴經疏鈔會本第五十五

唐于闐國三藏沙門實叉難陀 譯

唐清涼山大華嚴寺沙門澄觀撰述

佛子菩薩摩訶薩發十種無下劣心

第七無下劣心即無劣智上既望下無等令望上無劣於十勝事皆決作故名無下劣所以晉經名無怯弱

何等爲十佛子菩薩摩訶薩作如是念我當降伏一切天魔及其眷屬是爲第一無下劣心又作是念我當悉破一切外道及其邪法是爲第二無下劣心

十句五對 一降魔制外對

又作是念我當於一切衆生善言開喻皆令歡喜是爲第三無下劣心又作是念我當成滿徧法界一切波羅蜜行是爲第四無下劣心

二喜他自滿對

又作是念我當積集一切福德藏是爲第五無下劣心又作是念無上菩提廣大難成我當修行悉令圓滿是爲第六無下劣心

三積福成智對

又作是念我當以無上教化無上調伏教化調伏一切衆生是爲第七無下劣心又作是念一切世界種種不同我當以無量身成等正覺是爲第八無下劣心

四下化上成對上四單辨

又作是念我修菩薩行時若有衆生來從我乞手足耳鼻血肉骨髓妻子象馬乃至王位如是一切悉皆能捨不生一念憂悔之心但爲利益一切衆生不求果報以大悲爲首大

慈究竟是爲第九無下劣心

五悲智究竟對即是雙行於中九是即智之悲而悲智雙行雖悲而不求果報

又作是念三世所有一切諸佛一切佛法一切衆生一切國土一切世間一切三世一切虛空界一切法界一切語言施設界一切寂滅涅槃界

十是即悲之智而權實雙行於中四一列所知

如是一切種種諸法我當以一念相應慧悉知悉覺悉見悉證悉修悉斷

二如是下辨能知謂知苦覺妄見理證滅修道斷集

然於其中無分別離分別無種種差別無功德無境界

三然於下拂彼知相能知無分別故無功德所知無種種故無境界

非有非無非一非二

四非有下會歸中道廣辨雙行於中初二句總辨中道

以不二智知一切二以無相智知一切相以無分別智知一切分別以無異智知一切異以無差別智知一切差別以無世間智知一切世間以無世智知一切世以無衆生智知一切衆生以無執著智知一切執著以無住處智知一切住處以無雜染智知一切雜染以無盡智知一切盡

次以不二下境智對明皆以實智知權顯雙行無礙於中異約竪論變異差別約横辨不同

以究竟法界智於一切世界示現身以離言音智示不可說言音以一自性智入於無自性以一境界智現種種境界知一切法不可說而現大自在言說證一切智地爲教化調伏一切衆生故於一切世間示現大神通變化是爲第十無下劣心

後以究竟法界下即體起用以辨雙行

佛子是爲菩薩摩訶薩發十種無下劣心若諸菩薩安住此心則得一切最上無下劣佛法

佛子菩薩摩訶薩於阿耨多羅三藐三菩提有十種如山增上心

第八如山增上心辨高出智由無下劣故萬行迥出難仰其高於勝決作故直趣菩提不可傾動

何等爲十佛子菩薩摩訶薩常作意勤修一切智法是爲第一如山增上心

十中一勤修能證智

恒觀一切法本性空無所得是爲第二如山增上心

二常觀所證理

願於無量劫行菩薩行修一切白淨法以住一切白淨法故知見如來無量智慧是爲第三如山增上心

三內修無漏

爲求一切佛法故等心敬奉諸善知識無異希求無盜法心唯生尊重未曾有意一切所有悉皆能捨是爲第四如山增上心

四外近善人爲名利爲異求從他聞言已解爲盜法觀佛三昧經說此人墮地獄如

箭射後學誡之

若有衆生罵辱毀謗打棒屠割苦其形體乃至斷命如是等事悉皆能受終不因此生動亂心生瞋害心亦不退捨大悲弘誓更令增長無有休息何以故菩薩於一切法如實出離捨成就故證得一切諸如來法忍辱柔和已自在故是爲第五如山增上心

五大忍度生弘誓更增者若薪熾於火

菩薩摩訶薩成就增上大功德所謂天增上功德人增上功德色增上功德力增上功德眷屬增上功德欲增上功德王位增上功德自在增上功德福德增上功德智慧增上功德雖復成就如是功德終不於此而生染著所謂不著味不著欲不著財富不著眷屬但深樂法隨法去隨法住隨法趣向隨法究竟以法爲依以法爲救以法爲歸以法爲舍守護法愛樂法希求法思惟法佛子菩薩摩訶薩雖復具受種種法樂而常遠離衆魔境界何以故菩薩摩訶薩於過去世發如是心我當令一切衆生皆悉永離衆魔境界住佛境故是爲第六如山增上心

六決超魔境由成勝德而不著唯法樂以自資則魔皆爲佛境

菩薩摩訶薩爲求阿耨多羅三藐三菩提已於無量阿僧祇劫行菩薩道精勤匪懈猶謂我今始發阿耨多羅三藐三菩提心行菩薩行亦不驚亦不怖亦不畏雖能一念即成阿耨多羅三藐三菩提然爲衆生故於無量劫行菩薩行無有休息是爲第七如山增上心

七勤勇修行攝論云愚修雖少時怠心疑

已久佛於無量劫勤勇謂須臾
菩薩摩訶薩知一切衆生性不和善難調難度不能知恩不能報恩是故爲其發大誓願欲令皆得心意自在所行無礙捨離惡念不於他所生諸煩惱是爲第八如山增上心
八不捨惡人
菩薩摩訶薩復作是念非他令我發菩提心亦不待人助我修行我自發心集諸佛法誓期自勉盡未來劫行菩薩道成阿耨多羅三藐三菩提是故我今修菩薩行當淨自心亦淨他心當知自境界亦知他境界我當悉與三世諸佛境界平等是爲第九如山增上心
九孤標等佛
菩薩摩訶薩作如是觀無有一法修菩薩行無有一法滿菩薩行無有一法教化調伏一切衆生無有一法供養恭敬一切諸佛無有一法於阿耨多羅三藐三菩提已成今成當成無有一法已說今說當說說者及法俱不可得而亦不捨阿耨多羅三藐三菩提願
十權實雙行文中四一正辨雙行
何以故
二何以下徵釋徵有二意一云修須稱理理既無得願何不捨既不捨願何用觀無進退有妨
菩薩求一切法皆無所得如是出生阿耨多羅三藐三菩提
二釋亦二意一云若有所得不得菩提以無得故出生菩提故雖不捨願須觀無得二云無得之法非在得外要求一切法方盡無得之源故欲證無得須不捨菩提之

願

是故於法雖無所得而勤修習增上善業清淨對治智慧圓滿念念增長一切具足其心於此不驚不怖

三是故已下結成雙行

不作是念若一切法皆悉寂滅我有何義求於無上菩提之道是爲第十如山增上心

四不作是下顯其離過謂不怖空而不求故

佛子是爲菩薩摩訶薩於阿耨多羅三藐三菩提十種如山增上心若諸菩薩安住其中則得如來無上大智山王增上心

佛子菩薩摩訶薩有十種入阿耨多羅三藐三菩提如海智

第九如海智即深廣智非但求升聳峻抑亦智體包含故

何等爲十所謂入一切無量衆生界是爲第一如海智入一切世界而不起分別是爲第二如海智知一切虛空界無量無礙普入十方一切差別世界網是爲第三如海智菩薩摩訶薩善入法界所謂無礙入不斷入不常入無量入不生入不滅入一切入悉了知故是爲第四如海智菩薩摩訶薩於過去未來現在諸佛菩薩法師聲聞獨覺及一切凡夫所集善根已集現集當集三世諸佛於阿耨多羅三藐三菩提已成今成當成所有善根三世諸佛說法調伏一切衆生已說今說當說所有善根於彼一切皆悉了知深信隨喜願樂修習無有厭足是爲第五如海智菩薩摩訶薩於念念中入過去世不可說劫於一

劫中或百億佛出世或千億佛出世或百千億佛出世或無數或無量或無邊或無等或不可數或不可稱或不可思或不可量或不可說或不可說不可說超過算數諸佛世尊出興于世及彼諸佛道場衆會聲聞菩薩說法調伏一切衆生壽命延促法住久近如是一切悉皆明見如一劫一切諸劫皆亦如是其無佛劫所有衆生有於阿耨多羅三藐三菩提種諸善根亦悉了知若有衆生善根熟已於未來世當得見佛亦悉了知如是觀察過去世不可說不可說劫心無厭足是爲第六如海智菩薩摩訶薩入未來世觀察分別一切諸劫無量無邊知何劫有佛何劫無佛何劫有幾如來出世一一如來名號何等住何世界世界名何度幾衆生壽命幾時如是

觀察盡未來際皆悉了知不可窮盡而無厭足是爲第七如海智菩薩摩訶薩入現在世觀察思惟於念念中普見十方無邊品類不可說世界皆有諸佛於無上菩提已成今成當成往詣道場菩提樹下坐吉祥草降伏魔軍成阿耨多羅三藐三菩提從此起已入於城邑升天宮殿說微妙法轉大法輪示現神通調伏衆生乃至付囑阿耨多羅三藐三菩提法捨於壽命入般涅槃入涅槃已結集法藏令久住世莊嚴佛塔種種供養亦見彼世界所有衆生值佛聞法受持諷誦憶念思惟增長慧解如是觀察普徧十方而於佛法無有錯謬何以故菩薩摩訶薩了知諸佛皆悉如夢而能往詣一切佛所恭敬供養菩薩爾時不著自身不著諸佛不著世界不著衆會

不著說法不著劫數然見佛聞法觀察世界入諸劫數無有厭足是爲第八如海智菩薩摩訶薩於不可說不可說劫一一劫中供養恭敬不可說不可說無量諸佛示現自身歿此生彼以出過三界一切供具而爲供養并及供養菩薩聲聞一切大衆一一如來般涅槃後皆以無上供具供養舍利及廣行惠施滿足衆生佛子菩薩摩訶薩以不可思議心不求報心究竟心饒益心於不可說不可說劫爲阿耨多羅三藐三菩提故供養諸佛饒益衆生護持正法開示演說是爲第九如海智菩薩摩訶薩於一切佛所一切菩薩所一切法師所一向專求菩薩所說法菩薩所學法菩薩所教法菩薩修行法菩薩清淨法菩薩成熟法菩薩調伏法菩薩平等法菩薩出離法菩薩總持法得此法已受持讀誦分別解脫無有厭足令無量衆生於佛法中發一切智相應心入眞實相於阿耨多羅三藐三菩提得不退轉菩薩如是於不可說不可說劫無有厭足是爲第十如海智

十中前四即四無量界後六並佛界無量開出謂五入三世佛善根六七八入三世佛界九供多佛十求多法並顯可知由此因海得入果海

佛子是爲菩薩摩訶薩十種入阿耨多羅三藐三菩提如海智若諸菩薩安住此法則得一切諸佛無上大智慧海

上來十行位竟

佛子菩薩摩訶薩於阿耨多羅三藐三菩提有十種如寶住

大文第四如寶住下二十九門答二十九
句問迴向位中行若并無礙總句有三十
門古德分三初十一門明向位中行體堅
固二從十自在下一十二門明行用自在
三從十種遊戲下七門明行德圓備今亦
隨次配十迴向於中初有四門明初迴向
二三迴向各有二門四五六七各唯一門
第八迴向即十無礙九有三門十有四門
至文當知今初四門明救護衆生離衆生
相迴向位中之行即分爲四一明所迴善
根二即大願救護三即迴向所爲四顯所
作成滿今初所住善根可貴圓滿故
何等爲十佛子菩薩摩訶薩悉能往詣無數
世界諸如來所瞻覲頂禮承事供養是爲第
一如寶住

十中一供事多佛
於不思議諸如來所聽聞正法受持憶念不
令忘失分別思惟覺慧增長如是所作充滿
十方是爲第二如寶住
二聞法受持
於此刹殁餘處現生而於佛法無所迷惑是
爲第三如寶住
三自在受生
知從一法出一切法而能各各分別演說以
一切法種種義究竟皆是一義故是爲第四
如寶住
四說本末法於中初說從本起末法如無
量義從一法生其一法者所謂無相次以
一切下攝末歸本釋成上義
知厭離煩惱知止息煩惱知防護煩惱知除

斷煩惱修菩薩行不證實際究竟到於實際彼岸方便善巧善學所學令往昔願行皆得成滿身不疲倦是爲第五如實住

五知斷自在資粮道厭息加行道防護無間道斷除而不取解脱道證入爲異二乘留惑不斷方能究竟斷證故云何不證方便巧學無邊佛法滿昔弘願故如箭射空筈筈相拄故

知一切衆生心所分别皆無處所而亦説有種種方處雖無分别無所造作爲欲調伏一切衆生而有修行而有所作是爲第六如實住

六悲智雙行

知一切法皆同一性所謂無性無種種性無無量性無可算數性無可稱量性無色無相若一若多皆不可得而決定了知此是諸佛法此是菩薩法此是獨覺法此是聲聞法此是凡夫法此是善法此是不善法此是世間法此是出世間法此是過失法此是無過失法此是有漏法此是無漏法乃至此是有爲法此是無爲法是爲第七如實住

七知性相無礙

菩薩摩訶薩求佛不可得求菩薩不可得求法不可得求衆生不可得而亦不捨調伏衆生令於諸法成正覺願何以故菩薩摩訶薩善巧觀察知一切衆生分别知一切衆生境界方便化導令得涅槃爲欲滿足化衆生願熾然修行菩薩行故是爲第八如實住

八無得之得

菩薩摩訶薩知善巧説法示現涅槃爲度衆

生所有方便一切皆是心想建立非是顛倒亦非虛誑何以故菩薩了知一切諸法三世平等如如不動實際無住不見有一衆生已受化今受化當受化亦自了知無所修行無有少法若生若滅而可得者而依於一切法令所願不空是爲第九如實住

九觀空滿願

菩薩摩訶薩於不思議無量諸佛一一佛所聞不可說不可說授記法名號各異劫數不同從於一劫乃至不可說不可說劫常如是聞聞已修行不驚不怖不迷不惑知如來智不思議故如來授記言無二故自身行願殊勝力故隨應受化令成阿耨多羅三藐三菩提滿等法界一切願故是爲第十如實住

十受行無厭於中先正顯後知如來下釋成

佛子是爲菩薩摩訶薩於阿耨多羅三藐三菩提十種如實住若諸菩薩安住此法則得諸佛無上大智慧寶

佛子菩薩摩訶薩發十種如金剛大乘誓願心

第二十種如金剛心即大願救護雖迴向皆願此在初故謂於當作事及現作行皆無齊限要心堅固窮其際故

何等爲十佛子菩薩摩訶薩作如是念一切諸法無有邊際不可窮盡我當以盡三世智普皆覺了無有遺餘是爲第一如金剛大乘誓願心

十中一法門無盡誓願知

菩薩摩訶薩又作是念於一毛端處有無量

無邊衆生何況一切法界我當皆以無上涅槃而滅度之是爲第二如金剛大乘誓願心

二衆生無邊誓願度

菩薩摩訶薩又作是念十方世界無量無邊無有齊限不可窮盡我當以諸佛國土最上莊嚴莊嚴如是一切世界所有莊嚴皆悉眞實是爲第三如金剛大乘誓願心

三嚴刹

菩薩摩訶薩又作是念一切衆生無量無邊無有齊限不可窮盡我當以一切善根迴向於彼無上智光照耀於彼是爲第四如金剛大乘誓願心

四迴向

菩薩摩訶薩又作是念一切諸佛無量無邊無有齊限不可窮盡我當以所種善根迴向供養悉令周徧無所闕少然後我當成阿耨多羅三藐三菩提是爲第五如金剛大乘誓願心

五供佛上三願成佛果上五皆約當成並橫論無畔

佛子菩薩摩訶薩見一切佛聞所說法生大歡喜不著自身不著佛身解如來身非實非虛非有非無非性非無性非色非無色非相非無相非生非滅實無所有亦不壞有何以故不可以一切性相而取著故是爲第六如金剛大乘誓願心

次二約其現作皆豎說無際謂六見聞無著

佛子菩薩摩訶薩或被衆生訶罵毀呰撾打楚撻或截手足或割耳鼻或挑其目或級其

頭如是一切皆能忍受終不因此生恚害心於不可說不可說無央數劫修菩薩行攝受衆生恒無廢捨何以故菩薩摩訶薩已善觀察一切諸法無有二相心不動亂能捨自身忍其苦故是爲第七如金剛大乘誓願心

七安忍不亂斬首爲級上二誓斷煩惱

佛子菩薩摩訶薩又作是念未來世劫無量無邊無有齊限不可窮盡我當盡彼劫於一世界行菩薩道教化衆生如一世界盡法界虛空界一切世界悉亦如是而心不驚不怖不畏何以故爲菩薩道法應如是爲一切衆生而修行故是爲第八如金剛大乘誓願心

後三亦約當成謂八徧於時處修行二利

佛子菩薩摩訶薩又作是念阿耨多羅三藐三菩提以心爲本心若清淨則能圓滿一切善根於佛菩提必得自在欲成阿耨多羅三藐三菩提隨意即成若欲除斷一切取緣住一向道我亦能得而我不斷爲欲究竟佛菩提故亦不即證無上菩提何以故爲滿本願盡一切世界行菩薩行化衆生故是爲第九如金剛大乘誓願心

九以心要成無際大行

佛子菩薩摩訶薩知佛不可得菩提不可得菩薩不可得一切法不可得衆生不可得心不可得行不可得過去不可得未來不可得現在不可得一切世間不可得有爲無爲不可得菩薩如是寂靜住甚深住寂滅住無諍住無言住無二住無等住自性住如理住解脫住涅槃住實際住

十即寂起用於中三一悟寂

而亦不捨一切大願不捨薩婆若心不捨菩薩行不捨教化衆生不捨諸波羅蜜不捨調伏衆生不捨承事諸佛不捨演說諸法不捨莊嚴世界

二而亦下起用

何以故菩薩摩訶薩發大願故雖復了達一切法相大慈悲心轉更增長無量功德皆具修行於諸衆生心不捨離

三何以下釋成於中有三重徵釋初番意云所以即寂而用者由本願智不捨悲故

何以故一切諸法皆無所有凡夫愚迷不知不覺我當令彼悉得開悟於諸法性分明照了

次番云所以智不捨悲者智亦爲物故

何以故一切諸佛安住寂滅而以大悲心於諸世間說法教化曾無休息我今云何而捨大悲

後番徵意云何以要此雙行者釋有二義

一諸佛皆爾故

又我先發廣大誓願心發決定利益一切衆生心發積集一切善根心發安住善巧迴向心發出生甚深智慧心發含受一切衆生心發於一切衆生平等心作眞實語不虛誑語願與一切衆生無上大法願不斷一切諸佛種性今一切衆生未得解脫未成正覺未具佛法大願未滿云何而欲捨離大悲是爲第十如金剛大乘誓願心

二又我下我先願然故

佛子是爲菩薩摩訶薩發十種如金剛大乘誓願心若諸菩薩安住此法則得如來金剛

性無上大神通智
佛子菩薩摩訶薩有十種大發起
第三十種發起即是迴向所爲發起令現
前故
何等爲十佛子菩薩摩訶薩作如是念我當
供養恭敬一切諸佛是爲第一大發起又作
是念我當長養一切菩薩所有善根是爲第
二大發起又作是念我當於一切如來般涅
槃後莊嚴佛塔以一切華一切鬘一切香一
切塗香一切末香一切衣一切蓋一切幢一
切旛而供養之受持守護彼佛正法是爲第
三大發起
十中前六自分初三福業大
又作是念我當教化調伏一切衆生令得阿
耨多羅三藐三菩提是爲第四大發起又作
是念我當以諸佛國土無上莊嚴而以莊嚴
一切世界是爲第五大發起又作是念我當
發大悲心爲一衆生於一切世界一一各盡
未來際劫行菩薩行如爲一衆生爲一切衆
生悉亦如是皆令得佛無上菩提乃至不生
一念疲懈是爲第六大發起
次三化業大嚴土亦爲攝生故
又作是念彼諸如來無量無邊我當於一如
來所經不思議劫恭敬供養如於一如來於
一切如來悉亦如是是爲第七大發起菩薩
摩訶薩又作是念彼諸如來滅度之後我當
爲一一如來所有舍利各起寶塔其量高廣
與不可說諸世界等造佛形像亦復如是於
不可思議劫以一切寶幢旛蓋香華衣服而
爲供養不生一念厭倦之心爲成就佛法故

爲供養諸佛故爲教化衆生故爲護持正法開示演說故是爲第八大發起

後四勝進七八勝進攝福

菩薩摩訶薩又作是念我當以此善根成無上菩提得入一切諸如來地與一切如來體性平等是爲第九大發起菩薩摩訶薩復作是念我當成正覺巳於一切世界不可說劫演說正法示現不可思議自在神通身語及意不生疲倦不離正法以佛力所持故爲一切衆生勤行大願故大慈爲首故大悲究竟故達無相法故住眞實語故證一切法皆寂滅故知一切衆生悉不可得而亦不違諸業所作故與三世佛同一體故周徧法界虛空界故通達諸法無相故成就不生不滅故具足一切佛法故以大願力調伏衆生作大佛事無有休息是爲第十大發起

後二勝進起化謂九證體十起用

佛子是爲菩薩摩訶薩十種大發起若諸菩薩安住此法則不斷菩薩行具足如來無上大智

佛子菩薩摩訶薩有十種究竟大事何等爲十所謂恭敬供養一切如來究竟大事隨所念衆生悉能救護究竟大事專求一切佛法究竟大事積集一切善根究竟大事思惟一切佛法究竟大事滿足一切誓願究竟大事成就一切菩薩行究竟大事奉事一切善知識究竟大事往詣一切世界諸如來所究竟大事聞持一切諸佛正法究竟大事是爲十若諸菩薩安住此法則得阿耨多羅三藐三菩提大智慧究竟事

第四究竟大事即所作成滿十句可知

佛子菩薩摩訶薩有十種不壞信何等爲十所謂於一切佛不壞信於一切佛法不壞信於一切聖僧不壞信於一切菩薩不壞信於一切善知識不壞信於一切衆生不壞信於一切菩薩大願不壞信於一切菩薩行不壞信於恭敬供養一切諸佛不壞信於菩薩巧密方便教化調伏一切衆生不壞信是爲十若諸菩薩安住此法則得諸佛無上大智慧不壞信

第二不壞信下二門明不壞迴向中行此門正明不壞十句義如前說

佛子菩薩摩訶薩有十種得授記何等爲十所謂內有甚深解得授記能隨順起菩薩諸善根得授記修廣大行得授記現前得授記不現前得授記因自心證菩提得授記成就忍得授記教化調伏衆生得授記究竟一切劫數得授記一切菩薩行自在得授記是爲十若諸菩薩安住此法則於一切諸佛所而得授記

二十種受記即迴向行成十中一解會佛心二具解脫分善三大行已修此三多約三賢四五約對面不對面法華云其不在此會汝當爲宣說等六初地證如七八地成忍八九地具調化方九十地三大劫滿十等覺已入重玄故云自在如記慈氏等若約行布此位但有前五因便餘來若約圓融並通斯十

佛子菩薩摩訶薩有十種善根迴向菩薩由此能以一切善根悉皆迴向何等爲十所謂

以我善根同善知識願如是成就莫别成就以我善根同善知識心如是成就莫别成就以我善根同善知識行如是成就莫别成就以我善根同善知識善根如是成就莫别成就以我善根同善知識平等如是成就莫别成就以我善根同善知識念如是成就莫别成就以我善根同善知識清淨如是成就莫别成就以我善根同善知識所住如是成就莫别成就以我善根同善知識成滿如是成就莫别成就以我善根同善知識不壞如是成就莫别成就是爲十若諸菩薩安住此法則得無上善根迴向

第三十種善根迴向下二門明等一切佛迴向中行此門正明等佛佛爲眞善知識同即等義十中心即悲智爲心平等契理餘各一義皆云同者同一體故不見二相故標云由此能以一切善根皆悉迴向

佛子菩薩摩訶薩有十種得智慧何等爲十所謂於施自在得智慧深解一切佛法得智慧入如來無邊智得智慧於一切問答中能斷疑得智慧入於智者義得智慧深解一切如來於一切佛法中言音善巧得智慧深解於諸佛所種少善根必能滿足一切白淨法獲如來無量智得智慧成就菩薩不思議住得智慧於一念中悉能往詣不可說佛刹得智慧覺一切佛菩提入一切法界聞持一切佛所說法深入一切如來種種莊嚴言音得智慧是爲十若諸菩薩安住此法則得一切諸佛無上現證智

二得智慧亦迴向行成故彼文云住此三

昧入深清淨智慧境界等故

佛子菩薩摩訶薩有十種發無量無邊廣大心何等爲十所謂於一切諸佛所發無量無邊廣大心觀一切衆生界發無量無邊廣大心觀一切刹一切世一切法界發無量無邊廣大心觀察一切法皆如虛空發無量無邊廣大心觀察一切菩薩廣大行發無量無邊廣大心正念三世一切諸佛發無量無邊廣大心觀不思議諸業果報發無量無邊廣大心嚴淨一切佛刹發無量無邊廣大心徧入一切諸佛大會發無量無邊廣大心觀察一切如來妙音發無量無邊廣大心是爲十若諸菩薩安住此心則得一切佛法無量無邊廣大智慧海

第四十種廣大心明至一切處迴向中行

無量無邊故無不至境旣無量無邊心如境而廣大

佛子菩薩摩訶薩有十種伏藏何等爲十所謂知一切法是起功德行藏知一切法是正思惟藏知一切法是陀羅尼照明藏知一切法是辯才開演藏知一切法是不可說善覺眞實藏知一切佛自在神通是觀察示現藏知一切法是善巧出生平等藏知一切法是常見一切諸佛藏知一切不思議劫是善了皆如幻住藏知一切諸佛菩薩是發生歡喜淨信藏是爲十若諸菩薩安住此法則得一切諸佛無上智慧法藏悉能調伏一切衆生

第五十種伏藏即無盡功德藏迴向中行

於一切法蘊斯十義故名爲藏即法而觀惑者不見故名爲伏一切各十是無盡功

德矣

佛子菩薩摩訶薩有十種律儀何等爲十所謂於一切佛法不生誹謗律儀於一切佛所信樂心不可壞律儀於一切菩薩所起尊重恭敬律儀於一切善知識所終不捨愛樂心律儀於一切聲聞獨覺不生憶念心律儀遠離一切退菩薩道律儀不起一切損害衆生心律儀修一切善根皆令究竟律儀於一切魔悉能降伏律儀於一切波羅蜜皆令滿足律儀是爲十若諸菩薩安住此法則得無上大智律儀

第六十種律儀即隨順堅固一切善根迴向中行彼約行首故廣就施以明善根令約行本略辨律儀善根皆順平等之理實通一切故第八云一切善根皆令究竟究竟即順堅固義通明十句攝善饒益無所不具通一切善居然可知

佛子菩薩摩訶薩有十種自在何等爲十所謂命自在於不可說劫住壽命故心自在智慧能入阿僧祇諸三昧故資具自在能以無量莊嚴莊嚴一切世界故業自在隨時受報故受生自在於一切世界示現受生故解自在於一切世界見佛充滿故願自在隨欲隨時於諸刹中成正覺故神力自在示現一切大神變故法自在示現無邊諸法門故智自在於念念中示現如來十力無畏成正覺故是爲十若諸菩薩安住此法則得圓滿一切諸佛諸波羅蜜智慧神力菩提自在

第七十自在即平等隨順一切衆生迴向中行具十自在能隨順故十自在如八地

辨

大方廣佛華嚴經疏鈔會本第五十五

音釋

骨髓髓息委切骨中脂也屠割屠音徒割古達切錯謬錯七各切誤也謬靡幼切差也呰將几切口毀也撾陟瓜切捶也撻他達切打也截昨結切斷也挑吐彫切抉也薩婆若梵語也此云一切智若爾者切筈古活切箭受弦處也

大方廣佛華嚴經疏鈔會本第五十六

唐于闐國三藏沙門實叉難陀　譯

唐清涼山大華嚴寺沙門澄觀撰述

佛子菩薩摩訶薩有十種無礙用何等爲十所謂衆生無礙用國土無礙用法無礙用身無礙用願無礙用境界無礙用智無礙用神通無礙用神力無礙用力無礙用

第八十無礙用即眞如相迴向中行如於眞如無障礙故彼位果云住於此位得一切刹平等等平等即是無礙之因亦無礙之義又云得佛無量圓滿之身一身充滿一切世界等即正顯無礙之義文中四先總標十章二佛子云何下總徵十章三佛子菩薩下依章別釋四佛子如是下總結成盃今初亦三謂標徵列名無礙者前明自在即作用任運令明無礙顯作用無拘又無礙有二一智二事十中有通有局然法智無礙多唯約智如身刹等多唯約事如衆生等通於事智然事無礙必通於智智無礙境未必通事二皆即體之用故並云無礙用也然十皆通二利且約化說初一所化二是化處餘皆能化謂化法化身等可以意得

佛子云何爲菩薩摩訶薩衆生等無礙用

佛子菩薩摩訶薩有十種衆生無礙用何者爲十所謂知一切衆生無衆生無礙用知一切衆生但想所持無礙用爲一切衆生說法未曾失時無礙用普化現一切衆生界無礙用置一切衆生於一毛孔中而不迫隘無礙用爲一切衆生示現他方一切世界令其悉

見無礙用爲一切衆生示現釋梵護世諸天身無礙用爲一切衆生示現聲聞辟支佛寂靜威儀無礙用爲一切衆生示現菩薩行無礙用爲一切衆生示現諸佛色身相好一切智力成等正覺無礙用是爲十

第三依章別釋中即爲十段文皆有四謂標徵釋結今初所化衆生無礙用十句中前三約智辨無礙一了性空故二唯心現故此二實智三知時說法即是權智餘七約事無礙四能現衆生故五近收一毛六遠示他刹餘四示上首之身

佛子菩薩摩訶薩有十種國土無礙用何等爲十所謂一切刹作一刹無礙用一切刹入一毛孔無礙用知一切刹無有盡無礙用一身結跏趺坐充滿一切刹無礙用一身中現一切刹無礙用震動一切刹不令衆生恐怖無礙用以一切刹莊嚴具莊嚴一刹無礙用以一刹莊嚴具莊嚴一切刹無礙用以一如來一衆會徧一切佛刹示現衆生無礙用一切小刹中刹大刹廣刹深刹仰刹覆刹側刹正刹徧諸方網無量差別以此普示一切衆生無礙用是爲十

第二刹無礙十中知刹無盡通智通事故晉經云於一切刹深入無盡方便度世云一切佛界所入無盡皆通事也餘九唯事無礙深即微細刹餘並可知

佛子菩薩摩訶薩有十種法無礙用何等爲十所謂知一切法入一法一法入一切法而亦不違衆生心解無礙用從般若波羅蜜出生一切法爲他解說悉令開悟無礙用知一

切法離文字而令衆生皆得悟入無礙用知一切法入一相而能演説無量法相無礙用知一切法離言説能爲他説無邊法門無礙用於一切法善轉普門字輪無礙用以一切法入一法門而不相違於不可説劫説不窮盡無礙用以一切法悉入佛法令諸衆生皆得悟解無礙用知一切法無有邊際無礙用知一切法無障礙際猶如幻網無量差別於無量劫爲衆生説不可窮盡無礙用是爲十

第三法無礙謂皆約智於性相無礙之法能知説自在故一一多即入而不壞本二實智出權三無文示文四一説多相五無説之説六一言圓備輪字之義彌伽處釋七門互收八以眞收俗九横知無邊十豎窮其際

佛子菩薩摩訶薩有十種身無礙用何等爲十所謂以一切衆生身入己身無礙用以己身入一切衆生身無礙用一切佛身入一佛身無礙用一佛身入一切佛身無礙用一切刹入己身無礙用以一身充徧一切三世法示現衆生無礙用於一身示現無邊身入三昧無礙用於一身示現衆生數等身成正覺無礙用於一切衆生身現一衆生身於一衆生身現一切衆生身無礙用於一切衆生身示現法身於法身示現一切衆生身無礙用是爲十

第四身無礙用文可知

佛子菩薩摩訶薩有十種願無礙用何等爲十所謂以一切菩薩願作自願無礙用以一切佛成菩提願力示現自成正覺無礙用隨

所化衆生自成阿耨多羅三藐三菩提無礙用於一切無邊際劫大願不斷無礙用遠離識身不著智身以自在願現一切身無礙用捨棄自身成滿他願無礙用普教化一切衆生而不捨大願無礙用於一切劫行菩薩行而大願不斷無礙用於一毛孔現成正覺以願力故充徧一切諸佛國土於不可說不可說世界爲一一衆生如是示現無礙用說一句法徧一切法界興大正法雲耀解脱電光震實法雷音雨甘露味雨以大願力充洽一切諸衆生界無礙用是爲十

第五願無礙用文並可知

佛子菩薩摩訶薩有十種境界無礙用何等爲十所謂在法界境界而不捨衆生境界無礙用在佛境界而不捨魔境界無礙用在涅槃境界而不捨生死境界無礙用入一切智境界而不斷菩薩種性境界無礙用住寂靜境界而不捨散亂境界無礙用住無去無來無戲論無相狀無體性無言說如虛空境界而不捨一切衆生戲論境界無礙用住諸力解脱境界而不捨一切諸方所境界無礙用入無衆生際境界而不捨教化一切衆生無礙用住禪定解脱神通明智寂靜境界而於一切世界示現受生無礙用住如來一切行莊嚴成正覺境界而現一切聲聞辟支佛寂靜威儀無礙用是爲十

第六境界無礙謂於此十種勝劣相違境中於勝現劣迴轉無礙是爲菩薩分齊之境文亦可知

佛子菩薩摩訶薩有十種智無礙用何等爲

十所謂無盡辯才無礙用一切總持無有忘失無礙用能決定知決定說一切衆生諸根無礙用於一念中以無礙智知一切衆生心之所行無礙用知一切衆生欲樂隨眠習氣煩惱病隨應授藥無礙用一念能入如來十力無礙用以無礙智知三世一切劫及其中衆生無礙用於念念中現成正覺示現衆生無有斷絕無礙用於一衆生想知一切衆生業無礙用於一衆生音解一切衆生語無礙用是爲十

第七智無礙前來雖亦有智各從本類攝之今則一向辨其智用然智無若干因法顯別以法從智前法無礙以智從法十中初二能化智次三知所化智六上入佛智前六皆權智七八權實無礙智後二事事

無礙智

佛子菩薩摩訶薩有十種神通無礙用何等爲十所謂於一身示現一切世界身無礙用於一佛衆會聽受一切佛衆會中所說法無礙用於一衆生心念中成就不可說無上菩提開悟一切衆生心無礙用以一音現一切世界差別言音令諸衆生各得解了無礙用一念中現盡前際一切劫所有業果種種差別令諸衆生悉得知見無礙用一微塵出現廣大佛刹無量莊嚴無礙用令一切世界具足莊嚴無礙用普入一切三世無礙用放大法光明現一切諸佛菩提衆生行願無礙用善守護一切天龍夜叉乾闥婆阿脩羅迦樓羅緊那羅摩睺羅伽釋梵護世聲聞獨覺菩薩所有如來十力菩薩善根無礙用是爲十

若諸菩薩得此無礙用則能普入一切佛法第八神通無礙一無數色身通二天耳三他心四分別言辭五宿住通故度世經名見前世六往一切佛剎通莊嚴乃是其中別義七未來劫通前巳明過去故通舉三世八即一切法智通故度世云一切諸佛菩薩所建立行演法光明而照耀之即是法光照佛法也九即天眼度世云知見一切等故謂見有所作而守護之十準晉本云佛子略說菩薩平等觀一切諸法通自在此即一切法滅盡三昧通平等寂滅故故度世云菩薩平等寂諸音響則以平夷等御衆生今文脫此文中略舉故不曲盡大旨不異如十通品辨

佛子菩薩摩訶薩有十種神力無礙用何等爲十所謂以不可說世界置一塵中無礙用於一塵中現等法界一切佛剎無礙用以一切大海水置一毛孔周旋往返十方世界而於衆生無所觸嬈無礙用以不可說世界內自身中示現一切神通所作無礙用以一毛繫不可數金剛圍山持以遊行一切世界不令衆生生恐怖心無礙用以不可說劫作一劫一劫作不可說劫於中示現成壞差別不令衆生心有恐怖無礙用於一切世界現水火風災種種變壞而不惱衆生無礙用一切世界三災壞時悉能護持一切衆生資生之具不令損缺無礙用以一手持不思議世界擲不可說世界之外不令衆生有驚怖想無礙用說一切剎同於虛空令諸衆生悉得悟解無礙用是爲十

第九神力無礙神通多約外用無壅神力多約内有幹能故其十中多約一毛含攝等此即身力後是智力若以通攝力十種神力但是一神足通耳既分通力兩殊故十通中少説神境

佛子菩薩摩訶薩有十種力無礙用何等爲十所謂衆生力無礙用敎化調伏不捨離故刹力無礙用示現不可説莊嚴而莊嚴故法力無礙用令一切身入無身故刧力無礙用修行不斷故佛力無礙用覺悟睡眠故行力無礙用攝取一切菩薩行故如來力無礙用度脱一切衆生故無師力無礙用自覺一切諸法故一切智力無礙用以一切智成正覺故大悲力無礙用不捨一切衆生故是爲十

第十力無礙用悲智之力皆無礙故亦有事用無礙從多説之

佛子如是名爲菩薩摩訶薩十種無礙用若有得此十無礙用者於阿耨多羅三藐三菩提欲成不成隨意無違雖成正覺而亦不斷行菩薩行何以故菩薩摩訶薩發大誓願入無邊無礙用門善巧示現故

第四總結成益中欲成不成巳得無礙得果不捨因尤顯無礙

佛子菩薩摩訶薩有十種遊戲何等爲十所謂以衆生身作刹身而亦不壞衆生身是菩薩遊戲以刹身作衆生身而亦不壞於刹身是菩薩遊戲於佛身示現聲聞獨覺身而不損減如來身是菩薩遊戲於聲聞獨覺身示現如來身而不增長聲聞獨覺身是菩薩遊戲於菩薩行身示現成正覺身而亦不斷菩

薩行身是菩薩遊戲於成正覺身示現修菩薩行身而亦不滅成菩提身是菩薩遊戲於涅槃界示現生死身而不著生死是菩薩遊戲於生死界示現涅槃亦不究竟入於涅槃是菩薩遊戲入於三昧而示現行住坐卧一切業亦不捨三昧正受是菩薩遊戲在一佛所聞法受持其身不動而以三昧力於不可說諸佛會中各各現身亦不分身亦不起定而聞法受持相續不斷如是念念於一一三昧身各出生不可說不可說三昧身如是次第一切諸劫猶可窮盡而菩薩三昧身不可窮盡是菩薩遊戲是爲十若諸菩薩安住此法則得如來無上大智遊戲

第九遊戲下三門明無縛無著解脫迴向中行彼有百門廣顯以無縛著解脫成就普賢自在智用今略其三此門任志行成遊賞自在次門明境界難量後門明智用幹能皆由無縛無著故今初十中攝爲五對一依正染淨相作而皆不壞本相正顯遊戲之義如世縱情遊戲無損動故他皆倣此二大小乘互現三因果互現四生死涅槃互現五定散自在謂初即定中起用而常定後即用中入定而常用

佛子菩薩摩訶薩有十種境界何等爲十所謂示現無邊法界門令衆生得入是菩薩境界示現一切世界無量妙莊嚴令衆生得入是菩薩境界化往一切衆生界悉方便開悟是菩薩境界於如來身出菩薩身出如來身是菩薩境界於虛空界現世界於世界現虛空界是菩薩境界於生死界現涅

槃界於涅槃界現生死界是菩薩境界於一衆生語言中出生一切佛法語言是菩薩境界以無邊身現作一身一身作一切差別身是菩薩境界以一身充滿一切法界是菩薩境界於一念中令一切衆生發菩提心各現無量身成等正覺是菩薩境界是爲十若諸菩薩安住此法則得如來無上大智慧境界

第二境界難量通二種境一即遊戲所行之境故晉經名爲勝行二即分齊之境謂出没無礙唯菩薩能故十中前三通所行境後七皆分齊境

佛子菩薩摩訶薩有十種力何等爲十所謂深心力不雜一切世情故增上深心力不捨一切佛法故方便力諸有所作究竟故智力了知一切心行故願力一切所求令滿故行力盡未來際不斷故乘力能出生一切乘而不捨大乘故神變力於一一毛孔中各各示現一切清淨世界一切如來出興世故菩提力令一切衆生發心成佛無斷絶故轉法輪力說一句法悉稱一切衆生諸根性欲故是爲十若諸菩薩安住此法則得諸佛無上一切智十力

第三十力智能十中前七自分力後三勝進力前中初三自利一一向深求故釋以不雜二深求佛法佛法即是增上三所作究竟者由有善巧次二利他後二通二利餘可知

佛子菩薩摩訶薩有十種無畏

第十十無畏下四門明法界無量迴向中行分之爲三初門明所迴善根次門明法

界行體後二門明所成之德今初即是法
施善根無畏即說法之德故

何等爲十佛子菩薩摩訶薩悉能聞持一切言說作如是念設有衆生無量無邊從十方來以百千大法而問於我我於彼問不見微少難可答相以不見故心得無畏究竟到彼大無畏岸隨其所問悉能訓對斷其疑惑無有怯弱是爲菩薩第一無畏

十中一聞持無畏

佛子菩薩摩訶薩得如來灌頂無礙辯才到於一切文字言音開示祕密究竟彼岸作如是念設有衆生無量無邊從十方來以無量法而問於我我於彼問不見微少難可答相以不見故心得無畏究竟到彼大無畏岸隨其所問悉能訓對斷其疑惑無有恐懼是爲菩薩第二無畏

二辯才無畏上二不畏不能答難

佛子菩薩摩訶薩知一切法空離我離我所無作無作者無知者無命者無養育者無補伽羅離蘊界處永出諸見心如虛空作如是念不見衆生有微少相能損惱我身語意業何以故菩薩遠離我我所故不見諸法有少性相以不見故心得無畏究竟到彼大無畏岸堅固勇猛不可沮壞是爲菩薩第三無畏

三二空無畏了達二空不畏妄念

佛子菩薩摩訶薩佛力所護佛力所持住佛威儀所行眞實無有變易作如是念我不見有少分威儀令諸衆生生訶責相以不見故心得無畏於大衆中安隱說法是爲菩薩第四無畏

四威儀無缺無畏

佛子菩薩摩訶薩身語意業皆悉清淨鮮白柔和遠離衆惡作如是念我不自見身語意業而有少分可訶責相以不見故心得無畏能令衆生住於佛法是爲菩薩第五無畏

五三業無過無畏上二不畏外譏

佛子菩薩摩訶薩金剛力士天龍夜叉乾闥婆阿脩羅帝釋梵王四天王等常隨侍衛一切如來護念不捨菩薩摩訶薩作如是念我不見有衆魔外道有見衆生能來障我行菩薩道少分之相以不見故心得無畏究竟到彼大無畏岸發歡喜心行菩薩行是爲菩薩第六無畏

六外護無畏不畏衆魔外道

佛子菩薩摩訶薩已得成就第一念根心無忘失佛所悅可作如是念如來所說成菩提道文字句法我不於中見有少分忘失之相以不見故心得無畏受持一切如來正法行菩薩行是爲菩薩第七無畏

七正念無畏不畏遺忘

佛子菩薩摩訶薩智慧方便悉已通達菩薩諸力皆得究竟常勤教化一切衆生恒以願心繫佛菩提而爲悲愍衆生故成就衆生故於煩惱濁世示現受生種族尊貴眷屬圓滿所欲從心歡娛快樂而作是念我雖與此眷屬聚會不見少相而可貪著廢我修行禪定解脫及諸三昧總持辯才菩薩道法何以故菩薩摩訶薩於一切法已得自在到於彼岸修菩薩行誓不斷絕不見世間有一境界而能惑亂菩薩道者以不見故心得無畏究竟

到彼大無畏岸以大願力於一切世界示現受生是爲菩薩第八無畏

八方便無畏不畏生死如善治船不懼海難如善治船者即大品經意七地已引

佛子菩薩摩訶薩恒不忘失薩婆若心乘於大乘行菩薩行以一切智大心勢力示現一切聲聞獨覺寂靜威儀作如是念我不自見當於二乘而取出離少分之相以不見故心得無畏到彼無上大無畏岸普能示現一切乘道究竟滿足平等大乘是爲菩薩第九無畏

九一切智心無畏不畏二乘

佛子菩薩摩訶薩成就一切諸白淨法具足善根圓滿神通究竟住於諸佛菩提滿足一切諸菩薩行於諸佛所受一切智灌頂之記而常化衆生行菩薩道作如是念我不自見有一衆生應可成熟而不能現諸佛自在而成熟相以不見故心得無畏究竟到彼大無畏岸不斷菩薩行不捨菩薩願隨所應化一切衆生現佛境界而化度之是爲菩薩第十無畏

十具行無畏不畏不能化生

佛子是爲菩薩摩訶薩十種無畏若諸菩薩安住此法則得諸佛無上大無畏而亦不捨菩薩無畏

佛子菩薩摩訶薩有十種不共法

第二不共法正明法界行體以稱法界起行故不共凡小又悟不由他亦非他共

何等爲十佛子菩薩摩訶薩不由他教自然修行六波羅蜜常樂大施不生慳悋恒持淨

戒無所毀犯具足忍辱心不動搖有大精進未曾退轉善入諸禪永無散亂巧修智慧悉除惡見是爲第一不由他教隨順波羅蜜道修六度不共法佛子菩薩摩訶薩普能攝受一切衆生所謂以財及法而行惠施正念現前和顏愛語其心歡喜示如實義令得悟解諸佛菩提無有憎嫌平等利益是爲第二不由他教順四攝道勤攝衆生不共法佛子菩薩摩訶薩善巧迴向所謂不求果報迴向順佛菩提迴向不著一切世間禪定三昧迴向爲利益一切衆生迴向爲不斷如來智慧迴向是爲第三不由他教爲諸衆生發起善根求佛智慧不共法

十中一自利行二化他行三上求行

佛子菩薩摩訶薩到善巧方便究竟彼岸心恒顧復一切衆生不厭世俗凡愚境界不樂二乘出離之道不著巳樂唯勤化度善能入出禪定解脱於諸三昧悉得自在往來生死如遊園觀未曾暫起疲厭之心或住魔宮或爲釋天梵王世主一切生處靡不於中而現其身或於外道衆中出家而恒遠離一切邪見一切世間文詞呪術字印筭數乃至遊戲歌舞之法悉皆示現無不精巧或時示作端正婦人智慧才能世中第一於諸世間出世間法能問能説問答斷疑皆得究竟一切世間出世間事亦悉通達到於彼岸一切衆生恒來瞻仰雖現聲聞辟支佛威儀而不失大乘心雖念念中示成正覺而不斷菩薩行是爲第四不由他教方便善巧究竟彼岸不共法

四善巧行於中五一巧離二乘二善能下巧修三昧三往來下巧順世間四雖現下巧住諸乘五雖念念下巧窮因果

佛子菩薩摩訶薩善知權實雙行道智慧自在到於究竟所謂住於涅槃而示現生死知無衆生而勤行教化究竟寂滅而現起煩惱住一堅密智慧法身而普現無量諸衆生身常入深禪定而示受欲樂常遠離三界而不捨衆生常樂法樂而現有婇女歌詠嬉戲雖以衆相好莊嚴其身而示受醜陋貧賤之形常積集衆善無諸過惡而現生地獄畜生餓鬼雖已到於佛智彼岸而亦不捨菩薩智身菩薩摩訶薩成就如是無量智慧聲聞獨覺尚不能知何況一切童蒙衆生是爲第五不由他教權實雙行不共法

五雙行不共行有標釋結可知

佛子菩薩摩訶薩身口意業隨智慧行皆悉清淨所謂具足大慈永離殺心乃至具足正解無有邪見是爲第六不由他教身口意業隨智慧行不共法

六三業隨智慧行

佛子菩薩摩訶薩具足大悲不捨衆生代一切衆生而受諸苦所謂地獄苦畜生苦餓鬼苦爲利益故不生勞倦唯專度脫一切衆生未曾耽染五欲境界常爲精勤滅除衆苦是爲第七不由他教常起大悲不共法

七悲代他苦行

佛子菩薩摩訶薩常爲衆生之所樂見梵王帝釋四天王等一切衆生見無厭足何以故菩薩摩訶薩久遠世來行業清淨無有過失

是故衆生見者無厭是爲第八不由他敎一
切衆生皆悉樂見不共法
八大慈攝物行
佛子菩薩摩訶薩於薩婆若大誓莊嚴志樂
堅固雖處凡夫聲聞獨覺險難之處終不退
失一切智心明淨妙寶佛子如有寶珠名淨
莊嚴置泥潦中光色不改能令濁水悉皆澄
淨菩薩摩訶薩亦復如是雖在凡愚雜濁等
處終不失壞求一切智清淨寶心而能令彼
諸惡衆生遠離妄見煩惱穢濁得求一切智
清淨心寶是爲第九不由他敎在衆難處不
失一切智心寶不共法
九堅淨自他行涅槃春池可於中說
涅槃春池者然此經喩乃有二意一約敎說二約理說今引涅槃乃是約敎即第二名春池喩經云譬如春時有諸人等在大池浴乘船遊戲失瑠璃寶没深水中是時諸人悉共

入水求覔是寶競捉瓦石各各自謂得瑠
璃寶歡喜持出乃知非眞是時寶珠猶在
水中以珠力故水皆澄清於是大衆乃見
寶珠故在水下猶如仰觀虛空月形是時
衆中有一智人以方便力安徐入水即得
寶珠遠公釋云此即對前比丘歎昔所解
無常苦空無我眞法敎其甄揀於中先喩
後約喩敎勸喩中有三一求眞取僞喩二
歡喜下知僞非眞喩三是時下捨僞取眞
喩上方喩意下約喩敎勸比丘文別有四
一約初喩呵其取喩經云汝等比丘不應
如是修集無常苦無我想不淨想等以爲
實義如彼諸人各以瓦石而爲寶珠二約
第三喩敎其取眞經云汝等應當善學方
便在在處處常修我想常樂淨想三約第
二喩勸知昔僞經云復應當知先所修集
四法相貌悉是顛倒四重約第三喩勸修
令眞經云欲得眞實修諸想者如彼智人
巧出寶珠謂我想常樂淨想關中釋云譬
如春時有諸人等在大池浴全爲設譬使
知昔非而學今得是爲用也春既可樂又
開浴之端而大池清曠濯之甚宜除垢合
時寔唯昔說無常想者沐浴來集如林集
聽本爲滌累以譬在大池浴今喩不稱故
云有諸人等經言乘船遊戲者既聽致感
遂有失言言跡似漫義曰浮虛而在言先
則應前遇聽者乘以爲實是泛舟之像離
内之外無有實功爲遊戲也經失瑠璃寶
没深水中者常與無常理本不偏言蕭可
珍而必是應獲由乘漫乖之爲失實也乖

則永隱爲深沒矣經是時諸人悉共入水求覓是實者聽本應取言旨以從失成求豈曰知之理數然耳求必就說爲人入水矣經競捉瓦石至乃知非眞言旨雖俱以乎爲隱然一本顯譬浮一本竄譬沉而取者其實非實爲草木瓦石之沉浮皆謂得眞莫不歡喜持出於伊字之譬及佛判非明外乃知非也經是時實珠至水皆澄清於取不得爲非故在水中於知非爲義眞旨始現乎語旨現不復渾跡則是珠力使澄清矣經於是大衆至虛空月形者既自知謬方見語旨猶在言下明顯如月無復有暗而理可仰故如仰觀虛空中月也經是時衆中至即便得珠如說修行爲安徐入水要在修習我常四法而不廢替方便之義先修於常然後知無常如是得成在我豈非智哉經不應修習無常等想乃至而爲實珠者合也譬中已悉故畧耳昔修都非而以爲是似彼癡人也經汝等應當善學方便在在處處常修我想常樂淨想者處處常修此四法者必以得之爲方便也經復應當知先所修習四法相貌悉是顛倒者知是則知非知非則知是對觀然後無惑矣經欲得眞實修諸想者如彼智人巧出寶珠所謂我想常樂淨想者要常修得我常樂淨然後都得眞實如彼智人也上生公釋遠師大同而不委此此上約權實教旨故引涅槃若直就經宜用心觀約理以說經中初法次喻後合以一切智清淨妙法而爲實者具三德故明爲般若淨即解脫妙爲法身即體之智曰明即照之寂爲淨斯一不二爲法身體妙之至也凡夫如泥二乘有淺智如滌光色不改不壞自心令濁水清即是利他遠見煩惱興於凡夫求一切智異於二乘故非凡夫行非賢聖行是菩薩行也

佛子菩薩摩訶薩成就自覺境界智無師自悟究竟自在到於彼岸離垢法繒以冠其首而於善友不捨親近於諸如來常樂尊重是爲第十不由他教得最上法不離善知識不捨尊重佛不共法

十位滿常修行

佛子是爲菩薩摩訶薩十種不共法若諸菩薩安住其中則得如來無上廣大不共法

佛子菩薩摩訶薩有十種業何等爲十所謂一切世界業悉能嚴淨故一切諸佛業悉能供養故一切菩薩業同種善根故一切衆生業悉能教化故一切未來業盡未來際攝取

故一切神力業不離一世界徧至一切世界故一切光明業放無邊色光明一一光中有蓮華座各有菩薩結跏趺坐而顯現故一切三寶種不斷業諸佛滅後守護住持諸佛法故一切變化業於一切世界說法教化諸衆生故一切加持業於一念中隨諸衆生心之所欲皆爲示現令一切願悉成滿故是爲十若諸菩薩安住此法則得如來無上廣大業

第三十種業下二門明所成之德中先明業用十句可知

佛子菩薩摩訶薩有十種身何等爲十所謂不來身於一切世間不受生故不去身於一切世間求不得故不實身一切世間如實得故不虛身以如實理示世間故不盡身盡未來際無斷絶故堅固身一切衆魔不能壞故不動身衆魔外道不能動故具相身示現清淨百福相故無相身法相究竟悉無相故普至身與三世佛同一身故是爲十若諸菩薩安住此法則得如來無上無盡之身

後門十身顯得其體然若身若業皆同法界無量略舉十耳此中十身與第九行十身大同小異謂此不來不去即彼不生不滅不實不虛即彼不實不妄不盡堅固即彼不遷不壞不遷則横無邊變不盡則豎說無窮此中不動即彼一相故文殊般若云不動法界法界即一相由得一相魔不能動此具相身即彼入一切世界諸趣身無相名同普至身即彼入一切世界非趣身餘如十行中辨上來迴向位竟

佛子菩薩摩訶薩有十種身業何等爲十所

謂一身充滿一切世界身業於一切衆生前悉能示現身業於一切趣悉能受生身業遊行一切世界身業往詣一切諸佛衆會身業能以一手普覆一切世界身業能以一手磨一切世界金剛圍山碎如微塵身業於自身中現一切佛刹成壞示於衆生身業以一身容受一切衆生界身業於自身中普現一切清淨佛刹一切衆生於中成道身業是爲十若諸菩薩安住此法則得如來無上佛業悉能覺悟一切衆生

大文第五十種身業下有五十門答五十問明十地位中行相古德分四初十二門明十地中三業殊勝行寄在初地二從十種勤修下九門明造修離障行寄二三地三從十種離生道下九門明造修純熟行寄在四地已上位四從十種足下二十門報相圓滿行寄八地已上位此釋猶稍近文亦未盡理今亦依次分配十地初地十門次八漸略文勢爾故謂二地六門三四各五門五二六一七八各三九地二門十地十三門至文當知今初十門明歡喜地中行若麤相分總爲三段初二約身次四辨語後四明意總顯彼地三業殊勝若順彼文且分爲二初九明初住地中行後一明安住地中行前中分四初六門明依何身次心一門辨以何因三發心門明爲何義四周徧門顯有何相今初分二前二約身辨身後四就語辨身語屬身故皆是深種善根之所攝故今初分二此門約色身業用明身十句可知

佛子菩薩摩訶薩復有十種身何等爲十所謂諸波羅蜜身悉正修行故四攝身不捨一切衆生故大悲身代一切衆生受無量苦無疲厭故大慈身救護一切衆生故福德身饒益一切衆生故智慧身與一切佛身同一性故法身永離諸趣受生故方便身於一切處現前故神力身示現一切神變故菩提身隨樂隨時成正覺故是爲十若諸菩薩安住此法則得如來無上大智慧身

後十種身約法門自體明身故但云身十中度攝福智等即前深種善根集助道等互有影略

佛子菩薩摩訶薩有十種語何等爲十所謂柔輭語使一切衆生皆安隱故甘露語令一切衆生悉清涼故不誑語所有言說皆如實故眞實語乃至夢中無妄語故廣大語一切釋梵四天王等皆尊敬故甚深語顯示法性故堅固語說法無盡故正直語發言易了故種種語隨時示現故開悟一切衆生語隨其欲樂令解了故是爲十若諸菩薩安住此法則得如來無上微妙語

二就語辨身中四門皆是所種善根是知彼文雖無義已含有若全異彼豈爲彼行若全同彼何須重說故彼文節節皆云若廣說者不可窮盡小異何疑四門即分爲四初十種語明語體用若約遮釋十中初一離惡口二離兩舌次二離妄語一麤二細餘六離綺語若約表釋十種各顯一德

佛子菩薩摩訶薩有十種淨修語業何等爲十所謂樂聽聞如來音聲淨修語業樂聞說

菩薩功德淨修語業不説一切衆生不樂聞語淨修語業眞實遠離語四過失淨修語業歡喜踊躍讚歎如來淨修語業如來塔所高聲讚佛如實功德淨修語業以深淨心施衆生法淨修語業音樂歌頌讚歎如來淨修語業於諸佛所聽聞正法不惜身命淨修語業捨身承事一切菩薩及諸法師而受妙法淨修語業是爲十

二十種淨修語顯語淨因初二攝法次二離過次二攝善次二法施後二求法行由此十事能令語淨

若菩薩摩訶薩以此十事淨修語業則得十種守護何等爲十所謂天王爲首一切天衆而爲守護龍王爲首一切龍衆而爲守護夜叉王爲首乾闥婆王爲首阿脩羅王爲首迦樓羅王爲首緊那羅王爲首摩睺羅伽王爲首梵王爲首一一皆與自巳徒衆而爲守護如來法王爲首一切法師皆悉守護是爲十

三十王守護即淨語之果發其言善幽冥應之況其人乎然地經中善知識善護意通由諸善不獨由語故度世經亦不躡前

佛子菩薩摩訶薩得此守護巳則能成辦十種大事何等爲十所謂一切衆生皆令歡喜一切世界悉能往詣一切諸根皆能了知一切勝解悉令清淨一切煩惱皆令除斷一切習氣皆令捨離一切欲樂皆令明潔一切深心悉使增長一切法界悉令周徧一切涅槃普令明見是爲十

四十種大事案經即內善外護故能成所作然即地經善集白法善淨深心等餘句

中義亦不獨躡於語然皆躡者以語例餘於理無爽十句並通二利文相亦顯

佛子菩薩摩訶薩有十種心何等爲十所謂如大地心能持能長一切衆生諸善根故如大海心一切諸佛無量無邊大智法水悉流入故如須彌山王心置一切衆生於出世間最上善根處故如摩尼寶王心樂欲清淨無雜染故如金剛心決定深入一切法故如金剛圍山心諸魔外道不能動故如蓮華心一切世法不能染故如優曇鉢華心一切劫中難值遇故如淨日心破暗障故如虛空心不可量故是爲十若諸菩薩安住其中則得如來無上大清淨心

第二十種心者明以何因以大悲爲首荷負一切等故十中一荷負心心如大地荷四重任故二深廣心包含無外故三勝心四淨心五利六堅七無染八希有九智慧十無邊並語心體也

佛子菩薩摩訶薩有十種發心何等爲十所謂發我當度脫一切衆生心發我當令一切衆生除斷煩惱心發我當令一切衆生消滅習氣心發我當斷除一切疑惑心發我當除滅一切衆生苦惱心發我當除滅一切惡道諸難心發我當敬順一切如來心發我當善學一切菩薩所學心發我當於一切世間一一毛端處現一切佛成正覺心發我當於一切世界擊無上法鼓令諸衆生隨其根欲悉得悟解心是爲十若諸菩薩安住其中則得如來無上大發起能事心

第三十種發心者明爲何義爲上求下化

故發起勝用十句可知

佛子菩薩摩訶薩有十種周徧心何等爲十所謂周徧一切虛空心發意廣大故周徧一切法界心深入無邊故周徧一切三世心一念悉知故周徧一切佛出現心於入胎誕生出家成道轉法輪般涅槃悉明了故周徧一切衆生心悉知根欲習氣故周徧一切智慧心隨順了知法界故周徧一切無邊心知諸幻網差別故周徧一切無生心不得諸法自性故周徧一切無礙心不住自心他心故周徧一切自在心一念普現成佛故是爲十若諸菩薩安住其中則得無量無上佛法周徧莊嚴

第四十種周徧心明有何相以過凡夫地入真如法中故十中一總明悲廣智大曠若虛空二智契深極餘皆可知

佛子菩薩摩訶薩有十種根何等爲十所謂歡喜根見一切佛信不壞故希望根所聞佛法皆悟解故不退根一切作事皆究竟故安住根不斷一切菩薩行故微細根入般若波羅蜜微妙理故不休息根究竟一切衆生事故如金剛根證知一切諸法性故金剛光燄根普照一切佛境界故無差別根一切如來同一身故無礙際根深入如來十種力故是爲十若諸菩薩安住其中則得如來無上大智圓滿根

第二十種根即安住地中行由前初住之行令此勝用增上皆光顯故名之爲根十中分三初一信成就次六修行成就於中初句樂欲根即近安樂法多聞能正觀故

二不退者即不著名利於三昧中亦無愛著及貪求故三安住者萬行念念現前故四五悲智不斷上皆敎道六即證道之修後三即迴向成就一總求一切地智故即金剛智照徹法性故二別求法身三求功德身謂十力等

佛子菩薩摩訶薩有十種深心何等爲十所謂不染一切世間法深心不雜一切二乘道深心了達一切佛菩提深心隨順一切智智道深心不爲一切衆魔外道所動深心淨修一切如來圓滿智深心受持一切所聞法深心不著一切受生處深心具足一切微細智深心修一切諸佛法深心是爲十若諸菩薩安住其中則得一切智無上清淨深心

第二十種深心下六門明第二地中行於中二初二門明發起淨十種深心後四門自體淨今初前門自分直明深心後門勝進加以增上今初晉經及論皆名直心者然深心有二義一於法般重名深即樂修善行二契理名深深入理故若語直心但有後義正念眞如法故今文具二初由契理二由修行次七廣上契理後一顯前修行

佛子菩薩摩訶薩有十種增上深心何等爲十所謂不退轉增上深心積集一切善根故離疑惑增上深心解一切如來密語故正持增上深心大願大行所流故最勝增上深心深入一切佛法故爲主增上深心一切佛法自在故廣大增上深心普入種種法門故上首增上深心一切所作成辦故自在增上深

心一切三昧神通變化莊嚴故安住增上深心攝受本願故無休息增上深心成熟一切衆生故是爲十若諸菩薩安住此法則得一切諸佛無上清淨增上深心

二增上深心即勝進上求增般重故十句亦四初門樂修善行二標契理次三成上離疑一出所因二彰所入三成德自在後五成上積集善根

佛子菩薩摩訶薩有十種勤修何等爲十所謂布施勤修悉捨一切不求報故持戒勤修頭陀苦行少欲知足無所欺故忍辱勤修離自他想忍一切惡畢竟不生恚害心故精進勤修身語意業未曾散亂一切所作皆不退轉至究竟故禪定勤修解脫三昧出現神通離一切欲煩惱鬬諍諸眷屬故智慧勤修修習積聚一切功德無厭倦故大慈勤修知諸衆生無自性故大悲勤修知諸法空普代一切衆生受苦無疲厭故覺悟如來十力勤修了達無礙示衆生故不退法輪勤修轉至一切衆生心故是爲十若諸菩薩安住此法則得如來無上大智慧勤修

第二十種勤修下四門明自體淨中行彼約別地之行但明於戒而有三聚今文分二初一門通修十度即攝善法戒律儀亦在其中以地相望是修位之首故特名勤修晉經名方便方便修起故

佛子菩薩摩訶薩有十種決定解何等爲十所謂最上決定解種植尊重善根故莊嚴決定解出生種種莊嚴故廣大決定解其心未曾狹劣故寂滅決定解能入甚深法性故普

徧決定解發心無所不及故堪任決定解能受佛力加持故堅固決定解摧破一切魔業故明斷決定解了知一切業報故現前決定解隨意能現神通故紹隆決定解一切佛所得記故自在決定解隨意隨時成佛故是爲十若諸菩薩安住此法則得如來無上決定解

二決定解下三門明饒益有情戒中行此門總顯智於諸善決起勝解地經約戒但解十善晉經名樂修由有決解故樂修習

佛子菩薩摩訶薩有十種決定解知諸世界何等爲十所謂知一切世界入一世界知一世界入一切世界知一切世界一如來身一蓮華座皆悉周徧知一切世界皆如虛空知一切世界具佛莊嚴知一切世界菩薩充滿知一切世界入一毛孔知一切世界入一衆生身知一切世界一佛菩提樹一佛道場皆悉周徧知一切世界一音普徧令諸衆生各別了知心生歡喜是爲十若諸菩薩安住此法則得如來無上佛剎廣大決定解

二解世界

佛子菩薩摩訶薩有十種決定解知衆生界何等爲十所謂知一切衆生界本性無實知一切衆生界悉入一衆生身知一切衆生界悉入菩薩身知一切衆生界悉入如來藏知一衆生身普入一切衆生界知一切衆生界悉堪爲諸佛法器知一切衆生界隨其所欲爲現釋梵護世身知一切衆生界隨其所欲爲現聲聞獨覺寂靜威儀知一切衆生界爲現菩薩功德莊嚴身知一切衆生界爲現如

來相好寂靜威儀開悟衆生是爲十若諸菩薩安住此法則得如來無上大威力決定解

三解衆生文相並顯

大方廣佛華嚴經疏鈔會本第五十六

音釋

迫隘 迫博陌切狹也隘烏廨切陋也

嬈 而沼切亂也

詶 市流切以言答也

訶責 訶虎何切怒言也

憎嫌 嫌户兼切

醜陋 醜昌九切惡也陋音漏鄙也

泥潦 潦魯皓切路上流水也

繒 疾陵切帛也

級 居立切階級也

壅 委勇切塞也

大方廣佛華嚴經疏鈔會本第五十七之一

唐于闐國三藏沙門實叉難陀　譯

唐清涼山大華嚴寺沙門澄觀撰述

佛子菩薩摩訶薩有十種習氣何等爲十所謂菩提心習氣善根習氣教化衆生習氣見佛習氣於清淨世界受生習氣行習氣願習氣波羅蜜習氣思惟平等法習氣種種境界差別習氣是爲十若諸菩薩安住此法則永離一切煩惱習氣得如來大智習氣非習氣智

第三十種習氣下五門明三地中行分二前二門明能起厭行後三門即所起厭行前中二此門明熏習成氣後門增盛攝取今初由此地厭伏煩惱故於諸行積集熏成氣分方能究竟斷伏煩惱故名習氣十中一行本氣二成行氣三下化四上見五受生六大行七十願八十度九理智十量智

佛子菩薩摩訶薩有十種取以此不斷諸菩薩行何等爲十所謂取一切衆生界究竟教化故取一切世界究竟嚴淨故取如來修菩薩行爲供養故取善根積集諸佛相好功德故取大悲滅一切衆生苦故取大慈與一切衆生一切智樂故取波羅蜜積集菩薩諸莊嚴故取善巧方便於一切處皆示現故取菩提得無礙智故略說菩薩取一切法於一切處悉以明智而現了故是爲十若諸菩薩安住此取則能不斷諸菩薩行得一切如來無上無所取法

二十種取者明增盛攝取故晉經名熾然

由前積習愛樂得增上故

佛子菩薩摩訶薩有十種修何等爲十所謂修諸波羅蜜修學修慧修義修法修出離修示現修勤行匪懈修成等正覺修轉正法輪是爲十若諸菩薩安住其中則得無上修修一切法

第二十種修下三門明所起厭行即分爲三此門正顯修行前八修因後二修果

佛子菩薩摩訶薩有十種成就佛法何等爲十所謂不離善知識成就佛法深信佛語成就佛法不謗正法成就佛法以無量無盡善根迴向成就佛法信解如來境界無邊際成就佛法知一切世界境界成就佛法不捨法界境界成就佛法遠離諸魔境界成就佛法正念一切諸佛境界成就佛法樂求如來十力境界成就佛法是爲十若諸菩薩安住此法則得成就如來無上大智慧

第二成就佛法明修成勝緣依託此十能成就故

佛子菩薩摩訶薩有十種退失佛法應當遠離何等爲十所謂輕慢善知識退失佛法畏生死苦退失佛法厭修菩薩行退失佛法不樂住世間退失佛法耽著三昧退失佛法執取善根退失佛法誹謗正法退失佛法斷菩薩行退失佛法樂二乘道退失佛法嫌恨諸菩薩退失佛法是爲十若諸菩薩遠離此法則入菩薩離生道

第三十種退失明修行離過別舉十過總令遠離文並可知

佛子菩薩摩訶薩有十種離生道何等爲十

所謂出生般若波羅蜜而恒觀察一切衆生是爲一遠離諸見而度脫一切見縛衆生是爲二不念一切相而不捨一切著相衆生是爲三超過三界而常在一切世界是爲四永離煩惱而與一切衆生共居是爲五得離欲法而常以大悲哀愍一切著欲衆生是爲六常樂寂靜而恒示現一切眷屬是爲七離世間生而死此生彼起菩薩行是爲八不染一切世間法而不斷一切世間所作是爲九諸佛菩提已現其前而不捨菩薩一切願行是爲十佛子是爲菩薩摩訶薩十種離生道出離世間不與世共而亦不雜二乘之行若諸菩薩安住此法則得菩薩決定法

第四離生道下五門明四地中行分三初此門明清淨對治修行增長因次門明其清淨後三門明對治修行增長初門明等彼有四分今具其三但畧無果果非正地故然諸門一一皆與彼本分相應有不曉者尋前自了今初前三地寄同世間有見等惑猶如生食在腹四地寄同出世對治清淨能離彼生謂離有爲行故得無生故顯行純熟離生澀故廣如婆沙今是彼清淨對治之因故名爲道地經有十法明門初是觀察衆生今但廣斯一句餘略不具結云不雜二乘者以於十句雙行而修故不同二乘見道離生矣結云已下四揀大異小然此中離生有二一離却生二離生澀生此亦有二一從無之有曰生二生長名生餘並可思

佛子菩薩摩訶薩有十種決定法何等爲十所謂決定於如來種族中生決定於諸佛境界中住決定了知菩薩所作事決定安住諸波羅蜜決定得預如來衆會決定能顯如來

種性決定安住如來力決定深入佛菩提決定與一切如來同一身決定與一切如來所住無有二是爲十

第二決定法者明其清淨上明能離令顯所得以得出世決定法故故彼文云得彼内法生如來家十中前五自分後五勝進

佛子菩薩摩訶薩有十種出生佛法道何等爲十所謂隨順善友是出生佛法道同種善根故深心信解是出生佛法道知佛自在故發大誓願是出生佛法道其心寛廣故忍自善根是出生佛法道知業不失故一切劫修行無厭足是出生佛法道盡未來際故阿僧祇世界皆示現是出生佛法道成熟衆生故不斷菩薩行是出生佛法道增長大悲故無量心是出生佛法道一念徧一切虛空界故殊勝行是出生佛法道本所修行無失壞故如來種是出生佛法道令一切衆生樂發菩提心以一切善法資持故是爲十若諸菩薩安住此法則得大丈夫名號

第三出生佛法下三門明對治修行增長於中分二先二門明修行增長後一門明修行對治今初亦二此門正明增長後門顯立勝名今初從緣出生即增長義亦猶出息增長其多十中初二順人信法次二願智不虛次二時處廣長次二無間普徧後二勝行攝生

佛子菩薩摩訶薩有十種大丈夫名號何等爲十所謂名爲菩提薩埵菩提智所生故名爲摩訶薩埵安住大乘故名爲第一薩埵證第一法故名爲勝薩埵覺悟勝法故名爲最

勝薩埵智慧最勝故名爲上薩埵起上精進故名爲無上薩埵開示無上法故名爲力薩埵廣知十力故名爲無等薩埵世間無比故名爲不思議薩埵一念成佛故是爲十若諸菩薩得此名號則成就菩薩道

二丈夫名號即立勝名由德行內增故嘉名外立十中前四從境立名五六約當體受名上皆自利七八利他九通顯勝具二利故上皆自分因名後一勝進果稱上皆隨德假名故瑜伽四十六明菩薩隨德假名有十六種初名菩提薩埵十六名爲法師顯揚第八莊嚴論十二皆同此說又商主天子經五義立名恐繁不會瑜伽四十六者彼論云一切菩薩當知復有如是等類無有差別隨德假名所謂名爲菩提薩埵摩訶薩埵成就覺慧最上照明最勝真子最勝住持普能降伏最勝萌芽亦名勇健亦名最勝亦名商主亦名大名稱亦名憐愍亦名大福亦名自在亦名法師如是十方無邊無際諸世界中無邊菩薩當知乃至內德各別無量無邊假立相號釋曰下引二論與此全同一一二小異義無以別又商主者一於菩提分住持入故故名菩提薩埵二入大乘故滿大乘智故故名摩訶薩埵三不可求法智德入故故名最勝薩埵四不與煩惱共住爲諸衆生滅煩惱故發精進故故名淨薩埵五令諸衆生行淨道故故名極淨薩埵

佛子菩薩摩訶薩有十種道何等爲十所謂一道是菩薩道不捨獨一菩提心故二道是菩薩道出生智慧及方便故三道是菩薩道行空無相無願不著三界故四行是菩薩道懺除罪障隨喜福德恭敬尊重勸請如來善巧迴向無休息故五根是菩薩道安住淨信堅固不動起大精進所作究竟一向正念無異攀緣巧知三昧入出方便善能分別智慧境界故六通是菩薩道所謂天眼悉見一切

世界所有衆色知諸衆生死此生彼故天耳悉聞諸佛説法受持憶念廣爲衆生隨根演暢故他心智能知他心自在無礙故宿命念憶知過去一切劫數增長善根故神足通隨所應化一切衆生種種爲現令樂法故漏盡智現證實際起菩薩行不斷絶故七念是菩薩道所謂念佛於一毛孔見無量佛開悟一切衆生心故念法不離一如來衆會於一切如來衆會中親承妙法隨諸衆生根性欲樂而爲演説令悟入故念僧恒相續見無有休息於一切世間見菩薩故念捨了知一切菩薩捨行增長廣大布施心故念戒不捨菩提心以一切善根迴向衆生故念天常憶念兜率陀天宫一生補處菩薩故念衆生智慧方便教化調伏普及一切無間斷故隨順菩提八聖道是菩薩道所謂行正見道遠離一切諸邪見故起正思惟捨妄分别心常隨順一切智故常行正語離語四過順聖言故恒修正業教化衆生令調伏故安住正命頭陀知足威儀審正隨順菩提行四聖種一切過失皆永離故起正精進勤修一切菩薩苦行入佛十力無罣礙故心常正念悉能憶持一切言音除滅世間散動心故心常正定善入菩薩不思議解脱門於一三昧中出生一切諸三昧故入九次第定是菩薩道所謂離欲恚害而以一切語業説法無礙滅除覺觀而以一切智覺觀教化衆生捨離喜愛而見一切佛心大歡喜離世間樂而隨順出世菩薩道樂從此不動入無色定而亦不捨欲色受生雖住滅一切想受定而亦不息菩薩行故學

佛十力是菩薩道所謂善知是處非處智善知一切衆生去來現在業報因果智善知一切衆生上中下根不同隨宜說法智善知一切衆生種種無量性智善知一切衆生輭中上解差別令入法方便智徧一切世間一切剎一切三世一切劫普現如來形相威儀而亦不捨菩薩所行智善知一切諸禪解脫及諸三昧若垢若淨時與非時方便出生諸菩薩解脫門智知一切衆生於諸趣中死此生彼差別智於一念中悉知三世一切劫數智善知一切衆生樂欲諸使惑習滅盡智而不捨離諸菩薩行是爲十若諸菩薩安住此法則得一切如來無上巧方便道

第二有十種道明修行對治地經寄位廣明三十七品今約實位故增數顯十皆爲對治並是正道十中前二後一名義皆不共三道則名義俱共四道至九名共小乘義唯實教前三可知言義唯實者故四行云善巧迴向無休息故五根定根知三昧入出六通天眼見死此生彼七六念成七加念衆生爲大悲故亦是廣七覺中一念覺故餘例此知八正思惟順一切智九次第定皆寂用雙行初禪離欲恚害而逆化衆生亦用欲等言說故云一切語業二禪雖無覺觀不壞淨覺以爲說因三禪離喜而生法喜四禪離樂而受解脫道樂從此不動下明四無色定但總相顯勝雖住滅下即滅盡定此定雖盡滅諸不恒行心心所法及滅恒行染汙一分而以厭患想受爲先故名滅想受定由非想地猶有細想

是捨受故今實教明即受等性滅故不息菩薩行是以七地云能念念入亦念念起等餘如三地及七地中辨十力中六徧一切下是一切至處道智八是天眼九是宿命今三世悉知況乎宿命餘如初會中辨義唯實教者總生下六段四以迴向無休爲實五以定知三昧出入爲實六通天眼但見三千等三明十力方見過未今見死此生彼便同力義非是實教無此義耳七以加悲念衆生爲實又云亦是廣七覺中一念覺者地經約道品明對治今五根八正即是道品此廣念覺兼有七覺則與前文影畧明耳八正中以順一切智異於二乘爲實九定權實雙行爲實如初禪離欲恚害是實而能逆化是涉權故異權小之九定也下並可思對前三地九次第定則知此中權實雙行以實教定故下指前文

佛子菩薩摩訶薩有無量道無量助道無量修道無量莊嚴道

第五無量道下二門明五地中行分二此門明勝慢對治中行後門明後二分中行

今初分二先總標四門以此四門同顯道義義皆無量類例相從故總標之約義須分故後二屬後以此四門下出經總標所以約義須分下出疏別配所以四中前二是五地修道爲六地莊嚴道是七地故云約義須分後二屬後恐是譯人一時標耳

佛子菩薩摩訶薩有十種無量道何等爲十所謂虛空無量故菩薩道亦無量法界無邊故菩薩道亦無量衆生界無盡故菩薩道亦無量世界無際故菩薩道亦無量劫數不可盡故菩薩道亦無量一切衆生語言法無量故菩薩道亦無量如來身無量故菩薩道亦無量佛音聲無量故菩薩道亦無量如來力無量故菩薩道亦無量一切智智無量故菩薩道亦無量是爲十

二從佛子下別明初門謂十平等心及隨

如道行皆是菩薩正道所遊路故以觸境皆如道無不在況虛空等十一一無量道豈有涯十中前四各一無量後四皆佛界無量語言亦屬衆生亦是調伏界無量劫數即竪論無量餘七横論無量虛空亦横亦竪法界非横非竪虛空法界約無分量餘八廣多無量兼無分量十中前四者會五無量界也

佛子菩薩摩訶薩有十種無量助道所謂如虛空界無量菩薩集助道亦無量如法界無邊菩薩集助道亦無邊如衆生界無盡菩薩集助道亦無盡如世界無際菩薩集助道亦無際如劫數說不可盡菩薩集助道亦一切世間說不能盡如衆生語言法無量菩薩集助道出生智慧知語言法亦無量如如來身無量菩薩集助道徧一切衆生一切刹一切世一切劫亦無量如佛音聲無量菩薩出一言音周徧法界一切衆生無不聞知故所集助道亦無量如佛力無量菩薩承如來力積集助道亦無量如一切智智無量菩薩積集助道亦如是無有量是爲十若諸菩薩安住此法則得如來無量智慧

二無量助道即不住道行勝及彼果勝中行以智契如是謂正道萬行資緣皆爲助道此二合行名不住道今以圓融之修無不契如並爲正道皆互相資並爲助道故舉虛空等十不異前章然正道不隨事轉同稱無量助道隨事故隨所等事名無邊無盡等二無量下疏文有四一顯前文然彼有三分一勝慢對治二不住道行勝三彼果勝上十平等是治他地慢隨如道即治自地慢俱是第一分今此即二三兩分以智契如下二釋成不住道義便仍釋前正道今以圓融下三通難釋成難

云今是助道豈是不住道行勝等中行耶故答云俱爲正道並爲助道則助道中已有正道故得合爲不住道耳然正下復有問言既俱互通那得經中分成二名故答云雖則互通而文之中客已揀異則顯文中同用空等顯互通義隨事不隱顯二別義

佛子菩薩摩訶薩有十種無量修道何等爲十所謂不來不去修身語意業無動作故不增不減修如本性故非有非無修無自性故如幻如夢如影如響如鏡中像如熱時燄如水中月修離一切執著故空無相無願無作修明見三界而集福德不休息故不可說無言說離言說修遠離施設安立法故不壞法界修智慧現知一切法故不壞真如實際修普入真如實際虛空際故廣大智慧修諸有所作力無盡故住如來十力四無所畏一切智智平等修現見一切法無疑惑故是爲十若諸菩薩安住此法則得如來一切智無上善巧修

第六無量修道一門明六地中行般若現前爲真修故無去來等即十平等等故十中前四即勝慢對治中行攝十平等後六即彼果勝中行不住道行勝十種觀緣彼已廣故此略不明第六無量下文四一顯修道是六地所由無去來下顯其同相上顯義同此顯文同四中前三約法後一約喻法中彼從別義開成前八今總明之一不起心二稱本性三遣修相亦可配三性三無性如理思之四舉七喻通顯無著亦可配三性者如初來去即徧計所執性以不不之即相無自性性下二以依他圓成對生無自性性勝義無自性性可以意得四舉七喻者七喻全同彼文論釋云此明

遣我非有相而有二釋一者前七句以無破有七喻以有遣無令不著無故二者例同於前亦以無遣有故云我非有相幻夢影像不壞虛相取不可得後六中五雖證三空而集福德六不著教法不可說者理圓言偏言不能詮故無言說者性無言故離言說者忘言方會故七不壞事法界八不壞真如理九總明權實之智故力無盡上皆自分修十即勝進修四中下隨文別釋於中有二先

釋十平等言云彼從別義開成前八者一無相故二無體三無生四無成五本來清淨六無戲論七無取捨八寂靜故平等今總明之下畧有三義一不起心者約定故經釋云無動作故二稱本性約觀智了本性心境寘故故經釋云如本性故三遣修相者即上二修亦不立故釋云無自性故

佛子菩薩摩訶薩有十種莊嚴道

第七莊嚴道下三門明七地中行分三初門明權實雙行次門明念念進趣後門取授自在今初即彼地中樂無作行對治十種方便智及雙行果發起勝行中行以權實交飾故曰莊嚴

何等爲十佛子菩薩摩訶薩不離欲界入色界無色界禪定解脱及諸三昧亦不因此而受彼生是爲第一莊嚴道智慧現前入聲聞道不以此道而取出離是爲第二莊嚴道智慧現前入辟支佛道而起大悲無有休息是爲第三莊嚴道雖有人天眷屬圍繞百千婇女歌舞侍從未曾暫捨禪定解脱及諸三昧是爲第四莊嚴道與一切衆生受諸欲樂共相娛樂乃至未曾於一念間捨離菩薩平等三昧是爲第五莊嚴道

列中前五自行無染

已到一切世間彼岸於諸世法悉無所著而亦不捨度衆生行是爲第六莊嚴道
次四隨有攝化一無染而化
安住正道正智正見而能示入一切邪道不取爲實不執爲淨令彼衆生遠離邪法是爲第七莊嚴道
二處正入邪
常善護持如來淨戒身語意業無諸過失爲欲教化犯戒衆生示行一切凡愚之行雖已具足清淨福德住菩薩趣而示生於一切地獄畜生餓鬼及諸險難貧窮等處令彼衆生皆得解脫而實菩薩不生彼趣是爲第八莊嚴道
三持犯權實
不由他教得無礙辯智慧光明普能照了一切佛法爲一切如來神力所持與一切諸佛同一法身成就一切堅固大人明淨密法安住一切平等諸乘諸佛境界皆現其前具足一切世智光明照見一切諸衆生界能爲衆生作知法師而示求正法未曾休息雖實與衆生作無上師而示行尊敬闍棃和尚何以故菩薩摩訶薩善巧方便住菩薩道隨其所應皆爲示現是爲第九莊嚴道
四人法權實
善根具足諸行究竟一切如來所共灌頂到一切法自在彼岸無礙法繒以冠其首其身徧至一切世界普現如來無礙之身於法自在最上究竟轉於無礙清淨法輪一切菩薩自在之法皆已成就而爲衆生故於一切國土示現受生與三世諸佛同一境界而不廢

菩薩行不捨菩薩法不懈菩薩業不離菩薩道不弛菩薩儀不斷菩薩取不息菩薩巧方便不絕菩薩所作事不厭菩薩生成用不止菩薩住持力何以故菩薩欲疾證阿耨多羅三藐三菩提觀一切智門修菩薩行無休息故是爲第十莊嚴道

十總顯因果權實於中三初因圓示缺示現受生是因未滿故次與三世下同果境界而不捨因因有十句行通二利法即教法業謂利他道謂正智儀謂制聽取即願求巧謂權變上皆所作事總語因體生成用者即因成大用住持力者長用不絕後何以下徵釋可知

若諸菩薩安住此法則得如來無上大莊嚴道亦不捨菩薩道

佛子菩薩摩訶薩有十種足何等爲十所謂持戒足殊勝大願悉成滿故精進足集一切菩提分法不退轉故神通足隨衆生欲令歡喜故神力足不離一佛刹往一切佛刹故深心足願求一切殊勝法故堅誓足一切所作咸究竟故隨順足不違一切尊者教故樂法足聞持一切佛所説法不疲懈故法雨足爲衆演説無怯弱故修行足一切諸惡悉遠離故是爲十若諸菩薩安住此法則得如來無上最勝足若一舉步悉能徧至一切世界

二十足明念念進趣行即彼障對治中修行無量種及雙行分中菩提分差別等十中初二約行一戒二進次二約通一總二別次二約心一願二誓次二約法一順二持後二約德一演二伏

佛子菩薩摩訶薩有十種手何等爲十所謂深信手於佛所説一向忍可究竟受持故布施手有來求者隨其所欲皆令充滿故先意問訊手舒展右掌相迎引故供養諸佛手集衆福德無疲厭故多聞善巧手悉斷一切衆生疑故令超三界手授與衆生拔出欲泥故置於彼岸手四暴流中救溺衆生故不悋正法手所有妙法悉以開示故善用衆論手以智慧藥滅身心病故恒持智寶手開法光明破煩惱闇故是爲十若諸菩薩安住此法則得如來無上手普覆十方一切世界

三十種手明取授自在行即雙行分中能作大義十中初一約取謂念念中修習一切佛法向佛智故餘九約授於中前五明四攝一布施二愛語三四皆利行五即同事共一手作而拔出故後四即四家一苦清淨故二示諸諦故三般若力故四捨煩惱故

佛子菩薩摩訶薩有十種腹何等爲十所謂離諂曲腹心清淨故離幻僞腹性質直故不虚假腹無險詖故無欺奪腹於一切物無所貪故斷煩惱腹具智慧故清淨心腹離諸惡故觀察飲食腹念如實法故觀察無作腹覺悟緣起故覺悟一切出離道腹善成熟深心故遠離一切邊見垢腹令一切衆生得入佛腹故是爲十若諸菩薩安住此法則得如來無上廣大腹悉能容受一切衆生

第八十腹下三門明第八地中行以内證無生故皆約内事明内德圓滿即分爲三初門明含容清淨德即彼集地分中無住

道清淨等故及淨忍分中得無生故亦是得勝行分中離一切貪著等故世人之腹多含穢惡今此十中前六明惡無不離七八九三明善無不積若能如是凡即佛腹

佛子菩薩摩訶薩有十種藏何等爲十所謂不斷佛種是菩薩藏開示佛法無量威德故增長法種是菩薩藏出生智慧廣大光明故住持僧種是菩薩藏令其得入不退法輪故覺悟正定衆生是菩薩藏善隨其時不踰一念故究竟成熟不定衆生是菩薩藏令因相續無有間斷故爲邪定衆生發起大悲是菩薩藏令未來因悉得成就故滿佛十力不可壞因是菩薩藏具降伏魔軍無對善根故最勝無畏大師子吼是菩薩藏令一切衆生皆歡喜故得佛十八不共法是菩薩藏智慧普入一切處故普了知一切衆生一切剎一切法一切佛是菩薩藏於一念中悉明見故是爲十若諸菩薩安住此法則得如來無上善根不可壞大智慧藏

二有十藏前總擧其腹今别明五藏由得勝行諸佛勸起一念出生含攝成熟無量德故今别明五藏者謂脾腎心肺肝也上總擧一腹所有此唯取五藏下唯一心約事即然約法皆十融無盡故十中初三出生三寶次三成熟三聚邪定亦有佛性爲未來因故起悲爲緣涅槃云一闡提人雖復斷善由佛性力未來善根還得生長即其義也後四攝授佛果最後即一切智也

大方廣佛華嚴經疏鈔會本第五十七之一

音釋

薩埵 梵語也此云成衆生謂用佛道成就衆生也埵音朶

罣礙 罣古賣切礙牛蓋切

弛 施氏切廢也

險詖 詖彼義切險詖謂陰險不平之言也

踰 羊朱切越也

澀 色入切不滑也

礫 郎狄切小石也

脾 頻彌切土藏也

腎 時軫切水藏也

肺 芳吠切金藏也

肝 居寒切木藏也

大方廣佛華嚴經疏鈔會本第五十七之二

唐于闐國三藏沙門實叉難陀 譯

唐清涼山大華嚴寺沙門澄觀 撰述

佛子菩薩摩訶薩有十種心何等爲十所謂精勤心一切所作悉究竟故不懈心積集相好福德行故大勇健心摧破一切諸魔軍故如理行心除滅一切諸煩惱故不退轉心乃至菩提終不息故性清淨心知心不動無所著故知衆生心隨其解欲令出離故令入佛法大梵住心知諸衆生種種解欲不以別乘而救護故空無相無願無作心見三界相不取著故卍字相金剛堅固勝藏莊嚴心一切衆生數等魔來乃至不能動一毛故是爲十若諸菩薩安住此法則得如來無上大智光明藏心

三有十心即五藏之一最爲勝故五藏主故即此地能成諸善無功用心前初地中明心梵云質多即慮知心對身口故今此梵云纈唎陀耶此云肉團心對餘藏故十中前六自利於中初二攝善一勤二策次二破惡一破縁二破因次二成行一堅二淨次二攝生心一智令悟二慈拯救大梵住即四無量後二成德一深二固

佛子菩薩摩訶薩有十種被甲何等爲十所謂被大慈甲救護一切衆生故被大悲甲堪忍一切諸苦故被大願甲一切所作究竟故被迴向甲建立一切佛莊嚴故被福德甲饒益一切諸衆生故被波羅蜜甲度脱一切諸含識故被智慧甲滅一切衆生煩惱闇故被善巧方便甲生普門善根故被一切智心堅

固不散亂甲不樂餘乘故被一心決定甲於一切法離疑惑故是爲十若諸菩薩安住此法則被如來無上甲胄悉能摧伏一切魔軍

第九被甲下二門明九地行法師入有備外嚴故初門明入地十心如被甲防内將趣入故十句可知

佛子菩薩摩訶薩有十種器仗何等爲十所謂布施是菩薩器仗摧破一切慳悋故持戒是菩薩器仗棄捨一切毁犯故平等是菩薩器仗斷除一切分別故智慧是菩薩器仗消滅一切煩惱故正命是菩薩器仗遠離一切邪命故善巧方便是菩薩器仗於一切處示現故略說貪瞋癡等一切煩惱是菩薩器仗以煩惱門度衆生故生死是菩薩器仗不斷菩薩行教化衆生故說如實法是菩薩器仗能破一切執著故一切智是菩薩器仗不捨菩薩行門故是爲十若諸菩薩安住此法則能除滅一切衆生長夜所集煩惱結使

二十器仗器仗破外以住地心窮十稠林無不破故十中前五順仗破障次三違仗破障如令賊破賊故次一非順非違仗如以良謀不用兵仗無不破故後一切成立德仗

佛子菩薩摩訶薩有十種首何等爲十所謂涅槃首無能見頂故尊敬首一切人天所敬禮故廣大勝解首三千界中最爲勝故第一善根首三界衆生咸供養故荷戴衆生首成就頂上肉髻相故不輕賤他首於一切處常尊勝故般若波羅蜜首長養一切功德法故方便智相應首普現一切同類身故教化一

切衆生首以一切衆生爲弟子故守護諸佛
法眼首能令三寶種不斷絶故是爲十若諸
菩薩安住此法則得如來無上大智慧首
第十十種首下十三門明十地行十地德
圓故寄六根四儀業用明之且爲三初一
總標德首次六六根勝德後六四儀成規
今初居受職位首出衆聖故十中初三果
首次三標之以因釋之以果後四直明行
首
佛子菩薩摩訶薩有十種眼所謂肉眼見一
切色故天眼見一切衆生心故慧眼見一切
衆生諸根境界故法眼見一切法如實相故
佛眼見如來十力故智眼知見諸法故光明
眼見佛光明故出生死眼見涅槃故無礙眼
所見無障故一切智眼見普門法界故是爲

十若諸菩薩安住此法則得如來無上大智
慧眼
第二十眼下六門六根即分爲六初明十
眼者即大盡分中如實知見一切法故初明
十眼者疏文有五一指前經文釋成眼義
如實知見爲眼義故二十中下隨文會釋
三出體四明次第五餘如別章示原然諸
教章門多分爲七門一釋名得名二辨體
三修成次第四類差別五見境不同六約
人辨異七問答分別今但義含五段之中
初一義當釋名照矚
名眼故名隨釋中辨十中前五名同諸教
而體用不同諸宗肉眼見障內色故智論
三十七說肉眼見近不見遠見前不見後
等天眼方見遠等仍有分齊今肉眼見一
切色已過二眼故四十四自指云不思議
經應見遠此中不說釋中已下二隨文會
釋對餘五眼辨開合
同異於中分二先釋前五但明業用同異
後五卽開合同異前中先總明同異卽分
爲五一肉眼中然明見不見畧有五義一
見麤不見細二見近不見遠三見明不見

暗四見前不見後五見障內不見障外斯卽亦是見境不同故䟽釋及論影出其三而言等等者等取麤細明暗言天眼方見遠等等取餘四此乃成不見遠等非釋天眼今肉眼下舉此顯勝四十四下引彼指此其應字合言說字此中不說者卽智論指摩訶般若中爲此中

然天眼是假合不見實相今明見心卽似同於彼然心通性相則亦不同

然天眼下二釋天眼中先序五眼言假和合者卽是出體以肉天眼皆是淸淨四大不可見有對色爲體但人天趣別耳言不見實相者卽是所見境但翻前見近不見遠等則前五不見天眼皆見而不見實相實相等是慧眼境故今明見心下顯此十眼言似同彼者心若約相非實相故今具性相故亦不同

此中慧眼似彼法眼此中法眼似彼慧眼所以互者以彼慧眼不能見衆生盡滅一異不能度生今顯實過權反此明能

此中慧眼下三釋慧眼言似法眼者約所見境異以彼法眼見事及根欲等今見衆生諸根境異故同彼法此中法眼似彼慧眼者彼中慧眼見理境故卽如實相也從所以互下出不同之由以慧眼但見理故不見盡滅一異今舉彼不見故云過彼則顯慧眼亦能見理但同者不舉耳

彼中法眼雖知於法不能徧知衆生方便道今反此故明知一切意欲異權故耳

彼中法眼下四釋法眼亦舉彼不能顯此之能則一切法如實相言通事實理實若爾云何分於法法慧然法慧二眼俱以慧數爲體五眼中明自有二義一慧眼以正體智爲體法眼以後得智爲性二云法眼從所知法爲名所知亦通於理慧眼從能知智爲名今正取後義則題慧眼亦通二慧

彼佛眼細無不知今舉勝況劣又十力無不該故

彼佛眼下五釋佛眼先舉他宗亦約所知境後今舉下會釋今文而有二意一直案文則十力狹於一切法也故云舉勝下文云十力下別顯同彼不出十力之所知故顯唯屬佛揀異法慧故舉十力耳然彼釋名有三義一云四眼在佛皆名佛眼此卽佛身之眼從主爲名二云佛者覺義覺卽是眼當體爲名三亦可照達佛性名爲佛眼者涅槃云若人能見身中佛性雖是肉眼卽名佛眼故以十力當體照達名爲眼耳彼出體云眼卽以無功用智爲性或以圓鏡等四智爲體皆不出十力義耳

後五中智眼見事卽法眼開出光明眼通身智光義兼法慧出生死眼者然涅槃不可見絕見方見見

圓寂故無礙眼者總見諸眼境皆無障故此即一眼具多爲不壞相故須列十眼一切智眼即是普眼非但見法界重重亦乃法界即眼故爲普門

義兼法慧者根本智即慧眼攝後得智兼於法慧又能知即慧所知即法出生死眼者亦前慧眼慧眼見理故無礙眼先正明後爲不壞相下通妨妨云若爾一眼即足何用說十故爲此通即是普眼者名異體一普名普眼即佛眼總義然普眼畧有三義一一普見普法故二普普見諸法三所見即眼故以前二義況出第三具如毗盧遮那品若以法相宗言下五眼皆佛眼攝一切智眼即是佛眼

故知十眼全以無礙法界而爲其體

故知十眼下第三出體隨相別體以見於前此即圓融總相體耳

若辨次第以肉眼見生受苦次以天眼了知其心次別知根境次引入如實次令得佛力次尋光而見次同歸寂滅後等同法界餘如別章

若辨次下第四辨次唯約十眼明次次別知根境即慧眼次引入如實即是法眼次令得佛力即是佛眼次尋光而見即通智眼及光明眼光有智光即

同智故次同歸寂滅即出生死眼後等同法界即一切智眼其無礙眼以是總故通於前後若法相中明次第者約修以明次爲導養身先修肉眼肉眼見麤不見細等次修天眼天眼見色未見真境故修慧眼慧眼見理不能見事故修法眼法眼未圓故修佛眼餘如別章者諸章門中皆廣說之然大意要妙上已畧具今更出其見境寬狹然所見有四一事二法三理四實陰界入等差別是事苦無常等衆生根性是法

二空真如是理如來藏中真常佛性是實此之四法五眼所見一肉眼所見見障內等然凡夫肉眼見百由旬二乘肉眼同凡夫見菩薩肉眼如大品說極遠見三千界如來肉眼與菩薩同見境分明天眼有一二報得隨在諸地及於下地下不能見上若修得者智論云凡夫天眼見一四天下以小聲聞見小千界大聲聞見中千界那律見三千界緣覺小者見中千大者見大千菩薩修得者隨人大小所見不定遠者見一切世界故地持云菩薩以一切世界爲天眼境報得者大品經說極喜見三千如來見一切後之三眼不可以方所定論唯約得法深淺以辨二乘慧眼唯見生空菩薩慧眼具見二空不能窮盡如來畢竟二乘法眼但見苦無常等諸法總相麤觀不能微細若約不知根欲即無法眼菩薩法眼了根欲性及一切法若總若別若麤若細而無不窮盡如來與菩薩同皆悉窮盡佛眼二乘全無菩薩人中進退不定地

前菩薩聞見佛性未有佛眼地上眼見故有佛眼若準涅槃九地已還聞見佛性十地眼見而未了了但見自身所有佛性不見衆生所有佛性於自身中十分見一如來佛眼窮盡此明見實若約人辨餘則可知佛之三身化身具五報身無肉眼法身無五眼若約法性之眼亦得具五然隨法相宗差別斯法性宗中一一圓融具如上說

佛子菩薩摩訶薩有十種耳何等爲十所謂聞讃歎聲斷除貪愛聞毀呰聲斷除瞋恚聞說二乘不著不求聞菩薩道歡喜踊躍聞地獄等諸苦難處起大悲心發弘誓願聞說人天勝妙之事知彼皆是無常之法聞有讃歎諸佛功德勤加精進令速圓滿聞說六度四攝等法發心修行願到彼岸聞十方世界一切音聲悉知如響入不可說甚深妙義菩薩摩訶薩從初發心乃至道場常聞正法未曾暫息而恒不捨化衆生事是爲十若諸菩薩成就此法則得如來無上大智慧耳

二十耳者然眼等六根由得解脫神通無上見聞齅觸等皆自在故總就行辨此門亦即釋名分中聞持如來大法雨故初二離順離違次二棄小欣大次二愍苦猒樂次二滿果圓因後二了俗同眞悲智俱運

佛子菩薩摩訶薩有十種鼻何等爲十所謂聞諸臭物不以爲臭聞諸香氣不以爲香香臭俱聞其心平等非香非臭安住於捨若聞衆生衣服卧具及其支體所有香臭則能知彼貪恚愚癡等分之行若聞諸伏藏草木等香皆如對目前分明辨了若聞下至阿鼻地獄上至有頂衆生之香皆知彼過去所行之行若聞諸聲聞布施持戒多聞慧香住一切智心不令散動若聞一切菩薩行香以平等

慧入如來地聞一切佛智境界香亦不廢捨諸菩薩行是爲十若諸菩薩成就此法則得如來無量無邊清淨鼻

三有十鼻齅行香故於中初四聞香體俱舍有四總名爲香一好香謂沉檀等二惡香謂葱韮等三等香四不等香謂於前二增益依身名爲等香損減依身名不等香故亦不離好惡今此中俱聞聞其上二更無別體非香非臭對前成三謂如柴炭等次三聞香表用瑜伽等中上二界既無鼻舌二識亦無香味二塵語其無麤此聞有頂香者明其聞細菩薩力故又有頂言餘處多明是色究竟準晉經中聞非想香則有頂言亦是三有之頂既有通果之色亦有通果之香後三聞出世人法

佛子菩薩摩訶薩有十種舌何等爲十所謂開示演說無盡衆生行舌開示演說無盡法門舌讃歎諸佛無盡功德舌演暢詞辯無盡舌開闡大乘助道舌徧覆十方虛空舌普照一切佛刹舌普使衆生悟解舌悉令諸佛歡喜舌降伏一切諸魔外道除滅一切生死煩惱令至涅槃舌是爲十若諸菩薩成就此法則得如來徧覆一切諸佛國土無上舌

四有十舌演法味故下三爲成六根非顯三業三業前已有故十中前五約辯顯德後五約用十降四魔魔即天子魔生即蘊魔故

佛子菩薩摩訶薩有十種身何等爲十所謂人身爲教化一切諸人故非人身爲教化地獄畜生餓鬼故天身爲教化欲界色界無色

界衆生故學身示現學地故無學身示現阿羅漢地故獨覺身教化令入辟支佛地故菩薩身令成就大乘故如來身智水灌頂故意生身善巧出生故無漏法身以無功用示現一切衆生身故是爲十若諸菩薩成就此法則得如來無上之身

五有十身隨行成身故

佛子菩薩摩訶薩有十種意何等爲十所謂上首意發起一切善根故安住意深信堅固不動故深入意隨順佛法而解故内了意知諸衆生心樂故無亂意一切煩惱不雜故明淨意客塵不能染著故善觀衆生意無有一念失時故善擇所作意未曾一處生過故密護諸根意調伏不令馳散故善入三昧意深入佛三昧無我我所故是爲十若諸菩薩安住此法則得一切佛無上意

六有十意初一總餘九别文並可知

佛子菩薩摩訶薩有十種行何等爲十所謂聞法行愛樂於法故説法行利益衆生故離貪恚癡怖畏行調伏自心故欲界行教化欲界衆生故色無色界三昧行令速轉還故趣向法義行速得智慧故一切生處行自在教化衆生故一切佛刹行禮拜供養諸佛故涅槃行不斷生死相續故成滿一切佛法行不捨菩薩法行故是爲十若諸菩薩安住此法則得如來無來無去行

第三六門明四儀動止行一行者動遊行法故於中令轉還者轉有漏定還無漏故不斷生死者若斷非真涅槃故餘可知

佛子菩薩摩訶薩有十種住何等爲十所謂

菩提心住曾不忘失故波羅蜜住不猒助道故説法住增長智慧故阿蘭若住證大禪定故隨順一切智頭陀知足四聖種住少欲少事故深信住荷負正法故親近如來住學佛威儀故出生神通住圓滿大智故得忍住滿足授記故道場住具足力無畏一切佛法故是爲十若諸菩薩安住此法則得一切智無上住

二十種住者止息散動故前七自分住後

三勝進住

佛子菩薩摩訶薩有十種坐何等爲十所謂轉輪王坐與十善道故四天王坐於一切世間自在安立佛法故帝釋坐與一切衆生爲勝主故梵天坐於自他心得自在故師子坐能説法故正法坐以總持辯才力而開示故堅固坐誓願究竟故大慈坐令惡衆生悉歡喜故大悲坐忍一切苦不疲猒故金剛坐降伏衆魔及外道故是爲十若諸菩薩安住此法則得如來無上正覺坐

三坐者多時安處故初四世坐以攝物後六法坐以成德

佛子菩薩摩訶薩有十種卧何等爲十所謂寂靜卧身心憺怕故禪定卧如理修行故三昧卧身心柔輭故梵天卧不惱自他故善業卧於後不悔故正信卧不可傾動故正道卧善友開覺故妙願卧善巧迴向故一切事畢卧所作成辦故捨諸功用卧一切慣習故是爲十若諸菩薩安住此法則得如來無上大法卧悉能開悟一切衆生

四十卧者放捨身心合法體故十中初三

顯定一加行調身心二習修三得定餘七定盖亦兼餘善然其十事各同卧之一義初三後二可知四獨巳卧故五離尸伏故六離依倚故七思明相故互警覺故八右脇卧故

佛子菩薩摩訶薩有十種所住處何等爲十所謂以大慈爲所住處於一切衆生心平等故以大悲爲所住處不輕未學故以大喜爲所住處離一切憂惱故以大捨爲所住處於有爲無爲平等故以一切波羅蜜爲所住處菩提心爲首故以一切空爲所住處善巧觀察故以無相爲所住處不出正位故以無願爲所住處觀察受生故以念慧爲所住處忍法成滿故以一切法平等爲所住處得授記莂故是爲十若諸菩薩安住此法則得如來無上無礙所住處

五住處者智有棲止之所故前明能住此辨所住十句可知

佛子菩薩摩訶薩有十種所行處何等爲十所謂以正念爲所行處滿足念處故以諸趣爲所行處正覺法趣故以智慧爲所行處得佛歡喜故以波羅蜜爲所行處滿足一切智智故以四攝爲所行處教化衆生故以生死爲所行處積集善根故以與一切衆生雜談戲爲所行處隨應教化令永離故以神通爲所行處知一切衆生諸根境界故以善巧方便爲所行處般若波羅蜜相應故以道場爲所行處成一切智而不斷菩薩行故是爲十若諸菩薩安住此法則得如來無上大智慧所行處

六所行處前辨能行此明所行於中初四自行一依四念阿難四問佛令依住令辨依行餘可思準十地行竟

佛子菩薩摩訶薩有十種觀察何等爲十所謂知諸業觀察微細悉見故知諸趣觀察不取衆生故知諸根觀察了達無根故知諸法觀察不壞法界故見佛法觀察勤修佛眼故得智慧觀察如理說法故無生忍觀察決了佛法故不退地觀察滅一切煩惱超出三界二乘地故灌頂地觀察於一切佛法自在不動故善覺智三昧觀察於一切十方施作佛事故是爲十若諸菩薩安住此法則得如來無上大觀察智

大文第六十觀察下五十一門答上因圓果滿若剋實而論成如來力下四門方明果滿前皆因圓以八相前五猶屬因故爲明八相皆示現故通入果中即分爲二初三十二門明因圓究竟即等覺位後十種住兜率下一十九門明現果圓滿行即妙覺位前中分三初一十四門明因行體性二十種義下八門明方便造修三十種魔下十門明因行除障初中二初四門起行方便二十種施下十度行體前中三初二門意業觀察次一門身業自在後一門語業宣暢前中初觀察者解方便故達通塞故於中初三觀所化次四觀能化法謂理果教行後三觀位一超劣二得位三同果用

佛子菩薩摩訶薩有十種普觀察何等爲十所謂普觀一切諸來求者以無違心滿其意

故普觀一切犯戒衆生安置如來淨戒中故普觀一切害心衆生安置如來忍力中故普觀一切懈怠衆生勸令精勤不捨荷負大乘擔故普觀一切亂心衆生令住如來一切智地無散動故普觀一切惡慧衆生令除疑惑破有見故普觀一切平等善友順其教命住佛法故普觀一切所聞之法疾得證見最上義故普觀一切無邊衆生常不捨離大悲力故普觀一切諸佛之法速得成就一切智故是爲十若諸菩薩安住此法則得如來無上大智慧普觀察

二普觀察者審慮周徧故前六以六度治六蔽衆生後四雙明二利謂順人證法下化上成

佛子菩薩摩訶薩有十種奮迅何等爲十所謂牛王奮迅映蔽一切天龍夜叉乾闥婆等諸大衆故象王奮迅心善調柔荷負一切諸衆生故龍王奮迅興大法雲耀解脫電光震如實義雷降諸根力覺分禪定解脫三昧甘露雨故大金翅鳥王奮迅竭貪愛水破愚癡鷇搏撮煩惱諸惡毒龍令出生死大苦海故大師子王奮迅安住無畏平等大智以爲器仗摧伏衆魔及外道故勇健奮迅能於生死大戰陣中摧滅一切煩惱寃故大智奮迅知蘊界處及諸緣起自在開示一切法故陀羅尼奮迅以念慧力持法不忘隨衆生根爲宣說故辯才奮迅無礙迅疾分別一切咸令受益心歡喜故如來奮迅一切智智助道之法皆悉成滿以一念相應慧所應得者一切皆得所應悟者一切皆悟坐師子座降魔寃

敵成阿耨多羅三藐三菩提故是爲十若諸菩薩安住此法則得諸佛於一切法無上自在奮迅

二身業自在中謂實德内充威德外溢如師子王奮迅威勢更有異釋如法界品辨於中前五寄喩次四約法上皆自分後一勝進

佛子菩薩摩訶薩有十種師子吼何等爲十所謂唱言我當必定成正等覺是菩提心大師子吼我當令一切衆生未度者度未脱者脱未安者安未涅槃者令得涅槃是大悲大師子吼我當令佛法僧種無有斷絶是報如來恩大師子吼我當嚴淨一切佛刹是究竟堅誓大師子吼我當除滅一切惡道及諸難處是自持淨戒大師子吼我當滿足一切諸佛身語及意相好莊嚴是求福無猒大師子吼我當成滿一切諸佛所有智慧是求智無猒大師子吼我當除滅一切衆魔及諸魔業是修正行斷諸煩惱大師子吼我當了知一切諸法無我無衆生無壽命無補伽羅空無相無願淨如虚空是無生法忍大師子吼最後生菩薩震動一切諸佛國土悉令嚴淨是時一切釋梵四王咸來讚請唯願菩薩以無生法而現受生菩薩則以無礙慧眼普觀世間一切衆生無如我者即於王宫示現誕生自行七步大師子吼我於世間最勝第一我當永盡生死邊際是如説而作大師子吼是爲十若諸菩薩安住此法則得如來無上大師子吼

三師子吼者既勇健無畏則能決定宣唱

二中令物度苦脱集安道證滅故餘並可知

大方廣佛華嚴經疏鈔會本第五十七之二

音釋

纈 胡結切 **卍** 按卍字本非是字唐武后制此文著於天樞音之爲萬謂吉祥萬德之所集也 **冑** 直又切兜鍪也 **憺怕** 憺徒感切怕白各切憺怕恬靜無爲貌 **柔輭** 輭乳兖切亦柔也 **慣習** 慣古患切亦習也 **記莂** 莂彼列切記莂謂授將來成佛之記劫國名號之莂也 **殻** 苦角切 **健** 渠建切 **拯** 之等切救也 **齅** 許救切以鼻擥氣也 **奮迅** 奮方問切迅思晉切 **韮** 舉有切葷菜也 **溢** 弋質切滿溢也 **矚** 朱欲切視也

大方廣佛華嚴經疏鈔會本第五十之一

唐于闐國三藏沙門實叉難陀　譯

唐清涼山大華嚴寺沙門澄觀　撰述

佛子菩薩摩訶薩有十種清淨施何等爲十所謂平等施不揀衆生故隨意施滿其所願故不亂施令得利益故隨宜施知上中下故不住施不求果報故開捨施心不戀著故一切施究竟清淨故迴向菩提施遠離有爲無爲故教化衆生施乃至道場不捨故三輪清淨施於施者受者及以施物正念觀察如虛空故是爲十若諸菩薩安住此法則得如來無上清淨廣大施

第二十種施下十門明其行體於中先明六度後顯四等十度之義已如前釋皆言清淨者離蔽障故不同世間施戒等故然皆寄十表圓各爲一義與九三施等開合不同若具會釋恐猒繁文故隨顯直釋三施即財法無畏九施即一自性二一切三難行四一切門五善士六一切種七遂求八二世樂九清淨乃至六度四攝皆有此九十行之初已廣說竟故隨顯直釋者財施若顯即名財等難行等不更廣引九中別義三中別義今初十施者一無向背施即清淨施中別義今初十施者言一無向背即清淨中別義有十今但有無向背之一耳彼當第八二遂求施二遂求施者遂求皆八今但有一三二世樂施梵本中名應時及濟難不失益故餘七皆一切施三二世樂者二世樂有九今亦唯二所以引梵本者不亂之言不順二世樂以應時濟難順二世樂故餘七皆一切施者一切即是三施然亦九中之一然一切有二一內外之二二有其三即財法無畏故下結中十皆通三今前三有其別相後七無餘施別相故云即一切耳四即觀其可不有損不宜等極貧下者應先施等五不希異熟亦清淨施五雖無清淨之義不求異熟即十中

第二也六亦難行施所愛重物無戀著故六亦難行者以兼一切施故云亦耳難行皆三即三中第二七內外財等無不捨故七內外財等內外即一切中初義也財等通一切中三也八九與十皆巧慧施此迴向巧治二過故一觀諸行性不堅牢治於當果有爲見勝功德二由具大悲治於二乘趣證無爲故行不住道而向菩提九益生施常以財法施之故名不捨十忘相成度八九下通釋後三先總標此迴向巧即別釋第八治第一過即經中遠離有爲治第二過即遠離無爲上解釋句行不住道下結成標句也然其十度皆有三輪而義有小異如瑜伽說此上十施皆通三施然其十度者梵行品已說輪即施家三輪

佛子菩薩摩訶薩有十種清淨戒何等爲十所謂身清淨戒護身三惡故語清淨戒離語四過故心清淨戒永離貪瞋邪見故不破一切學處清淨戒於一切人天中作尊主故守護菩提心清淨戒不樂小乘故守護如來所制清淨戒乃至微細罪生大怖畏故隱密護持清淨戒善拔犯戒衆生故不作一切惡清淨戒誓修一切善法故遠離一切有見清淨戒於戒無著故守護一切衆生清淨戒發起大悲故是爲十若諸菩薩安住此法則得如來無上無過失清淨戒

二十戒者前三律儀七十攝生餘皆攝善又四即廣博戒五迴向戒上二皆一切種戒六持微細故即難行戒七令他悔除即善士戒八軌則具足所攝受戒一切惡止善行故九永出離戒上二即清淨戒十令他得二世樂戒

佛子菩薩摩訶薩有十種清淨忍何等爲十

所謂安受呰辱清淨忍護諸衆生故安受刀杖清淨忍善護自他故不生恚害清淨忍其心不動故不責卑賤清淨忍爲上能寬故有歸咸救清淨忍捨自身命故遠離我慢清淨忍不輕未學故殘毁不瞋清淨忍觀察如幻故有犯無報清淨忍不見自他故不隨煩惱清淨忍離諸境界故隨順菩薩眞實智知一切法無生清淨忍不由他教入一切智境界故是爲十若諸菩薩安住其中則得一切諸佛不由他悟無上法忍

三十忍者初三耐怨害忍忍他三業惱害故次三安受苦忍初後忍不稱情中一忍身苦以濟物後二諦察法忍七八通三忍又四難行忍於下能忍恕不逮故五亡身濟難六忍已順他皆遂求忍餘如前判又四

難行忍下約三忍今約九忍難行有三今是其一於下能忍是一難行對於上流生忍則易童僕子息生忍則難彼合敬順我合責罰故言恕不逮者即晉書中意晉衛洗馬凡所發言皆為實錄時有一人非理相忤後有僕使所為非理於此二人並無愠色人問其故彼對之曰非理相忤可以理遣人之不逮可以情恕故云恕不逮故以釋經中為上能寬此亦外典謂居上能寛為下能敬君子之行也

佛子菩薩摩訶薩有十種清淨精進何等爲十所謂身清淨精進承事供養諸佛菩薩及諸師長尊重福田不退轉故語清淨精進隨所聞法廣爲他說讚佛功德無疲倦故意清淨精進善能入出慈悲喜捨禪定解脫及諸三昧無休息故正直心清淨精進無誑無諂無曲無僞一切勤修無退轉故增勝心清淨精進志常趣求上上智慧願具一切白淨法故不吝捐清淨精進攝取布施戒忍多聞及不放逸乃至菩提無中息故摧伏一切魔清

淨精進悉能除滅貪欲瞋恚愚癡邪見一切煩惱諸纒蓋故成滿智慧光清淨精進有所施爲悉善觀察咸使究竟不令後悔得一切佛不共法故無來無去清淨精進得如實智入法界門身語及心皆悉平等了相非相無所著故成就法光清淨精進超過諸地得佛灌頂以無漏身而示歿生出家成道說法滅度具足如是普賢事故是爲十若諸菩薩安住此法則得如來無上大清淨精進

四十精進中二與第十是饒益有情五是被甲餘皆攝善又初三三業即精進自體四離染法五引白法上二一切門精進六無所棄捨及無所退減七無下劣八無顛倒及勤勇加行上三即善士精進九平等相應即一切種精進上皆自分十即勝進

迴向菩提清淨精進

佛子菩薩摩訶薩有十種清淨禪何等爲十所謂常樂出家清淨禪捨一切所有故得眞善友清淨禪示教正道故住阿蘭若忍風雨等清淨禪離我我所故離憒閙衆生清淨禪常樂寂靜故心業調柔清淨禪守護諸根故心智寂滅清淨禪一切音聲諸禪定刺不能亂故覺道方便清淨禪觀察一切皆現證故離於味著清淨禪不捨欲界故發起通明清淨禪知一切衆生根性故自在遊戲清淨禪入佛三昧知無我故是爲十若諸菩薩安住其中則得如來無上大清淨禪

五十禪中初五方便次一正定堅成次二發慧斷惑上八現法樂住禪九利益衆生禪十引生功德禪又五六奢摩他品七毗

鉢舍那品上三一切種禪八無愛味及慈悲俱行故不捨欲界並善士禪九難發通明而利衆生十能速入佛境皆難行禪

佛子菩薩摩訶薩有十種清淨慧何等爲十所謂知一切因清淨慧不壞果報故知一切緣清淨慧不違和合故知不斷不常清淨慧了達緣起皆如實故拔一切見清淨慧於衆生相無取捨故觀一切衆生心行清淨慧了知如幻故廣大辯才清淨慧分別諸法問答無礙故一切諸魔外道聲聞獨覺所不能知清淨慧深入一切如來智故見一切佛微妙法身見一切衆生本性清淨見一切法皆悉寂滅見一切刹同於虛空清淨慧知一切相皆無礙故一切總持辯才方便波羅蜜清淨慧令得一切最勝智故一念相應金剛智了一切法平等清淨慧得一切法最尊智故是爲十若諸菩薩安住其中則得如來無障礙大智慧

六有十慧初三解法即加行慧次四攝生即後得慧後三證理即正體慧又前五於所知如實通達慧六於五明處及三聚中決定善巧慧七知能引義利慧謂同佛差別智故非凡小所知上皆一切慧八難行慧達深無我於境無礙故九具教具行慧十具證智慧上二即善士慧餘義如十行品所引又前五於所知者上約攝論三慧以明今此下文即瑜伽論說三相以釋五六七

佛子菩薩摩訶薩有十種清淨慈何等爲十所謂等心清淨慈普攝衆生無所揀擇故饒益清淨慈隨有所作皆令歡喜故攝物同已

清淨慈究竟皆令出生死故不捨世間清淨慈心常緣念集善根故能至解脫清淨慈普使衆生除滅一切諸煩惱故出生菩提清淨慈普使衆生發求一切智心故世間無礙清淨慈故大光明平等普照故充滿虛空清淨慈救護衆生無處不至故法緣清淨慈證於如如眞實法故無緣清淨慈入於菩薩離生性故是爲十若諸菩薩安住此法則得如來無上廣大清淨慈

第二四門明四等者六度多明自利四等多約利他然四等於境有別已見十地今文從通但約於樂等以爲顯別令初明慈前八衆生緣九十文顯然瑜伽四十四三緣之中初共外道次共二乘後方不共此中二緣皆不共凡小如文思之

佛子菩薩摩訶薩有十種清淨悲何等爲十所謂無儔伴清淨悲獨發其心故無疲猒清淨悲代一切衆生受苦不以爲勞故難處受生清淨悲爲度衆生故善趣受生清淨悲示現無常故爲邪定衆生清淨悲歷劫不捨弘誓故不著已樂清淨悲普與衆生快樂故不求恩報清淨悲修潔其心故能除顚倒清淨悲說如實法故菩薩摩訶薩知一切法本性清淨無染著無熱惱以客塵煩惱故而受衆苦如是知已於諸衆生而起大悲名本性清淨爲說無垢清淨光明法故菩薩摩訶薩知一切法如空中鳥跡衆生癡翳不能照了觀察於彼起大悲心名眞實智爲其開示涅槃法故是爲十若諸菩薩安住此法則得如來無上廣大清淨悲

佛二有十悲前七衆生縁次一法縁後二無所縁於中初傷其眞隱故爲顯後念彼不知故令悟

佛子菩薩摩訶薩有十種清淨喜何等爲十所謂發菩提心清淨喜悉捨所有清淨喜不嫌棄破戒衆生而教化成就清淨喜能忍受造惡衆生誓願救度清淨喜捨身求法不生悔心清淨喜自捨欲樂常樂法樂清淨喜令一切衆生捨資生樂常樂法樂清淨喜見一切佛恭敬供養無有猒足法界平等清淨喜令一切衆生愛樂禪定解脱三昧遊戲入出清淨喜心樂具行順菩薩道一切苦行證得牟尼寂靜不動無上定慧清淨喜是爲十若諸菩薩安住此法則得如來無上廣大清淨喜

三有十喜初四衆生縁次三法縁後三無縁

佛子菩薩摩訶薩有十種清淨捨何等爲十所謂一切衆生恭敬供養不生愛著清淨捨一切衆生輕慢毀辱不生瞋恚清淨捨常行世間不爲世間八法所染清淨捨於法器衆生待時而化於無法器亦不生嫌清淨捨不求二乘學無學法清淨捨心常遠離一切欲樂順煩惱法清淨捨不歎二乘猒離生死清淨捨遠離一切世間語非涅槃語非離欲語不順理語惱亂他語聲聞獨覺語略說乃至一切障菩薩道語皆悉遠離清淨捨或有衆生根已成熟發生念慧而未能知最上之法待時方化清淨捨或有衆生菩薩往昔已曾教化至於佛地方可調伏彼亦待時清淨捨

菩薩摩訶薩於彼二人無高無下無取無捨
遠離一切種種分別恒住正定入如實法心
得堪忍清淨捨是爲十若諸菩薩安住其中
則得如來無上廣大清淨捨
四有十捨文列十一晉本初二但合爲一
於中初四衆生緣次六法緣後一無緣上
明行體竟
佛子菩薩摩訶薩有十種義何等爲十所謂
多聞義堅固修行故法義善巧思擇故空義
第一義空故寂靜義離諸衆生諠憒故不可
說義不著一切語言故如實義了達三世平
等故法界義一切諸法一味故眞如義一切
如來順入故實際義了知究竟如實故大般
涅槃義滅一切苦而修菩薩諸行故是爲十
若諸菩薩安住此法則得一切智無上義

第二十義下八門明造修方便行於中前
五門明自分行後二門明勝進行前中初
二明法義次二說福智後一顯圓足今初
以彼法義成行故若以能詮爲法則以所
詮爲義今此不取能詮爲法然法約自體
義是所以法總義別餘如九地四無礙中
辨今初十義一以修行爲多聞之義意在
於修不在聞故淨名亦云多聞是道場如
聞行故二思爲法家之義餘倣此知法即
事法餘八理法理法所以在於證入
佛子菩薩摩訶薩有十種法何等爲十所謂
眞實法如說修行故離取法能取所取悉離
故無諍法無有一切惑諍故寂滅法滅除一
切熱惱故離欲法一切貪欲皆斷故無分別
法攀緣分別永息故無生法猶如虛空不動

故無爲法離生住滅諸相故本性法自性無染清淨故捨一切烏波提涅槃法能生一切菩薩行修習不斷故是爲十若諸菩薩安住其中則得如來無上廣大法

二有十法法有二義一持自性二軌生物解令此前七通二八九唯自性後一唯軌生烏波提者此云有苦即二乘涅槃佛性論第二說二乘無餘尚有三餘一無明住地惑二無漏業三變易苦故非眞無餘今以涅槃爲安樂義略舉有苦故應捨之軌令衆生不應修此

佛子菩薩摩訶薩有十種福德助道具何等爲十所謂勸衆生起菩提心是菩薩福德助道具不斷三寶種故隨順十種迴向是菩薩福德助道具斷一切不善法集一切善法故智慧誘誨是菩薩福德助道具超過三界福德故心無疲倦是菩薩福德助道具究竟度脫一切衆生故悉捨内外一切所有是菩薩福德助道具於一切物無所著故爲滿足相好精進不退是菩薩福德助道具開門大施無所限故上中下三品善根悉以迴向無上菩提心無所輕是菩薩福德助道具善巧方便相應故於邪定下劣不善衆生皆生大悲不懷輕賤是菩薩福德助道具常起大人弘誓心故恭敬供養一切如來於一切菩薩起如來想令一切衆生皆生歡喜是菩薩福德助道具守本志願極堅牢故菩薩摩訶薩於阿僧祇劫積集善根自欲取證無上菩提如在掌中然悉捨與一切衆生心無憂惱亦無悔恨其心廣大等虛空界此是菩薩福德助

道具起大智慧證大法故是爲十若諸菩薩安住其中則具足如來無上廣大福德聚

第二二門明福智者福智即道成福智緣名助道具如云三寶不斷是福勸衆生發爲緣等又具二莊嚴方爲正道偏語皆助斯則福智即助道具又以正道福智相絶故故文中説法布施皆即是福非福緣故

今初福德中二順迴向因七不離小善迴向於果餘可知第二二門者下䟽文有二一總標二門二福智下釋二助道具言有三義一單福是道單智亦然二合二為道三雙絶為正道助道具亦三可知

佛子菩薩摩訶薩有十種智慧助道具何等爲十所謂親近多聞眞善知識恭敬供養尊重禮拜種種隨順不違其教是爲一一切正直無虛矯故

二智慧具中一外近善緣

永離憍慢常行謙敬身語意業無有麤獷柔和善順不僞不曲是爲二其身堪作佛法器故

二內調法器

念慧隨覺未曾散亂慚愧柔和心安不動常憶六念常行六敬常清順住六堅固法是爲三與十種智爲方便故

三念慧安處六念自持六和衆法並見上文六堅順位本業上卷以三賢十聖等妙二覺爲六謂信堅法堅修堅德堅頂堅覺堅亦名六忍謂信法修正無垢一切智復名六慧謂聞思修無相照寂寂照復名六觀謂住行向地無相一切種智即亦六性謂習種性等一切諸佛無不入此故常隨

順十種智者謂法智比智他心智世智四諦智盡智無生智若開如實異前則有十一智今以如實貫上故但說十如智論二十六辨由念成智故爲方便六堅順位等者十忍品初廣引瓔珞明竟十智即智論二十六故

樂法樂義以法爲樂常樂聽聞無有猒足捨離世論及世言說專心聽受出世間語遠離小乘入大乘慧是爲四一心憶念無散動故

四法樂怡神

六波羅蜜心專荷負四種梵住行已成熟隨順明法悉善修行聰敏智人皆勤請問遠離惡趣歸向善道心常愛樂正念觀察調伏已情守護他意是爲五堅固修行眞實行故

五眞實修行

常樂出離不著三有恒覺自心曾無惡念三覺已絕三業皆善決定了知心之自性是爲六能令自他心清淨故

六自他雙淨言三覺者欲恚害也

觀察五蘊皆如幻事界如毒蛇處如空聚一切諸法如幻如燄如水中月如夢如影如響如像如空中畫如旋火輪如虹蜺色如日月光無相無形非常非斷不來不去亦無所住如是觀察知一切法無生無滅是爲七知一切法性空寂故

七徧觀法性界如毒蛇者淨名涅槃皆以四大爲毒蛇性違害故今居蘊入之中義當十八界以四大即內界故俱舍云大種謂四界今取總中別義亦可十八界皆不可執取處如空聚者中無人故並如涅槃二十三說俱舍云者次句即地水火風即是界品具云大種謂四界即地

水火風能成持等業堅濕煖動性釋云初句標三義稱大一體寬廣故謂四大種遍所造色其體寬廣二增盛聚中形相大故謂大地等三能起種種大事用故如地能持等一義釋種與所造色為所依故大即是種能持自性故名為界次句辨業地能成持等取水能成相火能成熟風能成長後句出體可知今但要初句以證界為毒蛇耳

菩薩摩訶薩聞一切法無我無衆生無壽者無補伽羅無心無境無貪瞋癡無身無物無主無待無著無行如是一切皆無所有悉歸寂滅聞已深信不疑不謗是爲八以能成就圓滿解故

八深解二空無心已下明其法空

菩薩摩訶薩善調諸根如理修行恒住止觀心意寂靜一切動念皆悉不生無我無人無作無行無計我想無計我業無有瘡疣無有瘢痕亦無於此所得之忍身語意業無來無去無有精進亦無勇猛觀一切衆生一切諸法心皆平等而無所住非此岸非彼岸此彼性離無所從來無所至去常以智慧如是思惟是爲九到分別相彼岸處故

九止觀雙遊於中先總修止觀後心意下雙釋二門先釋止欲取我相爲我想正計爲我業正損法身爲瘡疣餘過未滅爲瘢痕能所忍寂故無來去後觀一切下釋觀說雖先後運在一時

菩薩摩訶薩見縁起法故見法清淨見法清淨故見國土清淨見國土清淨故見虚空清淨見虚空清淨故見法界清淨見法界清淨故見智慧清淨是爲十修行積集一切智故

十修集種智謂見法從縁則知國由心現國由心現故有而即空空爲法性萬法由

生見法性源是眞智慧皆離妄垢並云清淨五重積集一切智圓

佛子是爲菩薩摩訶薩十種智慧助道具若諸菩薩安住此法則得如來一切法無障礙清淨微妙智慧聚

大方廣佛華嚴經疏鈔會本第五十八之一

音釋

憒閙（憒古對切心亂也閙女教切不靜也）矯（居天切詐也）獷（居猛切麤惡也）

虹蜺（虹音洪蜺音倪虹蜺螮蝀也）疣（音尤瘤也）瘢（音盤瘡痕也）

大方廣佛華嚴經疏鈔會本第五十八之三

唐于闐國三藏沙門實叉難陀　譯

唐清涼山大華嚴寺沙門澄觀撰述

佛子菩薩摩訶薩有十種明足何等爲十所謂善分別諸法明足不取著諸法明足離顛倒見明足智慧光照諸根明足巧發起正精進明足能深入眞諦智明足滅煩惱業成就盡智無生智明足天眼智普觀察明足宿住念知前際清淨明足漏盡神通智斷衆生諸漏明足是爲十若諸菩薩安住此法則得如來於一切佛法無上大光明

第三明足者總顯圓足惑闇斯亡智解斯顯故稱爲明足有二義一智圓備故二有進趣故其猶脚足斯即十號明行足義果稱圓足因爲脚足又準涅槃十八以明爲果所謂菩提以行爲足謂戒定等廣如彼說此居等覺義通二足望脚足義此門亦得名爲勝進十中前七約行後三别舉三明自分行竟

佛子菩薩摩訶薩有十種求法何等爲十所謂直心求法無有諂誑故精進求法遠離懈慢故一向求法不惜身命故爲除一切衆生煩惱求法不爲名利恭敬故爲饒益自他一切衆生求法不但自利故爲入智慧求法不樂文字故爲出生死求法不貪世樂故爲度衆生求法發菩提心故爲斷一切衆生疑求法令無猶豫故爲滿足佛法求法不樂餘乘故是爲十若諸菩薩安住此法則得不由他教一切佛法大智慧

第二有十種求法下三門明勝進行一更

求法要二得已明了三如說修行今初依此成行故一始心唯直二中後無懈三内不顧身四外亡名利五雙圓二利六得意亡言七果不近求八因酬所爲九普决疑惑十唯滿佛乘離此十求皆邪求也

佛子菩薩摩訶薩有十種明了法何等爲十所謂隨順世俗生長善根是童蒙凡夫明了法得無礙不壞信覺法自性是隨信行人明了法勤修習法隨順法住是隨法行人明了法遠離八邪向八正道是第八人明了法除滅衆結斷生死漏見眞實諦是須陀洹人明了法觀味是患知無徃來是斯陀含人明了法不樂三界求盡有漏於受生法乃至一念不生愛著是阿那含人明了法獲六神通得八解脫九定四辯悉皆成就是阿羅漢人明了法性樂觀察一味緣起心常寂靜知足少事解因自得悟不由他成就種種神通智慧是辟支佛人明了法智慧廣大諸根明利常樂度脫一切衆生勤修福智助道之法如來所有十力無畏一切功德具足圓滿是菩薩人明了法是爲十若諸菩薩安住此法則得如來無上大智明了法

二明了法者得不衆達求之何用總以普賢勝智了知三乘凡聖差別總以普賢下顯能了智則是圓智了法無法非圓今但約相則所了通小耳一是凡夫若童稚蒙昧未能出世故隨世俗長四善根是一凡夫下隨文解釋以稚釋經之童以昧釋經之蒙易蒙卦云蒙亨匪我求童蒙童蒙求我初筮告再三瀆瀆則不告利貞彖曰蒙山下有險險而止蒙蒙亨以亨行時中也匪我求童蒙童蒙求我志應也初筮告以剛中也再三瀆瀆則不告瀆蒙也蒙以養正聖功也象曰山下出泉蒙君子以果行育德注云山下出泉未知所適蒙之象

也釋曰今正取蒙昧未知所適義耳長四善根即煖頂忍世第一法初地已廣

二謂鈍根隨信他言而行道故名隨信行三是利根由自披閱契經等法而行道故名隨法行然今既云覺法自性等即知十中前九亦兼含大是以智論明有三乘共十地法此上二人約根分異

二謂隨信他言者俱舍賢聖品論云且於十五心位建立衆聖有差別者頌云名隨信法行由根鈍利別釋曰見道位中聖者有二一隨信行二隨法行由根利鈍別立此二謂鈍者名隨信行彼於先時隨信他言而行義故若是利根者名隨法行彼於先時由自披閱契經等法隨行義故此二若至修道初名爲信解後名見至踰已具用然今既云下揀實異權先正明小乘但知我空尚謂法有安覺自性而云等者見眞實諦是須陀洹知無往來是斯陀含阿那含人一念不受阿羅漢人成就四法辟支佛人一味緣起亦兼含大故有等言是以智論下引證成前通大之義天台引此立於通教通大通小通淺通深今先列名後當釋義初列名者一乾慧地二性地三八人地四見地五薄地六離欲地七已辦地八辟支佛地九菩薩地十佛性地大品云菩薩從初乾慧地至菩薩地皆學而不取證佛地亦學亦證故云通三乘法也二解釋者初乾慧地者三乘初心通名乾慧大乘三賢之位小乘五停心等一通五停心觀二別相念觀三總相念觀總觀無生四眞諦理故名乾慧意云未得定水故無二性地者若用總相念成三十七品初發有漏善入煖法頂法忍法世第一法皆名性地成內凡故三八人地謂信行法行二人體見假八發眞斷見惑在無間道即八人地四見地即是三乘同見第一義諦之理同斷八十八使盡也五薄地者發六無礙斷欲界六品惑證第六解脫欲界煩惱薄也六離欲地謂斷欲界五順下分結盡離欲界煩惱也釋曰五順下分結者一身見二戒取三疑四欲貪五瞋恚故俱舍頌云由二不超欲即四五也由三復還下即上三也七已辦地者即發眞無漏斷五順上分結八十八品修惑盡斷三界事究竟故言已辦釋曰五順上分結者一色愛二無色愛三上二界掉舉四二界慢五二界無明也貪過重故二界別明餘三過微二界合說有此五結不超上界名順上分結八辟支佛地緣覺功德力大故能侵餘習氣故九菩薩地從空入假道觀雙流深觀二諦斷習氣色心等無明得界外法界道種智遊戲神通學佛十力等故十佛地大功德力資於智慧一念相應慧觀眞諦究竟習氣究竟盡智論云聲聞智慧力弱如小火燒木雖然猶有炭在緣覺智力強如大火燒木木然炭盡餘有灰在

諸佛智力大如劫火炭灰俱盡亦如兎馬等喻菩薩佛地名異二乘何得言通答名字雖異同是無學應供得二涅槃共歸灰斷證果是一名義不殊是名同義究竟俱同也廣如天台此上二下結第二三即上所引俱舍意也

四第八人者

即初果向又俱舍賢聖品中疏云第八人者謂苦法忍八忍之中從後數之爲第八故又智論中有八人地若約超斷容具二三果向謂具修道惑及斷一至五皆初果向斷次三向二斷九乃至八地惑盡至苦法忍即爲第三向也

四第八人者俱舍二十三賢聖品釋住果極七返偈先問云此預流名爲何義若初得道名爲預流則預流名應目第八若初得果名爲預流則倍離欲全離欲者至道類智應名預流下答意明初得果故名爲預流以超斷者不定初得俱舍大疏寶公但云若預流名目初得道即初見道第八人應名預流亦不釋於第八所以離欲等言小疏釋云其苦法忍即是第八於八忍中從後數之爲第八故若義林法師大疏鈔云八人地謂預流向也四向四果從後數之爲第八故婆沙三十六第八聖者謂隨信行及隨法行從勝數爲第八故又更一解與小疏同探玄引大般若亦初果向同於林公從後數之澤州遠公引古婆沙論亦名須陀洹向以爲第八而對見道前七方便故名第八故彼論中問言云何爲第八人所謂信堅及法堅鈍根之人見道名信堅利根之人名法堅釋曰此上全同林公引文而取義逆順爲別俱未見文以義取人遠公理長第八之名所以順故遠公又云外國相傳更有釋云有八人者初發心人而未有行二有相行人憎厭生死樂修善法三無相行人學觀空理破離欣厭見人行惡心無念怒見人修善亦不欣慶四方便行人雖見法空而常隨有起諸善行此四在於善趣地中五者習種六者性種七者解行八者聖種初依地前未同聖種故非第八第八人者不名凡夫彰後異前不名凡夫揀異初依名爲菩薩當相以論不名爲佛別異於後釋曰遠公所解前順今文後非今意彼釋四依故可用之因便引來以彰異轍今疏正意取初果向而俱舍小疏亦是初向而局苦忍義成大局亦彰異轍非用指南下引智論八人亦初果向通十五心而若約超斷容餘果向故智論中有八人地者證前文是初果故案前十地第三八人在於見道無間道故五十九云八人地者所謂見諦道中信行一法行二須陀洹極六七世生三有須陀洹今世煩惱盡得阿羅漢四有家家須陀洹三世生已入涅槃五有中間須陀洹六除第三餘中間入涅槃七住六無礙五解

脘中者八皆是須陀洹向釋曰此則初果
向中有八種人故名八人地非獨第八然
此八人望七方便皆是第八二義俱成謂
亦名第八亦名八人也故疏引來證成初
向望後第五既是初果此爲初向次第分
明若唯取於苦法忍者餘之七忍何以揀
之又十四心何以不取又十五心皆未得
果論主何獨將苦法忍而爲難辭林公成
立爲初果向理則無違而從勝進數亦無
所以正義如前若約超斷下揀濫正取初
果向不取二三果以超斷人不定初得故
經略無以義合有故復出耳即俱舍云具
修惑斷一至五向初果斷次三向二離八
地三向至第十六心隨三向住果名信解
見至亦由利鈍別今疏取意展彼頌文以
成長行理皆已具上智論文名家頌亦俱
舍義頌云斷欲三四品三二生家家斷至
五二向斷六一來果釋曰初兩句明家家
下兩句明向果即預流者進斷修惑若三
緣具轉名家家一由斷修惑三四品故二
由成根德能治彼無漏根故三由受生更
受欲界三二生故頌中但說初後二緣不
說成根者預流果後進斷修惑諸無漏根
理必合有義準已成故頌不說言斷三四
品受三二生者若斷三品名受三生若斷
四品名受二生謂九品惑能潤七生且上
上品能潤兩生上中上下中上各潤一生
中品中下合潤一生中下三品共潤一生
旣上三品能潤四生故斷上三品四生便
損名受三生旣言中上亦潤一生故斷中
上品惑復損一生無上損四生都損五生
受二生也問何故不斷一品二品五品名
家家耶答必無有斷一品二品不斷三品
中間死生無有斷五品不斷六品而有死
生謂由聖者得初果已斷欲修惑起大加
行必無未斷一大品結三品名一大品有
死生故故斷一品二品必斷三品斷第五
品不斷第六品者謂第六品證一來果以
無一品能障得果故斷五品必斷第六餘
如彼說所以引此文者即下一來不還斷
惑多少皆要此故

五初果法斷衆結者謂三正三
隨巳如十地亦可見所斷惑八十八使名
爲衆結由見諦理斷無明漏無明是生死
根本名生死漏

五初果者即前共十地中見地也然俱舍等以第十
六心先巳見理不明見道見道要須未見
今見故今道巳先見乃重慮修行故名修
道智度論意至第十六是解脫道斷惑方
終見諦始圓故名見地斷衆結者乃有二
意先總後別總有三正三隨者三正即涅
槃經謂身見戒取疑俱舍說斷其六故加
三隨邊見隨身見執斷常者必依身故見
取隨戒取非因計因必計勝故邪見隨疑
疑無之心斷善根故亦可下二別明八十
八使前俱舍中共引頌云苦下具一切集
滅離三見道除於二見上界不行恚故欲
苦有十集滅各七爲十四道下有八成三

十二上二界四諦各除一嗔二界各二十八故成八十八此見所斷若語修道欲界斷四謂六根本除見及疑但有貪嗔癡慢上二界各唯除嗔二界各三故有六合欲之四共成十使卽三果已後斷之復合前名九十八使更加十纏爲百八煩惱由見諦理者無名漏亦名無明流四流之一故

六一來果觀欲味過患已斷六品雖三品惑能潤一生故一往來而知無往來也

六一來果者更一往天上一往生欲界故而知無往來者卽般若意金剛十八住處中第五勝中無慢住處經從須菩提於意云何須陀洹能作是念我得須陀洹果不下是意明小乘四果尚得離慢豈況菩薩求大菩提於初廻向不離慢哉故判此文是十廻向初救護衆生離衆生相廻向言離慢者是離我慢文中四果皆有三段此初果中上卽如來反問二須菩提言不也世尊此卽答也意明無念三解所以者經云何以故須陀洹名爲入流而無所入不入色聲香味觸法是名須陀洹釋曰意云須陀洹梵語此云入流入聖流故謂至第十六道類智心卽入聖流所以入聖流者由了第一義諦無所入故則不起心念言我入流若有念慮言我入流不契諦理則不入聖流而此無念無入卽無漏聖智故不入於六塵之境故上疏云由見諦理無明名生無漏二一來果經云須菩提於意云何

斯陀含能作是念我得斯陀含果不⿰也同須菩提言不也世尊⿰也荅何以故斯陀含名一往來而實無往來是名斯陀含釋曰斷六品惑解脫道中契於諦理更不生於一往來念若有心念卽有我慢豈得聖果故今疏云知無往來

七不還果斷九品盡故不還欲界乃至八地惑皆斷故總云不樂三界

三不還果經云須菩提於意云何阿那含能作是念我得阿那含果不須菩提言不也世尊何以故阿那含名爲不來而實無來是名阿那含釋曰大意同前亦無心念斷五順下分結名爲不還乃至八地非但斷欲修惑更進斷四禪三空并前欲界故云八地當處不還以非想惑皆斷盡者成阿羅漢故八地則已該於三界故云不樂三界之上二界猶不受樂故云而實無來四無學果經云須菩提於意云何阿羅漢能作是念我得阿羅漢道不須菩提言不也世尊實無有法名阿羅漢世尊若阿羅漢作是念我得阿羅漢道則爲著我人衆生壽者釋曰阿羅漢斷五上分結總說所斷惑有八十九種若見所斷總有八品卽上下八諦若修所斷三界九地地地有九成八十一品亦證八十九品無爲爲應果體言應果者應受人天一切供養若有心念不契無爲卽是我慢著我人等由無心念故名應果故云實無有法名阿羅漢今經畧無無念之義

八無學果八解

脫者一內有色觀外色解脫二內無色觀外色解脫三淨解脫初二如次依初二禪三依四禪次四無色爲四解脫八即滅受想解脫餘義已見上文廣如諸論九十可知

八無學下辨羅漢法六通等義前後已具今取前後曾未說者卽八解脫略示名相俱舍頌云解脫有八種前三無貪性二二一一定四無色定善滅受想解脫微微無間生由自地淨心及下無漏出三境欲可見四境類品道自上苦集滅非擇滅虛空釋曰初句總標次兩句別明前三解脫第四句別明次四解脫第二行頌明第八解脫後一頌總明所緣言解脫有八種者一內有色觀外色解脫謂於力身有色想貪爲除此貪觀外不淨青瘀等色令貪不起故名解脫二內無色想觀外色解脫謂於內身無色想貪雖已除貪爲堅牢故觀外不淨青瘀等色令貪不起名爲解脫第三淨解脫身作證具足住謂觀淨色令貪不起名淨解脫觀淨色者顯觀轉勝此淨解脫身中證得名身作證具足圓滿得住此定名具足住四無色定爲次四解脫四解脫各能棄背下地貪故名爲解脫後第八滅受想定解脫身作證具足住棄背受等名爲解脫依婆沙論此言解脫者謂棄背義前三無貪性者初三解脫無貪爲體近治貪故三中初二不淨相轉作青瘀等諸行相故第三解脫清淨轉作光鮮行相轉故此三助伴皆五蘊爲性二二一一定者上二卽初二解脫下二卽二禪以初二解脫依初二禪起故云二二一一定者上一謂第三解脫唯依第四禪起云一一定也以第四禪離八災患慧心澄靜故有淨解脫四無色定善者四無色定解脫以善定爲體非無記染非解脫故亦非散善性微劣故無散善者如命終心也滅受想解脫微微無閒生者滅受想解脫也有解厭背受想有解厭背一切有所緣心有云解脫定障故名解脫微微心後此定現前入滅定心總有三種一想心二微細心三微微心對前心說已名微細此更微細故名微微從微微心入滅盡定由自地淨心及下無漏出者明出滅定心也出滅定心或有頂淨心或起下無所有處無漏心如是入心唯是有漏通從有漏無漏心出三境欲可見者初三解脫唯以欲界色處爲境有差別者初二境可憎第三境可愛四境類品道自上苦集滅者四無色解脫各緣自地上地苦集滅諦及緣九地類智品道爲所緣境非擇滅虛空者無色解脫亦緣自地上地苦諦集諦及緣九地類智品上非擇滅及虛空爲所緣境問第三靜慮寧無解脫答第三定中無眼識所引欲色貪故自地妙樂所動亂故故無解脫問行者何緣修淨解脫答爲欲令忻故修淨解脫前不淨觀令心沉慼今欲修淨觀策發令

忻或爲審知自堪能故謂前所修不淨解脫爲成不成若觀淨相煩惱不起彼方成故問何故經中第三第八解脫得身證名非餘六耶答以八中此二勝故二界邊故得身證名第三解脫唯取淨相令惑不起名爲殊勝第八解脫以無心故名爲殊勝第三解脫在色界邊第八解脫在無色邊疏文對會可知言餘義已見上文者謂六通卽三地及十通品說九定卽此品滅定亦如六七地辨廣如九地諸論卽瑜伽智論唯識等說然薩遮尼揵子經第五亦廣說六通等

佛子菩薩摩訶薩有十種修行法何等爲十所謂恭敬尊重諸善知識修行法常爲諸天之所覺悟修行法於諸佛所常懷慚愧修行法哀愍衆生不捨生死修行法事必究竟心無變動修行法專念隨逐發大乘心諸菩薩衆精勤修學修行法遠離邪見勤求正道修行法摧破衆魔及煩惱業修行法知諸衆生根性勝劣而爲說法令住佛地修行法安住無邊廣大法界除滅煩惱令身清淨修行法

是爲十若諸菩薩安住其中則得如來無上修行法

三修行法者如說修行方得佛法故常爲諸天者爲字去聲故晉經云覺悟諸天餘並可知上來造修行竟

大方廣佛華嚴經疏鈔會本第五十八之二

音釋

忤五故切逆也　瘀依據切

大方廣佛華嚴經疏鈔會本第五十八之三

唐于闐國三藏沙門實叉難陀　譯
唐清涼山大華嚴寺沙門澄觀撰述

佛子菩薩摩訶薩有十種魔何等爲十所謂蘊魔生諸取故煩惱魔恒雜染故業魔能障礙故心魔起高慢故死魔捨生處故天魔自憍縱故善根魔恒執取故三昧魔久耽味故善知識魔起著心故菩提法智魔不願捨離故是爲十菩薩摩訶薩應作方便速求遠離

第三有十魔下十門明離障行分二前五門明離障成行後五門明離障加持前中分三初二門明所離障體次一門明離障方便後二門顯見佛成行前中初顯魔體後辨魔因今初十魔能障道故一蘊魔者身爲道器體與佛同豈即是魔蘊魔之名特由取著下九例爾皆以下句釋成魔義是知以心分別萬法皆魔何但此十故舉菩提法智以勝況劣不以心分別一切皆佛豈捨魔界求佛界耶然四魔直就體明十魔多約執取十表無盡故與四不同若欲攝者除三同外皆煩惱攝法即所證智是能證能所冥合故名菩提若不捨於分別菩提之見即是魔矣餘文自顯（今初十魔下疏文分三一總釋爲魔之義）

佛子菩薩摩訶薩有十種魔業何等爲十所謂忘失菩提心修諸善根是爲魔業惡心布施瞋心持戒捨惡性人遠懈怠者輕慢亂意識嫌惡慧是爲魔業於甚深法心生慳悋有堪化者而不爲說若得財利恭敬供養雖非法器而强爲說是爲魔業不樂聽聞諸波羅

審假使聞說而不修行雖亦修行多生懈怠以懈怠故志意狹劣不求無上大菩提法是爲魔業遠善知識近惡知識樂求二乘不樂受生志尚涅槃離欲寂靜是爲魔業於菩薩所起瞋恚心惡眼視之求其罪釁說其過惡斷彼所有財利供養是爲魔業誹謗正法不樂聽聞假使得聞便生毀呰見人說法不生尊重言自說是餘說悉非是爲魔業樂學世論巧述文詞開闡二乘隱覆深法或以妙義授非其人遠離菩提住於邪道是爲魔業已得解脫已安隱者常樂親近而供養之未得解脫未安隱者不肯親近亦不教化是爲魔業增長我慢無有恭敬於諸衆生多行惱害不求正法眞實智慧其心弊惡難可開悟是爲魔業是爲十菩薩摩訶薩應速遠離勤求佛業

二有十魔業者行此十事皆能詑善亦招天魔故爲其業十中一由忘行本令所修善感生死果不至菩提故是其業二於蔽度不平等故於中初二蔽俱行度後四嫌棄有蔽之人文影略耳夫眞道者不施不慳不戒不犯不忍不恚不進不怠不定不亂不智不愚嫌他不忍忍度豈成他皆做此又悲化惡故況惡爲善資不愛其資是大迷也餘八易知然觀此文難免魔業願諸後學審此省躬二於蔽度下釋第二句分二一總釋文意二夫眞道者下立理於中有二先約智說則蔽度兩亡後又悲化惡故下約大悲說先正明後況惡爲善資下卽借老子意釋成上義卽道經無轍跡章結文彼章具云善行無轍跡善言無瑕謫善計不用籌策善閉無關鍵而不可開善結無繩約而不可解釋曰意云無心於此五何有轍跡等耶次云是以聖人常善救人而無棄人常善救

物故無棄物是謂襲明釋曰心無所係無可無不可何所棄哉次云故善人不善人之師不善人善人之資不貴其師不愛其資雖知大迷是爲要妙釋曰此有二意一約容意謂雖師法善人資取惡人而不貴不愛師資兩亡爲玄德凡俗雖知而大迷於道謂之要妙二約顯意善者所法惡是我資而不貴愛則雖知善惡乃是大迷善惡皆善是謂要妙則順上文無棄人物今疏用此故令化惡也容用曰襲

佛子菩薩摩訶薩有十種捨離魔業何等爲十所謂近善知識恭敬供養捨離魔業不自尊舉不自讚歎捨離魔業於佛深法信解不謗捨離魔業未曾忘失一切智心捨離魔業勤修妙行恒不放逸捨離魔業常求一切菩薩藏法捨離魔業恒演說法心無疲倦捨離魔業歸依十方一切諸佛起救護想捨離魔業信受憶念一切諸佛神力加持捨離魔業與一切菩薩同種善根平等無二捨離魔業是爲十若諸菩薩安住此法則能出離一切魔道

第二捨魔業即離障方便對障修治故云捨離然此十句敵對反前但略而不次耳一反第五二反第二三反第七四反第一五反第四六反第八七反第三八反第九救護彼故九反第十若得佛加蔽惡息故十反第六同一善根豈求惡故然復欲顯隨其一善總反前十或以多善共反前一令不定執故不次耳

佛子菩薩摩訶薩有十種見佛何等爲十所謂於安住世間成正覺佛無著見願佛出生見業報佛深信見住持佛隨順見涅槃佛深入見法界佛普至見心佛安住見三昧佛無量無依見本性佛明了見隨樂佛普受見是爲十若諸菩薩安住此法則常得見無上如

來

第三二門顯見佛成行由障離故果現行成於中先見佛後成行今初即是果現此中所見即前十佛亦是八地十身十身與此名小不同已如前會然此中明見皆稱彼佛而見如云無著自屬正覺非謂菩薩於彼不著若菩薩於此不著下九豈當著耶是知皆就所見明見亦不得半就所見半約能見一會同前文此中所見者即十信末五十三經然探玄記引法集經菩薩入十種法能知諸佛何等爲十所謂集氣佛果報佛三昧佛願佛心佛實佛同佛化佛供養佛形像佛乃至廣說若欲會者集氣即義當隨樂佛其本集而欲見故果報即業報佛次三全同實佛義當法界同佛即本性本性同故化即涅槃供義即正覺形像即住持二然此中明見下二釋見佛義於中亦三初正明二若菩薩下反顯三亦不得下遮救恐有救云半就能見如無着佛等半就所見如出生等豈不通耶今遮云不得半就能所令人致惑取解無由故十種見義成雜亂故

無著者安住世間故不著涅槃成正覺故不著生死乘無住道示成正覺故名無著稱此而見是見正覺他皆準此又無邪慧而不離故云無著無正德而不圓故云正覺則佛見影略此即總句下九皆此別義一無着者下三釋文釋此一句疏文有三一正釋正覺標其所見無着即正覺之相二又無邪下則正覺無着二義不同所見能見各須具二今所見有正覺德圓略無邪慧而不離能見則有無邪智而不離略無正德而不圓故今佛中影取無著能見之中影取正覺是故疏云佛見影略三此即下結成總別二乘願出生故上文云佛願力故無不現又乘此願能生一切德故二乘願出生中文云下引證即華藏品言又乘此願上約生身此約生德三報即相好莊嚴身業即萬行之因而深信爲首云深信見故下善財云一切諸佛從信心起亦能令見者信故故下善財者引證即七十七經善財修觀此約真身又云一切化佛從敬心起明知敬屬於機

能見化身信屬於佛因信成果亦能令見者信者上約眞身信自屬佛今就眞身信亦屬機以相好莊嚴顯由因成故令物信四隨順衆生住持舍利等故又隨順衆生以圓音周徧三世持佛法故四隨順者卽論中意又隨順衆生以圓音下卽海東意玄談中已顯不違正理故雙出之五涅槃卽是化身化身示滅故名涅槃深入見者深入涅槃故能示滅深入生死故示滅非眞深入涅槃者得無住涅槃能建大事深入生死故示滅非眞者悟生死性卽性淨涅槃故知示滅非眞滅也稱性常在故六法身充滿於法界故法界爲佛體故六法身者初以如智契合具德法身故云滿於法界法界是所滿下約法性身云爲佛體七湛然安住眞唯識性是佛心故七安住者釋安住見眞唯識性卽是心佛八寂然無依心言路絕卽三昧義觸類皆然故三昧無量八寂然無依釋見一義次以無依釋三昧佛後觸類下釋無量義九平等性智了本性故本覺眞性性本了故九平等下亦二義釋先能所合明後本覺

下唯就理說十隨自他意無身不受故十隨自他下卽意生身然有三義一如意速疾二隨自意成三隨他意樂今用後二釋隨樂言隨自所樂普受法身隨他所樂欲受何類依上十見則眞見佛旣知十佛總別六相圓融則亦十見無有障礙又此十種攝爲五對一所出能出對二正報任持對三眞常普徧對四內住外寂對五體深用廣對如文思之上十佛十身類此成對又此十見各有十種並如不思議法等品依上十下六相圓融總卽一佛別分爲十十同帶於佛異則正覺相好等差成則攬十共成眞佛之義壞則十身各住自位又此十見下第六結成包含卽海東意海東順於晉經名有數異故今取義亦有小殊今直就此經相應引證一正覺一佛無著見者有十無著卽此品云所謂於一切世間無著於一切衆生無著於一切法無著於一切所作無著於一切善根無著於一切生處無著於一切願無著於一切行無著於一切菩薩無著於一切佛無著此十雖因徹於果位一切無著而不思議品十種離果清淨亦果無著第二願佛出生見亦有十種出生不思議品

云諸佛世尊有十種念念出生智何等爲
十所謂一切諸佛於一念中悉能示現無
量世界從天來下二菩薩受生三出家學
道四善提樹下成等正覺五轉妙法輪六
數化衆生供養諸佛七不可言說種種佛
身八種種莊嚴無數莊嚴如來自在一切
智藏九無量無數清淨衆生十三世諸佛
種種根性種種精進種種行解於三世中
成等正覺釋曰其一二等數經文所無句
句皆如初句有一切諸佛至世界之言卽
是從後得智願生八相等三業報佛深信
見若約莊嚴應如不思議品十種最勝無
上莊嚴令取因行則不思議品果中所無
卽如十藏品云信一切法無相信一切法
無願信一切法無作信一切法無分別信
一切法無所依信一切法不可量信一切
法無有上信一切法難超越信一切法無
生釋曰以此爲因成果也亦可如十地中
十種信四住持佛隨順見者若約隨順衆
生住持佛法卽十種爲衆生作佛事不思
議品六諸佛世尊有十種爲衆生作佛事
一者所謂一切諸佛示現色身爲衆生作
佛事二出妙音聲三有所受四無所受五
以地水火風六神力自在示現一切所緣
境界七種種名號八以佛剎境界九嚴淨
佛剎十寂寞無言釋曰句上皆有一切諸
佛句下皆有作佛事如初句言一切無言
卽自身舍利住持自在若約圓音住持卽
如下文如來應正等覺轉法輪時以十事
故於衆生心中種白淨法無空過者卽隨

順義何等爲十所謂過去願力故大悲所
持故不捨衆生故智慧自在故隨其所樂
爲說法故必應其時未曾失故隨其所宜
無妄說故其身最勝無與等故言辭自在
無能治故智慧自在隨所發言悉開悟故
是爲十五涅槃佛深入見者卽出現品云
欲知如來大涅槃者當了知根本自性釋
曰了知卽是深入義也經云如眞如涅槃
如來涅槃亦如是二實際三法界四虛空
五法性六離欲際七無相際八我性際九
一切法性際十眞如際釋曰具足皆如初
句如是了知名爲深入六法界佛普至見
者若直約法界說如至一切處迴向云譬
如實際無處不至至一切物至一切世間
至一切衆生至一切國土至一切法至一
切虛空至一切三世至一切有爲無爲至
一切語言音聲然今但有九有爲無爲應
分爲二若就佛明遍至者卽佛不思識法
品云佛子諸佛世尊有十種法普遍法界
何等爲十所謂一切諸佛有無邊際身色
相清淨普入諸趣而無染著二無障礙眼
於一切法悉能明見三無礙耳悉能解了
一切音聲四鼻能到諸佛自在彼岸五有
廣長舌出妙音聲周遍法界六身應衆生
心咸令得見七意住於無礙平等法身八
無礙解脫示現無盡大神通力九清淨世
界隨衆生樂現衆佛土種種莊嚴而於其
中不生染著十菩薩行願得圓滿智遊戲
自在悉能通達一切佛法釋曰十句之中
皆如初句有一切諸佛有無邊際言舌中

有廣長故聞無邊際語七心佛安住見者不思議品云諸佛世尊有十種無量住所謂常住大悲住種種身作諸佛事住平等意轉淨法輪住四辯才說無量法住不思議一切佛法住清淨音遍無量土住不可說甚深法界現一切最勝神通住能開示無有障礙究竟之法釋曰此是佛心之所住也經雖九句應開淨音遍無量土爲二八三昧佛無量無依見者不思議品云諸佛世尊有十種無量不可思議佛三昧何等爲十所謂一切諸佛恒在正定於一念中遍一切處普爲眾生廣說妙法二普爲眾生說無我際三普入三世四普入十方廣大佛刹五普現無量種種佛身六隨諸眾生種種心解現身語意七說一切法離欲真際八演說一切緣起自性九示現無量世出世間廣大莊嚴令諸眾生常得見佛十令諸眾生悉得通達一切佛法無量解脫究竟到於無上彼岸釋曰具足皆如初句有一切諸佛恒在正定於一念中遍一切處之言雖有此無量而心無所依九本性佛明了見明了即是智身故四十七云諸佛世尊有十種知一切法盡無有餘何等爲十所謂一知過去一切法盡無有餘二知未來一切法三知現在一切法四知一切語言法五知一切眾生心六知一切菩薩善根上中下種種分位七知一切佛圓滿智及諸善根不增不減八知一切法皆從緣起九知一切世界種十知一切法界中如因陀羅網諸差別事釋曰十句

皆有盡無有餘之言十隨樂佛普受見者普能受領隨樂現故即四十六諸佛世尊於一切世界一切時有十種佛事何等爲十一者若有眾生專心憶念則現其前二者若有眾生心不調順則爲說法三者若有眾生能生淨信必令獲得無量善根四者若有眾生能入法位悉能現證無不了知五者教化眾生無有疲厭六者遊諸佛刹往來無礙七者大悲不捨一切眾生八者現變化身恒不斷絕九者神通自在未曾休息十者安住法界能遍觀察是爲十釋曰斯則普隨眾生之所受也

佛子菩薩摩訶薩有十種佛業

二有十種佛業即是成行前見佛體今辨佛因又行順佛行故名佛業佛以利生爲事業故

何等爲十所謂隨時開導是佛業令正修行故夢中令見是佛業覺昔善根故

十中初總餘別又總別合爲五對一覺導夢化對

爲他演說所未聞經是佛業令生智斷疑故

爲悔纏所纏者説出離法是佛業令離疑心故

二開纏淨戒對犯戒疑悔故爲彼纏令其懺除故名出離戒有多種出離亦多總相言之不過二種一事二理事隨輕重篇聚悔除理觀性空是眞奉律若具二者罪無不離又如瑜伽九十九有五惡作即是悔纏一謂作是思惟後定自責二諸天呵責三大師同行責四惡名流布五死墮惡趣亦有五相能除此惡作謂佛許還淨故由無知等我已滅故當來無犯意我已生故已於同梵行悔故佛説悔除爲善哉惡作相續以爲蓋故餘如淨名第一及隨好品辨又瑜伽九十九下重釋淨戒先舉所治後亦有五相下舉其能治此五亦可對前五唯三四不次一由佛許還淨故不自責二由滅無知不懼天所訶三已生無犯之意不懼惡名四同行悔不懼同行之責五佛許悔除故不懼惡道而其實義此五通能治於前五

若有衆生起慳悋心乃至惡慧心二乘心損害心疑惑心散動心憍慢心爲現如來衆相莊嚴身是佛業生長過去善根故於正法難遇時廣爲説法令其聞已得陀羅尼智神通智普能利益無量衆生是佛業勝解清淨故

三現相説法對於現相中由如來相從六度生故除六蔽見此殊勝不希二乘覩慈善根決知尊勝住心佛境自失威光故無害等

若有魔事起能以方便現虛空界等聲説不損惱他法以爲對治令其開悟衆魔聞已威光歇滅是佛業志樂殊勝威德大故其心無間常自守護不令證入二乘正位若有衆生

根性未熟終不爲説解脱境界是佛業本願所作故

四降魔護小對

生死結漏一切皆離修菩薩行相續不斷以大悲心攝取衆生令其起行究竟解脱是佛業不斷修行菩薩行故菩薩摩訶薩了達自身及以衆生本來寂滅不驚不怖而勤修福智無有厭足雖知一切法無有造作而亦不捨諸法自相雖於諸境界永離貪欲而常樂瞻奉諸佛色身雖知不由他悟入於法而種種方便求一切智雖知諸國土皆如虚空而常樂莊嚴一切佛刹雖恒觀察無人無我而教化衆生無有疲厭雖於法界本來不動而以神通智力現衆變化雖已成就一切智智而修菩薩行無有休息雖知諸法不可言説而轉淨法輪令衆心喜雖能示現諸佛神力而不厭捨菩薩之身雖現入於大般涅槃而一切處示現受生能作如是權實雙行法是佛業

五悲攝雙行對雙行中有十二句初一總明無作四諦不驚怖者妄惑本無今有故應驚妄苦逼害身心故應怖今皆了本寂即同滅理故不驚怖雖了本寂而修福智爲能治道餘十一句别中初一約苦次一約集次八約道後一約滅文並可知

是爲十若諸菩薩安住其中則得不由他教無上無師廣大業

佛子菩薩摩訶薩有十種慢業何等爲十所謂於師僧父母沙門婆羅門住於正道向正道者尊重福田所而不恭敬是慢業或有法

師獲最勝法乘於大乘知出要道得陀羅尼演說契經廣大之法無有休息而於其所起高慢心及於所說法不生恭敬是慢業於衆會中聞說妙法不肯歎美令人信受是慢業好起過慢自高陵物不見已失不知自短是慢業好起過過慢見有德人應讚不讚見他讚歎不生歡喜是慢業見有法師爲人說法知是法是律是眞實是佛語爲嫌其人亦嫌其法自起誹謗亦令他謗是慢業自求高座自稱法師應受供給不應執事見有耆舊久修行人不起逢迎不肯承事是慢業見有德人顰蹙不喜言辭麤獷伺其過失是慢業見有聰慧知法之人不肯親近恭敬供養不肯諮問何等爲善何等不善何等應作何等不應作作何等業於長夜中而得種種利益安樂愚癡頑佷我慢所呑終不能見出要之道是慢業復有衆生慢心所覆諸佛出世不能親近恭敬供養新善不起舊善消滅不應說而說不應諍而諍未來必墮險難深坑於百千劫尚不値佛何況聞法但以曾發菩提心故終自醒悟是慢業是爲十

第二有十慢下五門明離障加持行中二初二門內成離障行後三門外得加持行前中初門舉障後門顯治今初慢者恃已於他高舉爲性能障不慢生苦爲業然經論中說多差別且明七慢俱舍十九云一慢二過慢三慢過慢四我慢五增上慢六卑慢七邪慢（俱舍等者然文具有疏引彼論以釋今經恐不知主客今重具引俱舍云慢七九從三皆通見修斷瑜伽雜集大司俱舍）今文開十四五與九具有其名餘七但有其義

前三即慢但約有高心故故彼論云一慢者謂於他劣謂已勝於他等謂已等雖能稱境以心高舉說名爲慢初一輕人次二慢法三前卽慢下釋文先別釋初三於中二意初標次故彼論下全引論文正釋慢義三初一輕人下別釋三句四中自高陵物是於他等謂已勝即當過慢過前慢故四自高下釋過慢從是於他下全是論文五即慢過慢今言過過者過前慢故有德應讚即於他勝見讚不喜是謂已勝應合讚我故五中先指同會釋二有德下將經就論文具云於他勝謂已勝名慢過慢慢他過故六即邪慢謂於無德謂已有德故名邪慢成就惡行名爲無德恃惡高舉名之爲慢自起誹謗即惡行故六邪論具云於實無德中謂已有德名邪慢上皆論文下卽論釋從自起誹謗下疏牒令經會通論文七即卑慢者舊有德即是彼多分勝不應執事即謂已小劣何得事他七卑慢中疏以經就論卽自求高座下是論具足云於多分勝謂已少劣名爲卑慢餘皆疏釋八亦邪慢起惡行故八亦邪慢者卽見有德人下是也嚬慼麤獷卽是惡行此卽將前論中成就惡行收之九即我慢我慢所吞故九言我慢所吞故者以經釋成知是名爲我慢恃我起故釋我我所令心高舉曰疏以易故不引論釋十即增上慢新善未起即是未得不應諍而諍即是謂得故其但以曾發下準梵本應迴安於百千劫前深坑之下彼梵本從消滅下云不應說而說言多鬬諍發起怨嫌數行此法應墮大坑然以曾集菩提心力得受豪貴自在之力於百千劫尚不見佛何況聞法晉及度世大意皆同梵本若但依今釋當墮深坑語其慢過終自醒悟明非長沒十卽增上慢下疏中先以經會論後其但以下隨難重釋前中具足論云未得謂得名增上慢瑜伽云已無實德謂已有德雜集云謂於未得上勝證法計已已得上勝證法疏會釋論

文易可知上論偈云慢七九從三者卽是九慢從前七慢三慢而生言九慢者發智論一我勝慢類二我等慢類三我劣慢類四有勝我慢類五有等我慢類六有劣我慢類七無勝我慢類八無等慢類九無劣我慢類言從三者一慢二過慢三卑慢初三類中一我勝慢類從前過慢出二我等慢類從前慢出三我劣慢類從卑慢出四五六三如次從卑慢及慢并過慢出七八九三如次從慢過慢卑慢中出釋曰然上九慢旣從三生則成三三皆有別相論更不釋細詳可見但有難云問於多分勝謂已劣卑慢可成有高處故無劣我慢高處是何答謂自愛樂勝有情聚反顧已身雖知極劣而自尊重得成無劣我慢類也言皆通見修斷者七九同故云皆通也緣見起者名見所斷緣事起者名修所斷

若約八慢前三皆是憍慢亦名傲慢皆於尊境不肯禮敬故餘如別說

若約八慢者卽刊定意涅槃成實皆有八慢天台智者引文殊問經釋法華八鳥明有八慢謂一盛壯慢如鵄二性慢如梟三富慢如鵰四自在慢如鷲五壽命慢如烏六聰明慢如鵲七行慢如鳩八色慢如鴿

若諸菩薩離此慢業則得十種智業何等爲十所謂信解業報不壞因果是智業不捨菩提心常念諸佛是智業近善知識恭敬供養其心尊重終無厭怠是智業樂法樂義無有厭足遠離邪念勤修正念是智業於一切衆生離於我慢於諸菩薩起如來想愛重正法如惜已身尊奉如來如護已命於修行者生諸佛想是智業身語意業無諸不善讚美賢聖隨順菩提是智業不壞緣起離諸邪見破暗得明照一切法是智業十種迴向隨順修行於諸波羅蜜起慈母想於善巧方便起慈父想以深淨心入菩提舍是智業施戒多聞止觀福慧如是一切助道之法常勤積集無有厭倦是智業若有一業爲佛所讚能破衆魔煩惱鬬諍能離一切障蓋纏縛能教化調伏一切衆生能隨順智慧攝取正法能嚴淨佛剎能發起通明皆勤修習無有懈退是智

業是爲十若諸菩薩安住其中則得如來一切善巧方便無上大智業

二若諸菩薩下有十種智業顯對治行謂既識障惑不令增長制情從理敬重法行故名智業文中初結前生後文通兩段後何等下正顯並是智之作用故名爲業

佛子菩薩摩訶薩有十種魔所攝持何等爲十所謂懈怠心魔所攝持志樂狹劣魔所攝持於少行生足魔所攝持受一非餘魔所攝持不發大願魔所攝持樂處寂滅斷除煩惱魔所攝持永斷生死魔所攝持捨菩薩行魔所攝持不化衆生魔所攝持疑謗正法魔所攝持是爲十

第二魔攝持下三門辨外加持行分二此門所離障後二門能治行今初即最障加持由內行乖理外魔得便名爲攝持又行乖理即是魔攝初二心怠志陋次二行少解滯次二捨願趣斷次二成小捨大後二捨悲謗法

若諸菩薩能棄捨此魔所攝持則得十種佛所攝持何等爲十所謂初始能發菩提之心佛所攝持於生生中持菩提心不令忘失佛所攝持覺諸魔事悉能遠離佛所攝持聞諸波羅蜜如說修行佛所攝持知生死苦而不厭惡佛所攝持觀甚深法得無量果佛所攝持爲諸衆生說二乘法而不證取彼乘解脫佛所攝持樂觀無爲法而不住其中於有爲無爲不生二想佛所攝持至無生處而現受生佛所攝持雖證得一切智而起菩薩行不斷菩薩種佛所攝持是爲十若諸菩薩安住

其中則得諸佛無上攝持力

第二佛所攝下二門明能治行由離於邪自然合正於中先佛後法今初先結前生後後向等下正說文顯可知

佛子菩薩摩訶薩有十種法所攝持何等爲十所謂知一切行無常法所攝持知一切行苦法所攝持知一切行無我法所攝持知一切法寂滅涅槃法所攝持知諸法從緣起無緣則不起法所攝持知不正思惟故起於無明無明起故乃至老死起不正思惟滅故無明滅無明滅故乃至老死滅法所攝持知三解脫門出生聲聞乘證無諍法出生獨覺乘法所攝持知六波羅蜜四攝法出生大乘法所攝持知一切剎一切法一切衆生一切世是佛智境界法所攝持知斷一切念捨一切取離前後際隨順涅槃法所攝持是爲十若諸菩薩安住其中則得一切諸佛無上法所攝持

二法攝中前四即四法印次二總別緣生次一大小後二智斷上辨因圓究竟訖

佛子菩薩摩訶薩住兜率天有十種所作業

第二住兜率下十九門明果用圓滿行多約八相顯果用者明是普賢大用之果不就淨土實報處說又顯實報不可說故又顯八相通因果故長分爲十初一門住天次一門示没三一門入胎四一門住胎五三門初生六二門在家七二門出家八五門成道九二門轉法輪十有一門入涅槃初之二門合屬第三即是八相今初欲說下生先明在天所作

何等爲十所謂爲欲界諸天子說厭離法言一切自在皆是無常一切快樂悉當衰謝勸彼諸天發菩提心是爲第一所作業

一化欲天

爲色界諸天說入出諸禪解脫三昧若於其中而生愛著因愛復起身見邪見無明等者則爲其說如實智慧若於一切色非色法起顛倒想以爲清淨爲說不淨皆是無常勸其令發菩提之心是爲第二所作業

二化色天

菩薩摩訶薩住兜率天入三昧名光明莊嚴身放光明徧照三千大千世界隨衆生心以種種音而爲說法衆生聞已信心清淨命終生於兜率天中勸其令發菩提之心是爲第三所作業

三化大千

菩薩摩訶薩在兜率天以無障礙眼普見十方兜率天中一切菩薩彼諸菩薩皆亦見此互相見已論說妙法謂降神母胎初生出家往詣道場具大莊嚴而復示現往昔已來所行之行以彼行故成此大智所有功德不離本處而能示現如是等事是爲第四所作業

四同類共談

菩薩摩訶薩住兜率天十方一切兜率天宮諸菩薩衆皆悉來集恭敬圍繞爾時菩薩摩訶薩欲令彼諸菩薩皆滿其願生歡喜故隨彼菩薩所應住地所行所斷所修所證演說法門彼諸菩薩聞說法已皆大歡喜得未曾有各還本土所住宮殿是爲第五所作業

五爲同類說

菩薩摩訶薩住兜率天時欲界主天魔波旬爲欲壞亂菩薩業故眷屬圍繞詣菩薩所爾時菩薩爲摧伏魔軍故住金剛道所攝般若波羅蜜方便善巧智慧門以柔輭麤獷二種語而爲說法令魔波旬不得其便魔見菩薩自在威力皆發阿耨多羅三藐三菩提心是爲第六所作業

六善巧降魔

菩薩摩訶薩住兜率天知欲界諸天子不樂聞法爾時菩薩出大音聲徧告之言今日菩薩當於宮中現希有事若欲見者宜速往詣時諸天子聞是語已無量百千億那由他衆皆來集會爾時菩薩見諸天衆皆來集已爲現宮中諸希有事彼諸天子曾未見聞既得見已皆大歡喜其心醉沒又於樂中出聲告言諸仁者一切諸行皆悉無常一切諸行皆悉是苦一切諸法皆悉無我涅槃寂滅又復告言汝等皆應修菩薩行皆當圓滿一切智智彼諸天子聞此法音憂歎咨嗟而生厭離靡不皆發菩提之心是爲第七所作業

七樂音說法

菩薩摩訶薩住兜率宮不捨本處悉能往詣十方無量一切佛所見諸如來親近禮拜恭敬聽法爾時諸佛欲令菩薩獲得最上灌頂法故爲說菩薩地名一切神通以一念相應慧具足一切最勝功德入一切智智位是爲第八所作業

八詣佛聞法

菩薩摩訶薩住兜率宮爲欲供養諸如來故以大神力興起種種諸供養具名殊勝可樂

徧法界虚空界一切世界供養諸佛彼世界中無量衆生見此供養皆發阿耨多羅三藐三菩提心是爲第九所作業

九供養多佛

菩薩摩訶薩住兜率天出無量無邉如幻如影法門周徧十方一切世界示現種種色種種相種種形體種種威儀種種事業種種方便種種譬喻種種言説隨衆生心皆令歡喜是爲第十所作業

十多身益生

佛子是爲菩薩摩訶薩住兜率天十種所作業若諸菩薩成就此法則能於後下生人間

佛子菩薩摩訶薩於兜率天將下生時現十種事

第二時至示没名將下生大乘方便經下卷云菩薩如其本願處兜率天宫能得菩提轉于法輪非爲不能菩薩思惟閻浮提人不能至此兜率天上聽受法教兜率天人能下閻浮是故下生

何等爲十

佛子菩薩摩訶薩於兜率天下生之時從於足下放大光明名安樂莊嚴普照三千大千世界一切惡趣諸難衆生觸斯光者莫不皆得離苦安樂得安樂已悉知將有奇特大人出興于世是爲第一所示現事

一廣拔衆苦

佛子菩薩摩訶薩於兜率天下生之時從於眉間白毫相中放大光明名曰覺悟普照三千大千世界照彼宿世一切同行諸菩薩身彼諸菩薩蒙光照已咸知菩薩將欲下生各

各出興無量供具詣菩薩所而爲供養是爲
第二所示現事
二徧警有緣
佛子菩薩摩訶薩於兜率天將下生時於右
掌中放大光明名清淨境界悉能嚴淨一切
三千大千世界其中若有已得無漏諸辟支
佛覺斯光者即捨壽命若不覺者光明力故
徙置他方餘世界中一切諸魔及諸外道有
見衆生皆亦徙置他方世界唯除諸佛神力
所持應化衆生是爲第三所示現事
三嚴剎棟非
佛子菩薩摩訶薩於兜率天將下生時從其
兩膝放大光明名清淨莊嚴普照一切諸天
宮殿下從護世上至淨居靡不周徧彼諸天
等咸知菩薩於兜率天將欲下生俱懷戀慕
悲歎憂惱各持種種華鬘衣服塗香末香旛
蓋妓樂詣菩薩所恭敬供養隨逐下生乃至
涅槃是爲第四所示現事
四覺諸導從
佛子菩薩摩訶薩在兜率天將下生時於卍
字金剛莊嚴心藏中放大光明名無能勝幢
普照十方一切世界金剛力士時有百億金
剛力士皆悉來集隨逐侍衛始於下生乃至
涅槃是爲第五所示現事
五客召侍衛
佛子菩薩摩訶薩於兜率天將下生時從其
身上一切毛孔放大光明名分别衆生普照
一切大千世界徧觸一切諸菩薩身復觸一
切諸天世人諸菩薩等咸作是念我應住此
供養如來教化衆生是爲第六所示現事

六先告當機

佛子菩薩摩訶薩於兜率天將下生時從大摩尼寶藏殿中放大光明名善住觀察照此菩薩當生之處所託王宫其光照已諸餘菩薩皆共隨逐下閻浮提若於其家若其聚落若其城邑而現受生爲欲教化諸衆生故是爲第七所示現事

七令輔翼知

佛子菩薩摩訶薩於兜率天臨下生時從天宫殿及大樓閣諸莊嚴中放大光明名一切宫殿清淨莊嚴照所生母腹光明照已令菩薩母安隱快樂具足成就一切功德其母腹中自然而有廣大樓閣大摩尼寶而爲莊嚴爲欲安處菩薩身故是爲第八所示現事

八淨所生處

佛子菩薩摩訶薩於兜率天臨下生時從兩足下放大光明名爲善住若諸天子及諸梵天其命將終蒙光照觸皆得住壽供養菩薩從初下生乃至涅槃是爲第九所示現事

九長延天壽

佛子菩薩摩訶薩於兜率天臨下生時從隨好中放大光明名日月莊嚴示現菩薩種種諸業時諸人天或見菩薩住兜率天或見入胎或見初生或見出家或見成道或見降魔或見轉法輪或見入涅槃是爲第十所示現事

十廣現難思

佛子菩薩摩訶薩於身於座於宫殿於樓閣中放如是等百萬阿僧祇光明悉現種種諸菩薩業現是業已具足一切功德法故從兜

率天下生人間

四結益

大方廣佛華嚴經疏鈔會本第五十八之三

音釋

釁許覲切釁隙也　顰蹙顰毗賓切蹙子六切顰蹙愁貌　伺相吏切察也

很胡墾切很戾也　嫌胡兼切憎也　鬬丁候切競也　脇虛業切腋下也

慠魚到切倨慠也　謫陟革切音摘責也　鵄杜結切音迭　鵰丁聊切音

刁大贊鳥　嚬音頻師子聲也

大方廣佛華嚴經疏鈔會本第五十九之一

唐于闐國三藏沙門實叉難陀　譯

唐清涼山大華嚴寺沙門澄觀撰述

佛子菩薩摩訶薩示現處胎有十種事

第三正明入胎十事如有問言於四生中化生爲上佛爲最勝何故胎生諸經論中多用初緣以通此問今明具十以表無盡

諸經論者謂今此菩薩自然化生等智論等皆然探玄記有問云據此經兜率命終即入胎等何故梁攝論明化身二十年在中陰真諦三藏金光明疏中釋云有小乘別部云聽待父母受生竟故二十年在中陰釋曰此乃機見不同故言二十年等多小劣見

何等爲十佛子菩薩摩訶薩爲欲成就小心劣解諸衆生故不欲令彼起如是念今此菩薩自然化生智慧善根不從修得是故菩薩示現處胎是爲第一事

一化劣解此通凡小

菩薩摩訶薩爲成熟父母及諸眷屬宿世同行衆生善根示現處胎何以故彼皆應以見於處胎成熟所有諸善根故是爲第二事

二攝眷屬化生設有父母等恩養少故

菩薩摩訶薩入母胎時正念正知無有迷惑住母胎已心恒正念亦無錯亂是爲第三事

三三時無亂出時無亂在後初生故俱舍世品明輪王唯入無亂緣覺兼住唯佛三時無亂以福智俱勝故瑜伽同此上之三緣小教亦說次下四事兼於權大

菩薩摩訶薩在母胎中常演說法十方世界諸大菩薩釋梵四王皆來集會悉令獲得無量神力無邊智慧菩薩處胎成就如是辯才勝用是爲第四事

四演法益物
菩薩摩訶薩在母胎中集大衆會以本願力
教化一切諸菩薩衆是爲第五事
五乘願化生五乘願化生者明非沒生也
菩薩摩訶薩於人中成佛應具人間最勝受
生以此示現處於母胎是爲第六事
六破胎生慢誰能於佛特種族耶誰能於佛者瑞應經云從劫初已來代代相承作轉輪聖王近來四代雖不作轉輪聖王而作人中之王明是萬代金輪種故種族無上
菩薩摩訶薩在母胎中三千大千世界衆生
悉見菩薩如明鏡中見其面像爾時大心天
龍夜叉乾闥婆阿脩羅迦樓羅緊那羅摩睺
羅伽人非人等皆詣菩薩恭敬供養是爲第
七事
七胎障不隔故令大心同覩後之三緣唯
實教有
菩薩摩訶薩在母胎中他方世界一切最後
生菩薩在母胎者皆來共會說大集法門名
廣大智慧藏是爲第八事
八同類共集說智慧藏爲胎藏故說智慧藏者顯智德生佛以離垢藏即是斷德以法界藏即五藏之一正是法身八即般若九即解脫乃用三德爲胎藏耳故下疏合爲能所證智之與斷皆能證也
菩薩摩訶薩在母胎時入離垢藏三昧以三
昧力於母胎中現大宮殿種種嚴飾悉皆妙
好兜率天宮不可爲比而令母身安隱無患
是爲第九事
九定力現嚴以離垢藏爲胎藏故
菩薩摩訶薩住母胎時以大威力興供養具
名開大福德離垢藏普徧十方一切世界供
養一切諸佛如來彼諸如來咸爲演說無邊

菩薩住處法界藏是爲第十事

十與供聞法以法界藏爲胎藏故此一是總八九即法界別義法界寂然是離垢義寂而常照是智慧義又前二是能證後一所證能所冥合諸佛生故又前二不壞小而廣容後一不動此而普徧如是自在是佛生故

佛子是爲菩薩摩訶薩示現處胎十種事若諸菩薩了達此法則能示現甚微細趣

佛子菩薩摩訶薩有十種甚微細趣何等爲十所謂在母胎中示現初發菩提心乃至灌頂地在母胎中示現住兠率天在母胎中示現初生在母胎中示現童子地在母胎中示現處王宮在母胎中示現出家在母胎中示現苦行往詣道場成等正覺在母胎中示現轉法輪在母胎中示現般涅槃在母胎中示現大微細謂一切菩薩行一切如來自在神力無量差別門佛子是爲菩薩摩訶薩在母胎中十種微細趣若諸菩薩安住此法則得如來無上大智慧微細趣

第四微細趣即明住胎十事初一通現地位次八明現七相以處胎爲能現故童子屬處宮相故後一總結多門並一相中同時齊現深密難知故名微細

佛子菩薩摩訶薩有十種生何等爲十所謂遠離愚癡正念正知生放大光明網普照三千大千世界生住最後有更不受後身生不生不起生知三界如幻生於十方世界普現身生證一切智智身生放一切佛光明普覺悟一切衆生身生入大智觀察三昧身生佛

子菩薩生時震動一切佛刹解脱一切衆生除滅一切惡道映蔽一切諸魔無量菩薩皆來集會佛子是爲菩薩摩訶薩十種生爲調伏衆生故如是示現

第五十種生下三門明初生相今初正辨即右脇生時初一即出時無亂後一動刹益生中八可知

佛子菩薩摩訶薩以十事故示現微笑心自誓何等爲十所謂菩薩摩訶薩念言一切世間没在欲泥除我一人無能勉濟如是知已熙怡微笑心自誓復念言一切世間煩惱所盲唯我今者具足智慧如是知已熙怡微笑心自誓又念言我今因此假名身故當得如來充滿三世無上法身如是知已熙怡微笑心自誓菩薩爾時以無障礙眼徧觀十方所有梵天乃至一切大自在天作是念言此等衆生皆自謂爲有大智力如是知已熙怡微笑心自誓菩薩爾時觀諸衆生久種善根今皆退没如是知已熙怡微笑心自誓菩薩觀見世間種子所種雖少獲果甚多如是知已熙怡微笑心自誓菩薩觀見一切衆生蒙佛所教必得利益如是知已熙怡微笑心自誓菩薩觀見過去世中同行菩薩染著餘事不得佛法廣大功德如是知已熙怡微笑心自誓菩薩觀見過去世中共同集會諸天人等至今猶在凡夫之地不能捨離亦不疲猒如是知已熙怡微笑心自誓菩薩爾時爲一切如來光明所觸倍加欣慰熙怡微笑心自誓是爲十佛子菩薩爲調伏衆生故如是示現

二現微笑在行七步時故瑞應經云菩薩

示生即行七步一手指天一手指地天上天下唯我爲尊即自誓也初三自慶次六慶能徧益羣品謂四無智自憍我能摧故五昔善今退我能續故六能爲衆生良福田故七見生聞教益不虛故八傷諸同行不成佛故九愍諸同會滯凡地故後一得佛加故

佛子菩薩摩訶薩以十事故示行七步何等爲十所謂現菩薩力故示行七步現施七財故示行七步滿地神願故示行七步現超三界相故示行七步現菩薩最勝行超過象王牛王師子王行故示行七步現金剛地相故示行七步現欲與衆生勇猛力故示行七步現修行七覺寶故示行七步現所得法不由他教故示行七步現於世間最勝無比故示行七步是爲十佛子菩薩爲調伏衆生故如是示現

三行七步謂初生在地十方各行七步顯自在希奇故七數過三名過三界隨所履地皆現金剛餘並可知十方各行七步者即涅槃第四如來性品云善男子此閻浮提毘尼園示現從母摩耶而生生已即能東行七步唱如是言我於人天阿修羅中最尊最上父母人天見以驚喜生希有心而諸人等謂是嬰兒而我此身無量劫來久離淫法如是身者即是法身非是肉血筋脉骨髓之所成立隨順世間衆生法故示爲嬰兒南行七步示現欲爲無量衆生作上福田西行七步示現生盡永斷老死是最後身北行七步示已現度諸有生死東行七步示爲衆生而作導首四維七步示爲衆生斷滅種種煩惱四魔種性成於如來應供正遍知上行七步示現不爲不淨之物之所染汙猶如虛空下行七步示現法雨滅地獄火令彼衆生受安隱樂毀禁戒者示作霜雹顯自在下總顯大意

佛子菩薩摩訶薩以十事故現處童子地何等爲十所謂爲現通達一切世間文字筭計

圖書印璽種種業故處童子地爲現通達一切世間象馬車乘弧矢劒戟種種業故處童子地爲現通達一切世間文筆談論博弈嬉戲種種事故處童子地爲現遠離身語意業諸過失故處童子地爲現入定住涅槃門周徧十方無量世界故處童子地爲現其力超過一切天龍夜叉乾闥婆阿脩羅迦樓羅緊那羅摩睺羅伽釋梵護世人非人等釋梵護世故處童子地爲令耽著欲樂衆生故處童子地爲現菩薩色相威光超過一切歡喜樂法故處童子地爲尊重正法勤供養佛周徧十方一切世界故處童子地爲現得佛加被蒙法光明故處童子地是爲十

第六童子地下二門明在家同俗行並處王宮相童子已在王宮但此門明幼懷德藝顯是超絶後門貴極無染以彰德高令初八云令樂法者幼而梵行德業殊倫後見道成必樂其法餘九可知

佛子菩薩摩訶薩現童子地已以十事故現處王宮何等爲十所謂爲令宿世同行衆生善根成熟故現處王宮爲顯示菩薩善根力故現處王宮爲諸人天耽著樂具示現菩薩大威德樂具故現處王宮順五濁世衆生心故現處王宮爲現菩薩大威德力能於深宮入三昧故現處王宮爲令宿世同願衆生滿其意故現處王宮欲令父母親戚眷屬滿所願故現處王宮欲以妓樂出妙法音供養一切諸如來故現處王宮欲於宮內住微妙三昧始從成佛乃至涅槃皆示現故現處王宮爲隨順守護諸佛法故現處王宮是爲十最

後身菩薩如是示現處王宮已然後出家
二正明處宮十中一化同行同行處宮故
如瞿波四濁世欣貴故餘八可知如瞿波者七十五中廣說因起
佛子菩薩摩訶薩以十事故示現出家何等
爲十所謂爲猒居家故示現出家爲著家衆
生令捨離故示現出家爲隨順信樂聖人道
故示現出家爲宣揚讚歎出家功德故示現
出家爲顯永離二邊見故示現出家爲令衆
生離欲樂我樂故示現出家爲先現出三界
相故示現出家爲現自在不屬他故示現出
家爲顯當得如來十力無畏法故示現出家
最後菩薩法應爾故示現出家是爲十菩薩
以此調伏衆生
第七出家下二門明捨家期道行初明出

家後顯修行今初雖能深宮入道而出家
者示斯十意初二令猒捨苦果次二欣揚
勝道次二令離利鈍集著常見者貴常爲
貴故不出家著斷見者身滅無餘何須出
家既非常斷明可修進云離二邊又非苦
樂等次二顯界家繫滅後二顯得果同因
佛子菩薩摩訶薩爲十種事故示行苦行何
等爲十所謂爲成就劣解衆生故示行苦行
爲拔邪見衆生故示行苦行爲不信業報衆
生令見業報故示行苦行爲隨順雜染世界
法應爾故示行苦行示能忍劬勞勤修道故
示行苦行爲令衆生樂求法故示行苦行爲
著欲樂我樂衆生故示行苦行爲顯菩薩起
行殊勝乃至最後生猶不捨勤精進故示行
苦行爲令衆生樂寂靜法增長善根故示行

苦行爲諸天世人諸根未熟待時成熟故示行苦行是爲十菩薩以此方便調伏一切衆生

二示苦行者行有苦樂而偏苦行有斯十意一爲小乘要謂勤苦方得道故二示同異道摧邪見故謂六年自餓無道後受乳糜方得顯餓非真三一言罵佛六載受飢故緣如大乘方便經第二四五濁衆生皆有重罪憂惱覆心不能得道令彼念言謗佛尚得解脫況我等耶即悔除故亦如彼說五策懈怠衆生故六令知爲法忘飢故七示著樂非道故八始末精勤故九準晉經云欲令未來衆生發精進故今精進之言合在前句缺斯一句十苦行待機者顯悲深故 三一言罵佛者經有三卷亦編入寶積部中當第一百六十八此當

一百十經先總云善男子汝今善聽以何因緣菩薩苦行六年善男子非是菩薩宿業餘報受此苦也欲令衆生於一切惡業報中生厭患心歸向菩提釋曰下經文廣令當畧引復次善男子昔迦葉佛時有婆羅門子名為樹提有親友五人久近惡友失菩提心奉事外道不能信解佛語佛法彼師自言我是世尊樹提欲引五人轉其邪心至瓦師所作如是言我今欲見禿頭道人何有禿人得菩提道菩提之道甚深難得復經少時與彼五人在一屏處瓦師往彼讚佛功德令往見佛樹提思惟五人根生我若讚佛必彼生疑自護本願故般若波羅蜜報行方便故作如是言我不欲見禿頭道人何有禿人能得菩提菩提之道甚深難得云般若波羅蜜報者菩薩行般若波羅蜜無有菩提想無有佛想不見佛菩提不於內外中間見菩提知佛菩提空故行於方便作如是語後於一時與五人在水邊瓦師承佛神力即至其所讚佛難遇固不肯去瓦師遂捉其髮牽至佛所五人隨往彼之國法執人髮者罪應至死時人見之皆言佛有何德乃令瓦師忘死引之人既至佛所五人禮敬發心呵責樹提又聞佛德辯才發菩提心為說菩薩藏不退轉陀羅尼金剛句無生法忍五人得無生忍釋曰知菩薩為化五人般若觀空而發於言即大乘方便豈有報耶四五濁衆生者即其後經云復次菩薩爾時為化五人示自業報使餘若知不知苦樂報者念言

一言誹謗迦葉佛而彼菩薩當得解脱況我不知而作惡言是故我今當自悔除一切過業更不得作釋曰然化五人言義明顯示六年之意事猶未顯恐是五人兼已為六耳彼五人似當五俱輪經文又云為伏諸外道日食一麻一麥故又為化五千二百𡻺行諸天及外神仙𡻺行菩薩是名菩薩摩訶薩行於方便

佛子菩薩摩訶薩往詣道場有十種事何等爲十所謂詣道場時照耀一切世界詣道場時震動一切世界詣道場時於一切世界普現其身詣道場時覺悟一切菩薩及一切宿世同行衆生詣道場時示現道場一切莊嚴詣道場時隨諸衆生心之所欲而爲現身種種威儀及菩提樹一切莊嚴詣道場時現見十方一切如來詣道場時舉足下足常入三昧念念成佛無有超隔詣道場時一切天龍夜叉乾闥婆阿脩羅迦樓羅緊那羅摩睺羅伽釋梵護世一切諸王各不相知而興種種上妙供養詣道場時以無礙智普觀一切諸佛如來於一切世界修菩薩行而成正覺是爲十菩薩以此教化衆生

第八詣道場下五門道成證入行即分爲五一明進趣所安即從苦行所向於道樹顯捨邪趣正故因圓趣果故行行後邊故十句可知

佛子菩薩摩訶薩坐道場有十種事何等爲十所謂坐道場時種種震動一切世界坐道場時平等照耀一切世界坐道場時除滅一切諸惡趣苦坐道場時令一切世界金剛所成坐道場時普觀一切諸佛如來師子之座坐道場時心如虛空無所分別坐道場時隨其所應現身威儀坐道場時隨順安住金剛三昧坐道場時受一切如來神力所持清淨

妙處坐道場時自善根力悉能加被一切衆生是爲十

二正坐道場明自力安處初四嚴處次三三業現相觀師子座者知將說故晉經云觀一切佛師子之吼後三成德一滿自能證明智顯惑亡二受佛所處將契同法界三大悲同體故能徧加

佛子菩薩摩訶薩坐道場時有十種奇特未曾有事何等爲十佛子菩薩摩訶薩坐道場時十方世界一切如來皆現其前咸舉右手而稱讚言善哉善哉無上導師是爲第一未曾有事菩薩摩訶薩坐道場時一切如來皆悉護念與其威力是爲第二未曾有事菩薩摩訶薩坐道場時宿世同行諸菩薩衆悉來圍繞以種種莊嚴具恭敬供養是爲第三未曾有事菩薩摩訶薩坐道場時一切世界草木叢林諸無情物皆曲身低影歸向道場是爲第四未曾有事菩薩摩訶薩坐道場時入三昧名觀察法界此三昧力能令菩薩一切諸行悉得圓滿是爲第五未曾有事菩薩摩訶薩坐道場時得陀羅尼名最上離垢妙光海藏能受一切諸佛如來大雲法雨是爲第六未曾有事菩薩摩訶薩坐道場時以威德力興上妙供具徧一切世界供養諸佛是爲第七未曾有事菩薩摩訶薩坐道場時住最勝智悉現了知一切衆生諸根意行是爲第八未曾有事菩薩摩訶薩坐道場時入三昧名善覺此三昧力能令其身充滿三世盡虛空界一切世界是爲第九未曾有事菩薩摩訶薩坐道場時得離垢光明無礙大智令其

身業普入三世是爲第十未曾有事佛子是爲菩薩摩訶薩坐道場時十種奇特未曾有事

三有十奇特者明外感希奇大果先兆故

佛子菩薩摩訶薩坐道場時觀十種義故示現降魔何等爲十所謂爲濁世衆生樂於鬬戰欲顯菩薩威德力故示現降魔爲諸天世人有懷疑者斷彼疑故示現降魔爲教化調伏諸魔軍故示現降魔爲欲令諸天世人樂軍陣者咸來聚觀心調伏故示現降魔爲顯示菩薩所有威力世無能敵故示現降魔爲欲發起一切衆生勇猛力故示現降魔爲哀愍末世諸衆生故示現降魔爲欲顯示乃至道場猶有魔軍而來觸惱此後乃得超魔境界故示現降魔爲顯煩惱業用羸劣大慈善根勢力强盛故示現降魔爲欲隨順濁惡世界所行法故示現降魔是爲十

四降魔者正覺將顯先摧邪故皆言示者久已降故魔王多是大菩薩故無有惡魔能惱佛故亦如野干豈能於師子前以振威勢大乘方便經下卷云若非佛力召來彼等惡魔豈得近佛魔爲欲界尊勝勝降餘伏故皆言示者即涅槃第二佛許受純陀之供云純陀施食有二果報何等為二一者受已得阿耨多羅三藐三菩提二者受已入於涅槃純陀不受此言廣難如來謂二女先施是雜食身非金剛身常身法身等豈得言同佛答云菩薩爾時破壞四魔今入涅槃亦破四魔是故我言亦施果報等無差別末後云如來之身已於無量阿僧祇劫不受飲食釋曰此身不受飲食則顯此身久已降魔魔王等者即淨名第二卷不思議品因說室包廣座皆不思議解脫之力方便廣說不思議事迦葉悲歎竟爾時維摩詰語大迦葉言仁者十方作魔王者多是住不可思議解脫菩薩以方便力敎化衆生現作魔王即其文也無有惡魔下亦大乘方便經意下指經

文具足經云菩薩坐於菩提樹下使惡魔波旬至菩提樹下不欲令菩薩成阿耨多羅三藐三菩提善男子魔本不能至菩提樹下若我不召而能來者無有是處善男子爾時菩薩坐菩提樹下如是思惟於四天下誰最第一此四天下今為屬誰菩薩即知惡魔波旬欲界最尊今我與魔共鬬魔若不如一切欲界所有衆生悉皆不如爾時當有諸天人衆和合而來到菩提樹到已必發清淨信心下取意引魔衆天衆八部見菩薩遊戲發菩提心十中一示以盡得解脫故疏云勝降餘伏德諍二破魔佛誰愈三波旬兵衆滿三十六由旬圍菩提樹欲作留難菩薩住慈悲智慧以手指地一切散壞八萬四千八部大衆皆發大菩提心故云教化調伏廣如方便經及本行集說六未免魔者勿懈怠故七一被降伏乃至末世翻護法故餘五可知一示德諍者小人力諍故二破魔佛誰愈者愈猶勝也經文自顯亦方便經意第三因緣即彼經次文云善男子菩薩如是思惟已放眉間白毫相光能令波旬宮殿黑暗爾時三千大千世界以光明照故普令大明此光明中出如是聲彼釋

種子出家學道今當成阿耨多羅三藐三菩提過魔境界勝出魔衆減損當來一切魔衆令彼菩薩與魔共戰善男子爾時波旬聞是聲已心大憂愁如箭入心時魔波旬嚴四種兵滿三十六由旬欲為留難菩薩爾時住大慈悲及大智慧以智慧金色之手而以指地一切魔衆等尋即散壞魔衆壞已八萬四千億天龍鬼神乾闥婆阿修羅迦樓羅緊那羅魔睺羅伽拘槃荼如是大衆見菩薩威德身體殊妙容顏端嚴威力勇健發阿耨多羅三藐三菩提心是名菩薩摩訶薩行於方便釋曰疏但義引耳及本行集者大意則同但文廣耳故彼經意諸天本見魔王自在將謂勝佛故決彼疑令知佛勝七一被者亦涅槃經云爾時欲界主魔王波旬與其眷屬諸天采女無量無邊阿僧祇衆開地獄門施清淨水因而告曰汝等今者無所能為唯當專念如來應正遍知建立最後隨喜供養能令汝等於長夜中獲安隱樂時魔波旬即於地獄息諸刀劒等次云持諸供具勝過一切人天所設其蓋小者覆中千界來至佛所稽首佛足白佛言我等今者愛樂大乘守護大乘世尊若有善男子善女人為供養故為怖畏故為誑他故為財利故為隨他故受是大乘或真或偽我等爾時當為是人除滅怖畏說如是咒啅枳咤咤羅啅枳盧訶隸摩訶盧訶隸訶囉遮囉多囉莎訶釋曰此即翻護法文也

佛子菩薩摩訶薩有十種成如來力何等爲十所謂超過一切衆魔煩惱業故成如來力具足一切菩薩行遊戲一切菩薩三昧門故成如來力具足一切菩薩廣大禪定故成如來力圓滿一切白淨助道法故成如來力得一切法智慧光明善思惟分别故成如來力其身周徧一切世界故成如來力所出言音悉與一切衆生心等故成如來力能以神力加持一切故成如來力與三世諸佛身語意業等無有異於一念中了三世法故成如來力得善覺智三昧具如來十力所謂是處非處智力乃至漏盡智力故成如來力是爲十若諸菩薩具此十力則名如來應正等覺

五有十種成如來力即正覺現前前之二門當無間道此當解脱道更前二門即方便道今此十中初一障無不寂次二因無不圓次二果無不滿次三德無不普後二佛無不同故結名如來也

佛子如來應正等覺轉大法輪有十種事何等爲十一者具足清淨四無畏智二者出生四辯隨順音聲三者善能開闡四眞諦相四者隨順諸佛無礙解脱五者能令衆生心皆淨信六者所有言説皆不唐捐能拔衆生諸苦毒箭七者大悲願力之所加持八者隨出音聲普徧十方一切世界九者於阿僧祇劫説法不斷十者隨所説法皆能生起根力覺道禪定解脱三昧等法佛子諸佛如來轉於法輪有如是等無量種事

第九轉大法輪下二門明轉法輪道成機熟開甘露門故於中初門所轉法輪體用

後門明轉法輪因緣前中流演圓通目之爲輪自我之彼名之爲轉小乘以眼智明覺四行繫於四諦今顯無盡十行應繫十諦以成百行餘如法輪章說十中初二能轉備圓次二所轉深妙次二生信拔苦次二因深量廣後二時遠益高小乘等者已見出現法輪章中

佛子如來應正等覺轉法輪時以十事故於衆生心中種白淨法無空過者何等爲十所謂過去願力故大悲所持故不捨衆生故智慧自在隨其所樂爲說法故必應其時未曾失故隨其所宜無妄說故知三世智善了知故其身最勝無與等故言辭自在無能測故智慧自在隨所發言悉開悟故是爲十

二種白淨法十事即法輪因白淨法者即所轉輪體謂佛無漏清淨法界轉入衆生心中成聞熏種子故名爲種說應時機言不虛發還生無漏聖智故無空過故攝論中多聞熏習從最清淨法界等流生無漏現行是此義也亦即前章無礙解脫所以能種此種者有十事故初一宿因餘皆現因於中前六德具後三用勝前中二三悲具一內持二外攝次四智具即四悉檀一爲人所樂不同故二第一義應時令悟故三對治隨病所宜故四世界了世而順故次四智具者問明已廣即智論第一論別有解釋總名悉檀者諸三藏譯皆云義宗具云悉檀多有云遍施乃意釋耳

大方廣佛華嚴經疏鈔會本第五十九之一

音釋

熙怡熙許其切怡與之切熙怡和悅也　璽想氏切王者印也又信也　弧

矢弧音胡弓也矢式是切箭也戟九劇切枝兵也博弈博補各切弈羊
益切羸力爲切瘦也麋旻悲切鹿屬鍵巨展切鑰牡曰鍵啅音卓
獷古猛切惡也筋舉欣切骨絡也枳諸氏切咤陟駕切

大方廣佛華嚴經疏鈔會本第五十九之三

唐于闐國三藏沙門實叉難陀　譯

唐清涼山大華嚴寺沙門澄觀撰述

佛子如來應正等覺作佛事已觀十種義故示般涅槃何等爲十所謂示一切行實無常故示一切有爲非安隱故示大涅槃是安隱處無怖畏故以諸人天樂著色身爲現色身是無常法令其願住淨法身故示無常力不可轉故示一切有爲不隨心住不自在故示一切三有皆如幻化不堅牢故示涅槃性究竟堅牢不可壞故示一切法無生無起而有聚集散壞相故佛子諸佛世尊作佛事已所願滿已轉法輪已應化度者皆化度已有諸菩薩應受尊號成記莂已法應如是入於不變大般涅槃佛子是爲如來應正等覺觀十義故示般涅槃

第十涅槃謂應盡還源有斯十意初二明生死過患一無常故二無樂故云非安隱

初二下二別釋此中即用涅槃第二經因三修比丘歎無常等以爲上想佛廣訶之後爲正說云汝等若言我亦修習無常苦無我想是三種修無有實義我今當說勝三修法苦者計樂樂者計苦是顛倒法無常計常常計無常是顛倒法無我計我我計無我是顛倒法不淨計淨淨計不淨是顛倒法如是等四顛倒法是人不知正修諸法汝諸比丘於苦法中生於樂想於無常中生於常想於無我中生於我想於不淨中生於淨想世間亦有常樂我淨出世亦有常樂我淨世間法者有字無義出世法者有字有義何以故世間之法有四顛倒故不知義所以者何有想倒心倒見倒以三倒故世間之人樂中見苦常見無常我見無我淨見不淨是名顛倒以顛倒故世間知字而不知義何等爲義無我者名爲生死我者名爲如來無常者聲聞緣覺常者如來法身苦者一切外道樂者即是涅槃不淨者即有爲法淨者諸佛菩薩所有正法是名不顛倒故知有字有義若欲遠離四顛倒者應知如是常樂我淨釋曰上具引經者以此十句多分用故

三明涅槃是樂翻上無

樂以涅槃寂滅爲真樂故三明涅槃者翻上無樂即是第二言以涅槃下出得樂名所以四翻色身無常法身爲常故故晉經云令求常住淨法身故今缺常字以法身是三德之一性出自古體無變異偏語其常今已出纏故名爲淨四翻色身者文中有三初正釋即上涅槃云常者如來法身二故晉經下引證成是常義以今經文闕常字故恐人誤謂此顯淨德故次引證三以法身下釋成法身偏得常名之所以也兼顯此用法身之言以是三德大涅槃故今已出下顯與涅槃經小異之相次三句明生死無我不自在故一一期無常不自在故云不可轉二別明念念無常不自在此通變易生死三即分段不能堅住亦非自在次三等者即上經云無我者所謂生死八明涅槃是堅即自在我亦兼常義八明涅槃者涅槃二十七云我者謂大涅槃上第二云我者即是如來自約別義至下當釋今明涅槃故說涅槃爲我義耳亦兼常義者以有堅牢言故然常已配法身故此屬我九翻有爲以明淨德不淨者即有爲法故言聚散淨者諸佛菩薩正法名無生起然是性淨涅槃隨緣生死即相之性方爲正法然涅槃第二翻破凡小四德通諸佛法故以如來爲我此正顯涅槃故亦就涅槃明我餘並相順然常等四德雖偏通佛法從其別義各顯不同上以四禁翻枯具遣八倒九翻有爲等者疏文有三初正釋即上涅槃云淨者諸佛菩薩正法無生無起般若體故亦名正法遠公云正法偏名淨者以治障故彼約三寶之中法寶說之二然是下正顯今經淨法之體性淨涅槃三德本具不由治淨隨緣生死即經云而有聚集散壞即相之性即無生無起如是方是涅槃正法以約涅槃說於淨德不同涅槃第二別約正法三涅槃下會通涅槃第二涅槃就於義如來爲我今說涅槃故不同彼然常等下正釋上文與涅槃不同之由涅槃二十七云空者所謂生死不空者謂大涅槃無常者所謂生死常者謂大涅槃無我者所謂生死我者謂大涅槃苦者所謂生死樂者謂謂大涅槃等則是涅槃即具四德則如正法亦具四德從其義下者即涅槃第二意

也遠公亦云常樂我淨理實通遍一切佛法然今隱顯我偏就人餘三就法我是佛者自在名我自在之用在於佛人故說爲我又復我者人之別稱故就佛人而說其我常法身者法身佛體顯本法成性出自古體無變易順常義顯故爲常樂云涅槃者涅槃是滅滅離衆苦寂樂義顯故說爲樂淨是法者謂三寶中法寶之體能治超勝故說爲淨釋曰上來䟽中多已用之就義穩便小有改易上以四榮下結成破倒廣如四地畧如上引涅槃偈中之文 十明法爾諸佛常規

上來說分竟

佛子此法門名菩薩廣大清淨行無量諸佛所共宣說能令智者了無量義皆生歡喜令一切菩薩大願大行皆得相續佛子若有衆生得聞此法聞已信解解已修行必得疾成阿耨多羅三藐三菩提何以故以如說修行故佛子若諸菩薩不如說行當知是人於佛菩提則爲永離是故菩薩應如說行

大文第七從佛子此法門下結勸修學分於中二一結義勸修二佛子此一切菩薩下結名勸學前中亦二初舉名結義後佛子若有下勸信修行

佛子此一切菩薩功德行處決定義華普入一切法普生一切智超諸世間離二乘道不與一切諸衆生共悉能照了一切法門增長衆生出世善根離世間法門品應尊重應聽受應誦持應思惟應願樂應修行若能如是當知是人疾得阿耨多羅三藐三菩提

二結名勸學中先顯十名初一約能詮依此生行故名爲處前約所詮行體但云清淨行餘九約所詮功能立稱二決彼行義定能感果故三證所證故四能證分明故五有智超勝故六悲與萬行故七一一圓融故八軌則具足故九即理涉事故十即

事而真故後應尊重下勸學可知
說此品時佛神力故及此法門法如是故十方無量無邊阿僧祇世界皆大震動大光普照
大文第八從說此下現瑞分可知
爾時十方諸佛皆現普賢菩薩前讚言善哉善哉佛子乃能說此諸菩薩摩訶薩功德行處決定義華普入一切佛法出世間法門品佛子汝已善學此法善說此法汝以威力護持此法我等諸佛悉皆隨喜如我等諸佛隨喜於汝一切諸佛悉亦如是佛子我等諸佛悉共同心護持此經令現在未來諸菩薩衆未曾聞者皆當得聞
大文第九爾時十方下證成分於中二先讚法證後佛子汝已下歎人證

爾時普賢菩薩摩訶薩承佛神力觀察十方一切大衆洎於法界而說頌言
大文第十爾時普賢下偈頌分總有二百一十五頌半分三初有八偈七言歎德深廣明說分齊二其心下有三十一頌半總示行德略顯深廣上二並是伽陀三從依於佛智下七十六偈頌前長行方是祇夜今初分四

於無量劫修苦行　從無量佛正法生
令無量衆住菩提　彼無等行聽我說
供無量佛而捨著　廣度羣生不作想
求佛功德心無依　彼勝妙行我今說
離三界魔煩惱業　具聖功德最勝行
滅諸癡惑心寂然　我今說彼所行道
永離世間諸誑幻　種種變化示衆生
心生住

滅現衆事說彼所能令衆喜
初四許說廣深
見諸衆生生老死煩惱憂橫所纒迫欲令解
脫教發心彼功德行應聽受
施戒忍進禪智慧方便慈悲喜捨等百千萬
劫常修行彼人功德仁應聽
次二舉德誡聽
千萬億劫求菩提所有身命皆無悋願益羣
生不爲已彼慈愍行我今說
次一重總許說
無量億劫演其德如海一滴未爲少功德無
比不可喻以佛威神今略說
後一示說分齊
其心不高下求道無厭倦普使諸衆生住善
增淨法智慧普饒益如樹如河泉亦如於大
地一切所依處
第二總示行德中分三初二頌略標法喻
二五十五頌半託事表法以明深廣三從
菩薩等於佛下七十四頌即法明行以彰
廣大初標可知
菩薩如蓮華慈根安隱莖智慧爲衆蘂戒品
爲香潔佛放法光明令彼得開敷不著有爲
水見者皆欣樂菩薩妙法樹生於直心地信
種慈悲根智慧以爲身方便爲枝幹五度爲
繁密定葉神通華一切智爲果最上力爲蔦
垂蔭覆三界
二託事表法中總五十喻難以區分今類
例相從且分爲十初四偈半二喻明悅物
覆蔭行
菩薩師子王白淨法爲身四諦爲其足正念

以爲頸慈眼智慧首頂繫解脱繒勝義空谷中吼法怖衆魔菩薩爲商主普見諸羣生在生死曠野煩惱險惡處魔賊之所攝癡盲失正道示其正直路令入無畏城菩薩見衆生三毒煩惱病種種諸苦惱長夜所煎迫爲發大悲心廣説對治門八萬四千種滅除衆苦患菩薩爲法王正道化衆生令遠惡修善專求佛功德一切諸佛所灌頂受尊記廣施衆聖財菩提分珍寶菩薩轉法輪如佛之所轉戒轂三昧輞智莊慧爲劍既破煩惱賊亦殄衆魔怨一切諸外道見之無不散

二師子下十偈摧邪導迷行師子吼義法界初説

菩薩智慧海深廣無涯際正法味盈洽覺分寶充滿大心無邊岸一切智爲潮衆生莫能測說之不可盡菩薩須彌山超出於世間神通三昧峯大心安不動若有親近者同其智慧色迴絶衆境界一切無不覩菩薩如金剛志求一切智信心及苦行堅固不可動其心無所畏饒益諸羣生衆魔與煩惱一切悉摧滅菩薩大慈悲譬如重密雲三明發電光神足震雷音普以四辯才雨八功德水潤洽於一切令除煩惱熱菩薩正法城般若以爲牆慚愧爲深壍智慧爲却敵廣開解脱門正念恒防守四諦坦王道六通集兵仗復建大法幢周迴徧其下三有諸魔衆一切無能入

三有十一偈明高深堅密行

菩薩迦樓羅如意爲堅足方便勇猛翅慈悲明淨眼住一切智樹觀三有大海搏撮天人龍安置涅槃岸菩薩正法日出現於世間戒

品圓滿輪神足速疾行照以智慧光長諸根力藥滅除煩惱闇消竭愛欲海菩薩智光月法界以爲輪遊於畢竟空世間無不見三界識心内隨時有增減二乘星宿中一切無儔匹

四迦樓羅下六偈觀機照益行（四迦樓羅下其中第五偈云菩薩智光月等者論經云菩薩清涼月遊於畢竟空垂光照三界心法無不現餘可知）

菩薩大法王功德莊嚴身相好皆具足人天悉瞻仰方便清淨目智慧金剛杵於法得自在以道化羣生菩薩大梵王自在超三有業惑悉皆斷慈捨靡不具處處示現身開悟以法音於彼三界中拔諸邪見根菩薩自在天超過生死地境界常清淨智慧無退轉絶彼下乘道受諸灌頂法功德智慧具名稱靡不聞

五有六偈自在統御行

菩薩智慧心清淨如虛空無性無依處一切不可得有大自在力能成世間事自具清淨行令衆生亦然

六智慧心下二偈包含無染行

菩薩方便地饒益諸衆生菩薩慈悲水浣滌諸煩惱菩薩智慧火燒諸惑習薪菩薩無住風遊行三有空

七二偈周徧成益行

菩薩如珍寶能濟貧窮厄菩薩如金剛能摧顛倒見菩薩如瓔珞莊嚴三有身菩薩如摩尼增長一切行菩薩德如華常發菩提分菩薩願如鬘恒繫衆生首菩薩淨戒香堅持無缺犯菩薩智塗香普熏於三界菩薩力如帳

能遮煩惱塵菩薩智如幢能摧我慢敵妙行
爲繒綵莊嚴於智慧慙愧作衣服普覆諸羣
生
八如珍寶下六偈檢束修身行
菩薩無礙乘巾之出三界菩薩大力象其心
善調伏菩薩神足馬騰步超諸有菩薩説法
龍普雨衆生心
九二偈調御運載行
菩薩優曇華世間難值遇菩薩大勇將衆魔
悉降伏菩薩轉法輪如佛之所轉菩薩燈破
闇衆生見正道菩薩功德河恒順正道流菩
薩精進橋廣度諸羣品大智與弘誓共作堅
牢船引接諸衆生安置菩提岸菩薩遊戲園
真實樂衆生菩薩解脱華莊嚴智宫殿菩薩
如妙藥滅除煩惱病菩薩如雪山出生智慧
藥
十優曇華下六偈外用遊處行
菩薩等於佛覺悟諸羣生佛心豈有他正覺
覺世間如佛之所來菩薩如是來亦如一切
智以智入普門菩薩善開導一切諸羣生菩
薩自然覺一切智境界
第三即法明行中二初十偈總明深廣許
説誡聽後一身能示現下六十四頌别明
深廣以酬前許前中三初三上同佛覺
菩薩無量力世間莫能壞菩薩無畏智知衆
生及法一切諸世間色相各差别音聲及名
字悉能分别知雖離於名色而現種種相一
切諸衆生莫能測其道
次三下超羣品
如是等功德菩薩悉成就了性皆無性有無

無所著如是一切智無盡無所依我今當演說令衆生歡喜雖知諸法相如幻悉空寂而以悲願心及佛威神力現神通變化種種無量事如是諸功德汝等應聽受

後四許說誡聽

一身能示現無量差別身無心無境界普應一切衆一音中具演一切諸言音衆生語言法隨類皆能作永離煩惱身而現自在身知法不可說而作種種說其心常寂滅清淨如虛空而普莊嚴剎示現一切衆於身無所著而能示現身一切世間中隨應而受生雖生一切處亦不住受生知身如虛空種種隨心現

第二別明深廣中束爲十行初六偈三業深廣行

菩薩身無邊普現一切處常恭敬供養最勝兩足尊香華衆妓樂幢旛及寶蓋恒以深淨心供養於諸佛不離一佛會普在諸佛所於彼大衆中問難聽受法聞法入三昧一一無量門起定亦復然示現無窮盡智慧巧方便了世皆如幻而能現世間無邊諸幻法

二菩薩身下五頌二嚴無礙行

示現種種色亦現心及語入諸想網中而恒無所著或現初發心利益於世間或現久修行廣大無邊際施戒忍精進禪定及智慧四梵四攝等一切最勝法

三有三頌逆順成滿行

或現行成滿得忍無分別或現一生繫諸佛與灌頂或現聲聞相或復現緣覺處處般涅槃不捨菩提行或現爲帝釋或現爲梵王或

天女圍繞或時獨宴默或現爲比丘寂靜調
其心或現自在王統理世間法或現巧術女
或現修苦行或現受五欲或現入諸禪或現
初始生或少或老死若有思議者心疑發狂
亂或現在天宫或現始降神或入或住胎成
佛轉法輪或生或涅槃或現入學堂或在婇
女中或離俗修禪或坐菩提樹自然成正覺
或現轉法輪或現始求道或現爲佛身宴坐
無量剎或修不退道積集菩提具

四或修行成滿下十頌普門示現行

深入無數劫皆悉到彼岸無量劫一念一念
無量劫一切劫非劫爲世示現劫無來無積
集成就諸劫事於一微塵中普見一切佛十
方一切處無處而不有國土衆生法次第悉
皆見經無量劫數究竟不可盡

五四頌時處圓融行

菩薩知衆生廣大無有邊彼一衆生身無量
因緣起如知一無量一切悉亦然隨其所通
達教諸未學者悉知衆生根上中下不同亦
知根轉移應化不應化一根一切根展轉因
緣力微細各差别次第無錯亂又知其欲解
一切煩惱習亦知去來今所有諸心行了達
一切行無來亦無去既知其行已爲説無上
法

六菩薩知下六頌知根説法行

雜染清淨行種種悉了知一念得菩提成就
一切智住佛不思議究竟智慧心一念悉能
知一切衆生行菩薩神通智功力已自在能
於一念中往詣無邊剎如是速疾往盡於無
數劫無處而不周莫動毫端分

七四頌寂用迅疾行

譬如工幻師示現種種色於彼幻中求無色無非色菩薩亦如是以方便智幻種種皆示現充滿於世間譬如淨日月皎鏡在虛空影現於衆水不爲水所雜菩薩淨法輪當知亦如是現世間心水不爲世所雜如人睡夢中造作種種事雖經億千歲一夜未終盡菩薩住法性示現一切事無量劫可極一念智無盡譬如山谷中及以宮殿間種種皆響應而實無分別菩薩住法性能以自在智廣出隨類音亦復無分別如有見陽燄想之以爲水馳逐不得飲展轉更增渴衆生煩惱心應知亦如是菩薩起慈愍救之令出離

八譬如工幻下十偈悲不失智行

觀色如聚沫受如水上泡想如熱時燄諸行如芭蕉心識猶如幻示現種種事如是知諸蘊智者無所著諸處悉空寂如機關動轉諸界性永離妄現於世間菩薩住真實寂滅第一義種種廣宣暢而心無所依無來亦無去亦復無有住煩惱業苦因三種恒流轉緣起非有無非實亦非虛如是入中道說之無所著能於一念中普現三世心欲色無色界一切種種事隨順三律儀演說三解脫建立三乘道成就一切智了達處非處諸業及諸根界解與禪定一切智處道宿命念天眼滅除一切惑知佛十種力而未能成就了達諸法空而常求妙法不與煩惱合而亦不盡漏廣知出離道而以度衆生於此得無畏不捨修諸行無謬無違道亦不失正念精進欲三昧觀慧無損減三聚皆清淨三世悉明達大慈

愍衆生一切無障礙
九有十四偈智不失悲行謂末後二句不
失悲前皆智德圓滿
由入此法門得成如是行我說其少分功德
莊嚴義窮於無數劫說彼行無盡我今說少
分如大地一塵
十有二偈結德無盡行
依於佛智住起於奇特想修行最勝行具足
大慈悲精勤自安隱教化諸含識安住淨戒
中具諸授記行能入佛功德衆生行及刹劫
世悉亦知無有疲厭想差別智總持通達真
實義思惟說無比寂靜等正覺
第三頌長行中二初有三十九偈頌前說
分後雖令下三十七偈頌結勸修學分今
初頌前六位即爲六段初四偈頌十信位

中行
發於普賢心及修其行願慈悲因緣力趣道
意清淨修行波羅蜜究竟隨覺智證知力自
在成無上菩提成就平等智演說最勝法能
持具妙辯逮得法王處遠離於諸著演說心
平等出生於智慧變化得菩提
二有四偈頌十住行
住持一切劫智者大欣慰深入及依止無畏
無疑惑了達不思議巧密善分別善入諸三
昧普見智境界究竟諸解脫遊戲諸通明纏
縛悉永離園林恣遊處白法爲宮殿諸行可
欣樂現無量莊嚴於世心無動深心善觀察
妙辯能開演清淨菩提印智光照一切所住
無等比其心不下劣立志如大山種德若深
海

三有六偈頌十行
如寶安住法被甲誓願心發起於大事究竟無能壞得授菩提記安住廣大心祕藏無窮盡覺悟一切法世智皆自在妙用無障礙衆生一切剎及以種種法身願與境界智慧神通等示現於世間無量百千億遊戲及境界自在無能制力無畏不共一切業莊嚴
四有五偈頌迴向行
諸身及身業語及淨修語以得守護故成辦十種事菩薩心發心及以心周徧諸根無散動獲得最勝根深心增勝心遠離於諂誑種種決定解普入於世間捨彼煩惱習取茲最勝道巧修使圓滿逮成一切智離退入正位決定證寂滅出生佛法道成就功德號道及無量道乃至莊嚴道次第善安住悉皆無所著手足及腹藏金剛以爲心被以慈哀甲具足衆器仗智首明達眼菩提行爲耳清淨戒爲鼻滅闇無障礙辯才以爲舌無處不至身最勝智爲心行住修諸業道場師子座梵卧空爲住
五九頌半頌十地行
所行及觀察普照如來境徧觀衆生行奮迅及哮吼離貪行淨施捨慢持淨戒不瞋常忍辱不懈恒精進禪定得自在智慧無所行慈濟悲無倦喜法捨煩惱於諸境界中知義亦知法福德悉成滿智慧如利劍普照樂多聞明了趣向法知魔及魔道誓願咸捨離見佛與佛業發心皆攝取離慢修智慧不爲魔力持爲佛所攝持亦爲法所持現住兜率天又現彼命終示現住母胎亦現微細趣現生及

微笑亦現行七步示修衆技術亦示處深宮出家修苦行往詣於道場端坐放光明覺悟諸羣生降魔成正覺轉無上法輪所現悉已終入於大涅槃

六有十頌半頌因圓果滿行其初所行二字義屬前段

彼諸菩薩行無量劫修習廣大無有邊我今說少分

第二頌結勸修學中然小異前勢分之爲四初一偈結前所說爲少二有三十偈別顯德用廣深三有四偈總結深廣四有二偈結勸修行二中分二前二十一頌半結約法顯行後八頌半結託事顯法今初分五

雖令無量衆安住佛功德衆生及法中畢竟無所取具足如是行遊戲諸神通毛端置衆剎經於億千劫掌持無量剎徧往身無倦還來置本處衆生不知覺菩薩以一切種種莊嚴剎置於一毛孔真實悉令見復以一毛孔普納一切海大海無增減衆生不嬈害

初五於剎自在行

無量鐵圍山手執碎爲塵一塵下一剎盡此諸塵數以此諸塵剎復更末爲塵如是塵可知菩薩智難量於一毛孔中放無量光明日月星宿光摩尼珠火光及以諸天光一切皆映蔽滅諸惡道苦爲說無上法一切諸世間種種差別音菩薩以一音一切皆能演決定分別說一切諸佛法普使諸羣生聞之大歡喜

二有六頌三業自在行

過去一切劫安置未來今未來現在劫迴置過去世示現無量刹燒然及成住一切諸世間悉在一毛孔去來及現在一切十方佛靡不於身中分明而顯現

三過去下三頌明三世間自在行

深知變化法善應衆生心示現種種身而皆無所著或現於六趣一切衆生身釋梵護世身諸天人衆身聲聞緣覺身諸佛如來身或現菩薩身修行一切智善入輭中上衆生諸想網示現成菩提及以諸佛刹了知諸想網於想得自在示修菩薩行一切方便事

四有五頌明身智自在行

示現如是等廣大諸神變如是諸境界擧世莫能知雖現無所現究竟轉增上隨順樂生心令得真實道身語及與心平等如虛空

五有二偈半總結難測

淨戒爲塗香衆行爲衣服法繒嚴淨髻一切智摩尼功德靡不周灌頂升王位波羅蜜爲輪諸通以爲象神足以爲馬智慧爲明珠妙行爲婇女四攝主藏神方便爲主兵菩薩轉輪王三昧爲城郭空寂爲宮殿慈甲智慧劍念弓明利箭高張神力蓋迥建智慧幢忍力不動搖直破魔王軍總持爲平地衆行爲河水淨智爲涌泉妙慧作樹林空爲澄淨池覺分菡萏華神力自莊嚴三昧常娛樂思惟爲婇女甘露爲美食解脱味爲漿遊戲於三乘

後結託事顯法中或前來所無或事同義異並可意得

此諸菩薩行微妙轉增上無量劫修行其心不厭足供養一切佛嚴淨一切刹普令一切

衆安住一切智

第三總結深廣中前三結前已説

一切刹微塵悉可知其數一切虚空界一沙可度量一切衆生心念念可數知佛子諸功德説之不可盡

後二結末説難窮

欲具此功德及諸上妙法欲使諸衆生離苦常安樂欲令身語意悉與諸佛等應發金剛心學此功德行

四結勸修行可知　離世間品竟

大方廣佛華嚴經疏鈔會本第五十九之二

音釋

無謬（謬靡幼切差也）洎于（洎其異切及也）蔦（都了切樹上寄生草也亦云女蘿）轂（古祿切車轂也）輞（文紡切車輞也）殄（徒典切絕也）洽（侯夾切浹洽也）塹（七艷切坑也）浣滌（浣胡管切濯也滌徒歷切洗也）沫（音末水沫也）泡（披交切水上子漚也）

大方廣佛華嚴經疏鈔會本第六十之一

唐于闐國三藏沙門實叉難陀譯

唐清涼山大華嚴寺沙門澄觀撰述

入法界品第三十九

初來意者先辨分來夫行因證立證藉行深前分託法行成故此依人入證亦爲遠答解脫海故會品於意不異分來無別會品故初來意等者分來品來二意先約四分以明來意亦遠答下就前總別以明來意九會共答十海問故會品來下此中亦合有三來意然離世間雖亦一會一分一品而其所對分會品差有三來意此中前無分會別對故但為一 二釋名有三初分名者謂依佛菩薩諸勝善友深證法界故名依人入證證法在已謂之成德

二會名約處名逝多林園重閣會林名戰勝以表依人園名給孤用表悲厚重閣之義以顯二智互嚴悲智並爲能證亦爲重義若兼取城名聞物亦表依人約法如品名釋

三品名者入通能所謂悟解證得之名法界是所入之法謂理事等別然法含持軌界有多義梁論十五云欲顯法身含法界五義故轉名法界一性義以無二我爲性一切衆生不過此性故二因義一切聖人四念處等法緣此生故三藏義一切虛妄法所隱覆故非凡夫二乘所能緣故四眞實義過世間法以世間法或自然壞或對治壞離此二壞故五甚深義若與此相應自性成淨善故若外不相應自性成殺故上之五義皆理法界復有持義族義及分齊義然持曲有三一持自體相二持諸法

差別三持自種類不相雜亂與法義同族者種族即十八界上二並通事理分齊者緣起事法不相雜故於中性通依主持業因唯依主後六唯持業心境合目名入法界始則相違終則持業入即法界故梁論十五者彼本論云復次諸佛法界恒時應具五業釋論云此中明法身業而言諸佛法界者欲顯法身含法界五義等餘同下結云由法身含法界五義諸菩薩應見法身恒與五業相應無時暫離其五業謂除有情災患業等上文引竟然正是此下論文若世親論無此五義但說五業耳五義可知復有持義下第二雙約事理以釋法界於中有二先標三義後然持下別釋持義及以法持自體義餘二可知於中下三釋名然直語一法則無六釋故會六釋唯釋界字於前五中除前二兼依主後六義皆唯持業心境合目下即通品名會六釋耳三明宗趣者分會品同既入法界爲目即以爲宗於中三門分別一約義二約類三約位初中有三先明所入總唯一眞無礙法界語其性相不出事理隨義別顯略有五門一有爲法界二無爲法界三俱是四俱非五無障礙然五各二門初有爲二者一本識能持諸法種子名爲法界如論云無始時來界等此約因義而其界體不約法身二三世之法差別邊際名爲法界不思議品云一切諸佛知過去一切法界悉無有餘等此即分齊之義二無爲法界二者一性淨門在凡位中性恒淨故眞空一味無差別故二離垢門謂由對治方顯淨故隨行淺深分十種故三亦有爲亦無爲法界有二者一隨相門謂受想行蘊及五種色并入無爲此十六法唯意所知十八界中名爲法界二無礙門謂一心法界具含二門一心眞如門二心生滅門雖此二門皆各總攝一切諸

法然其二位恒不相離其猶攝水之波非靜攝波之水非動故第四迴向云於有爲界示無爲法而不滅壞有爲之相於無爲界示有爲法而不分别無爲之性此明事理無礙四非有爲非無爲法界二門者一形奪門謂緣無不理之緣故非有爲理無不緣之理故非無爲法體平等形奪雙泯大品三十九中須菩提白佛言是法平等爲是有爲爲是無爲佛言非有爲法非無爲法何以故離有爲法無爲法不可得離無爲法有爲法不可得須菩提是有爲性無爲性是二法不合不散此之謂也二無寄門謂此法界離相離性故非此二又非二諦故又非二名言所能至故是故俱非解深密第一云一切法者略有二種所謂有爲無爲是中有爲非有爲非無爲無爲非無爲非有爲等五無障礙法界二門者一普攝門謂於上四門隨一即攝餘一切故是故善財或覩山海或見堂宇皆名入法界二圓融門謂以理融事故令事無分齊微塵非小能容十刹刹海非大潛入一塵也以事顯理故令理非無分謂一多無礙或云一法界或云諸法界然由一非一故即諸諸非諸故即一乃至重重無盡是以善財暫時執手遂經多劫纔入樓閣普見無邊皆此類也上來五門十義總明所入法界皆應以六相融之二明能入亦有五門一淨信二正解三修行四證得五圓滿此五於前所入法界有其二門一隨一能入通五所入隨一所入徧五能入二此

五能入如其次第各入一門此上心境二

義十門六相圓融總爲一聚無障礙法界

無始時來界已見問明及五種色并八無爲者者五種色即雜集第一云法界處所攝色者略有五種謂極略色極迥色受所引色遍計所起色定自在所生色極略色者謂極微色極迥色者謂離餘礙觸色受所引色者謂無表色遍計所起色者謂影像

色定自在所生色者謂解脫靜慮所行境色前釋迥色云謂離餘礙觸方所可得又釋空一顯色云謂上所見青等顯色就此二色析至極少名極迥色餘之色義已見上文言八無爲者已見十藏謂六中開真如爲三性故其無礙門亦見問明不合不散即不一不異義也二無寄門者然形奪者要二相假無寄則當法自離故不同也相及俗諦皆有爲性及真諦皆無爲又非二名言所能至者言語道斷故表義名言

不能至也心行處滅故顯境名言所不能至解深密下引證俱非一普攝門者謂不壞前四門之相而爲一致故故引善財隨事差別皆入法界二圓融門總舉一門即融諸門然以理融事令事如理以事顯理令理如事故云理非無分謂理即事事既有分理亦有分不爾真理不即事故理既如事隨舉一法即一法界若舉多法即多法界然由一非一故下復融上一與一若定一不能即諸以一即理故即非一以非

一故能即諸也以非一故與諸不異下句翻此準事顯理既互相即則涉入重重方成無障礙義引善財證暫時執手明時圓融總入樓閣明處圓融上來五門下總結圓融總即法界別有五種同即十門皆同法界異則有爲與無爲等相望有差成則五義共成法界壞則一有爲自住有爲餘四亦爾如其次第各是一門者一有爲法界本有種子差別之法但在明信二無爲之理性淨妙絕皆須明解三亦有爲亦無爲法界事理有異必須雙行四非有爲非無爲法界雙遣玄寂唯證方契五無障礙非滿不窮顯義多門爲此別配取義圓備互遍方周若無信心安能見理況無障礙無信安窮

第二法界類別亦有五門謂一所入二能入三無二四俱泯五存亡無礙初所入中亦有五重一法法界二人法界三俱融四俱泯五無障礙初中有十一事法界謂十重居宅等二理法界謂一味湛然等三境法界謂所知分齊等四行法界謂悲智廣深等五體法界謂寂滅無生等六用法界謂勝通自在等七順法界謂六度正

行等八逆法界謂五熱無厭等九教法界謂所聞言說等十義法界謂所詮旨趣等此十法界同一緣起無礙鎔融一具一切二人法界亦有十門謂人天男女在家出家外道諸神菩薩及佛此並緣起相分恭而不雜善財見已便入法界故名人法界三人法俱融法界者謂前十人十法同一緣起隨義相分融攝無二四人法俱泯法界者謂平等果海離於言數緣起性相俱不可說五無障礙法界者謂合前四句於彼人法一異無障存亡不礙自在圓融如理思之二明能入亦有五重一身二智三俱四泯五圓謂入樓觀而還合身證也鑒無邊之理事智證也同普賢而普徧俱證也身智相即而兩亡俱泯也一異存亡而無礙自在圓融也餘可準知三能所渾融無二際限不分就義開殊理仍不雜此五能所如次及通可以意得四能所圓融形奪俱泯五一異存亡無礙具足如理思之上來約類辨竟

第二法界類別者上來雖有五界通該諸法今於總法開從別類然類開五門五門各五初二文顯後三文隱五無礙法界亦有五義一前四融爲一味二四相歷然故云一異無障礙三一異雙存四一異互奪雙泯絕故無云存亡不礙五自在圓融謂欲一則一欲異則異欲存即存欲泯便泯異不礙一泯不礙存方爲自在常一常異常存常泯名爲圓融此五能等者通則隨一能入遍入五所入隨一所入皆用五能斯爲正意言如次者一身入法法界二智入人法界三身智俱存入無二法界四身智俱泯入人法俱泯法界五人法圓融入無障礙法界此爲第三能所渾融無二中之五句也四能所圓融形奪俱泯者此亦有五一以所奪能唯法界二以能奪所唯能入三能所俱存四能所俱泯五此四圓融無有前後五一一異存亡無礙具足者亦有五句一一所一味二能所歷然三一異雙存四一異雙泯五上之四句無礙具足故令如理思之

第三約位明入法

界者準下文中所入法界大位有二即因與果於前人法無不皆是佛果所收即如來師子嚬申三昧所現法界自在是也又於前人法無不皆屬因位所攝即文殊普賢所現法界法門是也因中曲有信等五位法界不同二明能入準文亦二對前果位明諸菩薩頓入法界對前因位寄顯善財漸入法界三因果旣其無礙漸頓亦乃圓融但以布教成詮寄斯位別耳第三約位明入法界者標也於中有三初約所入有因有果次明能入唯漸與頓

次正釋文一品大分爲二初明本會二爾時文殊師利從善住樓閣出下明末會亦前明果法界後明因法界又前頓入法界後明漸入法界又前總後別總別圓融本末無礙又前即亡修頓證是正宗之極後是寄人修入以辨流通通正圓融中後無礙就本會中長科十分一序分二請分三三昧現相分四遠集新衆分五舉失顯得分六偈頌讚德分七普賢開發分八毫光示益分九文殊述德分十無涯大用分今初雖義貫末會以從處別獨判在初文分爲三初智正覺世間圓滿二在室羅下器世間圓滿三與菩薩下衆生世間圓滿次正釋文然科二會總有四義從總別圓融下融上四義一總別圓融融第四總別本末無礙融第一本末二會略無第二因果相即第三漸頓該羅至下末會之初重會釋之又前即亡修下通正圓融兼前五對而前四唯對本會故一時併舉後一通對諸會正宗故別明之

爾時世尊

今初言世尊者梵云薄伽梵包含六義如佛地論一自在義永不繫屬諸煩惱故二

熾盛義猛焰智光所燒煉故三端嚴義三十二相所莊嚴故四名稱義一切殊勝功德圓滿無不知故五吉祥義一切世間親近供養咸稱讚故六尊貴義具一切功德常起方便利益世間安樂一切無懈廢故今舉後該初亦是標人取法具無盡德故曰世尊

在室羅筏國逝多林給孤獨園大莊嚴重閣

二器世間圓滿中有三一國城此云聞者西域記云昔有古老仙人住於此處後有少仙名爲聞者於彼稟學老仙没後少仙於此建立城郭故取其名亦云聞物以此城多出聰敏博達名聞人物故即中印度境二逝多下明林園逝多者梵音華言戰勝即太子之名給孤獨者梵云須達多正言賑濟無依義云給孤獨也即長者之稱長者仁而聰敏積而能散拯乏濟貧哀孤恤老時美其德故立斯稱長者側金買地太子施樹同成功業二人式崇共立伽藍之號三明重閣即說法之所表所證法界體無不周曰大德無不備曰嚴依體起用爲重閣

昔有古老仙人等者即第六卷然室羅筏即舍衛國梵音楚夏耳多出聰敏博達人物者總相言耳然其此城有四德一者塵德五塵之境多美麗故二財物德七寶珍奇無不有故三聖法德三藏聖法無不備故四解脫德人人皆有解脫分善得解脫者實繁廣故具此四德遠聞諸國故人物言爲道相耳亦表此經具此四德一五種法界皆佛境故二七聖財實無不備故三因果能證皆聖法故四契入法界眞解脫故廣說如來解脫海故言逝多梵音華言戰勝者即波斯匿王所生太子太子初生王戰得勝故以爲名表依善友勝出魔軍及凡小故故上文云以表依人給孤獨者梵云須達多者經出太子梵語疏出長者西音舉長者德表具法財能令一切證法界故長者側金下出雙舉二人之由西域記智度論莊嚴論等皆說

祇桓記中其事更廣

與菩薩摩訶薩五百人俱

第三衆生世間即輔翼圓滿於中三一菩薩二聲聞三世主初中亦三一舉數二列名三歎德今初此會菩薩標名乃少列名乃多者有所表故數中欲顯五位同證入故位各十度一一相融成五百故第六妙覺是所入故又表解行者多證者稀故

普賢菩薩文殊師利菩薩而爲上首

二普賢下列名分三初標上首二列別名三總結數今初以二大聖是助化主故又有所表故至下當明

其名曰光燄幢菩薩須彌幢菩薩寶幢菩薩無礙幢菩薩華幢菩薩離垢幢菩薩日幢菩薩妙幢菩薩離塵幢菩薩普光幢菩薩

二其名曰下別列中有十四位位各有十其間亦有增減成百四十一人名各一義皆有深旨今且寄表大分爲二前四十一人通表住等四位後天冠下十位百人別表十地十度今初十幢表向行德高出故

地威力菩薩寶威力菩薩大威力菩薩金剛智威力菩薩離塵垢威力菩薩正法日威力菩薩功德山威力菩薩智光影威力菩薩普吉祥威力菩薩

二有九威力者表行能進修故

地藏菩薩虛空藏菩薩蓮華藏菩薩寶藏菩薩日藏菩薩淨德藏菩薩法印藏菩薩光明藏菩薩臍藏菩薩蓮華德藏菩薩

三十藏表地義如前釋

善眼菩薩淨眼菩薩離垢眼菩薩無礙眼菩

薩普見眼菩薩善觀眼菩薩青蓮華眼菩薩
金剛眼菩薩寶眼菩薩虛空眼菩薩喜眼菩
薩普眼菩薩
四有十二眼者表解能照法故所以不次
者欲表圓融之位無前後故
天冠菩薩普照法界智慧冠菩薩道場冠菩
薩普照十方冠菩薩一切佛藏冠菩薩超出
一切世間冠菩薩普照冠菩薩不可壞冠菩
薩持一切如來師子座冠菩薩普照法界虛
空冠菩薩
後十位中如次別表行布十地十度一十
冠者初地冠於諸地之首檀冠衆行之先
故又一一位中各具十者一地之中具足
一切諸地功德故一度之中具足十度爲
莊嚴故

梵王髻菩薩龍王髻菩薩一切化佛光明髻
菩薩道場髻菩薩一切願海音寶王髻菩薩
一切佛光明摩尼髻菩薩示現一切虛空平
等相摩尼王莊嚴髻菩薩示現一切如來神
變摩尼王幢網垂覆髻菩薩出一切佛轉法
輪音髻菩薩說三世一切名字音髻菩薩
二十髻者持戒無垢檢束尊高故
大光菩薩離垢光菩薩寶光菩薩離塵光菩
薩燄光菩薩法光菩薩寂靜光菩薩日光菩
薩自在光菩薩天光菩薩
三十光者發聞持光照法忍故
福德幢菩薩智慧幢菩薩法幢菩薩神通幢
菩薩光幢菩薩華幢菩薩摩尼幢菩薩菩提
幢菩薩梵幢菩薩普光幢菩薩
四十又名幢者焰慧精進超世高出故又

道品伏惑精進伏慢故

梵音菩薩海音菩薩大地音菩薩世主音菩薩山相擊音菩薩徧一切法界音菩薩震一切法海雷音菩薩降魔音菩薩大悲方便雲雷音菩薩息一切世間苦安慰音菩薩

五十音者禪定發生難勝悅機故

法上菩薩勝上菩薩智上菩薩福德須彌上菩薩功德珊瑚上菩薩名稱上菩薩普光上菩薩大慈上菩薩智海上菩薩佛種上菩薩

六十上者般若現前最尊上故

光勝菩薩德勝菩薩上勝菩薩普明勝菩薩法勝菩薩月勝菩薩虛空勝菩薩寶勝菩薩幢勝菩薩智勝菩薩

七十勝者遠行方便有中殊勝行故

娑羅自在王菩薩法自在王菩薩象自在王菩薩梵自在王菩薩山自在王菩薩衆自在王菩薩速疾自在王菩薩寂靜自在王菩薩不動自在王菩薩勢力自在王菩薩最勝自在王菩薩

八有十一自在王者相用不動大願無礙故

寂靜音菩薩無礙音菩薩地震音菩薩海震音菩薩雲音菩薩法光音菩薩虛空音菩薩說一切衆生善根音菩薩示一切大願音菩薩道場音菩薩

九十又名音者善慧演法自力生故

須彌光覺菩薩虛空覺菩薩離染覺菩薩無礙覺菩薩善覺菩薩普照三世覺菩薩廣大覺菩薩普明覺菩薩法界光明覺菩薩

十有九人同名覺者法雲受職墮佛數故

智覺諸法無所遺故然其幢等亦有通義
類釋可知

如是等菩薩摩訶薩五百人俱

三如是下結數

此諸菩薩皆悉成就普賢行願境界無礙普徧一切諸佛刹故現身無量親近一切諸如來故淨眼無障見一切佛神變事故至處無限一切如來成正覺所恒普詣故光明無際以智慧光普照一切實法海故說法無盡清淨辯才無邊際劫無窮盡故等虛空界智慧所行悉清淨故無所依止隨衆生心現色身故除滅癡翳了衆生界無衆生故等虛空智以大光網照法界故

第三此諸下歎德有十一句初句爲總上名以隨宜別顯各以一德立名今德以據實內通故言皆悉成就普賢行願餘十句別於中前六明智用普周後四明智用離障通爲五對一境徧身多對窮依近正故二見用詣實對十眼離障不往而見一念契實身心普周三內照外演對四智淨色隨對五悲深智廣對以即智之悲故於生無翳無外之智故照同虛空前對虛空自取淨義今取廣義

及與五百聲聞衆俱悉覺眞諦皆證實際深入法性永出有海依佛功德離結使縛住無礙處其心寂靜猶如虛空於諸佛所永斷疑惑於佛智海深信趣入

第二及與下辨聲聞衆文二初標數類後悉覺下歎德文有十句然此聲聞皆是菩薩欲顯深法託爲聲聞故所歎德言含本

迹

今釋爲二門一就迹約小十句皆聲聞德一得現觀於四眞諦善覺了故二入正性離生無方便慧已作證故三所學已窮故云深入法華云我等同入法性即三獸渡河理無二故古人亦將上三如次配見修無學四生分已盡由缺大悲故自永出五有爲無爲之德依佛成故即逮得已利六已盡有結謂九結十使現行離故七無煩惱礙種子亡故八心善解脫故寂如虛空九慧善解脫故於佛無惑十明非定性皆可迴心故信入佛智

一得現觀者大乘唯識有六現觀一思二信三戒四智諦五為智邊諦六究竟現觀十地已辯小乘俱舍有三現觀一見現觀二緣現觀三事現觀今此正當見現觀也義兼後二二入正性離生者已見四地無方便慧已見七地若有方便不證實際三所學已窮者謂於自乘所學之法名爲深入非謂深入甚深法性故引法華即三乘同入之法性耳三獸渡河已見八地古人亦將上等者疏意云見修是前三果今是羅漢正當無學後必具前理則可通故不言非四生分已盡等者上即我生已盡若具大悲留惑潤生處有化物今由闕悲但自速出如犫透圍五即逮得已利者已利即證涅槃有餘依者名爲有爲無餘依者即無爲耳六已盡有結者經云離結使縛故以九結釋經結字亦已見上今略示名一愛結二恚三慢四無明五疑六見七取八嫉九慳由此九種數數現起損惱自他招當苦增偏名爲結十使謂六根本開見成五此等以爲生死因故名爲有結言現行離者故法華論此句即諸漏已盡論爲現行要得煩惱是種子故八心善解脫等者二種解脫亦見上文今略解云離定障故名心解脫離性障故名慧解脫又離無明貪愛等體名慧解脫彼相應心得離縛故名心解脫由證此二獲得第五有爲無爲二種功德十明非定性者定性二乘非此宗故信入佛智者法華第二汝舍利弗信佛語故隨順此經非已智分此經即佛慧故

二約本門就菩薩歎故如來不思議境界經云復有無量百千億菩薩現聲聞形亦來會坐其名曰舍利弗大目揵連等廣如彼說明皆是權故

下身子令海覺等觀文殊德十中一覺第一義二方便已具善能入於無際際故三二空真理窮其源故四具足大悲能入不染方永出故五依十力等離小見故六不斷不俱方能離故七已淨所知無二礙故八處亂恒寂了本空故九佛不共德雖未證得亦無疑故十一切種智證信入故如來不思議境界經者此是第一列衆之中經云時有他方諸佛爲欲莊嚴毗盧遮那道場衆故示菩薩形來入會坐復有無量百千億菩薩下與疏全同引此明實彰前定迹善入無際際者深入無際故然皆反上聲聞之德類例可知九佛不共德等者發心品菩薩於佛十力中雖未證得亦無疑故十一切種智證信入者證信即初地已上揀異聲聞未得此信十地皆依佛智海故

及與無量諸世主俱悉曾供養無量諸佛常能利益一切衆生爲不請友恒勤守護誓願不捨入於世間殊勝智門從佛教生護佛正法起於大願不斷佛種生如來家求一切智

第三及與無量下諸世主衆亦先標數類後悉曾下歎德十中初一歎福次四歎悲於中初句總餘三句別一無緣普應二護念初心三誓不捨惡次二句歎智德一智入權門二行護理教正法兼理護兼行故上七皆行八即是願願行具故第九入位上九自分十即勝進上序分竟

時諸菩薩大德聲聞世間諸王并其眷屬咸作是念

大文第二時諸菩薩下請分衆集本爲聞經故文分爲二初標衆念請二如來境下顯所請法今初聲聞下如聾等此能念者釋有二義一約本迹就本能念就迹不知二唯就迹說意法師云理處不隔故得同

疑未積大心故不厠其次此亦有理猶葉公好龍真龍難視同居法會同仰法門所現超倫故如聾瞽其猶葉公好龍者事出莊子葉公姓沈名諸梁故春秋注云葉公子高沈諸梁食采於葉僭以稱公亦有云與楚同姓楚姓芊彌即子張見衛君君不全待子張云公之好士猶葉公之好龍葉公好龍并厠之間皆畵其像真龍知其好乃現其庭葉公絶倒不敢視葉公之好好於似龍非好真龍今君好士但好似士非好真士也今聲聞之請法若彼好龍不覩希奇若不識真物也

如來境界如來智行如來加持如來力如來無畏如來三昧如來所住如來自在如來身如來智

二所念中有六十句初後三十句是所請法中三十句但是請儀其請法多同初會四十句法以初會爲總此説將終會同本故就文分二前三十句念德難思後唯願下三十句請隨機演以初十句明自體圓著寄顯果海絶言最後十句明化用普周令寄言顯果由斯文有影略理實兼皆請示如初會辨以初十句明自體圓著下出所問法爲兩叚所由以前三十句內唯十句是所請法謂佛境等是佛自體圓滿著明故同果海最後十句化用普周者然後三十句請隨機演有二十句是所請法以前十是請説徃因故偏舉後十化用正合開故今初念德中初十句正明所念果法次十明玄妙難思後十明緣會可了

今初十中前八攝初會最初十句即內行成滿德以如來自在攝彼神通及無能攝取故一境界者即所緣分齊故如出現等品辨二智行者悲智無礙無功用行亦如出現品辨三加持者謂勝力任持令有所作如不思議法品辨四謂十力等五即四種十種無畏等六即師子奮迅等七所住者即初會佛地佛所住地故若别釋者即

常住大悲等如不思議品八謂十自在等及攝二句如向所辨廣引諸文釋義並如初會後二句即攝初會次十句體相顯著德前有六根三業令身合六根及於二業智即意業心意俱不可知但以智知故所以合者欲顯身兼十身故合六根三業智導故但云智

一切世間諸天及人無能通達無能趣入無能信解無能了知無能忍受無能觀察無能揀擇無能開示無能宣明無有能令衆生解了

二一切下十句明玄妙難思人天莫測於中初二句總明解行不及謂智慧不能通暢心行不能詣證次五句明三慧莫測故不能成自利謂初三句聞慧莫測一妙故不能印持於境二深故不能曉了於心三廣故不能忍可包納次句玄故修慧不能觀察委照後句融故思慧不能揀其優劣故晉本揀擇名思惟在觀察上後三句四辯莫宣故不能成利他謂法義不能大開曲示詞辯不能宣明樂說不能令他解了故晉本揀擇下釋上修在思前晉經聞思修不失次也

唯除諸佛加被之力佛神通力佛威德力佛本願力及其宿世善根之力諸善知識攝受之力深淨信力大明解力趣向菩提清淨心力求一切智廣大願力

三唯除下十句緣會可了中前四佛力上加爲緣後六自根堪受爲因具此可知前中初三現緣後一宿願後六中初一宿善餘五現德於上十句分有分知全有全知

又此十句通有二意一成上顯深二起後請說又此十句通有二意等者謂既唯諸佛加等方知明是顯深佛加既知故請佛加而演說也非器難解有器可聞也

唯願世尊隨順我等及諸衆生種種欲種種解種種智種種語種種自在種種住地種種根清淨種種意方便種種心境界種種依止如來功德種種聽受諸所說法

第二請隨機演中二初十一句請隨機宜後顯示下二十句請所說法今初前云緣會可知今請以緣隨器於中初三約內心器殊次一約外類音異上四通於凡聖後七多約菩薩一財等有殊二地位優劣三依根除障四作業差異五緣境不同六曾依何德而修七曾聽何法爲種又六宜依何德以化七宜何廣略而說種種不同皆請隨順一財等有殊者即十自在謂財二命三心四業五生六解七願八通九智十法廣如八地離世間品

大方廣佛華嚴經疏鈔會本第六十之一

音釋

分齊分扶問切齊在詣切分齊限量也　賑之忍切賙也　恤雪律切憂也　翳壹計切障也　葉公葉失涉切　瞽果五切月盲也　奮迅奮方問切迅思晉切　嚬毗賓切　齌祖奚切與臍同

大方廣佛華嚴經疏鈔會本第六十之二

唐于闐國三藏沙門實叉難陀 譯

唐清涼山大華嚴寺沙門澄觀撰述

顯示如來往昔趣求一切智心往昔所起菩薩大願往昔所淨諸波羅蜜往昔所入菩薩諸地往昔圓滿諸菩薩行往昔成就方便往昔修行諸道往昔所得出離法往昔所作神通事往昔所有本事因緣

第二請所說法中二先列所請後如是等下結請今初分二前十句請說往因後十一句請今果用今初此十句中七與初會名義全同諸道即彼助道海此中方便即前智海即名異義同彼有乘海無此本事則名義俱異以彼通請一切菩薩故顯乘乘不同今約本師爲問故加本事則乘通諸句爲成十故略之或本事即是乘海昔所乘故餘如初會（七與初會名義全同者則有二事名異義同有一事此彼互無故有三類第二類中乃有二意後意亦是名異義同）

及成等正覺轉妙法輪淨佛國土調伏衆生開一切智法城示一切衆生道入一切衆生所住受一切衆生所施爲一切衆生說布施功德爲一切衆生現諸佛影像

後及成下十句請果用中此十望初會第三十句義即多同而文多異欲顯果用無邊故影略其文一因圓果成即佛海二成必演法即演說海三法詮淨國即世界海四皆爲調生即名號海五雙開菩提涅槃之果城即涅槃防非止惡故即解脫海六示生行業爲至果之因即衆生海七徧入機處隨機立壽即壽量海八爲衆生田令

得常命即波羅蜜海檀爲最初故九說諸度爲安立世界海之法式故十三輪變化猶水月鏡像即變化海一因圓果成即佛海下總明此下別釋毎一句內皆二意一當句解釋如云因成即經云往昔趣求一切智心一切智即果趣求之心卽因二云卽佛海者會同初會十海下諸句皆然而當句釋皆躡前起如云成必演法成必二字躡果成而起餘可思準

如是等法願皆爲說

二結請可知

大文第三爾時世尊下三昧現相分酬前念請示相答故於中二先明三昧爲能現二入此三昧下明所現淨土今初無方大用依體起故故先入定即以此義先明入定後集衆海前來諸會爲明從相入實前集後定與此不同佛自入者表證法界唯佛窮故不言答者表證離言故又令目擊而自證故

爾時世尊知諸菩薩心之所念大悲爲身大悲爲門大悲爲首以大悲法而爲方便充徧虛空

文分爲三初入定緣領前念故二大悲下明入定因三入師子下正明入定就入因中有四種悲以爲入定益物之本各有二義一身二義者一是入定所依之身悲所熏故二身者體義依義欲入深定全依大悲而爲體故二門二義者一佛有大智大定大悲等門今欲益生唯依悲門令物入故二者定爲所入悲爲能入故三首二義者一者初義凡所益物皆以大悲爲先導故二者勝上義謂非不用智定之門此增勝故四方便二義者一悲智相導互爲方

便令以悲爲入定益物之方便故二者以是即智定之悲不滯愛見故名方便方能令物普入法界又此四悲亦是從佛向機之漸次矣此上四悲皆徧虛空亦有二義一廣周故二無緣故就入因中等者四悲卽因疏又此四悲亦是從佛向機之漸次者依悲之體入悲之門以悲向前爲化生之方便也

入師子嚬申三昧

第三正明入定者以定業用從喻爲名言嚬申者有人云梵音訖略具正應云毗實廩多此翻爲自在無畏如師子王羣獸之中自在無畏故然舊經翻爲師子奮迅且嚬毗二言小有相濫奮迅之語殊不似於毗實廩多涅槃二十五中既云嚬申欠呿明知嚬申奮迅俱是此言下婆須蜜女亦云見我嚬申但敵對而翻爲自在無畏從義而譯以爲嚬申曾何訖略言嚬申者先敘昔也即刊定意然舊經下辯順違於中三初明漢梵非類如云修多羅修妬路素怛覽雖則不同聲勢一類其奮迅毗實言勢天隔故涅槃二十五下二引二文證明是此言但敵對下三縱成引梵爲自在義故依古德用此方言釋之嚬申奮迅俱是展舒四體通暢之狀總相釋者即用之體寂而造極則差別萬殊無非法界即體之用不爲而周故小大相參緣起無盡名曰嚬申自在之義若別解者涅槃師子吼品明師子王自知身力牙齒鋒鋩乃至晨朝出穴而吼爲十一事故廣有喻合又離世間品顯菩薩師子王白淨法爲身等合首足等與涅槃復異此文以大悲爲身故知但取義似未必指定故依已下初略釋中二句結前生後次嚬申奮迅下就喻辯相後總相釋下就法辯相若別解下初引涅槃前引三文欲釋師子今涅槃師子吼品即南經二十五若準北經當二

十七言廣有喻合者今當具出此是師子吼菩薩請問如來如來對衆稱讚令敬菩薩即說其德名之由故云今於我前欲師子吼善男子如師子王自知身力牙齒鋒鋩四足據地安住巖穴振尾出聲若有能具如是諸相當知是則能師子吼釋曰此下即說爲十一事經一時合今先別合師子經云善男子如來正覺智慧牙爪四如意足六波羅蜜滿足之身十力雄猛大悲爲尾安住四禪清淨窟宅釋曰此即具有喻合合師子也又離世下二引當經言爲身等者等取下經下經云四諦爲其足正念以爲頸慈眼智慧首頂髻解脫繒勝義空谷中吼法怖羣魔言未必揩定者生下喻合不全依於上二經文又如寶雲經第三亦云善男子復有十法譬如師子何等爲十謂無所畏不畏大衆去終不還能師子吼具足辯才樂處林野在於山窟摧伏大衆具勇猛力菩薩善能守護彼廣釋之故此師子與上二經又復不同明知不必揩定喻合但取義便耳

今會取諸文先以十義合彼師子後依涅槃爲十一事今初謂以同體大悲爲身以增上大悲爲首以即智大慈爲眼純以智慧爲牙爪大悲方便爲振尾悲爲方便居其末故方便振動義故總取四悲爲足依此立故以法界三昧爲窟所入證故以無緣大悲爲窟門入出由此故以體用無礙爲嚬申舒展自在故以演法界法門爲哮吼決定宣說一切衆生本與如來同法界故如此師子隨一一毛皆稱法界今會取諸文下第二開章正釋先標章今初謂下二別釋但取此中義便故總取諸意會成一說結云如此師子隨一一毛皆稱法界者即金師子章意如金師子毛毛盡金法界師子何非法界

次言爲十一事而嚬申者一摧破魔軍詐師子故二示衆神力十力等力爲十力故三淨法界土佛住處故四爲邪見凡夫知歸處故五安撫生死怖羣黨故六覺悟無明眠衆生故七爲行惡法獸捨放逸故八令諸菩薩及邪見諸獸來歸附故九調諸外道及二乘香象令如聾盲捨憍慢故十教諸菩薩子息令頓

證故十一莊嚴正見四部眷屬俱增威勢不怖一切邪黨一切邪黨皆怖畏故又野干隨逐師子百年不能作師子吼二乘安處法會如聾如盲五十七中十奮迅義亦應此說

次言爲十一事下釋第二章於中又二先合十一事而又此中法喻雙辯仍取涅槃之意以就今經今先具引涅槃之文未見彼文難曉會故彼經喻云眞師子王晨朝出穴頻申欠呿四向顧望發聲振吼爲十一事何等十一一爲欲壞實非師子詐師子故二爲欲試自身力故三爲欲令住處淨故四爲諸師子知處所故五爲羣輩無怖心故六爲眠者得覺悟故七爲一切放逸諸獸不放逸故八爲諸獸來依附故九爲欲調大香象故十爲敎告諸子息故十一爲欲莊嚴自眷屬故一切禽獸聞師子吼水性之屬潛沒深淵陸行之類藏伏窟穴飛者墮落諸大香象怖走失糞諸善男子如彼野干雖逐師子至于百年終不能作師子吼若師子子始滿三年則能哮吼如師子王釋曰此下經合喻先合師子已如上引次合十一事云一爲諸衆生而師子吼推破魔軍二示衆十力三開佛行處四爲諸邪見作歸依所五安撫生死怖畏之衆六覺悟無明睡眠衆生七行惡法者爲作悔心八開示邪見一切衆生令知六師非師子故九破富蘭那等憍慢心故十爲令二乘生悔心故爲敎五位諸菩薩等生大力故十一爲令正見四部之衆於彼邪見四部徒衆不生怖畏等從聖行梵行天行窟宅頻申而出爲欲令諸衆生等破憍慢故欠呿爲令諸衆生等生善法故四向顧望爲令衆生得四無礙故四足據地爲令衆生具足安住尸波羅蜜故師子吼者名決定說一切衆生悉有佛性如來常住無有變易善男子聲聞緣覺雖復隨逐如來世尊無量百千阿僧祇劫而亦不能作師子吼十住菩薩若能修行是三行處當知是則能師子吼釋曰上兩節引經喻合一段義盡旣知彼意今當正合以彼經文對觀今疏則主客自分如初摧破詐師子吼故即是喻文若云摧破魔軍即是合文此全同彼故無別義二示衆等者如云示身力故即是彼喻若云示衆生十力即是彼合其神力及等力即是今經是彼之例非同彼文此中正明如來入法界定現神力故故加神力而言等力者十力但明種智力今等力者謂法界力若三昧力若功德力但有力義即是身力耳下出所因中即是力相三中彼經但以開佛行處合今住處淨此經則以淨法界土法合小異餘七同異可以意得又野千下第二合隨逐師子可知文略不合嚬申欠呿等五十七中十奮迅等者經云佛子菩薩摩訶薩有十種奮迅何等爲十所謂牛王奮迅映蔽一切天龍夜叉乾闥婆

等諸大衆故象王奮迅心善調柔荷負一切諸衆生故龍王奮迅與大法雲曜解脫電光震如實義雷降諸根力覺分禪定解脫三昧甘露雨故大金翅鳥王奮迅竭貪愛水破愚癡鷇搏撮煩惱諸惡毒龍令出生死大苦海故大師子王奮迅安住平等大智以爲器杖催伏衆魔及外道故此五有喻下但約法六勇健奮迅七大智八陀羅尼九辯才十如來奮迅一切智慧悉成滿等廣如彼說

入此三昧已一切世間普皆嚴淨

第二所現淨土者總相即前十一事中淨所住處別相而論具前多義然此現相云何訓前諸問令其目擊可現證故云何目擊此淨土分具答三十句問且從相顯此中答初果體十問所現境界答境界問四種大悲爲衆生現即答智行問令衆證見即答加持問知是如來威力答佛力問三昧之用答無畏問正入三昧答三昧問淨法界土答住處問令大小融攝答自在問見如來身徧於法界答佛身問則見如來大悲方便答智慧問餘二十句集衆中答衆集亦是三昧力故是知能現所現種種境事無非教體又二聖開顯中廣明無盡之用亦顯答相至文當知就文分三初結前標後二于時下嚴此園林三如於此下結通法界

于時此大莊嚴樓閣忽然廣博無有邊際

二中有二先正顯嚴即器世間嚴後何以故下出嚴所因顯智正覺世間嚴今初有三一嚴重閣二嚴園林三嚴虛空從略之廣說有此三表三緣起謂嚴閣顯自體緣起嚴林表有爲緣起嚴空表無爲緣起謂嚴閣顯自體緣起者法界體上緣起萬德依此自體有爲無爲中故三緣起即光統意令初分二先明廣處謂破情顯法即事會

真故自內而觀廣博無際然不壞事故自外而觀閣外有園園外有空莊嚴各異斯即事理交徹十方三際無不圓融林空例然謂破情顯法者約心即事會眞約境

金剛爲地寶王覆上無量寶華及諸摩尼普散其中處處盈滿瑠璃爲柱衆寶合成大光摩尼之所莊嚴閻浮檀金如意寶王周置其上以爲嚴飾危樓迴帶閣道傍出棟宇相承牕闥交映階墀軒檻種種備足一切皆以妙寶莊嚴其寶悉作人天形像堅固妙好世中第一

摩尼寶網彌覆其上於諸門側悉建幢旛咸放光明普周法界道場之外階隥欄楯其數無量不可稱說靡不咸以摩尼所成

二金剛爲地下正顯莊嚴表緣起萬德無不備故其間表法以意消息

爾時復以佛神力故其逝多林忽然廣博與不可說佛刹微塵數諸佛國土其量正等一切妙寶間錯莊嚴不可說寶徧布其地阿僧祇寶以爲垣墻寶多羅樹莊嚴道側其間復有無量香河香水盈滿湍激洄澓一切寶華隨流右轉自然演出佛法音聲不思議寶芬陀利華菡萏芬敷彌布水上衆寶華樹列植其岸種種臺榭不可思議皆於岸上次第行列摩尼寶網之所彌覆阿僧祇寶放大光明阿僧祇寶莊嚴其地燒衆妙香香氣氛氳復建無量種種寶幢所謂寶香幢寶衣幢寶旛幢寶繒幢寶華幢寶瓔珞幢寶鬘幢寶鈴幢摩尼寶蓋幢大摩尼寶幢光明徧照摩尼寶幢出一切如來名號音聲摩尼王幢師子摩

尼王幢說一切如來本事海摩尼王幢現一切法界影像摩尼王幢周徧十方行列莊嚴

第二爾時復以下明園林嚴

時逝多林上虛空之中有不思議天宮殿雲無數香樹雲不可說須彌山雲不可說妓樂雲出美妙音歌讚如來不可說寶蓮華雲不可說寶座雲敷以天衣菩薩坐上歎佛功德不可說諸天王形像摩尼寶雲不可說白真珠雲不可說赤珠樓閣莊嚴具雲不可說雨金剛堅固珠雲皆住虛空周帀徧滿以爲嚴飾

第三爾時逝多林上虛空下明虛空嚴並顯可知

何以故如來善根不思議故如來白法不思議故如來威力不思議故如來能以一身自在變化徧一切世界不思議故如來能以神力令一切佛及佛國莊嚴皆入其身不思議故如來能於一微塵內普現一切法界影像不思議故如來能於一毛孔中示現過去一切諸佛不思議故如來隨放一一光明悉能徧照一切世界不思議故如來能於一毛孔中出一切佛刹微塵數變化雲充滿一切諸佛國土不思議故如來能於一毛孔中普現一切十方世界成住壞劫不思議故

第二出因中先徵後釋釋即智正覺嚴是前爲衆示其身力佛力上加文有十句一慈善根力二無漏智力以上二力而加衆故三福威德力餘皆自在神通力於中一展二卷三横包四豎攝五一切即一六一即一切七成壞相即餘義準思

如於此逝多林給孤獨園見佛國土清淨莊嚴十方一切盡法界虛空界一切世界亦如是見所謂見如來身住逝多林菩薩衆會皆悉徧滿見普雨一切莊嚴雲見普雨一切寶光明照曜雲見普雨一切摩尼寶雲見普雨一切莊嚴蓋彌覆佛刹雲見普雨一切天身雲見普雨一切華樹雲見普雨一切衣樹雲見普雨一切寶鬘瓔珞相續不絕周徧一切大地雲見普雨一切莊嚴具雲見普雨一切如衆生形種種香雲見普雨一切微妙寶華網相續不斷雲見普雨一切諸天女持寶幢旛於虛空中周旋來去雲見普雨一切衆寶蓮華於華葉間自然而出種種樂音雲見普雨一切師子座寶網瓔珞而爲莊嚴雲

第三結通法界中二先結前標後二所謂下正顯嚴相言見如來身住逝多林者住彼彼十方界中之林此明一會徧一切處如光明覺品非是彼界遥見此佛住於園林下諸嚴事皆爾現相分竟

爾時東方過不可說佛刹微塵數世界海外

大文第四爾時東方下明集新衆分即遠集同證亦三昧中令諸菩薩皆來歸附文中三初別集十方二通讃德行三總結集因今初十方即爲十段段各有十今初東方一來處遠近然皆遠集者表證入甚深故唯初會及此皆遠集者初爲所信此爲證入證入於初一合相故中間隨位深淺不同義似金剛矣

有世界名金燈雲幢

二有世界下明世界名別可以義思

佛號毗盧遮那勝德王

三本事佛號勝德王者福德有於光明徧照所以爲勝二嚴無礙自在稱王

彼佛衆中有菩薩名毗盧遮那願光明

四主菩薩名願光明者於徧照光中主此願光故上皆帶此佛號者顯是此佛勝德願力故

與不可說佛刹微塵數菩薩俱來向佛所

五眷屬俱來者對上成主伴故

悉以神力與種種雲所謂天華雲天香雲天末香雲天鬘雲天寶雲天莊嚴具雲天寶蓋雲天微妙衣雲天寶幢旛雲天一切妙寶諸莊嚴雲充滿虛空

六廣興雲供表因嚴果故皆云天者自然成故

至佛所已頂禮佛足

七詣佛作禮表因趣果故

即於東方化作寶莊嚴樓閣及普照十方寶蓮華藏師子之座

八化座本方本方者表參而不雜故座表法空閣表空有重顯

如意寶網羅覆其身

九冠網嚴身以顯勝德嚴法身故有髻珠者表一乘圓旨居心頂故

與其眷屬結跏趺坐

十眷屬同坐表主伴同證故餘方十段做此可知其間刹佛菩薩之名本意難定但可說者隨宜初二及六無珠冠者蓋文略耳又此等供具非唯表法並是以人同法依正因果無礙法界自在之德耳

南方過不可説佛刹微塵數世界海外有世界名金剛藏佛號普光明無勝藏王彼佛衆中有菩薩名不可壞精進王與不可説佛刹微塵數菩薩俱來向佛所持一切寶香網持一切寶瓔珞持一切寶華帶持一切寶鬘帶持一切金剛瓔珞持一切摩尼寶網持一切寶衣帶持一切寶瓔珞帶持一切最勝光明摩尼帶持一切師子摩尼寶瓔珞悉以神力充徧一切諸世界海到佛所已頂禮佛足即於南方化作徧照世間摩尼寶莊嚴樓閣及普照十方寶蓮華藏師子之座以一切寶華網羅覆其身與其眷屬結跏趺坐

二南方中供具皆云持者表修持故

西方過不可説佛刹微塵數世界海外有世界名摩尼寶燈須彌山幢佛號法界智燈彼佛衆中有菩薩名普勝無上威德王與世界海微塵數菩薩俱來向佛所悉以神力興不可説佛刹微塵數種種塗香燒香須彌山雲不可説佛刹微塵數種種色香水須彌山雲不可説佛刹微塵數一切大地微塵等光明摩尼寶王須彌山雲不可説佛刹微塵數種種光燄輪莊嚴幢須彌山雲不可説佛刹微塵數種種色金剛藏摩尼王莊嚴須彌山雲不可説佛刹微塵數普照一切世界閻浮檀摩尼寶幢須彌山雲不可説佛刹微塵數現一切法界摩尼寶須彌山雲不可説佛刹微塵數現一切諸佛相好摩尼寶王須彌山雲不可説佛刹微塵數現一切如來本事因緣説諸菩薩所行之行摩尼寶王須彌山雲不可説佛刹微塵數現一切佛坐菩提場摩尼

寶王須彌山雲充滿法界至佛所已頂禮佛足即於西方化作一切香王樓閣真珠寶網彌覆其上及化作帝釋影幢寶蓮華藏師子之座以妙色摩尼網羅覆其身心王寶冠以嚴其首與其眷屬結跏趺坐

三西方皆言須彌山雲者四德妙高清涼利物故

北方過不可說佛剎微塵數世界海外有世界名寶衣光明幢佛號照虛空法界大光明彼佛衆中有菩薩名無礙勝藏王與世界海微塵數菩薩俱來向佛所悉以神力興一切寶衣雲所謂黃色寶光明衣雲種種香所熏衣雲日幢摩尼王衣雲金色熾然摩尼衣雲一切寶光燄衣雲一切星辰像上妙摩尼衣雲白玉光摩尼衣雲光明徧照殊勝赫弈摩尼衣雲光明徧照威勢熾盛摩尼衣雲莊嚴海摩尼衣雲充徧虛空至佛所已頂禮佛足即於北方化作摩尼寶海莊嚴樓閣及毗瑠璃寶蓮華藏師子之座以師子威德摩尼王網羅覆其身清淨寶王爲髻明珠與其眷屬結跏趺坐

四北方皆言衣者寂忍慚愧嚴法身故

東北方過不可說佛剎微塵數世界海外有世界名一切歡喜清淨光明網佛號無礙眼彼佛衆中有菩薩名化現法界願月王與世界海微塵數菩薩俱來向佛所悉以神力興寶樓閣雲香樓閣雲燒香樓閣雲華樓閣雲栴檀樓閣雲金剛樓閣雲摩尼樓閣雲金樓閣雲衣樓閣雲蓮華樓閣雲彌覆十方一切世界至佛所已頂禮佛足即於東北方化作

一切法界門大摩尼樓閣及無等香王蓮華藏師子之座摩尼華網羅覆其身著妙寶藏摩尼王冠與其眷屬結跏趺坐

五東北方云樓閣者悲智二利相因顯故

東南方過不可說佛刹微塵數世界海外有世界名香雲莊嚴幢佛號龍自在王彼佛衆中有菩薩名法慧光燄王與世界海微塵數菩薩俱來向佛所悉以神力與金色圓滿光明雲無量寶色圓滿光明雲如來毫相圓滿光明雲種種寶色圓滿光明雲蓮華藏圓滿光明雲衆寶樹枝圓滿光明雲如來頂髻圓滿光明雲閻浮檀金色圓滿光明雲日色圓滿光明雲星月色圓滿光明雲悉徧虛空到佛所已頂禮佛足即於東南方化作毗盧遮那最上寶光明樓閣金剛摩尼蓮華藏師子之座衆寶光燄摩尼王網羅覆其身與其眷屬結跏趺坐

六東南方云圓滿光者權實二智無缺行故

西南方過不可說佛刹微塵數世界海外有世界名日光摩尼藏佛號普照諸法智月王彼佛衆中有菩薩名摧破一切魔軍智幢王與世界海微塵數菩薩俱來向佛所於一切毛孔中出等虛空界華燄雲香燄雲寶燄雲金剛燄雲燒香燄雲電光燄雲毗盧遮那摩尼寶燄雲一切金光燄雲勝藏摩尼王光燄雲等三世如來海光燄雲一一皆從毛孔中出徧虛空界到佛所已頂禮佛足即於西南方化作普現十方法界光明網大摩尼寶樓閣及香燈燄寶蓮華藏師子之座以離垢藏

摩尼網羅覆其身著出一切衆生發趣音摩尼王嚴飾冠與其眷屬結跏趺坐

十西南方云焰者以淨智慧燒惑薪故亦表皆想所持不可取故上之七方興供表法通答菩薩神通下之三段兼亦別答前來問中後二十句下之三段兼亦別答前來問中後二十句者上來七方唯通答二十句中前十中一句此下三方通答二十句中三句兩上下二方兼別答耳

西北方過不可說佛剎微塵數世界海外有世界名毗盧遮那願摩尼王藏佛號普光明最勝須彌王彼佛衆中有菩薩名願智光明幢與世界海微塵數菩薩俱來向佛所於念念中一切相好一切毛孔一切身分皆出三世一切如來形像雲一切菩薩形像雲一切如來衆會形像雲一切如來變化身形像雲一切如來本生身形像雲一切聲聞辟支佛形像雲一切如來菩提場形像雲一切如來神變形像雲一切世間主形像雲一切清淨國土形像雲充滿虛空至佛所已頂禮佛足即於西北方化作普照十方摩尼寶莊嚴樓閣及普照世間寶蓮華藏師子之座以無能勝光明真珠網羅覆其身著普光明摩尼寶冠與其眷屬結跏趺坐

八西北方十句皆答前最後爲一切衆生現諸佛影像若約表者爲顯緣有似非真故

下方過不可說佛剎微塵數世界海外有世界名一切如來圓滿光普照佛號虛空無礙相智幢王彼佛衆中有菩薩名破一切障勇猛智王與世界海微塵數菩薩俱來向佛所

於一切毛孔中出說一切衆生語言海音聲雲出說一切三世菩薩修行方便海音聲雲出說一切菩薩所起願方便海音聲雲出說一切菩薩成滿清淨波羅蜜方便海音聲雲出說一切菩薩圓滿行徧一切剎音聲雲出說一切菩薩成就自在用音聲雲出說一切如來往詣道場破魔軍衆成等正覺自在用音聲雲出說一切如來轉法輪契經門名號海音聲雲出說一切隨應教化調伏衆生法方便海音聲雲出說一切隨時隨善根隨願力普令衆生證得智慧方便海音聲雲到佛所已頂禮佛足即於下方化作現一切如來宮殿形像衆寶莊嚴樓閣及一切寶蓮華藏師子之座著普現道場影摩尼寶冠與其眷屬結跏趺坐

九下方毛孔中十句答前九問十句皆言方便海則通答往昔成就方便九下方毛孔中十句答前九問者以前十中神通一問前七方答竟據下釋中既五句答因五問四句答果五問何名答九以神通問重別顯故然則前已廣答故但云九初一句通顯所隨衆生言音次五句答因中五問謂二答諸行此句應顯趣求一切智心以第五明行圓滿此爲行初故二答所趣菩薩大願四答所淨諸波羅蜜五正答圓滿諸菩薩行六別答所作神通然問就如來因中此通一切菩薩通別之異耳其助道及出離問亦是通答以諸句中皆是助道並即出離故餘四句答果用中五問謂七答第一正覺問八答轉法輪九答調伏衆生其國土一種現淨土分通答十答開示一切智法城及示一切衆生道以能證是

道所證是智故而皆言音聲者表無言之法假言顯故此句應顯趣求者以文云出說一切三世菩薩行方便海音聲雲故標云答行以五正答行故此一句義顯趣求一切智心以是行始言修行耳然問就如來因中等者通將此中對問辯異其助道下出不答餘因句之相上通答方便加此助道出離則此下方通答三因別答五因無上方便又通答二問一本事因緣二所入諸地故具答十因其上方中波羅蜜問義便故重

大方廣佛華嚴經疏鈔會本第六十之二

音釋

嚬隥嚬音頻隥都鄧切 湍激湍他端切激古歷切 洄澓洄音回澓音伏洄澓水旋流也 氛氳氛符分切氳於云切氛氳香氣也 欠呿呿斤據切欠呿張口運氣也 憍慢憍居妖切傲也慢莫晏切倨也

大方廣佛華嚴經疏鈔會本第六十之三

唐于闐國三藏沙門實叉難陀　譯

唐清涼山大華嚴寺沙門澄觀撰述

上方過不可說佛剎微塵數世界海外有世界名說佛種性無有盡佛號普智輪光明音彼佛衆中有菩薩名法界差別願與世界海微塵數菩薩俱發彼道場來向此娑婆世界釋迦牟尼佛所於一切相好一切毛孔一切身分一切支節一切莊嚴具一切衣服中現毗盧遮那等過去一切諸佛未來一切諸佛已得授記未授記者現在十方一切國土一切諸佛并其衆會亦現過去行檀那波羅蜜及其一切受布施者諸本事海亦現過去行尸羅波羅蜜諸本事海亦現過去行羼提波羅蜜割截支體心無動亂諸本事海亦現過去行精進波羅蜜勇猛不退諸本事海亦現過去求一切如來禪波羅蜜海而得成就諸本事海亦現過去求一切佛所轉法輪所成就法發勇猛心一切皆捨諸本事海亦現過去樂見一切佛樂行一切菩薩道樂化一切衆生界諸本事海亦現過去所發一切菩薩大願清淨莊嚴諸本事海亦現過去菩薩所成力波羅蜜勇猛清淨諸本事海亦現過去一切菩薩所修圓滿智波羅蜜諸本事海如是一切本事海悉皆徧滿廣大法界至佛所已頂禮佛足即於上方化作一切金剛藏莊嚴樓閣及帝青金剛王蓮華藏師子之座以一切寶光明摩尼王網羅覆其身以演說三世如來名摩尼寶王爲髻明珠與其眷屬結跏趺坐

十上方相好等中十句通答因問中第十本事因緣兼答波羅蜜及所入諸地以十度即是別地所行故別約初句答入一切衆生所住處及受一切衆生所施并爲一切衆生說布施功德如文思之別約初句答入一切衆生所住處等者上辨通答因中二句此下別答果中三句前下方有五句問答此有三句并第八問答第十影像及現相答國土故十問具矣其答問中或不次者以十方齊來諸供齊現文不累書隨方異說以問次往收無不次矣其答問中或不次者下料揀次第又皆言本事者表三世之法體常住故由得體用非一異智以用隨體無不存故德相業用皆自在故又皆言下通釋本事之言此約法性宗釋文中有三初正釋以法性常住相即性故相亦常矣此即體非異不壞三世與體非一性相本爾即德相門隨其今見即業用門故雙結二皆得自在凡但理然不得德相成業用耳密嚴第三云金剛藏菩薩現種種形說種種法乃至云淨所依止於佛地如來蘊界常無變異故二故密嚴下引證先證業用後乃至云淨所依止者證德相門若理事別修則不得爾故不同餘處現法體用俱有過未體用皆無況於小乘三世有耶以彼過未有體無用故三若理事別修下揀異他宗現法體用俱有等即大乘義況於小乘即有宗義以彼過未有體無用者出異所以有宗過去實伏有未來性有故有體也不同現法事有故無用也今以體性融故體用俱有斯即有即非有非有之有耳

如是十方一切菩薩并其眷屬皆從普賢菩薩行願中生以淨智眼見三世佛普聞一切諸佛如來所轉法輪修多羅海已得至於一切菩薩自在彼岸於念念中現大神變親近一切諸佛如來一身充滿一切世界一切如來衆會道場

第二如是十方下通讚德行中三初總後

以淨智下別就別讚中三十四句分三初五句明上近諸佛德二於一塵中下十四句下攝衆生德三一切菩薩神通下十五句大用自在德亦名三種三業今初一淨眼見佛即是意業二聞如來法即淨修語業餘三句並顯身業自在（亦名三種三業者一名近佛三業二攝化三業三神通三業）

於一塵中普現一切世間境界教化成就一切衆生未曾失時一毛孔中出一切如來說法音聲

第二下攝衆生德中三初微細化生

知一切衆生悉皆如幻知一切佛悉皆如影知一切諸趣受生悉皆如夢知一切業報如鏡中像知一切諸有生起如熱時燄知一切世界皆如變化成就如來十力無畏

二知一切衆生下七句明攝衆生之智故末句結云十力無畏前六別明一緣集非眞故二隨機本質暎光有勝劣故三諸趣思所起故四隨照暎質有姸媸故五想所持故六無而忽有暫有還無故

勇猛自在能師子吼深入無盡辯才大海得一切衆生言辭海諸法智於虛空法界所行無礙知一切法無有障礙

三勇猛下五句明攝生語業於中初句總顯決定下四句別明四辯（下之四句別明四辯者初句樂說無礙二得一切下詞無礙三於虛空法界下義無礙四知一切法下法無礙）

一切菩薩神通境界悉已清淨勇猛精進摧伏魔軍

第三大用自在德中初句總明所得餘別明通用於中三一三業摧邪勇進通三故

恒以智慧了達三世知一切法猶如虛空無有違諍亦無取著雖勤精進而知一切智終無所來雖觀境界而知一切有悉不可得以方便智入一切法界以平等智入一切國土

二恒以智下六句明意業自在皆權實雙行故一智了三世事慧達三世空二知法如空空無可諍而不壞有故不著空三進無進相故曰無來四即有而空五即空而有故云方便六智入性土

以自在力令一切世界展轉相入於一切世界處處受生見一切世界種種形相於微細境現廣大剎於廣大境現微細剎於一佛所一念之頃得一切佛威神所加普見十方無所迷惑於剎那頃悉能往詣

三以自在力下七句身業自在可知

如是等一切菩薩滿逝多林皆是如來威神之力

第三如是等下總結集因

于時上首諸大聲聞舍利弗大目揵連摩訶迦葉離婆多須菩提阿㝹樓馱難陀劫賓那迦旃延富樓那等諸大聲聞在逝多林

大文第五于時上首下舉失顯得分亦名舉劣顯勝明不共故於中三初明不見之人二皆悉下明所不見境三何以下釋不見所由今初舍利此云鶖鷺其母目睛明利似彼鳥故弗者子也從母立稱故標子言今初舍利弗然諸弟子古今譯殊今多依羅什三藏言鶖鷺者大乘法師云是百古鳥亦云春鷺古德引經亦云其母辯才如彼鳥故此中是舊梵語新云奢利弗母恒羅弗恒羅即子也又舍利亦翻為身母好身品故或舍利云珠母之聰利相在眼珠故並從母之稱增一云我佛法中智慧無窮決了諸疑者舍利弗第一智論四十

一稱爲如來左面弟子父名優婆提舍
目揵連此云採菽氏上古仙人山居豆食尊者母是彼種從外氏立名有大神通揀餘此姓故復云大目連
梵語卽古譯義卽新譯新梵語云摩訶没特伽羅然跋約母氏得名若從父稱此名俱利迦亦云俱儷多亦云俱律陀此云吉占智論云舍利弗以才明見貴目連豪彦最重智藝相比德行互同增一云我弟子中神通輕舉飛到十方者大目連第一智論四十一稱爲右面弟子焚德勝之殿蹴耆域之車壓調達五百之徒尋佛聲過恒河沙界德難稱也
摩訶迦葉此云大飲光本族仙人及尊者身並有光明飲蔽日月頭陀第一揀餘迦葉故云大也
此云飲光者眞諦等同譯爲飲光上古譯云龜氏其先學道靈龜負圖應之因以命族增一阿含云羅閱祇大富長者名迦毗羅婦名檀那子名畢鉢羅婦名婆陀其家千倍勝缾沙王十六大國無與爲隣畢鉢羅卽迦葉名也其父禱此樹而生故付法藏傳云毗婆尸佛滅後其塔中像金色缺壞時有貧女得金珠請匠打爲箔金師歡喜治瑩佛畢立誓爲夫婦九十一劫天上人中身恒金色恒受快樂最後爲迦葉夫婦畏勝王得罪滅一犁但用九百九十九雙牛金犁又經云其家有氎最下品者直百千兩金以釘釘入地十尺氎不穿如本不異六十庫金粟一庫管三百四十斛又經云以麥飯供養辟支佛恒趣忉利各千返受樂身三十二相但論金色耳剡浮那陀金在濁水底光徹水上在暗暗滅迦葉身光勝此金光照一由旬增一云佛法中行十二頭陀難行苦行大迦葉第一揀餘迦葉者卽如十力迦葉優樓頻螺等
離波多此云室星祀之而生故或云所供養或云假和合卽智論二鬼食人之事
離波多此云室星其言卽古今同釋法華云離婆多新云頡麗伐多皆梵音輕重或云所供養者卽音義釋也假和合古今同也卽智論二鬼食人之事者謂此人行涉空亭止宿見二鬼爭屍皆言我先持來二鬼共言取其分判此人實見小鬼持來及被鬼問竊自思惟我隨言一持來彼不得者必當見害我寧實語而死終不虛誑而終遂如實答小者持來被其大鬼拔其手足隨而食之得屍之鬼便取其死屍手足隨安彼鬼食竟拭口而去及明憂惱不惻誰身言假和合初常疑云若我本身眼見拔去若是他身復隨我行住疑惑猶預逢人卽問汝見我身不衆僧見之云此人易度而語之云汝身本是他人之遺體非已有也悟此假合因卽得道以常問故亦云常作聲也
須菩提此云善現

生而室空現善相故

生而室空者相師占云是善相故亦云善吉亦云空生其義一耳解空第一得無諍三昧有供養者現與其福亦云善吉

阿㝹樓馱此云無滅一食之施九十一反天上人間不沒惡趣故

阿㝹樓馱等者亦云阿泥㝹豆或阿那律亦云阿泥嚕多並梵音楚夏皆云無滅亦云無貧言一食之施者賢愚經說弗沙佛末世時饑饉有辟支佛名利吒行乞空鉢無獲有一貧人見而悲憐白言勝士能受稗不即以所噉奉之食已作十八變後更採稗有兎跳抱其背變爲死人無伴得脫待暗還家委之於地即成金人拔指隨生用却還出取之無盡惡人告王欲來奪之但見死屍而其所覩即是金寶現報若是九十一反即果報也又其生已復家業豐溢日夜增益父母欲試之盖空器皿往送撥看百味俱足而其門日日常有一萬六千取債一萬六千還直出家後隨所至處人見歡喜欲有所須如已家無異即世尊之堂弟斛飯王之次子也

難陀此云歡喜性極聰敏音聲絕倫故

難陀等者即放牛難陀

劫賓那此云黃頭黃頭仙人之族故

劫賓那者疏釋即音義中大乘法師及天台等舊譯爲房宿然有二義一以父母禱此宿星感此子生故二云與佛同房宿故謂初出家時未得見佛始向佛所夜值雨寄宿陶師房中以草爲座晚又一比丘寄宿即推草座與之自在地坐中夜相問欲何所之答云覓佛後比丘即說法辭云豁然得道後比丘即佛也增一阿含去我佛法中善知星宿者劫賓那第一則亦從所知爲名

迦旃延此云翦剃種

迦旃延者即大乘法師釋謂上古多仙山中靜處年歲既久鬚髮稍長無人爲剃婆羅門法要剃髮故一仙有子兄弟二人俱來覲父小者乃爲諸仙剃之諸仙願護後成仙道爾來此種皆稱翦剃

富樓那此云滿具云滿慈子其母甚慈亦從母稱

富樓那具云滿慈子者梵語云彌多羅尼子滿願是名父於江邊禱梵天求子正值江滿又夢七寶器盛滿中寶入母懷母遂懷子父願獲滿從此立名彌多羅尼此云慈行亦云四園陀中有此品名其母誦之以此爲名尼者女也以母名子名爲慈子增一云善能廣說分別義理滿願子最第一

而言等者等取五百廣辨古今譯殊德行緣起如智論及音義中說

如智論及音義畧說已如上引智論多說緣起即引四阿含等經然其列名或從德行勝劣或從出家先後如法華阿若憍陳如在初等故報恩經說初度五人次度耶舍門徒五十人次度優樓頻螺門徒五百次度伽耶門徒

三百次度那提門徒二百次度身子門徒一百次度目連門徒一百合舉大數成一千二百五十人若十二遊經敎出其年云佛成道第一年度五人第二年度三迦葉第五年度身子目連則爾後更多故法華初有萬二千羅漢二千學無學等今此但舉五百以從勝劣列之即法華第三周第一與記者體德大同故故成佛名號等亦皆同也望今本門即皆大菩薩故偏舉之

皆悉不見如來神力如來嚴好如來境界如來遊戲如來神變如來尊勝如來妙行如來威德如來住持如來淨刹

第二明所不見境中三初不見果有十句初總餘別多同念請果中初之十句重闇同空等即是神變不壞本相即是遊戲餘可準思

多同念請果中初之十句者神力即前如來力嚴好即前如來身境界全同遊戲即前自在神變亦是三昧三昧現故尊勝即如智如智最勝故妙行即前智行威德即前無畏住持即前加持故皆同也前來心念佛向示之皆不見耳重闇同空下畧示向來神變及遊戲相

亦復不見不可思議菩薩境界菩薩大會菩薩普入菩薩普至菩薩普詣菩薩神變菩薩遊戲菩薩眷屬菩薩方所菩薩莊嚴師子座菩薩宮殿菩薩住處菩薩所入三昧自在菩薩觀察菩薩嚬申菩薩勇猛菩薩供養菩薩受記菩薩成熟菩薩勇健菩薩法身清淨菩薩智身圓滿菩薩願身示現菩薩色身成就菩薩諸相具足清淨菩薩常光衆色莊嚴菩薩放大光網菩薩起變化雲菩薩身徧十方菩薩諸行圓滿

次亦復下明不見因即諸菩薩初總明即分齊境界次菩薩大會下別顯會通新舊入謂身徧刹塵智入諸法等普至即新來普詣即此往皆言普者一橫竪徧故二一即一切故餘句準上諸來菩薩作用中辦

及上離世間品十十所明

如是等事一切聲聞諸大弟子皆悉不見

後如是等下總結不見

何以故以善根不同故

第三不見所由者然皆廢本從迹以顯一乘因果不共深玄篤諸後學令習因種文中二先徵後釋徵意云身廁祇園目對尊會而莫覩神變其故何耶後釋意云彼境殊勝宿因現緣並皆缺故其猶日月麗天盲者不覩雷霆震地聾者不聞道契則隣不在身近故菩薩自遠而至聲聞在會不知文自廣釋分爲三別初法次喻後徵以結成今初分二先明缺宿因故後復次下明缺現緣故今初分四初一總標大小善差二本不修下舉劣異勝三如是皆是下舉勝揀劣四以是因緣下結不見聞今初

有小善根得廁嘉會大小善異不覩希奇

本不修習見佛自在善根故

二舉劣中有十八句前十二句釋不見佛果之因後六句釋不見菩薩之因前中初句總餘句別

本不讚說十方世界一切佛刹清淨功德故

本不稱歎諸佛世尊種種神變故

由不讚等即是不集見佛自在善根於中二初二句不讚果故

本不於生死流轉之中發阿耨多羅三藐三菩提心故本不令他住菩提心故本不能令如來種性不斷絕故本不攝受諸衆生故本不勸他修習菩薩波羅蜜故

後九句不修因故於中亦二前五句缺自

分行

本在生死流轉之時不勸衆生求於最勝大智眼故本不修習生一切智諸善根故本不成就如來出世諸善根故本不得嚴淨佛刹神通智故

後四句鈌勝進行亦是前明陿心後顯劣心故不能見

本不得諸菩薩眼所知境故本不求超出世間不共菩提諸善根故本不發一切菩薩諸大願故本不從如來加被之所生故本不知諸法如幻菩薩如夢故本不得諸大菩薩廣大歡喜故

二本不得菩薩眼下釋不見菩薩所因一不見十眼所見無礙法界二鈌無障礙智之因若但修真常離念即共二乘菩提之善法華遊戲神通即聞而不樂此中樂而不聞餘可思之

法華遊戲神通等者舉法華揀異亦是通妨今云揀異者即法華信解品四大聲聞自叙云世尊往昔說法既久我時在座身體疲懈但念空無相無作於菩薩法遊戲神通淨佛國土成就衆生心不喜樂即聞而不樂也下偈兼出不樂所以云一切諸法皆悉空寂無生無滅無大無小無漏無爲如是思惟不生喜樂釋曰既了無生故不喜樂是以結云勿滯寂故八地云諸法真常離心念二乘於此亦能得也言通妨者此何令其不聞彼何令其得聞此義至下釋之

既本因中不修不見顧諸後學修見佛因勿滯冥寂

既本下結勸修實

如是皆是普賢菩薩智眼境界不與一切二乘所共

第三舉勝揀劣言如是等者指前佛神通等所不見法普賢智境即是舉勝不共二乘名爲揀劣

以是因緣諸大聲聞不能見不能知不能聞

不能入不能得不能念不能觀察不能籌量不能思惟不能分别是故雖在逝多林中不見如來諸大神變

第四以是因縁下結不見聞以前鈌因境勝因縁故不能見於中初後總明中十别顯謂眼不見心不知耳不聞本有不證新成不獲無方便不能念觀無後得不能籌量淺深思惟旨趣分别事理

復次諸大聲聞無如是善根故無如是智眼故無如是三昧故無如是解脱故無如是神通故無如是威德故無如是勢力故無如是自在故無如是住處故無如是境界故是故於此不能知不能見不能入不能證不能住不能解不能觀察不能忍受不能趣向不能遊履又亦不能廣爲他人開闡解說稱揚示現引導勸進令其趣向令其修習令其安住令其證入

第二明鈌現縁故不見中三初明無勝德行故不見次何以故下明住自乘解脱故不見後是故雖在下結成不見今初分二先十句明無勝德行即是前所不見境亦即是前宿因不修勝進四句不修故無無故不見初總餘别勢力即是加持餘皆同前後是故於此下十句顯不能見入有二義前文約證今約了達餘可知

何以故諸大弟子依聲聞乘而出離故成就聲聞道滿足聲聞行安住聲聞果於無有諦得決定智常住實際究竟寂靜遠離大悲捨於衆生住於自事於彼智慧不能積集不能修行不能安住不能願求不能成就不能清

淨不能趣入不能通達不能知見不能證得第二明住自乘故不見中先徵後釋以此二段反覆相成故徵以釋之謂何以無如是善根等由住自乘作證故亦應徵云何以作證由無上善根故所無在前故略不明耳此段亦同法華自釋心不喜樂云何以故世尊令我等出於三界得涅槃證故所無在前者卽前無如是善根故無如是智眼故等此段亦同法華自釋等者亦信解品言自釋不喜樂者彼前文心不喜樂後便云何以故等如疏意云世尊昔說聲聞有究竟極果我今已證故菩薩法非我所學故不樂也旣已得證卽住自乘故雖上根身子樂十力等而復自嗟我無此物釋文亦二先明住自乘作證後於彼智慧下結成所無今初十句初總餘別別中一道者以見修等道斷惑集故不同菩薩無住道等二三行果可知四觀諦智別謂我空法有不能我有法空名有無諦以證現觀名決定智故無菩薩中道第一義三諦之理亦如涅槃聲聞有諦而無眞實五已證理故六捨事故下三句成上聲聞行一內無悲二外捨物三但自調又上十句總爲四失一初句出麤而不出細但出分段故次四句得權失實次三句滯寂失悲後二句捨生自度二結成所無卽由住自乘故無前智等亦有十句但於前一智有十不能餘三昧等例此可知經成就聲聞道言見修等者等取方便及無學也言斷惑集者集卽集諦通於業惑菩薩無住等者等取教道證道一道二道乃至無量道而教證等名二乘亦有特與異者卽無住道若約其義教證亦殊故云等也

是故雖在逝多林中對於如來不見如是廣大神變

三結成不見

第二佛子如恒河下喻顯文有十喻自古諸德皆將配前所迷佛果十句唯第九二天一喻喻上第二如來嚴好餘皆如次此亦有理今解有二一者隨一一喻總喻不見因果等境以合文中亦言不見菩薩衆故又不喻菩薩之德義不盡故又合文中多從總合但言不見如來神變明通諸句二者别喻諸德若全不别何俟多喻然雖别喻亦通因果而前九約勝境爲喻謂恒河須彌等喻佛德故後一就劣法爲喻入滅盡定喻二乘故於前九中配所迷菩薩之德其義則次配所迷如來之德義必不次所喻義别至文當知又第一五十單喻聲聞不見第二三四七雙喻菩薩聲聞見不見别餘三佛對聲聞論見不見有此三類者文影略耳又唯約聲聞説者十喻皆喻彼無德故就中初一兼喻有障故後一兼喻住自乘故且就前九約勝境爲喻顯九種勝德其後一種總明不共顯十無盡前九德中一一皆具通别二意

今解有二下申今正義便彈古義以舉今正揀昔成非故於中有二先通中二一總辯標通通有二義一通因果二通喻諸句後以合文下引證辯通文有三節一正引文證通於菩薩二又不喻下反以義證合通菩薩三又合文下正引文證通喻諸德二者别喻等者舉正以揀昔非於中有八一總出别喻之由即反顯也二然雖别下揀異昔非三而前九下通明十喻異相四於前九下總示别喻德相五又一五十下約迷悟之人揀其喻相六又唯約聲聞下别示迷者異相七且就前下將欲釋文重揀第三諸喻别相八前九下通收通别二意

佛子如恒河岸有百千億無量餓鬼裸形飢渴舉體焦然烏鷲豺狼競來搏撮爲渴所逼欲求水飲雖住河邊而不見河設有見者見

其枯竭何以故深厚業障之所覆故

今初鬼對恒河喻其恒河清流通喻佛及菩薩潤益甚深德別喻佛神力及菩薩境界德以此二句爲初總故鬼喻二乘有所知障故不見亦喻不得諸法喜故

言餓鬼等者生分已盡爲鬼未得無生忍衣爲裸形不得法界行食爲飢不得真解脫味爲渴由此故稱爲餓此上並無真道即是業餘行苦所遷爲舉體燋然即是苦餘空見爲烏鷲有見爲豺狼於斯作決定解爲搏撮內含大機有真脫分名爲渴所逼欲求水飲身在法會名住河邊不覩神變名不見河雖覩世尊但見丈六爲見枯竭無明翳瞙名爲業障即煩惱餘言餓鬼等下牒釋經文十喻皆然言生分已盡爲鬼者如鬼已捨生人故即是業餘者三餘之義已見上文然總相說以無漏有分別名爲業餘今未得無生未得法界未證真解脫皆有分別也行苦所遷者苦餘即變易生死意生身此約已入無餘者今約未入無餘以苦依身即行苦也空見爲烏鷲下皆是煩惱餘然煩惱餘通是無明住地即是所知障所知障有二一所知之障即以業障喻所知之障故云蔽其眼故二所知即障故經云智障甚盲冥謂真俗別執今於有無作決定解即真俗別執故是智障爲歸虛空故喻空見獸依於地故喻有見不同法華鵄梟鵰鷲等喻界內煩惱雖覩世尊下此明二乘但見自分境界耳五俱鄰等最初受道豈見世尊始成正覺身遍十方智入三際等

彼大聲聞亦復如是雖復住在逝多林中不見如來廣大神力捨一切智無明瞖瞙覆其眼故不曾種植薩婆若地諸善根故

後彼大下合中先合業障不曾已下合裸形等不曾已下合裸形等者無生忍衣法界行食皆一切智諸善根也

譬如有人於大會中昏睡安寢忽然夢見須彌山頂帝釋所住善見大城宮殿園林種種

嚴好天子天女百千萬億普散天華徧滿其地種種衣樹出妙衣服種種華樹開敷妙華諸音樂樹奏天音樂天諸婇女歌詠美音無量諸天於中戲樂其人自見著天衣服普於其處住止周旋其大會中一切諸人雖同一處不知不見何以故夢中所見非彼大衆所能見故

第二覺夢相對喻夢遊天宮通喻佛及菩薩高顯廣大德別喻如來遊戲神變二句及菩薩大會已下十一句喻甚相似及菩薩大會下十一句者謂一菩薩大會二菩薩普入三菩薩普至四普詣五神變六遊戲七眷屬八方所九莊嚴師子座十宮殿十一菩薩住處今文夢往須彌卽普至普詣普入菩見大城等宮殿卽菩薩宮殿城池園林卽是住處天子天女卽眷屬開華奏樂卽是神變歌詠戲樂卽是遊戲住止周旋卽是座矣然此下八喻約二乘喻明其無德亦有通別通則於一一德不了皆由前鈌因緣故別則各喻無德不同此一喻無如是神通故又不知菩薩如夢故然合文中明無如是智眼故者從通相合故下數叚皆合無眼文中先喻後

一切菩薩下合然此下八喻六約二乘料揀以初一喻聲聞但有不得法喜之一德耳故此下八具於通別

一切菩薩世間諸王亦復如是以久積集善根力故發一切智廣大願故學習一切佛功德故修行菩薩莊嚴道故圓滿一切智智法故滿足普賢諸行願故趣入一切菩薩智地故遊戲一切菩薩所住諸三昧故已能觀察一切菩薩智慧境界無障礙故是故悉見如來世尊不可思議自在神變一切聲聞諸大弟子皆不能見皆不能知以無菩薩清淨眼故

合中二先合夢者自見後一切聲聞下合大會不見並可思也

大方廣佛華嚴經疏鈔會本第六十之三

音釋

羼提 梵語也此云忍辱羼初眼切也　㝹 奴侯切　裸 郎果切赤體也　鷲 音就大鵰也　翳瞙 翳於計切目疾也瞙音莫目不明也　賑 之刃切　妍媸 妍倪堅切好也媸充之切醜也　燋 兹消切傷火也　鶖 此由切鳥名　搏撮 搏伯各切擊也撮倉括切取也　素怛覽 梵語也此云契經覽力淡切　厠 初吏切圊也

大方廣佛華嚴經疏鈔會本第六十之四

唐于闐國三藏沙門實叉難陀　譯
唐清涼山大華嚴寺沙門澄觀撰述

譬如雪山具衆藥草良醫詣彼悉能分別其諸捕獵放牧之人恒住彼山不見其藥此亦如是以諸菩薩入智境界具自在力能見如來廣大神變諸大弟子唯求自利不欲利他唯求自安不欲安他雖在林中不知不見

第三愚對雪山喻雪山良藥通喻幽邃難見德別喻亦喻佛境界所悲境故喻菩薩所住處悲救衆生爲所住故其捕獵等喻聲聞無大悲救衆生病亦是無如是境界故

譬如地中有諸寶藏種種珍異悉皆充滿有一丈夫聰慧明達善能分別一切伏藏其人復有大福德力能隨所欲自在而取奉養父母賑卹親屬老病窮乏靡不均贍其無智慧無福德人雖亦至於寶藏之處不知不見不得其益此亦如是諸大菩薩有淨智眼能入如來不可思議甚深境界能見佛神力能入諸法門能遊三昧海能供養諸佛能以正法開悟衆生能以四攝攝受衆生諸大聲聞不能得見如來神力亦不能見諸菩薩衆

第四伏藏難知喻藏則通喻祕密難知德別喻如來尊勝可寶重故喻菩薩所入三昧及觀察嚬申勇猛供養如喻思之薄福喻聲聞無如是威德故喻菩薩下如喻思之者然合文自具若約喻者伏藏猶如三昧聰慧分別即是觀察隨欲而取即是嚬申有大福力即當勇猛奉養父母即供養也

譬如盲人至大寶洲若行若住若坐若卧不

能得見一切衆寶以不見故不能採取不得受用此亦如是諸大弟子雖在林中親近世尊不見如來自在神力亦不得見菩薩大會何以故無有菩薩無礙淨眼不能次第悟入法界見於如來自在力故

第五盲不見寶喻寶洲通喻逈絶難測德別喻如來妙行積行圓妙故喻菩薩受記成熟勇猛可知盲喻二乘無如是善根故喻菩薩受記等者不能採取即無勇猛不得受用即無受記成就義也

譬如有人得清淨眼名離垢光明一切闇色不能爲障爾時彼人於夜闇中處在無量百千萬億人衆之内或行或住或坐或臥彼諸人衆形相威儀此明眼人莫不具見其明眼者威儀進退彼諸人衆悉不能覩佛亦如是成就智眼清淨無礙悉能明見一切世間其所示現神通變化大菩薩衆所共圍繞諸大弟子悉不能見

第六淨眼無障喻通喻智照難量德別喻如來威德菩薩法身已下五句不覩威儀喻二乘無如是自在故喻菩薩法身下五句者即菩薩法身清淨菩薩智身圓滿願身示現色身成就菩薩諸相具足釋曰五句不出菩薩形相威儀故

譬如比丘在大衆中入徧處定所謂地徧處定水徧處定火徧處定風徧處定青徧處定黃徧處定赤徧處定白徧處定天徧處定種種衆生身徧處定一切語言音聲徧處定一切所緣徧處定入此定者見其所緣其餘大衆悉不能見唯除有住此三昧者

第七徧處定境喻通喻周徧難思德別喻如來淨刹菩薩常光衆色莊嚴菩薩放大

光明網不見定境喻聲聞無如是三昧故喻中言徧處者於一切處周徧觀察無有間隙故名徧處言遍處等者疏文有三初釋名俱舍頌云遍處有十種八如淨解脫後二淨無色緣自地四蘊論云謂八自性皆是無貪為性若并助伴五蘊為性又云有餘師說唯風遍處緣所觸中風界為性言八者即青黃赤白地水火風如今經辨依第四靜慮緣欲可見色如淨解脫後二如次空識二處若無色為其自性各緣自地四蘊為性應知此中修行者從諸解脫入諸勝處入此遍處以後後智勝前前故為修解脫但於所緣總取淨相未能分別青黃赤白後四勝處雖能分別青黃赤白而未能作無邊行相前四遍處謂觀青等一一無邊餘如疏辨言勝處者勝處有八種二如初解脫次二如第二後四如第二謂前二解脫各分多少有四後四即青黃赤白能制伏心境緣處故名勝處然瑜伽智度俱舍等論皆說有十今有十二前八同彼彼中九名空徧處十名識徧處先觀青等普徧次觀青等為何所依知由地等次思所觀由何廣大知由於空次思能觀知由依

識前八依第四靜慮觀欲可見色後二依無色定瑜伽十二云何故徧處唯說色觸二處建立由此二種共自他身徧有色界常相續故眼等根色唯屬自身香味二塵不徧一切聲塵有間是故不說無色界中空徧一切處識所行境亦徧一切故立此二前八依第四下辨所依定已如上引四瑜伽十二下四明建立於中有二先問後由此二種下答問言色觸者問意云何以十二處中唯依二處謂青黃赤白是色處地水火風是觸處以堅濕煖動是所觸故答中亦二先明立二之由此有三義次下當知後從眼等下明於十處不立遍處所以亦有三第次第對上一眼等根色唯屬自身者對上通自他身二香味二塵不遍一切者對上遍有色界以二禪已上無鼻舌識故亦無香味二塵三聲塵有間者對上常相續故聲發即聞不發不聞故有間斷言是故不說者通結上三節於十色處中不說入色處為遍處也今以宗別合空識二為天徧處前論所揀皆容假想稱性周徧加於三事十名種種眾生

身徧處者即前所揀眼等根色十一語言音聲即前聲塵十二一切所緣即六塵境則收前香味及法塵境例此天徧處言亦可通於諸天例此下以論例經重釋前天徧處謂上論所揀今皆取之例天徧亦可通所揀

如來所現不可思議諸佛境界亦復如是菩薩具見聲聞莫覩

次如來所現下合文可知

譬如有人以翳形藥自塗其眼在於衆會去來坐立無能見者而能悉覩衆會中事應知如來亦復如是超過於世普見世間非諸聲聞所能得見唯除趣向一切智境諸大菩薩

第八妙藥翳形喻通喻隱顯超世德別喻如來住持喻菩薩起變化雲德不覩者喻聲聞無如是解脫故

如人生已則有二天恒相隨逐一曰同生二曰同名天常見人人不見天應知如來亦復如是在諸菩薩大集會中現大神通諸大聲聞悉不能見

第九二天隨人喻通喻微妙難壞德別喻如來嚴好菩薩身徧十方諸行圓滿德不覩二天喻二乘無如是勢力故亦喻無悲捨衆生故

譬如比丘得心自在入滅盡定六根作業皆悉不行一切語言不知不覺定力持故不般涅槃一切聲聞亦復如是雖復住在逝多林中具足六根而不知不見不解不入如來自在菩薩衆會諸所作事

第十滅定不行喻唯喻聲聞安住自乘證實際故亦總喻無德第十滅定不行喻者然滅定之義六地已

畧明今當更說薩婆多宗此定唯依有頂地起以下諸地皆名有想行相麤動難可止息此有頂地名爲非想行相微細易可止息故唯有頂有滅盡定俱舍頌云滅盡定名體爲淨住有頂謂滅盡定以二十二心法爲體謂修定前有二十一心所及心王故言二十一心所者謂大地十大善地十欣猒隨一爲滅定故有二十二法不相應行替處名爲滅定隨滅爾許心心所法爲定體也若成實論第十六滅定品云問曰若此中意以泥洹爲滅者是汝先言九次第定中滅定心心數滅是則相違答曰滅定有二一諸煩惱盡二煩惱未盡煩惱盡者在解脫中煩惱未盡在次第中一滅煩惱故名滅定二滅心心數法故名滅定滅煩惱是第八解脫亦名阿羅漢果若唯識第七云滅盡定者謂有無學即羅漢及獨覺辟支或有學即三果身證阿那含已伏惑障無所有貪謂無所有已下貪滅諸上貪不定已上貪未滅也由止息想作意爲先令不恒行六識染汙染汙第七心心所滅合上二識俱不行故令身安和故亦名定謂有心定令身令心平等安怡和悅爲安和令無心定由定前心力能令身心平等和悅如有心定故亦名定由偏猒想受亦名滅彼定也即加行心顯揚第一云滅盡定者謂已離無所有處欲或入非非想處定或後上進入無想定或後上進由起暫息想作意前方便故止息所緣不恒行諸心心法及恒行一分諸心心法滅也餘文可知

又上十喻從後逆次配前缺因後之十句謂一喻無法喜二喻不知菩薩如夢三喻不從如來加被之所生等如理思之其前十句但通爲不見之因

又上十喻從後逆次配前闕因後之十句者疏但出三謂一鬼對恒河喻喻無法喜法喜爲食故二夢遊天宮喻喻不知菩薩如夢幻故此相甚顯三愚對雪山喻喻不從如來加被之所生故其合經云以諸菩薩入智境界具自在力得見如來神變自在即如來加被之力其捕獵者即無加被也四伏藏難知喻喻本不發一切菩薩諸大願力故謂無福力即闕大願五盲不見寶喻喻不求超出世間不共菩提諸善根故無眼不見於寶即闕不共善根六淨眼無障喻喻喻本不得諸菩薩眼所知境故此喻更顯諸人不見喻於二乘不見淨眼境故七遍處定境喻喻本不得嚴淨佛剎神通智故青等遍淨即淨剎也八妙藥翳形喻喻本不成就如來出世諸善根故翳形之藥即出世善根九二天隨人喻喻本不修習生一切智諸善根故二天見人即一切智人不見天故無此也十滅定不行喻喻本在生死流轉之時不勸衆生求於最勝大智眼故諸識不行豈當有眼故於六境都不見知是故十喻對前十因文相甚顯令如理思其前十句但通爲不見之因者即前本不修習見佛自在善根故本不讚說十方世界一切諸佛剎清淨功德等別相不顯逆

順配之俱不全似故通爲不見之因欲顯具於通別義故

何以故如來境界甚深廣大難見難知難測難量超諸世間不可思議無能壞者非是一切二乘境界是故如來自在神力菩薩衆會及逝多林普徧一切清淨世界如是等事諸大聲聞悉不知見非其器故

第三何以故下徵以結成文有十句結前十喻唯第七八爲順前合故有前却餘皆如次餘皆如次者一如來境界甚深結鬼對恒河喻二廣大結夢遊天宮喻三難見結愚對雪山喻四難知結伏藏難知喻五難測結盲不見寶喻六難量結淨眼無障喻七超諸世間結遍處定境喻八不可思議結妙藥翳形喻九無能壞者結二天隨人喻十非是一切二乘境界結滅定不行喻六根作業皆不行故共間文意極相順故上來法喻廣顯聲聞不見聞等問般若經明聲聞若智若斷皆是菩薩無生法忍若是其忍何以上文皆言無菩薩德耶

又文殊巡行經中五百聲聞聞而不信法華不輕亦令其聞何得此中不令聞耶答爲顯不共故故智論明般若有共不共指此不思議經不共二乘說故問般若下二申難也引於三經而有二難一引大品難無現緣言若智若斷者彼經具云須陁洹若智若斷皆是菩薩無生法忍斯陁含若智若斷皆是菩薩無生法忍阿那含若智若斷皆是菩薩無生法忍阿羅漢辟支佛皆別之若智若斷皆是菩薩無生法忍下結難可知又文殊巡行經下後引二經不令聞令此一經畧以義引耳若具引者名文殊師利巡行經以說文殊遍巡五百比丘房皆見寂定因以爲名最後難舍利弗以顯甚深般若問舍利弗言我時見汝獨處一房結跏跌坐折伏其身汝爲當坐禪耶不耶答云坐難云爲當欲令未斷者斷故坐禪耶等因此廣顯性空無得之理時五百比丘從座而起於世尊前高聲唱言從今已去更不須見文殊身不須聞其名字如是方處速應捨離所有文殊一切住處亦莫趣向所以者何文殊煩惱解脫一相說故等舍利弗令文殊爲決了文殊言實無文殊而可得故若實無文殊可得者彼亦不可見等廣爲說法四百比丘漏盡得果一百更謗隔入地獄後還得道廣如彼說故云五

百比丘聞而不信意云何以此會不令其
聞而不信耶法華不輕品亦令其聞者引意
同前即第六經常不輕不輕其遍禮四衆
云我不輕汝等汝等行菩薩道皆當作佛
即宣一切衆生皆有佛性如來知見平等
之理爲令聞也衆人或以杖木瓦石而打
擲之後於千劫入阿鼻地獄受大苦惱從
地獄出還遇常不輕教化即跋陁婆羅等
菩薩既二經之中皆令其聞一時之謗後
皆成益今何不爾答爲顯不共下第三會
釋於中五一顯不共般若不共般若已如
前引若準天台意前以通教難於圓別今
以圓別揀異於通
又大聖化儀其類不等或令聞
不信以爲遠種如上所引或以威力令其
出會如法華中五千拂席或令在會使其
不聞即如今經然法華漸教之終將收敗
種故加令其去篤勵在會使其信受此經
頓教之始爲顯深勝留使不聞令諸後學
修見聞種也又大聖化儀下第二化儀不同於中有四一通上巡行法華
之問或以威力下二揀外謗顯彼經云衆
中之糟糠佛威德故去然法華下四會釋
二經此依化儀漸頓二教通釋經意法華
是漸者化儀漸故先說三乘引導衆生然

後但以大乘而度脫之故云漸也非法門
爲漸將收敗種者義如前引謂二乘結斷
如根敗士無欲如燋穀子不能生芽
即昔教意今至法華三根聲聞皆得記別
不在此會亦爲宣陳則燋穀生芽盲聾視
聽死屍再起寒灰重熱而言將取者尚未
廣說先且斥之使在會者自欣多幸故云
篤勵是以經云此衆無枝葉唯有諸貞實
故彼疏中云繁柯既亡則貞幹存焉廣說
之後方復取之故不在會亦合爲說此經
頓教之始者初成頓說故未有滯權不須
引斥直彰不共顯法難思在會不聞由無
因種若修因種于何不聞故云令修見聞種也
又復大乘該於小
乘則其智斷皆是菩薩法忍小智不知大
智故此云於有無諦作決定解不見不聞
又復大乘該於小乘下第三通爲有殊也小乘猶如百川不攝大海大乘猶如大海
必攝百川言小智不知大智者即莊子意
彼云小智不測大智小年不測大年朝菌
不知晦朔蟪蛄不知春秋小乘螢光豈知日照
又若已開顯即權
爲實漸故法華云汝等所行是菩薩道若
權實相對則如聾盲非其器故其猶黎庶
以對於王貴賤懸隔以王收人則率土之

內莫非王人是以若約普收即一切衆生無不具有如來智慧況於二乘無漏因果若校優劣則權教久行菩薩尚不信聞況於二乘二乘上首尚如聾盲況凡夫外道（又若以開顯下第四開顯有殊法華對昔以權覆實故今開顯萬行同歸華嚴直顯一實深玄須對權令知故如聾啞）既非其器本不合列爲顯法勝大權菩薩示爲聾盲是知聾盲於勝有力能顯勝故勝劣相望力用交徹成大緣起方是深玄（既非其器下第五結成緣起即是華嚴圓教別來之意也）

爾時毗盧遮那願光明菩薩承佛神力觀察十方而說頌言

汝等應觀察佛道不思議於此逝多林示現神通力

大文第六中時下偈頌讚德分既至詠德顯所證故文中十方菩薩即爲十段初二讚道場三昧等用餘八通讚佛德今初東方總讚一會十頌分二初總餘別

善逝威神力所現無央數一切諸世間迷惑不能了法王深妙法無量難思議所現諸神通舉世莫能測以了法無相是故名爲佛而具相莊嚴稱揚不可盡今於此林內示現大神力甚深無有邊言辭莫能辨

別中亦二前四歎佛於中初二歎內德一廣二深次一歎內外無礙後一結成今用

汝觀大威德無量菩薩衆十方諸國土而來見世尊所願皆具足所行無障礙一切諸世間無能測量者一切諸緣覺及彼大聲聞皆悉不能知菩薩行境界菩薩大智慧諸地悉究竟高建勇猛幢難摧難可動諸大名稱士

無量三昧力所現諸神變法界悉充滿
後五歎菩薩一總顯雲集二顯行深三超
下位四智地高五定用廣
爾時不可壞精進王菩薩承佛神力觀察十
方而說頌言
汝觀諸佛子智慧功德藏究竟菩提行安隱
諸世間其心本明達善入諸三昧智慧無邊
際境界不可量
第二南方唯歎菩薩然既結歸佛力亦爲
歎佛十頌分五初二令觀內德於中初偈
二嚴究竟後偈定智廣深
今此逝多林種種皆嚴飾菩薩衆雲集親近
如來住汝觀無所著無量大衆海十方來詣
此坐寶蓮華座
次二示其集處

無來亦無住無依無戲論離垢心無礙究竟
於法界建立智慧幢堅固不動搖知無變化
法而現變化事十方無量剎一切諸佛所同
時悉往詣而亦不分身
次三明寂用無礙初一偈半即寂後一偈
半起用
汝觀釋師子自在神通力能令菩薩衆一切
俱來集
次一結歸佛力
一切諸佛法法界悉平等言說故不同此衆
咸通達諸佛常安住法界平等際演說差別
法言辭無有盡
後二結其德廣同諸佛故
爾時普勝無上威德王菩薩承佛神力觀察
十方而說頌言

汝觀無上士廣大智圓滿善達時非時爲衆演說法摧伏衆外道一切諸異論普隨衆生心爲現神通力正覺非有量亦復非無量若量若無量牟尼悉超越

第三西方下唯歎佛德然雖通諸德隨多顯名今此歎智用應時德十頌分二初三法說一內德二外用三總結離言

如日在虛空照臨一切處佛智亦如是了達三世法譬如十五夜月輪無減缺如來亦復然白法悉圓滿譬如空中日運行無暫已如來亦如是神變恒相續譬如十方刹於空無所礙世燈現變化於世亦復然譬如世間地群生之所依照世燈法輪爲依亦如是譬如猛疾風所行無障礙佛法亦如是速徧於世間譬如大水輪世界所依住智慧輪亦爾三世佛所依

後七喻顯一喻前廣大二喻圓滿三四喻現通一長時二無礙五喻演法六喻摧邪七總喻前德諸佛同依

爾時無礙勝藏王菩薩承佛神力觀察十方而說頌言

譬如大寶山饒益諸含識佛山亦如是普益於世間譬如大海水澄淨無垢濁見佛亦如是能除諸渴愛譬如須彌山出於大海中世間燈亦爾從於法海出如海具衆寶求者皆滿足無師智亦然見者悉開悟如來甚深智無量無有數是故神通力示現難思議

第四北方十偈九喻歎三德深廣於中二前五偈四喻喻內德一恩二斷次三喻喻智前一高遠次二深廣

譬如工幻師示現種種事佛智亦如是現諸自在力譬如如意寶能滿一切欲最勝亦復然滿諸清淨願譬如明淨寶普照一切物佛智亦如是普照群生心譬如八面寶等鑒於諸方無礙燈亦然普照於法界譬如水清珠能清諸濁水見佛亦如是諸根悉清淨

後五喻大用一巧示二隨欲三照機四合理五結益

爾時化現法界願月王菩薩承佛神力觀察十方而說頌言

譬如帝青寶能青一切色見佛者亦然悉發菩提行

第五東北方法界願月王十頌歎普益衆生德分四初偈總喻見無不益

一一微塵內佛現神通力令無量無邊菩薩皆清淨甚深微妙力無邊不可知菩薩之境界世間莫能測如來所現身清淨相莊嚴普入於法界成就諸菩薩

次三別明益菩薩初一淨二障後二成妙力

難思佛國土於中成正覺一切諸菩薩世主皆充滿釋迦無上尊於法悉自在示現神通力無邊不可量菩薩種種行無量無有盡如來自在力爲之悉示現佛子善修學甚深諸法界成就無礙智明了一切法善逝威神力爲衆轉法輪神變普充滿令世皆清淨

三有五頌明益周徧一成道徧二神通徧三示行徧四了法徧五轉法徧

如來智圓滿境界亦清淨譬如大龍王普濟諸群生

四有一偈結益周普

爾時法慧光燄王菩薩承佛神力觀察十方而說頌言

三世諸如來聲聞大弟子悉不能知佛舉足下足事去來現在世一切諸緣覺亦不知如來舉足下足事況復諸凡夫結使所纏縛無明覆心識而能知導師

第六東南方十頌歎大用難思德分三初三明凡小難思

正覺無礙智超過語言道其量不可測孰有能知見譬如明月光無能測邊際佛神通亦爾莫見其終盡一一諸方便念念所變化盡於無量劫思惟不能了思惟一切智不可思議法一一方便門邊際不可得

次四出難思之法

若有於此法而興廣大願彼於此境界知見不爲難勇猛勤修習難思大法海其心無障礙入此方便門心意已調伏志願亦寬廣當獲大菩提最勝之境界

後三顯能知之人

爾時破一切魔軍智幢王菩薩承佛神力觀察十方而說頌言

智身非是身無礙難思議設有思議者一切無能及

第七西南方十頌歎智身難思德分四初一總顯難思

從不思議業起此清淨身殊特妙莊嚴不著於三界

次一舉因顯果

光明照一切法界悉清淨開佛菩提門出生

衆智慧譬如世間日普放慧光明遠離諸塵垢滅除一切障普淨三有處永絕生死流成就菩薩道出生無上覺示現無邊色此色無依處所現雖無量一切不思議菩提一念頃能覺一切法云何欲測量如來智邊際一念悉明達一切三世法故說佛智慧無盡無能壞

次三別示難思之相於中三初三智照淨障次一示現深廣後二念智圓融

智者應如是專思佛菩提此思難思議思之不可得菩提不可說超過語言路諸佛從此生是法難思議

四有二頌結勸謂從不思議生佛智身令絕思議之念是思佛矣

爾時願智光明幢王菩薩承佛神力觀察十方而說頌言

若能善觀察菩提無盡海則得離癡念決定受持法

第八西北方十頌歎佛成就菩薩德分二

初總標觀成決定

若得決定心則能修妙行禪寂自思慮永斷諸疑惑其心不疲倦亦復無懈怠展轉增進修究竟諸佛法信智已成就念念令增長常樂常觀察無得無依法無量億千劫所修功德行一切悉迴向諸佛所求道雖在於生死而心無染著安住諸佛法常樂如來行世間之所有蘊界等諸法一切皆捨離專求佛功德凡夫嬰妄惑於世常流轉菩薩心無礙救之令解脫

餘九展轉成益於中前七偈各一行

菩薩行難稱舉世莫能思徧除一切苦普與羣生樂已獲菩提智復愍諸羣生光明照世間度脫一切衆

後二總結深廣

爾時破一切障勇猛智王菩薩承佛神力觀察十方而說頌言

無量億千劫佛名難可聞況復得親近永斷諸疑惑如來世間燈通達一切法普生三世福令衆悉清淨如來妙色身一切所欽歎億劫常瞻仰其心無厭足若有諸佛子觀佛妙色身必捨諸有著迴向菩提道如來妙色身恒演廣大音辯才無障礙開佛菩提門曉悟諸衆生無量不思議令入智慧門授以菩提記如來出世間爲世大福田普導諸含識令其集福行若有供養佛永除惡道畏消滅一切苦成就智慧身若見兩足尊能發廣大心是人恒值佛增長智慧力若見人中勝決意向菩提是人能自知必當成正覺

第九下方菩薩歎佛難見聞德分二初一標名難聞近必斷疑餘别顯益物之相於中初一生福益次二向菩提益次二成智益餘四就人結益

爾時法界差别願智神通王菩薩承佛神力觀察十方而說頌言

釋迦無上尊具一切功德見者心清淨迴向大智慧如來大慈悲出現於世間普爲諸羣生轉無上法輪

第十上方菩薩歎佛恩深重德分四初二總舉佛德意在於恩

如來無數劫勤苦爲衆生云何諸世間能報

大師恩

次一恩深難報

寧於無量劫受諸惡道苦終不捨如來而求於出離寧代諸衆生備受一切苦終不捨於佛而求得安樂寧在諸惡趣恒得聞佛名不願生善道暫時不聞佛寧生諸地獄一一無數劫終不遠離佛而求出惡趣

次四發荷恩之心

何故願久住一切諸惡道以得見如來增長智慧故若得見於佛除滅一切苦能入諸如來大智之境界若得見於佛捨離一切障長養無盡福成就菩提道如來能永斷一切衆生疑隨其心所樂普皆令滿足

後四釋成荷恩之意大文第六偈頌分可知

大方廣佛華嚴經疏鈔會本第六十之四

音釋

邃雖遂切深也

菌巨隕切地蕈也

蟪蛄蟪音惠蛄音孤蟪蛄蟲名

大方廣佛華嚴經疏鈔會本第六十一之一

唐于闐國三藏沙門實叉難陀　譯

唐清涼山大華嚴寺沙門澄觀撰述

爾時普賢菩薩摩訶薩普觀一切菩薩衆會

大文第七爾時普賢下普賢開發分現土顯於法界普賢主此方能開故於中長行與偈前中三初明開發意二能開方便三正明開顯今初觀衆會者上佛入定現相令衆覩覩證今假言開顯使尋言契實

以等法界方便等虛空界方便等衆生界方便等三世等一切劫等一切衆生業等一切衆生欲等一切衆生解等一切衆生根等一切衆生成熟時等一切法光影方便

二以等法界下明能開方便有十一句初句總以含事理深廣故句初以字貫下十句謂嚬申三昧業用深廣要以此十無分齊之方便方能開顯況十復表無盡餘句別虛空明其廣無際限餘八顯其多無分齊光影一種兼顯深義如光影清淨故又映光之影隨機別故揀異水鏡似本質故

爲諸菩薩以十種法句開發顯示照明演說此師子嚬申三昧

三爲諸菩薩下正明開顯分三初總標次徵釋後總結今初以十法句者此法望前方便即是所用望三昧境界即是能開此法句望前方便即是所用者此有三重能所一普賢是能有方便是所有二方便是能用法句是所用三法句是能開三昧境爲所開

何等爲十所謂演說能示現等法界一切佛刹微塵中諸佛出興次第諸刹成壞次第法句演說能示現等虛空界一切佛刹中盡未

來劫讚歎如來功德音聲法句演說能示現等虚空界一切佛刹中如來出世無量無邊成正覺門法句演說能示現等虚空界一切佛刹中佛坐道場菩薩衆會法句演說於一切毛孔念念出現等三世一切佛變化身充滿法界法句演說能令一身充滿十方一切刹海平等顯現法句演說能令一切諸境界中普現三世諸佛神變法句演說能令一切佛刹微塵中普現三世一切佛刹微塵數佛種種神變經無量劫法句演說能令一切毛孔出生三世一切諸佛大願海音盡未來劫開發化導一切菩薩法句演說能令佛師子座量同法界菩薩衆會道場莊嚴等無差別盡未來劫轉於種種微妙法輪法句

二何等下徵釋釋中一一法句皆用前來十種方便一一方便皆能演斯十句然此十句所開即前所現亦念請中果用十句文少開合不次而義無缺初二即淨佛國土一依正淨二法流布淨刹成壞即土佛於中興明是佛土前念欲知佛土之相今明一切佛刹塵中皆有佛土土無邊矣皆佛所淨下諸句例然皆一毛一塵即含攝無盡故次三即成等正覺一主一伴五即爲一切衆生現諸佛影像六即入一切衆生所住處七八二句通顯能現神通即開智城而境麤塵細爲別九即舍前調伏衆生等四句十即轉法輪

皆是如來智慧境界子此十爲首有不可說佛刹微塵數法句

三佛子下總結

爾時普賢菩薩欲重宣此義承佛神力觀察如來觀察衆會觀察諸佛難思境界觀察諸佛無邊三昧觀察不可思議諸世界海觀察不可思議如幻法智觀察不可思議三世諸佛悉皆平等觀察一切無量無邊諸言辭法而說頌言

第二爾時普賢下偈頌中二先說儀意有十句初四句說儀後六觀其所說然多同前念請果德難思餘如前辨

一一毛孔中微塵數剎海悉有如來坐皆具菩薩衆一一毛孔中無量諸剎海佛處菩提座如是徧法界一一毛孔中一切剎塵佛菩薩衆圍繞爲說普賢行佛坐一國土充滿十方界無量菩薩雲咸來集其所億剎微塵數菩薩功德海俱從會中起徧滿十方界悉住普賢行皆遊法界海普現一切剎等入諸佛會安坐一切剎聽聞一切法一一國土中億劫修諸行菩薩所修行普明法海行入於大願海住佛境界地了達普賢行出生諸佛法具佛功德海廣現神通事身雲等塵數充徧一切剎普雨甘露法令衆住佛道

二正偈中頌十法句而開合不次初偈頌初句二頌第三三頌第二四頌第四五頌第五其六七二頌同頌第六八頌第九句九却合頌第七八句十頌第十文並可知

爾時世尊欲令諸菩薩安住如來師子嚬申廣大三昧故

大文第八爾時世尊下毫光示益分令壽智光爲能證故文中四初毫光普示二時逝多林下依光見法三其有見者下顯見

證因緣四是故皆得下明其得盖今初有
四一標光意
從眉間白毫相放大光明其光名普照三世
法界門
二從眉間下主光體用表即法界中道無
漏正智方能證前所現之法界故三世是
相相即法界法界體用互爲其門又通皆
爲門若見法界之性相即入三昧之體用
故
以不可說佛刹微塵數光明而爲眷屬
三以不可下光攝眷屬差別之智能入法
界故
普照十方一切世界海諸佛國土
四普照下明光分齊
時逝多林菩薩大衆

第二依光見法中二先明此衆普見後如
此會下類通十方前中亦二先能見人通
新舊衆
悉見一切盡法界虛空界一切佛刹一一微
塵中各有一切佛刹微塵數諸佛國土種種
名種種色種種清淨種種住處種種形相如
是一切諸國土中皆有大菩薩坐於道場師
子座上成等正覺菩薩大衆前後圍繞諸世
間主而爲供養
後悉見下明見法亦二先見此會徧法界
之塵刹
或見於不可說佛刹量大衆會中出妙音聲
充滿法界轉正法輪
後或見於不可說下多類攝化徧周法界
於中分三初明廣大會徧

或見在天宮殿龍宮殿夜叉宮殿乾闥婆阿修羅迦樓羅緊那羅摩睺羅伽人非人等諸宮殿中或在人間村邑聚落王都大處

二或見在天宮下明徧處不同並在前塵剎之內

現種種姓種種名種種身種種相種種光明住種種威儀入種種三昧現種種神變或時自以種種言音或令種種諸菩薩等在於種種大衆會中種種言辭說種種法

三現種種姓下別彰所現亦通答前諸所念請故云種種

如此會中菩薩大衆見於如是諸佛如來甚深三昧大神通力

第二類顯十方則十方衆會同見於中二先舉此顯彼

如是盡法界虛空界東西南北四維上下一切方海中依於衆生心想而住始從前際至今現在一切國土身一切衆生身一切虛空道其中一一毛端量處一一各有微塵數剎種種業起次第而住悉有道場菩薩衆會皆亦如是見佛神力不壞三世不壞世間於一切衆生心中現其影像隨一切衆生心樂出妙言音普入一切衆會中普現一切衆生前色相有別智慧無異隨其所應開示佛法教化調伏一切衆生未曾休息

後如是盡下以彼類此於中亦二先舉能見分齊謂彼十方微細大會並同此會之見後皆亦如是下明其所見自在謂雖廣現而不壞本相故

其有見此佛神力者皆是毗盧遮那如來於

往昔時善根攝受或昔曾以四攝所攝或是見聞憶念親近之所成熟或是往昔教其令發阿耨多羅三藐三菩提心或是往昔於諸佛所同種善根或是過去以一切智善巧方便教化成熟

第三明見證因緣謂頓爾證見非無宿因然成前爲見因順下爲證因皆是如來所攝受故可知

是故皆得入於如來不可思議甚深三昧盡法界虛空界大神通力或入法身或入色身或入往昔所成就行或入圓滿諸波羅蜜或入莊嚴清淨行輪或入菩薩諸地或入成正覺力或入佛所住三昧無差別大神變或入如來力無畏智或入佛無礙辯才海

第四明其得益中二初明因見得法二爾時諸菩薩下荷恩與供前中二先略明後廣顯前中三一明所入初句爲總言是故者是前宿因之故或入下別列十門以顯無盡

彼諸菩薩以種種解種種道種種門種種入種種理趣種種隨順種種智慧種種助道種種方便種種三昧

二彼諸菩薩下顯前能入亦列十門一解者鑒達分明種種不同如發心品二道謂一道二道乃至無量正道三門謂無常門夢境界門等四入謂所證差別五理趣謂意旨不同六機法萬差並皆隨順餘四可知即此能入亦是所益即此能入亦是所益者此有兩重能所一遮那光照是其能益得解等十即是所益二此解三昧等是其能入法身色身等即是所入不因佛光不得能入不得能入安得所入故能所入皆是成益也

入如是等十不可說佛刹微塵數佛神變海方便門
三入如是等下結其所入謂用前解等入前法身等前略列十實有不可說塵數等
云何種種三昧所謂普莊嚴法界三昧普照一切三世無礙境界三昧法界無差別智光明三昧入如來境界不動轉三昧普照無邊虛空三昧入如來力三昧佛無畏勇猛奮迅莊嚴三昧一切法界旋轉藏三昧如月普現一切法界以無礙音大開演三昧普清淨法光明三昧無礙繒法王幢三昧一一境界中悉見一切諸佛海三昧於一切世間悉現身三昧入如來無差別身境界三昧隨一切世間轉大悲藏三昧知一切法無有跡三昧知一切法究竟寂滅三昧雖無所得而能變化普現世間三昧普入一切刹三昧莊嚴一切佛刹成正覺三昧觀一切世間主色相差別三昧觀一切衆生境界無障礙三昧能出生一切如來毋三昧能修行入一切佛海功德道三昧一一境界中出現神變盡未來際三昧入一切如來本事海三昧盡未來際護持一切如來種性三昧以決定解力令現在十方一切佛刹海皆清淨三昧一念中普照一切佛所住三昧入一切境界無礙際三昧令一切世界爲一佛刹三昧出一切佛變化身三昧以金剛王智知一切諸根海三昧知一切如來同一身三昧知一切法界所安立悉住心念際三昧於一切法界廣大國土中示現涅槃三昧令住最上處三昧於一切佛刹現種種衆生差別身三昧普入一切佛智慧

三昧知一切法性相三昧一念普知三世法三昧念念中普現法界身三昧以師子勇猛智知一切如來出興次第三昧於一切法界境界慧眼圓滿三昧勇猛趣向十力三昧放一切功德圓滿光明普照世間三昧不動藏三昧說一法普入一切法三昧於一法以一切言音差別訓釋三昧演說一切佛無二法三昧知三世無礙際三昧知一切劫無差別三昧入十力微細方便三昧於一切劫成就一切菩薩行不斷絕三昧十方普現身三昧於法界自在成正覺三昧生一切安隱受三昧出一切莊嚴具莊嚴虛空界三昧念念中出等衆生數變化身雲三昧如來淨空月光明三昧常見一切如來住虛空三昧開示一切佛莊嚴三昧照明一切法義燈三昧照十力境界三昧三世一切佛幢相三昧一切佛一密藏三昧念念中所作皆究竟三昧無盡福德藏三昧見無邊佛境界三昧堅住一切法三昧現一切如來變化悉令知見三昧念念中佛日常出現三昧一日中悉知三世所有法三昧普音演說一切法性寂滅三昧見一切佛自在力三昧法界開敷蓮華三昧觀諸法如虛空無住處三昧十方海普入一方三昧入一切法界無源底三昧一切法海三昧以寂靜身放一切光明三昧一念中現一切神通大願三昧一切時一切處成正覺三昧以一莊嚴入一切法界三昧普現一切諸佛身三昧知一切衆生廣大殊勝神通智三昧一念中其身徧法界三昧現一乘淨法界三昧入普門法界示現大莊嚴三昧住持一

切佛法輪三昧以一切法門莊嚴一法門三昧以因陀羅網願行攝一切衆生界三昧分別一切世界門三昧乘蓮華自在遊步三昧知一切衆生種種差別神通智三昧令其身恒現一切衆生前三昧知一切衆生差別音聲言辭海三昧知一切衆生差別智神通三昧大悲平等藏三昧一切佛入如來際三昧觀察一切如來解脫處師子嚬申三昧

三云何下廣明得法先廣能入後其諸菩薩皆悉下廣其所入前中但廣三昧一門例餘九句文中三初句徵起次所謂下別列一百一門皆從業用受名並以法性眞如爲三昧本隨一一事皆能契實正受現前故於中前百一門別別業用後一總相同果初言普莊嚴法界三昧者入此三昧能令法界普妙嚴飾故斯即嚬申現淨土之一義下諸三昧皆是嚬申大用別義故以多別入佛之總諸門別義說者隨宜後師子嚬申者若不總相分同無以能究佛境故

菩薩以如是等不可說佛刹微塵數三昧入毗盧遮那如來念念充滿一切法界三昧神變海

三菩薩如是下總結能所上略列百門如前之例有多塵數方能入佛神變之海三昧旣爾解等九門亦然文略不結二廣所入中二先別列後其諸菩薩具如是下總結前中有其十德廣前十門別句而小不次總句即前三昧結中總句即前三昧結中者前總明所入有十一句初一是總今不別廣即前三昧入結中是廣上總上總云是故皆得入於如

來不可思議甚深三昧盡法界虛空界大神通力令廣中三昧結云菩薩以如是等不可説佛刹微塵數三昧入毘盧遮那如來念念充滿一切法界三昧神變海是故三昧結即前總句此下但廣前別十句耳而言不次者此一即前六二即前五三即前四四即前九五即前一六即前三七即前二八即前十九即前八十即前七文並可知

其諸菩薩皆悉具足大智神通明利自在住於諸地以廣大智普觀一切從諸智慧種性而生一切智智常現在前得離癡翳清淨智眼

一智位高深德即前諸地

爲諸衆生作調御師住佛平等於一切法無有分別了達境界知諸世間性皆寂滅無有依處普詣一切諸佛國土而無所著悉能觀察一切諸法而無所住徧入一切妙法宮殿而無所來教化調伏一切世間普爲衆生現安隱處

二爲諸衆生下調生無染德即三輪嚴淨

智慧解脫爲其所行恒以智身住離貪際超諸有海示眞實際智光圓滿普見諸法住於三昧堅固不動於諸衆生恒起大悲知諸法門悉皆如幻一切衆生悉皆如夢一切如來悉皆如影一切言音悉皆如響一切諸法悉皆如化善能積集殊勝行願智慧圓滿清淨善巧心極寂靜善入一切總持境界具三昧力勇猛無怯獲明智眼住法界際到一切法無所得處修習無涯智慧大海到智波羅蜜究竟彼岸爲般若波羅蜜之所攝持以神通波羅蜜普入世間依三昧波羅蜜得心自在

三智慧解脫下成滿諸度德

以不顛倒智知一切義以巧分別智開示法

藏以現了智訓釋文辭以大願力說法無盡以無所畏大師子吼常樂觀察無依處法以淨法眼普觀一切以淨智月照世成壞以智慧光照眞實諦福德智慧如金剛山一切譬喻所不能及善觀諸法慧根增長勇猛精進摧伏衆魔無量智慧威光熾盛其身超出一切世間得一切法無礙智慧善能悟解盡無盡際住於普際入眞實際無相觀智常現在前

四以不顚倒下智力無畏德雖有四辯意在於智

善巧成就諸菩薩行以無二智知諸境界普見一切世間諸趣徧往一切諸佛國土智燈圓滿於一切法無諸闇障放淨法光照十方界爲諸世間眞實福田若見若聞所願皆滿福德高大超諸世間勇猛無畏摧諸外道演微妙音徧一切剎

五善巧下成就昔行德

普見諸佛心無厭足於佛法身已得自在隨所應化而爲現身一身充滿一切佛剎

六普見諸佛下法身圓滿德

已得自在清淨神通乘大智舟所往無礙智慧圓滿周徧法界譬如日出普照世間隨衆生心現其色像知諸衆生根性欲樂入一切法無諍境界知諸法性無生無起能令小大自在相入

七已得自在下色身自在德

決了佛地甚深之趣以無盡句說甚深義於一句中演說一切修多羅海獲大智慧陀羅尼身凡所受持永無忘失一念能憶無量劫

事一念悉知三世一切諸衆生智恒以一切陀羅尼門演説無邊諸佛法海常轉不退清淨法輪令諸衆生皆生智慧

八決了下辯才自在德

得佛境界智慧光明入於善見甚深三昧入一切法無障礙際於一切法勝智自在一切境界清淨莊嚴普入十方一切法界隨其方所靡不咸至

九得佛境界下三昧神變德

一一塵中現成正覺於無色性現一切色以一切方普入一方

十一一塵中下成等正覺德

其諸菩薩具如是等無邊福智功德之藏常爲諸佛之所稱歎種種言辭説其功德不能令盡靡不咸在逝多林中深入如來功德大海悉見於佛光明所照

第二總結可知

爾時諸菩薩得不思議正法光明心大歡喜各於其身及以樓閣諸莊嚴具并其所坐師子之座徧逝多林一切物中化現種種大莊嚴雲充滿一切十方法界所謂於念念中放大光明雲充滿十方悉能開悟一切衆生出一切摩尼寶鈴雲充滿十方出微妙音稱揚讚歎三世諸佛一切功德出一切音樂雲充滿十方音中演説一切衆生諸業果報出一切菩薩種種願行色相雲充滿十方説諸菩薩所有大願出一切如來自在變化雲充滿十方演出一切諸佛如來語言音聲出一切菩薩相好莊嚴身雲充滿十方説諸如來於一切國土出興次第出三世如來道場雲充

滿十方現一切如來成等正覺功德莊嚴出一切龍王雲充滿十方雨一切諸香出一切世主身雲充滿十方演說普賢菩薩之行出一切寶莊嚴清淨佛刹雲充滿十方現一切如來轉正法輪是諸菩薩以得不思議法光明故法應如是出與此等不可說佛刹微塵數大神變莊嚴雲

第二荷恩興供中三初總次所謂下別後是諸菩薩下結結其所因由得前十種德故

爾時文殊師利菩薩承佛神力欲重宣此逝多林中諸神變事觀察十方而說頌言

大文第九爾時文殊下文殊述德分文殊主智故光後述德光本令證三昧智本爲顯法界尋智得理故述歎林中又前普賢門以行顯理此則以解顯理解行無二方能入故通明即以文殊權實無二之大智普賢體用之理行此二無二共顯如來三昧之果德文中二先述意

汝應觀此逝多林以佛威神廣無際一切莊嚴皆示現十方法界悉充滿

十方一切諸國土無邊品類大莊嚴於其座等境界中色像分明皆顯現

二正頌頌中十三偈通讚一會三種世間自在之用分之爲六初二總歎初一普徧後一廣容

從諸佛子毛孔出種種莊嚴寶燄雲及發如來微妙音徧滿十方一切刹

次一偈讚衆生世間即通前諸來及向得益菩薩興供之事

寶樹華中現妙身其身色相等梵王從禪定
起而遊步進止威儀恒寂靜
如來一一毛孔内常現難思變化身皆如普
賢大菩薩種種諸相爲嚴好
次二偈讚依正互在初偈依中有正後偈
正中有正
逝多林上虚空界所有莊嚴發妙音普説三
世諸菩薩成就一切功德海
逝多林中諸寶樹亦出無量妙音聲演説一
切諸羣生種種業海各差别
林中所有衆境界悉現三世諸如來一一皆
起大神通十方刹海微塵數
四三偈述上林空
十方所有諸國土一切刹海微塵數悉入如
來毛孔中次第莊嚴皆現覩
所有莊嚴皆現佛數等衆生徧世間一一咸
放大光明種種隨宜化羣品
香燄衆華及寶藏一切莊嚴殊妙雲靡不廣
大等虚空徧滿十方諸國土
五有三偈述於正覺依正無盡
十方三世一切佛所有莊嚴妙道場於此園
林境界中一一色像皆明現
一切普賢諸佛子百千劫海莊嚴刹其數無
量等衆生莫不於此林中見
六末後二偈總顯普收
爾時彼諸菩薩以佛三昧光明照故即時得
入如是三昧一一皆得不可説佛刹微塵數
大悲門利益安樂一切衆生
大文第十爾時彼諸下無涯大用分開必
得益益必利生於中二先總顯用因謂由

佛三昧得前三昧成此悲門故能有用於其身上一一毛孔皆出不可說佛刹微塵數光明一一光明皆化現不可說佛刹微塵數菩薩其身形相如世諸主普現一切衆生之前周帀徧滿十方法界種種方便教化調伏

後於其身下依體起用中二初別明毛孔世主化後佛子此逝多林下通顯分身多類化今初分二一總明

或現不可說佛刹微塵數諸天宮殿無常門或現不可說佛刹微塵數一切衆生受生門或現不可說佛刹微塵數一切菩薩修行門或現不可說佛刹微塵數夢境門或現不可說佛刹微塵數菩薩大願門或現不可說佛刹微塵數震動世界門或現不可說佛刹微塵數分別世界門或現不可說佛刹微塵數現生世界門

二或現下別顯於中四一明能化法二以如是等下所化處三以平等大悲下能化心四或有見已下明所化益今初總有二十五門分二初八門雜明欣猒等門化

或現不可說佛刹微塵數檀波羅蜜門或現不可說佛刹微塵數一切如來修諸功德種種苦行尸波羅蜜門或現不可說佛刹微塵數割截支體羼提波羅蜜門或現不可說佛刹微塵數勤修毗梨耶波羅蜜門或現不可說佛刹微塵數一切菩薩修諸三昧禪定解脫門或現不可說佛刹微塵數佛道圓滿智光明門

餘門明十度門化於中前六門各一度可

知

或現不可說佛刹微塵數勤求佛法爲一文一句故捨無數身命門或現不可說佛刹微塵數親近一切佛諮問一切法心無疲厭門或現不可說佛刹微塵數隨諸衆生時節欲樂往詣其所方便成熟令住一切智海光明門

次三門明方便度

或現不可說佛刹微塵數降伏衆魔制諸外道顯現菩薩福智力門

次降魔一門是力度

或現不可說佛刹微塵數知一切工巧明智門或現不可說佛刹微塵數知一切衆生差別明智門或現不可說佛刹微塵數知一切法差別明智門或現不可說佛刹微塵數知一切衆生心樂差別明智門或現不可說佛刹微塵數知一切衆生根行煩惱習氣明智門或現不可說佛刹微塵數知一切衆生種種業明智門或現不可說佛刹微塵數開悟一切衆生門

餘七門皆智度前欣猒中已明於願故此略無

以如是等不可說佛刹微塵數方便門往詣一切衆生住處而成熟之所謂或往天宮或往龍宮或往夜叉乾闥婆阿修羅迦樓羅緊那羅摩睺羅伽宮或往梵王宮或往人王宮或往閻羅王宮或往畜生餓鬼地獄之所住處

第二化處中二先結前生後後所謂下别明所在

以平等大悲平等大願平等智慧平等方便攝諸衆生或有見已而調伏者或有聞已而調伏者或有憶念而調伏者或聞音聲而調伏者或聞名號而調伏者或見圓光而調伏者或見光網而調伏者隨諸衆生心之所樂皆詣其所令其獲益

第三化心及第四化益文並可知

佛子此逝多林一切菩薩爲欲成熟諸衆生故或時現處種種嚴飾諸宮殿中或時示現住自樓閣寶師子座道場衆會所共圍繞周徧十方皆令得見然亦不離此逝多林如來之所

第二通顯多類化中二先明住處化異結不離逝多林者明不動而普徧繁興而恒靜末不離本故下文殊遊行亦不離於本會本末事理非即離故

佛子此諸菩薩或時示現無量化身雲或現其身獨一無侶所謂或現沙門身或現婆羅門身或現苦行身或現充盛身或現醫王身或現商主身或現淨命身或現妓樂身或現奉事諸天身或現工巧技術身往詣一切村營城邑王都聚落諸衆生所隨其所應以種種形相種種威儀種種音聲種種言論種種住處於一切世間猶如帝網行菩薩行或說一切世間工巧事業或說一切智慧照世明燈或說一切衆生業力所莊嚴或說十方國土建立諸乘位或說智燈所照一切法境界教化成就一切衆生而亦不離此逝多林如來之所

二佛子此諸下明現身化異於中五一能

化身異有十二種初二總餘十別此中多同善財所見故知善財諸友即此會之菩薩二徃詣下化處異三隨其下化類異四或說下化法異五敎化下總結末不離本

上來本會竟（故知善財諸友即此會之菩薩者如獨一無侶即德雲等二沙門即海雲善住等三婆羅門即最勝寂靜等四苦行即勝熱等五充盛即善見休捨等六醫王即普眼彌伽等七商主即無上勝等八淨命亦婆羅門義當不動具足等八妓樂者義當婆須等九奉事天身即大天等十工巧伎術即自在主童子等故皆同也）

大方廣佛華嚴經疏鈔會本第六十一之一

音釋

嚬（毘賓切）　奮迅（奮方問切迅息晉切）　繒（疾陵切）　翳（於計切障也）

怯（去劫切畏懦也）　摧（昨回切挫也）　鈴（力膺切似鐘而小曰鈴）　鞞提（梵語也此云忍辱鞞初限切）　練（力彥切精熟也）

大方廣佛華嚴經疏鈔會本第六十一之二

唐于闐國三藏沙門實叉難陀　譯

唐清涼山大華嚴寺沙門澄觀撰述

大文第二末會起亦即一部流通略啓十門一總顯會意二會數開合三會主多少四定會名義五二位統收六五相分別七圓攝始終八會主類別九法界事義十隨文解釋

今初夫圓滿教海攝法無遺漸頓該羅本末交映人法融會貴在弘通故非頓無以顯圓非漸無以階進非本無以垂末非末無以顯本非人無以證法非法無以成人故前明不異漸之頓多門而衆人同契此明不異頓之漸一人而歷位圓修前則不異末之本雖卷而恒舒此即不異本之末雖舒而恒卷本末無礙同入法界今託人進修以軌後徒使大教弘通即斯本意非頓

下釋前摽有三對今疏釋有二一出三對之由若無頓證法界豈顯此經圓妙若無善財漸進衆生如何趣入若無本會佛爲其主何有末會皆得成經若無末會善財成益豈顯本會頓證之實然此一對語出肇公維摩注序彼以不思議中以分本末云此經所明統萬行則以權智爲主樹德本則以六度爲根濟蒙惑則以慈悲爲首語宗極則以不二爲言凡此衆說皆不思議之本也至若借座燈王請飯香土手接大千室包乾象不思議迹也然幽關難啓聖應本同非本無以垂迹非迹無以顯本本迹雖殊不思議一也今但借其言不取其義自以二會爲本末耳非人無以證法者法無廢興弘之日人故非法無以成人者不證性原豈名菩薩故中論云以法知有人以人知有法離法何有人離人向有法故前明不異漸之頓下第二明該羅等義三對爲三一明漸頓該羅二互不異即該羅義其多門衆人同契即不異漸之即頓相也上不壞多門入法身等十種別故即是頓義或一人證多或多人同證故即頓也一人歷位即是漸相而圓修故不異頓也前即不異末之本等者明本末交映也雖卷而恒舒即不異末之本相也卷謂不離祇園而恒舒者羅身雲於法界也言

雖舒而卷者謂雖羅形於法界而未動足於祇園是不異本之末也本末無礙下結第二門今託人進修下三釋人法融會也語則不似前二但似結成今會意亦具矣謂託人修進者人融法也使大教弘通法成人也言即斯本意語則正結第三意則通結上三成總顯會意

二會數開合者若約所攝之機唯有三會一比丘二諸乘人三善財會若約能所通辨有五十五會善財自有五十三故雖人有五十四文殊一人四會說故德生有德同一間答徧友無答不成會故若以徧友承前指後得名會者善財則有五十四會是以唯就能化不足定會若約主伴成百一十會至下當辨若約散說則佛剎塵數會尚順三乘若約普賢德則無盡會如普賢結通處說二諸乘人會者即初至福城東會也若約能所下明通於中三一標數就第三會開五十三成五十五雖人有五十四下次釋成上義言五十四者善財初遇文殊從德雲至瞿波有四十人寄於三賢十聖摩耶已下天主光等有十一人已五十二及彌勒普賢故五十四舉此五十四者乃成會違一向都望人五十四兼比丘諸乘二會則合有五十六會若望善財並見五十四人即合自有五十四會何以惟五十三故下釋云文殊一人四會說故故雖五十四人有五十五會若爾一人四會即五十四中加三成五十七何言五十五故次下云德生有德同一會故又減其一遍友不成會減具一人亦五十五若取遍友成一會故善財有五十六兼前五十六爲遍友不成主伴但標五十五耳若約主伴下開成百一十下有三釋正義一人當兩故故前案定爲五十五若約散說下三約教結成三會主多少若以人尅定唯五十四若以會顯人則五十七文殊分四故或剎塵數或無盡無盡思之三會數多少如上開合應自知之四定會名義者此下諸會雖無佛說以本收末亦得名經謂文殊濫觴出此會故諸友皆本會得益菩薩不離而周故若爾下文善財應收歸重閣何乃見在菩提場耶以菩提爲諸會本故所爲既終攝末歸

本況諸衆會不動覺場四定會名義者謂無佛說而稱經會者以本統末故言濫者濫泛也觴杯也謂江出岷山初出之源但可泛一杯而已所出雖少源在於此故雖千里萬里而云江出岷山故雖散在諸方而云經會若爾下解妨可知五二位統收者此中諸會不出文殊普賢略有二門一相對明表二互融顯圓今初略明三對一以能所相對普賢表所依法界即在纏如來藏故理趣般若云一切衆生皆如來藏普賢菩薩自體徧故初會即入藏身三昧故文殊表能信之心故佛名經說一切諸佛皆因文殊而發心故善財始見發大心故二以解行相對普賢表所起萬行上下諸經皆說普賢行故文殊表能起之解通解理事故慈氏云汝見善友皆文殊力等故三以理智相對普賢即所證法界善財入身故又云得究竟三世平等身故普賢身相如虛空故文殊即能證大智本所事佛名不動智故見後文殊方見普賢故又理開體用智分因果二互融顯圓者亦二先以二門各自圓融謂解由前信方離邪見信解真正成極智故依體起行行必稱體由行證理理行不殊故隨一證即一切證二以二聖法門互融謂始信必信於理故能所不二稱解起行行解不二智與理冥則理智無二是以文殊三事融通隱隱即是普賢三事涉入重重由此故能入遮那嚬申之境故前本會明二聖開顯序分之中標爲上首餘如別說五二位統收者別有三聖圓融觀大意此已盡矣但普賢所信所證雖是一理約生約佛位分染淨異故分之成二又理開體用等者此即三聖觀中會歸經題理開體用即大方廣大即體性包含方廣業用周遍故智分因果即佛華嚴佛是果智

華即因故先以二門各自圓融者初融文殊信解智三後依體起行下後融普賢所信及行并所證三是以文殊三事下總結上三雖開兩段義有三重一二三聖三事各自圓融二二聖三事各對圓融三總融二聖謂初三事既自圓融次以三事各對圓融故其六法但成一味而言文殊三事融通隱隱者信智圓融不壞相故普賢三事涉入重重者以理融事事不泯故若二不二成毗盧遮那則文殊是華嚴普賢是大方廣寘合爲佛爲佛已竟更無二味故故前本會下引文證成非情見故

六分五相者若意法師及臺山論但隨文散釋更無別配光統等師皆配地位二皆有理謂隨一一位具多法門豈容凡心不得習求善友之法故不配有理然無次位中不礙次位顯位是常規配亦無失橫豎無礙且依古德配爲五相謂初四十一人名寄位修行相寄四十一人依人求解顯修行故二從摩耶下九會十一人明會緣入實相即會前住等成普別兩行契證法界故初得幻智後得幻住該於中間如幻之緣入一實故三慈氏一人名攝德成因相會前二門之德並爲證入之因故故法門名三世不忘念則攝法無遺四後文殊名智照無二相謂行圓究竟朗悟在懷照前行等唯一圓智更無前後明昧等殊五普賢一人名顯因廣大相始覺同本圓覺現前稱周法界無不包含故其後四相亦得稱爲寄位前三義同等覺故摩耶慈氏並入重玄門文殊表菩薩地盡心無初相普賢義同妙覺纔見普賢便等佛故今從別義且爲五相此五亦是菩薩五種行相一高行二大行三勝行四深行五廣行照前行等唯一圓智者行即寄位修行等取次二四其後四相下此立別理則不壞相依五相中三一寄位修行今從下二且爲五相却歸前釋三此五下別義料揀言五行者一歷位

上昇故云高行二同入一實故爲大行三具上高大成補處因故名勝行四般若絶相故稱爲深五一一稱性故云廣也七圓攝始終者上寄法顯異布之前後據實圓融一位即一切位乃至無盡故所歷差別並一中之多一多同時無有障礙

八法界人類於中有二先明類別謂知識雖多不出二十類一菩薩二比丘三尼四優婆塞五優婆夷六童男七童女八天九天女十外道十一婆羅門十二長者十三先生十四醫人十五船師十六國王十七仙人十八佛母十九佛妃二十諸神二顯義相有四一約果攝化並是如來海印所現二約因成行皆是菩薩隨力現形三約義顯法總是緣起法界之人法四約相辨異不出菩薩五生所收一息苦生如良醫等二隨類生如外道等三勝生如善見比丘等四增上生如無猒足王等五最後生如慈氏等通即前四各具五生可知於中菩薩有六三處現身一初文殊信位劣故唯顯一人二中間漸進現於二人謂大悲正趣三位後成滿顯於三人謂彌勒等不出二十類者此二十類攝五十四人一菩薩有五一文殊二觀自在三正趣四彌勒五普賢二比丘攝五一德雲二海雲三善住四海幢五善見三尼唯一即師子嚬申四優婆塞唯一即明智居士五優婆夷攝五一休捨二具足三不動四婆須蜜五賢聖六童男攝三一自在主二善知衆藝三德生七童女攝二一慈行二有德八天唯一即大天九天女亦一即天主光十外道亦一即是遍行十一婆羅門攝二一勝熱二最寂靜十二長者攝九一解脫二法寶髻三普眼四優鉢羅華五無上勝六鞞瑟胝羅七堅固解脫八妙月九無勝軍十三先生唯一即遍友十四醫人亦一即彌伽十五船師婆施羅十六國王攝二一無猒足二大光十七仙人唯一謂毗目瞿沙十八佛母唯摩耶夫人十九佛妃唯瞿波二十諸神攝其十一安住地神二婆珊婆演底

夜神三普德淨光夜神四喜目觀察夜神五普救衆生妙德夜神六寂靜音海夜神七守護一切城增長威力夜神八開敷一切樹華夜神九大願精進力救護一切衆生夜神十嵐毗尼林神即圓滿光故二十類攝五十四四約相辨異不出菩薩五生者即瑜伽十四品中辨一息苦生亦名除災如爲大魚寄即飢世救苦海中救苦等二隨類者一切類故三勝生亦名大勢生謂形色族姓富貴等四增上生從初地至十地爲諸王等五最後生即最後身菩薩今小不同者意將彼義攝此友故攝論第六明勝生亦名最勝生謂諸世間安樂生處應知此是説法功德通即前四各具五生者向就第四約相有五今通於前果因及義亦各具五於中菩薩有六者即就最後而辨異也等取文殊及普賢也 九法界事義者通下諸位總有十門一正報法界二依報法界三現相四表義五言説六義理七業用八説往因九結自分十推勝進此十門法界同一緣起互融無礙三現相者如大天等四表義者如山表位如海表悲等

爾時文殊師利童子從善住樓閣出

十隨文釋依五相中今當第一寄位修行相分五初文殊一人寄十信信未成位故但一人餘四十人寄十住等位各有十謂二從德雲至慈行寄十住位三善見至徧行寄十行四鬻香長者至安住地神寄十向五婆珊夜神至瞿波寄十地今初信中分二先明能化發起二爾時尊者舍利弗下成彼化事前中分三初標主出閣二與無量下別明伴從三文殊下總顯出儀今初文殊菩薩本是童子而前列菩薩此彰童子者表創入佛法故亦顯非童真行不能入故權實相依悲智無住名善住閣從此利生爲出非離此矣

與無量同行菩薩及常隨侍衛諸金剛神普爲衆生供養諸佛諸身衆神久發堅誓願常

隨從諸足行神樂聞妙法主地神常修大悲主水神智光照耀主火神摩尼爲冠主風神明練十方一切儀式主方神專勤除滅無明黑闇主夜神一心匪懈闡明佛日主晝神莊嚴法界一切虛空主空神普度衆生超諸有海主海神常勤積集趣一切智助道善根高大如山主山神常勤守護一切衆生菩提心城主城神常勤守護一切智智無上法城諸大龍王常勤守護一切衆生諸夜叉王常令衆生增長歡喜乾闥婆王常勤除滅諸餓鬼趣鳩槃茶王恒願拔濟一切衆生出諸有海迦樓羅王願得成就諸如來身高出世間阿修羅王見佛歡喜曲躬恭敬摩睺羅伽王常厭生死恒樂見佛諸大天王尊重於佛讚歎供養諸大梵王

二伴從中初一同生餘皆異生並約通稱表法之名以明般若導萬行故隨一一類各有衆多故云諸足行等或鈌諸言蓋文略耳餘如初會

文殊師利與如是等功德莊嚴諸菩薩衆出自住處來詣佛所右繞世尊經無量帀以諸供具種種供養供養畢已辭退南行往於人間

三總顯出儀中前約無住化生名善住閣出令約依自利而利他云出自住處又前依佛法界流此依自所證出二文影略又前依佛法界流者約表說法也

爾時尊者舍利弗承佛神力見文殊師利菩薩與諸菩薩衆會莊嚴出逝多林往於南方遊行人間作如是念我今當與文殊師利俱

往南方

第二成彼化事中通有三會一比丘會顯迴小入大故二諸乘人會顯通攝諸權入一實故三善財會顯純一乘機一生成辦故又前二會表居信未久尚不定故善財信終可入證故今初有二一明助化攝機二正明化益今初小乘之智亦助大故文中亦二先明覩緣與念

時尊者舍利弗與六千比丘前後圍繞出自住處來詣佛所頂禮佛足具白世尊世尊聽許右繞三帀辭退而去往文殊師利所

二時尊者下攝眾同遊於中亦二先總辨攝儀捨小趣大爲出自住處向文殊所

此六千比丘是舍利弗自所同住出家未久所謂海覺比丘善生比丘福光比丘大童子比丘電生比丘淨行比丘天德比丘君慧比丘梵勝比丘寂慧比丘如是等其數六千悉曾供養無量諸佛深植善根解力廣大信眼明徹其心寬博觀佛境界了法本性饒益眾生常樂勤求諸佛功德皆是文殊師利說法教化之所成就

後此六千下別明所化於中三初指數辨位比丘義如常六千者表六根性淨可入法界故自所同住者同居權小故同住法界故出家未久者未證實際易可迴故信心尚微須誘化故二所謂下列名三悉曾下歎德文有十句初二歎宿因次七明現德後一結德屬緣既皆約大乘以歎明本大器託迹比丘顯攝諸類非小乘矣結屬文殊今成其善非無因矣比丘義如常者古有五義一曰

怖魔初出家時魔宮動故二言乞士下從居士乞食以資身上從諸佛乞法以練神故三名淨戒持戒漸入僧數應持戒故四云淨命既受戒已所起三業以無貪故不依於貪邪活命故五曰破惡漸依聖道滅煩惱故新云苾芻苾芻草名具五德故

爾時尊者舍利弗在行道中觀諸比丘告海覺言海覺汝可觀察文殊師利菩薩清淨之身相好莊嚴一切天人莫能思議汝可觀察文殊師利圓光映徹令無量衆生發歡喜心汝可觀察文殊師利光網莊嚴除滅衆生無量苦惱汝可觀察文殊師利衆會具足皆是菩薩往昔善根之所攝受汝可觀察文殊師利所行之路左右八步平坦莊嚴汝可觀察文殊師利所住之處周迴十方常有道場隨逐而轉汝可觀察文殊師利所行之路具足無量福德莊嚴左右兩邊有大伏藏種種珍寶自然而出汝可觀察文殊師利曾供養佛善根所流一切樹間出莊嚴藏汝可觀察文殊師利諸世間主雨供具雲頂禮恭敬以爲供養汝可觀察文殊師利十方一切諸佛如來將說法時悉放眉間白毫相光來照其身從頂上入

第二爾時尊者舍利下正明化益於中二先以身儀攝益則令根熟起欲二爾時文殊告諸下語業攝益正授法門前中四一示勝境二得勝益三詰勝人四蒙勝攝今初有三初標告二海覺汝可下正教觀察有十勝德一身相勝二常光勝三放光勝四衆會勝五行路勝表常依八正故六住處勝舉足下足無非道場隨心轉故七福嚴勝常觀空有二邊心地之下具如來藏恒沙萬德無心忘照任運寂知而顯現故

八林樹勝樹立萬行嚴法體故九自在勝於我無我得不二解自在主中爲最尊故十上攝勝此有二意一約事心常上攝諸佛法故二約表諸佛顯揚皆依般若究竟至於一切智故於我無我得不二解等者即釋經諸世間主兩供具雲等以主即自在義既我無我不二方爲自在此即淨名迦旃延章五非常義前三地已引即於我無我而不二是無我義無我法中有眞我故二約表者文殊表般若若無般若不能說故究竟下又表所說雖復千差究竟至於一切種智故放光還入智頂後句即法華意

爾時尊者舍利弗爲諸比丘稱揚讚歎開示演說文殊師利童子有如是等無量功德具足莊嚴

三爾時下結略顯廣可知

彼諸比丘聞是說已心意淸淨信解堅固喜不自持舉身踊躍形體柔輭諸根悅豫憂苦悉除垢障咸盡常見諸佛深求正法具菩薩根得菩薩力大悲大願皆自出生入於諸度甚深境界十方佛海常現在前於一切智深生信樂

二彼諸比丘下得勝益中上既勸觀義兼修觀益相可知

即白尊者舍利弗言唯願大師將引我等往詣於彼勝人之所時舍利弗即與俱行至其所已白言仁者此諸比丘願得奉覲

三即白尊者下明詣勝人可知

爾時文殊師利童子無量自在菩薩圍繞并其大衆如象王迴觀諸比丘

四爾時文殊下彖勝攝於中二先示攝相以迴觀法器故如象王迴者身首俱轉無輕舉故

時諸比丘頂禮其足合掌恭敬作如是言我今奉見恭敬禮拜及餘所有一切善根唯願仁者文殊師利和尚舍利弗世尊釋迦牟尼皆悉證知如仁所有如是色身如是音聲如是相好如是自在願我一切悉當具得

後時諸比丘下設敬興願爲後正說之由

爾時文殊師利菩薩告諸比丘言比丘若善男子善女人成就十種趣大乘法則能速入如來之地況菩薩地何者爲十所謂積集一切善根心無疲厭見一切佛承事供養心無疲厭求一切佛法心無疲厭行一切波羅蜜心無疲厭成就一切菩薩三昧心無疲厭次第入一切三世心無疲厭普嚴淨十方佛刹心無疲厭教化調伏一切衆生心無疲厭於一切刹一切劫中成就菩薩行心無疲厭爲成就一衆生故修行一切佛刹微塵數波羅蜜成就如來十力如是次第爲成熟一切衆生界成就如來一切力心無疲厭

第二語業攝益中二先受自分法後爾時文殊下受勝進法前中亦二先受法後時諸比丘下得益前中三初舉益標告二何者下別示行法皆言無疲厭者法門無盡衆生無邊取相而修多生疲厭厭則退墮二乘若無愛見而修則無疲矣無疲則佛果非遠況我身耶十句攝爲五對一内因外緣二求法成行三深定妙智智入三世故四嚴刹調生五長時廣大廣大亦勝進修也若無愛見而修則無疲矣即淨名門疾品意前文已引

比丘若善男子善女人成就深信發此十種無疲厭心則能長養一切善根捨離一切諸

生死趣超過一切世間種性不墮聲聞辟支佛地生一切如來家具一切菩薩願學習一切如來功德修行一切菩薩諸行得如來力摧伏衆魔及諸外道亦能除滅一切煩惱入菩薩地近如來地

三比丘若善男子下舉益勸修中亦爲五對一長善離生二超凡越小三生家具業四習果修因五摧邪入證

時諸比丘聞此法已則得三昧名無礙眼見一切佛境界得此三昧故悉見十方無量無邊一切世界諸佛如來及其所有道場衆會亦悉見彼十方世界一切諸趣所有衆生亦悉見彼一切世界種種差別亦悉見彼一切世界所有微塵亦悉見彼諸世界中一切衆生所住宮殿以種種寶而爲莊嚴及亦聞彼諸佛如來種種言音演說諸法文辭訓釋悉皆解了亦能觀察彼世界中一切衆生諸根心欲亦能憶念彼世界中一切衆生前後十生亦能憶念彼世界中過去未來各十劫事亦能憶念彼諸如來十本生事十成正覺十轉法輪十種神通十種說法十種教誡十種辯才

第二得益中二先別明一定後又即成下通顯多門前中亦二先明所得定體言無礙者略有三義一能見離障故二所見無擁故云見一切佛境三一具多用故雖具此能而無見相故名三昧二得此三昧下別明定用有四一正明天眼用二及亦聞下天耳用三亦能觀下他心用四亦能憶下宿住用一眼具斯四用故稱無礙眼一

等正是上第三義

又即成就十千菩提心十千三昧十千波羅蜜悉皆清淨得大智慧圓滿光明得菩薩十神通柔輭微妙住菩薩心堅固不動

二通顯多門者上一定之用既爾多門無盡例然此顯圓教攝機創立大心乃得十地之後十通之用以始攝終故如發心功德品等辨

爾時文殊師利菩薩勸諸比丘住普賢行住普賢行已入大願海入大願海已成就大願海以成就大願海故心清淨心清淨故身清淨身清淨故身輕利身清淨輕利故得大神通無有退轉得此神通故不離文殊師利足下普於十方一切佛所悉現其身具足成就一切佛法

第二受勝進法中亦二先教勸上但明大心無疲今令廣住行願進趣普修後以成就下明展轉獲益　上來初會竟

大方廣佛華嚴經疏鈔會本第六十一之三

音釋

桮晡回切音杯義同　岷音民蜀山名　嵐音藍大風也　鬻音欲賣也

大方廣佛華嚴經疏鈔會本第六十二之一

唐于闐國三藏沙門實叉難陀　譯

唐清涼山大華嚴寺沙門澄觀撰述

爾時文殊師利菩薩勸諸比丘發阿耨多羅三藐三菩提心已

第二爾時文殊師利菩薩勸諸下諸乘人會中四一結前所作二漸次下明至化處三時文殊下顯所說法四說此經下明所益衆

漸次南行經歷人間至福城東住莊嚴幢娑羅林中往昔諸佛曾所止住教化衆生大塔廟處亦是世尊於往昔時修菩薩行能捨無量難捨之處是故此林名稱普聞無量佛剎此處常爲天龍夜叉乾闥婆阿脩羅迦樓羅緊那羅摩睺羅伽人與非人之所供養

就化處中其城居人多有福德故曰福城城表防非東爲羣方之首亦啓明之初表順福分善入道初故又表福智入位本故娑羅林者此云高遠以林木森聳故表當起萬行莊嚴摧伏故大塔廟者即歸宗之所日照三藏云此城在南天竺城東大塔是古佛之塔佛在世時已有此塔三藏親到其所其塔極大東面鼓樂供養西面不聞於今現在此處居人多唱善財歌辭此城內人並有解脫分善根堪爲道器此表所依法界本覺真性諸佛同依故云往昔諸佛曾所止住等表順福分善者十信爲順福分善三賢爲順解脫分善所修善根順趣解脫故四加行位名順決擇分善順趣真實決擇分故決擇即見道義如十地今表十信故是順福

時文殊師利與其眷屬到此處已即於其處

說普照法界修多羅百萬億那由他修多羅以爲眷屬

三顯所說法名普照等者智用宏舒故云普照所照深廣稱爲法界即入法界經也

說此經時於大海中有無量百千億諸龍而來其所聞此法已深厭龍趣正求佛道咸捨龍身生天人中一萬諸龍於阿耨多羅三藐三菩提得不退轉

四所益衆中有二類別初明諸龍得三教意故云正求佛道即住海水中堪受得聞

復有無量無數衆生於三乘中各得調伏

後復有下攝三乘機得眷屬教意故但云復有衆生調伏不別演說故非別會不別下以刊定記開此諸乘人會爲兩會謂三攝諸龍會四攝諸乘人會故今䟽中遮其謬釋

自此第三時福城人下攝善財會亦爲十門一趣求有異二修入衆殊三示方不同四見處差別五遣不遣別六歎不歎別七推不推別八結不結別九去不去別十正釋本文

今初有三句初文殊自往福城以機尚微故未發心故大悲深故二德雲已去善財往求機漸勝故已發心故顯重法故三末後普賢知識不就善財不往顯法界位滿無來去故

二修入衆殊唯初信內有三會四衆諸類不同顯創修故表通收故住位已去善財一身行別在已入位希故唯初信內有三會者問此攝善財何以籠前二會答以通末會爲五相故故初二會是十信收而善財中自具五相最初信位義兼前二故就此序三示方不同大位有三初地前知識多在南方地內無方地後兼二

然南者古有五義初一約事謂舉一例諸一方善友已自無量況於餘方餘四約表二者明義表捨闇向智故南方之明萬物相見聖人南面聽政蓋取於此三中義離邪僻東西二邊契中正之實故四生義南主其陽發生萬物表善財增長行故北主其陰顯是滅義故世尊涅槃金棺北首五隨順義背左向右右即順義以西域土風城邑園宅皆悉東向故自東之南順日月轉顯於善財隨順教理故此五義中初一則通次一後二地前表之契中道義地後表之亦通地前正證離相地中不以南表地後顯於業用廣大不同地中後文殊有示無方表般若加行有行正證無二故普賢無方無示表法界普周故有人唯取隨順一義非前諸釋謂正明之義出此方故寧知西域南非明等況通方之說言旨多含

三示方不同此段有四一總辨類殊即總收諸友以爲三類初地前多在南者以正趣一人從東方來不言南故地內無方者從婆珊婆下有十善友皆無南故地後兼二者瞿波指於摩耶但云此世界中有佛母即不云南摩耶指天主光云此世界三十三天天主光指遍友言迦毘羅城有童子師遍友指衆藝云有童子衆藝指賢聖云此摩竭提國有優婆夷此上五會皆無南也賢聖指堅固解脫長者即云南方有城名爲沃田彼有長者堅固指妙月但云即此城中有一長者妙月指無勝軍即云於此南方有城名出生彼有長者無勝軍指最寂靜亦云於此城南有一聚落名之爲法彼有婆羅門最寂靜指德生有德亦云於此南方有城名妙意華門德生指於慈氏亦云於此南方有同名海岸文殊普賢二俱無方地後三相有十三會五會有南八會無南故去兼二南方之明萬物相見者即周易說卦中義易曰离者明也萬物皆相見南方之卦也聖人南面而聽天下嚮明而治蓋取於此北方主陰者亦周易意說卦云坎者水也正北方之卦坎卦也萬物之所歸也世尊金棺下引內教證義如前引有人唯取下即苑公意於中有三一叙其所立故彼疏序云善財詢

友表隨順以南行二非前下叙其破古謂正明之義既出周易故是此方耳三寧知下令疏破之此有二意一則正斥其破既未尋西域內外典册安知西方無正明義亦如今人相承皆云此方立於四時西方但明三際及見西域記彼亦立其四時但以正月十六為春首耳是以未能周覽無信凡情二況通方下為其立理小乘教説雖非我所制於餘方所不應行者亦不應行名曰隨方毘尼況於大乘況於華嚴通方之説一説一切説隨類隨方一時普應何但義求四見處差別者三賢未證散在諸處地上證眞生在佛家多居佛會地後起用亦散隨緣普賢因圓尅果還居佛所

五遺不遺者初之文殊以在最初表内熏起信前更無遺見後文殊則般若照極自見普賢法界故亦無遺中間諸友顯緣起萬行相資圓滿故皆教遺以指後人亦顯諸友不獨已善離攝屬故

六歎不歎者初文殊中未發心前所以不歎勸發心已方乃歎之後二不歎表位滿故離心相故中間諸友皆應有歎其不歎者略有二緣一正在定故如海幢等二行非道故如勝熱無猒婆須蜜等歎違逆化故無此二緣不歎者略無此二緣不歎者畧者如休捨優婆夷及天主光後諸善知識七推不推者諸位知識皆有謙已知一推勝知多唯初一後三缺斯二事爲顯人尊德已備故而有遺者令增修無猒法門別故普賢不推佛者顯果海離修故佛屬本會故

八結不結者唯普賢有結通十方塵刹顯位滿證理周故餘皆反此

九去不去者末後二位無有辭去以文殊無身顯離相故普賢位極收盡法界故餘皆辭去學無常師成勝進故

時福城人聞文殊師利童子在莊嚴幢娑羅林中大塔廟處無量大衆從其城出來詣其所

十釋文者於攝善財十信行中文別有四一四部雲奔二三業調化三上根隨逐四大聖重教今初分二先總明

時有優婆塞名曰大智與五百優婆塞眷屬俱所謂須達多優婆塞婆須達多優婆塞福德光優婆塞有名稱優婆塞施名稱優婆塞月德優婆塞善慧優婆塞大慧優婆塞賢護優婆塞賢勝優婆塞如是等五百優婆塞俱來詣文殊師利童子所頂禮其足右繞三帀退坐一面復有五百優婆夷所謂大慧優婆夷善光優婆夷妙身優婆夷可樂身優婆夷賢優婆夷賢德優婆夷賢光優婆夷幢光優婆夷德光優婆夷善目優婆夷如是等五百優婆夷來詣文殊師利童子所頂禮其足右繞三帀退坐一面復有五百童子所謂善財童子善行童子善戒童子善威儀童子善勇猛童子善思童子善慧童子善覺童子善眼童子善臂童子善光童子如是等五百童子來詣文殊師利童子所頂禮其足右繞三帀退坐一面復有五百童女所謂善賢童女大智居士女童女賢稱童女美顏童女堅慧童女賢德童女有德童女梵授童女德光童女善光童女如是等五百童女來詣文殊師利童子所頂禮其足右繞三帀退坐一面

後時有下別顯別有四衆一優婆塞此云近事男謂親近比丘而承事故別名云婆須達多者此云善施或云財施餘可思準

二優婆夷此云近事女親近比丘尼而承事故上二並由受五戒故立近事名三童男四童女並可知而數皆五百者表五位證入並通此故婆須達多者以此文中復有須達長者故釋此一揀異初會精舍之主

爾時文殊師利童子知福城人悉已來集隨其心樂現自在身威光赫奕蔽諸大衆以自在大慈令彼清涼以自在大悲起說法心以自在智慧知其心樂以廣大辯才將爲說法

第二爾時文殊下三業調化中二一身意調機二爾時文殊師利菩薩如是觀下當機授法前中亦二先總調大衆爲授法方便故云將說

復於是時觀察善財以何因緣而有其名

後復於下別觀善財知其不羣特迴聖眷善財會名因此而立徧所爲故於中二先總標

知此童子初入胎時於其宅內自然而出七寶樓閣其樓閣下有七伏藏於其藏上地自開裂生七寶牙所謂金銀瑠璃玻瓈眞珠硨磲碼碯善財童子處胎十月然後誕生形體支分端正具足其七大藏縱廣高下各滿七肘從地涌出光明照耀復於宅中自然而有五百寶器種種諸物自然盈滿所謂金剛器中盛一切香於香器中盛種種衣美玉器中盛滿種種上味飲食摩尼器中盛滿種種殊異珍寶金器盛銀銀器盛金金銀器中盛滿瑠璃及摩尼寶玻瓈器中盛滿硨磲硨磲器中盛滿玻瓈碼碯器中盛滿眞珠眞珠器中盛滿碼碯火摩尼器中盛滿水摩尼水摩尼

器中盛滿火摩尼如是等五百寶器自然出現又雨衆寶及諸財物一切庫藏悉令充滿

二知此下別顯別中二先觀外緣後觀內因前中亦二先別明

以此事故父母親屬及善相師共呼此兒名曰善財

後以此事下總結財多屬依善通依正財現是其善相稱曰善財亦猶善現立稱財多屬依者亦有法財故云多也

又知此童子已曾供養過去諸佛深種善根信解廣大常樂親近諸善知識身語意業皆無過失淨菩薩道求一切智成佛法器其心清淨猶如虛空迴向菩提無所障礙

二又知此下觀內因者此亦稱善對上爲財又解心順理曰善積德無盡曰財文有十句初一唯宿因信解已去皆通過現

爾時文殊師利菩薩如是觀察善財童子已安慰開喻而爲演說一切佛法

第二當機授法中三初結前標後二所謂下別舉法門三爾時文殊師利童子爲善財下結說勸進

所謂說一切佛積集法說一切佛相續法說一切佛次第法說一切佛衆會清淨法說一切佛法輪化導法說一切佛色身相好法說一切佛法身成就法說一切佛言辭辨才法說一切佛光明照耀法說一切佛平等無二法

就別舉中十句初二約佛因一積集萬行二念念不斷次七約佛果於中前三妙用攝生後四體用圓備第十句通因通果通

理通事

爾時文殊師利童子爲善財童子及諸大衆說此法已慇懃勸諭增長勢力令其歡喜發阿耨多羅三藐三菩提心又令憶念過去善根作是事已即於其處復爲衆生隨宜說法然後而去

三結說勸進中結前所說普及無偏指前因法勸令進修令發大心求前佛果令憶宿善使不自輕餘非此機隨宜更演

爾時善財童子從文殊師利所聞佛如是種種功德一心勤求阿耨多羅三藐三菩提隨文殊師利而說頌曰

第三爾時善財下上根隨逐同餐妙旨獨穎衆流重法隨師說偈求度文中二先總序說因二正陳偈頌今初由已發心故

此菩提心爲當何位善財童子爲聖爲凡古有多釋一云即地上菩薩言發心者證發心也一云是地前實報凡夫但有宿善信根現熟有云古不足依自引安住地神云此人已生法王種中斯文可定然自爲二解一謂智智契法性生在佛家名法王種即已入地二謂據多聞熏習勝解眞性成就佛種名生法王種中即三賢内種性菩薩然此師解依於前義不異初師依於後義未殊次解何足異焉又以此文爲證者則慈氏云一生淨菩薩行見普賢處等諸佛等復云何通無執一文自相矛盾賢首云應是善趣信行中人依圓教宗有其三位一見聞位即是善財次前生身見聞如是普賢法故成解脫分善根如前歎德

中辨二是解行位頓修如此五位行法如善財此生所成至普賢位是三證入生即因位窮終沒同果海善財求生是也若爾定是何位謂以在信是信位在住是住位一身歷五位隨在即彼收以徧一切故如普賢位此之一解甚順經宗但更有一理謂歷位而修得見普賢一時頓具地獄天子尚三重頓圓何以善財尅定初地等又定初地言爲是未見文殊前耶爲是已見普賢竟耶一生有增進耶始末定耶無得管見以害經宗自古不足依下次叙下古破昔自立然此師下三破下古有二意一縱顯不異昔下古即刋定記二又以此爲證下奪破顯其引證難憑以違餘文故若爾下二叙昔成立於上三生之中揩定今解行生是何位故先自問後以在下自答但更有下䟽正其釋以向古釋復似違前故謂前定三生今生但是解行而非證入及至後釋即言寄地即是地位豈非證耶故今正之一時頓具即是

第三證入生故亦成漸頓得交徹故地獄天子下䟽引經文證成正義結彈刋定

三有爲城郭憍慢爲垣牆諸趣爲門戶愛水爲池塹愚癡闇所覆貪恚火熾然魔王作君主童蒙依止住貪愛爲徽纏諂誑爲轡勒疑惑蔽其眼趣入諸邪道慳嫉憍盈故入於三惡處或墮諸趣中生老病死苦

二正陳偈辭三十四頌分二初四頌傷已沈溺自勉不能後三十頌仰德依人請垂拔濟前中亦二前二明依果起因長迷不出故喻之以城後二明依因趣果生死無窮故喻乘惡乘又初二迷於苦集後二失於滅道今初文也三有悅情即起惑之處愚迷三世即起惑之因魔王即起惑之緣童蒙乃起惑之者餘皆所起之惑然三界受生皆由著我起依我起高而難踰故六

趣門中出入不息餘可思準餘皆所起之惑者上來初釋第一句愚迷下釋第五句魔王下釋第七句童蒙下釋第八句今餘即二三四六句然三界下釋第二三句畧不釋四六二句四望於五五是發業之本四是潤業之愛六通發潤即六地中無明所覆愛水爲潤我慢溉灌生名色芽也言苦集者初三及入即是苦果餘五皆集畧無有業舍在魔王及後二偈行邪之中後二中初偈失正行邪道後偈入苦無涅槃徽者東也纏者索也又三股曰徽四股爲纏盈者緩也懈也失正行邪者由前無明而起行故又前三句即起業之惑亦業俱之惑第四句即所起業後偈初句即覆業煩惱由於前二迷我我所以我對所而生四惑一於未得處而生諂誑二於不可得處而生於嫉三於已得處便生慳憍後之三過在覆業中疑惑弊眼即正能造業疑於有果無果不見未來故造惡業不見苦故造善業故下三惡即惡業果諸趣即通善業

妙智清淨日大悲圓滿輪能竭煩惱海願賜少觀察妙智清淨月大慈無垢輪一切悉施安願垂照察我一切法界王法寶爲先導遊空無所礙願垂教勑我福智大商主勇猛求菩提普利諸羣生願垂守護我身被忍辱甲手提智慧劒自在降魔軍願垂拔濟我住法須彌頂定女常恭侍滅惑阿脩羅帝釋願觀我

第二請拔濟中分三初十三偈讚人求法次十五偈讚法求乘後二偈雙結人法前中二初六偈對前苦集希垂拔濟後七偈對失滅道奠成行果皆上三句讚文殊德偈各一德後一句正求運濟

三有凡愚宅惑業地趣因仁者悉調伏如燈示我道捨離諸惡趣清淨諸善道超諸世間者示我解脫門世間顛倒執常樂我淨想智眼悉能離開我解脫門善知邪正道分別心無怯一切決了人示我善提路住佛正見地

長佛功德樹雨佛妙法華示我菩提道去來現在佛處處悉周徧如日出世間爲我說其道善知一切業深達諸乘行智慧決定人示我摩訶衍

就後七中初一總求其道次二求涅槃道次二求菩提道後二求見道緣

願輪大悲轂信軸堅忍轄功德寶莊校令我載此乘總持廣大箱慈愍莊嚴蓋辯才鈴震響使我載此乘梵行爲茵褥三昧爲采女法鼓震妙音願與我此乘四攝無盡藏功德莊嚴寶慚愧爲羈鞅願與我此乘

第二願輪下歎法求乘中亦對前惡乘以求勝乘尚異二乘況馳騾三界況馳騾三界者書云堯舜安車夏殷步騾言其道不及前今以一乘爲安車安車牛車尚異二乘羊鹿豈況三界步騾於中分四初四求悲智定攝利他乘初四頌求悲智定攝利他乘者總相釋也初偈是悲二是智三定四攝然下四段皆明乘義今當別配初偈有五一願行相扶如輪致遠二一切佛法皆依大悲猶如衆輻以湊一轂三信心不退如軸居心四堅忍不動如鎋貫定五諸功德寶而爲莊校即通五度未句結求可知第二偈三義一總持攝法如箱攝物二慈愍覆蔭如張一幰蓋三四辯演法如鳴鑾鈴第三偈三義一梵行嚴潔如淨茵褥二三昧適神如侍婇女三法音警物如擊鼓聲第四偈三義一四攝益物無盡如藏二功德圓淨如寶莊嚴三牛有羈鞅離過引車人有慚愧拒惡崇善

常轉布施輪恒塗淨戒香忍辱牢莊嚴令我載此乘禪定三昧箱智慧方便軛調伏不退轉令我載此乘大願清淨輪總持堅固力智慧所成就令我載此乘

次三求十度自行乘次三求十度自行乘者初偈四度一施爲行首二輪爲車本三戒能防非諸行皆淨故如塗香三內忍貪嗔外忍違順則萬行端嚴也四精進堅牢策萬行故次偈三度一禪能攝散如箱持物亦能空心如四周箱中空爲用二二二度共爲軛者般若觀空方便涉有有方便慧解有慧方便解此

二相資共成一觀猶如一軛二頭交徹可以引行故於餘處名爲父母具上三度調伏不退後偈三度一願令行滿故喻於輪然初施輪是行之首此之願輪以導於行故有二輪慈氏云如龍布密雲必當霔大雨菩薩發大願決定修諸行行願相扶故有二輪二即力度力有二種一思擇力故有總持二修習力故有堅固如車堅固能持是有力義三智度決斷無行不成如有巧智令車成就故云閑門作車出門合轍

普行爲周校悲心作徐轉所向皆無怯令我載此乘堅固如金剛善巧如幻化一切無障礙令我載此乘廣大極清淨普與衆生樂虛空法界等令我載此乘淨諸業惑輪斷諸流轉苦摧魔及外道令我載此乘

次四求二利滅障乘次四求二利滅障乘者初偈三義一普賢之行周帀莊嚴一乘之體二悲不傷物故云徐轉三上二無緣故所向無怯不畏衆生難化萬行難修故次偈三義一般若證理如金剛堅斷迷理惑如金剛利二方便善巧依根本成猶如幻化斷迷事惑如車之巧三具斯二道二障皆亡云一切無礙次偈即無緣慈與樂即慈普被稱廣大無緣故淨如車中虛則無不載故虛空等法界也後偈斷三雜染降魔制外皆取二輪摧壞之義

智慧滿十方莊嚴徧法界普洽衆生願令我載此乘清淨如虛空愛見悉除滅利益一切衆令我載此乘願力速疾行定心安隱住普運諸含識令我載此乘如地不傾動如水普饒益如是運衆生令我載此乘

後四求運載廣大乘上四即同三賢十聖皆文義多含可以意得後四求運載廣大乘者初偈取車備體莊嚴義二取中虛普益義三取安穩速疾義四取不動普益義上四三賢等配文甚顯

四攝圓滿輪總持清淨光如是智慧日顯示我令見已入法王位已著智王冠已繫妙法繒願能慈顧我

後二偈雙結中初偈結法願見後偈結人請攝

爾時文殊師利菩薩如象王迴觀善財童子作如是言善哉善哉善男子汝已發阿耨多羅三藐三菩提心復欲親近諸善知識問菩薩行修菩薩道善男子親近供養諸善知識是具一切智最初因緣是故於此勿生疲厭

第四爾時文殊師利菩薩如象王下大聖重教成其勝進之行文分四別一略讚略教二廣問廣答三指示後友四念恩辭退今初先讚一讚發心發心在前長行之中二讚近友問行在前偈內後善男子親近下教往近友云何近友是種智初因法無人弘雖慧莫了故下德生中廣顯其相涅槃二十云一切衆生得阿耨菩提近因緣者莫先善友乃至廣說以爲全分等靡不有初鮮克有終歷事多時故宜勿懈法無人弘

雖慧莫了即暗用上經須彌頂上偈讚云譬如暗中寶無燈不可見佛法無人說雖慧莫能了䟽涅槃二十者此是闍王尋路而來如來遥歎經云爾時佛告諸大衆言一切衆生爲阿耨多羅三藐三菩提近因緣者莫若善友何以故阿闍世王若不隨順耆婆語者來月七日必定命終墮阿鼻獄是故近因莫若善友乃至廣說即涅槃二十六說第四功德謂親近善友廣引舍利弗等非是衆生真善知識我是衆生真善知識廣引昔事見佛成益最後云常修惡業以見我故即便捨離如闡提比丘因見我故寧捨身命不毀禁戒如草繫比丘以是義故阿難比丘說半梵行名善知識我言不爾具足梵行乃名善知識是故菩薩修大涅槃具足第四親近善知識釋曰此言順於西域若順此方應言善知識是半梵行我言不爾善知識是全梵行故䟽義引耳

大方廣佛華嚴經疏鈔會本第六十二之一

音釋

赫奕　赫呼格切奕羊益切赫奕盛大也　憍慢　憍舉喬切恣也慢莫晏切慠也　塹　七豔切坑也　徽纆　徽許歸切繩也纆莫北切索也　轡勒　轡彼義切馬韁也勒盧則切馬踦也　轂　古祿切車輻所輳者曰轂　軸轄　軸直六切

車軸也轄胡戛切車軸頭也
䩭鞅䩭居宜切鞅倚兩切䩭鞅馬絡絆也
軛於革切車軛也
鞞駢迷切
輻方六切輪輳也
鎋胡瞎切車軸頭鐵也

大方廣佛華嚴經疏鈔會本第六十二之二

唐于闐國三藏沙門實叉難陀　譯

唐清涼山大華嚴寺沙門澄觀撰述

第二善財白言下廣問廣答中先問後答今初有十一句望前偈中文有二勢一前別此總謂於前悲智等別行總修學故二前橫此豎悲智等行位位同修趣入圓滿等從始至終故

善財白言唯願聖者廣爲我說菩薩應云何學菩薩行應云何修菩薩行

就此諸句初二爲總故下諸友中多但舉此謂若學解學行始修終修皆名修學唯因圓無學果滿無修故又學攝於解修攝於行二句已收解行盡故

應云何趣菩薩行應云何行菩薩行應云何淨菩薩行應云何入菩薩行應云何成就菩薩行應云何隨順菩薩行應云何憶念菩薩行應云何增廣菩薩行應云何令普賢行速得圓滿

餘九句別一始趣向二即事造修三治障離過四達證分明五具足獲得六隨順入法七長時無間八無餘修習九究竟圓滿若豎配者謂十住解能趣故十行正行故十向普賢悲願能淨障故初地始入如故二三四地世出世行皆成就故五六七地能隨世故八地無功無念無間斷故九地知諸稠林廣利益故十地等覺方圓滿故橫豎無礙是所問意

爾時文殊師利菩薩爲善財童子而說頌言

善哉功德藏能來至我所發起大悲心勤求

無上覺已發廣大願除滅衆生苦普爲諸世間修行菩薩行

二爾時文殊下答於中二先以偈頌別讚別教後長行內總讚總教今初十偈分五初二偈讚其發心於中初二句總讚次三句指其發心之體即三種心謂悲以下救智以上求大願爲主故慈氏云菩提心燈大悲爲油大願爲炷光照法界後三句顯發心意樂謂不求五欲及王位等但爲衆生故

若有諸菩薩不厭生死苦則具普賢道一切無能壞

二有一偈略教謂若猒苦趣寂則大道不具魔小所壞若能了生死之實息愛見之疲則攝衆魔爲侍不溺實際之海故一切莫壞則攝衆魔爲侍者即淨名問疾品文殊問言此室何以空無侍者廣答空竟云又仁所問何無侍者一切衆魔及諸外道皆吾侍也所以者何衆魔者樂生死菩薩於生死而不捨外道者樂諸見菩薩於諸見而不動釋曰此中但用攝魔耳言不溺實際之海者對於小乘已見七地

福光福威力福處福淨海汝爲諸衆生願修普賢行

三有一偈重讚其發心之德以爲物發心福之勝故有智之福爲福光凡小不壞之福爲威力能生衆福爲福處離障深廣爲淨海

汝見無邊際十方一切佛皆悉聽聞法受持不忘失汝於十方界普見無量佛成就諸願海具足菩薩行若入方便海安住佛菩提能隨導師學當成一切智汝徧一切剎微塵等諸劫修行普賢行成就菩提道汝於無量剎

無邊諸劫海修行普賢行成滿諸大願

四有五偈廣教具答十一句問初偈答二總句謂若見多佛聞法則能受學於解持而修行次偈答次三句謂若趣向見佛成就大願則能具行具則行淨次二句答入與成就謂證入眞空而不礙涉有了達妙有而不迷於空是入方便若知是入即住菩提何行不成次二句答隨順問若順佛學是眞隨順自然順於一切智法次一偈答憶念謂剎塵諸劫相續修行斯爲憶念後一偈答後二句謂多時處修則增廣圓滿大聖此中總教諸法顯十信中總相信故下諸善友各別教示顯入位後別修證故大聖此中下總顯文意

此無量衆生聞汝願歡喜皆發菩提意願學普賢乘

五有一偈結益

爾時文殊師利菩薩說此頌已告善財童子言善哉善哉善男子汝已發阿耨多羅三藐三菩提心求菩薩行善男子若有衆生能發阿耨多羅三藐三菩提心是事爲難能發心已求菩薩行倍更爲難善男子若欲成就一切智智應決定求眞善知識善男子求善知識勿生疲懈見善知識勿生厭足於善知識所有教誨皆應隨順於善知識善巧方便勿見過失

第二長行總讚總教中先讚但言發心已含前別義後善男子若欲下教謂但能求友離過則前諸問皆圓於中先按定上令求友不得猶豫言善知識者謂能令於未

知善法令知未識惡法令識或二字並通識約明解知約決了眞爲揀似然知識有五一知識世間善惡因果而令修斷二猒世樂而欣涅槃三有悲心相心修度四以無相慧令物修行五令無障礙修滿普賢行此五前前非眞眞唯第五人能行此是人善友若約法友教理行果皆善友也人能行此是人善友者然賢者有三義一者人善知善疏上列五即皆是人結云人能行此即人善友二法善友彼有六位一人天二小乘法後四即四敎法故今疏通云敎理行果皆善友也三合辯者彼亦有六謂於上六法各說一門而授機故疏意不存第三第三不異初門故後善男子求善知識下誡勸隨順是勸餘皆爲誡設有實過尚取法亡非況權實多端生熟難測設有實過尚取法亡非者故什公常說偈云譬如淤泥中而生青蓮華智者取蓮華勿觀於淤泥卽其事也況權實多端者亦涅槃經第六四依品云如菴羅果生熟難知謂內懷腐爛外現律儀此爲外熟內生內具深法外示毀禁之相爲內熟外生是則以貌取人失之子羽又說有迦羅迦果鎮頭迦果二果相似迦羅迦果則惡藥人鎮頭迦果則好益人喻善友惡友外相相似故難知也其權實多端通於諸經婆須勝熱無猒等逆行此爲權示豈得爲非故難測也詩云採葑採菲無以下體是以大賢韜德露疵含光匿曜不可知也

善男子於此南方有一國土名爲勝樂其國有山名曰妙峯於彼山中有一比丘名曰德雲汝可往問菩薩云何學菩薩行菩薩云何修菩薩行乃至菩薩云何於普賢行疾得圓滿德雲比丘當爲汝說

第三善男子於此下指示後友於中二初舉友依正後汝可往下勸往敎問今初國名勝樂者次下知識寄當初住勝過前位是信所樂故山名妙峯者山有二義一寂靜不動義二高出周覽義以況初住解心

創立依定發慧寂然不動智鑑無遺徹見果原下觀萬類山以表之登此心頂便成正覺故曰妙峯友名德雲者具德如雲雲有四義一普徧二潤澤三陰覆四注雨以四種德如次配之一定二福三悲四智然此德義就事就表通皆具之而創出外凡故以比丘爲表教問可知然此義者就事卽約德雲身上就表卽約初住法門亦具定等四義

爾時善財童子聞是語已歡喜踊躍頭頂禮足繞無數帀慇懃瞻仰悲泣流淚辭退南行

第四爾時善財下念恩辭退慶聞後友故喜躍悵辭德音故悲淚下諸善友倣此可知然後二段義雖屬後文屬前會

問大聖有智能演善財有機堪受何不頓爲宣示而別指他人歷事諸友明此深旨略申十義一總相而明爲於後學作軌範故謂善財求法不懈善友說法無吝故二顯行緣勝故謂眞善友是全梵行如闍王之過耆域猶淨藏之化妙嚴等三破愚執故謂令不師愚心虛已徧求故四破見慢故謂令不觀種性不恥下問徧敬事故五破偏空執故謂不唯無求無求之中吾故求之六令卽事卽行寧可少聞便能證入不在多聞而不證故七爲破說法者攝屬之心我徒我資彼此見故八爲顯寄位漸修入故若不推後則位位中住無勝進故九爲顯佛法甚深廣故善友尚皆謙推凡流豈當臆斷十顯善財與友成緣起故謂能入所入無二相故無善友之外善財則一卽一切明善財歷位也無善財之外善

友故一切即一多位成就皆在善財由是卷舒自在無礙上之十義初一通於師資次五多約資說第七約師後三約教思之可知

謂善財求法不懈等者即暗用淨名法中不盡有爲之義經云何謂不盡有爲謂不離大慈不捨大悲深發一切智心而不厭志教化衆生終不猒倦於四攝法常念順行護持正法不惜軀命種諸善根無有疲猒志常安住方便廻向求法不懈說法無慳等今但要二句耳闍王之遇者域者已如向引猶淨藏之化妙嚴王即法華經妙莊嚴王本事品淨藏淨眼爲王現變王乃發心詣佛得益王自述云世尊善知識者是大因緣所謂化導令得見佛發阿耨多羅三藐三菩提心謂令不觀種姓即菩薩戒不得觀法師種姓經云若佛子初始發心求有所解而自恃聰明有智或恃高貴年宿或恃大姓高門大解大福饒財七寶以自憍慢而不諮受先學法師經律其解法者或小姓年少卑門貧窮諸根不具而實有德一切經律無不盡解而新學菩薩不得觀法師種姓而不來諮受先學法師第一義諦者犯輕垢罪不恥下問即論語云孔文子何以謂之文不恥下問寧可少聞便證入故者瞎用涅槃高貴德王菩薩品彼文具云寧願少聞多解義理不願多聞而於義不了

向勝樂國登妙峯山於其山上東西南北四維上下觀察求覓渴仰欲見德雲比丘經于七日見彼比丘在別山上徐步經行

大文第二向勝樂國下有十善友寄於十住即爲十段然下諸善友古德科判從一至十雖皆有理今略存一二謂一依辯法師科爲三分一聞名求覓是加行位二受其所說是正證法界三仰推勝進是後得位或分爲五分一舉法勸修二依教趣入三見已請敬四止示法界五仰推勝進上二並約位科故取前段指示後友以屬後段方便以後友名屬後位故約義甚善而文小不便今依意公及五臺論約會科之分爲六分而名小異一依教趣求二見敬

諸問三稱讚授法四謙已推勝五指示後友六戀德禮辭而諸文多具其有增減至

文科判

古德科判從一至十者初總爲一謂各一位故二依遠公分之爲二初親近善友後告示下聽聞正法其繫念思惟及如說修行並在文中就初近善友於中有四一聞善友二求善友三見善友四請問法要就初聞善友中亦四一列國名是通處二山等是別處三善友名四敎往詣二求善友於中有三初聞心喜二禮足辭去三漸行訪友三見善友中二先往見後設禮退住四請問法於中有三一白已發心明已有機二而未知等正問行法三我聞等歎德請說近善友竟二聞正法於中有二先歎發心後正爲說法說法中二初說證量法門後仰推等說敎量法門此段科文諸位多同少有不同者三辯法師分爲三分具如疏文就中有人云別說有三一約人二約法三合辯初約人者於中有三初聞名等爲方便二正見人爲法界三問法等彰其勝德二就法中亦有三者一言敎爲方便二智眼所得爲法界三通明業用以顯其德三人法合辯亦具三法初聞名至處爲方便次見人得法爲法界後說往因及推勝等以顯其德釋曰雖有此三辯公本科但是後合耳四行法師等分爲四量一聞名等是敎量二依敎尋求是信量三見彼依正是比量四聞彼所說是現量此四卽是聞思修證也更開爲五於上第四現量之中開出自分勝進二位餘同前辯更有分五亦如疏辯六依意法師等分作六分一明求詣心行二明見敬諮問三讚說已知以授善財四說已未知五更示知者勸令往詣六辭退奉行若依五臺論亦作此釋或有一師分之爲七於前六中第二之內先致敬後諮問法要八或分爲八於前七中第三之內先讚發心後說已法九或分爲九於上八中第五段內先示已勸往後敎問歎德十或分爲十於上九中第六段內先致敬後辭去上十種科中前五約位科後五約會科文並通在今疏從其要當存其三釋取六釋文而名小異者隨穩便故將抄中六對疏自知就疏六中前之四段各可爲二一中二者初念前友敎二趣求後友二中二者先見敬後諮問三中二者先稱讚後授法四中二者先讚已知一後推勝知多下別今科多然後二不開還成十段以表無盡

初發心住文具斯六初依敎趣求中見心陟位故曰登山智鑒位行爲十方觀察情懷得旨爲欲見德雲七覺功道爲經七日忘所住位方爲得旨故見在別山見則定慧雙遊爲經行徐步徐卽是止不住亂想

故行即爲觀不住靜心故若約事說即正修習般舟三昧故今此正明初發心住者如入空界慧住空性得位不退故名爲住

見已往詣頂禮其足右繞三帀於前而住

二見已往詣下即見敬諮問於中四一設敬儀重人法故

作如是言聖者我已先發阿耨多羅三藐三菩提心

二作如是下申已發心明有法器故

而未知菩薩云何學菩薩行云何修菩薩行乃至應云何於普賢行疾得圓滿

三而未知下正陳所問彰已未知請隨機說故問中於前十一句舉初略後是經家略若善財略友云何領若善財畧者初謂經家之畧及觀新譯普賢行願品梵本亦具乃是譯人畧耳

我聞聖者善能誘誨唯願垂慈爲我宣說云何菩薩而得成就阿耨多羅三藐三菩提

四我聞聖者下歎德請說有智善能有悲無吝故應爲說誘謂誘喻即是教授以成前解誨謂誨示即是教誡以成前行下皆倣此前問但問因圓此中結期果滿即發心所爲

時德雲比丘告善財言善哉善哉善男子汝已能發阿耨多羅三藐三菩提心復能請問諸菩薩行如是之事難中之難

第三時德雲下稱讚授法即正入法界於中二先讚器希有後正示法界今初先標二難所以讚者令自寶固欣聞法故

所謂求菩薩行求菩薩境界求菩薩出離道求菩薩清淨道求菩薩清淨廣大心求菩薩

成就神通求菩薩示現解脫門求菩薩示現世間所作業求菩薩隨順衆生心求菩薩生死涅槃門求菩薩觀察有爲無爲心無所著

後所謂下別牒前問有十一句初句牒總餘十牒別文小開合而皆案次後所謂下別牒前問者善財若不具問此云何牒故疏前云友云何領一境界即前趣菩薩行趣通能所境約所趣二即前行行則出故三即前淨四即前入入即不滯空有廣大心故五即成就六七及八皆前隨順其解脫門是能隨順示所作業即事業隨順順衆生心即逐機隨順此第八句亦是憶念念衆生故九即增廣謂不住涅槃是生死門不住生死即涅槃門以不住道即能增廣十即速滿普賢行若了爲無爲非一非異而無著者則速滿矣亦即爲滿矣亦即爲滿者上釋由了爲無爲非一非異方能當滿今意云了非一異即已窮究故爲即滿

善男子我得自在決定解力信眼清淨智光照耀

第二善男子我得下正示法界即念佛三昧於中二先示體相後普觀下明其勝用今初先標名後信眼下釋相今初自在有二義一觀境自在二作用自在決定亦二義一智決斷二信無猶豫解即勝解亦有二義一約爲信因於境忍可二爲作用因於境印持近處爲遠等信智相資他境不動故名爲力即三昧義二釋相中信眼清淨釋上解義謂欲修念佛三昧先當正信次以智決了令由勝解於境忍可故於實德能正信心淨了見分明故稱爲眼次智

光照耀釋上決定謂決斷名智智故決定故文殊般若明一行念佛三昧先明不動法界知眞法界不應動搖即是此中決定解義然約寄位正是發心住體以本解性聞熏之力今開發故是決定解今由勝解於境忍可

者謂唯識解信云謂於實德能深忍樂欲心淨爲性前已頻引今離用此言耳文殊般若明之一行三昧等然文殊問及文殊說經今疏所用三即大般若中曼殊室利分總收彼二經皆入大部故又彼意云欲入一行三昧先親近解般若者聽聞諮受然後能入一言一行者一法界行亦無一故又云法界一相繫緣法界不動法界也以本解性聞熏之力者淨行品已說十信滿心入此初住由信滿故明信決定住菩提心三心之中解心增故即是住體言開發者發心有二一者發起通於十信二者開發在於初住亦如前釋又高齊大行和尚宗崇念佛云四字教詔謂信憶二字不離於心稱敬兩字不離於口彼論云往生淨土要須有信信千即千生信萬即萬生信佛名字不離心口諸佛即救諸佛即護心常憶佛口常稱名身恒常敬始名深信任意早晚終無變住閻浮之法此策初心最爲要也

普觀境界離一切障善巧觀察普眼明徹具清淨行

二明勝用中亦是展轉釋成於中二先約內用後往詣下明其外用今初普觀境界即信眼用亦釋眼義以如爲佛則無境非佛故云普觀又若報若化一時觀故以如爲佛則無境非如者大品中答常啼云諸法如即是佛金剛云如來者即諸法如義既以如爲佛一切法皆如也何法非佛耶又若報下然修念佛三昧多約漸修謂先爲化身觀一次報後法今則一時耳次離一切障釋清淨義若沈若浮諸蓋諸取皆三昧障故諸蓋諸取者蓋即五蓋取謂二取故上經云不見十力空如幻雖見非見如盲覩分別取相不見佛究竟離着乃能見次善巧觀察釋智光照耀謂於無色相而觀色相爲善巧觀後普眼下結成上義謂信眼普觀境界名爲普眼窮如法界名曰明徹如是離障見如是謂具足清

淨一行三昧一行者一法界行故

往詣十方一切國土恭敬供養一切諸佛

二明外用者以前即用之體則以無心之覺契唯如之境不動法界窮乎寂照之原故能即體之用用無不窮亦由前勝解於境印持隨心去往於中三初明不動而往

常念一切諸佛如來總持一切諸佛正法

二常念下不念而持

常見一切十方諸佛所謂見於東方一佛二佛十佛百佛千佛百千佛億佛百億佛千億佛百千億佛那由他億佛百那由他億佛千那由他億佛百千那由他億佛乃至見無數無量無邊無等不可數不可稱不可思不可量不可說不可說不可說佛乃至見閻浮提微塵數佛四天下微塵數佛千世界微塵數佛二千世界微塵數佛三千世界微塵數佛佛刹微塵數佛乃至不可說不可說佛刹微塵數佛如東方南西北方四維上下亦復如是

三常見下明不往而見於中三初標次所謂下別顯所見數多於中三千即一佛刹而重言佛刹微塵數者準梵本中脫十字故應言十佛刹也

一一方中所有諸佛種種色相種種形貌種種神通種種遊戲種種衆會莊嚴道場種種光明無邊照耀種種國土種種壽命隨諸衆生種種心樂示現種種成正覺門於大衆中而師子吼

後一一方下明所見事別

善男子我唯得此憶念一切諸佛境界智慧

光明普見法門

第四善男子我唯下謙已推勝於中先謙已知一即結其自分後豈能了下推勝知多即增其勝進令初一切諸佛境界者結其所觀橫通十方竪該三世故云一切即上普觀境界一行三昧觀其法身十方諸佛亦通報化種種色相兼相海故次智慧光明者結其能觀即上智光照耀次普見法門即總收前二以結其名即前普眼明徹最初善友先明念佛法門者以是衆行之先故智論云菩薩以般若波羅蜜爲母般舟三昧爲父故依佛方成餘勝行故又初住中緣佛發心樂供養故

最初善友先明念佛法門下此明次第上問也五十五友法門不同而初說者何耶從以是下答其先說之意畧有二意在文可知若更進論有其十義一如疏引智論二依佛方便能成勝行故三功高易進以奬物故四觀通淺深能遍攝故五消滅重障爲勝緣故六雙兼人法易加護故七十地菩薩皆念佛故八三寶吉祥經初說故初此念佛海雲聽法善住依僧爲次第故九即心即佛爲一境故十爲表初住緣佛發心樂供養故第十即疏中第二意也

豈能了知諸大菩薩無邊智慧清淨行門

二推勝中三先總次所謂下別後而我下結令初無邊智慧即下諸門及所不說能觀之智緣無邊境故清淨行者即下諸門離障之心而言門者隨其一一入佛境故

令初下然其推勝畧有二意一通指諸菩薩行如今總中但云菩薩無邊智慧等二就其一門但知少分如下別說二十一門我唯得一等下諸善友多約後義疏釋該諸德之意

所謂智光普照念佛門常見一切諸佛國土種種宮殿悉嚴淨故令一切衆生念佛門隨諸衆生心之所樂皆令見佛得清淨故令安

住力念佛門令入如來十力中故令安住法念佛門見無量佛聽聞法故照耀諸方念佛門悉見一切諸世界中等無差別諸佛海故入不可見處念佛門悉見一切微細境中諸佛自在神通事故住於諸劫念佛門一切劫中常見如來諸所施爲無暫捨故住一切時念佛門於一切時常見如來親近同住不捨離故住一切剎念佛門一切國土咸見佛身超過一切無與等故住一切世念佛門隨於自心之所欲樂普見三世諸如來故住一切境念佛門普於一切諸境界中見諸如來次第現故住寂滅念佛門於一念中見一切剎一切諸佛示涅槃故住遠離念佛門於一念中見一切佛從其所住而出去故住廣大念佛門心常觀察一一佛身充徧一切諸法界故住微細念佛門於一毛端有不可說如來出現悉至其所而承事故住莊嚴念佛門於一念中見一切剎皆有諸佛成等正覺現神變故住能事念佛門見一切佛出現世間放智慧光轉法輪故住自在心念佛門知隨自心所有欲樂一切諸佛現其像故住自業念佛門知隨衆生所積集業現其影像令覺悟故住神變念佛門見佛所坐廣大蓮華周徧法界而開敷故住虛空念佛門觀察如來所有身雲莊嚴法界虛空界故

二別中有二十一門各先標名後釋相並從業用以受其名準晉經一一皆云念佛三昧門今略無三昧字理實應有古德判此前十念佛勝德圓備後十一念佛妙用自在亦是一理尅實細論一一皆念體用

無礙之佛又此諸門當文標釋已自可了
細窮其旨義乃多含
然其念佛三昧總相則一別即三身十身
修觀各別且寄三身釋者即總分爲三謂
念法報化爲觀各別於三身中各有依正
便成六觀謂念法性身土爲法身依正念
報身華藏等刹爲依十身相海等爲正念
餘淨土水鳥樹林爲化身依三十二相等
爲化身正又後二正中各分爲二謂念内
功德及外相好十力無畏等爲化身德如
不思議法品爲報身德三十二等爲化相
好十蓮華藏等爲報相好則成八門而初
法身二門爲後六門之體若體相無礙成
第九門若融前諸門爲一致故於一細處
見佛無盡如是重重成帝網之境則入普
賢念佛三昧之門今此二十一門通是後
一而隨相異故有多門與前十門互有開
合一智光普照門即通法身報化依正以
此門爲總故一切諸佛通於横竪通諸佛
國故云種種嚴淨如無量壽觀經先觀瑩
徹瑠璃之地瓊林寶樹及作華藏觀者一
一境界無盡莊嚴無土之土方爲眞淨等
二即觀色相身令見得淨故而標名中念
佛門三字既是通名令一切衆生之言未
知令作何事故準晉經應云令一切衆生
遠離顛倒念佛門義方圓備三念内德四
亦内德無倒說授菩薩見佛本爲得法故
五通三身依正内德外相以十方諸如來
同共一法身故一心一智慧力無畏亦然
故皆能隨本誓願化衆生故餘等可思即

此亦是一行三昧隨念一佛等一切故六即第九事理無礙觀以理融事故隨一細境見多神通唯智眼境名不可見七八皆約時並通諸身土而七約所念佛事無斷八約能念時分無間九雙念依正亦通報化十念即應而真過去諸佛安住不涅槃際未來諸佛亦已現成故文殊般若云今佛住世則一切諸佛皆住以同一不思議故又約隨相門即欲念何佛佛便爲現十一亦即體之用由了無非佛境故境境佛現十二念應十三亦念應然上十一境中見佛或謂諸佛住於境中今明知諸佛無住故遠離時處之想則見一日念念而去十四念報身相好眼耳等皆徧法界故十五中念即體之用前第六微細顯依中有

正此約正中有正故不濫前十六念劫圓融故上二皆即體之用十七念內德十八十九皆念色相二十念依二十一通內外眞應等一切身雲如上出現品及上下文然上就所念辨異成其十門若與經文互開合者爲門非一二十一者蓋略說耳然約能念心不出五種一緣境念佛門念眞念應若正若依設但稱名亦是境故故上諸門多是此門二攝境唯心念佛門即十八十九二門十八即總相唯心是心是佛是心作佛故十九雖隨我心心業多種見佛優劣故三心境俱泯門即前遠離念佛門及不可見門之一分及如虛空四心境無礙門即如初門雙照事理存泯無礙故云普照五重重無盡門即稱前第十門而

觀察故如微細等門亦是此中總意然約能念下第三約能念收束然古人已有五門云一稱名往生念佛門二觀像滅罪念佛門三攝境唯心念佛門四心境無礙念佛門五緣起圓通念佛門此之五門初二名局又但稱名亦闕念義第五一門名則盡善及其釋義但事理無礙故今改之故初一門兼攝前二此中第五方是性起圓通事事無礙義故

若約十身各以二門而爲一身後一總顯謂願智法力持意生化威勢菩提及福德相好莊嚴身以念佛之門諸教攸讚理致深遠世多共行故略解釋無厭繁說若約十身下卽第三別約十身言各二門者初二卽願身初門願生兜率天宮後門願周法界三四二門卽智身前門十力智後一門了法智五六二門卽法身前門法普周後一切等無差別後門體不可見不妨大用七八二門卽力持身前門持令多劫後門持令常見九十二門意生身前門隨意生剎後門隨意生世十一二兩門化身前門化周諸境後門化故示滅十三四二門卽威勢身前門無住後門普周皆威勢故十五六二門卽菩提身前門一毛多佛成菩提後門一念遍剎成菩提十七八二門福德身前門放光演法後門隨樂現形十九二十二門卽相好莊嚴身前門應化相好後門華藏剎中相好第二十一門該於十身故等空法界亦與離世間十佛相當並如前會

而我云何能知能說彼功德行

三結可知

善男子南方有國名曰海門彼有比丘名爲海雲汝往彼問菩薩云何學菩薩行修菩薩道

第五善男子南方下指示後友於中二初正示善友後歎友勝德今初卽治地住善友海門國者彼國正當南海口故表觀心海深廣爲治心地之門故比丘海雲者觀海爲法門以普眼法雲潤一切故表治地中觀生起十種心深廣悲雲故

海雲比丘能分別說發起廣大善根因緣善男子海雲比丘當令汝入廣大助道位當令

汝生廣大善根力當爲汝說發菩提心因當令汝生廣大乘光明當令汝修廣大波羅蜜當令汝入廣大諸行海當令汝滿廣大誓願輪當令汝淨廣大莊嚴門當令汝生廣大慈悲力

後海雲比丘下歎友勝德於中十句先一總歎後善男子下九句別就益當機歎句各一義即預指後說初一即見竟得益二即聞化宿因三即歎發心處四即聞彼受持處五六及七皆普眼法門所證八聞依正莊嚴九即顯發心之相至文自見

時善財童子禮德雲比丘足右繞觀察辭退而去

第六爾時善財下戀德禮辭生難遭想故戀喜見後友故辭

大方廣佛華嚴經疏鈔會本第六十二之二

音釋

葑 方中切音封菜名 淤 依據切水中堅也

大方廣佛華嚴經疏鈔會本第六十一之三

唐于闐國三藏沙門實叉難陀　譯

唐清涼山大華嚴寺沙門澄觀撰述

第二海雲比丘寄治地住善友第二海雲寄治地住謂常隨空心淨治八萬四千法門清淨潔白治心地故

文亦有六第一依教趣求中二初依教正觀此明温故後漸次下趣求後友意欲知新又前即學而能思後即思而能學然思前猶屬前文謂上來近友次聞正法今辨正念思惟及如說修行即涅槃四近因緣今以前義屬後進趣後義屬前指來互爲鉤鎖顯主件交參且從會判屬於後耳下皆準此初依教中其文有二皆外典中意一論語云温故而知新可以爲師矣二又前即學下亦論語云學而不思則罔思而不學則思怠謂疲怠罔謂罔然無所得也今並反上故學而能思思而能學然思前下第二對前譯即涅槃經意於中有二先正立理義合屬前以涅槃四事是涅槃近因謂一親近善友二聽聞正法三繫念思惟四如說修行故知後二即屬前二此即遠公分爲二意也今以前義下第二明今疏將後二屬後會意謂思修二門即前會之義今爲後會進趣故教趣求言後義屬前友指來者即是前會指示後友後友依正等合屬後會由前友指來故屬前會名爲鉤鎖所指是主能指是伴又思修屬前此約位判今從會判故屬後也

爾時善財童子一心思惟善知識教正念觀察智慧光明門正念觀察菩薩解脫門正念觀察菩薩三昧門正念觀察菩薩大海門正念觀察諸佛現前門正念觀察諸佛方所門正念觀察諸佛軌則門正念觀察諸佛等虛空界門正念觀察諸佛出現次第門正念觀察諸佛所入方便門

今念前中有十一句初總餘別別中皆云正念觀察者不沈不舉寂照雙流故十中一即是前觀境自在二即前作用解脫三

即一行三昧體及推勝中諸三昧門四念前種種衆會五即前見佛六即前十方七即壽命神通等八即通觀佛徧九即種種成正覺十即隨種種衆生心樂

漸次南行至海門國

後趣求可知

向海雲比丘所頂禮其足右繞畢於前合掌作如是言聖者我已先發阿耨多羅三藐三菩提心欲入一切無上智海而未知菩薩云何能捨世俗家生如來家云何能度生死海入佛智海云何能離凡夫地入如來地云何能斷生死流入菩薩行流云何能破生死輪成菩薩願輪云何能滅魔境界顯佛境界云何能竭愛欲海長大悲海云何能閉衆難惡趣門開諸大涅槃門云何能出三界城入一切智城云何能棄捨一切玩好之物悉以饒益一切衆生

第二向海雲下見敬諮問於中三初敍敬次自陳發心可知後而未知下諮問法要於中言願輪者願窮三際無有終始故對生死以立輪名餘文自顯

時海雲比丘告善財言善男子汝已發阿耨多羅三藐三菩提心耶善財言唯我已先發阿耨多羅三藐三菩提心

第三時海雲下讃示法界於中二先讃法器後正授法前中三先本問以發心者難故若不發心不堪授法非法器故次善財下答非虛妄故

海雲言善男子若諸衆生不種善根則不能發阿耨多羅三藐三菩提心要得普門善根

光明具真實道三昧智光出生種種廣大福海長白淨法無有懈息事善知識不生疲厭不顧身命無所藏積等心如地無有高下性常慈愍一切衆生於諸有趣專念不捨恒樂觀察如來境界如是乃能發菩提心

後海雲言善男子若諸下正讚於中二先讚因緣難具故發者爲希後發菩提心者下顯發心相勝故發者難得今初先反讚後要得下順讚事友爲緣餘皆是因通有十句初句爲總即宿植普賢法門成種性故二具真下別初得真如三昧智光名具真實道此即了心寂照生佛德故餘可知

發菩提心者所謂發大悲心普救一切衆生故發大慈心等祐一切世間故發安樂心令一切衆生滅諸苦故發饒益心令一切衆生離惡法故發哀愍心有怖畏者咸守護故發無礙心捨離一切諸障礙故發廣大心一切法界咸徧滿故發無邊心等虛空界無不往故發寬博心悉見一切諸如來故發清淨心於三世法智無違故發智慧心普入一切智慧海故

二顯發心相中有十一句前五即大慈悲心初二總餘三別次四深心修行大願盡空界故後二直心不違法性證果智故又此十心多同治地自分十心恐繁不會又此十心者彼十心者所謂利益心大悲心安樂心安住心憐愍心攝受心守護心同已心師心導師心令此一即大悲二即利益三即安樂四安住心離惡法住善法故五即憐愍六即守護令離礙故七即同已遍法界故八即攝受法界虛空皆往攝故九即師心見諸佛故十即導師入種智故

善男子我住此海門國十有二年常以大海

爲其境界所謂思惟大海廣大無量思惟大海甚深難測思惟大海漸次深廣思惟大海無量衆寶奇妙莊嚴思惟大海積無量水思惟大海水色不同不可思議思惟大海無量衆生之所住處思惟大海容受種種大身衆生思惟大海能受大雲所雨之雨思惟大海無增無減

第二善男子我住下正授法要謂觀法海覩佛聞法次前念佛而明此者顯聞法弘傳次爲要故次前念佛下生起次第

於中二先明修觀後善男子我作是下觀成利益前中二先託事顯詮二善男子我思惟下欲忘詮求旨今初先總標言十二年者一紀已周表過十千劫已入第二住故亦表總觀菩薩十二住十二入故後所謂下別顯皆託事表法智海十義如十地說今是悲海一紀已周者十二年爲一紀周十二辰故過十千劫者十信滿十千劫入正定故十二住已見十住品智海十義如十地說者海有十德表十地故言今是悲海者故此十德與十地小異取稱法故即前十種悲心一即利益心利益寬廣故二即大悲心大悲甚深無能測故三即安樂始於世樂種種與故四即安住謂惡行衆生令住善行故即是衆寶五憐愍心悉包納故六攝受心種種外道攝令正信如水多色同在海故七守護心已發心者皆守護故是爲無量衆生依住八同己心謂攝菩提大願衆生如己身有爲大身故九即師心謂於大乘道習進道者推之如師師必諮受大法雨故十導師心謂具功德者敬之如佛故湛無增減以斯十悲對斯十喻有如符契故上歎十心即是法說今此海喻喻前十心稱復相當

善男子我思惟時復作是念世間之中頗有廣博過此海不頗有無量過此海不頗有甚深過此海不頗有殊特過此海不

二忘詮求旨爲見佛親因可知二忘詮求旨爲見佛親因者此中唯有四句一廣二多三深四勝初二即前第一開出三即第二四即第

六一海衆色故爲殊特餘之六句不出深廣故但舉四又餘六句餘處容有故牒此四顯其奇特問既歎奇特何名忘詮離前十相更求過此卽忘詮求旨意也由此忘求故得見佛

善男子我作是念時此海之下有大蓮華忽然出現以無能勝因陀羅尼羅寶爲莖吠瑠璃寶爲藏閻浮檀金爲葉沈水爲臺碼碯爲鬚芬敷布濩彌覆大海

第二觀成利益中二先明見佛後得聞法今初即見法界無礙依正於中先見依後見正前中三一總標體相以深觀心海法海則心華行華自然敷榮無漏性德無不備故以深觀等者法海卽是悲海而法名通對上自心觀心卽心華開敷觀大悲法卽二利行發

百萬阿修羅王執持其莖百萬摩尼寶莊嚴網彌覆其上百萬龍王雨以香水百萬迦樓羅王銜諸瓔珞及寶繒帶周帀垂下百萬羅剎王慈心觀察百萬夜叉王恭敬禮拜百萬乾闥婆王種種音樂讚歎供養百萬天王雨諸天華天鬘天香天燒香天塗香天末香天妙衣服天幢旛蓋百萬梵王頭頂禮敬百萬淨居天合掌作禮百萬轉輪王各以七寶莊嚴供養百萬海神俱時出現恭敬頂禮百萬味光摩尼寶光明普照百萬淨福摩尼寶以爲莊嚴百萬普光摩尼寶爲清淨藏百萬殊勝摩尼寶其光赫奕百萬妙藏摩尼寶光照無邊百萬閻浮幢摩尼寶次第行列百萬金剛師子摩尼寶不可破壞清淨莊嚴百萬日藏摩尼寶廣大清淨百萬可樂摩尼寶具種種色百萬如意摩尼寶莊嚴無盡光明照耀

二百萬阿修羅下外相爲嚴

此大蓮華如來出世善根所起一切菩薩皆生信樂十方世界無不現前從如幻法生如夢法生清淨業生無諍法門之所莊嚴入無爲印住無礙門充滿十方一切國土隨順諸佛甚深境界於無數百千劫歎其功德不可得盡

三此大蓮華下舉因顯勝

我時見彼蓮華之上有一如來結加趺坐其身從此上至有頂寶蓮華座不可思議道場衆會不可思議諸相成就不可思議隨好圓滿不可思議神通變化不可思議色相清淨不可思議無見頂相不可思議廣長舌相不可思議善巧言說不可思議圓滿音聲不可思議無邊際力不可思議清淨無畏不可思議廣大辯才不可思議又念彼佛往修諸行不可思議自在成道不可思議妙音演法不可思議普門示現種種莊嚴不可思議隨其左右見各差别不可思議一切利益皆令圓滿不可思議

第二我時見彼下明見正報謂心行既敷則本覺如來忽然現故於中先明德相圓備後又念下因圓用廣可知

時此如來即申右手而摩我頂爲我演說普眼法門開示一切如來境界顯發一切菩薩諸行闡明一切諸佛妙法一切法輪悉入其中能淨一切諸佛國土能摧一切異道邪論能滅一切諸魔軍衆能令衆生皆生歡喜能照一切衆生心行能了一切衆生諸根隨衆生心悉令開悟

第二時此如來下明得聞法所以海中說

者表從悲智海之所流故於中三初演說次受持後轉授今初先總標普眼者詮普法故普詮諸法故得此法者一法之中見一切故後開示下別顯所詮可知普詮者此有三義此一約深二普詮諸法約廣上二直就所詮三即從益立稱旣一法中見一切法則其一眼見十眼境所見之中已有能見能見之中有所見矣以一法中有一切故廣如毗盧遮那品

我從於彼如來之所聞此法門受持讀誦憶念觀察假使有人以大海量墨須彌聚筆書寫於此普眼法門一品中一門一門中一法一法中一義一義中一句不得少分何況能盡善男子我於彼佛所千二百歲受持如是普眼法門於日日中以聞持陀羅尼光明領受無數品以寂靜門陀羅尼光明趣入無數品以無邊旋陀羅尼光明普入無數品以隨地觀察陀羅尼光明分別無數品以威力陀羅尼光明普攝無數品以蓮華莊嚴陀羅尼光明引發無數品以清淨言音陀羅尼光明開演無數品以虛空藏陀羅尼光明顯示無數品以光聚陀羅尼光明增廣無數品以海藏陀羅尼光明辯析無數品

二我從於彼下明受持於中二先總顯所持法多以是一多相即無盡法門故先總顯持多者即海墨書而不竭然入大乘論引此經云是海幢下說法門全同於此喻相小異云大海水盡以磨墨積大紙聚猶如須彌山四天下草木持以爲筆三千世界水陸衆生悉爲法師於剎那頃所受法門猶不能盡此約書文不盡彼約領多不盡

後善男子下別顯持多之相於中先標長時千二百歲表義同十二年後於日日下別顯能持所持有十種持初一聞持餘皆義持二契本寂智方能入故三於一義中

旋轉無量故能普入四地地義殊故能分別五威力者普攝在懷故若約所詮明攝即以威力攝諸衆生同九地中威德陀羅尼說六如華開引果令開發於教引於果故又華開見實以爲莊嚴令開發言教見其旨故七可知八如空無相而包含一切顯明妙理示法相故九以多智光聚於一法則義理增廣故十若海含十德各辨析故諸持經者應倣此文旋轉者如下彌伽然此十句文並可知亦即治地中勝進十法謂誦習多聞虛閑寂靜等但有開合可以意得

若有衆生從十方來若天若天王若龍若龍王若夜叉若夜叉王若乾闥婆若乾闥婆王若阿修羅若阿修羅王若迦樓羅若迦樓羅王若緊那羅若緊那羅王若摩睺羅伽若摩睺羅伽王若人若人王若梵若梵王如是一切來至我所我悉爲其開示解釋稱揚讚歎咸令愛樂趣入安住此諸佛菩薩行光明普眼法門

第三若有衆生下明其轉授可知

善男子我唯知此普眼法門如諸菩薩摩訶薩深入一切菩薩行海隨其願力而修行故入大願海於無量劫住世間故入一切衆生海隨其心樂廣利益故入一切衆生心海出生十力無礙智光故入一切衆生根海應隨教化悉令調伏故入一切刹海成滿本願嚴淨佛刹故入一切佛海願常供養諸如來故入一切法海能以智慧咸悟入故入一切功德海一一修行令具足故入一切衆生言辭海於一切刹轉正法輪故而我云何能知能說彼功德行

第四善男子我唯下讚已推勝讚已結前推勝進後我唯一海豈得與彼同年者哉

善男子從此南行六十由旬楞伽道邊有一聚落名爲海岸彼有比丘名曰善住汝詣彼問菩薩云何淨菩薩行

第五善男子從此下指示後友六十由旬者修六度行淨六根故聚落名海岸者是往楞伽山之道次南海北岸故然楞伽梵言此云難往又含四義一種種寶性所成莊嚴殊妙故二有大光明映日月故三高顯寬廣故四伽王等居佛復於此開化群生作勝益事故然體即是寶具斯四義名無上寶存以梵音此山居海之中四面無門非得通者莫往故云難往表修行之住是入智海絕四句離分別之道故比丘善住者身住虛空故表此住中觀一切法如虛空無處所故亦比丘者入道未久宜依僧故又初念佛次聞法今依僧修三寶吉祥爲所依故具斯四義名無上寶存以梵音者以具梵音經題云楞伽阿䟦多羅寶經阿之言無䟦多羅云上寶即此方之言又多羅亦是寶義則譯人雙存楞伽正是難往之義上之四義前二即無上寶後二明於難往高顯伽王之所居故不得通難往故表此下彼具云此菩薩以十種行觀一切法所謂觀一切法無常一切法苦三空四無我五無作六無味七不如名八無處所九離分別十無堅實釋曰皆有一切法言今但舉三八二句以順住空然餘八亦是空義

時善財童子禮海雲足右繞瞻仰辭退而去

第六時善財下戀德禮辭

爾時善財童子專念善知識教專念普眼法門專念佛神力專持法句雲專入法海門專思法差別深入法漩澓普入法虛空淨持法翳障觀察法寶處漸次南行至楞伽道邊海

岸聚落觀察十方求覓善住
第三善住比丘寄修行住寄修行住者巧便觀有增修正行故文亦具六一依教趣求中二先念前友教有十句初一通念示教人法次三念前聞佛說法事次三思入海觀事後三證理治障攝法觀修二漸次下趣求後位可知
見此比丘於虛空中來往經行無數諸天恭敬圍繞散諸天華作天妓樂旛幢繒綺悉各無數徧滿虛空以爲供養諸大龍王於虛空中與不思議沈水香雲震雷激電以爲供養緊那羅王奏衆樂音如法讚美以爲供養摩睺羅伽王以不思議極微細衣於虛空中周迴布設心生歡喜以爲供養阿修羅王興不思議摩尼寶雲無量光明種種莊嚴徧滿虛空以爲供養迦樓羅王作童子形無量采女之所圍繞究竟成就無殺害心於虛空中合掌供養不思議數諸羅剎王無量羅剎之所圍繞其形長大甚可怖畏見善住比丘慈心自在曲躬合掌瞻仰供養不思議數諸夜叉王各各悉有自衆圍繞四面周帀恭敬守護不思議數諸梵天王於虛空中曲躬合掌以人間法稱揚讚歎不思議數諸淨居天於虛空中與宮殿俱恭敬合掌發弘誓願時善財童子見是事已心生歡喜合掌敬禮
第二見此比丘下明見敬諮問於中三初見次時善財童子下敬
作如是言聖者我已先發阿耨多羅三藐三菩提心而未知菩薩云何修行佛法云何積集佛法云何備具佛法云何熏習佛法云何增長佛法云何總攝佛法云何究竟佛法云

何淨治佛法云何深淨佛法云何通達佛法我聞聖者善能誘誨唯願慈哀爲我宣說菩薩云何不捨見佛常於其所精勤修習菩薩云何不捨菩薩與諸菩薩同一善根菩薩云何不捨佛法悉以智慧而得明證菩薩云何不捨大願能普利益一切衆生菩薩云何不捨衆行住一切劫心無疲厭菩薩云何不捨佛刹普能嚴淨一切世界菩薩云何不捨佛力悉能知見如來自在菩薩云何不捨有爲亦復不住普於一切諸有趣中猶如變化示受生死修菩薩行菩薩云何不捨聞法悉能領受諸佛正教菩薩云何不捨智光普入三世智所行處

三作如是言下諮問於中二先自陳發心後而未知下正陳請問於中二十句問文分爲三初十句總問於法起行故佛法言通一切行法於中淨治者對治淨故深淨者契理徧淨故餘可知二我聞下結前請後欲顯後問異前問故三菩薩云何不捨見佛下十句別問行起勝用故十句中所行各別於中初三句明不離三寶行次二句不捨二利行次二句攝佛依正行次一句悲智無住行後二句攝法證入行皆言不捨者無斁捨離故

時善住比丘告善財言善哉善哉善男子汝已能發阿耨多羅三藐三菩提心今復發心求問佛法一切智法自然者法

第三時善住下稱讚授法於中二先讚後授前中佛法是總一切智法約智然唯局果自然者法約性通果及因

善男子我已成就菩薩無礙解脫門

後善男子我已下授法中二先總標所得二若來若去下別示其相令初無礙有二義一智慧於境無礙以證無障礙法界故二神通於作用無礙由內證故所以次前明此法者聞法受持意令於境無障礙故顯此住中善觀衆生等十種界故顯此住中善觀衆生等者彼經云佛子此菩薩應勸學十法何等爲十所謂衆生界法界世界觀察地界水界火界風界觀察欲界色界無色界是

若來若去若行若止隨順思惟修習觀察即時獲得智慧光明名究竟無礙

二別示其相中二先明修習得法由一切威儀順法思修故能獲得言究竟無礙者若事若理無少礙故

得此智慧光明故知一切衆生心行無所障礙知一切衆生歿生無所障礙知一切衆生宿命無所障礙知一切衆生未來劫事無所障礙知一切衆生現在世事無所障礙知一切衆生言語音聲種種差別無所障礙決一切衆生所有疑問無所障礙知一切衆生諸根無所障礙隨一切衆生應受化時悉能往赴無所障礙知一切刹那羅婆牟呼栗多日夜時分無所障礙知三世海流轉次第無所障礙能以其身徧往十方一切佛刹無所障礙

後得此智下顯法功用於中三初通明智用無礙次何以下總相徵釋三善男子我以下別明通用今初有十二句初一他心次四無三明謂現未劫事合漏盡故次四三業化物次二知時一知時分二知流轉

案俱舍論時之極少名一刹那百二十刹那名一怛刹那六十怛刹那名一臘縛臘縛即是羅婆三十羅婆爲一牟呼栗多牟呼栗多即是須臾三十須臾爲一晝夜言時分者西域記第二云五牟呼栗多爲一時六時合成一日一夜亦有處說晝夜初分時等又黑分白分六時四時等又準仁王經九百生滅爲一刹那九十刹那爲一念此則刹那非時極促以刹那之中生滅唯佛智知故小乘中略而不說後一即神足通今初文者且順文配若約開合取之即具十通一他心二三皆宿住以殁生言故兼三明十通知過去殁生亦宿住故四即未來際劫智通五即天眼六合二通言語即分别一切衆生言音智通音聲即天耳通同一天耳開出故今合之七八九三皆一切法智通七斷疑智八知根智九知時智十及十一並一切法滅盡智通前句刹那盡後句長時流轉盡十二神足即無體性及無量色身通亦俱神境開出

故故此文中通十通義百二十刹那等者此廣俱舍頌文頌云百二十刹那爲怛刹那量臘縛此六十此三十須臾此三十晝夜亦有處說晝初分時等者智論等文彌勒下生經亦說謂釋迦修難行苦行得成菩提彌勒修安樂行而得菩提謂晝夜三時禮拜懺悔等謂日初分時日中分時日後分時夜初分時夜中分時夜後分時合爲六時是也又黑白分六時即西域分黑白黑前白後故正月十六爲正朝一時即二月二月爲一時四時亦同此方春夏秋冬等者等取三際並如偈讚品

何以故得無住無作神通力故

二總相徵釋以不住不作故無礙也

善男子我以得此神通力故於虛空中或行或住或坐或卧或隱或顯或現一身或現多身穿度牆壁猶如虛空於虛空中結加趺坐往來自在猶如飛鳥入地如水履水如地徧身上下普出煙燄如大火聚或時震動一切大地或時以手摩觸日月或現其身高至梵宮或現燒香雲或現寶燄雲或現變化雲或

現光網雲皆悉廣大彌覆十方或一念中過於東方一世界二世界百世界千世界百千世界乃至無量世界乃至不可說不可說世界或過閻浮提微塵數世界或過不可說不可說佛刹微塵數世界於彼一切諸佛國土佛世尊前聽聞說法一一佛所現無量佛刹微塵數差別身一一身雨無量佛刹微塵數供養雲所謂一切華雲一切香雲一切鬘雲一切末香雲一切塗香雲一切蓋雲一切衣雲一切幢雲一切旛雲一切帳雲以一切身雲而爲供養一一如來所有宣說我皆受持一一國土所有莊嚴我皆憶念如東方南西北方四維上下亦復如是如是一切諸世界中所有衆生若見我形皆決定得阿耨多羅三藐三菩提彼諸世界一切衆生我皆明見

隨其大小勝劣苦樂示同其形教化成就若有衆生親近我者悉令安住如是法門

三別明通用多顯神足通十八變相且分爲二初於空現變二或一念下十方徧供三如是一切下現形益物並可知言十八變者一於空行住等即所作自在二或隱三或顯四或現一身即卷五或現多身即舒六穿度下往來七入地下轉變八徧身下熾然九或時下振動十或時以手下即衆像入身以高大故十一或現燒下放大光明皆悉廣大彌覆十方成上放光起下徧滿十二或一念下徧滿十三一一佛下顯示十四一一如來所有宣說　施他辯才由能受持故十五如是一切下施他安樂菩提爲眞樂故十六彼諸世界下所往

同類十七若有衆生親近下施他憶念十八由總具無作通力故能伏他神通三段之中具矣言十八變即是瑜伽三十七文頌云振動及熾然流布并示現轉變及往來卷舒衆像入同類往趣隱顯作自在制他施辯才憶念及安樂放大光明等轉餘有情物令成餘物故名能變神通謂一振動二熾然三流布亦名遍滿四示現亦名顯示五轉變六往來七卷八舒九一切色像入身十所往同類十一隱十二顯十三所作自在十四伏他神通十五施他辯才十六施他憶念十七施他安樂十八放大光明此十八名轉變後三句明能變今文辯相義並可知

善男子我唯知此普速疾供養諸佛成就衆生無礙解脫門如諸菩薩持大悲戒波羅蜜戒大乘戒菩薩道相應戒無障礙戒不退墮戒不捨菩提心戒常以佛法爲所緣戒於一切智常作意戒如虛空戒一切世間無所依戒無失戒無損戒無鈌戒無雜戒無濁戒無悔戒清淨戒離塵戒離垢戒如是功德而我云何能知能說

第四善男子下讓已推勝於中先讓已知一一念徧往故云速疾現形益物爲成就衆生後如諸菩薩下仰推勝進而皆明戒者意顯上得無礙解脫皆由持別解脫戒爲依地故非戒不能修治心故非戒不能治心地故者上約法門釋此句約表位釋然德雲是定海雲是慧此中明戒顯三學爲初故有二十句初十一句明具勝德戒一本爲益生故二自行勝故三具二利故上三異小四道共故五無能令不持故六定共故七不失行本故八順法不謗故毗盧遮那經第六云有四根本罪乃至活命亦不應犯謂一謗法二捨菩提心三慳吝四惱害衆生今此七八不犯初二無損無濁不犯後二九緣果智故十稱法性故十一般若

相應故不住三界次六句明離過戒一無過失謂不自貢高言我能持戒見破戒人亦不輕毀令愧恥故二不損惱謂不因於戒學呪術等損衆生故三無缺犯謂具足受持十善業道及威儀故四無雜穢不著邉見故五無慳貪濁不現異相彰有德故六無悔恨謂不作重罪不行諂詐故後三顯清淨戒一忘能所持究竟淨故二不淨六塵故三無心垢故有二十句下案文解釋在相可知此二十戒亦即第十迴向二十梵行但彼約自能清淨方能益他故先護重首明不破不缺等行此彰菩薩本為利他故先明大悲後顯無垢名或小異今當略引一大悲戒即彼第二十無恚梵行恚是悲障有彼障故無悲二波羅蜜戒即第十一三世諸佛所行梵行之道故三大乘戒即第十七無比梵行餘乘無對故四菩薩道相應戒即第十八無動梵行不動二利故五無障礙戒即十三無着梵行由見真如成聖道故故無障礙六不退墮戒即第十五無滅梵行順理而持常不退滅故七不捨菩提心戒

即第十六安住梵行心常諦理故八常以佛法為所緣戒即十四無諍梵行事理具足無非佛法何所諍哉則常緣佛法性矣九於一切智常作意戒即第七佛所讚梵行稱理持戒動契聖心是緣佛智佛何不讃十如虛空戒即第九無所得梵行不得能所自在持故十一一切世間無所依戒即第八無所依梵行不依現世名聞利養不求當世人天果故十二無失戒即第五無失梵行定心持戒吉羅不犯故十三無損戒即第六無能蔽梵行鵝珠草繫不能蔽之令有損故亦不損他十四無缺戒即第十二不缺梵行不犯十三等無殘缺故十五無雜戒即第三不雜梵行不念破戒種種因緣聞環釧聲亦不染故十六無濁戒即第十九無亂梵行定共相應故無濁亂十七無悔戒即第十二無礙梵行犯罪追悔是障礙故十八清淨戒即第十增益菩薩清淨道梵行不同小乘唯事淨故十九離塵戒即第四無黙梵行不犯墮罪無塵黙故二十離垢戒即第一不破梵行若犯四重十重猶如破器無所復用最垢重故若依上釋即為憑據亦同智論十戒如迴向品會

善男子從此南方有國名達里鼻荼城名自在其中有人名曰彌伽汝詣彼問菩薩云何學菩薩行修菩薩道

第五善男子從此下指示後友即生貴住善友國名達里鼻荼此云消融謂從聖教生消謬解故城名自在於三世佛法了知修習得圓滿故言有人者晉經云彼有良醫名彌伽者此翻爲雲演輪字門含潤雨法故以三世聖教法雲雨一切故達里鼻荼新譯爲達羅比吒唐言持富饒亦順生貴之義以三世聖教法雲雨者約表位說即彼經云此菩薩應勸學十法所謂了知過去未來現在一切佛法二修習三圓滿各三爲九十了知一切諸佛平等是也

時善財童子頂禮其足右繞瞻仰辭退而行

第六禮辭可知

大方廣佛華嚴經疏鈔會本第六十二之三

音釋

殁莫勃切 布濩濩胡故切布濩分散也 鬘莫還切 漩澓漩旬緣切澓房六切漩澓水洄流也

大方廣佛華嚴經疏鈔會本第六十三之二

唐于闐國三藏沙門實叉難陀　譯

唐清涼山大華嚴寺沙門澄觀撰述

爾時善財童子一心正念法光明法門深信趣入專念於佛不斷三寶歎離欲性念善知識普照三世憶諸大願普救衆生不著有爲究竟思惟諸法自性悉能嚴淨一切世界於一切佛衆會道場心無所著

第四彌伽寄生貴住亦具六分第一依教趣求中二先念前友教十句初總即前所得法門深信已下皆別起觀修文顯可知

寄生貴住者生佛法家種性尊貴故

漸次南行至自在城求覓彌伽

後漸次下趣求後友

乃見其人於市肆中坐於說法師子之座十千人衆所共圍繞說輪字莊嚴法門時善財童子頂禮其足繞無量帀於前合掌而作是言聖者我已先發阿耨多羅三藐三菩提心而我未知菩薩云何學菩薩行云何修菩薩道云何流轉於諸有趣常不忘失菩提之心云何得平等意堅固不動云何獲清淨心無能沮壞云何生大悲力恒不勞疲云何入陀羅尼普得清淨云何發生智慧廣大光明於一切法離諸闇障云何具無礙解辯才之力決了一切甚深義藏云何得正念力憶持一切差別法輪云何得淨趣力於一切趣普演諸法云何得智慧力於一切法悉能決定分別其義

第二乃見其人下見敬諮問中三初見次敬後而作下諮問於中二先自陳發心後

而我下正問有十二句初二句總餘十句别釋通橫豎橫釋可知豎配十地一證發心故不退二不誤犯故三得禪定故四精進故五入俗故須總持六般若現故七權實雙行爲甚深義得觀察智慧地故具足辯才八無功用方爲正念九力增上故十智增上故

爾時彌伽告善財言善男子汝已發阿耨多羅三藐三菩提心耶善財言唯我已先發阿耨多羅三藐三菩提心

第三爾時彌伽下稱讃授法中二先稱讃法器後授已法門前中二初審定

彌伽遽即下師子座於善財所五體投地散金銀華無價寶珠及以上妙碎末栴檀無量種衣以覆其上復散無量種種香華種種供具以爲供養

二彌伽遽即下敬讃於中二先敬後然後起立下讃今初所以師禮資者以菩提心是佛因故能廣出生諸功德故故法界無差别論云敬禮菩提心者如人禮白分初月不禮滿月以希現故滿月由此故又發心畢竟二不别如是二心先心難是故我禮初發心人況未說法未定爲師後授已法方升本座不乖重法前諸知識而不爾者爲僧敬俗事不便故今初所以師禮資下微釋所以上微問以菩提下答先正釋以敬法重人故又發心畢竟下引經涅槃三十七至迦葉讃佛前來已引今當更引具云發心畢竟二不别如是二心先心難自未得度先度他是故我禮初發心初發已爲天人師勝出聲聞及緣覺如是發心過三界是故得名最無上今畧引三句耳上引他經若當經中其文繁博下慈氏中發心功德品上下善友亦廣稱讃況未說下别立禮之所以言不乖重法者以師禮資義似自輕昇座

方說不乖重法者涅槃第六云有知法者若老若少故應供養恭敬禮拜猶如事火婆羅門如第二天奉事帝釋佛言我於經中覆相說是不爲學聲聞人但爲菩薩釋曰由後義故故下通難云爲僧敬俗事不便故即約聲聞不輕佛法若是菩薩常不輕是四衆皆禮故爲重法

然後起立而稱歎言善哉善哉善男子乃能發阿耨多羅三藐三菩提心

後讚中二先讚發心後善男子應知菩薩下讚其求友前中二初總讚

善男子若有能發阿耨多羅三藐三菩提心則爲不斷一切佛種則爲嚴淨一切佛刹則爲成熟一切衆生則爲了達一切法性則爲悟解一切業種則爲圓滿一切諸行則爲不斷一切大願則如實解離貪種性則能明見三世差別則令信解永得堅固

二善男子若有下別讚於中三初有十句因德深廣斯德終成功歸初發而汝能發是謂希奇其相多同初發心品此中亦具深直悲心可以意得

則爲一切如來所持則爲一切諸佛憶念則與一切菩薩平等則爲一切賢聖讚喜則爲一切梵王禮覲則爲一切天主供養則爲一切夜叉守護則爲一切羅刹侍衛則爲一切龍王迎接則爲一切緊那羅王歌詠讚歎則爲一切諸世間主稱揚慶悅則令一切諸衆生界悉得安隱所謂令捨惡趣故令出難處故斷一切貧窮根本故生一切天人快樂故遇善知識親近故聞廣大法受持故生菩提心故淨菩提心故照菩薩道故入菩薩智故住菩薩地故

次則爲一切下十王敬護後則令一切衆

生界下外益衆生
善男子應知菩薩所作甚難難出難值見菩
薩者倍更難有
第二讚求友中以菩薩難遇而能求能遇
故知善財是深法器亦預誡求友之心故
解脱處歷十二年不生疲厭於中二初總
讚機應難得
菩薩爲一切衆生恃怙生長成就故爲一切
衆生拯濟拔諸苦難故爲一切衆生依處守
護世間故爲一切衆生救護令免怖畏故菩
薩如風輪持諸世間不令墮落惡趣故如大
地增長衆生善根故如大海福德充滿無盡
故如淨日智慧光明普照故如須彌善根高
出故如明月智光出現故如猛將摧伏魔軍
故如君主佛法城中得自在故如猛火燒盡
衆生我愛心故如大雲降霔無量妙法雨故
如時雨增長一切信根芽故如船師示導法
海津濟處故如橋梁令其得度生死海故
二菩薩爲下别讚善友於中二先法後喻
有十三喻初二喻恃怙次四喻拯濟次君
喻依處餘喻救護
彌伽如是讚歎善財令諸菩薩皆歡喜已從
其面門出種種光普照三千大千世界其中
衆生遇斯光已諸龍神等乃至梵天悉皆來
至彌伽之所彌伽大士即以方便爲開示演
説分别解釋輪字品莊嚴法門彼諸衆生聞
此法已皆於阿耨多羅三藐三菩提得不退
轉
第二彌伽如是讚歎下授已法門中二先
現通益物令其目覩後彌伽於是還升下

升座說授令其聽聞今初言輪字品莊嚴法門者賢首引日照三藏解云輪有多義一約字相楞伽中云字輪圓滿猶如象迹等二約所詮盡理圓備如輪滿足三約用謂妙音陀羅尼有轉授義滅惑義如法輪等即輪字教法詮示莊嚴此釋已佳今更依毘盧遮那經第五別有字輪品彼經云是徧一切處法門謂菩薩若住此字輪法門始從初發妙菩提心乃至成佛於是中間所有一切自利利他種種事業觀此字而與相應即同毘盧遮那法身之體皆得成就如最初阿(上聲)字即是菩提之心若謂此阿(上聲)字輪猶如孔雀尾輪光明圍繞行者而住其中即是住於佛位又阿(平聲長呼)娑嚩三字總攝三部阿字如來部娑字蓮華部嚩字金剛部隨一部中皆有五字所謂字輪者從此輪轉而生諸字輪是生義如從阿菩提字即轉生四字謂一阿字(上聲長呼)是修行輪既已發心必修諸行二闇字是成菩提輪既修行已必證菩提三噁字是大寂滅涅槃輪即菩提所至四惡字(長呼)是方便輪而阿字當中四字繞之從下次第右旋亦如輪相舉一爲例餘字準之若行者如是了達則能入陀羅尼門旋轉無礙故名字輪品種種布列圓位故名莊嚴餘如彼釋其字下深義至衆藝中當廣分別所以次前而辨斯者前無礙解脫即無相智光令將入俗兼存有無寄字表義又爲總持令不失故既爲醫人亦以字輪消伏障故聖教中生宜持字故(所以次前而辯斯者下二明次)

第上問下答即容用毗盧遮那經意彼有偈云甚深相無相劣慧所不堪為化是等故兼存有無說釋曰寄字即學有無相智如有偈云八葉白蓮一時開炳現阿字集光色即存有也阿表無生義即存無也會之不二即是中道又為總持令不失者入俗化導總持差別故既為豎人下即直就有說從聖教中生約表位說

彌伽於是還升本座告善財言善男子我已獲得妙音陀羅尼能分別知三千大千世界中諸天語言諸龍夜叉乾闥婆阿脩羅迦樓羅緊那羅摩睺羅伽人與非人及諸梵天所有語言如此三千大千世界十方無數乃至不可說不可說世界悉亦如是

第二升座說授妙音陀羅尼者標名能分別下顯用此妙音持即前輪字法門然字即四十二字音即十四音謂哀阿億伊等以十四音徧入諸字故出字無盡若於音窮妙則善萬類之言究聲明之論耳二處互舉理實相成然字即四十二字如衆藝處十四音初地已明

善男子我唯知此菩薩妙音陀羅尼光明法門如諸菩薩摩訶薩能普入一切衆生種種想海種種施設海種種名號海種種語言海能普入說一切深密法句海說一切究竟法句海說一切所緣中有一切三世所緣法句海說上法句海說上上法句海說差別法句海說一切差別法句海能普入一切世間呪術海一切音聲莊嚴輪一切差別字輪際如是功德我今云何能知能說

第四善男子我唯下謙已推勝中二先謙已結前言光明者智鑒妙音故後如諸下仰推勝進別有十四句前四可知五詮深密故六無餘說故七法融時法故入勝故九勝中勝故次三可知十三十四即前所

得而言際者窮理盡性故五詮深蜜者畧有三義一詮理智即事而真三德涅槃名祕蜜藏等二蜜意故三具三蜜故

善男子從此南行有一聚落名曰住林彼有長者名曰解脱汝詣彼問菩薩云何修菩薩行菩薩云何成菩薩行菩薩云何集菩薩行菩薩云何思菩薩行

第五善男子從此下指示後友住林者方便具足住衆德建立故年者德艾事長於人故稱長者於其身内現無邊佛境定用自在故名解脱表此住位所修善根皆為度脱一切衆生乃至令證大涅槃故年者德艾者耆即長也艾亦老也事長於人者年德俱高也皆爲度脱等者具足經云云何爲菩薩具足方便住此菩薩所修善根皆爲救護一切衆生二饒益三安樂四哀愍五度脱上四皆同初句有一切衆生六令一切衆生離諸災難七出生死苦八發生淨信力悉得調伏十咸證涅槃皆如第六句有令一切衆生令疏隨便引於二句

爾時善財童子以善知識故於一切智法深生尊重深植淨信深自增益禮彌伽足涕泗悲泣繞無量帀戀慕瞻仰辭退而行

第六戀德禮辭

爾時善財童子思惟諸菩薩無礙解陀羅尼光明莊嚴門深入諸菩薩語言海門憶念諸菩薩知一切衆生微細方便門觀察諸菩薩清淨心門成就諸菩薩善根光明門淨治諸菩薩教化衆生門明利諸菩薩攝衆生智門堅固諸菩薩廣大志樂門任持諸菩薩殊勝志樂門淨治諸菩薩種種信解門思惟諸菩薩無量善心門誓願堅固心無疲厭以諸甲冑而自莊嚴精進深心不可退轉具不壞信其心堅固猶如金剛及那羅延無能壞者守持一切善知識教於諸境界得不壞智普門

清淨所行無礙智光圓滿普照一切具足諸地總持光明了知法界種種差別無依無住平等無二自性清淨而普莊嚴於諸所行皆得究竟智慧清淨離諸執著知十方差別法智無障礙往十方差別處身不疲懈於十方差別業皆得明了於十方差別佛無不現見於十方差別時悉得深入清淨妙法充滿其心普智三昧明照其心心恒普入平等境界如來智慧之所照觸一切智流相續不斷若身若心不離佛法一切諸佛神力所加一切如來光明所照成就大願願身周徧一切剎網一切法界普入其身

第五解脱長者寄具足方便住分六初依教趣求中二先思念前教於中亦二初十一句思修前法初總餘別後誓願堅固下顯修之益寄具足方便住者帶真隨俗習無量善巧化無住故

漸次遊行十有二年至住林城周徧推求解脱長者

二漸次下趣求後友十二年者昔云自分勝進各修六度故亦顯徧觀十二住故亦表不住十二緣故故云遊行若不住緣則得解脱故下云得見

既得見已五體投地起立合掌白言聖者我今得與善知識會是我獲得廣大善利何以故善知識者難可得見難可得聞難可出現難得奉事難得親近難得承接難可逢值難得共居難令喜悦難得隨逐我今會遇為得善利

第二既得見已下見敬諮問中三初明見敬而自慶者希望多年故

聖者我已先發阿耨多羅三藐三菩提心爲欲事一切佛故爲欲值一切佛故爲欲見一切佛故爲欲觀一切佛故爲欲知一切佛故爲欲證一切佛平等故爲欲發一切佛大願故爲欲滿一切佛大願故爲欲具一切佛智光故爲欲成一切佛衆行故爲欲得一切佛神通故爲欲具一切佛諸力故爲欲獲一切佛無畏故爲欲聞一切佛法故爲欲受一切佛法故爲欲持一切佛法故爲欲解一切佛法故爲欲護一切佛法故爲欲與一切諸菩薩衆同一體故爲欲與一切菩薩善根等無異故爲欲圓滿一切菩薩波羅蜜故爲欲成就一切菩薩所修行故爲欲出生一切菩薩清淨願故爲欲得一切諸佛菩薩威神藏故爲欲得一切菩薩法藏無盡智慧大光明故爲欲得一切菩薩三昧廣大藏故爲欲成就一切菩薩無量無數神通藏故爲欲以大悲藏教化調伏一切衆生皆令究竟到邊際故爲欲顯現神變藏故爲於一切自在藏中悉以自心得自在故爲欲入於清淨藏中以一切相而莊嚴故

二聖者我已下自陳發心中先總後爲欲下別陳發心之相於中三初欲上窮佛境二爲欲聞一切下欲罄盡法源三爲欲與一切下欲齊菩薩行亦僧寶境文並可知

聖者我今以如是心如是意如是樂如是欲如是希求如是思惟如是尊重如是方便如是究竟如是謙下至聖者所我聞聖者善能誘誨諸菩薩衆能以方便闡明所得示其道路與其津梁授其法門令除迷倒障拔猶豫

箭截疑惑網照心稠林浣心垢濁令心潔白使心清淨正心諂曲絕心生死止心不善解心執著於執著處令心解脫於染愛處使心動轉令其速入一切智境使其疾到無上法城令住大悲令住大慈令入菩薩行令修三昧門令入證位令觀法性令增長力令修習行普於一切其心平等唯願聖者爲我宣說菩薩云何學菩薩行修菩薩道隨所修習疾得清淨疾得明了

三聖者我今下方陳請問於中亦三初結前生後謂結前發心之相便爲請問之端故云以如是心至聖者所二我聞聖者下讚能誘誨三唯願聖者下請說所疑謂結前發心之相者如前經言爲欲入於清淨藏中以一切相而莊嚴故即爲請問云何得入於清淨藏中等餘皆倣此

時解脫長者以過去善根力佛威神力文殊師利童子憶念力故即入菩薩三昧門名普攝一切佛刹無邊旋陀羅尼

第三時解脫下正示法界分二初入定黙示後出定言答前中所以此中入定示者亦顯此位定增上故文中三初彰入定因緣宿善爲因表自修故後二爲緣主佛威力表本覺故文殊念力顯信智故已彰善財因文殊故二即入下舉定名體謂普攝諸刹在於身中由唯心之智稱性總持令如體用旋轉無礙故以爲名

入此三昧已得清淨身於其身中顯現十方各十佛刹微塵數佛及佛國土衆會道場種種光明諸莊嚴事亦現彼佛往昔所行神通變化一切大願助道之法諸出離行清淨莊

嚴亦見諸佛成等正覺轉妙法輪教化衆生如是一切於其身中悉皆顯現無所障礙種種形相種種次第如本而住不相雜亂所謂種種國土種種衆會種種道場種種嚴飾其中諸佛現種種神力立種種乘道示種種願門或於一世界處兜率宮而作佛事或於一世界歿兜率宮而作佛事如是或有住胎或復誕生或處宮中或復出家或詣道場或破魔軍或諸天龍恭敬圍繞或諸世主勸請說法或轉法輪或般涅槃或分舍利或起塔廟彼諸如來於種種衆會種種世間種種趣生種種家族種種欲樂種種業行種種語言種種根性種種煩惱隨眠習氣諸衆生中或處微細道場或處廣大道場或處一由旬量道場或處十由旬量道場或處不可說不可說佛剎微塵數由旬量道場以種種神通種種言辭種種音聲種種法門種種總持門種種辯才門以種種聖諦海種種無畏大師子吼說諸衆生種種善根種種憶念授種種菩薩記說種種諸佛法彼諸如來所有言說善財童子悉能聽受亦見諸佛及諸菩薩不可思議三昧神變

三入此三昧下明定業用即普攝等義於中三初總明普攝次種種形下別彰廣多三彼諸如來所有言下令善財聞見

爾時解脫長者從三昧起告善財童子言善男子我已入出如來無礙莊嚴解脫門善男子我入出此解脫門時即見東方閻浮檀金光明世界龍自在王如來應正等覺道場衆會之所圍繞毗盧遮那藏菩薩而爲上首又

見南方速疾力世界普香如來應正等覺道場衆會之所圍繞心王菩薩而爲上首又見西方香光世界須彌燈王如來應正等覺道場衆會之所圍繞無礙心菩薩而爲上首又見北方袈裟幢世界不可壞金剛如來應正等覺道場衆會之所圍繞金剛步勇猛菩薩而爲上首又見東北方一切上妙寶世界無所得境界眼如來應正等覺道場衆會之所圍繞無所得善變化菩薩而爲上首又見東南方香燄光音世界香燈如來應正等覺道場衆會之所圍繞金剛燄慧菩薩而爲上首又見西南方智慧日普光明世界法界輪幢如來應正等覺道場衆會之所圍繞現一切變化幢菩薩而爲上首又見西北方普清淨世界一切佛寶高勝幢如來應正等覺道場衆會之所圍繞法幢王菩薩而爲上首又見上方佛次第出現無盡世界無邊智慧光圓滿幢如來應正等覺道場衆會之所圍繞法界門幢王菩薩而爲上首又見下方佛光明世界無礙智幢如來應正等覺道場衆會之所圍繞一切世間刹幢王菩薩而爲上首

第二爾時解脱下出定言告中四一明起定二告善財下示定名體名如來無礙莊嚴者總有五義一一切如來各具一切無礙莊嚴二一一如來互徧無礙三一切如來莊嚴悉入長者之身四長者徹見十方佛海五長者智持不以爲礙故無礙言兼得旋持不違上文經家所序三善男子我入出下明定業用名如來無礙莊嚴總有五義者而文中皆含如一云如來各具無礙莊嚴者即上經云種種光明諸莊嚴事若因若果若依若正即

無礙莊嚴也二一一如來互遍無礙者以身中現十方各十佛刹微塵數佛無雜亂故三與長者身無礙者以身不大而刹不小亦無來去互遍無礙謂以舍刹之身入身中之刹無不充遍是內外一多無礙故新譯經云身與佛刹互相涉入不相障礙即此便有重重之義謂舍刹之身入身中之刹身中刹內之身亦能容刹所容之刹亦能有身故身身無窮刹刹無盡四長者徹見等者經云見諸佛成正覺等尚令善財見聞況長者耶故下出定告云我入出此定即見東方閻浮檀金光明世界龍自在王如來如是等十方諸佛欲見即見五長者智持無礙者以是唯心三昧力故所以出定能持能說故無礙言兼得旋持等者即第五義不違前來普攝一切佛刹無邊旋陀羅尼普攝佛刹之義定中相顯而其智持不違總持

善男子我見如是等十方各十佛刹微塵數如來彼諸如來不來至此我不徃彼

四善男子我見如是下彰定體相即無來去唯心觀故所以次前顯此定者唯心之觀亦其要故亦顯此位知衆生界無量無邊皆心現故於中二一結前所見體無來徃

我若欲見安樂世界阿彌陀如來隨意即見我若欲見栴檀世界金剛光明如來妙香世界寶光明如來蓮華世界寶蓮華光明如來妙金世界寂靜光如來妙喜世界不動如來善住世界師子如來鏡光明世界月覺如來寶師子莊嚴世界毘盧遮那如來如是一切悉皆即見

二我若欲見下廣顯隨心見佛體相於中四一明隨心念佛諸佛現前二然彼如來下正顯唯心念佛觀體三善男子當知下以唯心觀徧該萬法四是故善男子下結勸修學令證唯心初中既了境唯心了心即佛故隨所念無非佛矣何難見哉既了境唯心者上經云若人欲了知三世一切佛應觀法界性一切唯心造言了心即佛者經

云如心佛亦爾如佛衆生然應知佛與心體性皆無盡既境即是心心即是佛則無境非佛況心心耶加以志一不撓精詣造微佛應剋誠于何不見然彼如來不來至此我身亦不往詣於彼知一切佛及與我心悉皆如夢知一切佛猶如影像自心如水知一切佛所有色相及以自心悉皆如幻知一切佛及以已心悉皆如響我如是知如是憶念所見諸佛皆由自心

二觀體中初總明相無來往初總明相無來往者體性寂滅故知一切下釋其所由所以上言普見諸佛又無來去其故何耶了彼相虛唯心現故了彼相虛唯心現故者以我即寂之唯心叩彼即體之妙用能念所念何動寂之相干於中前別顯後結成別中文有四對意含通別謂通顯唯心喻無來往別喻唯心兼明不出入等一如夢對般舟三昧經云如夢見七寶親屬歡樂覺已追念不知在何處如是念佛此喻唯心所作即有而空故無來去又云如舍衛國有女名曰須門聞之心喜夜夢從事覺已念之彼不來我不往而樂事宛然當如是念佛此正喻體無來往但隨心變一如夢對下此之四喻唯影別喻餘三皆通若準新譯夢響二喻具通與別影幻二喻唯別無通今初夢一喻彼經別云如夢所見從分別生見一切佛從自心起上二句喻下二句合則夢境喻佛分別夢因喻能念心故觀無量壽佛經云是心作佛是心是佛諸佛正遍知海從心想生緣佛非實故能所見空無往來也般舟下引證此經有三卷題云般舟三昧經一名十方現在佛悉在前立定經後魏沙門支婁迦讖譯在佛在羅閱祇加隣竹園說跋陀和菩薩問第一問事品今引亦第一卷行品第二佛先令遠惡近善修此念佛三昧故舉諸喻示念佛相經文浩博今疏畧引今當具引一喻經云何因緣致現在諸佛悉在前立三昧如是跋陀和其有比丘比丘尼優婆塞優婆夷持戒完具獨一處止心念西方阿彌陀佛今現在隨所聞當念彼國去此千億萬佛刹其國名須摩提佛在衆菩薩中央說經一切時常念阿彌陀佛種種告跋陀和譬如人卧即於夢中見有種種

金銀珍寶或後夢父母兄弟妻子親屬知識相與娛樂喜樂無比及其覺已爲人說之如是跋陀和若沙門白衣所聞西方阿彌陀佛當念彼佛不得缺戒一心專念若一畫夜若七日七夜過七日已後見阿彌陀佛於覺不見於夢中見之譬如夢中所見不知畫夜亦不知內亦不見外不用在寘中故不見不用有所蔽礙故不見如是跋陀和菩薩當如是念時諸佛國界名大須彌山其有幽寘之處悉爲開闢目亦不蔽心亦不礙是菩薩摩訶薩不持天眼徹視不持天耳徹聽不持神足到其佛剎不於是間終不生彼問佛剎耳乃見便於此閒坐見阿彌陀佛聞所說法悉受持得從三昧起悉能其足爲人說之釋曰次下即有須門女喻從七日已下即示合相取如夢見無定實義彼經有多夢喻今但引二前七實喻喻即有而空覺無所得故後如夢喻喻空不礙有有即事故然合二不二爲中道義故但取意畧引其二又約義別說心性如境觀如緣想觀成如夢此唯就於能行人合又法身如境報身如想應身如夢此唯約佛境合又彼佛如境行人如想見佛如夢所見雙約感應此三釋經通喻一切諸佛及以我心皆如夢故言有女名須門者經有三人以念三女經云譬如有人聞墮舍利國中有婬女名須門若後有人聞婬女人名即凡和利若後有人聞優婆須然經言小隱若賢護全同而文分明經云後次賢護如此摩伽陀國有三丈夫其第一者聞毗耶離城有婬女名須摩那彼第二人聞有婬女名菴羅波離彼第三人聞有婬女名蓮華色彼既聞已各設方便繫念勤求無時暫廢彼三人實未曾息如是諸女直以邊聞即興欲心專念不觀後時因夢謂在王城與彼女人共行欲事欲事既成求心亦息希望既滿遂便覺寤寐已追念夢中所行如所聞見如所證知如是憶念來詣汝所具爲汝說汝應爲彼說法隨順教化令其得住不退轉地究竟成就阿耨多羅三藐三菩提彼於當來必得成佛名曰善覺又云如舍衛國等者即智論第六似引此緣而有小異論云如佛在世三人爲伴聞毗舍離有婬女名菴羅婆和舍衛國有婬女名須曼那王舍城有婬女名優鉢羅盤那並端正無比三人各聞長念心着便於夢中與彼從事覺已心念彼人不來我又不往而婬事得辦因是即悟諸法亦爾於是共至跋陀婆羅菩薩所而問其事菩薩答言諸法實耳皆從念生菩薩乃爲其方便說法皆得不退轉地釋曰大意同經但闕授記耳然經論大意郄顯念見佛竟方悟性空有無無礙與疏意同也

二水影對中

若月滿秋空隨水而現澄潭皎淨則月影圓明水濁波騰則光昏影散有水月現曾何入來無水影空未曾出去雖水中見月

誰能執持心之定散準喻思擇二水影對中等者乃別喻心但喻水為影緣故若取通意則心佛皆影然新譯經亦是別喻而加於器可喻淨身而般舟經亦有影喻具水面鏡像以喻自見非從外入非從內出正與疏同明非入出兼唯心義疏心之定散準喻思擇者然水有四類一清二濁三動四靜合中水濁對前皎淨波騰對於澄潭以法就喻通有二義有惑無信為濁有信無惑為清散亂為動有定為靜四事交絡成多句數一水濁而動若黃河汩流此喻有惑無信又多亂想二濁而不動如稀泥無波喻如有惑無信并無攀緣然此一句曲有多義一有惑而靜二無信而靜愚癡之定也三清淨而動喻無惑有信而多覺觀對上第二亦有三義一無惑而亂二有信而亂三明了而亂四清而且靜喻無惑有信而定畧舉定散實含清濁而第一人設有念佛而見佛者如黒象脚加聮爍不定第二人見同灰炭色安住不動第三人見或覩相好忽有忽無乍離乍合第四人見則色相端嚴凝停不亂唯見唯靜逈觀逈明今同第四而念見也故法華云深入禪定見十方佛故疏云心之定散準喻思擇然其大意佛既如影安有有無一多勝劣去來入出等相非空非有中道觀成若水喻心性則佛之月影皆是衆生眞心中物心佛交徹眞唯心也三如幻對如幻非實則心佛兩亡

而不無幻相則不壞心佛正喻空有無礙故即無來去不妨普見見即無見常契中道三如幻對但有通喻新經別喻云又知自心猶如幻術知一切佛如幻所作謂有能幻法方有幻事無能念心無所見佛疏中具顯三觀初空觀次而不無幻相下即假觀後正喻下中道觀也四如響對以心為緣而佛響應佛無分別以佛為緣而心見佛心何去來此但總喻緣成之義四如響對亦唯通喻新經別喻云譬如空谷隨聲發響悟解自心隨念見佛釋曰此唯一義則法身如空谷自心如發聲見佛如響應而疏釋經通相之喻心佛皆響故兩句釋之初喻佛如響則谷等同上後以佛為緣下喻心如響則以自性清淨心為空谷佛應為聲起見佛心即如響也故疏結云此但總喻緣成之義然亦聲谷皆緣喻二心為緣而有佛響二佛為緣而心得見故二皆響而上四喻皆言對者雖喻有三法本但喻於心佛二故上之四喻皆具四觀一正喻唯心二唯心故空三唯心故假四唯心中融而無礙即華嚴意若皆具四何用四喻兼別義故一欲廣雅心無性等故二從增勝說四義不同謂夢喻不來不去影喻不出不入幻喻非有非無響喻非合非散又夢喻散心意言

分別故水喻定心同靜水故幻喻起用心如幻術故響喻勝劣心隨念見故又前三喻喻見佛身後一兼喻聞法三中夢喻法身但有想見竟無見故影喻報身相明淨故幻喻化身隨意成故又幻喻是心作佛影喻是心是佛夢喻諸佛正遍知海從心想生響喻隨心勝劣見佛有異具上諸意四喻不同故上疏云別喻唯心兼明不出入等

後結成唯心故無量壽觀經云是心是佛是心作佛諸佛正徧知海從心想生般舟三昧經結云自念佛從何所來我亦無所至我所念即見心作佛心自見心是佛心是我心見佛上方攝境歸心下又拂云心不自知心心不自見心心有想爲癡無想即泥洹是法無可示者皆念所爲設有念亦了無所有空耳此即喻中意已具矣

後結成唯心者即釋經我如是憶念所見諸佛皆由自心疏家便引經證先引觀經畧如向說般舟依止觀中引文稍闕畧今當次第具引經云作是念佛從何所來去到何所自念佛何所從來我亦無所至自念三處欲處色處無想處是三處意所爲耳我所念即見心作佛心自見心是佛心是但薩阿竭心心此云如來是我身心見佛心不自知心心不自見心心有想爲癡心無想是泥洹是法無可示者皆念所爲設使念爲空耳設有念亦了無所有如是跋陀和菩薩在三昧中立者所見如是佛爾時頌偈言心者不知心有心不見心心起想則癡無想是泥洹是法無堅固常在於念以解見空者一切無想念釋曰對疏廣畧可知次釋疏文初明佛無去來隨念即見佛二心作佛下明唯心念佛觀成初知是我心作佛心外無佛故所見佛即見自心言是佛心者我心佛心心無二故若見自心即見佛心如如即佛故畧不出言是我心見佛者結成唯心決定是我心見心外無別佛也故疏結云上方攝境歸心下又拂去先拂上心自見心夫心爲能見佛爲所見如刀不自割指不自觸云何自心還見自心能所不分見相斯絕下句拂上知是我心既能所知二皆是心則亦絕能所故無知耳故結云有想則癡然般舟別譯隋朝沙門闍那崛多即大集賢護有文五卷初品名思惟第二品名三昧行此中義在初品餘可知

大方廣佛華嚴經疏鈔會本第六十三之一

音釋

沮 慈呂切遏也　**恃怙** 恃承矢切賴也怙侯古切依也　**霔** 之戍切霔注也

涕泗涕他計切泗息利切涕泗鼻液也　胄直佑切兜鍪也　闡齒善切顯也　裯直由切蜜也　浣胡管切洗也　誕徒案切　澡子皓切洗滌也

大方廣佛華嚴經疏鈔會本第六十三之二

唐于闐國三藏沙門實叉難陀　譯
唐清涼山大華嚴寺沙門澄觀撰述

善男子當知菩薩修諸佛法淨諸佛刹積集妙行調伏衆生發大誓願入一切智自在遊戲不可思議解脫之門得佛菩提現大神通徧往一切十方法界以微細智普入諸劫如是一切悉由自心是故善男子應以善法扶助自心應以法水潤澤自心應於境界淨治自心應以精進堅固自心應以忍辱坦蕩自心應以智證潔白自心應以智慧明利自心應以佛自在開發自心應以佛平等廣大自心應以佛十力照察自心

第三心該萬法謂非但一念佛觀由於自心菩薩萬行佛果體用亦不離心如有偈云諸佛從心得解脫心者無漏名清淨五道鮮潔不受色有解此者成大道第四結勸修學中既萬法不離自心但修自心萬法行備亦遣愚人妄解之失謂有計云萬法皆心任之是佛驅馳萬法豈不唐勞故今廣明心雖即佛久翳塵勞故以萬行增修令其瑩徹又但說萬行由心不說不修爲是又萬法即心修何礙心文有十句一如彼病人非杖不起煩惱病重假善相資二若無法水法芽不生三對境忘心即六塵不染四舊善不雜新善進修可謂堅固五違順不干則坦然寬廓六寂照內證皎然無瑕七觸境了如無不鑒達八六自在王性同於佛開塵發用知見分明九與佛同如體周法界十以調生十力察獲踈遺

如是修心則圓前佛法

善男子我唯於此如來無礙莊嚴解脫門而得入出如諸菩薩摩訶薩得無礙智住無礙行得常見一切佛三昧得不住涅槃際三昧了達三昧普門境界於三世法悉皆平等能善分身徧一切刹住於諸佛平等境界十方境界皆悉現前智慧觀察無不明了於其身中悉現一切世界成壞而於已身及諸世界不生二想如是妙行而我云何能知能說

第四善男子我唯下謙已推勝不住涅槃際生下當知餘文相顯

善男子從此南行至閻浮提畔有一國土名摩利伽羅彼有比丘名曰海幢汝詣彼問菩薩云何學菩薩行修菩薩道

第五從此下指示後友閻浮提畔者此洲南際表將鄰不退故亦云所得般若六度後邊故摩利伽羅晉經譯爲莊嚴比丘海幢者業用深廣而高出故正心不動如海最高勝故

時善財童子頂禮解脫長者足右繞觀察稱揚讃歎思惟戀仰悲泣流淚一心憶念依善知識事善知識敬善知識由善知識見一切智於善知識不生違逆於善知識心無諂誑於善知識心常隨順於善知識起慈母想捨離一切無益法故於善知識起慈父想出生一切諸善法故辭退而去

六戀德禮辭

爾時善財童子一心正念彼長者教觀察彼長者教憶念彼不思議菩薩解脫門思惟彼不思議菩薩智光明深入彼不思議法界門

趣向彼不思議菩薩普入門明見彼不思議如來神變解了彼不思議普入佛刹分別彼不思議佛力莊嚴思惟彼不思議菩薩三昧解脫境界分位了達彼不思議差別世界究竟無礙修行彼不思議菩薩堅固深心發起彼不思議菩薩大願淨業

第六海幢寄正心住文但有五初念教趣求有二初念前教詔海幢比丘寄正心住成就般若了法性空無住無依無邪無正故聞讃毀真正其心念不動故

漸次南行至閻浮提畔摩利聚落周徧求覓海幢比丘

二趣求後友文顯可知

乃見其在經行地側結跏趺坐入于三昧離出入息無別思覺身安不動

第二乃見其在下見敬諮問中二先見敬後善財童子讃言下諮問今初小異前來謂便見其入定體用即同前文正示法界下諸夜神類多如是文中有五一見入定相二觀定勝用三瞻敬證入四所經時分五觀從定起今初此通二定一即滅受想定謂無別思覺七轉巳息唯第八識持身定前加行誓願力故令於定身起諸業用若圓教中融攝法界自在無礙故業用無方未曾起念是以六地能入滅定而起通用住似地故淨名云不起滅定而現諸威儀正當此也二者即第四禪以起用多依彼故四禪無出入息亦無覺觀內淨喜樂諸思覺故通表此位心定不動故又經行地側是動之所而滅思覺者表即動而寂故而言側者不住行故滅受想定如此品初及七地說引淨

名經亦如前說

從其足下出無數百千億長者居士婆羅門衆皆以種種諸莊嚴具莊嚴其身悉著寶冠頂繫明珠普往十方一切世界雨一切寶一切瓔珞一切衣服一切飲食如法上味一切華一切鬘一切香一切塗香一切欲樂資生之具於一切處救攝一切貧窮衆生安慰一切苦惱衆生皆令歡喜心意清淨成就無上菩提之道

二從其足下見定業用中二先別明身分作用處別後海幢比丘又於其身下總顯毛孔光明業用今初總十四處作用不同總相而明從下至上漸漸增勝別則各表不同一足出長者等者足有二義一最初故多顯施行萬行首故二行住義長者行之長故居士得安處故婆羅門淨行故成就菩提是利行故

從其兩膝出無數百千億剎帝利婆羅門衆皆悉聰慧種種色相種種形貌種種衣服上妙莊嚴普徧十方一切世界愛語同事攝諸衆生所謂貧者令足病者令愈危者令安怖者令止有憂苦者咸使快樂復以方便而勸導之皆令捨惡安住善法

二膝出剎帝利等者土由帝主屈伸自在故行由於膝故出淨行次前二攝故說愛語同事

從其腰間出等衆生數無量仙人或服草衣或樹皮衣皆執澡瓶威儀寂靜周旋往返十方世界於虛空中以佛妙音稱讚如來演說諸法或說清淨梵行之道令其修習調伏諸

根或說諸法皆無自性使其觀察發生智慧或說世間言論軌則或復開示一切智智出要方便令隨次第各修其業

三腰出仙人者腰謂齋輪之下氣海之間是吐故納新出仙之所故梵本云那髀曼陀羅此云齋輪

從其兩脇出不思議龍不思議龍女示現不思議諸龍神變所謂雨不思議香雲不思議華雲不思議鬘雲不思議寶蓋雲不思議寶旛雲不思議妙寶莊嚴具雲不思議大摩尼寶雲不思議寶瓔珞雲不思議寶座雲不思議寶宮殿雲不思議寶蓮華雲不思議寶冠雲不思議天身雲不思議采女雲悉徧虛空而爲莊嚴充滿一切十方世界諸佛道場而爲供養令諸衆生皆生歡喜

四脇出龍者是旁生故

從胷前卍字中出無數百千億阿脩羅王皆悉示現不可思議自在幻力令百世界皆大震動一切海水自然涌沸一切山王互相衝擊諸天宮殿無不動搖諸魔光明無不隱蔽諸魔兵衆無不摧伏普令衆生捨憍慢心除怒害心破煩惱山息衆惡法長無鬬諍永共和善復以幻力開悟衆生令滅罪惡令怖生死令出諸趣令離染著令住無上菩提之心令修一切諸菩薩行令住一切諸波羅蜜令入一切諸菩薩地令觀一切微妙法門令知一切諸佛方便如是所作周徧法界

五於胷德相出脩羅者胷是能生能滅憍慢幻術之所故又明德相能降魔故

從其背上爲應以二乘而得度者出無數百

千億聲聞獨覺爲著我者說無有我爲執常者說一切行皆悉無常爲貪行者說不淨觀爲瞋行者說慈心觀爲癡行者說緣起觀爲等分行者說與智慧相應境界法爲樂著境界者說無所有法爲樂著寂靜處者說發大誓願普饒益一切衆生法如是所作周徧法界

六背出二乘者背大乘故

從其兩肩出無數百千億諸夜叉羅刹王種種形貌種種色相或長或短皆可怖畏無量眷屬而自圍繞守護一切行善衆生并諸賢聖菩薩衆會若向正住及正住者或時現作執金剛神守護諸佛及佛住處或徧守護一切世間有怖畏者令得安隱有疾病者令得除差有苦惱者令得免離有過惡者令其厭悔有災横者令其息滅如是利益一切衆生皆悉令其捨生死輪轉正法輪

七肩出夜叉等者肩是可畏勇力之所故又是荷負之所故爲守護業

從其腹出無數百千億緊那羅王各有無數緊那羅女前後圍繞又出無數百千億乾闥婆王各有無數乾闥婆女前後圍繞各奏無數百千天樂歌詠讚歎諸法實性歌詠讚歎一切諸佛歌詠讚歎發菩提心歌詠讚歎修菩薩行歌詠讚歎一切諸佛成正覺門歌詠讚歎一切諸佛轉法輪門歌詠讚歎一切諸佛現神變門開示演說一切諸佛般涅槃門開示演說守護一切諸佛教門開示演說令一切衆生皆歡喜門開示演說嚴淨一切諸佛刹門開示演說顯示一切微妙法門開示

演說捨離一切諸障礙門開示演說發生一切諸善根門如是周徧十方法界

八腹出緊那羅等者鼓腹絃歌音樂之所故

從其面門出無數百千億轉輪聖王七寶具足四兵圍繞放大捨光雨無量寶諸貧乏者悉使充足令其永斷不與取行端正采女無數百千悉以捨施心無所著令其永斷邪婬之行令生慈心不斷生命令其究竟常眞實語不作虛誑無益談說令攝他語不行離間令柔輭語無有麤惡令常演說甚深決定明了之義不作無義綺飾言辭爲說少欲令除貪愛心無瑕垢爲說大悲令除忿怒意得清淨爲說實義令其觀察一切諸法深入因緣善明諦理拔邪見刺破疑惑山一切障礙悉皆除滅如是所作充滿法界

九面門出輪王者布十善令向佛法故布十善下經文自具細尋可知

從其兩目出無數百千億日輪普照一切諸大地獄及諸惡趣皆令離苦又照一切世界中間令除黑闇又照一切十方衆生皆令捨離愚癡翳障於垢濁國土放清淨光白銀國土放黃金色光黃金國土放白銀色光瑠璃國土放玻瓈色光玻瓈國土放琉璃色光硨磲國土放碼碯色光碼碯國土放硨磲色光帝青國土放日藏摩尼王色光日藏摩尼王國土放帝青色光赤眞珠國土放月光網藏摩尼王色光月光網藏摩尼王國土放赤眞珠色光一寶所成國土放種種寶色光種種寶所成國土放一寶色光照諸衆生心之稠

林辦諸衆生無量事業嚴飾一切世間境界令諸衆生心得清涼生大歡喜如是所作充滿法界

十目出日輪目等日照故

從其眉間白毫相中出無數百千億帝釋皆於境界而得自在摩尼寶珠繫其頂上光照一切諸天宮殿震動一切須彌山王覺悟一切諸天大衆歎福德力說智慧力生其樂力持其志力淨其念力堅其所發菩提心力讚樂見佛令除世欲讚樂聞法令厭世境讚樂觀智令絶世染止脩羅戰斷煩惱諍滅怖死心發降魔願興立正法須彌山王成辦衆生一切事業如是所作周徧法界

十一眉間出帝釋者於地居中最尊勝故中道般若化衆生故令離五欲得淨法故

從其額上出無數百千億梵天色相端嚴世間無比威儀寂靜言音美妙勸佛說法歎佛功德令諸菩薩悉皆歡喜能辦衆生無量事業普徧一切十方世界

十二額出梵王者梵王超欲故次於眉上又是稽顙請法之所故

從其頭上出無量佛刹微塵數諸菩薩衆悉以相好莊嚴其身放無邊光說種種行所謂讚歎布施令捨慳貪得衆妙寶莊嚴世界稱揚讚歎持戒功德令諸衆生永斷諸惡住於菩薩大慈悲戒說一切有悉皆如夢說諸欲樂無有滋味令諸衆生離煩惱縛說忍辱力令於諸法心得自在讚金色身令諸衆生離瞋恚垢起對治行絶畜生道歎精進行令其遠離世間放逸皆悉勤修無量妙法又爲讚

歎禪波羅蜜令其一切心得自在又爲演說般若波羅蜜開示正見令諸衆生樂自在智拔諸見毒又爲演說隨順世間種種所作令諸衆生雖離生死而於諸趣自在受生又爲示現神通變化說壽命自在令諸衆生發大誓願又爲演說成就總持力出生大願力淨治三昧力自在受生力又爲演說種種諸智所謂普知衆生諸根智普知一切心行智普知如來十力智普知諸佛自在智如是所作周徧法界

十三頭出菩薩者最上首故說十度行並顯可知

從其頂上出無數百千億如來身其身無等諸相隨好清淨莊嚴威光赫奕如真金山無量光明普照十方出妙音聲充滿法界示現無量大神通力爲一切世間普雨法雨

十四頂出佛者尊極無上故文中三初總顯所出身語之相次所謂下別彰法雨不同後如是下一句總結

所謂爲坐菩提道場諸菩薩雨普知平等法雨爲灌頂位諸菩薩雨入普門法雨爲法王子位諸菩薩雨普莊嚴法雨爲童子位諸菩薩雨堅固山法雨爲不退位諸菩薩雨海藏法雨爲成就正心位諸菩薩雨普境界法雨爲方便具足位諸菩薩雨自性門法雨爲生貴位諸菩薩雨隨順世間法雨爲修行位諸菩薩雨普悲愍法雨爲新學諸菩薩雨積集藏法雨爲初發心諸菩薩雨攝衆生法雨爲信解諸菩薩雨無盡境界普現前法雨

就別彰法雨中總有三十二種前十二法

雨爲菩薩餘爲雜類今初一普知平等法雨者略有三等一始覺同本無始本之異故二等諸佛故三生佛一性故得此三等則轉成妙覺二普門法雨者下十法雨即十住者圓教位中十住位滿便成佛故此前更無別位此約以位攝位非一乘宗餘無此說然此十法皆是勸學十法已住自分勸勝進故普門即三世等十種智慧勸彼灌頂令其進修下皆做此三令普學法王善巧等爲莊嚴故四令學知剎動剎等皆無能壞最高出故五令學說一即多說多即一等十種廣大深法故名海藏六令學一切法無相無體等既一切皆然名普境界七知衆生無邊乃至知衆生無自性皆是自性門以無邊等亦入自性故八了知圓滿三世佛法皆是隨順世間故九徧觀察衆生界等爲悲愍故十誦習多聞虛閑寂靜近善知識等皆爲積集包藏於法行故創治心地故名新學十一令其勤供養佛主導世間爲攝衆生若作十地等釋類可思準十二即十信菩薩令普緣如來及普賢無盡境界而生信心分明現前進入位故十法雨即十住者尋經易了

爲色界諸衆生雨普門法雨爲諸梵天雨普藏法雨爲諸自在天雨生力法雨爲諸魔衆雨心幢法雨爲諸化樂天雨淨念法雨爲諸兜率天雨生意法雨爲諸夜摩天雨歡喜法雨爲諸忉利天雨疾莊嚴虛空界法雨爲諸夜叉王雨歡喜法雨爲諸乾闥婆王雨金剛輪法雨爲諸阿修羅王雨大境界法雨爲諸

迦樓羅王雨無邊光明法雨爲諸緊那羅王雨一切世間殊勝智法雨爲諸人王雨無樂著法雨爲諸龍王雨歡喜幢法雨爲諸摩睺羅伽王雨大休息法雨爲諸地獄衆生雨正念莊嚴法雨爲諸畜生雨智慧藏法雨爲閻羅王界衆生雨無畏法雨爲諸厄難處衆生雨普安慰法雨悉令得入賢聖衆會

後爲色界下二十法雨普爲人天雜類一總爲色界衆生捨外住內令得心境無礙故曰普門二偏語初禪以宿習多慈而偏已眷屬今令慈普含福無窮三即他化自在天轉世自在生十力自在四就他化中分出魔衆魔好摧他自高今令得慈心法幢摧其邪慢五隨念化樂但汙自心故轉令淨念六雖於世樂知足宜生出世之意七世樂時分稱快不及法喜之歡八地居之極美空居爲勝不及福智嚴法性空九夜叉性多暴害故令歡喜於含生此約對治明喜前夜摩天約隨便宜十以彼善奏樂音上德聲聞亦爲摧壞今令得金剛智無所不摧無不圓滿十一彼恃大身而生憍慢令見法身稱法界境十二彼以淨眼觀海意欲吞龍令以慈眼智光徧照機感十三隨彼善歌令得即空涉有殊勝世智十四人王著樂故偏對治十五龍多恚毒故爲說喜有熱沙等怖說法幢能摧十六蟒多毒害又爲蟲唼食無休故說內休毒心外苦休息十七地獄衆生身受無邊苦心念無邊惡若以正念三寶爲嚴則頓脫衆苦十八畜生多癡故十九閻魔鬼卒互

相怖畏乃至王身亦有熱鐵鎔銅等怖故二十諸難者所謂八難及在人間獄囚繫閉等而多不安故普安慰悉令得入聖賢衆會翻彼難處

如是所作充滿法界

後結周徧稱性用故

海幢比丘又於其身一切毛孔一一皆出阿僧祇佛刹微塵數光明網一一光明網具阿僧祇色相阿僧祇莊嚴阿僧祇境界阿僧祇事業充滿十方一切法界

二總顯毛孔光明業用可知上來見定相用竟

爾時善財童子一心觀察海幢比丘深生渴仰憶念彼三昧解脫思惟彼不思議菩薩三昧思惟彼不思議利益衆生方便海思惟彼不思議無作用普莊嚴門思惟彼莊嚴法界清淨智思惟彼受佛加持智思惟彼出生菩薩自在力思惟彼堅固菩薩大願力思惟彼增廣菩薩諸行力

第三爾時善財童子一心下贍敬證入中十句初句思人證人法界餘句思法證法法界於中初一句總謂三昧是體解脫是用體用合明二別思彼體次二句別思彼用一益生廣多二無思普徧即用而寂故次二句思前體用所因一內智淨故二外緣加故後三句思其勝進依前體用進益後三故

如是住立思惟觀察經一日一夜乃至經於七日七夜半月一月乃至六月復經六日

第四如是住下所經時分六月六日者第

六住中滿第六度故以法味資神故身心都忘不覺時久

過此已後海幢比丘從三昧出

第五過此已下明出定者所作訖故

善財童子讚言聖者希有奇特如此三昧最爲甚深如此三昧最爲廣大如此三昧境界無量如此三昧神力難思如此三昧光明無等如此三昧莊嚴無數如此三昧威力難制如此三昧境界平等如此三昧普照十方如此三昧利益無限以能除滅一切衆生無量苦故所謂能令一切衆生離貧苦故出地獄故免畜生故閉諸難門故開人天道故令人天衆生喜樂故令其愛樂禪境界故能令增長有爲樂故能爲顯示出有樂故能爲引發菩提心故能使增長福智行故能令增長大悲心故能令生起大願力故能令明了菩薩道故能使莊嚴究竟智故能令趣入大乘境故能令照了普賢行故能令證得諸菩薩地智光明故能令成就一切菩薩諸願行故能令安住一切智智境界中故

第二正明諮問中二先讚後問今初分二初標讚深勝後以能除滅下出讚所因由具此下諸因故上云甚深廣大等其中云能令增長有爲樂者不捨有爲故出有樂者不染有故又上句爲凡夫次句爲二乘下云引發菩提即爲大器

聖者此三昧者名爲何等

第二聖者此三昧者下正問有二問答先問名後問用初中先問後答今初上既修入何更問名其猶世人得大王饍雖飡勝

味何必知名

海幢比丘言善男子此三昧名普眼捨得又名般若波羅蜜境界清淨光明又名普莊嚴清淨門善男子我以修習般若波羅蜜故得此普莊嚴清淨三昧等百萬阿僧祇三昧

答有三名者初一從智立次一雙就境智後一雙融境智立名普眼捨得者般若之智照一切法故名普眼皆無所得故云捨得若有所得不能即寂而用以無所得即無所不得菩薩無得心無罣礙諸佛無得則得菩提昔云障無不寂曰捨理無不證曰得非無此理而未造玄二合稱中般若清淨故境界清淨清淨之境皆般若境故三雙融立稱者般若了境無境非般若何所不嚴故智論云說智及智處俱名爲般若是則若般若清淨若境清淨無二無二分無別無斷故故一莊嚴一切莊嚴名普莊嚴及攝眷屬可知

善財童子言聖者此三昧境界究竟唯如是耶

二善財童子言聖者下向境界中先問後答問云唯如是者上所目覩頗已修入視聽之外更希異聞

海幢言善男子入此三昧時了知一切世界無所障礙往詣一切世界無所障礙超過一切世界無所障礙莊嚴一切世界無所障礙修治一切世界無所障礙嚴淨一切世界無所障礙見一切佛無所障礙觀一切佛廣大威德無所障礙知一切佛自在神力無所障礙證一切佛諸廣大力無所障礙入一切佛

諸功德海無所障礙受一切佛無量妙法無所障礙入一切佛法中修習妙行無所障礙證一切佛轉法輪平等智無所障礙入一切諸佛衆會道場海無所障礙觀十方佛法無所障礙大悲攝受十方衆生無所障礙常起大慈充滿十方無所障礙見十方佛心無厭足無所障礙入一切衆生海無所障礙知一切衆生根海無所障礙知一切衆生諸根差別智無所障礙

後答中皆示上來之所不及於中三初明於器世間無礙次見一切佛下於智正覺世間無礙後大悲攝受下於衆生世間無礙其中見佛亦爲攝生故文並可知

善男子我唯知此一般若波羅蜜三昧光明如諸菩薩入智慧海淨法界境達一切趣徧無量剎總持自在三昧清淨神通廣大辯才無盡善說諸地爲衆生依而我何能知其妙行辯其功德了其所行明其境界究其願力入其要門達其所證說其道分住其三昧見其心境得其所有平等智慧

第三謙已推勝中初謙已知一後如諸下推勝中二先舉彼所知後而我下顯不能測

善男子從此南行有一住處名曰海潮彼有園林名普莊嚴於其園中有優婆夷名曰休捨汝往彼問菩薩云何學菩薩行修菩薩道

第四指示後友中處名海潮者但言有處則猶是前國顯方便行不離般若故言海潮者謂潮所至處顯方便就機不過限故亦將入生死海以濟物故能知三世佛法

海故故上法門名爲海藏園名普莊嚴者約相廣有衆嚴故約表以生死爲園苑萬行爲莊嚴故又文義相隨等莊嚴總持無漏法故友名休捨者此云意樂亦云希望亦云滿願謂隨衆生意樂希望得圓滿故亦能圓滿性相法故前般若了眞故寄比丘此以慈心方便入俗故寄優婆夷矣顯方便行不離般若者既了俗由證眞故説後得明不離也能知三世佛法者上約善友釋此約表位經云佛子此菩薩應勤學十種廣大法何等爲十所謂説一即多説多即一文隨於義義隨於文非有即有有即非有無相即相相即無相無性即性性即無性即廣大法海也餘可思準

時善財童子於海幢比丘所得堅固身獲妙法財入深境界智慧明徹三昧照耀住清淨解見甚深法其心安住諸清淨門智慧光明充滿十方心生歡喜踊躍無量五體投地頂禮其足繞無量帀恭敬瞻仰思惟觀察咨嗟戀慕持其名號想其容止念其音聲思其三昧及彼大願所行境界受其智慧清淨光明辭退而行

大方廣佛華嚴經疏鈔會本第六十三之二

音釋

齌 前西切與臍同 髀 部禮切股骨也 蟒 母黨切大蛇也 唼 作荅切嗇也 瑩 烏定切潔也 饍 時戰切具食也

大方廣佛華嚴經疏鈔會本第六十四

唐于闐國三藏沙門實叉難陀　譯

唐清涼山大華嚴寺沙門澄觀撰述

爾時善財童子蒙善知識力依善知識教念善知識語於善知識深心愛樂作是念言因善知識令我見佛因善知識令我聞法善知識者是我師傅示導於我諸佛法故善知識者是我眼目令我見佛如虛空故善知識者是我津濟令我得入諸佛如來蓮華池故漸漸南行至海潮處

第七休捨優婆夷寄不退住（寄不退住入於無生畢竟空理心心常行空無相願止觀雙運緣不能壞湛猶澄海）文中具六第一依教趣求中二先念前友教文有十句前五集經者序後五正陳所念可知二漸次下趣求後友亦可知

見普莊嚴園衆寶垣牆周帀圍繞一切寶樹行列莊嚴一切寶華樹雨衆妙華布散其地一切寶香樹香氣氛氳普熏十方一切寶鬘樹雨大寶鬘處處垂下一切摩尼寶王樹雨大摩尼寶徧布充滿一切寶衣樹雨種種色衣隨其所應周帀敷布一切音樂樹風動成音其音美妙過於天樂一切莊嚴具樹各雨珍玩奇妙之物處處分布以爲嚴飾其地清淨無有高下於中具有百萬殿堂大摩尼寶之所合成百萬樓閣閻浮檀金以覆其上百萬宮殿毗盧遮那摩尼寶間錯莊嚴一萬浴池衆寶合成七寶欄楯周帀圍繞七寶階道四面分布八功德水湛然盈滿其水香氣如天栴檀金沙布底水清寶珠周徧間錯鳧鴈孔雀俱枳羅鳥遊戲其中出和雅音寶多羅

樹周帀行列覆以寶網垂諸金鈴微風徐搖恒出美音施大寶帳寶樹圍繞建立無數摩尼寶幢光明普照百千由旬其中復有百萬陂池黑栴檀泥凝積其底一切妙寶以爲蓮華敷布水上大摩尼華光色照耀園中復有廣大宮殿名莊嚴幢海藏妙寶以爲其地毗瑠璃寶以爲其柱閻浮檀金以覆其上光藏摩尼以爲莊嚴無數寶王光燄熾然重樓挾閣種種莊飾阿盧那香王覺悟香王皆出妙香普熏一切其宮殿中復有無量寶蓮華座周迴布列所謂照耀十方摩尼寶蓮華座毗盧遮那摩尼寶蓮華座照耀世間摩尼寶蓮華座妙藏摩尼寶蓮華座師子藏摩尼寶蓮華座離垢藏摩尼寶蓮華座普門摩尼寶蓮華座光嚴摩尼寶蓮華座安住大海藏清淨摩尼王寶蓮華座金剛師子摩尼寶蓮華座園中復有百萬種帳所謂衣帳鬘帳香帳華帳枝帳摩尼帳真金帳莊嚴具帳音樂帳象王神變帳馬王神變帳帝釋所著摩尼寶帳如是等其數百萬有百萬大寶網彌覆其上所謂寶鈴網寶蓋網寶身網海藏真珠網紺瑠璃摩尼寶網師子摩尼網月光摩尼網種種形像衆香網寶冠網寶瓔珞網如是等其數百萬有百萬大光明之所照耀所謂燄光摩尼寶光明日藏摩尼寶光明月幢摩尼寶光明香燄摩尼寶光明勝藏摩尼寶光明蓮華藏摩尼寶光明燄幢摩尼寶光明大燈摩尼寶光明普照十方摩尼寶光明香光摩尼寶光明如是等其數百萬常雨百萬莊嚴具百萬黑栴檀香出妙音聲百萬出過諸天曼

陀羅華而以散之百萬出過諸天瓔珞以爲莊嚴百萬出過諸天妙寶鬘帶處處垂下百萬出過諸天衆色妙衣百萬雜色摩尼寶妙光普照百萬天子欣樂瞻仰頭面作禮百萬采女於虛空中投身而下百萬菩薩恭敬親近常樂聞法

第二見普莊嚴下見敬諮問中三初見次敬後諮問前中二先見依報殊勝有十事莊嚴一寶牆圍繞二一切寶樹下林樹行列三其地下堂閣崇麗四一萬浴池下浴沼清華五其中復有百萬陂下映帶池流六園中復有廣大下嚴敷殿座即別明善友所坐先殿後座可知七園中復有下羅以帳網先帳後網八有百萬大光下耀以光明九常雨下雨散雜嚴十百萬天子下

凡聖欣敬

時休捨優婆夷坐眞金座戴海藏眞珠網冠挂出過諸天眞金寶釧垂紺青髮大摩尼網莊嚴其首師子口摩尼寶以爲耳璫如意摩尼寶王以爲瓔珞一切寶網垂覆其身百千億那由他衆生曲躬恭敬東方有無量衆生來詣其所所謂梵天梵衆天大梵天梵輔天自在天乃至一切人及非人南西北方四維上下皆亦如是其有見此優婆夷者一切病苦悉得除滅離煩惱垢拔諸見刺摧障礙山入於無礙清淨境界增明一切所有善根長養諸根入一切智慧門入一切總持門一切三昧門一切大願門一切妙行門一切功德門皆得現前其心廣大具足神通身無障礙至一切處爾時善財童子入普莊嚴園周徧

觀察見休捨優婆夷坐於妙座

二時休捨下明見正報端嚴於中四一正報殊常二百千億下十方雲仰三其有見此下業用難測四爾時善財入下正見身儀

往詣其所頂禮其足繞無數帀白言聖者我已先發阿耨多羅三藐三菩提心而未知菩薩云何學菩薩行云何修菩薩道我聞聖者善能誘誨願爲我說

二往詣其所下設敬三白言聖者下諮問法要文並可知

休捨告言善男子我唯得菩薩一解脫門若有見聞憶念於我與我同住供給我者悉不唐捐

第三休捨告言善男子下稱讚授法略無稱讚但有正示法界於中四一舉法門體用二窮因淺深三顯果久如四彰法名字今初分二先總舉體用名下當顯用約不空

善男子若有衆生不種善根不爲善友之所攝受不爲諸佛之所護念是人終不得見於我善男子其有衆生得見我者皆於阿耨多羅三藐三菩提獲不退轉善男子東方諸佛常來至此處於寶座爲我說法南西北方四維上下一切諸佛悉來至此處於寶座爲我說法善男子我常不離見佛聞法與諸菩薩而共同住善男子我此大衆有八萬四千億那由他皆在此園與我同行悉於阿耨多羅三藐三菩提得不退轉其餘衆生住此園者亦皆普入不退轉位

二善男子若有下別明勝用於中三一明益物不空用先反後順見皆不退者顯若得方便至不退住故二善男子東方下諸佛被益用以與三寶同住故與我住皆悉不空三善男子我此下引證不空現與同住皆不退故亦表方便入俗則八萬塵勞皆成波羅蜜故

善財白言聖者發阿耨多羅三藐三菩提心爲久近耶答言善男子我憶過去於然燈佛所修行梵行恭敬供養聞法受持次前於離垢佛所出家學道受持正法次前於妙幢佛所次前於勝須彌佛所次前於蓮華德藏佛所次前於毗盧遮那佛所次前於普眼佛所次前於梵壽佛所次前於金剛齊佛所次前於婆樓那天佛所善男子我憶過去於無量劫無量生中如是次第三十六恒河沙佛所皆悉承事恭敬供養聞法受持淨修梵行於此已往佛智所知非我能測善男子菩薩初發心無有量充滿一切法界故菩薩大悲門無有量普入一切世間故菩薩大願門無有量究竟十方法界故菩薩大慈門無有量普覆一切衆生故菩薩所修行無有量於一切剎一切劫中修習故菩薩三昧力無有量令菩薩道不退故菩薩總持力無有量能持一切世間故菩薩智光力無有量普能證入三世故菩薩神通力無有量普現一切剎網故菩薩辯才力無有量一音一切悉解故菩薩清淨身無有量悉徧一切佛剎故

二窮因淺深中先問後答答中二先約因緣答婆樓那者此云水也總三十六恒沙

者近佛既多發心已久而要言三十六者顯已過前六位位位具修六度六六三十六皆是恒沙性德故云爾耳涅槃亦有此數後善男子菩薩初發心下約心量答意顯發心稱法界故亦等衆生衆生亦無初際從癡有愛而菩薩發心癡愛無初心亦無終故

涅槃經中亦有此數者即第六經如來性品說四依義後經云迦葉菩薩白佛言世尊如是經典正法滅時正戒毀時非法增長時無如法衆生時誰聽受奉持讀誦令其通利供養恭敬書寫解說下取意引爾時佛讚迦葉善哉善哉善男子汝今善能問如是義善男子若有衆生一恒河沙佛所發菩提心乃能於惡世不謗是經不能爲人分別廣說若二恒河沙佛所發菩提心乃能於惡世不謗信樂受持讀誦亦不能爲人演說若三恒河沙佛所發菩提心具第二人德雖爲人說未解深義若四恒河沙佛所發心亦具前德爲他廣說十六分中一分之義雖復演說亦不具足若五恒河沙佛所發心能廣爲人說十六分中八分之義若六恒河沙佛所發心能廣爲人說十六分中十二分之義若七恒河沙佛所發心爲他廣說十六分中十四分義若有於八恒河沙佛所發心然後乃能於惡世中不謗是法受持讀誦書寫經卷亦勸他人令得書寫自能聽受亦勸他人令得聽受通利等然經但有積一至八三十六言乃是義取二一上加二爲三三上加三爲六六上加四爲十十上加五爲十五十五上加六爲二十一二十一上加七爲二十八二十八上加八爲三十六是前積於八人二三四等共爲三十六也雖是義取理必應然

善財童子言聖者久如當得阿耨多羅三藐三菩提答言善男子菩薩不爲教化調伏一衆生故發菩提心不爲教化調伏百衆生故發菩提心乃至不爲教化調伏不可說不可說轉衆生故發菩提心不爲教化一世界衆生故發菩提心乃至不爲教化不可說不可說轉世界衆生故發菩提心不爲教化閻浮提微塵數世界衆生故發菩提心不爲教化三千大千世界微塵數世界衆生故發菩提心乃至不爲教化不可說不可說轉三千大

千世界微塵數世界衆生故發菩提心不爲供養一如來故發菩提心乃至不爲供養不可說不可說轉如來故發菩提心不爲供養一世界中次第興世諸如來故發菩提心乃至不爲供養不可說不可說轉世界中次第興世諸如來故發菩提心不爲供養一三千大千世界微塵數世界中次第興世諸如來故發菩提心乃至不爲供養不可說不可說轉佛刹微塵數世界中次第興世諸如來故發菩提心不爲嚴淨一世界故發菩提心乃至不爲嚴淨不可說不可說轉世界故發菩提心不爲嚴淨一三千大千世界微塵數世界故發菩提心乃至不爲嚴淨不可說不可說轉三千大千世界微塵數世界故發菩提心不爲住持一如來遺法故發菩提心乃至不爲住持不可說不可說轉如來遺法故發菩提心不爲住持一世界如來遺法故發菩提心乃至不爲住持不可說不可說轉世界如來遺法故發菩提心不爲住持一閻浮提微塵數世界如來遺法故發菩提心乃至不爲住持不可說不可說轉佛刹微塵數世界如來遺法故發菩提心如是略說不爲滿一佛誓願故不爲往一佛國土故不爲入一佛衆會故不爲持一佛法眼故不爲轉一佛法輪故不爲知一世界中諸劫次第故不爲知一衆生心海故不爲知一衆生根海故不爲知一衆生業海故不爲知一衆生行海故不爲知一衆生煩惱海故不爲知一衆生煩惱習海故乃至不爲知不可說不可說轉佛刹微塵數衆生煩惱習海故發菩提心

三顯果乆近中亦先問後答答中明無齊限故不應作乆近之問文中三初反釋無齊限於中先別明二十四句初八化生次六供佛次四嚴剎後六持法後如是略說下總顯

欲教化調伏一切衆生悉無餘故發菩提心
欲承事供養一切諸佛悉無餘故發菩提心
欲嚴淨一切諸佛國土悉無餘故發菩提心
欲護持一切諸佛正教悉無餘故發菩提心
欲成滿一切如來誓願悉無餘故發菩提心
欲往一切諸佛國土悉無餘故發菩提心欲入一切諸佛衆會悉無餘故發菩提心欲知一切世界中諸劫次第悉無餘故發菩提心欲知一切衆衆心海悉無餘故發菩提心欲知一切衆生根海悉無餘故發菩提心欲知一切衆生業海悉無餘故發菩提心欲知一切衆生行海悉無餘故發菩提心欲滅一切衆生諸煩惱海悉無餘故發菩提心欲拔一切衆生煩惱習海悉無餘故發菩提心善男子取要言之菩薩以如是等百萬阿僧祇方便行故發菩提心

二欲教化調伏一切衆生下順釋無齊限亦有別有總可知

善男子菩薩行普入一切法皆證得故普入一切剎悉嚴淨故是故善男子嚴淨一切世界盡我願乃盡拔一切衆生煩惱習氣盡我願乃滿

三善男子菩薩行普入下總結無盡此同初地十無盡句衆生無盡故成佛無期若爾豈都無成耶因此略辯成不成義勸爲

四句一以向約因緣厚薄對今無盡則有始而無成此約悲門得果不捨因故二以稱法界發心故不見初相方爲眞成則無始而有終此約智說三悲智合明不壞相故不妨始終前後諸文其例非一四約稱性之談則無終無始故天女云但以世俗文字數故說有三世非謂菩提有去來今故下大願精進夜神云不可以生死中長短劫數分別菩薩智輪等融斯四句無有障礙欲成即念念成常成常不成無有障礙故天女云者即淨名經前已引竟

善財童子言聖者此解脫名爲何等答言善男子此解脫名離憂安隱幢

四彰法名字先問後答答云離憂安隱幢者此有二義一以大悲高顯所以稱幢其有見者離業惑苦不退菩提是謂離憂安隱二者即智之悲涉苦安隱即悲之智多劫無憂雙摧生死涅槃特出凡小之外故名幢矣

善男子我唯知此一解脫門如諸菩薩摩訶薩其心如海悉能容受一切佛法如須彌山志意堅固不可動揺如善見藥能除衆生煩惱重病如明淨日能破衆生無明闇障猶如大地能作一切衆生依處猶如好風能作一切衆生義利猶如明燈能爲衆生生智慧光猶如大雲能爲衆生雨寂滅法猶如淨月能爲衆生放福德光猶如帝釋悉能守護一切衆生而我云何能知能說彼功德行

第四謙已推勝可知

善男子於此南方海潮之處有一國土名那

羅素中有仙人名毗目瞿沙汝詣彼問菩薩云何學菩薩行修菩薩道

第五指示後友中言海潮之處者但約大悲攝物無失受童眞名故不異前處國名那羅素者此云不嬾惰動刹持刹觀刹詣刹無休息故仙人名毗目瞿沙者梵言猶略若具應云毗目多羅涅懼沙此翻名最上無恐怖聲亦云毗沙摩此云無怖畏烏多羅此云上涅瞿婆此云出聲二譯大同謂常出增上無怖畏聲安衆生故彼住文云出廣大徧滿音以童眞清潔無漏故寄仙人表之（彼住文云出廣大遍滿音者卽勝進十法中之一句耳）

時善財童子頂禮其足繞無數帀慇懃瞻仰悲泣流淚作是思惟得菩提難近善知識難遇善知識難得菩薩諸根難淨菩薩諸根難值同行善知識難如理觀察難依教修行難值遇出生善心方便難值遇增長一切智法光明難作是念已辭退而行

爾時善財童子隨順思惟菩薩正教隨順思惟菩薩淨行生增長菩薩福力心生明見一切諸佛心生出生一切諸佛心生增長一切大願心生普見十方諸法心生明照諸法實性心生普散一切障礙心生觀察法界無闇心生清淨意寶莊嚴心生摧伏一切衆魔心漸漸遊行至那羅素國周徧推求毗目瞿沙

第八毗目仙人寄童眞住六段初依教趣求中初念前友教有十二句前二總明順前解行後十依前增進勝心前四約福後六約智求友可知（寄童眞住者心不生倒不起邪魔破菩提心故）

見一大林阿僧祇樹以爲莊嚴所謂種種葉

樹扶踈布濩種種華樹開敷鮮榮種種果樹相續成熟種種寶樹雨摩尼果大栴檀樹處處行列諸沈水樹常出好香悅意香樹妙香莊嚴波咤羅樹四面圍繞尼拘律樹其身聳擢閻浮檀樹常雨甘果優鉢羅華波頭摩華以嚴池沼時善財童子見彼仙人在栴檀樹下敷草而坐領徒一萬或著鹿皮或著樹皮或復編草以爲衣服髻環垂鬢前後圍繞

第二見一大下見敬諮問中三先見次敬後諮問今初分二先見依報樹名波吒羅者正如此方楸樹尼拘律者如此方柳樹子似枇杷餘如音義後時善財童子見彼下見正報領徒一萬者表萬行故（正如此方楸樹甚有香氣其華紫色如此方梆樹子似枇杷子承蔕如柿然其種類耐老諸樹中最能高大）

善財見已往詣其所五體投地作如是言我今得遇眞善知識善知識者則是趣向一切智門令我得入眞實道故善知識者則是趣向一切智乘令我得至如來地故善知識者則是趣向一切智船令我得至智寶洲故善知識者則是趣向一切智炬令我得生十力光故善知識者則是趣向一切智道令我得入涅槃城故善知識者則是趣向一切智燈令我得見夷險道故善知識者則是趣向一切智橋令我得度險惡處故善知識者則是趣向一切智蓋令我得生大慈涼故善知識者則是趣向一切智眼令我得見法性門故善知識者則是趣向一切智潮令我滿足大悲水故作是語已從地而起繞無量帀合掌前住白言聖者我已先發阿耨多羅三藐三

菩提心而未知菩薩云何學菩薩行云何修菩薩道我聞聖者善能誘誨願爲我說

二善財見已下設敬稱讚於中三先身敬次言讚見夷險者涅槃爲夷平生死爲險難又二皆爲險不住爲夷餘可知後作是語已下重明身敬將欲問故三白言聖者下諮問法要

時毗目瞿沙顧其徒衆而作是言善男子此童子已發阿耨多羅三藐三菩提心善男子此童子普施一切衆生無畏此童子普與一切衆生利益此童子常觀一切諸佛智海此童子欲飲一切甘露法雨此童子欲測一切廣大法海此童子欲令衆生住智海中此童子欲普發起廣大悲雲此童子欲普雨於廣大法雨此童子欲以智月普照世間此童子欲滅世間煩惱毒熱此童子欲長含識一切善根時諸仙衆聞是語已各以種種上妙香華散善財上投身作禮圍繞恭敬作如是言今此童子必當救護一切衆生必當除滅諸地獄苦必當永斷諸畜生道必當轉去閻羅王界必當關閉諸難處門必當乾竭諸愛欲海必令衆生永滅苦蘊必當永破無明黑暗必當永斷貪愛繫縛必以福德大輪圍山圍繞世間必以智慧大寶須彌顯示世間必當出現清淨智日必當開示善根法藏必使世間明識險易時毗目瞿沙告羣仙言善男子若有能發阿耨多羅三藐三菩提心必當成就一切智道此善男子已發阿耨多羅三藐三菩提心當淨一切佛功德地

第三時毗目下稱讚授法中二先稱讚法

器後正授法要今初中四一總讚發心示徒衆者令敬學故次善男子此童子下別讚發心之相三時諸仙衆下眷屬敬讚言險易者易亦平也四時毗目下述讚結果

時毗目瞿沙告善財童子言善男子我得菩薩無勝幢解脫善財白言聖者無勝幢解脫境界云何時毗目仙人即申右手摩善財頂執善財手即時善財自見其身往十方十佛刹微塵數世界中到十佛刹微塵數諸佛所見彼佛刹及其衆會諸佛相好種種莊嚴亦聞彼佛隨諸衆生心之所樂而演說法一文一句皆悉通達各別受持無有雜亂亦知彼佛以種種解淨治諸願亦知彼佛以清淨願成就諸力亦見彼佛隨衆生心所現色相亦見彼佛大光明網種種諸色清淨圓滿亦知彼佛無礙智慧大光明力又自見身於諸佛所經一日夜或七日夜半月一月一年十年百年千年或經億年或阿庾多億年或那由他億年或經半劫或經一劫百劫千劫或百千億乃至不可說不可說佛刹微塵數劫爾時善財童子爲菩薩無勝幢解脫智光明照故得毗盧遮那藏三昧光明爲無盡智解脫三昧光明照故得普攝諸方陀羅尼光明爲金剛輪陀羅尼門光明照故得極清淨智慧心三昧光明爲普門莊嚴藏般若波羅蜜光明照故得佛虛空藏輪三昧光明爲一切佛法輪三昧光明照故得三世無盡智三昧光明

第二時毗目瞿沙結善財下正授法要文中有六初示法名體童眞淨智變化自在

高出功用之表所以名幢相感不動故云無勝即此摧惑亦名幢義二善財白言下徵其境界三時眺目下授令證知摩頂顯加持之相執手表授與之義相攝有力故所見可知執手表授與之義約教相說言相攝有力者約義理說上通諸教此在華嚴知識有力善財無力力攝無力故因知識令善財見善財有力則仙人無力力攝無力仙人所證善財皆得故互相攝有力四爾時善財童子爲菩薩無勝下得解脫益文有十句五對謂爲五法照得五種益能照皆是無勝幢之別名然初對爲總餘四爲別展轉相生且初總對由見彼眞智作用即知是法界體上寂而徧照故云三昧光明二即上所得三昧光明乃是能照之智作用無盡之寂照故得所照十方智總持之明鑑無遺三即上總持以智爲體堅利圓滿由得此故能令自心障淨智明爲寂照之光四得上淨智般若則無行不嚴無德不備爲莊嚴藏此光照心能照如來法性空中包含圓滿正受現前五上虛空藏輪即一切佛法圓滿寂照以此照心則智窮三世無盡法源此約展轉釋若約能照皆是總中別義則不相躡義不異前而其所得即三昧中事然初對下展轉釋則無勝幢之總爲第一能益餘四展轉皆以所益轉爲能益三若約能照下就總別釋無勝幢之總含於五義初之一能雖標總稱即受別名故言能照皆是總中別義細尋可見

時彼仙人放善財手善財童子即自見身還在本處時彼仙人告善財言善男子汝憶念耶善財言唯此是聖者善知識力

五時彼仙人放善財下明捨加持所作訖故還在本處者不移本處而徧十方處旣

還本時亦多劫未逾一日故近遠無礙念劫圓融皆圓教善友法門之力是以善財一生能辦多劫之行普賢位內或經不可說劫非但三祇皆法力加持不應以時以處定斯玄旨六時彼仙人告下明言承領可知是以善財一生能辦多劫之行者既善友力瞬息之間或有佛所見經不可說不可說佛剎微塵數劫修行不倦何得一生不經多劫仙人之力長短自在故如王質遇仙之碁纔看斧柯爛已經三歲尚謂食頃既能以長爲短亦能以短爲長如周穆隨於幻人雖經多年實唯瞬息故結云不應以長短之時廣狹之處定其旨也

仙人言善男子我唯知此菩薩無勝幢解脫如諸菩薩摩訶薩成就一切殊勝三昧於一切時而得自在於一念頃出生諸佛無量智慧以佛智燈而爲莊嚴普照世間一念普入三世境界分形徧往十方國土智身普入一切法界隨衆生心普現其前觀其根行而爲利益放淨光明甚可愛樂而我云何能知能說彼功德行彼殊勝願彼莊嚴剎彼智境界彼三昧所行彼神通變化彼解脫遊戲彼身相差別彼音聲清淨彼智慧光明

第四仙人言下謙已推勝

善男子於此南方有一聚落名伊沙那有婆羅門名曰勝熱汝詣彼問菩薩云何學菩薩行修菩薩道

第五善男子於此下指示後友伊沙那者此云長直謂里巷徑永表善知三際故長善知勝義故直婆羅門勝熱者於五熱中成勝行故表體煩惱熱成勝德故不染煩惱成淨行故表善知三際故長善知勝義故直者即義引第九住文經云此菩薩善知十種法何等爲十所謂善知諸衆生受生善知諸業煩惱現起善知

習氣相續善知所行方便善知無量法善解諸威儀善知世界差別善知前際後際事善知演說世諦善知演說第一義釋曰若䖏實取唯取第八及第十句若通相說除第十句餘皆三際之法

時善財童子歡喜踊躍頂禮其足繞無數帀慇懃瞻仰辭退南行

爾時善財童子爲菩薩無勝幢解脫所照故

第九勝熱善友寄王子住義如前釋文亦有六一依教趣入中二初證前後趣後前中二初顯證所因寄王子住者從法王教生於正解當紹佛位故

住諸佛不思議神力證菩薩不思議解脫神通智得菩薩不思議三昧智光明得一切時熏修三昧智光明得了知一切境界皆依想所住三昧智光明得一切世間殊勝智光明於一切處悉現其身以究竟智說無二無分別平等法以明淨智普照境界凡所聞法皆能忍受清淨信解於法自性決定明了心恒不捨菩薩妙行求一切智永無退轉獲得十力智慧光明勤求妙法常無厭足以正修行入佛境界出生菩薩無量莊嚴無邊大願悉已清淨以無窮盡智知無邊世界網以無怯弱心度無量衆生海了無邊菩薩諸行境界見無邊世界種種差別見無邊世界種種莊嚴入無邊世界微細境界知無邊世界種種名號知無邊世界種種言說知無邊衆生種種解見無邊衆生種種行見無邊衆生成熟行見無邊衆生差別想念善知識漸次遊行至伊沙那聚落

後住諸佛下正明證益於中二先得自分益後求一切智下得勝進益及於趣後文並可知

見彼勝熱修諸苦行求一切智四面火聚猶如大山中有刀山高峻無極登彼山上投身入火時善財童子頂禮其足合掌而立作如是言聖者我已先發阿耨多羅三藐三菩提心而未知菩薩云何學菩薩行云何修菩薩道我聞聖者善能誘誨願爲我說

第二見彼勝熱下見敬諮問中三先見苦行四面火聚者更加頭上有日即五熱炙身今但云四者四句般若皆燒惑薪故中有刀山者無分別智最居中道無不割故高而無上難可登故故智論云般若波羅蜜猶如大火聚四邊不可取遠離於四句四句即四邊取則燒人離則成智又火有四義一燒煩惱薪二破無明闇三成熟善根四照現證理投身入火者從無分別智徧入四句皆無滯故又釋刀是斷德無不割故火是智德無不照故投身下者障盡證理故即刀山爲能證火聚爲所證故此火等即是法門不須别表現所用故稱性事故此爲甚深難解不可輕爾二敬三問文並可知故智論云般若波羅蜜猶如大火聚即第二十論又釋刀是斷德等上唯就般若上說此下即三德涅槃刀山是解脫德火是般若德理即法身

婆羅門言善男子汝今若能上此刀山投身火聚諸菩薩行悉得清淨

第三婆羅門言下正示法界有六一示法勸修二疑憚不受三勝緣勸引四疑盡悔愆五識勸見容六依教修證今初然刀山不可執火聚不可取若能不住無分別智徧入四句則遠離四謗不滯空有何行不成所以要令入者破其見心令解菩薩深

密法故順相易解逆相難知故今初以下疏文有三一直消文意即就前約般若上說般若能成衆行故此中示於邪見無厭足王示瞋婆須蜜女示貪顯三毒相並有正法故然有五義一當相即空空故是道非謂此三即是佛法諸部般若其文非一此中下二通釋三毒深玄之義諸部般若其文非一文中廣說三毒四倒悉皆清淨廣說貪欲瞋癡性皆空寂二約幻用攝生亦非即是如淨名云行於非道先以欲鉤牽後令入佛智等如淨名行於非道者即第二經佛道品文殊師利問維摩詰言菩薩云何通達佛道維摩詰言菩薩行於非道是爲通達佛道又問云何行於非道通達佛道答曰菩薩行五無間而無惱恚至于地獄無諸罪垢至於畜生無有無明憍慢等過至於餓鬼而具足佛法乃至示行瞋恚而常慈愍皆言示行即幻用攝生又云云何爲如來種文殊答云有身爲種無明有愛爲種貪恚癡爲種等結云六十二見一切煩惱皆是佛種曰何謂也答曰若見無爲入正位者不能復發阿耨多羅三藐三菩提心譬如高源陸地不生蓮華等皆菩薩幻用化生言先以欲鉤牽者亦

是此品淨名答普現色身之要言也經云示受於五欲亦復現行禪令魔心憒亂不能得其便火中生蓮華是可謂希有在欲而行禪希有亦如是或現作婬女引諸好色者先以欲鉤牽後令入佛道既言現作明知幻用三在惑用心如俗流輩此在觀心爲道亦非即道三在惑用心者以是俗流帶妻挾子是其常業未能捨事事上用心令了性空但我妄念未得自在非以爲是令惑涉薄便能遠離上經亦云菩薩在家與妻子俱未曾蹔捨一切智心等四留惑潤生長菩薩道亦非即是如淨名云不入生死大海則不能得一切智寶等四留惑潤生出現已釋淨名不入生死大海此前喻云譬如不入大海不能得無價寶珠五當相即道不同前四不思議故無行經云婬欲即是道恚癡亦復然如是三法中具一切佛法亦斯義矣五當相即道是道體故理無二味故無有一一法非佛法故不思議故者總相歎也不可作欲等思故引無行經文前曾一用取欲空性則用初義今取即道亦如智論第七喜根菩薩爲於勝意菩薩而說偈言婬欲即是道恚癡亦復然如是三事中無量諸佛道若有人分別婬怒

癡及道是人去佛遠譬如天與地道及婬怒癡是一法平等若人聞怖畏去佛道甚遠婬法不生滅不能令心惱若人計吾我婬將入惡道見有無異行是不離無有若知有無等超勝成佛道都說七十餘偈皆卽道也喜根於今現在東方過十億佛土作佛其國土亦號寳藏佛號光喻日月王文殊言勝意比丘我身是也爾時不信受無量苦佛問聞偈得何益答能畢衆苦世世利根解深妙法等

時善財童子作如是念得人身難離諸難難得無難難得淨法難得值佛難具諸根難聞佛法難遇善人難逢眞善知識難受如理正教難得正命難隨法行難此將非魔魔所使耶將非是魔險惡徒黨詐現菩薩善知識相而欲爲我作善根難作壽命難障我修行一切智道牽我令入諸惡道中欲障我法門障我佛法

二時善財童子作如是下疑憚不受非惜身命恐失道緣示智未深故生此念文中先明道緣難具於中離諸難者非佛前後等得無難者非生聾等具諸根者謂信進等後此將非下正疑魔壞

作是念時十千梵天在虛空中作如是言善男子莫作是念莫作是念今此聖者得金剛燄三昧光明發大精進度諸衆生心無退轉欲竭一切貪愛海欲截一切邪見網欲燒一切煩惱薪欲照一切惑稠林欲斷一切老死怖欲壞一切三世障欲放一切法光明善男子我諸梵天多著邪見皆悉自謂是自在者是能作者於世間中我是最勝見婆羅門五熱炙身於自宮殿心不樂著於諸禪定不得滋味皆共來詣婆羅門所時婆羅門以神通力示大苦行爲我說法能令我等滅一切見除一切慢住於大慈行於大悲起廣大心發

菩提意常見諸佛恒聞妙法於一切處心無所礙

三作是念時下勝緣勸引中有十三衆各述曾爲勝熱化益故勸勿疑初一即色界梵天多是初禪文中有三一總勸莫疑二令此下彰其本意智慧堅利猶如金剛燒諸惑薪發諸智焰燒而常寂爲三昧光三善男子下自述蒙益梵王最初生此餘衆念而後生故生邪見

復有十千諸魔在虛空中以天摩尼寶散婆羅門上告善財言善男子此婆羅門五熱炙身時其火光明映奪於我所有宮殿諸莊嚴具皆如聚墨令我於中不生樂著我與眷屬來詣其所此婆羅門爲我說法令我及餘無量天子諸天女等皆於阿耨多羅三藐三菩提得不退轉復有十千自在天王於虛空中各散天華作如是言善男子此婆羅門五熱炙身時其火光明映奪我等所有宮殿諸莊嚴具皆如聚墨令我於中不生愛著即與眷屬來詣其所此婆羅門爲我說法令我於心而得自在於煩惱中而得自在於受生中而得自在於諸業障而得自在於諸三昧而得自在於莊嚴具而得自在於壽命中而得自在乃至能於一切佛法而得自在復有十千化樂天王於虛空中作天音樂恭敬供養作如是言善男子此婆羅門五熱炙身時其火光明照我宮殿諸莊嚴具及諸采女能令我等不受欲樂不求欲樂身心柔輭即與衆俱來詣其所時婆羅門爲我說法能令我等心得清淨心得明潔心得純善心得柔輭心生

歡喜乃至令得清淨十力清淨之身生無量身乃至令得佛身佛語佛聲佛心具足成就一切智智復有十千兜率天王天子天女無量眷屬於虛空中雨衆妙香恭敬頂禮作如是言善男子此婆羅門五熱炙身時令我等諸天及其眷屬於自宮殿無有樂著共詣其所聞其說法能令我等不貪境界少欲知足心生歡喜心得充滿生諸善根發菩提心乃至圓滿一切佛法復有十千三十三天并其眷屬天子天女前後圍繞於虛空中雨天曼陀羅華恭敬供養作如是言善男子此婆羅門五熱炙身時令我等諸天於天音樂不生樂著共詣其所時婆羅門爲我等説一切諸法無常敗壞令我捨離一切欲樂令我斷除憍慢放逸令我愛樂無上菩提又善男子我當見此婆羅門時須彌山頂六種震動我等恐怖皆發菩提心堅固不動

次五欲天

復有十千龍王所謂伊那跋羅龍王難陀優波難陀龍王等於虛空中雨黑栴檀無量龍女奏天音樂雨天妙華及天香水恭敬供養作如是言善男子此婆羅門五熱炙身時其火光明普照一切諸龍宮殿令諸龍衆離熱沙怖金翅鳥怖滅除瞋恚身得清涼心無垢濁聞法信解厭惡龍趣以至誠心悔除業障乃至發阿耨多羅三藐三菩提意住一切智復有十千夜叉王於虛空中以種種供具恭敬供養此婆羅門及以善財作如是言善男子此婆羅門五熱炙身時我及眷屬悉於衆生發慈愍心一切羅刹鳩槃茶等亦生慈心

以慈心故於諸衆生無所惱害而來見我我及彼等於自宮殿不生樂著即與共俱來詣其所時婆羅門即爲我等如應說法一切皆得身心安樂又令無量夜叉羅刹鳩槃茶等發於無上菩提之心復有十千乾闥婆王於虛空中作如是言善男子此婆羅門五熱炙身時其火光明照我宮殿悉令我等受不思議無量快樂是故我等來詣其所此婆羅門爲我說法能令我等於阿耨多羅三藐三菩提得不退轉復有十千阿脩羅王從大海出住在虛空舒右膝輪合掌前禮作如是言善男子此婆羅門五熱炙身時我阿脩羅所有宮殿大海大地悉皆震動令我等捨憍慢放逸是故我等來詣其所從其聞法捨離諂誑安住忍地堅固不動圓滿十力復有十千迦

樓羅王勇力持王而爲上首化作外道童子之形於虛空中唱如是言善男子此婆羅門五熱炙身時其火光明照我宮殿一切震動皆悉恐怖是故我等來詣其所時婆羅門即爲我等如應說法令修習大慈稱讚大悲度生死海於欲泥中拔濟衆生歎菩提心起方便智隨其所宜調伏衆生復有十千緊那羅王於虛空中唱如是言善男子此婆羅門五熱炙身時我等所住宮殿諸多羅樹諸寶鈴網諸寶繒帶諸音樂樹諸妙寶樹及諸樂器自然而出佛聲法聲及不退轉菩薩僧聲願求無上菩提之聲云某方某國有某菩薩發菩提心某方某國有某菩薩修行苦行難捨能捨乃至清淨一切智行某方某國有某菩薩往詣道場乃至某方某國有某如來作佛

事已而般涅槃善男子假使有人以閻浮提一切草木末爲微塵此微塵數可知邊際我宫殿中寶多羅樹乃至樂器所説菩薩名如來名所發大願所修行等無有能得知其邊際善男子我等以聞佛聲法聲菩薩僧聲生大歡喜來詣其所時婆羅門即爲我等如應説法令我及餘無量衆生於阿耨多羅三藐三菩提得不退轉

次六雜類

復有無量欲界諸天於虚空中以妙供具恭敬供養唱如是言善男子此婆羅門五熱炙身時其火光明照阿鼻等一切地獄諸所受苦悉令休息我等見此火光明故心生淨信以信心故從彼命終生於天中爲知恩故而來其所恭敬瞻仰無有厭足時婆羅門爲我説法令無量衆生發菩提心

十三欲界諸天衆然此欲界即是一類從地獄出者義通六天及前夜摩四天王前所不列皆在其中

爾時善財童子聞如是法心大歡喜於婆羅門所發起眞實善知識心頭頂禮敬唱如是言我於大聖善知識所生不善心唯願聖者容我悔過

第四爾時善財聞如是下疑盡悔愆

時婆羅門即爲善財而説頌言

若有諸菩薩順善知識教一切無疑懼安住心不動當知如是人必獲廣大利坐菩提樹下成於無上覺

第五時婆羅下誡勸見容上疑爲揀其眞僞此勸爲顯其實德

魔亦能爲現勸何故聞即疑除以此善友前友指來況勸中正說非魔能作善財亦得超魔之眼故若爾何以生疑以顯法故如第八地中佛之七勸縱佛不勸豈容趣寂又爲後代之軌令審察故

爾時善財童子即登刀山自投火聚未至中間即得菩薩善住三昧纔觸火燄又得菩薩寂靜樂神通三昧善財白言甚奇聖者如是刀山及大火聚我身觸時安隱快樂

第六爾時善財下依敎修證於中二初正修證未至得善住三昧者上不依山下不依火正處於空即顯般若離於二邊無所住故名爲善住寂靜樂神通三昧者親證般若實體即性淨涅槃故云寂靜樂而大用無涯故云神通觸者親證也故淨名云受諸觸如智證二善財白言下自陳所得顯後得起說故淨名云受諸觸如智證者即迦葉章中謂智證實相則觸而非觸觸而非觸受觸當然心境兩冥名爲親證

時婆羅門告善財言善男子我唯得此菩薩無盡輪解脫如諸菩薩摩訶薩大功德燄能燒一切衆生見惑令無有餘必不退轉無窮盡心無懈怠心無怯弱心發如金剛藏那羅延心疾修諸行無遲緩心願如風輪普持一切精進大誓皆無退轉而我云何能知能說彼功德行

第四謙已推勝謙已中云無盡輪者有二義一智輪摧惑照其本源無可盡故二反照智用用周法界無有盡故圓轉不已所以名輪推勝可知

善男子於此南方有城名師子奮迅中有童

女名曰慈行汝詣彼問菩薩云何學菩薩行修菩薩道

第五指示後友師子奮迅者師子幢王所居表振動照耀住持世界自在無畏故慈行童女者知衆生根令其調伏慈爲行故智中生悲便能處世無染是謂童女以學如來十種智故表振動等者彼經云佛子云何爲菩薩灌頂住此菩薩成就十種智何者爲十所謂振動無數世界二照耀三住持四往詣五嚴淨上四皆同初句六開示無數衆生七觀察無數衆生八知無數衆生根九令無數衆生趣入十令無量衆生調伏令以無畏貫斯十句

時善財童子頂禮其足繞無數帀辭退而去

大方廣佛華嚴經疏鈔會本第六十四

音釋

氛氳　氛撫文切氳於云切氛氳香氣也　鳧　逢夫切野鶩也　紺　古暗切深青含赤色也　璫　都郎切充耳珠也　臍　徂奚切肚臍也　聳擢　聳息拱切高聳也擢直角切拔出也　翅　欠利切金翅鳥名　惡　烏路切憎也　諂誑　諂丑琰切諛也誑古況切詐也　枇杷　枇婢脂切杷步牙切　楸　此由切梓屬

大方廣佛華嚴經疏鈔會本第六十五

唐于闐國三藏沙門實叉難陀 譯

唐清涼山大華嚴寺沙門澄觀撰述

爾時善財童子於善知識所起最極尊重心生廣大清淨解常念大乘專求佛智願見諸佛觀法境界無障礙智常現在前決定了知諸法實際常住際一切三世諸刹那際如虛空際無二際一切法無分別際一切義無障礙際一切刧無失壞際一切如來無際之際於一切佛心無分別破衆想網離諸執著不取諸佛衆會道場亦不取佛清淨國土知諸衆生皆無有我知一切聲悉皆如響知一切色悉皆如影

第十慈行童女寄灌頂住寄灌頂住從前觀空得無生心最爲上首諸佛法水灌其頂故文六同前初依教趣求中

二先修入前教於中初二句重友解生次二句念乘思佛次觀法下智證實際初句能觀智現決定下所證窮極後於一切佛下離障自在

漸次南行至師子奮迅城周徧推求慈行童女聞此童女是師子幢王女五百童女以爲侍從住毘盧遮那藏殿於龍勝栴檀足金線網天衣座上而說妙法

二漸次下趣求後友於中初至處次聞名五百爲侍者以一期位滿總攝五位十十法門互相涉入之法而相應故

善財聞已詣王宮門求見彼女見無量衆來入宮中善財問言諸人今者何所往詣咸報之言我等欲詣慈行童女聽受妙法善財童子即作是念此王宮門既無限礙我亦應入

善財入已見毘盧遮那藏殿玻瓈爲地瑠璃爲柱金剛爲壁閻浮檀金以爲垣牆百千光明而爲窻牖阿僧祇摩尼寶而莊校之寶藏摩尼鏡周帀莊嚴以世間最上摩尼寶而爲莊飾無數寶網羅覆其上百千金鈴出妙音聲有如是等不可思議衆寶嚴飾其慈行童女皮膚金色眼紺紫色髮紺青色以梵音聲而演說法

第二善財聞已下見敬諮問中亦三初見中先明遠見表得門未證故後善財入已下親覩依正等

善財見已頂禮其足繞無數帀合掌前住作如是言聖者我已先發阿耨多羅三藐三菩提心而未知菩薩云何學菩薩行云何修菩薩道我聞聖者善能誘誨願爲我說

二敬三問並可知

時慈行童女告善財言善男子汝應觀我宮殿莊嚴善財頂禮周徧觀察見一一壁中一一柱中一一鏡中一一相中一一形中一一摩尼寶中一一莊嚴具中一一金鈴中一一寶樹中一一寶形像中一一寶瓔珞中悉見法界一切如來從初發心修菩薩行成滿大願具足功德成等正覺轉妙法輪乃至示現入於涅槃如是影像靡不皆現如淨水中普見虛空日月星宿所有衆像如此皆是慈行童女過去世中善根之力

第三時慈行童女下正示法界中二一令觀親證並依中見正小大念劫皆無礙等十住位終故約報顯

爾時善財童子憶念所見諸佛之相合掌瞻

仰慈行童女爾時童女告善財言善男子此是般若波羅蜜普莊嚴門我於三十六恒河沙佛所求得此法彼諸如來各以異門令我入此般若波羅蜜普莊嚴門一佛所演餘不重說

二爾時善財下以言顯發於中二先顯法名因後彰法勝用前中初善財黙請後童女言答答中初示名名般若普莊嚴者有二義一由般若照一切法依中有正一中有多故所得依無所不現般若中云了色是般若一切法趣色即其義矣二由能證般若已具諸度莊嚴故所證所成亦莊嚴無盡次下顯因云彼諸如來各以異門令我入此即其義也總攝三十六恒沙之别歸於普門則一嚴一切嚴故名普嚴言三十六恒沙者住位既滿則六度之中一一具六故爲三十六皆恒沙性德本覺中來故云佛所求得般若等者即大品經意具歷諸法且初歷五蘊云了色是般若一切法趣色色尚不可得云何當有趣非趣如是具歷諸法皆然若般若意似當諸法之性不異色性故皆趣色色不可得當相性空既無所趣安有能趣若智者意一切法趣色是假觀色尚不可得是空觀云何當有趣非趣即中道觀今疏用意但要初句以取色性爲諸法依以性普收故皆趣色則一色中具一切法是事事無礙之意故隨一法皆收法界故得依果一一境中具諸莊嚴則莊嚴屬果以果諸因名普莊嚴第二意即因自莊嚴言三十六下但約表義若約事釋如休捨處

善財白言聖者此般若波羅蜜普莊嚴門境界云何童女答言善男子我入此般若波羅蜜普莊嚴門隨順趣向思惟觀察憶持分別時得普門陀羅尼百萬阿僧祇陀羅尼門皆悉現前

二善財白言下顯法勝用先問後答答中

先總後所謂下別總中初明修習契證相應後得普門下總明所得業用陀羅尼以智爲體由得般若普嚴故能總持萬法一持一切持故云普門以圓融十住亦同十地所得無量百千阿僧祇陀羅尼門又彼總此別但舉一持餘三昧等畧而不說又彼總此別者謂地經之中但云無量百千阿僧祇陀羅尼門解脫門三昧門亦然設有列者但列其十今有一百一十八門總持故云別也

所謂佛刹陀羅尼門佛陀羅尼門法陀羅尼門衆生陀羅尼門過去陀羅尼門未來陀羅尼門現在陀羅尼門常住際陀羅尼門

福德陀羅尼門福德助道具陀羅尼門智慧陀羅尼門智慧助道具陀羅尼門諸願陀羅尼門分别諸願陀羅尼門集諸行陀羅尼門清淨行陀羅尼門圓滿行陀羅尼門業陀羅尼門業不失壞陀羅尼門業流注陀羅尼門業所作陀羅尼門捨離惡業陀羅尼門修習正業陀羅尼門業自在陀羅尼門善行陀羅尼門持善行陀羅尼門

三昧陀羅尼門隨順三昧陀羅尼門觀察三昧陀羅尼門三昧境界陀羅尼門從三昧起陀羅尼門神通陀羅尼門

心海陀羅尼門種種心陀羅尼門直心陀羅尼門照心稠林陀羅尼門調心清淨陀羅尼門

知衆生所從生陀羅尼門知衆生煩惱行陀羅尼門知煩惱習氣陀羅尼門知煩惱方便陀羅尼門知衆生解陀羅尼門知衆生行陀羅尼門知衆生行不同陀羅尼門知衆生性陀羅尼門知衆生欲陀羅尼門知衆生想陀

羅尼門

普見十方陀羅尼門說法陀羅尼門大悲陀羅尼門大慈陀羅尼門寂靜陀羅尼門言語道陀羅尼門方便非方便陀羅尼門隨順陀羅尼門差別陀羅尼門普入陀羅尼門無礙際陀羅尼門普徧陀羅尼門佛法陀羅尼門菩薩法陀羅尼門聲聞法陀羅尼門獨覺法陀羅尼門世間法陀羅尼門

世界成陀羅尼門世界壞陀羅尼門世界住陀羅尼門淨世界陀羅尼門垢世界陀羅尼門於垢世界現淨陀羅尼門於淨世界現垢陀羅尼門純垢世界陀羅尼門純淨世界陀羅尼門平坦世界陀羅尼門不平坦世界陀羅尼門覆世界陀羅尼門因陀羅網世界陀羅尼門世界轉陀羅尼門知依想住陀羅尼門細入麤陀羅尼門麤入細陀羅尼門

見諸佛陀羅尼門分別佛身陀羅尼門佛光明莊嚴網陀羅尼門佛圓滿音陀羅尼門佛法輪陀羅尼門成就佛法輪陀羅尼門差別佛法輪陀羅尼門無差別佛法輪陀羅尼門解釋佛法輪陀羅尼門轉佛法輪陀羅尼門能作佛事陀羅尼門分別佛衆會陀羅尼門入佛衆會海陀羅尼門普照佛力陀羅尼門諸佛三昧陀羅尼門諸佛三昧自在用陀羅尼門諸佛所住陀羅尼門諸佛所持陀羅尼門諸佛變化陀羅尼門佛知衆生心行陀羅尼門諸佛神通變現陀羅尼門住兜率天宮乃至示現入於涅槃陀羅尼門利益無量衆生陀羅尼門入甚深法陀羅尼門入微妙法陀羅尼門

菩提心陀羅尼門起菩提心陀羅尼門助菩提心陀羅尼門諸願陀羅尼門諸行陀羅尼門神通陀羅尼門出離陀羅尼門總持清淨陀羅尼門智輪清淨陀羅尼門智慧清淨陀羅尼門菩提無量陀羅尼門自心清淨陀羅尼門

二别顯中有百一十八門畧分十位初八總知依正理事持二福德下九門明願行持三業下九門明業持四三昧下六門明正受體用持五心海下五門染淨諸心持六知衆生下十門知所化持七普見十方下十七門知能化持八世界成下十七門明知剎海自在持於中言世界轉者晉經云迴轉世界九見諸佛下二十五門知佛海自在持十菩提心下十二門明菩提因果持自心清淨即性淨菩提總攝諸門不出於此

善男子我唯知此般若波羅蜜普莊嚴門如諸菩薩摩訶薩其心廣大等虛空界入於法界福德成滿住出世法遠世間行智眼無瞖普觀法界慧心廣大猶如虛空一切境界悉皆明見獲無礙地大光明藏善能分别一切法義行於世行不染世法能益於世非世所壞普作一切世間依止普知一切衆生心行隨其所應而爲說法於一切時恒得自在而我云何能知能說彼功德行

第四謙已推勝可知

善男子於此南方有一國土名爲三眼彼有比丘名曰善見汝詣彼問菩薩云何學菩薩行修菩薩道

第五指示後友國名三眼者施爲行首復開導自他如目導餘根故名爲眼財施無著成於慧眼無畏之施成於慈眼法施開於法眼故復云三用上三眼見無不善又施行内成勝報外現見者皆善故出住之行故以出家表之又行本令物得出離故

時善財童子頂禮其足繞無數帀戀慕瞻仰辭退而行

上明十住竟

爾時善財童子思惟菩薩所住行甚深思惟菩薩所證法甚深思惟菩薩所入處甚深思惟衆生微細智甚深思惟世間依想住甚深思惟衆生所作行甚深思惟衆生心流注甚深思惟衆生如光影甚深思惟衆生名號甚深思惟衆生言説甚深思惟莊嚴法界甚深思惟種植業行甚深思惟業莊飾世間甚深

大文第三善見已下有十善友寄十行位位各一人初善見比丘寄歡喜行寄歡喜行者施隨自他故名歡喜文亦具六初依教趣求中亦二先念前友教中有十三句初總餘別別分爲三初二約菩薩論深一所證法界即事而真故二入菩薩地智唯證相應故初二約菩薩者理智一對次有七句約衆生辨深一報類難知故一報類難知者如迴向品說二妄想爲因即無性故二妄想爲因即無性者妄想爲因釋依想住即無性言釋於甚深故楞伽云前聖所知轉相傳授妄想無性斯爲自覺聖智之境故甚深也三染分行業唯佛知故三染分行業等者以約衆生故如一孔雀毛一切種因相等四感異熟識若種若現恒轉如流不可知故四感異熟識者行相深細故經云阿陀那識甚深細等亦如楞伽上中下修照見自心生滅流注又經云諸識有二種生謂流注生相生有二種住謂流注住

相住有二種滅謂流注滅相滅古同釋云流注是八識相續然相有三種已如前引今此即剎那流注與上照見自心生滅流注義相符也若常照之見其無性即自覺聖智故

五所變影像若內若外緣無性故五所變影像等者相分即是影像第八緣三種境境即相分謂種子根身即內境也器世間即外境也變現心所等皆是內也色屬二所現影亦通內外外即五塵內即五根

六名無得物之功而不失所名之物故六名無得物之功已見上文

七文字言說皆解脫故七文字言說皆解脫故者即淨名中天女折身子已如前引

後三句合辨前文一染淨二分皆嚴法界而無嚴故二上二分業不相知故三各自莊飾淨染世間果報無失即同真故總上二分皆是般若波羅蜜普莊嚴故所以思之皆嚴法界而無嚴者故金剛云莊嚴佛土即非莊嚴是名莊嚴謂雖後莊嚴無能嚴心則稱實理事理無礙方真嚴也總上二分下結法所屬

漸次遊行至三眼國於城邑聚落村鄰市肆川原山谷一切諸處周徧求覓善見比丘

二趣求後友於市肆等處處求者顯隨緣造修無不在故

見在林中經行往返壯年美貌端正可喜其髮紺青右旋不亂頂有肉髻皮膚金色頸文三道額廣平正眼目脩廣如青蓮華脣口丹潔如頻婆果胷摽卍字七處平滿其臂纖長其指網縵手足掌中有金剛輪其身殊妙如淨居天上下端直如尼拘陀樹諸相隨好悉皆圓滿如雪山王種種嚴飾目視不瞬圓光一尋

第二見在林中下見敬諮問中先見次敬後問見中三先見身勝相見在林者行之初故同佛相者如說修行順佛果故於中七處平滿者兩手兩足兩肩及項言其身

殊妙如淨居天者準晉經即師子上身相矣上下端直如尼拘陀樹者準晉經云其身圓滿如尼俱陀樹此則但是一相言諸相隨好者上但列十四故總結之目視不瞬圓光一尋復是二相都列十六耳餘至瞿波處釋此則但是一相者以晉經合其身殊妙屬後尼拘拖故今經二相彼但成一然如尼俱陁者其枝横布與上聳相稱非如建木一向直聳非如傍覆一向婆娑故云上下端直若順樹相圓滿最妙此明不長不短如人横尋與身相稱七尺之人尋亦七尺此爲福相

智慧廣博猶如大海於諸境界心無所動若沉若舉若智非智動轉戲論一切皆息得佛所行平等境界大悲教化一切衆生心無暫捨爲欲利樂一切衆生爲欲開示如來法眼爲踐如來所行之道不遲不速審諦經行

二智慧下明其心相即止觀雙運止過則沉智過則舉不沉不舉則正受現前不智不愚則雙契中道起念止觀皆成動轉雙非再遣未離戲論雖止觀雙運而無心寂照則一切皆息爲踐如來所行之道隨所履道即是法門明其心相者然世之相亦有三類一色相二聲相三心相心相最勝然可修成含弘仁惠是勝相也今此正明菩薩心相言即止觀雙運者經初二句標示止觀初智慧爲觀後於諸境下即止從止過下釋若沉若舉已下經然沉舉畧有二種一昏沉掉舉此相即麤亦所不論二細沉舉即如疏辨若靜無遺照動不離寂則是雙行不沉不舉故云正受現前然經一切皆息總該上四而疏釋之四對別顯上釋第一若沉若舉竟二不智不愚則雙契中道者即取下皆息該此名不智不愚若智牒前觀也非智牒前止也今由皆息則止觀兩亡爲真止觀方契中道三起念下釋動轉皆息若有止觀即爲動轉今由兩亡故無動轉四雙非下釋戲論字言雙非者非止非觀斯則第四戲論謗也再遣者又亡雙非謂非非止觀等由迹不忘如楔出楔故並戲論今云皆息戲論自亡上但遮過從得佛下顯其成德故雖止觀雙運而無心寂照等雙運即爲雙照無心即爲雙遮遮照同時互融平

等即是如如平等之境

無量天龍夜叉乾闥婆阿脩羅迦樓羅緊那羅摩睺羅伽釋梵護世人與非人前後圍繞主方之神隨方迴轉引導其前足行諸神持寶蓮華以承其足無盡光神舒光破闇閻浮幢林神雨衆雜華不動藏地神現諸寶藏普光明虛空神莊嚴虛空成就德海神雨摩尼寶無垢藏須彌山神頭頂禮敬曲躬合掌無礙力風神雨妙香華春和主夜神莊嚴其身舉體投地常覺主晝神執普照諸方摩尼幢住在虛空放大光明

三無量下明諸侍從不無表法恐繁不說

時善財童子詣比丘所頂禮其足曲躬合掌白言聖者我已先發阿耨多羅三藐三菩提心求菩薩行我聞聖者善能開示諸菩薩道願爲我說菩薩云何學菩薩行云何修菩薩道

敬問可知

善見答言善男子我年既少出家又近我此生中於三十八恒河沙佛所淨修梵行或有佛所一日一夜淨修梵行或有佛所七日七夜淨修梵行或有佛所半月一月一歲百歲萬歲億歲那由他歲乃至不可說不可說歲或一小劫或半大劫或一大劫或百大劫乃至不可說不可說大劫聽聞妙法受行其教莊嚴諸願入所證處淨修諸行滿足六種波羅蜜海亦見彼佛成道說法各各差別無有雜亂住持遺教乃至滅盡亦知彼佛本所興願以三昧願力嚴淨一切諸佛國土以入一切行三昧力淨修一切諸菩薩行以普賢乘

出離力清淨一切佛波羅蜜
第三善見答下正示法界中二初示依緣
得法後又善男子下顯法業用今初分三
初總序初入行位故云年少創離十住之
家名爲出家又近言我此生者畧有二義
一念劫圓融故如毘目處説二顯入解行
生非見聞生故供三十八恒沙者過前位
故次或有下明所修時分後聽聞下所作
成益於中初自修願智行次見果用後知
佛修因
又善男子我經行時一念中一切十方皆悉
現前智慧清淨故一念中一切世界皆悉現
前經過不可説不可説世界故一念中不可
説不可説佛刹皆悉嚴淨成就大願力故一
念中不可説不可説衆生差別行皆悉現前
滿足十力智故一念中不可説不可説諸佛
清淨身皆悉現前成就普賢行願力故一念
中恭敬供養不可説不可説佛刹微塵數如
來成就柔輭心供養如來願力故一念中領
受不可説不可説如來法得證阿僧祇差別
法住持法輪陀羅尼力故一念中不可説不
可説菩薩行海皆悉現前得能淨一切行如
因陀羅網願力故一念中不可説不可説諸
三昧海皆悉現前得於一三昧門入一切三
昧門皆令清淨願力故一念中不可説不可
説諸根海皆悉現前得了知諸根際於一根
中見一切根願力故一念中不可説不可説
佛刹微塵數時皆悉現前得於一切時轉法
輪衆生界盡法輪無盡願力故一念中不可
説不可説一切三世海皆悉現前得了知一

切世界中一切三世分位智光明願力故
二顯法業用中有十二句各先辨業用後
出所由然不出願智行如文思之總云一
念者以得無依無念智故無法不現
善男子我唯知此菩薩隨順燈解脱門如諸
菩薩摩訶薩如金剛燈於如來家真正受生
具足成就不死命根常然智燈無有盡滅其
身堅固不可沮壞現於如幻色相之身如緣
起法無量差別隨衆生心各各示現形貌色
相世無倫匹毒刃火災所不能害如金剛山
無能壞者降伏一切諸魔外道其身妙好如
眞金山於天人中最爲殊特名稱廣大靡不
聞知觀諸世間咸對目前演深法藏如海無
盡放大光明普照十方若有見者必破一切
障礙大山必拔一切不善根本必令種植廣

大善根如是之人難可得見難可出世而我
云何能知能説彼功德行
第四謙已推勝中謙已結前名隨順燈者
用無念之真智順法順機無不照故後如
諸下推勝中初句爲總亦别顯家族勝上
但云燈照未必常故今推之明金剛智燈
親證真如爲真正生則常照矣不同解行
生也二報命勝由所證常故即金剛義三
内智勝如於所證無盡滅故即是燈義四
報體勝法性成身相不遷故亦金剛義五
現於下明業用勝即對上隨順義以是即
體之用故皆不可壞餘並可知指示後友
次文當説
善男子於此南方有一國土名曰名聞於河
渚中有一童子名自在主汝詣彼問菩薩云

何學菩薩行修菩薩道

時善財童子爲欲究竟菩薩勇猛清淨之行欲得菩薩大力光明欲修菩薩無勝無盡諸功德行欲滿菩薩堅固大願欲成菩薩廣大深心欲持菩薩無量勝行於菩薩法心無厭足願入一切菩薩功德欲常攝御一切衆生欲超生死稠林曠野於善知識常樂見聞承事供養無有厭倦頂禮其足繞無量帀慇懃瞻仰辭退而去

爾時善財童子受善見比丘教巳憶念誦持思惟修習明了決定於彼法門而得悟入天龍夜叉乾闥婆衆前後圍繞向名聞國周徧求覓自在主童子時有天龍乾闥婆等於虛空中告善財言善男子今此童子在河渚上

第二自在主寄饒益行（寄饒益行者三聚淨戒能益自他故云饒益）初依教趣求國曰名聞者能持淨戒現世果故河渚上者若持淨戒生死愛河不漂溺故又無量福河常流注故童子自在主者三業無非六根離過故得自在則戒爲主矣戒淨無染故云童子（能持淨戒現世果故者戒經云明人能護戒能得三種樂名譽及利養死得生天上福河常流注者不持戒者可犯之境皆有犯分由持戒故於無盡境皆發勝福故）

爾時善財即詣其所見此童子十千童子所共圍繞聚沙爲戲善財見巳頂禮其足繞無量帀合掌恭敬却住一面白言聖者我巳先發阿耨多羅三藐三菩提心而未知菩薩云何學菩薩行云何修菩薩道願爲解說

第二爾時善財下見敬諮問中見聚沙者恒沙功德由戒積集故

自在主言善男子我昔曾於文殊師利童子

所修學書數筭印等法即得悟入一切工巧神通智法門

第三自在主言下正示法界於中二初舉法門名體二善男子我因下明業用今初文殊所學者有智能護戒故書者能詮止作分明故數者表四重十重乃至三千威儀八萬細行故筭者一一之因感幾何果故印者持犯善惡感果決定故等者等餘醫方成五明故上明所學下辨所悟工巧神通皆智所爲故亦表修戒發定慧故有智能護戒者文殊主智故此言亦是戒經云當觀如是處有智勤護戒戒淨有智慧便得第一道釋曰上二句以智爲因下二句是智之果四重十重者四重通二乘別解脫戒十重已下大乘四重通亦唯大故爾勒受戒羯摩但受四不可過謂十重之中最後四戒謂慳瞋譏毀及謗三寳故成五明者五明在下業中上之諸名然但是聲明中義並如五地今當畧釋

善男子我因此法門故得知世間書數筭印界處等法亦能療治風癎消瘦鬼魅所著如是所有一切諸病亦能造立城邑聚落園林臺觀宮殿屋宅種種諸處亦善調鍊種種仙藥亦善營理田農商賈一切諸業取捨進退咸得其所又善别知衆生身相作善作惡當生善趣當生惡趣此人應得聲聞乘道此人應得緣覺乘道此人應入一切智地如是等事皆悉能知亦令衆生學習此法增長決定究竟清淨善男子我亦能知菩薩筭法所謂一百洛叉爲一俱胝俱胝俱胝爲一阿庾多阿庾多阿庾多爲一那由他那由他那由他爲一頻婆羅頻婆羅頻婆羅爲一矜羯羅廣說乃至優鉢羅優鉢羅爲一波頭摩波頭摩波頭摩爲一僧祇僧祇僧祇爲一趣趣趣爲

一喻喻喻爲一無數無數無數爲一無數轉無數轉無數轉爲一無量無量無量爲一無量轉無量轉無量轉爲一無邊無邊無邊爲一無邊轉無邊轉無邊轉爲一無等無等無等爲一無等轉無等轉無等轉爲一不可數不可數不可數爲一不可數轉不可數轉不可數轉爲一不可稱不可稱不可稱爲一不可稱轉不可稱轉不可稱轉爲一不可思不可思不可思爲一不可思轉不可思轉不可思轉爲一不可量不可量不可量爲一不可量轉不可量轉不可量轉爲一不可說不可說不可說爲一不可說轉不可說轉不可說轉爲一不可說不可說此又不可說不可說爲一不可說不可說轉善男子我以此菩薩筭法筭無量由旬廣大沙聚悉知其內顆粒多少亦能筭知東方所有一切世界種種差別次第安住南西北方四維上下亦復如是亦能筭知十方所有一切世界廣狹大小及以名字其中所有一切劫名一切佛名一切法名一切衆生名一切業名一切菩薩名一切諦名皆悉了知

二明業用中三初總明次亦能療下雜辨諸明三善男子下廣顯知筭於中初辨能筭之數後善男子我以此下筭彼所筭餘三段可知

二明業用中三初總明者此之總文亦即聲明書即聲明中法施設建立名句文身等故其數筭印即聲明數施設建立通治取與中生疑障其界處等法即是因明故新經云種種智論名是論體即言論諍論等雜辨諸者即餘三明一即醫方明於中風癎消瘦是病相鬼魅所着亦是病相亦是病因因鬼等病故其能療治即是除斷能字亦是斷已不生二亦能造下即工巧明瑜伽十五有十二工巧今畧有五一營造工業二以善調練種種仙藥即和合工業三善營理田農即

營農工業四商賈即商賈工業其一切諸業即該諸文所不說者更有七不說謂音樂書筭成熟方所事王變化呪術五又善別知衆生身相即占相工業三作善作惡下即是內明然瑜伽有四處設建立一事二理三攝聖教四所應知令明於理於中有二一知六趣因果二此人下知三乘因果從如是等下總結兼於餘三謂令其習學決定究竟即攝聖教聖教所知應辨事理即三藏故下知筭亦聲明攝

善男子我唯知此一切工巧大神通智光明法門如諸菩薩摩訶薩能知一切諸衆生數能知一切諸法品類數能知一切諸法差別數能知一切三世數能知一切衆生名數能知一切諸法名數能知一切諸如來數能知一切諸佛名數能知一切諸菩薩數能知一切菩薩名數而我何能說其功德示其所行顯其境界讚其勝力辯其樂欲宣其助道彰其大願歎其妙行闡其諸度演其清淨發其殊勝智慧光明

善男子於此南方有一大城名曰海住有優婆夷名爲具足汝詣彼問菩薩云何學菩薩行修菩薩道

時善財童子聞是語已舉身毛竪歡喜踊躍獲得希有信樂寶心成就廣大利衆生心悉能明見一切諸佛出興次第悉能通達甚深智慧清淨法輪於一切趣皆隨現身了知三世平等境界出生無盡功德大海放大智慧自在光明開三有城所有關鑰頂禮其足遶無量帀慇懃瞻仰辭退而去

爾時善財童子觀察思惟善知識教猶如巨海受大雲雨無有厭足作是念言善知識教猶如春日生長一切善法根苗善知識教猶如滿月凡所照及皆使清涼善知識教如夏雪山能除一切諸獸熱渴善知識教如芳池

日能開一切善心蓮華善知識教如大寶洲種種法寶充滿其心善知識教如閻浮樹積集一切福智華果善知識教如大龍王於虛空中遊戲自在善知識教如須彌山無量善法三十三天於中止住善知識教猶如帝釋衆會圍繞無能映蔽能伏異道脩羅軍衆如是思惟

第三具足優婆夷寄無違逆行寄無違逆行忍順物理名無違逆城名海住者近海而住故安住於忍如海包含故友名具足者一器之中無不具故忍器徧容一切德故忍辱柔和故寄女人

漸次遊行至海住城處處尋覓此優婆夷時彼衆人咸告之言善男子此優婆夷在此城中所住宅内

文中初依教趣求可知

善財聞已即詣其門合掌而立其宅廣博種種莊嚴衆寶垣牆周帀圍繞四面皆有寶莊嚴門善財入已見優婆夷處於寶座盛年好色端正可喜素服垂髮身無瓔珞其身色相威德光明除佛菩薩餘無能及於其宅內敷十億座超出人天一切所有皆是菩薩業力成就宅中無有衣服飲食及餘一切資生之物但於其前置一小器復有一萬童女圍繞威儀色相如天采女妙寶嚴具莊飾其身言音美妙聞者喜悅常在左右親近瞻仰思惟觀察曲躬低首應其教命彼諸童女身出妙香普熏一切若有衆生遇斯香者皆不退轉無怒害心無怨結心無慳嫉心無諂誑心無險曲心無憎愛心無瞋恚心無下劣心無高

慢心生平等心起大慈心發利益心住律儀心離貪求心聞其音者歡喜踊躍見其身者悉離貪染

第二善財聞已下見敬諮問初見中四一見外依報二見友正報端正可喜者忍之報故素服等者忍華飾故三於其宅下見内依報四復有下明其眷屬萬行皆順忍故

爾時善財既見具足優婆夷已頂禮其足恭敬圍繞合掌而立白言聖者我已先發阿耨多羅三藐三菩提心而未知菩薩云何學菩薩行云何修菩薩道我聞聖者善能誘誨願爲我說

二敬三問並可知

彼即告言善男子我得菩薩無盡福德藏解脱門能於如是一小器中隨諸衆生種種欲樂出生種種美味飲食悉令充滿假使百衆生千衆生百千衆生億衆生百億衆生千億衆生百千億那由他衆生乃至不可說不可說衆生假使閻浮提微塵數衆生一四天下微塵數衆生小千世界中千世界大千世界乃至不可說不可說佛刹微塵數衆生假使十方世界一切衆生隨其欲樂悉令充滿而其飲食無有窮盡亦不減少如是飲食如是種種上味種種牀座種種衣服種種卧具種種車乘種種華種種鬘種種香種種塗香種種燒香種種末香種種珍寶種種瓔珞種種幢種種旛種種蓋種種上妙資生之具隨意所樂悉令充足

第三彼即下正示法界於中二初舉法門

名體器中出物與福無盡故稱法界福之所招故後能於如是下辨業用中三初正顯業用次令見同益三使其目驗前中三初益衆生次益二乘後益菩薩令初亦三初總明以是稱性之具即一小器融同法界無盡緣起故用無不應應無不益而其法界體無增減又表忍必自卑故小法忍同如一味爲一内空外假爲器忍能包含無外故隨出無盡次出生下別明出味後如飲食下舉一例餘又表忍必自卑下上直約善友依報釋比下約表位釋忍必謙卑卑而不可踰故小而大容上通二忍法忍同如即諦察法忍内空外假者埏埴以爲器當其無有器之用即假能用即空能六無有不成於空故故因外假而内有所用老子云有之以爲利無之以爲用無空不成於假故空能多容此二無二中道器也

又善男子假使東方一世界中聲聞獨覺食我食已皆證聲聞辟支佛果住最後身如一世界中如是百世界千世界百千世界億世界百億世界千億世界百千億世界百千億那由他世界閻浮提微塵數世界一四天下微塵數世界小千國土微塵數世界中千國土微塵數世界三千大千國土微塵數世界乃至不可說不可說佛刹微塵數世界中所有一切聲聞獨覺食我食已皆證聲聞辟支佛果住最後身如於東方南西北方四維上下亦復如是又善男子東方一世界乃至不可說不可說佛刹微塵數世界中所有一生所繫菩薩食我食已皆菩提樹下坐於道場降伏魔軍成阿耨多羅三藐三菩提如東方南西北方四維上下亦復如是

二又善男子假使下明益二乘二乘雖不

立忍名亦忍盡無生理方成果故二乘雖然不立忍名義如玄中三又善男子東方下益菩薩約事如受於乳糜約法謂餐上品寂滅之忍得菩提故淨名香積與此大同約事如受乳糜者即世尊初成道受二牧牛女乳糜亦如前引約法飡上品寂滅忍者上品屬佛故如十忍品

淨名香積與此大同謂受食已得聖果等故然淨名有二處文一香積品中取飯來竟維摩詰語舍利弗等諸大聲聞仁者可食如來甘露味飯大悲所熏無以限意食之使不消也生公釋云以其向念故教食也亦欲因以食之為理泥洹是甘露之法而食此食者必以得之故飯中有甘露味焉大悲所熏者使人得悟為飯外熏義豈食能大悲力為然則飯之為氣大悲熏也無以限意者飯出大悲即無限矣而限言少者則不消也釋曰此乃以悲熏食得涅槃果以果諮因為甘露味未言食即表於涅槃若即食為涅槃理義則善成二菩薩行品因淨名文殊禮覲世尊阿難怪問今所聞香昔所未有是為何香佛言是彼菩薩毛孔之香身子亦言我等毛孔亦出是香香問其從來云食是香飯阿難問云是香氣住當久如維摩詰言至此飯消日久如當消曰此飯勢力至于七日然後乃消又阿難若聲聞人未入正位食此飯者得入正位已入正位得心解脫若未發大乘之意至發意已發意得無生忍已得無生忍至一生補處然後乃消譬如有藥名曰上味其有服者身諸毒滅然後乃消此飯如是滅除一切諸煩惱毒然後乃消疏廣釋相竟問云香飯是色法云何斷惑遠公釋云由大悲香飯不思議力所以能斷如輪王有一寶牀聖王居上即能離欲逮得四禪王女雖見如觀佛像不生欲心況佛菩薩所受境界如華手經說菩薩有一照法性冠著此冠時一切諸法悉現在心諸事亦爾楷公釋云雖有此釋道理不然豈有色法性能斷惑但以香飯資發觀智能斷煩惱非是食體即能斷惑釋曰此諸古德意並未愜當且約勝緣以解香飯不知香飯以表法門生公稍近於理故云七日消者不過七日一生補處即七日之內必有所得矣然一食之悟亦不得有二階進也止一生補處者顯佛無因得無生菩薩及正位之人豈得假外方得進哉而今云爾者以明此飯為宣理之極備有其義焉釋曰此以有表理意也然淨名中食意通理智人悲甘露味飯即三德涅槃涅槃經中亦以涅槃將喻甘露其飯香氣即表大悲從體起用熏衆生故今此寄位故表於忍忍通五忍無法不攝能忍是智所忍是理廣說利他大悲熏也然淨名云得忍則消亦該五忍之意不為此釋殊為淺近

善男子汝見我此十千童女眷屬以不答言

已見優婆夷言善男子此十千童女而爲上首如是眷屬百萬阿僧祇皆悉與我同行同願同善根同出離道同清淨解同清淨念同清淨趣同無量覺同得諸根同廣大心同所行境同理同義同明了法同淨色相同無量力同最精進同正法音同隨類音同清淨第一音同讚無量清淨功德同清淨業同清淨報同大慈周普救護一切同大悲周普成熟衆生同清淨身業隨緣集起令見者欣悅同清淨口業隨世語言宣布法化同往詣一切諸佛衆會道場同往詣一切佛刹供養諸佛同能現見一切法門同住菩薩清淨行地善男子是十千童女能於此器取上飲食一剎那頃徧至十方供養一切後身菩薩聲聞獨覺乃至徧及諸餓鬼趣皆令充足善男子此十千女以我此器能於天中充足天食乃至人中充足人食善男子且待須臾汝當自見說是語時善財則見無量衆生從四門入皆優婆夷本願所請既來集已敷座令坐隨其所須給施飲食悉使充足

二善男子汝見下令見同益三且待下令其目驗及後三段文並可知

告善財言善男子我唯知此無盡福德藏解脫門如諸菩薩摩訶薩一切功德猶如大海甚深無盡猶如虛空廣大無際如如意珠滿衆生願如大聚落所求皆得如須彌山普集衆寶猶如奥藏常貯法財猶如明燈破諸黑闇猶如高蓋普蔭羣生而我云何能知能說彼功德行

善男子南方有城名曰大興彼有居士名曰

明智汝詣彼問菩薩云何學菩薩行修菩薩道

時善財童子頂禮其足繞無量帀瞻仰無厭辭退而去

爾時善財童子得無盡莊嚴福德藏解脱光明已思惟彼福德大海觀察彼福德虛空趣彼福德聚登彼福德山攝彼福德藏入彼福德淵遊彼福德池淨彼福德輪見彼福德藏入彼福德門行彼福德道修彼福德種漸次而行至大興城周徧推求明智長者於善知識心生渴仰以善知識熏習其心於善知識志欲堅固方便求見諸善知識心不退轉願得承事諸善知識心無懈倦知由依止善知識故能滿衆善知由依止善知識故能生衆福知由依止善知識故能長衆行知由依止善知識故不由他教自能承事一切善友如是思惟時長其善根淨其深心增其根性益其德本加其大願廣其大悲近一切智具普賢道照明一切諸佛正法增長如來十力光明

第四明智居士寄無屈撓行（寄無橈行者懃無怠退故）初依教趣求中初依前修治後漸次下趣求後友城名大興者起大精進故友名明智者進足必假智目導故

爾時善財見彼居士在其城内市四衢道七寶臺上處無數寶莊嚴之座其座妙好清淨摩尼以爲其身金剛帝青以爲其足寶繩交絡五百妙寶而爲校飾敷天寶衣建天幢旛張大寶網施大寶帳閻浮檀金以爲其蓋毘瑠璃寶以爲其竿令人執持以覆其上鵝王

羽翮清淨嚴潔以爲其扇熏衆妙香雨衆天華左右常奏五百樂音其音美妙過於天樂衆生聞者無不悅豫十千眷屬前後圍繞色相端嚴人所喜見天莊嚴具以爲嚴飾於天人中最勝無比悉已成就菩薩志欲皆與居士同昔善根侍立瞻對承其教命爾時善財頂禮其足繞無量帀合掌而立白言聖者我爲利益一切衆生故爲令一切衆生出諸苦難故爲令一切衆生究竟安樂故爲令一切衆生出生死海故爲令一切衆生住法寶洲故爲令一切衆生枯竭愛河故爲令一切衆生起大慈悲故爲令一切衆生捨離欲愛故爲令一切衆生渴仰佛智故爲令一切衆生出生死曠野故爲令一切衆生樂諸佛功德故爲令一切衆生出三界城故爲令一切衆生入一切智城故發阿耨多羅三藐三菩提心而未知菩薩云何學菩薩行云何修菩薩道能爲一切衆生作依止處

第二爾時善財下見敬諮問中先見於市四衢者表處喧不撓無不通故敬問可知

長者告言善哉善哉善男子汝乃能發阿耨多羅三藐三菩提心善男子發阿耨多羅三藐三菩提心是人難得若能發心是人則能求菩薩行值遇善知識恒無厭足親近善知識恒無勞倦供養善知識恒不疲懈給侍善知識不生憂慼求覓善知識終不退轉愛念善知識終不放捨承事善知識無暫休息瞻仰善知識無時憩止行善知識教未曾怠惰稟善知識心無有誤失善男子汝見我此衆會人不善財答言唯然已見居士言善男子

我已令其發阿耨多羅三藐三菩提心生如來家增長白法安住無量諸波羅蜜學佛十力離世間種住如來種棄生死輪轉正法輪滅三惡趣住正法趣如諸菩薩悉能救護一切衆生

第三長者告下稱讚授法中三初歎發心勝能二善男子汝見下示已所化發心眷屬生如來家者同四住中生也同四住中生者四住生聖教家以三賢十聖大類相似故前同四住後同四地

善男子我得隨意出生福德藏解脫門凡有所須悉滿其願所謂衣服瓔珞象馬車乘華香幢蓋飲食湯藥房舍屋宅牀座燈炬奴婢牛羊及諸侍使如是一切資生之物諸有所須悉令充滿乃至爲說真實妙法善男子且待須臾汝當自見說是語時無量衆生從種種方所種種世界種種國土種種城邑形類各别愛欲不同皆以菩薩往昔願力其數無邊俱來集會各隨所欲而有求請爾時居士知衆普集須臾繫念仰視虛空如其所須悉從空下一切衆會普皆滿足然後復爲説種種法所謂爲得美食而充足者與説種種集福德行離貧窮行知諸法行成就法喜禪悦食行修習具足諸相好行增長成就難屈伏行善能了達無上食行成就無盡大威德力降魔寃行爲得好飲而充足者與其説法令於生死捨離愛著入佛法味爲得種種諸上味者與其説法皆令獲得諸佛如來上味之相爲得車乘而充足者與其宣説種種法門皆令得載摩訶衍乘爲得衣服而充足者與其説法令得清淨慚愧之衣乃至如來清淨

妙色如是一切靡不周贍然後悉爲如應説法既聞法已還歸本處

三善男子我得下正示法界於中二先舉名財法無盡藴在虚空隨意給施故名隨意出生福德藏亦表見空無不備故後凡有下顯業用於中二一畧舉二善男子且待下舉事現驗於中先見衆集後爾時居士下廣施財法先施財後然後下施法於施一食令成八行初二約施餘六約食食有五果一得之諸法即是慧命二得喜悦即常安樂三具相好即是常色四六即常力五即常辯言上味相者牙有甘露泉故餘可準思食有五果者即涅槃第二如來告純陀云我今施汝常命色力安無礙辯由施於食益命益色益力益安益辯才故近得此五由是無常終得常五並如迴向品中已釋今此且配

爾時居士爲善財童子示現菩薩不可思議解脱境界已告言善男子我唯知此隨意出生福德藏解脱門如諸菩薩摩訶薩成就寶手徧覆一切十方國土以自在力普雨一切資生之具所謂雨種種色寶種種色瓔珞種種色寶冠種種色衣服種種色音樂種種色華種種色香種種色末香種種色燒香種種色寶蓋種種色幢旛徧滿一切衆生住處及諸如來衆會道場或以成熟一切衆生或以供養一切諸佛而我云何能知能説彼諸功德自在神力善男子於此南方有一大城名師子宫彼有長者名法寶髻汝可往問菩薩云何學菩薩行修菩薩道

第四爾時居士下謙已推勝可知第五善男子下指示後友城名師子宫者禪定無

亂如彼深宮處之則所說決定作用無畏故以爲名友名法寶髻者綰攝諸亂居心頂故定含明智加以寶名以喻顯法名法

寶髻

時善財童子歡喜踊躍恭敬尊重如弟子禮作如是念由此居士護念於我令我得見一切智道不斷愛念善知識見不壞尊重善知識心常能隨順善知識教決定深信善知識語恒發深心事善知識頂禮其足繞無量帀慇懃瞻仰辭退而去

大方廣佛華嚴經疏鈔會本第六十五

音釋

膚（芳無切皮膚也）網縵（網文兩切縵莫官切網縵謂佛指間皮相連如鵞鴈掌也）瞬（舒閏切目動也）療（力嶠切治疾也）癎（胡間切風病也）商賈（商尸羊切行賣也賈公戶切坐販也）顆粒（顆苦果切粒力入切）鑰（以灼切關下牡也）翮（下革切鳥之勁羽也）憩（去例切息也）撓（女巧切擾亂也）埏埴（埏尸連切和土也埴丞職切黏土也）綰（烏版切繫也）羈（居宜切縶也）析（先的切分也）

大方廣佛華嚴經疏鈔會本第六十六之一

唐于闐國三藏沙門實叉難陀　譯

唐清涼山大華嚴寺沙門澄觀撰述

爾時善財童子於明智居士所聞此解脫已遊彼福德海治彼福德田仰彼福德山趣彼福德津開彼福德藏觀彼福德法淨彼福德輪味彼福德聚生彼福德力增彼福德勢漸次而行向師子城周徧推求寶髻長者

第五法寶髻寄無癡亂行六中初文可知寄於無癡亂行者以慧資定靜無遺照動不離寂名無癡亂

見此長者在於市中遽即往詣頂禮其足繞無數帀合掌而立白言聖者我已先發阿耨多羅三藐三菩提心而未知菩薩云何學菩薩行云何修菩薩道善哉聖者願爲我說諸菩薩道我乘此道趣一切智

第二見此長者下見敬諮問市中見者表處閙忘懷亂中常定故

爾時長者執善財手將詣所居示其舍宅作如是言善男子且觀我家

第三爾時長者下授已法界於中四一執手將引即授法方便顯加行智歸正證故二作如是下示其所住即正授法界三爾時善財見其下正證法界四爾時善財見是下問答因緣即後得智初二可知

爾時善財見其舍宅清淨光明眞金所成白銀爲牆玻瓈爲殿紺瑠璃寶以爲樓閣硨磲妙寶而作其柱百千種寶周徧莊嚴赤珠摩尼爲師子座摩尼爲帳眞珠爲網彌覆其上碼碯寶池香水盈滿無量寶樹周徧行列其宅廣博十層八門

三中二先總後善財入已下別令初十層八門者如八角塔形層門各有三義層別中解門三義者一通約所修之道以八正爲門八正通入於諸位故二約所依之道即以八識爲門於眼根中入正定故根若能入境則可知三約敎顯理即四句入法敎理各四故有八門謂若失意有空俱泯便成四謗得意通入並稱爲門尋敎得解即敎四門於理得解即理四門尋敎等者但約詮吉以爲二四亦約敎爲信行約理爲法行若準新經言面各二門故有八門則亦可即就四門存泯不同以爲八耳如一有門見心妙有而入法界則是有門若取於有即拂有相名非有門此有中二矣二空者知法空寂即是空門以空爲空門便權說非空門三若謂妄惑本空眞智不空即亦有亦空門謂有二體斯門亦權故說妄因眞立妄無妄源眞對妄宣眞非眞矣則雙存兩亡則爲亦有非有亦無非無門四欲言其有無相無名欲言其無聖以之靈爲非有非無門若滯雙非未逃戲論故復拂之此雙非門爲但是遮爲有所表但遮同無有表同有還成有無故此雙非言思亦絶名非非有非非無門故有八門得意爲門失意此八亦非門矣

善財入已次第觀察見最下層施諸飲食見第二層施諸寶衣見第三層布施一切寶莊嚴具見第四層施諸采女并及一切上妙珍寶見第五層乃至五地菩薩雲集演說諸法利益世間成就一切陀羅尼門諸三昧印諸三昧行智慧光明見第六層有諸菩薩皆已成就甚深智慧於諸法性明了通達成就廣大總持三昧無障礙門所行無礙不住二法在不可說妙莊嚴道場中而共集會分別顯示般若波羅蜜門所謂寂靜藏般若波羅蜜門善分別諸衆生智般若波羅蜜門不可動轉般若波羅蜜門離欲光明般若波羅蜜門不可降伏藏般若波羅蜜門照衆生輪般若

波羅蜜門海藏般若波羅蜜門普眼捨得般若波羅蜜門入無盡藏般若波羅蜜門一切方便海般若波羅蜜門入一切世間海般若波羅蜜門無礙辯才般若波羅蜜門隨順衆生般若波羅蜜門無礙光明般若波羅蜜門常觀宿緣而布法雲般若波羅蜜門說如是等百萬阿僧祇般若波羅蜜門見第七層有諸菩薩得如響忍以方便智分别觀察而得出離悉能聞持諸佛正法見第八層無量菩薩共集其中皆得神通無有退墮能以一音徧十方剎其身普現一切道場盡于法界靡不周徧普入佛境普見佛身普於一切佛衆會中而爲上首演說於法見第九層一生所繫諸菩薩衆於中集會見第十層一切如來充滿其中從初發心修菩薩行超出生死成

滿大願及神通力淨佛國土道場衆會轉正法輪調伏衆生如是一切悉使明見

别中十層三者一表十地一施食顯初地行檀二地持戒以慙愧爲衣服三地忍行以爲嚴具四地道品爲内眷屬精進可珍五地文顯六地般若現前故文中三初總次所謂下别顯十五門一照體即寂而無不包二即寂之照無機不鑒三外緣不轉四内照無求五惑境不摧六徧摧諸惑七包含勝德而甚深八普見法界而無礙九一即無盡十巧化無邊十一内證世間十二外演勝辯十三曲隨物欲十四事理交羅十五觀緣授法後說如是下總結七地有殊勝行知種種敎法故云得如響忍八層之中含於二位一八地無功用之神通

三種世間自在二即九地法師一音能演九層亦二位十地等覺俱可爲一生故十層即如來地二表十行以十行即十度故前七文顯八大願所成神通等故九一生所繫力最上故十唯至如來智方滿故此即當位自攝諸位向攝十地即攝後諸位故以十層雙表二義還如海幢當位攝盡十位纔竟説成佛故前寄第六位攝此寄第五位攝前約正報攝此約依報攝者皆顯位勝前故三者總不表位但此菩薩以行就機現居勝報漸次增勝十顯無盡初四以物施後後漸難次二集法施前淺後深次二得法初陋後廣後二現勝德先因後果總上三義因果行位等法以爲長者之宅

爾時善財見是事已白言聖者何緣致此清淨衆會種何善根獲如是報長者告言善男子我念過去過佛刹微塵數刧有世界名圓滿莊嚴佛號無邊光明法界普莊嚴王如來應正等覺十號圓滿彼佛入城我奏樂音并燒一丸香而以供養以此功德迴向三處謂永離一切貧窮困苦常見諸佛及善知識恒聞正法故獲斯報

四問答因緣中先問後答迴向三處者謂離貧窮招前四層之報二三兩果即後六重一丸之微因願力故報勝又表萬行混融發起向佛則隨一行無不具矣何果不階

善男子我唯知此菩薩無量福德寶藏解脱門如諸菩薩摩訶薩得不思議功德寶藏入

無分別如來身海受無分別無上法雲修無分別功德道具起無分別普賢行網入無分別三昧境界等無分別菩薩善根住無分別如來所住證無分別三世平等住無分別普眼境界住一切刼無有疲厭而我云何能知能說彼功德行

第四善男子下謙已推勝謙已云菩薩等者世寶三寶蘊積十重之中故云寶藏常用無盡是爲無量福德後推勝中當法顯勝故功德寶藏皆不思議即是總句入無分別下別明由無分別而具諸法故不思議

善男子於此南方有一國土名曰藤根其土有城名曰普門中有長者名爲普眼汝詣彼問菩薩云何學菩薩行修菩薩道時善財童子頂禮其足繞無數帀慇懃瞻仰辭退而去

爾時善財童子於寶髻長者所聞此解脫已深入諸佛無量知見安住菩薩無量勝行了達菩薩無量方便希求菩薩無量法門清淨菩薩無量信解明利菩薩無量諸根成就菩薩無量欲樂通達菩薩無量行門增長菩薩無量願力建立菩薩無能勝幢起菩薩智照菩薩法

第六普眼長者寄善現行（寄善現行者慧能顯發三諦之理般若現前故）國名藤根者夫藤根深入於地上發華苗表善現行般若證深能生後得後得隨物而轉故取類於藤城名普門者實相般若無所不通故長者名普眼者觀照般若無不見故第一依敎趣求中言深入諸佛無量知見者無量有二義一多故即

權智境二無分量故即實慧境境無量故智亦無量知見亦二義一別謂智即是智見即是慧即照二境之智慧二通者謂知見二字俱是如來能證如實知彼義故即無障礙智若爾何假重言爲揀比知所以言見爲揀肉眼見所以云知此如世親般若論釋悉知悉見入謂證達餘句易了

知見已下二釋知見於中亦二先別依法華論後通即般若論論云如來悉知是諸衆生便足何故復說如來悉見是諸衆生若不說如來悉見是諸衆生或謂如來以比智知恐生如是心故若爾但言如來悉見是諸衆生便足何故復說如來悉知是諸衆生若不說如來悉知是諸衆生或謂如來以肉眼等見爲防是故說知見二語功德施論上卷云何故知見俱說耶爲開顯一切智故此復云何貴於諸境界耶然現覺非如比智見煙知有火不能照了諸相差別亦非如肉眼見麤近細種遠處即不能知但隨他說或如彼故智論二十九明十八不共法解脫無減中問曰解脫知見者但應言知何以復言見答曰言知言見事得牢固言如繩二合即爲堅復次若但說知即不攝一切慧如阿毗曇所說慧有三種有知非見有見非知有亦知亦見有知非見者盡知無生智五識相應知有見非知者八忍世間正見五邪見有亦知亦見者餘師諸慧若說知謂不攝見若說見則不攝知是故說知見則具足如復次從人讀誦分別籌量是名知自身得證是名見譬如耳聞事尚有疑是名知親自目覩了了無疑是名見解脫中知見亦如是差別瑜伽八十六云問知見何差別答照過去及以未來非現見境名慧名知照現在境此總名見又所取爲緣此慧名知能取爲緣此慧名見又聞思所成此慧名知修所成者此慧名見又能斷煩惱此慧名知斷煩惱已能證解脫此慧名見又緣自相境此慧名知緣共相境此慧名見又尋求諸法此慧名知既尋求已伺察諸法此慧名見又緣無分別影像此慧名知緣有分別影像爲境此慧名見又有色爾燄影像爲緣此慧名見無色爾燄影像爲緣此慧名知釋曰爾燄爲所緣也成實論第十九見知品云問曰正見正知有何差別答曰即是一體無有差別正見二種世間出世間世間者謂有罪福等出世間者謂能遍平等諸諦正智亦爾乃至問曰經中說知者見者則同漏盡有何差別答曰若智初破惑名知入諸位已名爲見始觀名知達了名見有如是深淺等別俱舍二十六通明忍智見別論云前品初說依法忍法智於後復說正見知爲有忍非智耶爲有智非

見耶頌曰聖慧忍非智盡無生非見餘二有漏慧皆智六見性釋曰初句及第三句餘二字明無漏慧有漏已下明有漏慧也聖慧忍非智者聖慧忍謂見道中八忍也忍非智性決斷名智忍起之時與非得俱未成決定斷故不名智盡無生非見者盡無生智不名爲見推度名見此之二智已息求心非推度故故不名見餘二者餘無漏慧皆通知見二性已斷疑故推度性故有漏慧皆智六見性者諸有漏慧皆智性

攝於中唯六亦是見性謂身見等五及世間正見如上聖慧及有漏慧皆擇法故並通性攝大婆沙九十五論云應具分別見智慧三自性差別云何爲見答眼根五見世俗正見學無學見問何故眼根說名爲見答由四事故一賢聖說故二世俗說故三契經說故四世現見故問何故此五說名爲見答以四事故一觀視故謂能觀視所應取境二決度故謂決度所應取境三堅執故謂於自境堅固僻執非聖道觀不能令捨四深入故謂於所緣銳利深入如針墮泥云世俗正見者謂善意識相應慧是見性故說名爲見學見者謂學有漏慧無學見者謂無學正見此二俱是見性故名爲見五見爲境如陰夜見色世俗正見於境如晴夜見色有學見於境如陰晝見色無學見於境如晴晝見色云何爲智答五識相應慧除無漏慧餘意識相應慧五識相應慧有三種一善二染汙三無覆無記餘論說諸見是智斷應作四句有見非智謂眼根及無漏慧忍有智非見謂五識身相應慧盡無生智餘五見及世俗正見餘意識相應有漏慧有見亦智謂五見世俗正見除無漏忍及盡無生智餘有漏慧卽學八智及無學正見此無漏慧及前五見世俗正見具見智二種相故第三句攝有見智謂除前相相謂所有若名若法是前三句所表皆名爲相除此餘法第四句義次前來一經頻有無猒繁文

漸次而行至藤根國推問求覓彼城所在雖歷艱難不憚勞苦但唯正念善知識教願常親近承事供養徧策諸根離衆放逸

二趣後可知

然後乃得見普門城百千聚落周帀圍繞雉堞崇峻衢路寬平見彼長者往詣其所於前頂禮合掌而立白言聖者我已先發阿耨多羅三藐三菩提心而未知菩薩云何學菩薩行云何修菩薩道

第二然後乃得下見敬諮問中先見依正

百千聚落周帀圍繞者眷屬般若也雉堞崇峻者般若防非高而無上也五板爲堵五堵爲雉堞即女墻衢路寬平者般若諸佛常行非權逕故蕩然無涯眷屬般若者然般若有五一實相般若即所證理二觀照般若即能證智三文字般若即能詮教古唯有三新說有五加第四境界般若實相雖悟真境兼後智體今境界通事六塵之境皆爲境界五眷屬般若即與慧同時諸心心所今此具五城爲實相長者爲觀照釋無量中已有境界今有眷屬文字通四

長者告言善哉善哉善男子汝已能發阿耨多羅三藐三菩提心善男子我知一切衆生諸病風黃痰熱鬼魅蠱毒乃至水火之所傷害如是一切所生諸疾我悉能以方便救療善男子十方衆生諸有病者咸來我所我皆療治令其得差復以香湯沐浴其身香華瓔珞名衣上服種種莊嚴施諸飮食及以財寶悉令充足無所乏短

第三長者告下稱讚授法先讚後善男子下授已法界於中二先能療病即下化衆生後善男子我又下明能合香上供諸佛今初有二先除身病後治心病前中亦二先治無不能後善男子十方下來者皆治兼與身樂

然後各爲如應說法爲貪欲多者敎不淨觀瞋恚多者敎慈悲觀愚癡多者敎其分別種種法相等分行者爲其顯示殊勝法門爲欲令其發菩提心稱揚一切諸佛功德爲欲令其起大悲意顯示生死無量苦惱爲欲令其增長功德讚歎修習無量福智爲欲令其發大誓願稱讚調伏一切衆生爲欲令其修普賢行說諸菩薩於一切剎一切劫住修諸行

網爲欲令其具佛相好稱揚讚歎檀波羅蜜爲欲令其得佛淨身悉能徧至一切處故稱揚讚歎尸波羅蜜爲欲令其得佛清淨不思議身稱揚讚歎忍波羅蜜爲欲令其獲於如來無能勝身稱揚讚歎精進波羅蜜爲欲令其得於清淨無與等身稱揚讚歎禪波羅蜜爲欲令其顯現如來清淨法身稱揚讚歎般若波羅蜜爲欲令其現佛世尊清淨色身稱揚讚歎方便波羅蜜爲欲令其爲諸衆生住一切劫稱揚讚歎願波羅蜜爲欲令其現清淨身悉過一切諸佛刹土稱揚讚歎力波羅蜜爲欲令其現清淨身隨衆生心悉使歡喜稱揚讚歎智波蜜蜜爲欲令其獲於究竟淨妙之身稱揚讚歎永離一切諸不善法如是施巳各令還去

二然後各爲下治心病亦二先明除惑義通大小後爲欲令其下令其成益此唯大乘有十六句初五通顯大心行願次十別明十度之因感十身之果施滿他心故相好悅物戒徧止惡故淨身徧至忍兼忍理故不思議進策萬行故無能勝禪唯一心故無與等般若照理故顯法身方便顯用色身可覩願窮來際住劫無窮力不可摇悉過一切智窮事法故隨物成身後一句總離諸惡故究竟淨妙次十別明十度之因感十身果疏中但案現文直釋此十亦即菩提願等如來十身一施度即相好莊嚴身二戒獲意生身以遍至故三忍獲威勢身四進策萬行故成菩提五禪獲福德無等六顯法身七成化身八亦成願身九還成力持十亦成智身後一總淨十身

善男子我又善知和合一切諸香要法所謂無等香辛頭波羅香無勝香覺悟香阿盧那

跋底香堅黑栴檀香烏落迦栴檀香沈水香不動諸根香如是等香悉知調理和合之法又善男子我持此香以爲供養普見諸佛所願皆滿所謂救護一切衆生願嚴淨一切佛刹願供養一切如來願又善男子然此香時一一香中出無量香徧至十方一切法界一切諸佛衆會道場或爲香宮或爲香殿如是香欄檻香垣牆香却敵香户牖香重閣香半月香蓋香幢香旛香帳香羅網香形像香莊嚴具香光明香雲雨處處充滿以爲莊嚴

二上供佛行中二初知香體辛頭者即信度河也波羅是岸即彼河岸之香阿盧那跋底此云赤色極烏洛迦者西域虵名其虵有毒繞此檀樹故和合者戒定慧等融無礙故次與供起願後能成大供文處並顯

善男子我唯知此令一切衆生普見諸佛歡喜法門如諸菩薩摩訶薩如大藥王若見若聞若憶念若同住若隨行往若稱名號皆獲利益無空過者若有衆生暫得值遇必令消滅一切煩惱入於佛法離諸苦藴永息一切生死怖畏到無所畏一切智處摧壞一切老死大山安住平等寂滅之樂而我云何能知能說彼功德行

第四謙已推勝中謙已知一中謂身心病除成二世樂故皆歡喜以香普供得佛十身則何佛不見餘並可知

善男子於此南方有一大城名多羅幢彼中有王名無猒足汝詣彼問菩薩云何學菩薩行修菩薩道

時善財童子禮普眼足繞無量帀慇懃瞻仰辭退而去

爾時善財童子憶念思惟善知識教念善知識能攝受我能守護我令我於阿耨多羅三藐三菩提無有退轉如是思惟生歡喜心淨信心廣大心怡暢心踊躍心欣慶心勝妙心寂靜心莊嚴心無著心無礙心平等心自在心住法心徧往佛剎心見佛莊嚴心不捨十力心

漸次遊行經歷國土村邑聚落至多羅幢城問無厭足王所在之處諸人答言此王今者在於正殿坐師子座宣布法化調御衆生可治者治可攝者攝罰其罪惡決其諍訟撫其孤弱皆令永斷殺盜邪婬亦令禁止妄言兩舌惡口綺語又使遠離貪瞋邪見時善財童子依衆人語尋即往詣

第七無厭足王寄無著行寄無著行者方便涉有不迷於空事理無滯不捨不受故名無著 第一依教趣求中先念教成益後漸次下趣求後友旣入其國必聞其政言多羅者此云明淨幢者建立表無著行依般若淨明立勝行故王名無厭足者如幻方便化無所著故無疲厭心先念教成益者有十七心初歡喜爲總餘十六別一淨信者信樂聞法二下化上求三法樂怡神四勇求進趣五欣慶所得六悲智雙流七不取不生八以德嚴飾九不著萬境十不礙起修十一物我齊均十二不被心使十三無住而住十四稱理普周十五見佛相嚴十六不捨佛智

遙見彼王坐那羅延金剛之座阿僧祇寶以爲其足無量寶像以爲莊嚴金繩爲網彌覆其上如意摩尼以爲寶冠莊嚴其首閻浮檀金以爲半月莊嚴其額帝青摩尼以爲耳璫

相對垂下無價摩尼以爲瓔珞莊嚴其頸天妙摩尼以爲印釧莊嚴其臂閻浮檀金以爲其蓋衆寶間錯以爲輪輻大瑠璃寶以爲其竿光味摩尼以爲其齋雜寶爲鈴恒出妙音放大光明周徧十方如是寶蓋而覆其上阿那羅王有大力勢能伏他衆無能與敵以離垢繒而繫其頂十千大臣前後圍繞共理王事其前復有十萬猛卒形貌醜惡衣服褊陋執持器仗攘臂瞋目衆生見者無不恐怖無量衆生犯王教勑或盜他物或害他命或侵他妻或生邪見或起瞋恨或懷貪嫉作如是等種種惡業身被五縛將詣王所隨其所犯而治罰之或斷手足或截耳鼻或挑其目或斬其首或剥其皮或解其體或以湯煮或以火焚或驅上高山推令墮落有如是等無量楚毒發聲號叫譬如衆合大地獄中善財見已作如是念我爲利益一切衆生求菩薩行修菩薩道今者此王滅諸善法作大罪業逼惱衆生乃至斷命曾不顧懼未來惡道云何於此而欲求法發大悲心救護衆生作是念時空中有天而告之言善男子汝當憶念普眼長者善知識教善財仰視而白之曰我常憶念初不敢忘天曰善男子汝莫厭離善知識語善知識者能引導汝至無險難安隱之處善男子菩薩善巧方便智不可思議攝受衆生智不可思議護念衆生智不可思議成熟衆生智不可思議守護衆生智不可思議度脫衆生智不可思議調伏衆生智不可思議

第二遥見下見敬諮問中先見有四一見

勝依正二其前後有下覩其逆化三善財見已下不了生疑四作是念時下空天曉諭於中二先令憶前教眞實使不生疑後善男子菩薩善巧下辨後行深玄令其信入然善財雖常憶教而生疑者逆行難知故貪益此世不疑婆須瞋癡現損故勝熱此王並生疑怪言深玄者通達非道故梁攝論戒學中明菩薩逆行殺等生無量福得無上菩提要大菩薩方堪此事此有二種一實行二變化實行者了知前人必定作無間業無别方便令離此惡唯可斷命使其不作又知前人若捨命已必生善道又菩薩自念我行殺已必墮地獄爲彼受苦彼雖現受輕苦必得樂果瑜伽菩薩地戒品之中亦同此說言變化者即當此文

下王自說

時善財童子聞此語已即詣王所頂禮其足白言聖者我已先發阿耨多羅三藐三菩提心而未知菩薩云何學菩薩行云何修菩薩道我聞聖者善能教誨願爲我說

二時善財下敬問可知

時阿那羅王理王事已執善財手將入宮中命之同坐

第三時阿那羅下授已法界中二初授法方便執手同坐示無間之儀表攝彼加行令趣眞故

告言善男子汝應觀我所住宮殿善財如語即徧觀察見其宮殿廣大無比皆以妙寶之所合成七寶爲牆周帀圍繞百千衆寶以爲樓閣種種莊嚴悉皆妙好不思議摩尼寶網

羅覆其上十億侍女端正殊絶威儀進止皆悉可觀凡所施爲無非巧妙先起後卧輭意承旨

二告言下正示法界令證相應於中四

舉果令入

時阿那羅王告善財言善男子於意云何我若實作如是惡業云何而得如是果報如是色身如是眷屬如是富贍如是自在

二時阿那羅王告善財下以實顯權

善男子我得菩薩如幻解脫善男子我此國土所有衆生多行殺盜乃至邪見作餘方便不能令其捨離惡業善男子我爲調伏彼衆生故化作惡人造諸罪業受種種苦令其一切作惡衆生見是事已心生惶怖心生厭離心生怯弱斷其所作一切惡業發阿耨多羅三藐三菩提意善男子我以如是巧方便故令諸衆生捨十惡業住十善道究竟快樂究竟安隱究竟住於一切智地

三善男子我得下示其所得於中初名如幻者了生如幻故以幻化幻次我此國下明法門業用後我以如是下明法門勝益

善男子我身語意未曾惱害於一衆生善男子如我心者寧於未來受無間苦終不發生一念之意與一蚊一蟻而作苦事況復人耶人是福田能生一切諸善法故

四善男子我身語下直顯實德慈念之深然諸位至七皆方便故休捨觀自在開敷樹華多約慈悲

善男子我唯得此如幻解脫如諸菩薩摩訶薩得無生忍知諸有趣悉皆如幻菩薩諸行

悉皆如化一切世間悉皆如影一切諸法悉皆如夢入眞實相無礙法門修行帝網一切諸行以無礙智行於境界普入一切平等三昧於陀羅尼已得自在而我云何能知能說彼功德行

第四謙已推勝推勝云無生忍者由了如幻方證此忍故又後位中當此忍故

善男子於此南方有城名妙光王名大光汝詣彼問菩薩云何學菩薩行修菩薩道

時善財童子頂禮王足繞無數帀辭退而去

大方廣佛華嚴經疏鈔會本第六十六之一

音釋

痰徒含切病液也 蠱公户切毒也 輻方六切車輻也 褊俾緬切衣小也 攘臂攘汝陽切攘臂捋臂也 蚑蟻蚑無分切蟻魚紀切 憚徒案切畏也 瞬輸閏切目動也 療力照切治也

大方廣佛華嚴經疏鈔會本第六十六之二

唐于闐國三藏沙門實叉難陀　譯

唐清涼山大華嚴寺沙門澄觀撰述

爾時善財童子一心正念彼王所得幻智法門思惟彼王如幻解脫觀察彼王如幻法性發如幻願淨如幻法普於一切如幻三世起於種種如幻變化如是思惟

第八大光寄難得行第一依教趣求中先念前寄難得行者無障礙願力乃能得故

漸次遊行或至人間城邑聚落或經曠野巖谷險難無有疲懈未曾休息然後乃至妙光大城而問人言妙光大城在於何所人咸報言妙光城者今此城是是大光王之所住處時善財童子歡喜踊躍作如是念我善知識在此城中我今必當親得奉見聞諸菩薩所行之行聞諸菩薩出要之門聞諸菩薩所證之法聞諸菩薩不思議功德聞諸菩薩不思議自在聞諸菩薩不思議平等聞諸菩薩不思議勇猛聞諸菩薩不思議境界廣大清淨

後漸次下趣後於中初推求得知城名妙光者前位悲增今得無住妙慧運衆生故王名大光者慈定之智無不該故廣大願中皆徹照故後時善財童子下自慶當益

作是念已入妙光城見此大城以金銀瑠璃玻瓈眞珠硨磲碼碯七寶所成七寶深塹七重圍繞八功德水盈滿其中底布金沙優鉢羅華波頭摩華拘物頭華芬陀利華徧布其上寶多羅樹七重行列七種金剛以爲其垣各各圍繞所謂師子光明金剛垣無能超勝金剛垣不可沮壞金剛垣不可毀缺金剛垣

堅固無礙金剛垣勝妙網藏金剛垣離塵清淨金剛垣悉以無數摩尼妙寶間錯莊嚴種種衆寶而爲埤堄其城縱廣一十由旬周廻八方面開八門皆以七寶周徧嚴飾毘瑠璃寶以爲其地種種莊嚴甚可愛樂其城之內十億衢道一一道間皆有無量萬億衆生於中止住有無數閻浮檀金樓閣毘瑠璃摩尼網羅覆其上無數銀樓閣赤眞珠摩尼網羅覆其上無數毘瑠璃樓閣妙藏摩尼網羅覆其上無數玻瓈樓閣無垢藏摩尼王網羅覆其上無數光照世間摩尼寶樓閣日藏摩尼王網羅覆其上無數帝青摩尼寶樓閣妙光摩尼王網羅覆其上無數衆生海摩尼王樓閣燄光明摩尼王網羅覆其上無數金剛寶樓閣無能勝幢摩尼王網羅覆其上無數黒栴檀樓閣天曼陀羅華網羅覆其上無數無等香王樓閣種種華網羅覆其上其城復有無數摩尼網無數寶鈴網無數天香網無數天華網無數寶形像網無數寶衣帳無數寶蓋帳無數寶樓閣帳無數寶華鬘帳之所彌覆處處建立寶蓋幢旛當此城中有一樓閣名正法藏阿僧祇寶以爲莊嚴光明赫奕最勝無比衆生見者心無厭足彼大光王常處其中爾時善財童子於此一切珍寶妙物乃至男女六塵境界皆無愛著但正思惟究竟之法一心願樂見善知識

第二作是念已下見敬諮問初見中三初見依報中二先所見殊勝云十由旬者欲明圓滿既有十億衢道道各無量衆生豈世間十小由旬之所能受故此中事物皆

應圓融表法如理思之後爾時善財下能見無染

漸次遊行見大光王去於所住樓閣不遠四衢道中坐如意摩尼寶蓮華藏廣大莊嚴師子之座紺瑠璃寶以爲其足金繒爲帳衆寶爲網上妙天衣以爲茵褥其王於上結跏趺坐二十八種大人之相八十隨好而以嚴身如眞金山光色熾盛如淨空日威光赫奕如盛滿月見者清凉如梵天王處於梵衆亦如大海功德法寶無有邊際亦如雪山相好樹林以爲嚴飾亦如大雲能震法雷啓悟羣品亦如虛空顯現種種法門星象如須彌山四色普現衆生心海亦如寶洲種種智寶充滿其中

二漸次下見王正報處四衢道者以四無量用四攝法攝衆生故二十八相者因未滿故（二十八相因未滿者未見經論及關無見頂及眉間白毫梵音長舌以善生等經校量最勝故謂三十二相不及毫相三十一不及烏瑟尼沙總合不及如來胷中所出梵音合將二十九相以校白毫三十中一是梵音故長舌無文義爲勝爾驗之）

於王座前有金銀瑠璃摩尼眞珠珊瑚琥珀珂貝壁玉諸珍寶聚衣服瓔珞及諸飲食無量無邊種種充滿復見無量百千萬億上妙寶車百千萬億諸天妓樂百千萬億天諸妙香百千萬億病緣湯藥資生之具如是一切悉皆珍好無量乳牛蹄角金色無量千億端正女人上妙栴檀以塗其體天衣瓔珞種種莊嚴六十四能靡不該練世情禮則悉皆善解隨衆生心而以給施城邑聚落四衢道側悉置一切資生之具一一道傍皆有二十億

菩薩以此諸物給施衆生爲欲普攝衆生故爲令衆生歡喜故爲令衆生踊躍故爲令衆生心淨故爲令衆生清涼故爲滅衆生煩惱故爲令衆生知一切義理故爲令衆生入一切智道故爲令衆生捨寃敵心故爲令衆生離身語惡故爲令衆生拔諸邪見故爲令衆生淨諸業道故

三於王座前下主伴攝生於中亦三先列所施通情非情六十四能義如别說次一一道下明能施人即是助伴後爲欲普攝下明其施意

時善財童子五體投地頂禮其足恭敬右繞經無量帀合掌而住白言聖者我已先發阿耨多羅三藐三菩提心而未知菩薩云何學菩薩行云何修菩薩道我聞聖者善能誘誨願爲我說

二三敬問可知

時王告言善男子我淨修菩薩大慈幢行我滿足菩薩大慈幢行

第三時王告下授己法界中三一總示法門謂大慈首出離染圓滿故

善男子我於無量百千萬億乃至不可說不可說佛所問難此法思惟觀察修習莊嚴

二善男子我於下明得法因緣問難是聞慧以三種慧莊嚴此慈

善男子我以此法爲王以此法教勑以此法攝受以此法隨逐世間以此法引導衆生以此法令衆生修行以此法令衆生趣入以此法與衆生方便以此法令衆生熏習以此法令衆生起行以此法令衆生安住思惟諸法

自性以此法令衆生安住慈心以慈爲主具足慈力如是令住利益心安樂心哀愍心攝受心守護衆生不捨離心拔衆生苦無休息心我以此法令一切衆生畢竟快樂恒自悦豫身無諸苦心得清涼斷生死愛樂正法樂滌煩惱垢破惡業障絶生死流入眞法海斷諸有趣求一切智淨諸心海生不壞信善男子我已住此大慈幢行能以正法教化世間善男子我國土中一切衆生皆於我所無有恐怖善男子若有衆生貧窮困乏來至我所而有求索我開庫藏恣其所取而語之言莫造諸惡莫害衆生莫起諸見莫生執著汝等貧乏若有所須當來我所及四衢道一切諸物種種具足隨意而取勿生疑難善男子此妙光城所住衆生皆是菩薩發大乘意隨心所欲所見不同或見此城其量狹小或見此城其量廣大或見土砂以爲其地或見衆寶而以莊嚴或見聚土以爲垣牆或見寶牆周帀圍繞或見其地多諸瓦石高下不平或見無量大摩尼寶間錯莊嚴平坦如掌或見屋宅土木所成或見殿堂及諸樓閣階墀窻闥軒檻戶牖如是一切無非妙寶善男子若有衆生其心清淨曾種善根供養諸佛發心趣向一切智道以一切智爲究竟處及我昔時修菩薩行曾所攝受則見此城衆寶嚴淨餘皆見穢善男子此國土中一切衆生五濁世時樂作諸惡我心哀愍而欲救護入於菩薩大慈爲首隨順世間三昧之門入此三昧時彼諸衆生所有怖畏心惱害心寃敵心諍論心如是諸心悉自消滅何以故入於菩薩大

慈爲首順世三昧法如是故善男子且待須臾自當現見時大光王即入此定其城內外六種震動諸寶地寶牆寶堂寶殿臺觀樓閣階砌戶牖如是一切咸出妙音悉向於王曲躬敬禮妙光城內所有居人靡不同時歡喜踊躍俱向王所舉身投地村營城邑一切人衆咸來見王歡喜敬禮近王所住鳥獸之屬互相瞻視起慈悲心咸向王前恭敬禮拜一切山原及諸草樹莫不迴轉向王敬禮陂池泉井及以河海悉皆騰溢流注王前十千龍王起大香雲激電震雷注微細雨有十千天王所謂忉利天王夜摩天王兜率陀天王善變化天王他化自在天王如是等而爲上首於虛空中作衆妓樂無數天女歌詠讚歎雨無數華雲無數香雲無數寶鬘雲無數寶衣雲無數寶蓋雲無數寶幢雲無數寶旛雲於虛空中而爲莊嚴供養其王伊羅婆拏大象王以自在力於虛空中敷布無數大寶蓮華垂無數寶瓔珞無數寶繒帶無數寶鬘無數寶嚴具無數寶華無數寶香種種奇妙以爲嚴飾無數采女種種歌讚閻浮提內復有無量百千萬億諸羅刹王諸夜叉王鳩槃荼王毗舍闍王或住大海或居陸地飲血噉肉殘害衆生皆起慈心願行利益明識後世不造諸惡恭敬合掌頂禮於王如閻浮提餘三天下乃至三千大千世界乃至十方百千萬億那由他世界中所有一切毒惡衆生悉亦如是

三我以此下明其業用於中五一以法攝化二我國土中下以無畏攝三若有衆生

下以財寶攝四此妙光城下隨機徧攝五善男子此國土中下以三昧攝於中二先以言告後時大光王下正以定示顯定業用情與非情咸成勝益者謂同體大慈物我無二故如世間王德合乾坤則麟鳳來儀寶璧呈瑞況於出世慈力不令草木屈滕耶

時大光王從三昧起告善財言善男子我唯知此菩薩大慈爲首隨順世間三昧門如諸菩薩摩訶薩爲高蓋慈心普蔭諸衆生故爲修行下中上行悉等行故爲大地能以慈心任持一切諸衆生故爲滿月福德光明於世間中平等現故爲淨日以智光明照耀一切所知境故爲明燈能破一切衆生心中諸黑闇故爲水清珠能清一切衆生心中諂誑濁故爲如意寶悉能滿足一切衆生心所願故爲大風速令衆生修習三昧入一切智大城中故而我云何能知其行能說其德能稱量彼福德大山能瞻仰彼功德衆星能觀察彼大願風輪能趣入彼甚深法門能顯示彼莊嚴大海能闡明彼普賢行門能開示彼諸三昧窟能讚歎彼大慈悲雲

第四時大光王從三昧下謙已推勝先謙已知一慈本爲物名順世間高出衆行故名爲首即是幢義餘並可知

善男子於此南方有一王都名曰安住有優婆夷名曰不動汝詣彼問菩薩云何學菩薩行修菩薩道

時善財童子頂禮王足遶無數帀慇懃瞻仰辭退而去

爾時善財童子出妙光城遊行道路正念思惟大光王教憶念菩薩大慈幢行門思惟菩薩隨順世間三昧光明門增長彼不思議願福德自在力堅固從不思議成熟衆生智觀察彼不思議不共受用大威德憶念彼不思議差别相思惟彼不思議清淨眷屬思惟彼不思議所作業生歡喜心生淨信心生猛利心生欣悅心生踊躍心生慶幸心生無濁心生清淨心生堅固心生廣大心生無盡心如是思惟悲泣流淚念善知識實爲希有出生一切諸功德處出生一切諸菩薩行出生一切菩薩淨念出生一切陀羅尼輪出生一切三昧光明出生一切諸佛知見普雨一切諸佛法雨顯示一切菩薩願門出生難思智慧光明增長一切菩薩根芽又作是念善知識者能普救護一切惡道能普演說諸平等法能普顯示諸夷險道能普開闡大乘奧義能普勸發普賢諸行能普引到一切智城能普令入法界大海能普令見三世法海能普授與衆聖道場能普增長一切白法善財童子如是悲哀思念之時彼常隨逐覺悟菩薩如來使天於虛空中而告之言善男子其有修行善知識教諸佛世尊悉皆歡喜其有隨順善知識語則得近於一切智地其有能於善知識語無疑惑者則常值遇一切善友其有發心願常不離善知識者則得具足一切義利善男子汝可往詣安住王都即當得見不動優婆夷大善知識

第九不動優婆夷寄善法行自發心來於一切法無不得定煩惱二乘不能動故亦

令衆生心不動故以智修慈故示以女居安住王都者王子位故智契實法不爲緣壞名爲安住寄善法行說法授人動成物軌思擇修習一切法故第一依教趣求中二先依教後趣求前中有五一思修前法二生歡喜下因修得益無濁約無他清淨約自體三如是思惟下推功歸友至此偏悲者修悲將滿故四又作是念下廣歎友能五善財童子如是悲哀下勝緣印勸於中先印天字兩用故晋本云如來使天隨菩薩天隨菩薩天是已業行之神如來使天是佛力攝生神但修行位已著皆有二天常隨其人後汝可詣下勸詣後友

時善財童子從彼三昧智光明起漸次遊行至安住城周徧推求不動優婆夷今在何所無量人衆咸告之言善男子不動優婆夷身是童女在其家内父母守護與自親屬無量人衆演說妙法善財童子聞是語已其心歡喜如見父母即詣不動優婆夷舍

二時善財童子從彼下趣求後友可知

入其宅内見彼堂宇金色光明普皆照耀遇斯光者身意清涼善財童子光明觸身即時獲得五百三昧門所謂了一切希有相三昧門入寂靜三昧門遠離一切世間三昧門普眼捨得三昧門如來藏三昧門得如是等五百三昧門以此三昧門故身心柔輭如七日胎又聞妙香非諸天龍乾闥婆等人與非人之所能有善財童子前詣其所恭敬合掌一心觀察見其形色端正殊妙十方世界一切女人無有能及況其過者唯除如來及以一

切灌頂菩薩口出妙香宮殿莊嚴幷其眷屬
悉無與等況復過者十方世界一切衆生無
有於此優婆夷所起染著心若得暫見所有
煩惱悉自消滅譬如百萬大梵天王決定不
生欲界煩惱其有見此優婆夷者所有煩惱
應知亦然十方衆生觀此女人皆無厭足唯
除具足大智慧者
第二入其宅內下見敬諮問見中分二先
見依獲益後善財童子前詣下見正超倫
爾時善財童子曲躬合掌正念觀察見此女
人其身自在不可思議色相顏容世無與等
光明洞徹物無能障普爲衆生而作利益其
身毛孔恒出妙香眷屬無邊宮殿第一功德
深廣莫知涯際心生歡喜以頌讚曰
守護清淨戒修行廣大忍精進不退轉光明
照世間
爾時善財童子說此頌已白言聖者我已先
發阿耨多羅三藐三菩提心而未知菩薩云
何學菩薩行云何修菩薩道我聞聖者善能
誘誨願爲我說
二爾時善財曲躬下敬問可知
時不動優婆夷以菩薩柔輭語悅意語慰喻
善財而告之言善哉善哉善男子汝已能發
阿耨多羅三藐三菩提心
第三時不動下稱讚授法於中先讚
善男子我得菩薩難摧伏智慧藏解脫門我
得菩薩堅固受持行門我得菩薩一切法平
等地總持門我得菩薩照明一切法辯才門
我得菩薩求一切法無疲厭三昧門
後善男子我得下正授法界於中二先示

法門名體後善財童子言下徵業用之境界今初不同前例而舉五法者亦同九地當法師位須廣知故五中初二所持內德一智慧無羈偏名解脫有智則煩惱不可壞取著無能勝故云難摧伏此智包容故名爲藏二受持堅固偏得行名謂遇惡衆生而能堪忍偏生諸趣而心不迷故云堅固三即能持深入法門得法性地則無不持矣四即外化由正思佛法明照差別故得辯才能轉法輪稱衆生欲五即上求一心求法故云三昧近佛無厭受法無足故

五中初二所持內德等者然此五法即下因中所念五事謂思惟如來福德智慧皆悉清淨總持三昧不可思議神通自在辯才無礙謂思念何因得斯五事彼佛便教發十種心一應發不可壞心滅諸煩惱二應發無能勝心破諸取著二應發無退怯心入深法門四應發能堪耐心救惡衆生五應發無迷惑心普入於一切諸趣受生六應發無猒足心求見諸佛無有休息七應發無知足心悉受一切如來法雨八應發正思惟心普生一切佛法光明九應發大住持心普轉一切諸佛法輪十應發廣流通心隨衆生欲施其法寶釋曰十中初二成其所念福智故今得第一摧伏智慧藏解脫門疏取下佛教以釋其相下四亦爾次以第三無退怯心酬其所念總持故今得一切法平等總持門三以第四救惡衆生及第五諸趣受生示神通因今得菩薩堅固受持行門遍生五趣救惡衆生是大神通是菩薩行故四以第六求佛無猒第七受法無足心酬其三昧今得求一切法無疲猒門五以後三示其辯才無礙因今得第四照明一切法辯才門在文可知故疏取下十句示因釋今所得五法之果而念福德含在智慧之中其下釋十法中方云上來已取十句釋五法門但與下念五法不次顯無優劣故

善財童子言聖者菩薩難摧伏智慧藏解脫門乃至求一切法無疲厭三昧門境界云何童女言善男子此處難知善財白言唯願聖者承佛神力爲我宣說我當因善知識能信能受能知能了趣入觀察修習隨順離諸分

別究竟平等

二徵業用之境界中四一徵問二顯難三

重請四廣答

優婆夷言善男子過去世中有劫名離垢佛號修臂時有國王名曰電授唯有一女即我身是我於夜分癈音樂時父母兄弟悉已眠寢五百童女亦皆昬寐我於樓上仰觀星宿於虛空中見彼如來如寶山王無量無邊天龍八部諸菩薩衆所共圍繞佛身普放大光明網周徧十方無所障礙佛身毛孔皆出妙香我聞是香身體柔輭心生歡喜便從樓下至於地上合十指爪頂禮於佛又觀彼佛不見頂相觀身左右莫知邊際思惟彼佛諸相隨好無有厭足竊自念言此佛世尊作何等業獲於如是上妙之身相好圓滿光明具足眷屬成就宮殿嚴好福德智慧悉皆清淨總持三昧不可思議神通自在辯才無礙善男子爾時如來知我心念即告我言汝應發不可壞心滅諸煩惱應發無能勝心破諸取著應發無退怯心入深法門應發能堪耐心救惡衆生應發無迷惑心普於一切諸趣受生應發無厭足心求見諸佛無有休息應發無知足心悉受一切如來法雨應發正思惟心普生一切佛法光明應發大住持心普轉一切諸佛法輪應發廣流通心隨衆生欲施其法寶善男子我於彼佛所聞如是法求一切智求佛十力求佛辯才求佛光明求佛色身求佛相好求佛衆會求佛國土求佛威儀求佛壽命發是心已其心堅固猶如金剛一切煩惱及以二乘悉不能壞善男子我發是心

已來經閻浮提微塵數劫尚不生於念欲之心況行其事爾所劫中於自親屬不起瞋心況他衆生爾所劫中於其自身不生我見況於衆具而計我所爾所劫中死時生時及住胎藏未曾迷惑起衆生想及無記心況於餘時爾所劫中乃至夢中隨見一佛未曾忘失何況菩薩十眼所見爾所劫中受持一切如來正法未曾忘失一文一句乃至世俗所有言辭尚不忘失何況如來金口所說爾所劫中受持一切如來法海一文一句無不思惟無不觀察乃至一切世俗之法亦復如是爾所劫中受持如是一切法海未曾於一法中不得三昧乃至世間技術之法一一法中悉亦如是爾所劫中住持一切如來法輪隨所住持未曾廢捨一文一句乃至不曾生於世

智唯除爲欲調衆生故爾所劫中見諸佛海未曾於一佛所不得成就清淨大願乃至於諸化佛之所悉亦如是爾所劫中見諸菩薩修行妙行無有一行我不成就爾所劫中所有衆生無一衆生我不勸發阿耨多羅三藐三菩提心未曾勸一衆生發於聲聞辟支佛意爾所劫中於一切佛法乃至一文一句不生疑惑不生二想不生分別想不生種種想不生執著想不生勝劣想不生愛憎想善男子我從是來常見諸佛常見菩薩常見眞實善知識常聞諸佛願常聞菩薩行常聞菩薩波羅蜜門常聞菩薩地智光明門常聞菩薩無盡藏門常聞入無邊世界網門常聞出生無邊衆生界因門常以清淨智慧光明除滅一切衆生煩惱常以智慧生長一切衆生善

根常隨一切衆生所樂示現其身常以清淨上妙言音開悟法界一切衆生

答中二先明得法因緣以彰深遠釋上難知二善男子我得菩薩求一切下顯其業用以酬初問今初分六一舉往見佛爲發心緣二便從樓下內與觀念爲發心因先觀後念念福智等即前五法之因神通自在是行堅固三善男子爾時下佛勸發心能成前五有十種心初二成智慧次一成總持次二成神通次二成三昧後三成辯才故上來取斯十句釋五法門四善男子我於彼下正明發心堅固五我發是心已來下經久無違六我從是來下彰發心勝益即前五因之果彰發心之益即前五之果者一求佛智慧即求法三昧二求佛十力即求智慧三求佛辯才四求佛光明即是總持總持以慧為體故云光明餘皆堅固受持行願發是心已下總結堅固

善男子我得菩薩求一切法無厭足莊嚴門我得一切法平等地總持門現不思議自在神變汝欲見不善財言唯我心願見爾時不動優婆夷坐於龍藏師子之座入求一切法無厭足莊嚴三昧門不空輪莊嚴三昧門十力智輪現前三昧門佛種無盡藏三昧門入如是等一萬三昧門入此三昧門時十方各有不可說佛刹微塵數世界六種震動皆悉清淨瑠璃所成一一世界中有百億四天下百億如來或住兜率天乃至般涅槃一一如來放光明網周徧法界道場衆會清淨圍繞轉妙法輪開悟羣生時不動優婆夷從三昧起告善財言善男子汝見此不善財言唯我皆已見

二顯其業用中四一許現即舉五法中二二申請三正現入一萬三昧者於一求法無厭三昧即入一萬明知餘解脱等亦攝多門四出定印述並可知

優婆夷言善男子我唯得此求一切法無厭足三昧光明爲一切衆生説微妙法皆令歡喜如諸菩薩摩訶薩如金翅鳥遊行虛空無所障礙能入一切衆生大海見有善根已成熟者便即執取置菩提岸又如商客入大寶洲採求如來十力智寶又如漁師持正法網入生死海於愛水中漉諸衆生如阿修羅王能徧挫動三有大城諸煩惱海又如日輪出現虛空照愛水泥令其乾竭又如滿月出現虛空令可化者心華開敷又如大地普皆平等無量衆生於中止住增長一切善法根芽又如大風所向無礙能拔一切諸見大樹如轉輪王遊行世間以四攝事攝諸衆生而我云何能知能説彼功德行

第四優婆夷言下謙已推勝

善男子於此南方有一大城名無量都薩羅其中有一出家外道名曰徧行汝徃彼問菩薩云何學菩薩行修菩薩道

第五指示後友中都薩羅者此云喜出生謂此城中出生無量歡喜之事故以智度圓滿則能無所不生友名徧行巧智隨機無不行故名真實行示外道者能行非道又非道不染故曰出家餘可知

時善財童子頂禮其足繞無量帀慇懃瞻仰辭退而去

大方廣佛華嚴經疏鈔會本第六十六之二

音釋

諮同咨 **壍**七豔切音塹 **茵褥**上音因下音辱 **埤堄**埤通作疕 詣切堄五計切埤堄城上女墻也 **托**呼高切攬也

大方廣佛華嚴經疏鈔會本第六十七

唐于闐國三藏沙門實叉難陀　譯

唐清涼山大華嚴寺沙門澄觀撰述

爾時善財童子於不動優婆夷所得聞法已專心憶念所有教誨皆悉信受思惟觀察漸漸遊行經歷國邑至都薩羅城於日沒時入彼城中廛店隣里四衢道側處處尋覓徧行外道

第十徧行外道寄真實行第一依教趣求十遍行外道寄真實行智度已圓稱於二諦言行不虛故名真實

城東有山名曰善德善財童子於中夜時見此山頂草樹巖巘光明照耀如日初出見此事已生大歡喜作是念言我必於此見善知識便從城出而登彼山見此外道於其山上平坦之處徐步經行色相圓滿威光照耀大梵天王所不能及十千梵衆之所圍繞徃詣其所頭頂禮足繞無量帀於前合掌而作是言聖者我已先發阿耨多羅三藐三菩提心而我未知菩薩云何學菩薩行云何修菩薩道我聞聖者善能教誨願爲我說

第二城東有山下見敬諮問見中中夜見者智入生死故善財將入此位故上云日沒入城於山頂者表位極故光明照者以智慧光破於生死及二邊闇故

徧行答言善哉善哉善男子我已安住至一切處菩薩行已成就普觀世間三昧門已成就無依無作神通力已成就普門般若波羅蜜

第三徧行答言下稱讚授法先讚發心後善男子下正授法界於中二先彰名體有

四者智徧知故四義雖别而得相成一化境普周徧行之名亦從此立二入定觀機三由無作神通故能徧至前處四由普門般若故能在定普觀若約别者無作無依用而無住普門般若無法不窮

善男子我普於世間種種方所種種形貌種種行解種種殁生一切諸趣所謂天趣龍趣夜叉趣乾闥婆阿修羅迦樓羅緊那羅摩睺羅伽地獄畜生閻羅王界人非人等一切諸趣或住諸見或信二乘或復信樂大乘之道如是一切諸衆生中我以種種方便種種智門而爲利益所謂或爲演說一切世間種種技藝令得具足一切巧術陀羅尼智或爲演說四攝方便令得具足一切智道或爲演說諸波羅蜜令其迴向一切智位或爲稱讚大菩提心令其不失無上道意或爲稱讚諸菩薩行令其滿足淨佛國土度衆生願或爲演說造諸惡行受地獄等種種苦報令於惡業深生厭離或爲演說供養諸佛種諸善根决定獲得一切智果令其發起歡喜之心或爲讚說一切如來應正等覺所有功德令樂佛身求一切智或爲讚說諸佛威德令其願樂佛不壞身或爲讚說佛自在身令求如來無能暎蔽大威德體又善男子此都薩羅城中一切方所一切族類若男若女諸人衆中我皆以方便示同其形隨其所應而爲說法諸衆生等悉不能知我是何人從何而至唯令聞者如實修行善男子如於此城利益衆生於閻浮提城邑聚落所有人衆住止之處悉亦如是而爲利益善男子閻浮提内九十六

種種起異見而生執著我悉於中方便調伏令其捨離所有諸見如閻浮提餘四天下亦復如是如四天下三千大千世界亦復如是如三千大千世界如是十方無量世界諸衆生海我悉於中隨諸衆生心之所樂以種種方便種種法門現種種色身以種種言音而爲說法令得利益

二善男子我普於下顯四業用即分爲四一明至一切處用二或住諸見下普觀世間用觀其所宜隨宜說故三又善男子此都薩羅下明無作無依用故云不知從何而至四善男子閻浮提内下普門般若用九十六種皆能窮故上來隨勝別配實則義通

善男子我唯知此至一切處菩薩行如諸菩薩摩訶薩身與一切衆生數等得與衆生無差別身以變化身普入諸趣於一切處皆現受生普現一切衆生之前清淨光明徧照世間以無礙願住一切劫得如帝網諸無等行常勤利益一切衆生恒與共居而無所著普於三世悉皆平等以無我智周徧照耀以大悲藏一切觀察而我云何能知能說彼功德行

四謙已推勝

善男子於此南方有一國土名爲廣大有鬻香長者名優鉢羅華汝詣彼問菩薩云何學菩薩行修菩薩道

時善財童子頂禮其足繞無量帀慇懃瞻仰辭退而去

爾時善財童子因善知識教不顧身命不著

財寶不樂人衆不耽五欲不戀眷屬不重王位唯願化度一切衆生唯願嚴淨諸佛國土唯願供養一切諸佛唯願證知諸法實性唯願修集一切菩薩大功德海唯願修行一切功德終無退轉唯願恒於一切劫中以大願力修菩薩行唯願普入一切諸佛衆會道場唯願入一三昧門普現一切三昧門自在神力唯願於佛一毛孔中見一切佛心無厭足唯願得一切法智慧光明能持一切諸佛法藏專求此等一切諸佛菩薩功德漸次遊行至廣大國

大文第四有十善友寄十迴向今初青蓮華長者寄救護衆生離衆生相迴向在廣大國者創入迴向故迴向衆生故廣迴向菩提故大迴向實際義通廣大言鬻香者鬻者賣也香質雖小發氣彌布善根雖微迴向普周又若賣若買二俱得香自他善根俱可迴向青蓮華者蓮華處淤泥而不染猶護衆生而離相青蓮華爲水中之最救護爲入生死之尊文亦分六第一依教趣求中先依教興願以是迴向大願之首故後漸次下趣求後位（初青蓮華長者寄救護等者大悲增上救護衆生大智無著離衆生相悲智無住以立此名迴向實際義通廣大者佛境方窮橫周法界衆生界故）

詣長者所頂禮其足繞無量帀合掌而立白言聖者我已先發阿耨多羅三藐三菩提心欲求一切佛平等智慧欲滿一切佛無量大願欲淨一切佛最上色身欲見一切佛清淨法身欲知一切佛廣大智身欲淨治一切菩薩諸行欲照明一切菩薩三昧欲安住一切

菩薩總持欲除滅一切所有障礙欲遊行一切十方世界而未知菩薩云何學菩薩行云何修菩薩道而能出生一切智智

第二詣長者下見敬諮問

長者告言善哉善哉善男子汝乃能發阿耨多羅三藐三菩提心善男子我善別知一切諸香亦知調合一切香法

第三長者告言下稱讚授法先讚後授授中二先總標所得後所謂下別顯業用令初知世諸香以表法香謂以戒定慧慈悲等香熏修生善滅惡習氣故善知一切香者差別行也亦知調合者融通行也以金剛杵碎之實相般若波羅蜜調和令純雜無礙悲智圓融成廻向故

所謂一切香一切燒香一切塗香一切末香亦知如是一切香王所出之處又善了知天香龍香夜叉香乾闥婆阿修羅迦樓羅緊那羅摩睺羅伽人非人等所有諸香又善別知治諸病香斷諸惡香生歡喜香增煩惱香滅煩惱香令於有爲生樂著香令於有爲生厭離香捨諸憍逸香發心念佛香證解法門香聖所受用香一切菩薩差別香一切菩薩地位香如是等香形相生起出現成就清淨安隱方便境界威德業用及以根本如是一切我皆了達

二別顯業用中二先總相顯知後指事別顯前中四一知香體異二又善了下約類辨異三又善別下知力用異前二約世此兼出世四如是等下明委窮本末上四各有事理思之上四各有事理者如一知香體異約事可知約理者如燒

香謂以智火發揮萬行普周遍故塗香者以性淨水和之飾法身故末香者以金剛智碎令無實故即以智及性淨等為生處也二約類辯異言約理者香即習氣行天之因是約天習氣熏灼成果故亦是道習從天而來好光淨等三知力用者上二約文理但約世香而舍約理此則文自具二如獸有為等約事治諸病香白檀治熱熏陸治冷約理即對治行所謂慈悲不淨觀等斷諸惡香如安息香能辟惡邪正見智慧無惡不斷又十善行等注歡喜香如沉檀等即稱根器行施悅自他等增煩惱香如蘭麝等謂愛染行如有漏定增愛味等滅煩惱香如牛頭栴檀先陀婆等即諸智忍等令於有為生愛著等唯約理說此即人天勝因獸離有為即無常等捨憍逸香無我忍辱不放逸等發心念佛香讚佛功德說淨土行等證解法門深觀行等聖所受用即觀真如無分別一切菩薩差別香三賢十地所修勝劣等一切菩薩地位香者所證如智有淺深故

善男子人間有香名曰象藏因龍鬬生若燒一丸即起大香雲彌覆王都於七日中雨細香雨若著身者身則金色若著衣服宮殿樓閣亦皆金色若因風吹入宮殿中衆生齅者七日七夜歡喜充滿身心快樂無有諸病不相侵害離諸憂苦不驚不怖不亂不恚慈心相向志意清淨我知是已而為說法令其決定發阿耨多羅三藐三菩提心善男子摩羅耶山出栴檀香名曰牛頭若以塗身設入火坑火不能燒善男子海中有香名無能勝若以塗鼓及諸螺貝其聲發時一切敵軍皆自退散善男子阿那婆達多池邊出沈水香名蓮華藏其香一丸如麻子大若以燒之香氣普熏閻浮提界衆生聞者離一切罪戒品清淨善男子雪山有香名阿盧那若有衆生齅此香者其心決定離諸染著我為說法莫不皆得離垢三昧善男子羅剎界中有香名海藏其香但為轉輪王用若燒一丸而以熏之王及四軍皆騰虛空善男子善法天中有香

名淨莊嚴若燒一丸而以熏之普使諸天心念於佛善男子須夜摩天有香名淨藏若燒一丸而以熏之夜摩天衆莫不雲集彼天王所而共聽法善男子兜率天中有香名先陀婆於一生所繫菩薩座前燒其一丸興大香雲徧覆法界普雨一切諸供養具供養一切諸佛菩薩善男子善變化天有香名曰奪意若燒一丸於七日中普雨一切諸莊嚴具

二人間有下指事別顯中有十種香初象藏香具前本末十事一但語香名必有形相二龍闘爲生起三興雲爲出現四雨雨爲成就五金色爲清淨六喜樂爲安隱七無病等爲方便八慈心等爲境界九意淨爲威德其業用一種義通前七十我知下是根本本爲菩提心故若就菩提心顯十義者以菩提心香似如來藏因善惡相攻而生若一發心與慈雲注法雨心所及者令歸眞淨得法喜樂離惑業苦展轉興慈志願純淨餘之九香皆應具法喩之十畧故或二或三摩羅耶者國名國多此香故此即忍香瞋火不燒三即進香魔軍退散次五如次是五分法身香九即稱法界香先陀婆一名四實此宜用鹽香似此故十忘能所香故名奪意餘三可知若就菩提心下二約法似如來藏本覺眞心性德圓備稱理發心故似藏也二因善惡相攻而生即同因龍闘生故六波羅蜜經云善惡互相熏猶如二象闘弱者去無迴妄盡無來夫起信云眞如熏無明故能發心猒求三若一發心下出現四霔法雨是成就五心所及下清淨六得法喜樂即安隱七離惑業苦即方便八展轉興慈即境界九志願純淨即威德亦業用義通前七次五如次五分法身者戒定可知三王及四兵皆騰空者慧證空故四心念於佛脫五欲故五集聽法是知見故

善男子我唯知此調和香法如諸菩薩摩訶薩遠離一切諸惡習氣不染世欲永斷煩惱衆魔罥索超諸有趣以智慧香而自莊嚴於諸世間皆無染著具足成就無所著戒淨無著智行無著境於一切處悉無有著其心平等無著無依而我何能知其妙行說其功德顯其所有清淨戒門示其所作無過失業辯其離染身語意行

善男子於此南方有一大城名曰樓閣中有船師名婆施羅汝詣彼問菩薩云何學菩薩行修菩薩道

時善財童子頂禮其足遶無量帀慇懃瞻仰辭退而去

爾時善財童子向樓閣城觀察道路所謂觀道高卑觀道夷險觀道淨穢觀道曲直

第二船師婆施羅寄不壞迴向寄不壞迴向者得不壞信于種善根而迴向故名為不壞婆施羅者此云自在謂於佛法海已善通達於生死海能善運度於一切法深信不壞故名自在在樓閣城者由此迴向令菩提心轉更增長悲智相依而勝出故文中第一依教趣求先依教觀道於迴向道初得不壞故佛道為高餘皆是卑生死涅槃為夷險障無障為淨穢二乘為曲菩薩為直等佛道為高下此有十事五對疏但略示其相而未言等者等於餘義具說觀相乃有多意一不壞相則五是可依五不可依二不壞性則不見高卑無夷險等是故經云不見一法是佛法者不見一法非佛法者故金剛云是法平等無有高下住正道者則不分別是邪是正三不見業惑以為所斷不見智慧以為能斷非有煩惱非離煩惱四不見生死為雜亂不見涅槃為寂靜生死涅槃二際無差五無大小三乘及一乘非我我所故三性之及相雙俱不壞則雖無高下不壞高卑無高卑為真高等一一契中上三即三觀意四以無所得

而為方便一時具觀一具一切方真觀矣

漸次遊行作是思惟我當親近彼善知識善知識者是成就修行諸菩薩道因是成就修行波羅蜜道因是成就修行攝衆生道因是成就修行普入法界無障礙道因是成就修行令一切衆生除惡慧道因是成就修行令一切衆生離憍慢道因是成就修行令一切衆生滅煩惱道因是成就修行令一切衆生捨諸見道因是成就修行令一切衆生拔一切惡刺道因是成就修行令一切衆生至一切智城道因何以故於善知識處得一切善法故依善知識力得一切智道故善知識者難見難遇如是思惟漸次遊行

後漸次下趣求後位而興勝念謂菩薩道因人得故即於菩薩法師得不壞信於中先正明後徵釋可知

既至彼城見其船師在城門外海岸上住百千商人及餘無量大衆圍繞說大海法方便開示佛功德海善財見已往詣其所頂禮其足繞無量帀於前合掌而作是言聖者我已先發阿耨多羅三藐三菩提心而未知菩薩云何學菩薩行云何修菩薩道我聞聖者善能教誨願爲我說

第二既至彼下見敬諮問見在海岸者若佛法海以生死爲此岸不捨生死故若生死海以大悲修因而爲此岸住大慈悲令離因故若佛法海者準下推勝乃有多海界舉其二餘例可知

船師告言善哉善哉善男子汝已能發阿耨多羅三藐三菩提心今復能問生大智因斷除一切生死苦因往一切智大寶洲因成就

不壞摩訶衍因遠離二乘怖畏生死住諸寂靜三昧旋因乘大願車徧一切處行菩薩行無有障礙清淨道因以菩薩行莊嚴一切無能壞智清淨道因普觀一切十方諸法皆無障礙清淨道因速能趣入一切智海清淨道因

第三船師告言下稱讚授法分二先讚問讚其發心後能問法文有九句前五能問果因後四能問因因故云道因三昧旋者旋謂深濮沉而不流二乘沉寂動八萬劫故能遠離是菩薩道

善男子我在此城海岸路中淨修菩薩大悲幢行

二善男子我在此下授已法界中二先標名體謂大悲超出爲物所歸故

善男子我觀閻浮提內貧窮衆生爲饒益故修諸苦行隨其所願悉令滿足先以世物充滿其意復施法財令其歡喜令修福行令生智道令增善根力令起菩提心令淨菩提願令堅大悲力令修能滅生死道令生不厭生死行令攝一切衆生海令修一切功德海令照一切諸法海令見一切諸佛海令入一切智智海善男子我住於此如是思惟如是作意如是利益一切衆生

後善男子我觀閻浮下辨其業用中二先明於陸化生令知有海

善男子我知海中一切寶洲一切寶處一切寶類一切寶種我知淨一切寶鑽一切寶出一切寶作一切寶我知一切寶器一切寶用一切寶境界一切寶光明

後善男子我知海中下善知海相於海化生於中二初明善知後彰化成益今初此寶洲等生死法海義皆有之且約生死海釋文中略舉知五種事一知寶寶即是智故不入生死大海則不能生一切智寶於中有十二句一生死海中湛寂不動謂之寶洲二空不空如來藏爲寶處三恒沙功德皆寶類四佛性爲寶種此上皆約本有次四約修成以淨戒頭陀等爲能淨以緣起智爲能鑚以發一切智心爲出因聽聞爲能作後四爲寶用謂三乘等器智慧有殊照理斷惑所用各別所緣境界萬品階差破愚顯明各各不等

我知一切龍宫處一切夜叉宫處一切部多宫處皆善廻避免其諸難

二我知一切龍下即生死中瞋貪癡之三毒部多此云自生亦如夜叉但不從父母生故喻多癡

亦善别知漩澓淺深波濤遠近水色好惡種種不同

三亦善别知漩澓不即知心識相色無色等依識心定劫數淺深七識波浪染習遠近隨善惡緣心水色異（色無色等者沈空滯寂即漩澓義無色初二萬後後二二增非想八萬劫為深二萬即為淺色無晝夜殊劫數等身量則初最淺上上漸深未有無相皆識心定故為心識相也）

亦善别知日月星宿運行度數晝夜晨晡晷漏延促

四亦善别知日月等者即能知時謂機之生熟如是時中宜修定慧等

亦知其船鐵木堅脆機關澁滑水之大小風

之逆順如是一切安危之相無不明了可行則行可止則止

五亦知其船即知萬行不同有方便爲堅無方便爲脆曾修爲滑不曾則澀水之大小者謂生死有邊與無邊風之逆順者八風四順四逆又謂修行有住與無住故若開第三第五各有三事則并總具十有方便爲堅等七地已說又謂修行有住無住者上約外境世之八風此約正修無住爲順出離有住爲逆又有住則順生死無住反此若開第三第五各三者三中三者一澁復淺深二波濤遠近三水色好惡五中三者一知其船鐵木堅脆機關澁滑二水之大小三風之逆順此二各三爲六并其餘三爲九如是巳下總結爲十可行則行可止則止雖是總結義當一故

善男子我以成就如是智慧常能利益一切衆生善男子我以好船運諸商衆行安隱道復爲說法令其歡喜引至寶洲與諸珍寶咸使充足然後將領還閻浮提善男子我將大船如是往來未始令其一有損壞若有衆生得見我身聞我法者令其永不怖生死海必得入於一切智海必能消竭諸愛欲海能以智光照三世海能盡一切衆生苦海能淨一切衆生心海速能嚴淨一切刹海普能往諸十方大海普知一切衆生根海普了一切衆生行海普順一切衆生心海

二善男子我以成就下彰化成益既列十海則知前海準此應思前四自利後六利他後三文顯

善男子我唯得此大悲幢行若有見我及以聞我與我同住憶念我者皆悉不空如諸菩薩摩訶薩善能遊涉生死大海不染一切諸煩惱海能捨一切諸妄見海能觀一切諸法

性海能以四攝攝衆生海已善安住一切智海能滅一切衆生著海能平等住一切時海能以神通度衆生海能以其時調衆生海而我云何能知能說彼功德行

善男子於此南方有城名可樂中有長者名無上勝汝詣彼問菩薩云何學菩薩行修菩薩道時善財童子頂禮其足繞無量帀慇懃瞻仰悲泣流淚求善知識心無厭足辭退而去

爾時善財童子起大慈周徧心大悲潤澤心相續不斷福德智慧二種莊嚴捨離一切煩惱塵垢證法平等心無高下拔不善刺滅一切障堅固精進以爲牆壍甚深三昧而作園苑以慧日光破無明闇以方便風開智慧華以無礙願充滿法界心常現入一切智城如是而求菩薩之道漸次經歷到彼城內

第三無上勝長者寄等一切佛迴向以得勝通無過上故等於諸佛更無勝故在可樂國者由等佛迴向不見美惡皆得清淨歡喜悅樂故文中第一可知寄等一切佛迴向者謂等同三世一切如來能迴向道所迴向善故以得勝通下釋名此約得法釋等於下約寄位釋由等諸佛不見美惡者經云如是修學迴向道時見一切色乃至觸法若美若惡不生愛憎心得自在無諸過失廣大清淨歡喜悅樂離諸憂惱身心柔軟諸根清淨是也

見無上勝在其城東大莊嚴幢無憂林中無量商人百千居士之所圍繞理斷人間種種事務因爲說法令其永拔一切我慢離我我所捨所積聚滅慳嫉妬心得清淨無諸穢濁獲淨信力常樂見佛受持佛法生菩薩力起菩薩行入菩薩三昧得菩薩智慧住菩薩正

念增菩薩樂欲爾時善財童子觀彼長者爲衆說法已以身投地頂禮其足良久乃起白言聖者我是善財我是善財我專尋求菩薩之行菩薩云何學菩薩行菩薩云何修菩薩道隨修學時常能化度一切衆生常能現見一切諸佛常得聽聞一切佛法常能住持一切佛法常能趣入一切法門入一切刹學菩薩行住一切劫修菩薩道能知一切如來神力能受一切如來護念能得一切如來智慧

第二見無上勝下見敬諮問初見在城東者啓明佛日故處無憂林者同佛迴向無愛憎故商人等圍繞者佛爲商主菩薩爲商人法財外益功歸已故次爾時善財下設敬後白言下諮問稱名者聲名久聞表重法之器冀有聞故

時彼長者告善財言善哉善哉善男子汝已能發阿耨多羅三藐三菩提心善男子我成就至一切處菩薩行門無依無作神通之力

第三時彼長者下稱讚授法授法中先標名體由無作無依故能徧至徧至是用廣無依是體勝無依者不依他故無作者離加行故

善男子云何爲至一切處菩薩行門善男子我於此三千大千世界欲界一切諸衆生中所謂一切三十三天一切須夜摩天一切兜率陀天一切善變化天一切他化自在天一切摩天及餘一切天龍夜叉羅刹娑鳩槃荼乾闥婆阿修羅迦樓羅緊那羅摩睺羅伽人與非人村營城邑一切住處諸衆生中而爲說法令捨非法令息諍論令除鬬戰令止忿

競令破寃結令解繫縛令出牢獄令免怖畏令斷殺生乃至邪見一切惡業不可作事皆令禁止令其順行一切善法令其修學一切技藝於諸世間而作利益爲其分別種種諸論令生歡喜令漸成熟隨順外道爲說勝智令斷諸見令入佛法乃至色界一切梵天我亦爲其說超勝法如於此三千大千世界乃至十方十不可說百千億那由他佛刹微塵數世界中我皆爲說佛法菩薩法聲聞法獨覺法說地獄說地獄衆生說向地獄道說畜生說畜生差別說畜生受苦說向畜生道說閻羅王世間說閻羅王世間苦說向閻羅王世間道說天世間說天世間樂說向天世間道說人世間說人世間苦樂說向人世間道爲欲開顯菩薩功德爲令捨離生死過患爲令知見一切智人諸妙功德爲欲令知諸有趣中迷惑受苦爲令知見無障礙法爲欲顯示一切世間生起所因爲欲顯示一切世間寂滅爲樂爲令衆生捨諸想著爲令證得佛無依法爲令永滅諸煩惱輪爲令能轉如來法輪我爲衆生說如是法

二善男子云何下徵釋業用釋中明至一切處廣說法故文中先舉三千後如於此三千下類顯十方

善男子我唯知此至一切處修菩薩行清淨法門無依無作神通之力如諸菩薩摩訶薩具足一切自在神通悉能徧往一切佛刹得普眼地悉聞一切音聲言說普入諸法智慧自在無有乖諍勇健無比以廣長舌出平等音其身妙好同諸菩薩與諸如來究竟無二

無有差別智身廣大普入三世境界無際同
於虛空而我云何能知能說彼功德行
第四謙已推勝中加清淨法門者徧至本
爲說法故即前所說後二可知
善男子於此南方有一國土名曰輪那其國
有城名迦陵迦林有比丘尼名師子嚬申汝
詣彼問菩薩云何學菩薩行修菩薩道
時善財童子頂禮其足繞無量帀慇懃瞻仰
辭退而去
爾時善財童子漸次遊行至彼國城周徧推
求此比丘尼有無量人咸告之言善男子此
比丘尼在勝光王之所捨施日光園中說法
利益無量衆生
第四至一切處迴向善友名師子嚬申者
舒展自在無不至故比丘尼者純淨之慈
合善徧故國名輪那者此云勇猛勇猛之
力能使善根無不至故又以十度明義義
當進故城名迦陵迦林者以義翻爲相鬪
戰時謂因鬪勝而立城故表此迴向願以
信解大威力故廣大智慧無障礙故令修
善根無所不至義同戰時第四至一切處善友者謂以大願力令其善根所成供等遍一切故文中第一依教趣求言
勝光王捨施日光園者準律尼之頭陀多
在王國藉外護故表因實際勝光令其善
根徧法界之園苑故並皆即智故有光名
時善財童子即詣彼園周徧觀察見其園中
有一大樹名爲滿月形如樓閣放大光明照
一由旬見一葉樹名爲普覆其形如蓋放毘
瑠璃紺青光明見一華樹名曰華藏其形高
大如雪山王雨衆妙華無有窮盡如忉利天

中波利質多羅樹復見有一甘露果樹形如金山常放光明種種衆果悉皆具足復見有一摩尼寶樹名毘盧遮那藏其形無比心王摩尼寶最在其上阿僧祇色相摩尼寶周徧莊嚴復有衣樹名爲清淨種種色衣垂布嚴飾復有音樂樹名爲歡喜其音美妙過諸天樂復有香樹名普莊嚴恒出妙香普熏十方無所障礙

第二時善財童子即詣下見敬諮問中二先見次敬後問前中二初見依後見正今初有六一無漏林樹無漏法行而建立故文中有八各有所表思之（無漏林樹等者多是淨名佛道園苑無漏法林品偈云總持之樹覺意淨妙華解脫智慧果）

園中復有泉流陂池一切皆以七寶莊嚴黑栴檀泥凝積其中上妙金沙彌布其底八功德水具足盈滿優鉢羅華波頭摩華拘物頭華芬陀利華徧覆其上

二園中復有下明八解泉流八功德者謂輕冷濡美淨而不臭調適無患（八解之浴池定水湛然滿布以七淨華浴此無垢人等）

無量寶樹周徧行列諸寶樹下敷師子座種種妙寶以爲莊嚴布以天衣熏諸妙香垂諸寶繒施諸寶帳閻浮金網彌覆其上寶鐸徐搖出妙音聲或有樹下敷蓮華藏師子之座或有樹下敷香王摩尼藏師子之座或有樹下敷龍莊嚴摩尼王藏師子之座或有樹下敷寶師子聚摩尼王藏師子之座或有樹下敷毘盧遮那摩尼王藏師子之座或有樹下敷十方毘盧遮那摩尼王藏師子之座其一一座各有十萬寶師子座周帀圍繞一一皆

具無量莊嚴

三無量寶樹下敷法空座而隨法嚴異於中有標列及結可知

此大園中衆寶徧滿猶如大海寶洲之上迦隣陀衣以布其地柔輭妙好能生樂觸蹈則没足舉則還復無量諸鳥出和雅音寶栴檀林上妙莊嚴種種妙華常雨無盡猶如帝釋雜華之園無比香王普熏一切猶如帝釋善法之堂諸音樂樹寶多羅樹衆寶鈴網出妙音聲如自在天善口天女所出歌音諸如意樹種種妙衣垂布莊嚴猶如大海有無量色百千樓閣衆寶莊嚴如忉利天宮善見大城寶蓋遐張如須彌峯光明普照如梵王宮

四此大園下雜明諸嚴萬行非一故

爾時善財童子見此大園無量功德種種莊嚴皆是菩薩業報成就出世善根之所生起供養諸佛功德所流一切世間無與等者如是皆從師子嚬申比丘尼了法如幻集廣大清淨福德善業之所成就

五爾時善財下出其所因

三千大千世界天龍八部無量衆生皆入此園而不迫窄何以故此比丘尼不可思議威神力故

六三千下明果用自在

爾時善財見師子嚬申比丘尼徧坐一切諸寶樹下大師子座身相端嚴威儀寂靜諸根調順如大象王心無垢濁如清淨池普濟所求如如意寶不染世法猶如蓮華心無所畏如師子王護持淨戒不可傾動如須彌山能令見者心得清涼如妙香王能除衆生諸煩

惱熱如雪山中妙栴檀香衆生見者諸苦消滅如善見藥王見者不空如婆樓那天能長一切衆善根芽如良沃田在一一座衆會不同所說法門亦各差別

二爾時善財見師子下明見正報中四初總明徧坐勝德顯彰二別明所徧演法各異三總結多類聞法發心四通顯所因釋成自在今初婆樓那者此云水也此天能滿人願故昔云水天者總持教中有此天也

或見處座淨居天衆所共圍繞大自在天子而爲上首此比丘尼爲說法門名無盡解脫或見處座諸梵天衆所共圍繞愛樂梵王而爲上首此比丘尼爲說法門名普門差別清淨言音輪或見處座他化自在天天子天女所共圍繞自在天王而爲上首此比丘尼爲說法門名菩薩清淨心或見處座善變化天天子天女所共圍繞善化天王而爲上首此比丘尼爲說法門名一切法善莊嚴或見處座兜率陀天天子天女所共圍繞兜率天王而爲上首此比丘尼爲說法門名心藏旋或見處座須夜摩天天子天女所共圍繞夜摩天王而爲上首此比丘尼爲說法門名無邊莊嚴或見處座三十三天天子天女所共圍繞釋提桓因而爲上首此比丘尼爲說法門名厭離門或見處座百光明龍王難陀龍王優波難陀龍王摩那斯龍王伊羅跋難陀龍王阿那婆達多龍王等龍子龍女所共圍繞娑伽羅龍王而爲上首此比丘尼爲說法門名佛神通境界光明莊嚴或見處座諸夜叉衆所共圍繞毗沙門天王而爲上首此比丘

尼爲説法門名救護衆生藏或見處座乾闥
婆衆所共圍繞持國乾闥婆王而爲上首此
比丘尼爲説法門名無盡喜或見處座阿修
羅衆所共圍繞羅睺阿修羅王而爲上首此
比丘尼爲説法門名速疾莊嚴法界智門或
見處座迦樓羅衆所共圍繞捷持迦樓羅王
而爲上首此比丘尼爲説法門名怖動諸有
海或見處座緊那羅衆所共圍繞大樹緊那
羅王而爲上首此比丘尼爲説法門名佛行
光明或見處座摩睺羅伽衆所共圍繞菴羅
林摩睺羅伽王而爲上首此比丘尼爲説法
門名生佛歡喜心或見處座無量百千男子
女人所共圍繞此比丘尼爲説法門名殊勝
行或見處座諸羅刹衆所共圍繞常奪精氣
大樹羅刹王而爲上首此比丘尼爲説法門
名發生悲愍心

二或見處座下别明所徧中有三十處分
三初十六爲八部人非人等次二爲二乘
後十二爲菩薩今初中先有七處爲天一
爲淨居天説無盡者治彼那含求盡身智
故二梵王普應但於已衆廣及二千爲説
普門則無不應梵音清妙但是世間爲説
法界勝流方爲淨妙三他化天令得出世
淨心超世自在故四化樂樂具莊嚴不及
善故五旋歸如來藏心則眞喜足故六徧
嚴法界方盡時分之樂七釋天耽欲甚故
次八爲龍龍能通變耀雷降莊嚴故九夜
叉性好飛空害物故十乾闥婆衆能奏樂
喜樂故上三亦四王衆意存八部故闕南
西十一修羅善幻爲莊嚴故十二迦樓羅

動海怖龍故十三緊那羅是歌神以佛行光明破其著故又頭有一角亦云疑神令同佛覺離疑光明故十四摩睺羅伽多瞋毒故上來八部除第一第七及夜叉衆摩睺羅伽約對治説餘皆約隨便宜隨其世能轉入出世故緊那羅衆通其二義第十五一座爲人人多行不善行設行仁義亦非勝故故令起出世勝行十六一座爲羅刹則是非人亦治多殘害故

或見處座信樂聲聞乘衆生所共圍繞此比丘尼爲説法門名勝智光明或見處座信樂緣覺乘衆生所共圍繞此比丘尼爲説法門名佛功德廣大光明

次二爲二乘者聲聞智劣故緣覺修福止百劫故緣起智光未能亡緣故

或見處座信樂大乘衆生所共圍繞此比丘尼爲説法門名普門三昧智光明門或見處座初發心諸菩薩所共圍繞此比丘尼爲説法門名一切佛願聚或見處座第二地諸菩薩所共圍繞此比丘尼爲説法門名離垢輪或見處座第三地諸菩薩所共圍繞此比丘尼爲説法門名寂靜莊嚴或見處座第四地諸菩薩所共圍繞此比丘尼爲説法門名生一切智境界或見處座第五地諸菩薩所共圍繞此比丘尼爲説法門名妙華藏或見處座第六地諸菩薩所共圍繞此比丘尼爲説法門名毘盧遮那藏或見處座第七地諸菩薩所共圍繞此比丘尼爲説法門名普莊嚴地或見處座第八地諸菩薩所共圍繞此比丘尼爲説法門名徧法界境界身或見處座

第九地諸菩薩所共圍繞此比丘尼爲說法門名無所得力莊嚴或見處座第十地諸菩薩所共圍繞此比丘尼爲說法門名無礙輪或見處座執金剛神所共圍繞此比丘尼爲說法門名金剛智那羅延莊嚴

後十二爲菩薩分三初一爲地前說定慧之光次十爲地上初發心者證發心也發十大願故五地妙華藏者華謂十種平等淨心故晉經云淨心華藏華藏者以眞俗雙修於難得勝爲因含藏故餘八可知後一義當等覺說金剛喻定壞散塵習故既爲等覺而說明此位非小言迴向者約寄位耳他皆倣此證發心者疏中隨難但釋二句今當畧釋二地三聚圓滿故三地修八禪故四地得無行無生行慧光故五地如疏六地般若現前遍照普得故七地有中殊勝行修習一切菩提分故名普莊嚴八地得無生忍於三世間皆悉自在得忍如空念念入法流故九地以無所得而爲方便力度偏增具足辯才演一切法爲莊嚴故十地諸障已摧十度已滿三祇已圓故

善財童子見如是等一切諸趣所有衆生已成熟者已調伏者堪爲法器皆入此園各於座下圍繞而坐師子嚬申比丘尼隨其欲解勝劣差別而爲說法令於阿耨多羅三藐三菩提得不退轉

第三善財童子見如是下總結多類聞法發心可知

何以故此比丘尼入普眼捨得般若波羅蜜門說一切佛法般若波羅蜜門法界差別般若波羅蜜門散壞一切障礙輪般若波羅蜜門生一切衆生善心般若波羅蜜門殊勝莊嚴般若波羅蜜門無礙眞實藏般若波羅蜜門法界圓滿般若波羅蜜門心藏般若波羅

蜜門普出生藏般若波羅蜜門此十般若波羅蜜門爲首入如是等無數百萬般若波羅蜜門此日光園中所有菩薩及諸衆生皆是師子嚬申比丘尼初勸發心受持正法思惟修習於阿耨多羅三藐三菩提得不退轉

第四何以故下總顯所因釋成自在有二一由能化具般若故二此日光下由彼所化根已熟故

時善財童子見師子嚬申比丘尼如是園林如是牀座如是經行如是衆會如是神力如是辯才復聞不可思議法門廣大法雲潤澤其心便生是念我當右繞無量百千帀時比丘尼放大光明普照其園衆會莊嚴善財童子即自見身及園林中所有衆樹皆悉右繞此比丘尼經於無量百千萬帀圍繞畢已善財童子合掌而住

二時善財童子下設敬於中三初覩勝發心次放光攝受後正申敬儀

白言聖者我已先發阿耨多羅三藐三菩提心而未知菩薩云何學菩薩行云何修菩薩道我聞聖者善能誘誨願爲我說

三白言下問法

比丘尼言善男子我得解脫名成就一切智善財言聖者何故名爲成就一切智比丘尼言善男子此智光明於一念中普照三世一切諸法善財白言聖者此智光明境界云何

第三比丘尼言下授已法界中三初標名一切智者同佛智故二善財言下徵釋其體一念普照故三善財白言下辯其業用先問後答

比丘尼言善男子我入此智光明門得出生一切法三昧王以此三昧故得意生身往十方一切世界兜率天宮一生所繫菩薩所一一菩薩前現不可說佛刹微塵數身一一身作不可說佛刹微塵數供養所謂現天王身乃至人王身執持華雲執持鬘雲燒香塗香及以末香衣服瓔珞幢旛繒蓋寶網寶帳寶藏寶燈如是一切諸莊嚴具我皆執持而以供養如於住兜率宮菩薩所如是於住胎出胎在家出家往詣道場成等正覺轉正法輪入於涅槃如是中間或住天宮或住龍宮乃至或復住於人宮於彼一一諸如來所我皆如是而為供養若有衆生知我如是供養佛者皆於阿耨多羅三藐三菩提得不退轉若有衆生來至我所我即為說般若波羅蜜善男子我見一切衆生不分別衆生相智眼明見故聽一切語言不分別語言相心無所著故見一切如來不分別如來相了達法身故住持一切法輪不分別法輪相悟法自性故一念徧知一切法不分別諸法相知法如幻故

答中二先明通用後明智用前中亦二先辨用所依謂由一切智能入王三昧故王三昧者智論第七云一切三昧皆入中故體即如如如體本寂眞智契此故名三昧以一切智言有其二義一徧知三世一切事故二對於種智名根本智知一切事皆一實故以即權之實智契即事之實理故一切三昧皆入其中又由王三昧體無不徧故意生身隨類能成二往十方下辨能

依業用可知二善男子我見下明其智用又前即差別智用今即無分別智用故觸境無取智論第七一切三昧皆入中者論有喻云譬如大海謂若百川歸大海故又有人言王三昧者在第四禪故有人云佛三昧離能知相一切佛法一相無相無量無數不可知唯佛能知佛神足持戒尚不了知況復一切三昧釋曰此但次勝耳

善男子我唯知此成就一切智解脫如諸菩薩摩訶薩心無分別普知諸法一身端坐充滿法界於自身中現一切剎一念悉詣一切佛所於自身內普現一切諸佛神力一毛徧舉不可言說諸佛世界於其自身一毛孔中現不可說世界成壞於一念中與不可說不可說衆生同住於一念中入不可說不可說一切諸劫而我云何能知能說彼功德行

善男子於此南方有一國土名曰險難此國有城名寶莊嚴中有女人名婆須蜜多汝詣彼問菩薩云何學菩薩行修菩薩道

時善財童子頂禮其足繞無數帀慇懃瞻仰辭退而去

大方廣佛華嚴經疏鈔會本第六十七

音釋

廛直連切市居也　巘魚蹇切山峯也　鬻余六切賣也　齅許救切以鼻擸氣也　罥索罥古法切網也　鑽作官切穿也　晡博孤切申時也　晷居洧切日影也　脆此芮切物易斷也　澁所立切不滑也　蹈徒到切踐也　淤依據切澱滓也　澓房六切漩澓也　鄽呈延切市物邸舍也　韠駢迷切　溼失入切與濕同　麝神夜切獸名　輭乳兗切柔也

大方廣佛華嚴經疏鈔會本第六十八之一

唐于闐國三藏沙門實叉難陀譯

唐清涼山大華嚴寺沙門澄觀撰述

爾時善財童子大智光明照啓其心思惟觀察見諸法性得了知一切言音陀羅尼門得受持一切法輪陀羅尼門得與一切衆生作所歸依大悲力得觀察一切法義理光明門得充滿法界清淨願得普照十方一切法智光明得徧莊嚴一切世界自在力得普發起一切菩薩業圓滿願

第五無盡功德藏迴向（由迴向力能成無盡功德藏故）善友名婆須蜜多者此云世友亦云天友隨世人天方便化故國名險難者逆行非道下位不能行故城名寶莊嚴者逆隨世行能生無盡功德藏故第一依教趣求中二先依教成益謂由聞一切智光故思修趣入得二種益一得見實法性益出前實智故二得了知下得權智益由前窮三世差別智故

漸次遊行至險難國寶莊嚴城處處尋覓婆須蜜多女

二漸次下趣求後位於中四一專心尋覓

城中有人不知此女功德智慧作如是念今此童子諸根寂靜智慧明了不迷不亂諦視一尋無有疲懈無所取著目視不瞬心無所動甚深寬廣猶如大海不應於此婆須蜜女有貪愛心有顛倒心生於淨想生於欲想不應爲此女色所攝此童子者不行魔行不入魔境不沒欲泥不被魔縛不應作處已能不作有何等意而求此女

二城中下淺識致疑逆行難知故不自疑者貪順於悲障行劣故不同前二又於前二已調伏故此中不疑

其中有人先知此女有智慧者告善財言善哉善哉善男子汝今乃能推求尋覓婆須蜜女汝已獲得廣大善利善男子汝應決定求佛果位決定欲爲一切衆生作所依怙決定欲拔一切衆生貪愛毒箭決定欲破一切衆生於女色中所有淨想善男子婆須蜜女於此城內市廛之北自宅中住

三其中有人先知下深智讚教先讚後善男子婆須下教示所在市者喧雜北主於滅自宅即畢竟空寂謂在欲行禪處喧常寂故在市鄽之北等

時善財童子聞是語已歡喜踊躍往詣其門

四時善財下依教往詣

見其住宅廣博嚴麗寶牆寶樹及以寶塹一一皆有十重圍繞其寶塹中香水盈滿金沙布地諸天寶華優鉢羅華波頭摩華拘物頭華芬陀利華徧覆水上宮殿樓閣處處分布門闥窻牖相望間列咸施網鐸悉置旛幢無量珍奇以爲嚴飾瑠璃爲地衆寶間錯燒諸沈水塗以栴檀懸衆寶鈴風動成音散諸天華徧布其地種種嚴麗不可稱說諸珍寶藏其數百千十大園林以爲莊嚴爾時善財見此女人顏貌端嚴色相圓滿皮膚金色目髮紺青不長不短不麤不細欲界人天無能與比音聲美妙超諸梵世一切衆生差別言音悉皆具足無不解了深達字義善巧談說得如幻智入方便門衆寶瓔珞及諸嚴具莊嚴

其身如意摩尼以爲寶冠而冠其首復有無量眷屬圍繞皆共善根同一行願福德大藏具足無盡時婆須蜜多女從其身出廣大光明普照宅中一切宮殿遇斯光者身得清涼

第二見其下見敬諮問見中先見依報畢竟空中無德不具故廣顯其嚴後爾時下見正報具有主伴德用

爾時善財前詣其所頂禮其足合掌而住白言聖者我已先發阿耨多羅三藐三菩提心而未知菩薩云何學菩薩行云何修菩薩道我聞聖者善能教誨願爲我說

二爾時善財前詣下敬問可知

彼即告言善男子我得菩薩解脫名離貪欲際

第三彼即告下授已法界於中三先標名

離貪欲際者凡夫染欲二乘見欲可離菩薩不斷貪欲而得解脫智了性空欲即道故如是染而不染方爲究竟離欲之際

隨其欲樂而爲現身若天見我我爲天女形貌光明殊勝無比如是乃至人非人等而見我者我即爲現人非人女隨其樂欲皆令得見若有衆生欲意所纏來詣我所我爲說法彼聞法已則離貪欲得菩薩無著境界三昧若有衆生暫見於我則離貪欲得菩薩歡喜三昧若有衆生暫與我語則離貪欲得菩薩無礙音聲三昧若有衆生暫執我手則離貪欲得菩薩徧往一切佛刹三昧若有衆生暫升我座則離貪欲得菩薩解脫光明三昧若有衆生暫觀於我則離貪欲得菩薩寂靜莊嚴三昧若有衆生見我頻申則離貪欲得菩

薩摧伏外道三昧若有衆生見我目瞬則離貪欲得菩薩佛境界光明三昧若有衆生抱持於我則離貪欲得菩薩攝一切衆生恒不捨離三昧若有衆生唼我脣吻則離貪欲得菩薩增長一切衆生福德藏三昧凡有衆生親近於我一切皆得住離貪際入菩薩一切智地現前無礙解脫

二隨其下顯業用於中先身同類現後若有衆生下以法益生中有十種三昧皆隨受欲便宜得斯甚深三昧思之

善財白言聖者種何善根修何福業而得成就如是自在答言善男子我念過去有佛出世名爲高行其王都城名曰妙門善男子彼高行如來哀愍衆生入於王城蹈彼門閫其城一切悉皆震動忽然廣博衆寶莊嚴無量光明遞相映徹種種寶華散布其地諸天音樂同時俱奏一切諸天充滿虛空善男子我於彼時爲長者妻名曰善慧見佛神力心生覺悟則與其夫往詣佛所以一寶錢而爲供養是時文殊師利童子爲佛侍者爲我說法令發阿耨多羅三藐三菩提心

三善財白言下得法因緣先問後答一寶錢施者有二義一實而能捨故得離貪二一錢雖微以菩提心故成斯自在

善男子我唯知此菩薩離貪際解脫如諸菩薩摩訶薩成就無邊巧方便智其藏廣大境界無比而我云何能知能說彼功德行善男子於此南方有城名善度中有居士名鞞瑟胝羅彼常供養栴檀座佛塔汝詣彼問菩薩云何學菩薩行修菩薩道時善財童子頂禮

其足繞無量帀慇懃瞻仰辭退而去

爾時善財童子漸次遊行至善度城

第六入一切平等善根迴向善友名鞞瑟胝羅者此云纒裹義當包攝塔中包攝一切佛故或云攝入攝諸善根入平等故城名善度者無一善根不度到究竟故常供佛塔者善根中最故未詳何緣偏供此塔有云以塔中定有栴檀之座爲欲普供無盡佛故亦是一理文中第一依教趣求闕無念法入一切平等善根迴向善友者事理無違皆入等理故

詣居士宅頂禮其足合掌而立白言聖者我已先發阿耨多羅三藐三菩提心而未知菩薩云何學菩薩行云何修菩薩道我聞聖者善能誘誨願爲我說

第二詣居士下見敬諮問

居士告言善男子我得菩薩解脫名不般涅槃際善男子我不生心言如是如來已般涅槃如是如來現般涅槃如是如來當般涅槃我知十方一切世界諸佛如來畢竟無有般涅槃者唯除爲欲調伏衆生而示現耳

第三居士告下正授法界於中四一標名不般涅槃際者般者入也窮諸如來不入涅槃之實際故出現品云如實際涅槃如來涅槃亦如是二善男子我不生心下顯體謂心契實際知佛常住三唯除下釋疑並如出現品辨楞伽亦云無有佛涅槃無有涅槃佛楞伽云無有涅槃佛等者即是經初大慧讚於如來具知三性以成三身初有四偈明遍計依他謂世間離生滅等十忍品已引今此即歎具於圓成云一切無涅槃無有涅槃佛無有佛涅槃遠離覺所覺若有若無有是二悉俱離牟尼寂靜觀是則遠離生是名爲不取今世後世淨有二偈半大雲解云初一

偈今了一如謂約無願觀以顯圓成無涅槃佛故無願矣初句謂色心等一切法中無得涅槃以一切法本性如故若得涅槃是斷常見滅法是斷證得是常次二句既無涅槃云何有佛故經云見斷煩惱而得成佛此則名爲壞佛法者煩惱與佛性寂滅故三四句中所覺如故無有涅槃能覺如故無有得佛離覺所覺混同一如釋曰然上所辯理則盡矣而消文未妙今謂初句遣所證涅槃次句遣能證之佛第三句無能所契合第四句總結所由由離能所故皆無無矣無即空義同一如矣次若有兩句明不生二見正顯圓成遠離見過前偈破執此不顯不著初句人法是有無我是無二障是有無相是無涅槃及佛此則是有離覺所覺此則是無皆成見過義須離之故云是二悉俱離後一偈明牟尼正觀此歎世尊寂靜功德了一切法本來寂靜無有一法而是生者生見既亡不生豈有無生無滅故無可取亦無可捨非染非淨故二世淨今初但引二句足證不般涅槃耳

善男子我開栴檀座如來塔門時得三昧名佛種無盡善男子我念念中入此三昧念念得知一切無量殊勝之事善財白言此三昧者境界云何居士答言善男子我入此三昧

隨其次第見此世界一切諸佛所謂迦葉佛拘那含牟尼佛拘留孫佛尸棄佛毗婆尸佛提舍佛弗沙佛無上勝佛無上蓮華佛如是等而爲上首於一念頃得見百佛得見千佛得見百千佛得見億佛千億佛百千億佛阿庾多億佛那由他億佛乃至不可說不可說世界微塵數佛如是一切次第皆見亦見彼佛初始發心種諸善根獲勝神通成就大願修行妙行具波羅蜜入菩薩地得清淨忍摧伏魔軍成正等覺國土清淨眾會圍繞放大光明轉妙法輪神通變現種種差別我悉能持我悉能憶悉能觀察分別顯示未來彌勒佛等一切諸佛現在毗盧遮那佛等一切諸佛悉亦如是如此世界十方世界所有三世一切諸佛聲聞獨覺諸菩薩眾悉亦如是

四善男子我開下顯其業用於中二先辨用所依亦是證前不涅槃義舉現見故佛種無盡者佛種從緣起佛緣理生見理湛然故見佛無滅以佛化身即是常身法身故後善財白下問答境界佛種從緣起佛緣理生者上句是法華經下句是生公釋古有二釋並如前引今引生公正順經中佛種無盡之言其即是常身法身亦涅槃文涅槃二十三云又善男子斷煩惱者不名涅槃不生煩惱乃名涅槃諸佛如來煩惱不起是名涅槃所有智慧於法無礙是爲如來非是凡夫聲聞緣覺菩薩是名佛性如來身心智慧遍滿無量無邊阿僧祇土無所障礙是名虛空如如常住無有變易名曰實相以是義故如來實不畢竟涅槃釋曰此皆明無永滅之涅槃則是常住真涅槃

善男子我唯得此菩薩所得不般涅槃際解脫如諸菩薩摩訶薩以一念智普知三世一念徧入一切三昧如來智日恒照其心於一切法無有分別了一切佛悉皆平等如來及我一切衆生等無有二知一切法自性清淨無有思慮無有動轉而能普入一切世間離諸分別住佛法印悉能開悟法界衆生而我云何能知能說彼功德行

第四讓已推勝推勝中長者雖知三世不滅未能一念而知及能所平等

善男子於此南方有山名補怛洛迦彼有菩薩名觀自在汝詣彼問菩薩云何學菩薩行修菩薩道即說頌曰

海上有山多聖賢衆寶所成極清淨華果樹林皆徧滿泉流池沼悉具足

勇猛丈夫觀自在爲利衆生住此山汝應往問諸功德彼當示汝大方便

第五善男子於此南方下指示後友中先長行後偈頌以大悲菩薩衆尊重故偏加

於頌言海上有山者大悲隨順入生死海而住涅槃山故即南印度之南

時善財童子頂禮其足繞無量帀已慇懃瞻仰辭退而去

爾時善財童子一心思惟彼居士教入彼菩薩解脫之藏得彼菩薩能隨念力憶彼諸佛出現次第念彼諸佛相續次第持彼諸佛名號次第觀彼諸佛所說妙法知彼諸佛具足莊嚴見彼諸佛成正等覺了彼諸佛不思議業漸次遊行至於彼山處處求覓此大菩薩

第七等隨順一切衆生迴向善友名觀自在三業歸向必六通赴緣攝利難思名觀自在由此能徧隨順衆生第七等隨順一切衆生善友者謂以善根等心順益諸衆生故疏文有二一略釋名三業歸向如下別中六通赴緣者謂天眼遥觀天耳遥聞他心遥知神足速赴宿命知其可度漏盡令其解脫攝謂攝受利謂利樂並如下經由此下釋寄位名

在補怛落迦山者此云小白華樹山多此樹香氣遠聞聞見必欣是隨順義又觀自在者或云觀世音梵云婆盧枳底觀也溼伐羅此云自在若云攝伐多此云音然梵本之中自有二種不同故譯者隨異而法華觀音品中云觀其音聲皆得解脫即觀世音也若具三業攝化即觀自在故彼中初語業稱名除七災二身業禮拜滿二願三意業存念淨三毒而今多念觀音者以語業用多故又人多稱故今取義圓故云自在而法華下成觀音義即彼經最初答無盡意佛告無盡意菩薩若有無量百千萬億衆生受諸苦惱聞是觀世音菩薩一心稱名觀世音菩薩即時觀其音聲皆得解脫釋曰上即總意亦徧身語若具三業下三成自在義亦彼經文初標故彼經下出三業相一初語業稱名除七災者經云若有持是觀世音菩薩名者設入大

火火不能燒由是菩薩威神力故其若爲大水所漂稱其名號即得淺處洪若有百千萬億眾生爲求金銀瑠璃硨磲碼碯珊瑚琥珀眞珠等寶入於大海假使黑風吹其船舫漂墮羅剎鬼國其中若有乃至一人稱觀世音菩薩名者是諸人等皆得解脫羅剎之難以是因緣名觀世音洪若復有人臨當被害稱觀世音菩薩名者彼所執刀杖尋段段壞唭下取意引一火不能燒二水不能漂三惡風不吹四刀杖段壞五惡鬼莫視六枷鎖離身七怨賊解脫二身業禮拜滿二願者謂設欲求男便生福德智慧之男設欲求女便生端正有相之女三意業存念淨三毒者若有眾生多於婬欲常念恭敬觀世音菩薩便得離欲若多嗔恚多癡准例上貪斯即三業歸向也彼經略舉若準下經及彼偈文三危若眾生多應時權救斯爲自在今取下五結成自在上通相釋

然觀即能觀通一切觀世是所觀通一切世若云音者亦通所觀即所救一切機若云自在乃屬能化之用然觀即下第三隨字別釋觀即能觀者顯屬菩薩通一切觀者即智者意然彼經文繁博今取意釋謂三業歸依觀通心眼了見諸相而無所著徹見體性空有無礙一切種智圓頓觀察故經云眞觀清淨觀廣大智慧觀悲觀及慈觀常願常瞻仰無垢清淨光慧日破諸暗能伏災風火普明照世間皆是觀義言世是所觀通一切世者世略有三謂三世間若山若水懸崖邃谷畏難之處器世間也無量眾生即眾生世間亦觀佛會所有眾生常在一切諸如來所即是觀察智正覺世間從若云自在下柔文就義自在則寬直就名言自在却局鬪所觀故然有能觀必有所觀不爾於何而得自在能所無二不壞能所一觀一切觀無觀無不觀爲眞觀矣文中但有五段闕

第六禮辭第一依教趣求

見其西面巖谷之中泉流縈映樹林蓊鬱香草柔輭右旋布地觀自在菩薩於金剛寶石上結跏趺坐無量菩薩皆坐寶石恭敬圍繞而爲宣說大慈悲法令其攝受一切眾生善財見已歡喜踊躍合掌諦觀目不暫瞬作如是念善知識者則是如來善知識者一切法雲善知識者諸功德藏善知識者難可值遇善知識者十力寶因善知識者無盡智炬善知識者福德根芽善知識者一切智門善知

識者智海導師善知識者至一切智助道之具便即往詣大菩薩所爾時觀自在菩薩遥見善財告言善來汝發大乘意普攝衆生起正直心專求佛法大悲深重救護一切普賢妙行相續現前大願深心圓滿清淨勤求佛法悉能領受積集善根恒無厭足順善知識不違其教從文殊師利功德智慧大海所生其心成熟得佛勢力已獲廣大三昧光明專意希求甚深妙法常見諸佛生大歡喜智慧清淨猶如虚空既自明了復爲他說安住如來智慧光明

第二見其西面下見敬諮問先見有三初見勝依正在西面者西方主殺顯悲救故又令歸向本所事故二善財見已下彰見之益以得勝念熏心故善知識者則是如來者引至究竟同於佛故三爾時觀自在下友垂讚攝大悲深厚隨順攝受故（又令歸向本所事者本事即是阿彌陀令誦者令先稱本師之名頂上化佛即是彌陀故）

爾時善財童子頂禮觀自在菩薩足遶無數帀合掌而住白言聖者我已先發阿耨多羅三藐三菩提心而未知菩薩云何學菩薩行云何修菩薩道我聞聖者善能教誨願爲我說

二爾時善財下敬問可知

菩薩告言善哉善哉善男子汝已能發阿耨多羅三藐三菩提心善男子我已成就菩薩大悲行解脫門善男子我以此菩薩大悲行門平等教化一切衆生相續不斷

第三菩薩告言下稱讚授法先讚後授中三初標名二我以此下總顯體相亦是

釋名平等教化即是大悲以同體悲故云平等相續不斷即是行門又門即普門普門示現曲濟無遺故又門即普門普門示現曲濟無遺故者以普門字釋經行門普門之名即法華經觀音品目曲濟無遺謂之普從悟通神謂之門天台智者說有十普一慈悲普二弘誓普三修行普四離惑普五入法門普六神通普七方便普八說法普九成就衆生普十供養諸佛普此十一一稱實普周今經下文業用之中略列十一門即十一普

善男子我住此大悲行門常在一切諸如來所普現一切衆生之前或以布施攝取衆生或以愛語或以利行或以同事攝取衆生或現色身攝取衆生或現種種不思議色淨光明網攝取衆生或以音聲或以威儀或爲說法或現神變令其心悟而得成熟或爲化現門類之形與其共居而成熟之

三善男子我住此下廣顯業用於中二先約普門以顯業用後約大悲前中先總明以上同如來妙覺真心故常在一切諸如來所下與衆生同大悲體故普現一切衆生之前普現即普門示現然大聖久成正覺號正法明示爲菩薩義言等佛耳然大聖久成正覺者即千手千眼陀羅尼經依無量壽經繼無量壽次當作佛號寶光功德山王亦迹門顯後或以布施下別明普現之義有十一句方法華經三十五應乍觀似少義取乃多彼三十五應但是此中或現色身及說法耳方法華經三十五應者即無盡意問云觀世音菩薩云何遊此娑婆世界云何而爲衆生說法方便之力其事云何佛告無盡意若有國土衆生應以佛身得度者即現佛身而爲說法二辟支佛三聲聞四梵王五帝釋六自在天王七大自在天八天大將軍九毗沙門十小王十一長者十二居士十三宰官十四婆羅門十五比丘十六比丘尼十七優婆塞十八優婆夷十九長者婦女二十居士婦女二十一宰官婦女二十二婆羅門婦女二十三童男二十四童女二十五天二十

六龍二十七夜叉二十八乾闥婆二十九阿修羅三十迦樓羅三十一緊那羅三十二摩睺羅伽三十三人三十四非人三十五執金剛神皆如初句次第義加以長者居士宰官婆羅門共一即現婦女身而爲説法故人謂之三十二應理實四類各各不同故妙音中云或現長者婦女身或現宰官婦女身或現婆羅門婦女身明知四類有四婦女況妙音中有轉輪王及菩薩身又加地獄餓鬼畜生及諸難處皆能救濟豈無彼身則三十五亦未爲盡若開四婦女各成二人以妻女别故則此已有三十九矣明知觀音諸大菩薩各能萬類之化皆略舉耳但是此中或現色身及説法耳者以三十五應皆云即現其身而爲説法具如初一明六通是此二義耳

善男子我修行此大悲行門願常救護一切衆生願一切衆生離險道怖離熱惱怖離迷惑怖離繫縛怖離殺害怖離貧窮怖離不活怖離惡名怖離於死怖離大衆怖離惡趣怖離黑闇怖離遷移怖離愛别怖離寃會怖離逼迫身怖離逼迫心怖離憂悲怖復作是願願諸衆生若念於我若稱我名若見我身皆得免離一切怖畏善男子我以此方便令諸衆生離怖畏已復教令發阿耨多羅三藐三菩提心永不退轉

二善男子我修行下約大悲行以顯業用救諸怖畏故於中三初離世怖有十八種初三約煩惱即是因怖餘皆約果縛殺貪三不活開出黑闇已下皆五怖中事上約所離二復作下即能離因念即是意三業皆益故三我以此下令進大心方能究竟離二死怖

皆五怖畏中事者準十地論立畏攝諸畏故若是新經下文有頌一一具頌此十八怖法華觀音偈中亦不離此怖恐繁不引今略明五攝然五多約果略由二因一邪智妄取我見愛著故即不活惡名死畏之因二善根微少即大衆威德及惡道畏之因今此十八有通因若然險道有二若世間險道即不活及死畏攝若惡道因爲險即是邪智熱惱有三一失財熱惱不活畏攝二處衆熱惱即惡名攝三毒熱惱即是畏因迷惑有二若迷惑方隅等即衆熱惱不活畏攝若心迷惑

大衆畏因繫縛亦是不活畏攝殺害死攝黑暗遷移乃有二意現暗遷移皆不活攝惡趣黑暗三途遷移即惡道畏攝愛別離怖正唯死畏兼及不活怨憎會怖正唯惡道亦兼不活逼迫身怖死及不活逼迫心怖大衆威德及惡名攝其憂悲怖死及不活二畏之相亦通餘三即離因者謂三業歸依我之三業能令解脫令住正念即無我我所及邪智故

善男子我唯得此菩薩大悲行門如諸菩薩摩訶薩已淨普賢一切願已住普賢一切行常行一切諸善法常入一切諸三昧常住一切無邊劫常知一切三世法常詣一切無邊剎常息一切衆生惡常長一切衆生善常絕衆生生死流而我云何能知能說彼功德行

第四我唯下謙已推勝乆成正覺尚不失謙

爾時東方有一菩薩名曰正趣從空中來至娑婆世界輪圍山頂以足按地其娑婆世界六種震動一切皆以衆寶莊嚴正趣菩薩放身光明映蔽一切日月星電天龍八部釋梵護世所有光明皆如聚墨其光普照一切地獄畜生餓鬼閻羅王處令諸惡趣衆苦皆滅煩惱不起憂悲悉離又於一切諸佛國土普雨一切華香瓔珞衣服幢蓋如是所有諸莊嚴具供養於佛復隨衆生心之所樂普於一切諸宮殿中而現其身令其見者皆悉歡喜然後來詣觀自在所時觀自在菩薩告善財言善男子汝見正趣菩薩來此會不白言已見告言善男子汝可往問菩薩云何學菩薩行修菩薩道

第五爾時東方下指示後友於中二初後友入會從東來者後位如相智明方證故名正趣者正法徧趣化衆生故以智正趣

眞如相故從空來者智體無依方契如故至輪圍上者如依妄惑顯故足動界者以定慧足除雜惡故同前會者不離隨順衆生得如相故又以智會悲成無住故後時觀自在下前友指示以在此會故闕禮辭

爾時善財童子敬承其教遽卽往詣彼菩薩所頂禮其足合掌而立白言聖者我已先發阿耨多羅三藐三菩提心而未知菩薩云何學菩薩行云何修菩薩道我聞聖者善能教誨願爲我說

第八正趣菩薩寄眞如相迴向善友文中具六初二可知第八寄眞如相善友者謂善根卽如成迴向故

正趣菩薩言善男子我得菩薩解脫名普門速疾行

第三正趣菩薩言下授已法界分二先標名體十方無際故名普門一念超多故云速疾

善財言聖者於何佛所得此法門所從來刹去此幾何發來久如告言善男子此事難知一切世間天人阿修羅沙門婆羅門等所不能了唯勇猛精進無退無怯諸菩薩衆已爲一切善友所攝諸佛所念善根具足志樂清淨得菩薩根有智慧眼能聞能持能解能說善財言聖者我承佛神力善知識力能信能受願爲我說

二善財言下顯其業用於中四一申問難有三問意在速疾二告言下顯深三善財下承力請說

正趣菩薩言善男子我從東方妙藏世界普勝生佛所而來此土於彼佛所得此法門從

彼發來已經不可說不可說佛剎微塵數劫一一念中舉不可說不可說佛剎微塵數步一一步過不可說不可說世界微塵數佛剎一一佛剎我皆徧入至其佛所以妙供具而爲供養此諸供具皆是無上心所成無作法所印諸如來所忍諸菩薩所歎善男子我又普見彼世界中一切衆生心知其心悉知其根隨其欲解現身說法或放光明或施財寶種種方便教化調伏無有休息如從東方南西北方四維上下亦復如是

四正趣菩薩言下正答前問於中五初答得法處謂從自本智如來藏界普生萬善本覺而來故行能速徧知一切法不離心性萬行頓成二從彼發下答時久近三一一念中下答處近遠以多時發多步則知遠矣即是速疾四一一佛剎下顯其成益五如從東下類顯十方

善男子我唯得此菩薩普疾行解脫能疾周徧到一切處如諸菩薩摩訶薩普於十方無所不至智慧境界等無差別善布其身悉徧法界至一切道入一切剎知一切法到一切世平等演說一切法門同時照耀一切衆生於諸佛所不生分別於一切處無有障礙而我云何能知能說彼功德行

善男子於此南方有城名墮羅鉢底其中有神名曰大天汝詣彼問菩薩云何學菩薩行修菩薩道

時善財童子頂禮其足繞無數帀慇懃瞻仰辭退而去

後三可

大方廣佛華嚴經疏鈔會本第六十八之一

音釋

蓊鬱　蓊烏孔切鬱於物切蓊鬱木盛貌

遽　其據切疾也

大方廣佛華嚴經疏鈔會本第六十八之三

唐于闐國三藏沙門實叉難陀 譯

唐清涼山大華嚴寺沙門澄觀撰述

爾時善財童子入菩薩廣大行求菩薩智慧境見菩薩神通事念菩薩勝功德生菩薩大歡喜起菩薩堅精進入菩薩不思議自在解脫行菩薩功德地觀菩薩三昧地住菩薩總持地入菩薩大願地得菩薩辯才地成菩薩諸力地漸次遊行至於彼城推問大天今在何所人咸告言在此城內現廣大身爲衆說法爾時善財至大天所頂禮其足於前合掌而作是言聖者我已先發阿耨多羅三藐三菩提心而未知菩薩云何學菩薩行云何修菩薩道我聞聖者善能教誨願爲我說

第九無縛無著解脫迴向 第九無縛無著者謂不為相縛不為見著作用自在故名解脫善友名大天者現大身故無縛無著智淨自在故名爲天稱理普應故名爲大妙用難測故名爲神在墮羅鉢底城者此云有門謂有此無縛等微妙法門爲法師故初二可知

爾時大天長舒四手取四大海水自洗其面持諸金華以散善財而告之言善男子一切菩薩難可得見難可得聞希出世間於衆生中最爲第一是諸人中芬陀利華爲衆生歸爲衆生救爲諸世間作安隱處爲諸世間作大光明示迷惑者安隱正道爲大導師引諸衆生入佛法門爲大法將善能守護一切智城菩薩如是難可值遇唯身語意無過失者然後乃得見其形像聞其辯才於一切時常現在前

第三爾時大天下授巳法界中二先授法方便後正授所得令初現相讚友難遇令欣入故長舒等者約事則發心難遇淨目而觀散華而供故約表謂展四無礙解手取所證勝流相應法門先當自淨以洗身心後因利他故云華散亦表四攝遠展攝取四衆故

善男子我已成就菩薩解脫名爲雲網善財言聖者雲網解脫境界云何爾時大天於善財前示現金聚銀聚瑠璃聚玻瓈聚硨磲聚碼碯聚大燄寶聚離垢藏寶聚大光明寶聚普現十方寶聚寶冠聚寶印聚寶瓔珞聚寶璫聚寶釧聚寶鎖聚珠網聚種種摩尼寶聚一切莊嚴具聚如意摩尼聚皆如大山又復示現一切華一切鬘一切香一切燒香一切塗香一切衣服一切幢旛一切音樂一切五欲娛樂之具皆如山積及現無數百千萬億諸童女衆而彼大天告善財言善男子可取此物供養如來修諸福德幷施一切攝取衆生令其修學檀波羅蜜能捨難捨善男子如我爲汝示現此物教汝行施爲一切衆生悉亦如是皆令以此善根熏習於三寶所善知識所恭敬供養增長善法發於無上菩提之意善男子若有衆生貪著五欲自放逸者爲其示現不淨境界若有衆生瞋恚憍慢多諍競者爲其示現極可怖形如羅刹等飲血噉肉令其見已驚恐惶懼心意調柔捨離寃結若有衆生惛沈嬾惰爲其示現王賊水火及諸重疾令其見已心生惶怖知有憂苦而自勉策以如是等種種方便令捨一切諸不善

行修行善法令除一切波羅蜜障具波羅蜜令起一切障礙險道到無障處

二善男子我已成下正授法界中二先名體謂以六度大悲如雲覆潤如網羅攝故後善財下問答業用四攝攝生故先問後答答中二先現寶令施教以檀攝後如我爲汝下類餘通教及利行攝如是等言亦兼愛語同事

善男子我唯知此雲網解脱如諸菩薩摩訶薩猶如帝釋已能摧伏一切煩惱阿修羅軍猶如大水普能消滅一切衆生諸煩惱火猶如猛火普能乾竭一切衆生諸愛欲水猶如大風普能吹倒一切衆生諸見取幢猶如金剛悉能摧破一切衆生諸我見山而我云何能知能説彼功德行

善男子此閻浮提摩竭提國菩提場中有主地神其名安住汝詣彼問菩薩云何學菩薩行修菩薩道

時善財童子禮大天足繞無數帀辭退而去

後三段易知

爾時善財童子漸次遊行趣摩竭提國菩提場内安住神所

第十入法界無量迴向第十入法界無量者等以法界善根迴向法界故

善友名安住地神者地爲萬法所依即所入法界安住即入義在菩提場者所入法界即得菩提之處故菩提是本前南有所表從本之南今攝末歸本之法界故不云南矣又地上證如亦同本故今迴向終故攝歸此文六有六第一依教趣求

百萬地神同在其中更相謂言此來童子即

是佛藏必當普爲一切衆生作所依處必當普壞一切衆生無明㲉藏此人已生法王種中當以離垢無礙法繒而冠其首當開智慧大珍寶藏摧伏一切邪論異道時安住等百萬地神放大光明徧照三千大千世界普令大地同時震吼種種寶物處處莊嚴影潔光流遞相鑒徹一切樹葉俱時生長一切華樹咸共開敷一切果樹靡不成熟一切河流遞相灌注一切池沼悉皆盈滿雨細香雨徧灑其地風來吹華普散其上無數音樂一時俱奏天莊嚴具咸出美音牛王象王師子王等皆生歡喜踊躍哮吼猶如大山相擊出聲百千伏藏自然涌現時安住地神告善財言善來童子汝於此地曾種善根我爲汝現汝欲見不爾時善財禮地神足繞無數帀合掌而立白言聖者唯然欲見時安住地神以足按地百千億阿僧祇寶藏自然涌出告言善男子今此寶藏隨逐於汝是汝往昔善根果報是汝福力之所攝受汝應隨意自在受用

第二百萬地下見敬請法於中五初友見稱讚既云友見則已含見友二時安住下嚴處攝生以顯勝德三時安住告下許示昔善引其問端四爾時下設敬陳請五以足按下正示昔因

善男子我得菩薩解脫名不可壞智慧藏常以此法成就衆生善男子我憶自從然燈佛來常隨菩薩恭敬守護觀察菩薩所有心行智慧境界一切誓願諸清淨行一切三昧廣大神通大自在力無能壞法徧往一切諸佛國土普受一切諸如來記轉於一切諸佛法

輪廣説一切修多羅門大法光明普皆照耀教化調伏一切衆生示現一切諸佛神變我皆能領受皆能憶持善男子乃往古世過須彌山微塵數刼有刼名莊嚴世界名月幢佛號妙眼於彼佛所得此法門善男子我於此法門若入若出修習增長常見諸佛未曾捨離始從初得乃至賢刼於其中間值遇不可説不可説佛刹微塵數如來應正等覺悉皆承事恭敬供養亦見彼佛詣菩提座現大神力亦見彼佛所有一切功德善根

第三善男子我得下示已法界於中四一標名體用謂一念之智冥乎法界則不可壞此中則無所不生故名爲藏由賢位旣滿總會三賢爲入地之因故顯善財之福常隨地神之智不壞是則昔因不失能入證矣常以此下略明其用二善男子我憶下別顯業用由智不壞故常憶等三乃往古世下顯得法時處四我於此下總結純熟

善男子我唯知此不可壞智慧藏法門如諸菩薩摩訶薩常隨諸佛能持一切諸佛所説入一切佛甚深智慧念念充徧一切法界等如來身生諸佛心具諸佛法作諸佛事而我云何能知能説彼功德行善男子此閻浮提摩竭提國迦毗羅城有主夜神名婆珊婆演底汝詣彼問菩薩云何學菩薩行修菩薩道時善財童子禮地神足繞無數帀慇懃瞻仰辭退而去

後三段可知十廻向竟

爾時善財童子一心思惟安住神教憶持菩

薩不可沮壞智藏解脫修其三昧學其軌則觀其遊戲入其微妙得其智慧達其平等知其無邊測其甚深漸次遊行至於彼城從東門入佇立未久便見日没心念隨順諸菩薩教渴仰欲見彼主夜神於善知識生如來想復作是念由善知識得周徧眼普能明見十方境界由善知識得廣大解普能了達一切所緣由善知識得三昧眼普能觀察一切法門由善知識得智慧眼普能明照十方剎海

自下大文第五有十善友寄十地位即分十段第一婆珊婆演底夜神寄歡喜地寄初歡喜地者初獲聖性具證二空能益自他生大喜故城名迦毘羅者此云黃色往昔黃頭仙人依此處故黃是中色表契中道故又此是佛生之城表初地生佛家故婆珊者此云春也婆演底者此云主當以於春時主當苗稼故謂顯初入地能生長萬行護衆生故以於春時主當等者盛德如春和暢發生故地上多見夜神者證智玄妙離相破闇故下九天神準梵本皆是女神瞿波亦女者地上證於同體慈悲女之狀故第一依教趣求中先依前修證後漸次下趣求後友於中先至時處從東門入者開明之初顯入證之始故見日没者是夜神故表分別見日皆巳亡故後心念下生渴仰心表分別見日皆亡者初地斷見惑即分別煩惱故

作是念時見彼夜神於虛空中處寶樓閣香蓮華藏師子之座身眞金色目髮紺青形貌端嚴見者歡喜衆寶瓔珞以爲嚴飾身服朱衣首戴梵冠一切星宿炳然在體於其身上一一毛孔皆現化度無量無數惡道衆生令

其免離險難之像是諸衆生或生人中或生天上或有趣向二乘菩提或有修行一切智道又彼一一諸毛孔中示現種種教化方便或爲現身或爲說法或爲示現聲聞乘道或爲示現獨覺乘道或爲示現諸菩薩行菩薩勇猛菩薩三昧菩薩自在菩薩住處菩薩觀察菩薩師子頻申菩薩解脫遊戲如是種種成熟衆生善財童子見聞此已心大歡喜以身投地禮夜神足繞無數帀於前合掌而作是言聖者我已先發阿耨多羅三藐三菩提心我心冀望依善知識獲諸如來功德法藏唯願示我一切智道我行於中至十力地

第二作是念時下明見敬諮問於中二初見友依正於空見者城表教道空表證道宗說兼通如日處空故服朱衣者證智明顯故法門星像不離一身如體化生作用不離一毛之性二善財童子見聞下設敬諮問宗說兼通者前已引竟即楞伽意故彼第三經云佛告大慧三世如來有二種法通謂說通及自宗通說通者謂隨衆生心之所應爲說種種契經是名說通自宗通者謂修行者離自心現種種妄想謂不墮一異俱不俱品超度一切心意意識自覺聖境離因成故一切外道聲聞緣覺墮二邊者所不能知我說是名自宗法通釋曰謂初了唯心謂不墮下境界則滅超度一切下能取亦無自覺聖下正悟自心不由他悟離三量成故離因成一切外道下對他顯勝經結勸云是名自宗通及說通相汝及餘菩薩摩訶薩應當修學偈云謂我二種通宗通及言說說者授童蒙宗爲修行者釋曰而前引竟今復重說前約證者能說故先明宗通今約從敎修證故先明說通亦前從根本起後得今從加行入根本文小異故第一疏中引前文今復引後古云說通宗不通如日被雲蒙宗通說亦通如日處虛空法門星象下此中法喻雙辯一身以表如體星象以表法門星象不離一身顯法不離如體下對亦然數化表於大用毛孔以況真性

時彼夜神告善財言善哉善哉善男子汝能

深心敬善知識樂聞其語修行其教以修行故決定當得阿耨多羅三藐三菩提善男子我得菩薩破一切衆生癡暗法光明解脫

第三時彼夜神下稱讚授法中二初稱讚後善男子我得下授巳法界於中三一標名體二顯業用三得法久近今初一切衆生癡暗者即所破二愚法光明者即是能破二無我智又破衆生闇爲悲法光明是智悲智具故其二愚二無我等並如地品

善男子我於惡慧衆生起大慈心於不善業衆生起大悲心於作善業衆生起於喜心於善惡二行衆生起不二心於雜染衆生起令生清淨心於邪道衆生起令生正行心於劣解衆生起令興大解心於樂生死衆生起令捨輪轉心於住二乘道衆生起令住一切智心善男子我以得此解脫故常與如是心共相應善男子我於夜闇人靜鬼神盜賊諸惡衆生所遊行時密雲重霧惡風暴雨日月星宿並皆昏蔽不見色時見諸衆生若入於海若行於陸山林曠野諸險難處或遭盜賊或乏資糧或迷惑方隅或忘失道路慞惶憂怖不能自出我時即以種種方便而救濟之爲海難者示作船師魚王馬王龜王象王阿脩羅王及以海神爲彼衆生止惡風雨息大波浪引其道路示其洲岸令免怖畏悉得安隱復作是念以此善根迴施衆生願令捨離一切諸苦爲在陸地一切衆生於夜闇中遭恐怖者現作日月及諸星宿晨霞夕電種種光明或作屋宅或爲人衆令其得免恐怖之厄復作是念以此善根迴施衆生悉令除滅諸

煩惱闇一切衆生有惜壽命有愛名聞有貪財寶有重官位有著男女有戀妻妾未稱所求多生憂怖我皆救濟令其離苦爲行山險而留難者爲作善神現形親近爲作好鳥發音慰悅爲作靈藥舒光照耀示其果樹示其泉井示正直道示平坦地令其免離一切憂厄爲行曠野稠林險道藤蘿所罥雲霧所闇而恐怖者示其正道令得出離作是念言願一切衆生伐見稠林截愛羅網出生死野滅煩惱闇入一切智平坦正道到無畏處畢竟安樂善男子若有衆生樂著國土而憂苦者我以方便令生厭離作是念言願一切衆生不著諸蘊住一切佛薩婆若境善男子若有衆生樂著聚落貪愛宅舍常處黑闇受諸苦者我爲說法令生厭離令法滿足令依法住

作是念言願一切衆生悉不貪樂六處聚落速得出離生死境界究竟安住一切智城善男子若有衆生行闇夜中迷惑十方於平坦路生險難想於險難道起平坦想以高爲下以下爲高其心迷惑生大苦惱我以方便舒光照及若欲出者示其門户若欲行者示其道路欲度溝洫示其橋梁欲涉河海與其船筏樂觀方者示其險易安危之處欲休息者示其城邑水樹之所作是念言如我於此照除夜闇令諸世事悉得宜敘願我普於一切衆生生死長夜無明闇處以智慧光普皆照了是諸衆生無有智眼想心見倒之所覆翳無常常想無樂樂想無我我想不淨淨想堅固執著我人衆生蘊界處法迷惑因果不識善惡殺害衆生乃至邪見不孝父母不敬沙

門及婆羅門不知惡人不識善人貪著惡事安住邪法毀謗如來壞正法輪於諸菩薩呰辱傷害輕大乘道斷菩提心於有恩人反加殺害於無恩處常懷寃結毀謗賢聖親近惡伴盜塔寺物作五逆罪不久當墮三惡道處願我速以大智光明破彼衆生無明黑闇令其疾發阿耨多羅三藐三菩提心既發心已示普賢乘開十力道亦示如來法王境界亦示諸佛一切智城諸佛所行諸佛自在諸佛成就諸佛總持一切諸佛共同一身一切諸佛平等之處令其安住善男子一切衆生或病所纒或老所侵或苦貧窮或遭禍難或犯王法臨當被刑無所依怙生大怖畏我皆救濟使得安隱復作是念願我以法普攝衆生令其解脫一切煩惱生老病死憂悲苦患近

善知識常行法施勤行善業速得如來清淨法身住於究竟無變易處善男子一切衆生入見稠林住於邪道於諸境界起邪分別常行不善身語意業妄作種種諸邪苦行於非正覺生正覺想於正覺所非正覺想爲惡知識之所攝受以起惡見將墮惡道我以種種諸方便門而爲救護令住正見生人天中復作是念如我救此將墜惡道諸衆生等願我普救一切衆生悉令解脫一切諸苦住波羅蜜出世聖道於一切智得不退轉具普賢願近一切智而不捨離諸菩薩行常勤教化一切衆生

二我於惡業下明業用中二先長行後偈頌前中二先興救物之心二我於夜闇下正明對緣救攝於中十門初一總明爲海

難下別顯令初有四種一夜等爲救時二海等爲救處三遭盜等爲所救四種種方便爲能救後九門別顯中文皆有二先救世苦令得世樂後以迴向大願令其究竟離苦得樂九中一救海難衆生二爲在陸地下救處陸衆生三一切衆生下救求不得及行山險衆生四救樂國土衆生五救著聚落衆生六救闇夜衆生七是諸衆生無有智下救惑業衆生八或病所纏下救八苦衆生九入見稠林下救惡見衆生

爾時婆珊婆演底主夜神欲重宣此解脫義承佛神力觀察十方爲善財童子而說頌曰

我此解脫門生淨法光明能破愚癡闇待時而演說我昔無邊劫勤行廣大慈普覆諸世間佛子應修學寂靜大悲海出生三世佛能滅衆生苦汝應入此門能生世間樂亦生出世樂令我心歡喜汝應入此門旣捨有爲患亦遠聲聞果淨修諸佛力汝應入此門我目甚清淨普見十方剎亦見其中佛菩提樹下坐相好莊嚴身無量衆圍繞一一毛孔內種種光明出見諸羣生類死此而生彼輪迴五趣中常受無量苦我耳甚清淨聽之無不及一切語言海悉聞能憶持諸佛轉法輪其聲妙無比所有諸文字悉皆能憶持我鼻甚清淨於法無所礙一切皆自在汝應入此門我舌甚廣大淨好能言說隨應演妙法汝應入此門我身甚清淨三世等如如隨諸衆生心一切悉皆現我心淨無礙如空含萬象普念諸如來而亦不分別了知無量剎一切諸心海諸根及欲樂而亦不分別我以大神通震

動無量剎其身悉徧往調彼難調衆我福甚廣大如空無有盡供養諸如來饒益一切衆我智廣清淨了知諸法海除滅衆生惑汝應入此門我知三世佛及以一切法亦了彼方便此門徧無等一一塵中見三世一切剎亦見彼諸佛此是普門力十方剎塵內悉見盧舍那菩提樹下坐成道演妙法

二偈頌中二十一頌分四初一頌法門名體二有四頌舉因勸修即四無量三有十頌顯果令入即六處殊勝四有六頌明業用廣大

爾時善財童子白夜神言汝發阿耨多羅三藐三菩提心爲幾時耶得此解脫其已久如乃能如是饒益衆生其神答言善男子乃往古世過如須彌山微塵數劫有劫名寂靜光世界名出生妙寶有五億佛於中出現彼世界中有四天下名寶月燈光有城名蓮華光王名善法度以法施化成就七寶王四天下王有夫人名法慧月夜久眠寐時彼城東有一大林名爲寂住林中有一大菩提樹名一切光摩尼王莊嚴身出生一切佛神力光明爾時有佛名一切法雷音王於此樹下成等正覺放無量色廣大光明徧照出生妙寶世界蓮華城內有主夜神名爲淨月詣王夫人法慧月所動身瓔珞以覺夫人而告之言夫人當知一切法雷音王如來於寂住林成無上覺及廣爲說諸佛功德自在神力普賢菩薩所有行願令王夫人發阿耨多羅三藐三菩提意供養彼佛及諸菩薩聲聞僧衆善男子時王夫人法慧月者豈異人乎我身是也

我於彼佛所發菩提心種善根故於須彌山微塵數劫不生地獄餓鬼畜生諸惡趣中亦不生於下賤之家諸根具足無有衆苦於天人中福德殊勝不生惡世恒不離佛及諸菩薩大善知識常於其所種植善根經八十須彌山微塵數劫常受安樂而未滿足菩薩諸根

三得法久近中先興二問後還兩答答中有二先答發心時節後答得法久近今初有六初總顯本事因緣二時彼城東下明初佛興世三蓮華城内下善友勸發四令王夫人下正發大心五時王夫人下結會古今六我於彼佛下發心成益

過此劫已復過萬劫於賢劫前有劫名無憂徧照世界名離垢妙光其世界中淨穢相雜有五百佛於中出現其第一佛名須彌幢寂靜妙眼如來應正等覺我爲名稱長者女名妙慧光明端正殊妙彼淨月夜神以願力故於離垢世界一四天下妙幢王城中生作主夜神名清淨眼我於一時在父母邊夜久眠息彼清淨眼來詣我所震動我宅放大光明出現其身讚佛功德言妙眼如來坐菩提座始成正覺勸喻於我及以父母幷諸眷屬令速見佛自爲前導引至佛所廣興供養我纔見佛即得三昧名出生見佛調伏衆生三世智光明輪獲此三昧故能憶念須彌山微塵數劫亦見其中諸佛出現於彼佛所聽聞妙法以聞法故即得此破一切衆生闇法光明解脱得此解脱已即見其身徧往佛刹微塵數世界亦見彼世界所有諸佛又見自身在

其佛所亦見彼世界一切衆生解其言音識其根性知其往昔曾爲善友之所攝受隨其所樂而爲現身令生歡喜我時於彼所得解脫念念增長此心無間又見自身徧往百佛刹微塵數世界此心無間又見自身徧往千佛刹微塵數世界此心無間又見自身徧往百千佛刹微塵數世界如是念念乃至不可說不可說佛刹微塵數世界亦見彼世界中一切如來亦自見身在彼佛所聽聞妙法受持憶念觀察決了亦知彼佛諸本事海諸大願海彼諸如來嚴淨佛刹我亦嚴淨亦見彼世界一切衆生隨其所應而爲現身教化調伏此解脫門念念增長如是乃至充滿法界

二過此劫已下荅得法久近於中二初總顯得法因緣後我纔見佛下正明得法於中三初得方便三昧謂上見諸佛下化衆生次以聞法故下得此解脫後得此解脫已下廣顯業用

善男子我唯知此菩薩破一切衆生闇法光明解脫如諸菩薩摩訶薩成就普賢無邊行願普入一切諸法界海得諸菩薩金剛智幢自在三昧出生大願住持佛種於念念中成滿一切大功德海嚴淨一切廣大世界以自在智教化成熟一切衆生以智慧日滅除一切世間闇障以勇猛智覺悟一切衆生惛睡以智慧月決了一切衆生疑惑以清淨音斷除一切諸有執著於一切法界一一塵中示現一切自在神力智眼明淨等見三世而我何能知其妙行說其功德入其境界示其自在

第四謙推可知

善男子此閻浮提摩竭提國菩提場內有主夜神名普德淨光我本從其發阿耨多羅三藐三菩提心常以妙法開悟於我汝詣彼問菩薩云何學菩薩行修菩薩道

第五指示後友云菩提場內者得無誤犯由契理故理即菩提場友名普德者最勝法界無德不具故淨光者正智證入離誤犯之垢故即前淨月故云本從發心

爾時善財童子向婆珊婆演底神而說頌曰

見汝清淨身相好超世間如文殊師利亦如寶山王汝法身清淨三世悉平等世界悉入中成壞無所礙我觀一切趣悉見汝形像一一毛孔中星月各分布汝心極廣大如空徧十方諸佛悉入中清淨無分別一一毛孔內悉放無數光十方諸佛所普雨莊嚴具一一毛孔內各現無數身十方諸國土方便度衆生一一毛孔內示現無量剎隨諸衆生欲種種令清淨若有諸衆生聞名及見身悉獲功德利成就菩提道多劫在惡趣始得見聞汝亦應歡喜受以滅煩惱故千剎微塵劫歎汝一毛德劫數猶可窮功德終無盡

第六爾時善財下戀德禮辭於中二先以偈讚表戀德之深於中十偈分四初四讚身心超勝次三明大用無涯次二益物不虛後一結德無盡

時善財童子說此頌已頂禮其足繞無量帀殷勤瞻仰辭退而去

二時善財下作禮辭退

大方廣佛華嚴經疏鈔會本第六十八之三

音釋

哮吼（哮許交切吼呼后切哮吼怒聲）慞惶（慞諸良切懼也惶胡光切恐也）

磬（苦角切）

大方廣佛華嚴經疏鈔會本第六十九

唐于闐國三藏沙門實叉難陀　譯

唐清涼山大華嚴寺沙門澄觀撰述

爾時善財童子了知彼婆珊婆演底夜神初發菩提心所生菩薩藏所發菩薩願所淨菩薩度所入菩薩地所修菩薩行所行出離道一切智光海普救衆生心普徧大悲雲於一切佛刹盡未來際常能出生普賢行願漸次遊行至普德淨光夜神所

第二普德淨光夜神寄離垢地善友義如前說寄離垢地者謂真淨尸羅離於能起微細毁犯煩惱垢故　文則具六且分爲四第一依教趣求第二見敬諮問第三稱讚授法第四戀德禮辭今初先念前法有十一句初一念發心餘十念得法

頂禮其足繞無數帀於前合掌而作是言聖者我已先發阿耨多羅三藐三菩提心而我未知菩薩云何修行菩薩地云何出生菩薩地云何成就菩薩地

第二頂禮下見敬諮問

夜神答言善哉善哉善男子汝已能發阿耨多羅三藐三菩提心今復問於菩薩地修行出生及以成就

第三夜神答下稱讚授法先讚後授

善男子菩薩成就十法能圓滿菩薩行何者爲十一者得清淨三昧常見一切佛二者得清淨眼常觀一切佛相好莊嚴三者知一切如來無量無邊功德大海四者知等法界無量諸佛法光明海五者知一切如來一一毛孔放等衆生數大光明海利益無量一切衆

生六者見一切如來一一毛孔出一切寶色光明燄海七者於念念中出現一切佛變化海充滿法界究竟一切諸佛境界調伏衆生八者得佛音聲同一切衆生言音海轉三世一切佛法輪九者知一切佛無邊名號海十者知一切佛調伏衆生不思議自在力善男子菩薩成就此十種法則能圓滿菩薩諸行

授中二先長行後偈頌長行中三第一正授法門第二謙已推勝第三指示後友初中二先總答所問後別示已法今初有標徵釋結釋中有十句初總餘別別中三是智法光明四放光利益五常光發焰餘可知餘別中三是智法光明者疏但隨難解三今當重釋畧有二意一作總別釋初一總餘九別別中一觀外相二念內德三知所證四放光五常光六變化七圓音八名號九調生二約十身釋一菩提身二相好身三智身四法身五願身如賢首品毛孔放光皆宿願故六福德身七化身八力持身圓音持法盡未來故九意生身隨意立名故十威勢身結云威力故十身並彰內外皆具若專念此何行不成

善男子我得菩薩解脫名寂靜禪定樂普遊步

二善男子我得下別示已法於中二先標名體謂契理無著爲寂靜止觀雙運爲禪定正法樂住爲樂大用無涯爲普遊步

普見三世一切諸佛亦見彼佛清淨國土道場衆會神通名號說法壽命言音身相種種不同悉皆明覩而無取著何以故知諸如來非去世趣永滅故非來體性無生故非生法身平等故非滅無有生相故非實住如幻法故非妄利益衆生故非遷超過生死故非壞性常不變故一相言語悉離故無相性相本空故

後普見三世下廣顯業用於中四初明攀縁如實禪同如來清淨禪卽寂靜業用次現法樂住禪卽定業用三明引生功德禪四饒益有情禪此二卽普遊步業用初明攀縁如實禪同如來清淨禪等者楞伽第二說有四禪經云大慧有四種禪云何爲四謂愚夫所行禪觀察義禪攀縁如實禪如來禪云何愚夫所行禪謂聲聞縁覺外道修行者觀人無我自性共相骨瑣無常苦不淨相計著爲首如是相不異觀前後轉進想不除滅是名愚夫所行禪云何觀察義禪謂人無我自性相外道自他俱無性已觀法無我彼地相漸增進是名觀察義禪云何攀縁如實禪謂妄想二無我妄想如實處不生妄想是名攀縁如實禪云何如來禪謂入如來地行自覺聖智相三種樂住成辦衆生不思議事是名如來禪故偈云凡夫所行禪觀察相義禪攀縁如實禪如來清淨禪釋曰配位有二師一云初凡小二至士地三八地已上四卽佛地二大雲言亦初凡小二十信至迴向三卽加行四卽初地主佛地以證如故皆名如來若修觀者凡夫直用如來淨禪今此文中卽以第三同於第四不用初二初是凡小二猶未亡法無我故卽以三四因果交徹謂見佛法界卽攀縁如義無取無入卽同如來清淨禪義又如來禪不礙下文廣利樂故今初文中有標徵釋標以見佛無著故寂靜釋云所以無著者窮了如來之體性故文有十非大同中論八不謂不去不來不生不滅爲四其非實非妄卽是不常非遷非壞卽是不斷一相卽非異無相亦非一文有十非大同中論八不者不同全同故名爲大同而涅槃等多分全同以其八不攝理盡故云全同耳初四全同六合爲四言非實非妄卽是不常者常有二義一虛妄計度生死有常今云非妄卽非常矣二者出世實法名常今云非實亦無常矣諸法實相中無實無非實故非遷非壞卽是不斷者斷亦有二一世法遷移卽有斷滅二滅壞煩惱成於斷德今並非之故不斷也又此十句標多約體釋多約用意明體用皆無二故亦可總爲五對體用初不來不去卽體用自體二不生滅卽體用相三非實虛卽體用用力四非遷壞卽用性五一相無相卽體用德如十行辯

善男子我如是了知一切如來時於菩薩寂靜禪定樂普遊步解脫門分明了達成就增

長

二善男子我如是了下明現法樂住禪先牒前起後

思惟觀察堅固莊嚴不起一切妄想分別大悲救護一切衆生一心不動修習初禪

後思惟下正顯四禪初禪中思惟觀察即是尋伺當對治支堅固莊嚴猶是尋伺之相次不起一切妄想分別即所離障然世禪但離欲惡不善今一乘深妙故離一切妄想次大悲救護一切衆生即利益支謂離自憂念衆生憂故生喜樂後一心下即所依支謂彼二依止後思惟下正顯四禪者斯則以如來禪導於四禪不同三地寄位四禪四禪不同即為四別然大小雖異支林功德名數皆同有十八支具如三地地論皆攝以為四類一所離障二對治支三利益支四彼二依止三昧四中後三是支初一非支並如前說謂離自憂者約五受說初禪已離憂受今大悲救護即憂衆生之憂離憂合是所離今念他憂却生喜樂故為利益

息一切意業攝一切衆生智力勇猛喜心悅豫修第二禪

二禪中息一切意業即滅覺觀次攝一切衆生是一心智力勇猛是內淨無覺無觀次喜心悅豫是定生喜樂修第二禪即彼二依止下三四禪準此二禪中等者然二禪具四支內淨喜樂定初明滅覺觀即所離障次攝一切衆生是一心者一心攝故然一心言是三地經有故彼經云滅覺觀內淨一心無覺無觀定生喜樂住第二禪然其一心是釋內心義無覺無觀即是淨義具此二法名之內淨又小乘內淨但是信心大乘內淨即合三禪三支所成謂捨念正知此之三心尚為喜覆力用未勝但能離外尋伺故合為內淨今攝衆生一心攝故已有合義

思惟一切衆生自性厭離生死修第三禪

三禪中初思惟一切衆生自性即捨念二支謂捨離前攝生之喜於此捨中不失念

故厭離生死卽慧樂二支謂正知生死不可喜故厭離卽得眞寂之樂三禪中下然具五支捨念喜樂定餘如前說

悉能息滅一切衆生衆苦熱惱修第四禪

四禪中二句通具三支謂苦喜憂樂皆是衆苦熱惱於下苦中橫生樂故四受俱亡故云悉能息滅卽捨念清淨旣無苦樂卽是中受四禪中者四禪有四支捨念中受定今四支俱亡是所離障卽捨念清治爲對治支旣無苦樂卽是中受爲利益支然其捨受世爲利益出世望之亦是熱惱故今疏云於下苦中橫生樂想旣一切息滅則捨亦捨矣方是眞捨餘如三地

增長圓滿一切智願出生一切諸三昧海入諸菩薩解脫海門遊戲一切神通成就一切變化以清淨智普入法界

三增長圓滿下引生功德禪遊戲神通卽普遊步義上來皆約一乘異於三地寄法故乃至云普入法界

善男子我修此解脫時以種種方便成就衆生所謂於在家放逸衆生令生不淨想可厭想疲勞想逼迫想繫縛想羅剎想無常想苦想無我想空想無生想不自在想老病死想自於五欲不生樂著亦勸衆生不著欲樂唯住法樂出離於家入於非家若有衆生住於空閒我爲止息諸惡音聲於靜夜時爲說深法與順行緣開出家門示正道路爲作光明除其闇障滅其怖畏讚出家業歎佛法僧及善知識具諸功德亦歎親近善知識行復次善男子我修解脫時令諸衆生不生非法貪不起邪分別不作諸罪業若已作者皆令止息若未生善法未修波羅蜜行未求一切智未起大慈悲未造人天業皆令其生若已生

者令其增長我與如是順道因緣乃至令成一切智智

四善男子我修此下明饒益有情禪種種方便無不饒益亦普遊步義文中三初令修四念處等觀次若有衆生下明作道因緣後復次下令修四正斷四念處等觀者念處觀者即無常苦不淨無我等者等取十想與智度論第二十六十想大同故言十想者論云一無常想二苦想三無我想四食不淨想五一切世間不樂想六死想七不淨想八斷想九離想十盡想今有十三我云大同

善男子我唯得此菩薩寂靜禪定樂普遊步解脱門如諸菩薩摩訶薩具足普賢所有行願了達一切無邊法界常能增長一切善根照見一切如來智力住於一切如來境界恒處生死心無障礙疾能滿足一切智願普能往詣一切世界悉能觀見一切諸佛徧能聽受一切佛法能破一切衆生癡闇能於生死大夜之中出生一切智慧光明而我云何能知能說彼功德行善男子去此不遠於菩提場右邊有一夜神名喜目觀察衆生汝詣彼問菩薩云何學菩薩行修菩薩道

第二我唯下謙已推勝第三去此不遠下指示後友去此不遠者同寄世間故菩提場右者依理發光義便易故喜目觀察者忍惡視物故云喜目發聞持光故云觀察

爾時普德淨光夜神欲重宣此解脱義爲善財童子而說頌曰

若有信解心　盡見三世佛　彼人眼清淨　能入諸佛海
汝觀諸佛身　清淨相莊嚴　一念神通力　法界悉充滿
盧舍那如來　道場成正覺　一切法界中　轉於淨法輪
如來知法性　寂滅無

有二清淨相嚴身徧示諸世間佛身不思議法界悉充滿普現一切刹一切無不見佛身常光明一切刹塵等種種清淨色念念徧法界如來一毛孔放不思議光普照諸群生令其煩惱滅如來一毛孔出生無盡化充徧於法界除滅衆生苦佛演一妙音隨類皆令解普雨廣大法使發菩提意佛昔修諸行已曾攝受我故得見如來普現一切刹諸佛出世間量等衆生數種種解脫境非我所能知一切諸菩薩入佛一毛孔如是妙解脫非我所能知此近有夜神名喜目觀察汝應往詣彼問修菩薩行

後偈頌十三偈分三初十偈頌正授法門次二頌謙已推勝後一頌指示後友前中頌前十法文小不次初四如次頌前四法五超頌第七六頌第六七却頌第五八頌第十九頌第八十頌第九

時善財童子頂禮其足繞無數帀慇懃瞻仰辭退而去

爾時善財童子敬善知識教行善知識語作如是念善知識者難見難遇見善知識令心不散亂見善知識破障礙山見善知識入大悲海救護衆生見善知識得智慧光普照法界見善知識悉能修行一切智道見善知識普能覩見十方佛海見善知識得見諸佛轉於法輪憶持不忘

第三喜目觀察衆生夜神寄發光地（寄發光地謂成就勝定大法總持能發無邊妙慧光故）文具六段第一依教趣求中二初依前友教念友成益

作是念已發意欲詣喜目觀察衆生夜神所

時喜目神加善財童子令知親近善知識能生諸善根增長成熟所謂令知親近善知識能修助道具令知親近善知識能起勇猛心令知親近善知識能作難壞業令知親近善知識能得難伏力令知親近善知識能入無邊方令知親近善知識能久遠修行令知親近善知識能辦無邊業令知親近善知識能行無量道令知親近善知識能得速疾力普詣諸刹令知親近善知識能不離本處徧至十方時善財童子遽發是念由親近善知識能勇猛勤修一切智道由親近善知識能速疾出生諸大願海由親近善知識能爲一切衆生盡未來劫受無邊苦由親近善知識能被大精進甲於一微塵中說法聲徧法界由親近善知識能速往詣一切方海由親近善知識於一毛道盡未來劫修菩薩行由親近善知識於念念中行菩薩行究竟安住一切智地由親近善知識能入三世一切如來自在神力諸莊嚴道由親近善知識能常徧入諸法界門由親近善知識常緣法界未曾動出而能徧往十方國土爾時善財童子發是念已卽詣喜目觀察衆生夜神所

後作是念已下趣求後友得友加持於中四一欲趣後友二時喜目神下得友加持謂加令知近友之益三時善財童子遽發下加所成益謂依前能加而起念故如次以此十句對前十句四爾時善財下正明趣後

見彼夜神在於如來衆會道場坐蓮華藏師子之座

第二見彼下見敬諮問中但略明見已合敬請

入大勢力普喜幢解脫

第三入普喜幢下示已法界謂懸爲示相義當答問於中三初標名體次顯業用後出所因今初無不攝伏爲大勢力徧稱群機故云普喜摧伏高顯所以名幢

於其身上一一毛孔出無量種變化身雲隨其所應以妙言音而爲說法普攝無量一切衆生皆令歡喜而得利益

第二於其身上下明業用於中三初顯無涯之用次爾時善財見聞下覩用獲益後爾時善財得此下慶益稱讚初中謂毛孔身雲無有盡故於中二先出通說修行身後復於一一諸毛孔下出演說本行身前

中三初總標亦是釋名

所謂出無量化身雲充滿十方一切世界說諸菩薩行檀波羅蜜於一切事皆無戀著於一切衆生普皆施與其心平等無有輕慢內外悉施難捨能捨

出等衆生數無量化身雲充滿法界普現一切衆生之前說持淨戒無有缺犯修諸苦行皆悉具足於諸世間無有所依於諸境界無所愛著說在生死輪迴往返說諸人天盛衰苦樂說諸境界皆是不淨說一切法皆是無常說一切行悉苦無味令諸世間捨離顛倒住諸佛境持如來戒如是演說種種戒行戒香普熏令諸衆生悉得成熟

又出等衆生數種種身雲說能忍受一切衆苦所謂割截捶楚訶罵欺辱其心泰然不動

不亂於一切行不卑不高於諸衆生不起我慢於諸法性安住忍受説菩提心無有窮盡心無盡故智亦無盡普斷一切衆生煩惱説諸衆生卑賤醜陋不具足身令生厭離讚諸如來清淨妙色無上之身令生欣樂如是方便成熟衆生

又出等衆生界種種身雲隨諸衆生心之所樂説勇猛精進修一切智助道之法勇猛精進降伏魔冤勇猛精進發菩提心不動不退勇猛精進度一切衆生出生死海勇猛精進除滅一切惡道諸難勇猛精進壞無智山勇猛精進供養一切諸佛如來不生疲厭勇猛精進受持一切諸佛法輪勇猛精進壞散一切諸障礙山勇猛精進教化成熟一切衆生勇猛精進嚴淨一切諸佛國土如是方便成熟衆生

又出種種無量身雲以種種方便令諸衆生心生歡喜捨離惡意厭一切欲爲説慚愧令諸衆生藏護諸根爲説無上清淨梵行爲説欲界是魔境界令生恐怖爲現不樂世間欲樂住於法樂隨其次第入諸禪定諸三昧樂令思惟觀察除滅一切所有煩惱又爲演説一切菩薩諸三昧海神力變現自在遊戲令諸衆生歡喜適悦離諸憂怖其心清淨諸根猛利愛重於法修習增長

又出等衆生界種種身雲爲説往詣十方國土供養諸佛及以師長眞善知識受持一切諸佛法輪精勤不懈又爲演説稱讚一切諸如來海觀察一切諸法門海顯示一切諸法性相開闡一切諸三昧門開智慧境界竭一

切衆生疑海示智慧金剛壞一切衆生見山升智慧日輪破一切衆生癡闇皆令歡喜成一切智

又出等衆生界種種身雲普詣一切衆生之前隨其所應以種種言辭而爲說法或說世間神通福力或說三界皆是可怖令其不作世間業行離三界處出見稠林或爲稱讃一切智道令其超越二乘之地或爲演說不住生死不住涅槃令其不著有爲無爲或爲演說住於天宮乃至道場令其欣樂發菩提意如是方便教化衆生皆令究竟得一切智

又出一切世界微塵數身雲普詣一切衆生之前念念中示普賢菩薩一切行願念念中示清淨大願充滿法界念念中示嚴淨一切世界海念念中示供養一切如來海念念中示入一切法門海念念中示入一切世界海微塵數世界海念念中示於一切剎盡未來劫清淨修行一切智道念念中示入如來力念念中示入一切三世方便海念念中示往一切剎現種種神通變化念念中示諸菩薩一切行願令一切衆生住一切智如是所作恒無休息

又出等一切衆生心數身雲普詣一切衆生之前說諸菩薩集一切智助道之法無邊際力求一切智不破壞力無窮盡力修無上行不退轉力無間斷力於生死法無染著力能破一切諸魔衆力遠離一切煩惱垢力能破一切業障山力住一切劫修大悲行無疲倦力震動一切諸佛國土令一切衆生生歡喜力能破一切諸外道力普於世間轉法輪力

以如是等方便成熟令諸衆生至一切智又出等一切衆生心數無量變化色身雲普詣十方無量世界隨衆生心演說一切菩薩智行所謂說入一切衆生界海智說入一切衆生心海智說入一切衆生根海智說入一切衆生行海智說度一切衆生未曾失時智說出一切法界音聲智說念念徧一切法界海智說念念知一切世界海壞智說念念知一切世界海成住莊嚴差別智說念念自在親近供養一切如來聽受法輪智示現如是智波羅蜜令諸衆生皆大歡喜調暢適悅其心清淨生決定解求一切智無有退轉

次所謂下別顯十度如次十度各有又出以爲揀別其間深旨如理思之

如說菩薩諸波羅蜜成熟衆生如是宣說一切菩薩種種行法而爲利益

後如說菩薩下類通餘法種種行法者神通度生菩提分等神通度生菩提分等者以瑜伽有四菩薩行一波羅蜜行上已廣竟故列下三

復於一一諸毛孔中出無量種衆生身雲所謂出與色究竟天善現天善見天無熱天無煩天相似身雲出少廣廣果福生無雲天相似身雲出徧淨無量淨少淨天相似身雲出光音無量光少光天相似身雲出大梵梵輔梵衆天相似身雲出自在天化樂天兜率陀天須夜摩天忉利天及其采女諸天子衆相似身雲出提頭賴吒乾闥婆王乾闥婆子乾闥婆女相似身雲出毗樓勒叉鳩槃茶王鳩槃茶子鳩槃茶女相似身雲出毗樓博叉龍王龍子龍女相似身雲出毗沙門夜叉王夜

叉子夜叉女相似身雲出大樹緊那羅王善慧摩睺羅伽王大速疾力迦樓羅王羅睺阿修羅王閻羅法王及其子其女相似身雲出諸人王及其子其女相似身雲出聲聞獨覺及諸佛衆相似身雲出地神水神火神風神河神海神山神樹神乃至晝夜主方神等相似身雲周徧十方充滿法界於彼一切衆生之前現種種聲所謂風輪聲水輪聲火燄聲海潮聲地震聲大山相擊聲天城震動聲摩尼相擊聲天王聲龍王聲夜叉王聲乾闥婆王聲阿修羅王聲迦樓羅王聲緊那羅王聲摩睺羅伽王聲人王聲梵王聲天女歌詠聲諸天音樂聲摩尼寶王聲

二出演說本行身中四一出能說之身二於彼一切衆生下明演法之聲三以如是等聲下顯所說之法四如是說時下彰說之益前二後一可知

以如是等種種音聲說善目觀察衆生夜神從初發心所集功德所謂承事一切諸善知識親近諸佛修行善法行檀波羅蜜難捨能捨行尸波羅蜜棄捨王位宮殿眷屬出家學道行羼提波羅蜜能忍世間一切苦事及以菩薩所修苦行所持正法皆悉堅固其心不動亦能忍受一切衆生於已身心惡作惡說忍一切業皆不失壞忍一切法生決定解忍諸法性能諦思惟行精進波羅蜜起一切智行成一切佛法行禪波羅蜜其禪波羅蜜所有資具所有修習所有成就所有清淨所有起三昧神通所有入三昧海門皆悉顯示行般若波羅蜜其般若波羅蜜所有資具所有

清淨大智慧日大智慧雲大智慧藏大智慧門皆悉顯示行方便波羅蜜其方便波羅蜜所有資具所有修行所有體性所有理趣所有清淨所有相應事皆悉顯示行願波羅蜜其願波羅蜜所有體性所有成就所有修習所有相應事皆悉顯示行力波羅蜜其力波羅蜜所有資具所有因緣所有理趣所有演說所有相應事皆悉顯示行智波羅蜜其智波羅蜜所有資具所有體性所有成就所有清淨所有處所所有增長所有深入所有光明所有顯示所有理趣所有相應事所有簡擇所有行相所有相應法所有所攝法所知法所知業所知刹所知劫所知世所知佛出現所知佛所知菩薩所知菩薩心菩薩位菩薩資具菩薩發趣菩薩迴向菩薩大願菩薩法輪菩薩簡擇法菩薩法海菩薩法門海菩薩法旋流菩薩法理趣如是等智波羅蜜相應境界皆悉顯示成熟衆生

又說此神從初發心所集功德相續次第所習善根相續次第所修無量諸波羅蜜相續次第死此生彼及其名號相續次第親近善友承事諸佛受持正法修菩薩行入諸三昧以三昧力普見諸佛普見諸刹普知諸劫深入法界觀察衆生入法界海知諸衆生死此生彼得淨天耳聞一切聲得淨天眼見一切色得他心智知衆生心得宿住智知前際事得無依無作神足智通自在遊行徧十方刹如是所有相續次第得菩薩解脫入菩薩解脫海得菩薩自在得菩薩勇猛得菩薩遊步住菩薩想入菩薩道如是一切所有功德相

續次第皆悉演說分別顯示成熟衆生

三所說法中二先說本行十度行法後又說下類通所餘行法令初忍中惡作屬身惡說屬口禪中有六句一名體二資緣三造修四獲得五治障六起用下之五度句雖多少例此可知般若中日約破闇雲約演法藏顯包含方便中體性通事理理趣謂意趣後類通餘行中具四菩薩行思之後類通餘行具四菩薩行者初菩提分法行以從初發心積集功德皆助菩提是菩提分二入諸三昧下即三昧行三得淨天耳下即神通行得菩薩解脫下成熟衆生行結中云分別顯示成熟衆生

如是說時於念念中十方各嚴淨不可說不可說諸佛國土度脫無量惡趣衆生令無量衆生生天人中富貴自在令無量衆生出生死海令無量衆生安住聲聞辟支佛地令無量衆生住如來地

四彰說之益

爾時善財童子見聞如上所現一切諸希有事念念觀察思惟解了深入安住承佛威力及解脫力則得菩薩不思議大勢力普喜幢自在力解脫何以故與喜目夜神於往昔時同修行故如來神力所加持故不思議善根所祐助故得菩薩諸根故生如來種中故得善友力所攝受故受諸如來所護念故毗盧遮那如來曾所化故彼分善根已成熟故堪修普賢菩薩行故

二覩用獲益卽證入法界於中三初顯證因緣次則得下正明證入後何以下徵釋所由

爾時善財童子得此解脫已心生歡喜合掌

向喜目觀察衆生夜神以偈讚曰

無量無數劫學佛甚深法隨其所應化顯現妙色身了知諸衆生沈迷嬰妄想種種身皆現隨應悉調伏法身恒寂靜清淨無二相爲化衆生故示現種種形於諸蘊界處未曾有所著示行及色身調伏一切衆不著內外法已度生死海而現種種身住於諸有界遠離諸分別戲論所不動爲著妄想者弘宣十力法一心住三昧無量劫不動毛孔出化雲供養十方佛得佛方便力念念無邊際示現種種身普攝諸羣生了知諸有海種種業莊嚴爲說無礙法令其悉清淨色身妙無比清淨如普賢隨諸衆生心示現世間相

三慶益稱讚中十偈分四初一偈現說之因次一現說之意次六現說體相皆即寂之用後二總結現說無礙

爾時善財童子說此頌已白言天神汝發阿耨多羅三藐三菩提心爲幾時耶得此解脫其已久如爾時喜目觀察衆生主夜神以頌答曰

我念過去世過於剎塵劫剎號摩尼光劫名寂靜音

第三爾時善財下明出所因於中先興三問後具二答於中先以偈答後會古今前中總九十一頌分二前七十九頌答發心久近後十二頌答得法時節前中有十復次初寂靜音劫正是發心之時有三十一頌分六初一偈總標

百萬那由他俱胝四天下其王數亦爾各各自臨馭中有一王都號曰香幢寶莊嚴最殊

妙見者皆欣悅中有轉輪王其身甚微妙三十二種相隨好以莊嚴蓮華中化生金色光明身騰空照遠近普及閻浮界其王有千子勇猛身端正臣佐滿一億智慧善方便嬪御有十億顏容狀天女利益調柔意慈心給侍王其王以法化普及四天下輪圍大地中一切皆豐盛我時爲寶女具足梵音聲身出金色光照及千由旬

二有八偈顯其本生

日光既已沒音樂咸寂然大王及侍御一切皆安寢彼時德海佛出興於世間顯現神通力充滿十方界放大光明海一切刹塵數種種自在身徧滿於十方地震出妙音普告佛興世天人龍神衆一切皆歡喜一一毛孔中出佛化身海十方皆徧滿隨應說妙法我時於夢中見佛諸神變亦聞深妙法心生大歡喜一萬主夜神共在空中住讚歎佛興世同時覺悟我賢慧汝應起佛已現汝國劫海難值遇見者得清淨我時便寤寤即覩清淨光觀此從何來見佛樹王下諸相莊嚴體猶如寶山王一切毛孔中放大光明海

三有十偈明發心本事

見已心歡喜便生此念言願我得如佛廣大神通力

四一偈正顯發心

我時尋覺悟大王并眷屬令見佛光明一切皆欣慶我時與大王騎從千萬億衆生亦無量俱行詣佛所我於二萬歲供養彼如來七寶四天下一切皆奉施時彼如來說功德普雲經普應羣生心莊嚴諸願海夜神覺悟我

令我得利益我願作是身覺諸放逸者我從此初發最上菩提願往來諸有中其心無忘失

五六偈明發後之德

從此後供養十億那由佛恒受人天樂饒益諸羣生初佛功德海第二功德燈第三妙寶幢第四虛空智第五蓮華藏第六無礙慧第七法月王第八智燈輪第九兩足尊寶燄山燈王第十調御師三世華光音如是等諸佛我悉曾供養然未得慧眼入於解脫海

六有五偈轉值餘佛未得慧眼者未得十解正慧明故

從此次第有一切寶光剎其劫名天勝五百佛興世最初月光輪第二名日燈第三名光幢第四寶須彌第五名華燄第六號燈海第七熾然佛第八天藏佛九光明王幢十普智光王如是等諸佛我悉曾供養尚於諸法中無而計爲有

二天勝劫中有四偈半無而計爲有者未解即心自性故餘之八劫偈數可知（未解即心自性者前劫未得十住自分此劫未得十住勝進）

從此復有劫名曰梵光明世界蓮華燈莊嚴極殊妙彼有無量佛一一無量衆我悉曾供養尊重聽聞法初寶須彌佛二功德海佛三法界音佛四法震雷佛五名法幢佛六名地光佛七名法力光八名虛空覺第九須彌光第十功德雲如是等如來我悉曾供養未能明了法而入諸佛海

三梵光明劫中未能明了法者未了十行眞實行法故

次後復有劫名爲功德月爾時有世界其名功德幢彼中有諸佛八十那由他我皆以妙供深心而敬奉初乾闥婆王二名大樹王三功德須彌第四寶眼佛第五盧舍那第六光莊嚴第七法海佛第八光勝佛九名賢勝佛第十法王佛如是等諸佛我悉曾供養然未得深智入於諸法海

四功德月劫未得善巧迴向深智趣佛智海故

此後復有劫名爲寂靜慧剎號金剛寶莊嚴悉殊妙於中有千佛次第而出興衆生少煩惱衆會悉清淨初金剛齋佛二無礙力佛三名法界影四號十方燈第五名悲光第六名戒海第七忍燈輪第八法輪光九名光莊嚴十名寂靜光如是等諸佛我悉曾供養猶未能深悟如空清淨法遊行一切剎於彼修諸行

五寂靜慧劫未得地上二空眞如清淨法故

次第復有劫名爲善出現剎號香燈雲淨穢所共成億佛於中現莊嚴剎及劫所說種種法我皆能憶持初名廣稱佛次名法海佛三名自在王四名功德雲第五法勝佛第六天冠佛第七智燄佛第八虛空音第九兩足尊名普生殊勝第十無上士眉間勝光明如是一切佛我悉曾供養然猶未能淨離諸障礙道

六善出現劫未淨修道之障故

次第復有劫名集堅固王剎號寶幢主一切善分布有五百諸佛於中而出現我恭敬供

養求無礙解脱最初功德輪其次寂靜音次名功德海次名日光王第五功德王第六須彌相次名法自在次佛功德王第九福須彌第十光明王如是等諸佛我悉曾供養所有清淨道普入盡無餘然於所入門未能成就忍

七集堅固王劫未得六地緣生深順之忍未得六地深順之忍者六地得上品順忍故

次第復有劫名爲妙勝主刹號寂靜音衆生煩惱薄於中有佛現八十那由他我悉曾供養修行最勝道初佛名華聚次佛名海藏次名功德生次號天王髻第五摩尼藏第六眞金山第七寶聚尊第八法幢佛第九名勝財第十名智慧此十爲上首供養無不盡

八妙勝主劫修最勝道者六地般若爲勝道故八妙勝劫下無結説得之言合言未得七地而前劫但云修行最勝道即是已得六地耳

次第復有劫名曰千功德爾時有世界號善化幢燈六十億那由諸佛興於世最初寂靜幢其次耆摩他第三百燈王第四寂靜光第五雲密陰第六日大明七號法燈光八名殊勝燄九名天勝藏十名大吼音如是等諸佛我悉常供養未得清淨忍深入諸法海

九千功德劫未得八地淨無生忍故

次第復有劫名無著莊嚴爾時有世界名曰無邊光中有三十六那由他佛現初功德須彌第二虛空心第三具莊嚴第四法雷音第五法界聲第六妙音雲第七照十方第八法海音第九功德海第十功德幢如是等諸佛我悉曾供養

十無著莊嚴劫四頌半但言供養者下明得法故又前次第皆言未得後後則已得前前思之亦可初劫已得初地未得第二乃至第九未得第十地第十劫中方得圓滿故其劫名亦順地義如文思之故其劫下疏家復為一釋以初劫名寂靜音已得初地二天勝劫天即淨義亦順離垢三梵光順發光四功德月順燄慧月有光明發光燄故五寂靜慧順禪增故六善出現順善現故七集堅固王功用滿故已得方便不可壞故八勝妙劫順於不動無功用故九千功德法師位故十無著莊嚴智慧無著二嚴滿故

次有佛出現名爲功德幢我爲月面天供養人中主時佛爲我說無依妙法門我聞專念持出生諸願海寂滅定總持能於念念中我得清淨眼悉見諸佛海我得大悲藏普明方便眼增長菩提心成就如來力

第二次有佛出現名爲功德幢下答得法時節中卽前無著劫得此法也於中二初四偈得無功用之三地謂八地無依大願九地滅定總持十地成如來力

見衆生顛倒執常樂我淨愚癡闇所覆妄想起煩惱行止見稠林往來貪欲海集於諸惡趣無量種種業一切諸趣中隨業而受身生老死衆患無量苦逼迫爲彼衆生故我發無上心願得如十方一切十力尊緣佛及衆生起於大願雲

後八結成普賢行位於中三初四偈半牒舉大心之始

從是修功德趣入方便道願雲悉彌覆普入一切道具足波羅蜜充滿於法界速入於諸地三世方便海一念修諸佛一切無礙行

次二偈半明成德之終

佛子我爾時得入普賢道了知十法界一切差别門

後一偈總結圓滿因果圓融初後該徹故入普賢道

善男子於汝意云何彼時轉輪聖王名十方主能紹隆佛種者豈異人乎文殊師利童子是也爾時夜神覺悟我者普賢菩薩之所化耳我於爾時爲王寶女蒙彼夜神覺悟於我令我見佛發阿耨多羅三藐三菩提心自從是來經佛刹微塵數劫不墮惡趣常生人天於一切處常見諸佛乃至於妙燈功德幢佛所得此大勢力普喜幢菩薩解脱以此解脱如是利益一切衆生

二結會

善男子我唯得此大勢力普喜幢解脱門如諸菩薩摩訶薩於念念中普詣一切諸如來所疾能趣入一切智海於念念中以發趣門入於一切諸大願海於念念中以願海門盡未來劫念念出生一切諸行一一行中出生一切刹微塵數身一一身普入一切法界門一一法界門一切佛刹中隨衆生心説諸妙行一切刹一一塵中悉見無邊諸如來海一一如來所悉見徧法界諸佛神通一一如來所悉見往劫修菩薩行一一如來所受持守護所有法輪一一如來所悉見三世一切如來諸神變海而我云何能知能説彼功德行

善男子此衆會中有一夜神名普救衆生妙德汝詣彼問菩薩云何入菩薩行淨菩薩道

第四謙已推勝並可知第五指示後友同在證位故云於此會中起精進行爲普救

衆生智焰吉祥稱爲妙德

時善財童子頂禮其足繞無數帀慇懃瞻仰

辭退而去

大方廣佛華嚴經疏鈔會本第六十九

音釋

嬪御　嬪毗賓切嬪御女侍也

寐寤　寐彌二切寢息也寤五故切睡覺也

大方廣佛華嚴經疏鈔會本第七十

唐于闐國三藏沙門實叉難陀　譯
唐清涼山大華嚴寺沙門澄觀撰述

爾時善財童子於喜目觀察衆生夜神所聞普喜幢解脫門信解趣入了知隨順思惟修習念善知識所有教誨心無暫捨諸根不散一心願得見善知識普於十方勤求匪懈願常親近生諸功德與善知識同一善根得善知識巧方便行依善知識入精進海於無量劫常不遠離作是願已往詣普救衆生妙德夜神所

第四普救衆生妙德夜神寄焰慧地寄燄慧者謂安住最勝菩提分法燒煩惱薪慧燄增故文但有五二三合故第一依教趣求中先修入前法後一心願得下趣求後友

時彼夜神爲善財童子示現菩薩調伏衆生解脫神力以諸相好莊嚴其身於兩眉間放大光明名智燈普照清淨幢無量光明以爲眷屬其光普照一切世間照世間已入善財頂充滿其身

第二時彼夜神下聞見法界即合二三謂約善財則是見敬若約夜神所現即是解脫業用便爲默授法界若約二文開辨則先明見敬諮問後荅因緣方爲正授法界今依合科總分爲四一現光加持二蒙光獲益三三業敬讚四問荅因緣今初調伏衆生解脫即光所依是已法門名體可知

善財爾時即得究竟清淨輪三昧

第二善財爾時下蒙光獲益謂得三昧見大用故於中二先得定謂三業六根皆離

障故云究竟清淨即淨智圓滿摧障爲輪故所見無礙

得此三昧巳悉見二神兩處中間所有一切地塵水塵及以火塵金剛摩尼衆寶微塵華香瓔珞諸莊嚴具如是一切所有微塵

後得此下明見大用於中二先見用所依處

一一塵中各見佛刹微塵數世界成壞及見一切地水火風諸大積聚亦見一切世界接連皆以地輪任持而住種種山海種種河池種種樹林種種宮殿所謂天宮殿龍宮殿夜叉宮殿乃至摩睺羅伽人非人等宮殿屋宅地獄畜生閻羅王界一切住處諸趣輪轉生死往來隨業受報各各差別靡不悉見

後一一塵中下明所見事於中三一所化處二能化益三所化意前中二一總明處類

又見一切世界差別所謂或有世界雜穢或有世界清淨或有世界趣雜穢或有世界趣清淨或有世界雜穢清淨或有世界清淨雜穢或有世界一向清淨或有世界其形平正或有覆住或有側住

二又見下別明塵中之刹趣雜穢等者轉變向染淨故雜染清淨者染多故下向反此一向清淨者對上一故初之二句乃是總明

如是等一切世界一切趣中悉見此普救衆生夜神於一切時一切處隨諸衆生形貌言辭行解差別以方便力普現其前隨宜化度

二如是等下明能化益亦二先總明

令地獄衆生免諸苦毒令畜生衆生不相食噉令餓鬼衆生無有飢渴令諸龍等離一切怖令欲界衆生離欲界苦令人趣衆生離闇夜怖毀呰怖惡名怖大衆怖不活怖死怖惡道怖斷善根怖退菩提心怖遇惡知識怖離善知識怖墮二乘地怖種種生死怖異類衆生同住怖惡時受生怖惡種族中受生怖造惡業怖業煩惱障怖執著諸想繫縛怖如是等怖悉令捨離又見一切衆生卵生胎生濕生化生有色無色有想無想非有想非無想普現其前常勤救護

後令地獄下別顯於中先化五道後又見一切衆生下明化九類

爲成就菩薩大願力故深入菩薩三昧力故堅固菩薩神通力故出生普賢行願力故增廣菩薩大悲海故得普覆衆生無礙大慈故得普與衆生無量喜樂故得普攝一切衆生智慧方便故得菩薩廣大解脫自在神通故嚴淨一切佛刹故覺了一切諸法故供養一切諸佛故受持一切佛教故積集一切善根修一切妙行故入一切衆生心海而無障礙故知一切衆生諸根教化成熟故淨一切衆生信解除其惡障故破一切衆生無知黑闇故令得一切智清淨光明故

三爲成就下明化意中爲成諸法通能所化

時善財童子見此夜神如是神力不可思議甚深境界普現調伏一切衆生菩薩解脫已歡喜無量頭面作禮一心瞻仰

第三時善財童子見此下三業敬讚中三

初身心敬重

時彼夜神即捨菩薩莊嚴之相還復本形而不捨其自在神力

二時彼夜神下顯友自在

爾時善財童子恭敬合掌却住一面以偈讚曰

我善財得見如是大神力其心生歡喜說偈而讚歎我見尊妙身衆相以莊嚴譬如空中星一切悉嚴淨所放殊勝光無量剎塵數種種微妙色普照於十方一一毛孔放衆生心數光一一光明端皆出寶蓮華華中出化身能滅衆生苦光中出妙香普熏於衆生復雨種種華供養一切佛兩眉放妙光量與須彌等普觸諸含識令滅愚癡闇口放清淨光譬如無量日普照於廣大毗盧舍那境眼放清淨光譬如無量月普照十方剎悉滅世癡翳現化種種身相狀等衆生充滿十方界度脫三有海妙身徧十方普現衆生前滅除水火賊王等一切怖我承喜目教今得詣尊所見尊眉間相放大清淨光普照十方海悉滅一切闇顯現神通力而來入我身我遇圓滿光心生大歡喜得總持三昧普見十方佛我於所經處悉見諸微塵一一微塵中各見塵數剎或有無量剎一切咸濁穢衆生受諸苦常悲歎號泣或有染淨剎少樂多憂苦示現三乘像往彼而救度或有淨染剎衆生所樂見菩薩常充滿住持諸佛法一一微塵中無量淨剎海毗盧遮那佛往劫所嚴淨佛於一切剎悉坐菩提樹成道轉法輪度脫諸羣生我見普救天於彼無量剎一切諸佛所普皆往

供養

三爾時下口以偈讚二十偈半分二初偈總餘偈別別中二初九偈半明光用無涯後我承下述前蒙光獲益於中三初半偈推功歸本次二偈半述得三昧餘述見大用

爾時善財童子說此頌已白普救衆生妙德夜神言天神今此解脫甚深希有其名何等得此解脫其已久如修何等行而得清淨

第四問答因緣中二先問後答問中三一問名前來標名集經者言故此方問二問得法久近欲顯久修德遠故三問修因淨治求入路故

夜神言善男子是處難知諸天及人一切二乘所不能測何以故此是住普賢菩薩行者境界故住大悲藏者境界故救護一切衆生者境界故能淨一切三惡八難者境界故能於一切佛剎中紹隆佛種不斷者境界故能住持一切佛法者境界故能於一切劫修菩薩行成滿大願海者境界故能於一切法界海以清淨智光滅無明闇障者境界故能以一念智慧光明普照一切三世方便海者境界故

後夜神言下答中二先歎深難說後我承下承力爲說今初深相云何若約得時時久遠故非久近故若約修因因行廣故若通上二契理深故若約名說名如體用故名者實賓難窮實故文有標及徵釋可知

我承佛力今爲汝說

後承力爲說中先長行後偈頌前中先標

許

善男子乃往古世過佛刹微塵數劫爾時有劫名圓滿清淨世界名毗盧遮那大威德有須彌山微塵數如來於中出現其佛世界以一切香王摩尼寶爲體衆寶莊嚴住無垢光明摩尼王海上其形正圓淨穢合成一切嚴具帳雲而覆其上一切莊嚴摩尼輪山千帀圍繞有十萬億那由他四天下皆妙莊嚴或有四天下惡業衆生於中止住或有四天下雜業衆生於中止住或有四天下善根衆生於中止住或有四天下一向清淨諸大菩薩之所止住此界東際輪圍山側有四天下名寶燈華幢國界清淨飲食豐足不藉耕耘而生稻粱宮殿樓閣悉皆奇妙諸如意樹處處行列種種香樹恒出香雲種種鬘樹恒出鬘雲種種華樹常雨妙華種種寶樹出諸奇寶無量色光周帀照耀諸音樂樹出諸音樂隨風吹動演妙音聲日月光明摩尼寶王普照一切晝夜受樂無時間斷此四天下有百萬億那由他諸王國土一一國土有千大河周帀圍繞一一皆以妙華覆上隨流漂動出天樂音一切寶樹列植其岸種種珍奇以爲嚴飾舟船來往稱情戲樂一一河間有百萬億城一一城有百萬億那由他聚落如是一切城邑聚落各有無量百千億那由他宮殿園林周帀圍繞此四天下閻浮提內有一國土名寶華燈安隱豐樂人民熾盛其中衆生具行十善有轉輪王於中出現名毗盧遮那妙寶蓮華髻於蓮華中忽然化生三十二相以爲嚴好七寶具足王四天下恒以正法教導

羣生王有千子端正勇健能伏寃敵百萬億那由他宫人采女皆悉與王同種善根同修諸行同時誕生端正姝妙猶如天女身真金色常放光明諸毛孔中恒出妙香良臣猛將具足十億王有正妃名圓滿面是王女寶端正殊特皮膚金色目髮紺青言同梵音身有天香常放光明照千由旬其有一女名普智䬼妙德眼形體端嚴色相殊美衆生見者情無厭足爾時衆生壽命無量或有不定而中大者種種形色種種音聲種種名字種種族姓愚智勇怯貧富苦樂無量品類皆悉不同時或有人語餘人言我身端正汝形鄙陋作是語已遞相毁辱集不善業以是業故壽命色力一切樂事悉皆損減

後善男子下正說於中二先通答三問後別答修行治淨問今初分三一答得法久近二明發心之始三結會古今今初十段一總舉劫刹佛興已略酬其久近二其佛世界下通顯刹相三此界東際下別顯生處四有轉輪王下明本生父母五其有一女下明人生身六爾時衆生下衆生起惡爲佛現因七時彼城北下佛興益物八時普賢下明善友引導九時轉輪王女下明德女修因十普智寶焰下聞經得益前六可知

時彼城北有菩提樹名普光法雲音幢以念念出現一切如來道場莊嚴堅固摩尼王而爲其根一切摩尼以爲其榦衆雜妙寶以爲其葉次第分布並相稱可四方上下圓滿莊嚴放寶光明出妙音聲說一切如來甚深境

界於彼樹前有一香池名寶華光明演法雷音妙寶爲岸百萬億那由他寶樹圍繞一一樹形如菩提樹衆寶瓔珞周市垂下無量樓閣皆寶所成周徧道場以爲嚴飾彼香池内出大蓮華名普現三世一切如來莊嚴境界雲

就第七佛興益物中三一明得道之場須彌山微塵數佛於中出現

二須彌山下總顯佛數

其第一佛名普智寶燄妙德幢於此華上最初得阿耨多羅三藐三菩提無量千歲演説正法成熟衆生

三其第一下別明初佛於中七一總明成道

其彼如來未成佛時十千年前此大蓮華放淨光明名現諸神通成熟衆生若有衆生遇斯光者心自開悟無所不了知十千年後佛當出現九千年前放淨光明名一切衆生離垢燈若有衆生遇斯光者得清淨眼見一切色知九千年後佛當出現八千年前放大光明名一切衆生業果音若有衆生遇斯光者悉得自知諸業果報知八千年後佛當出現七千年前放大光明名生一切善根音若有衆生遇斯光者一切諸根悉得圓滿知七千年後佛當出現六千年前放大光明名佛不思議境界音若有衆生遇斯光者其心廣大普得自在知六千年後佛當出現五千年前放大光明名嚴淨一切佛刹音若有衆生遇斯光者悉見一切清淨佛土知五千年後佛當出現四千年前放大光明名一切如來境

界無差別燈若有衆生遇斯光者悉能徃觀一切諸佛知四千年後佛當出現三千年前放大光明名三世明燈若有衆生遇斯光者悉能現見一切如來諸本事海知三千年後佛當出現二千年前放大光明名如來離翳智慧燈若有衆生遇斯光者則得普眼見一切如來神變一切諸佛國土一切世界衆生知二千年後佛當出現一千年前放大光明名令一切衆生見佛集諸善根若有衆生過斯光者則得成就見佛三昧知一千年後佛當出現次七日前放大光明名一切衆生歡喜音若有衆生遇斯光者得普見諸佛生大歡喜知七日後佛當出現

二其彼如來下成道前相謂放光調機有十一重一一重中各有光明業用成益以益對名可以思準若約表法則前十爲次第十度光後一爲圓融十度光以此照心則自智出現

滿七日已一切世界悉皆震動純淨無染念念普現十方一切清淨佛刹亦現彼刹種種莊嚴若有衆生根性純熟應見佛者咸詣道場

三滿七日已下動刹集衆

爾時彼世界中一切輪圍一切須彌一切諸山一切大海一切地一切城一切垣牆一切宫殿一切音樂一切語言皆出音聲讚説一切諸佛如來神力境界又出一切香雲一切燒香雲一切末香雲一切香摩尼形像雲一切寶燄雲一切燄藏雲一切摩尼衣雲一切瓔珞雲一切妙華雲一切如來光明雲一切

如來圓光雲一切音樂雲一切如來顧聲雲
一切如來言音海雲一切如來相好雲顯示
如來出現世間不思議相
四爾時彼世界中下現相顯德
善男子此普照三世一切如來莊嚴境界大
寶蓮華王有十佛刹微塵數蓮華周帀圍繞
諸蓮華内悉有摩尼寶藏師子之座一一座
上皆有菩薩結跏趺坐
五善男子此普照下明成道依正
善男子彼普智寶燄妙德幢王如來於此成
阿耨多羅三藐三菩提時即於十方一切世
界中成阿耨多羅三藐三菩提
六善男子彼普智寶焰下始成正覺一成
一切成故
隨衆生心悉現其前爲轉法輪於一一世界
令無量衆生離惡道苦令無量衆生得生天
中令無量衆生住於聲聞辟支佛地令無量
衆生成就出離菩提之行令無量衆生成就
勇猛幢菩提之行令無量衆生成就法光明
菩提之行令無量衆生成就清淨根菩提之
行令無量衆生成就平等力菩提之行令無
量衆生成就入法城菩提之行令無量衆生
成就徧至一切處不可壞神通力菩提之行
令無量衆生入普門方便道菩提之行令無
量衆生安住三昧門菩提之行令無量衆生
成就緣一切清淨境界菩提之行令無量衆
生發菩提心令無量衆生住菩薩道令無量
衆生安住清淨波羅蜜道令無量衆生住菩
薩初地令無量衆生住菩薩二地乃至十地
令無量衆生入於菩薩殊勝行願令無量衆

生安住普賢清淨行願善男子彼普智寶燄妙德幢如來現如是不思議自在神力轉法輪時於彼一一諸世界中隨其所應念念調伏無量衆生

七隨衆生心下轉正法輪於中三初總標轉法二於一一下顯其成益於中初益凡夫次益二乘後益菩薩菩薩中先成行後發菩提心下成位菩提心是住位菩薩道是行位淨波羅蜜是迴向位以大願海淨治前度故後二句是等覺位三善男子彼普智下結無間斷（後二句是等覺者不言十地者上二句文十地顯故餘位義隱故別指耳）

時普賢菩薩知寶華燈王城中衆生自恃色貌及諸境界而生憍慢陵蔑他人化現妙身端正殊特往詣彼城放大光明普照一切令彼聖王及諸妙寶日月星宿衆生身等一切光明悉皆不現譬如日出衆景奪曜亦如聚墨對閻浮金時諸衆生咸作是言此爲是誰爲天爲梵今放此光令我等身所有光色皆不顯現種種思惟無能解了爾時普賢菩薩在彼輪王寶宮殿上虛空中住而告之言大王當知今汝國中有佛興世在普光明法雲音幢菩提樹下時聖王女蓮華妙眼見普賢菩薩所現色身光明自在及聞身上諸莊嚴具所出妙音心生歡喜作如是念願我所有一切善根得如是身如是莊嚴如是相好如是威儀如是自在今此大聖能於衆生生死長夜黑闇之中放大光明開示如來出興於世願令於我亦得如是爲諸衆生作智光明破彼所有無知黑闇願我所在受生之處常

得不離此善知識

第八善友引導中六一知機起惡二化現妙身下現身超勝三時諸衆生下物機驚怪四爾時普賢下告語佛興五時聖王女下女發大心亦是入法之因

善男子時轉輪王與其寶女千子眷屬大臣輔佐四種兵衆及其城内無量人民前後圍繞以王神力俱升虛空高一由旬放大光明照四天下普使一切咸得瞻仰欲令衆生俱往見佛以偈讚曰

如來出世間普救諸羣生汝等應速起往詣導師所無量無數劫乃有佛與世演說深妙法饒益一切衆佛觀諸世間顛倒常癡惑輪迴生死苦而起大悲心無數億千劫修習菩提行爲欲度衆生斯由大悲力頭目手足等一切悉能捨爲求菩提故如是無量劫無量億千劫導師難可遇見聞若承事一切無空過今當共汝等往觀調御尊坐於如來座降魔成正覺瞻仰如來身放演無量光種種微妙色除滅一切闇一一毛孔中放光不思議普照諸羣生咸令大歡喜汝等咸應發廣大精進心詣彼如來所恭敬而供養

六善男子時轉輪王下父王詣佛於中四一身處虛空二以偈讚引於中十偈初一總勸次五偈釋勸後四偈結勸勝故應往

爾時轉輪聖王說偈讚佛開悟一切衆生已從輪王善根出十千種大供養雲往詣道場向如來所所謂一切寶蓋雲一切華帳雲一切寶衣雲一切寶鈴網雲一切香海雲一切寶座雲一切寶幢雲一切宮殿雲一切妙華

雲一切諸莊嚴具雲於虛空中周徧嚴飾到已頂禮普智寶燄妙德幢王如來足繞無量百千帀即於佛前坐普照十方寶蓮華座

三爾時下廣興供雲四到已下王彼修敬

時轉輪王女普智燄妙德眼即解身上諸莊嚴具持以散佛時莊嚴具於虛空中變成寶蓋寶網垂下龍王執持一切宮殿於中間列十種寶蓋周帀圍繞形如樓閣內外清淨諸瓔珞雲及諸寶樹香海摩尼以爲莊嚴於此蓋中有菩提樹枝葉榮茂普覆法界念念示現無量莊嚴毗盧遮那如來坐此樹下有不可說佛刹微塵數菩薩前後圍繞皆從普賢行願出生住諸菩薩無差別住亦見有一切諸世間主亦見如來自在神力又見一切諸劫次第世界成壞又亦見彼一切世界一切諸佛出興次第又亦見彼一切世界一一皆有普賢菩薩供養於佛調伏衆生又亦見彼一切菩薩莫不皆在普賢身中亦見自身在其身內亦見其身在一切如來前一切普賢前一切菩薩前一切衆生前又亦見彼一切世界一一各有佛刹微塵數世界種種際畔種種任持種種形狀種種體性種種安布種種莊嚴種種清淨種種莊嚴雲而覆其上種種劫名種種佛興種種三世種種方處種種住法界種種入法界種種住虛空種種如來菩提場種種如來神通力種種如來師子座種種如來大衆海種種如來衆差別種種如來巧方便種種如來轉法輪種種如來妙音聲種種如來言說海種種如來契經雲既見是已其心清淨生大歡喜

第九德女修因於中三一嚴具奉佛表修萬行向佛果故二時莊嚴下見佛現變表因小果大故三既見是已下覩變獲益

普智寶燄妙德幢王如來爲說修多羅名一切如來轉法輪十佛刹微塵數修多羅而爲眷屬

第十聞經得益中三一佛爲說經從總相爲名

時彼女人聞此經已則得成就十千三昧門其心柔軟無有麤彊如初受胎如始誕生如娑羅樹初始生芽彼三昧心亦復如是所謂現見一切佛三昧普照一切刹三昧入一切三世門三昧說一切佛法輪三昧知一切佛願海三昧開悟一切衆生令出生死苦三昧常願破一切衆生闇三昧常願滅一切衆生苦三昧常願生一切衆生樂三昧教化一切衆生不生疲厭三昧一切菩薩無障礙幢三昧普詣一切清淨佛刹三昧得如是等十千三昧已復得妙定心不動心歡喜心安慰心廣大心順善知識心緣甚深一切智心住廣大方便海心捨離一切執著心不住一切世間境界心入如來境界心普照一切色海心無惱害心無高倨心無疲倦心無退轉心無懈怠心思惟諸法自性心安住一切法門海心觀察一切法門海心了知一切衆生海心救護一切衆生海心普照一切世界海心普生一切佛願海心悉破一切障山心積集福德助道心現見諸佛十力心普照菩薩境界心增長菩薩助道心徧緣一切方海心一心思惟普賢大願發一切如來十佛刹微塵數

願海願嚴淨一切佛國願調伏一切衆生願徧知一切法界願普入一切法界海願於一切佛刹盡未來際劫修菩薩行願盡未來際劫不捨一切菩薩行願得親近一切如來願得承事一切善友願得供養一切諸佛願於念念中修菩薩行增一切智無有間斷發如是等十佛刹微塵數願海成就普賢所有大願

二時彼女人下正明聞益於中亦三初得三昧益文有總别次得如是等下得大心益即悲智等心後一心思惟下成大願益上之三益即調伏衆生解脱三事皆調伏之法故

時彼如來復爲其女開示演説發心已來所集善根所修妙行所得大果令其開悟成就如來所有願海一心趣向一切智位

三時彼如來復爲下顯發昔因

善男子復於此前過十大劫有世界名日輪光摩尼佛號因陀羅幢妙相此妙眼女於彼如來遺法之中普賢菩薩勸其修補蓮華座上故壞佛像既修補已而復彩畫既彩畫已復寶莊嚴發阿耨多羅三藐三菩提心善男子我念過去由普賢菩薩善知識故種此善根從是已來不墮惡趣常於一切天王人王種族中生端正可喜衆相圓滿令人樂見常見於佛常得親近普賢菩薩乃至於今示導開悟成熟於我令生歡喜

第二善男子復於此前下明發心之始於此前者即得法劫之前也顯前得法非無因也

善男子於意云何爾時毗盧遮那藏妙寶蓮華髻轉輪聖王者豈異人乎今彌勒菩薩是時王妃圓滿面者寂靜音海夜神是今所住處去此不遠時妙德眼童女者即我身是我於彼時身爲童女普賢菩薩勸我修補蓮華座像以爲無上菩提因緣令我發於阿耨多羅三藐三菩提心我於彼時初始發心次復引導令我得見妙德幢佛解身瓔珞散佛供養見佛神力聞佛說法即得菩薩普現一切世間調伏衆生解脱門於念念中見須彌山微塵數佛亦見彼佛道場衆會清淨國土我皆尊重恭敬供養聽聞說法依教修行

第三善男子於意云何下結會古今於中三初結會得法時身次我於彼時下結發心之始後次復引導下正結得法此方酬其名即前三益

善男子過此毗盧遮那大威德世界圓滿清淨劫已次有世界名寶輪妙莊嚴劫名大光有五百佛於中出現我皆承事恭敬供養

第二善男子過彼毘盧下別答修行淨治前有聞法修行是得法之前此是得法之後於中二一別舉大光劫二善男子此世界中下總顯諸劫今初分三初總明

其最初佛名大悲幢初出家時我爲夜神恭敬供養次有佛出名金剛那羅延幢我爲轉輪王恭敬供養其佛爲我說修多羅名一切佛出現十佛刹微塵數修多羅以爲眷屬次有佛出名金剛無礙德我於彼時爲轉輪王恭敬供養其佛爲我說修多羅名普照一切衆生根須彌山微塵數修多羅而爲眷屬我

皆受持次有佛出名火燄山妙莊嚴我於彼時爲長者女其佛爲我說修多羅名普照三世藏閻浮提微塵數修多羅而爲眷屬我皆聽聞如法受持次有佛出名一切法海高勝王我爲阿修羅王恭敬供養其佛爲我說修多羅名分别一切法界五百修多羅而爲眷屬我皆聽聞如法受持次有佛出名海嶽法光明我爲龍王女雨如意摩尼寶雲而爲供養其佛爲我說修多羅名增長歡喜海百萬億修多羅而爲眷屬我皆聽聞如法受持次有佛出名寶燄山燈我爲海神雨寶蓮華雲恭敬供養其佛爲我說修多羅名法界方便海光明佛刹微塵數修多羅而爲眷屬我皆聽聞如法受持次有佛出名功德海光明輪我於彼時爲五通仙現大神通六萬諸仙前後圍繞雨香華雲而爲供養其佛爲我說修多羅名無著法燈六萬修多羅而爲眷屬我皆聽聞如法受持次有佛出名毗盧遮那功德藏我於彼時爲主地神名出生平等義與無量地神俱雨一切寶樹一切摩尼藏一切寶瓔珞雲而爲供養其佛爲我說修多羅名出生一切如來智藏無量修多羅而爲眷屬我皆聽聞受持不忘

次其最初佛下别顯其中經名說者當演

善男子如是次第其最後佛名充滿虛空法界妙德燈我爲妓女名曰美顏見佛入城歌舞供養承佛神力踊在空中以千偈頌讚歎於佛佛爲於我放眉間光名莊嚴法界大光明徧觸我身我蒙光已即得解脫門名法界方便不退藏

後善男子如是下顯其最後

善男子此世界中有如是等佛刹微塵數劫一切如來於中出現我皆承事恭敬供養彼諸如來所說正法我皆憶念乃至不忘一文一句於彼一一諸如來所稱揚讚歎一切佛法爲無量衆生廣作利益於彼一一諸如來所得一切智光明現三世法界海入一切普賢行善男子我依一切智光明故於念念中見無量佛既見佛已先所未得先所未見普賢諸行悉得成滿何以故以得一切智光明故

二總顯諸劫中三初總標次彼諸如來下得法修行後善男子我依下見佛行成

爾時普救衆生夜神欲重明此解脱義承佛神力爲善財童子而說頌言

善財聽我說甚深難見法普照於三世一切差別門如我初發心專求佛功德所入諸解脱汝今應諦聽

第二偈頌四十一偈分三初二偈舉法誡聽次三十八偈頌前正說後一偈舉因勸修今初即頌前標許

我念過去世過刹微塵劫次前有一劫名圓滿清淨是時有世界名爲徧照燈須彌塵數佛於中出興世初佛名智燄次佛名法幢第三法須彌第四德師子第五寂靜王第六滅諸見第七高名稱第八大功德第九名勝日第十名月面於此十佛所最初悟法門從此後次第復有十佛出初名虛空處第二名普光三名住諸方四名正念海五名高勝光六名須彌雲七名法燄佛八名山勝佛九名大

悲華十名法界華此十出現時第二悟法門從此後次第復有十佛出第一光幢佛第二智慧佛第三心義佛第四德主佛第五天慧佛第六慧王佛第七勝智佛第八光王佛第九勇猛佛第十蓮華佛於此十佛所第二悟法門從此後次第復有十佛出第一寶燄山第二功德海第三法光明第四蓮華藏第五衆生眼第六香光寶七須彌功德八乾闥婆王第九摩尼藏第十寂靜色從此後次第復有十佛出初佛廣大智次佛寶光明第三虛空雲第四殊勝相第五圓滿戒第六那羅延第七須彌德第八功德輪第九無勝幢第十大樹山從此後次第復有十佛出第一婆羅藏第二世主身第三高顯光第四金剛照第五地威力第六甚深法第七法慧音第八須

彌幢第九勝光明第十妙寶光從此後次第復有十佛出第一梵光明第二虛空音第三法界身第四光明輪第五智慧幢第六虛空燈第七微妙德第八徧照光第九勝福光第十大悲雲從此後次第復有十佛出第一力光慧第二普現前第三高顯光第四光明身第五法起佛第六寶相佛第七速疾風第八勇猛幢第九妙寶蓋第十照三世從此後次第復有十佛出第一願海光第二金剛身第三須彌德第四念幢王第五功德慧第六智慧燈第七光明幢第八廣大智第九法界智第十法海智從此後次第復有十佛出初名布施法次名功德輪三名勝妙雲四名忍智燈五名寂靜音六名寂靜幢七名世間燈八名深大願九名無勝幢十名智燄海從此後

次第復有十佛出初佛法自在二佛無礙慧三名意海慧四名衆妙音五名自在施六名普現前七名隨樂身八名住勝德第九本性佛第十賢德佛

就頌正說中通頌得法久近及修行清淨於中二先三十六偈頌最初一劫廣前長行有百一十佛表十地等覺各以初佛爲主餘九爲伴思之

須彌塵數劫此中所有佛普作世間燈我悉曾供養佛剎微塵劫所有佛出現我皆曾供養入此解脫門

後二偈頌前總顯諸劫亦表智滿行圓無非佛故

我於無量劫修行得此道汝若能修行不久亦當得

後一偈舉因勸修

善男子我惟知此菩薩普現一切世間調伏衆生解脫如諸菩薩摩訶薩集無邊行生種種解現種種身具種種根滿種種願入種種三昧起種種神變能種種觀察法入種種智慧門得種種法光明而我云何能知能說彼功德行

三謙已推勝

善男子去此不遠有主夜神名寂靜音海坐摩尼光幢莊嚴蓮華座百萬阿僧祇主夜神前後圍繞汝詣彼問菩薩云何學菩薩行修菩薩道

第四去此不遠下指示後友亦以證同又禪依進發故云不遠禪故寂靜入俗演法化物深廣故云音海然此神即普救之母

表真精進卻從定生起心動念是妄非進故餘可知表真精進卻從定生真精進者離身心故非定無此

時善財童子頂禮其足繞無數帀慇懃瞻仰辭退而去

大方廣佛華嚴經疏鈔會本第七十

音釋

姝春珠切美好也遞大計切更迭也垣雨元切墻也陵蔑陵力膺切侮也蔑莫結切輕也

大方廣佛華嚴經疏鈔會本第七十一之一

唐于闐國三藏沙門實叉難陀　譯

唐清涼山大華嚴寺沙門澄觀撰述

爾時善財童子於普救衆生妙德夜神所聞菩薩普現一切世間調伏衆生解脫門了知信解自在安住而往寂靜音海夜神所

第五寂靜音海夜神寄難勝地文中具六

第一依教趣求寄難勝地者謂眞俗兩智行相互違合令相應極難勝故

頂禮其足繞無數帀於前合掌而作是言聖者我已先發阿耨多羅三藐三菩提心我欲依善知識學菩薩行入菩薩行修菩薩行住菩薩行唯願慈哀爲我宣說菩薩云何學菩薩行云何修菩薩道

第二頂禮其足下見敬諮問

時彼夜神告善財言善哉善哉善男子汝能依善知識求菩薩行善男子我得菩薩念念出生廣大喜莊嚴解脫門

第三時彼夜神下稱讚授法於中先讚後善男子我得下正授法界於中二先略標名體準下有二意一化生遂志故生喜即福德莊嚴二觀佛菩薩勝用故歡喜即智慧莊嚴觀化旣無間斷故喜亦念念出生

善財言大聖此解脫門爲何事業行何境界起何方便作何觀察

後善財言下廣顯其相於中三初顯解脫業用次明解脫所因後彰發心久近各有問答今初先問有四一問所起業用二問所行之境三問能起方便成上所起四問能觀之觀成上所行

夜神言善男子我發起清淨平等樂欲心我發起離一切世間塵垢清淨堅固莊嚴不可壞樂欲心我發起攀緣不退轉位永不退轉心我發起莊嚴功德寶山不動心我發起無住處心我發起普現一切衆生前救護心我發起見一切佛海無厭足心我發起求一切菩薩清淨願力心我發起住大智光明海心我發起令一切衆生超過憂惱曠野心我發起令一切衆生捨離愁憂苦惱心我發起令一切衆生捨離不可意色聲香味觸法心我發起令一切衆生捨離愛別離苦寃憎會苦心我發起令一切衆生捨離惡緣愚癡等苦心我發起與一切險難衆生作依怙心我發起令一切衆生出生死苦處心我發起令一切衆生捨離生老病死等苦心我發起令一切衆生成就如來無上法樂心我發起令一切衆生皆受喜樂心

後答中即分爲四初答起何方便以悲智雙運等心爲能起之方便二發是心已下答爲何事業正以化生爲事業故三復次善男子我常觀察下答作何觀察謂觀察菩薩如來四又善男子此解脫無邊下答行何境界以無邊無盡甚深廣大能所不二爲所行境問中欲顯能所別故先問所成後問能成答中欲顯能所相成故隔句相屬又由能起所故先辨能又觀察中雖有所觀意在能觀所行境中雖是所行而義兼能所故四問全别是以晋經行何境界名境界云何此則兼通分齊之境非但所觀中欲下第二料揀於中有四初正通不次之妨初答第三二答第一三答

第四四答第二故爲不次今釋意云問中初二是所成故三四是能成故三成於初四成於二故今答中以第三能成成第一所成故先答第三次答第一以第四能成成第二所成故後答四二也又由能起所下二通伏難也難云隔句相對於理甚明而其二通對問中何以先明所成答中何以先答能成故今釋云由能成所故先答能復應問言問中何以不先問能故應答言問觀所成求能成故見果推因猶如四諦疏不明者意易見故又觀察中下三通雜亂難謂有問言若以觀察爲能成者何故答中有所觀耶所行之境是所成者何以境中有能成行耶故今答云觀察之中雖有所觀爲能觀如般若中雖有實相爲成智慧所行境中若能若所皆是所行如諸菩薩行深般若能觀所觀皆所行矣四問全別下四結引證兼結彈古人古人以第一所起方便及第二事業皆答第一事業之問以其第三答觀察雙答第二第一四兩問以觀察境界不相離故以答第四行何境界却答第三起方便問若爲此釋非但四答相不分明抑亦答不次第雜亂故疏釋竟今乃結云四問全別晉經中下引經正證所行境中有能行義謂若所知境唯是所行若分齊境即有能行是故疏云非但所觀以晉境界含能觀故

今初能起方便中有二十心前十起上求大智心後我發起令一切衆生超過下十心下化大悲心發是心已復爲說法令其漸至一切智地

第二答所作事業中有標釋結初標可知

所謂若見衆生樂著所住宮殿屋宅我爲說法令其了達諸法自性離諸執著若見衆生戀著父母兄弟姊妹我爲說法令其得預諸佛菩薩清淨衆會若見衆生戀著妻子我爲說法令其捨離生死愛染起大悲心於一切衆生平等無二若見衆生住於王宮采女侍奉我爲說法令其得與衆聖集會入如來教若見衆生染著境界我爲說法令其得入如來境界若見衆生多瞋恚者我爲說法令住如來忍波羅蜜若見衆生其心懈怠我爲說法令得清淨精進波羅蜜若見衆生其心散亂我爲說法令得如來禪波羅蜜若見衆生

入見稠林無明闇障我爲説法令得出離稠林黒闇若見衆生無智慧者我爲説法令得般若波羅蜜若見衆生染著三界我爲説法令出生死若見衆生志意下劣我爲説法令其圓滿佛菩提願若見衆生住自利行我爲説法令其發起利益一切諸衆生願若見衆生志力微弱我爲説法令得菩薩力波羅蜜若見衆生愚癡闇心我爲説法令得菩薩智波羅蜜

二所謂下別釋有三十七門分三初十五門隨其便宜以十度化治其十蔽於中初五門雙明捨戒以捨一切著則戒淨故後十心明餘八度而般若及願各有二門

若見衆生色相不具我爲説法令得如來清淨色身若見衆生形容醜陋我爲説法令得無上清淨法身若見衆生色相麤惡我爲説法令得如來微妙色身若見衆生情多憂惱我爲説法令得如來畢竟安樂若見衆生貧窮所苦我爲説法令得菩薩功德寶藏若見衆生住止園林我爲説法令彼勤求佛法因緣若見衆生行於道路我爲説法令其趣向一切智道若見衆生在聚落中我爲説法令出三界若見衆生住止人間我爲説法令其超越二乘之道住如來地若見衆生居住城郭我爲説法令其得住法王城中若見衆生住於四隅我爲説法令得三世平等智慧若見衆生住於諸方我爲説法令得智慧見一切法

次色相不具下有十二門化無功德衆生令得佛因果功德見第一義

若見衆生貪行多者我爲彼說不淨觀門令其捨離生死愛染若見衆生瞋行多者我爲彼說大慈觀門令其得入勤加修習若見衆生癡行多者我爲說法令得明智觀諸法海若見衆生等分行者我爲說法令其得入諸乘願海若見衆生樂生死樂我爲說法令其厭離若見衆生厭生死苦應爲如來所化度者我爲說法令能方便示現受生若見衆生愛著五蘊我爲說法令其得住無依境界若見衆生其心下劣我爲顯示勝莊嚴道若見衆生心生憍慢我爲其說平等法忍若見衆生其心諂曲我爲其說菩薩直心

後貪行多者下十門但以對治門破其惑障

善男子我以此等無量法施攝諸衆生種種方便教化調伏令離惡道受人天樂脫三界縛住一切智我時便得廣大歡喜法光明海其心怡暢安隱適悅

三善男子我以此等下總結化意見物成益故大歡喜此即釋名中初意

復次善男子我常觀察一切菩薩道場衆會修種種願行現種種淨身有種種常光放種種光明以種種方便入一切智門入種種三昧現種種神變出種種音聲海具種種莊嚴身入種種如來門詣種種國土海見種種諸佛海得種種辯才海照種種解脫境得種種智光海入種種三昧海遊戲種種諸解脫門以種種門趣一切智種種莊嚴虛空法界以種種莊嚴雲徧覆虛空觀察種種道場衆會集種種世界入種種佛刹詣種種方海受種

種如來命從種種如來所與種種菩薩俱雨種種莊嚴雲入如來種種方便觀如來種種法海入種種智慧海坐種種莊嚴座

第三答觀察問中二先觀菩薩境界

善男子我觀察此道場衆會知佛神力無量無邊生大歡喜

後善男子我觀察此道場下觀佛勝用於中三初結前生後知佛神力下義當生後故

善男子我觀毗盧遮那如來念念出現不可思議清淨色身既見是已生大歡喜又觀如來於念念中放大光明充滿法界既見是已生大歡喜又見如來一一毛孔念念出現無量佛刹微塵數光明海一一光明以無量佛刹微塵數光明而爲眷屬一一周徧一切法界消滅一切諸衆生苦既見是已生大歡喜又善男子我觀如來頂及兩肩念念出現一切佛刹微塵數寶燄山雲充滿十方一切法界既見是已生大歡喜又善男子我觀如來一一毛孔於念念中出一切佛刹微塵數香光明雲充滿十方一切佛刹既見是已生大歡喜又善男子我觀如來一一相念念出一切佛刹微塵數諸相莊嚴如來身雲徧往十方一切世界既見是已生大歡喜又善男子我觀如來一一毛孔於念念中出不可說佛刹微塵數佛變化雲示現如來從初發心修波羅蜜具莊嚴道入菩薩地既見是已生大歡喜又善男子我觀如來一一毛孔念念出現不可說不可說佛刹微塵數天王身雲及以天王自在神變充徧一切十方法界應以

天王身而得度者即現其前而爲說法既見是已生大歡喜如天王身雲其龍王夜叉王乾闥婆王阿修羅王迦樓羅王緊那羅王摩睺羅伽王人王梵王身雲莫不皆於一一毛孔如是出現如是說法

次我觀毘盧下正顯有其十門

我見是已於念念中生大歡喜生大信樂量與法界薩婆若等昔所未得而今始得昔所未證而今始證昔所未入而今始入昔所未滿而今始滿昔所未見而今始見昔所未聞而今始聞何以故以能了知法界相故知一切法唯一相故能平等入三世道故能說一切無邊法故善男子我入此菩薩念念出生廣大喜莊嚴解脫光明海

後我見是已於念念下總結近結前之十門亦遠結前觀菩薩境以所觀境皆稱性故於中先標喜成益後何以下徵釋所由以能觀之大智稱法界之體相故所生信等等一切智

又善男子此解脫無邊普入一切法界門故此解脫無盡等發一切智性心故此解脫無際入無際畔一切衆生心想中故此解脫甚深寂靜智慧所知境故此解脫廣大周徧一切如來境故此解脫無壞菩薩智眼之所知故此解脫無底盡於法界之源底故此解脫者即是普門於一事中普見一切諸神變故此解脫者終不可取一切法身等無二故此解脫者終無有生以能了知如幻法故此解脫者猶如影像一切智願光所生故此解脫者猶如變化化生菩薩諸勝行故此解脫者

猶如大地爲一切衆生所依處故此解脱者猶如大水能以大悲潤一切故此解脱者猶如大火乾竭衆生貪愛水故此解脱者猶如大風令諸衆生速疾趣於一切智故此解脱者猶如大海種種功德莊嚴一切諸衆生故此解脱者如須彌山出一切智法寶海故此解脱者如大城郭一切妙法所莊嚴故此解脱者猶如虛空普容三世佛神力故此解脱者猶如大雲普爲衆生雨法雨故此解脱者猶如淨日能破衆生無知闇故此解脱者猶如滿月滿足廣大福德海故此解脱者猶如真如悉能周徧一切處故此解脱者猶如自影從自善業所化出故此解脱者猶如呼響隨其所應爲説法故此解脱者猶如影像隨衆生心而照現故此解脱者如大樹王開敷一切神通華故此解脱者猶如金剛從本已來不可壞故此解脱者如如意珠出生無量自在力故此解脱者如離垢藏摩尼寶王示現一切三世如來諸神力故此解脱者如喜幢摩尼寶能平等出一切諸佛法輪聲故善男子我今爲汝説此譬諭汝應思惟隨順悟入

第四答所行境界問通二種境如言入法界門即所觀境發一切智性心即分齊境餘可準思文中分三初十門法説次猶如影下二十二門喻説以深廣相難可知故後我今爲汝下一句總結勸修

爾時善財童子白寂靜音海夜神言大聖云何修行得此解脱夜神言善男子菩薩修行十大法藏得此解脱何等爲十一修布施廣

大法藏隨衆生心悉令滿足二修淨戒廣大法藏普入一切佛功德海三修堪忍廣大法藏能徧思惟一切法性四修精進廣大法藏趣一切智恒不退轉五修禪定廣大法藏能滅一切衆生熱惱六修般若廣大法藏能徧了知一切法海七修方便廣大法藏能徧成熟諸衆生海八修諸願廣大法藏徧一切佛剎一切衆生海盡未來劫修菩薩行九修諸力廣大法藏念念現於一切法界海一切佛國土成等正覺常不休息十修淨智廣大法藏得如來智徧知三世一切諸法無有障礙善男子若諸菩薩安住如是十大法藏則能獲得如是解脫清淨增長積集堅固安住圓滿

第二爾時善財童子下明得解脫因中先

問後答答即十度爲因可知

善財童子言聖者汝發阿耨多羅三藐三菩提心其已久如夜神言善男子此華藏莊嚴世界海東過十世界海有世界海名一切淨光寶此世界海中有世界種名一切如來願光明音中有世界名清淨光金莊嚴一切香金剛摩尼王爲體形如樓閣衆妙寶雲以爲其際住於一切寶瓔珞海妙宮殿雲而覆其上淨穢相雜此世界中乃往古世有劫名普光幢國名普滿妙藏道場名一切寶藏妙月光明有佛名不退轉法界音於此成阿耨多羅三藐三菩提我於爾時作菩提樹神名具足福德燈光明幢守護道場我見彼佛成等正覺示現神力發阿耨多羅三藐三菩提心即於此時獲得三昧名普照如來功德海此

道場中次有如來出興於世名法樹威德山我時命終還生此中爲道場主夜神名殊妙福智光見彼如來轉正法輪現大神通即得三昧名普照一切離貪境界次有如來出興於世名一切法海音聲王我於彼時身爲夜神因得見佛承事供養即獲三昧名生長一切善法地次有如來出興於世名寶光明燈幢王我於彼時身爲夜神因得見佛承事供養即獲三昧名普現神通光明雲次有如來出興於世名功德須彌光我於彼時身爲夜神因得見佛承事供養即獲三昧名普照諸佛海次有如來出興於世名法雲音聲王我於彼時身爲夜神因得見佛承事供養即獲三昧名一切法海燈次有如來出興於世名智燈照耀王我於彼時身爲夜神因得見佛

承事供養即獲三昧名滅一切衆生苦清淨光明燈次有如來出興於世名法勇妙德幢我於彼時身爲夜神因得見佛承事供養即獲三昧名三世如來光明藏次有如來出興於世名師子勇猛法智燈我於彼時身爲夜神因得見佛承事供養即獲三昧名一切世間無障礙智慧輪次有如來出興於世名智力山王我於彼時身爲夜神因得見佛承事供養即獲三昧名普照三世衆生諸根行善男子清淨光金莊嚴世界普光明幢劫中有如是等佛刹微塵數如來出興於世我於彼時或爲天王或爲龍王或爲夜叉王或爲乾闥婆王或爲阿修羅王或爲迦樓羅王或爲緊那羅王或爲摩睺羅伽王或爲人王或爲梵王或爲天身或爲人身或爲男子身或爲

女人身或爲童男身或爲童女身悉以種種
諸供養具供養於彼一切如來亦聞其佛所
說諸法
第三善財童子言聖者下明發心久近欲
顯道根深故先問後答答中二先長行中
三初於餘刹海中發心修行二然後命終
下於娑婆界中修行得法三善男子汝問
於我下結酬其問今初分二先於第一刹
塵劫修後於第二刹塵劫修前中分五初
總顯刹海二此世界中下别彰時處三有
佛名不退下顯於初佛發心得定此即正
酬發心之問自此已去皆顯修行得法是
知先問亦含問其得法久近神名具足等
者亦表五地入俗福智高勝故四此道場
中次有如來下略舉次前九佛五善男子

清淨光下結略顯廣此舉一劫之中刹塵
數佛皆悉供事
從此命終還即於此世界中生經佛刹微塵
數劫修菩薩行
二從此命終還即下於第二刹塵劫修行
界不異前故云還即劫時有異言歷刹塵
前雖數數命終今語前劫之末是知前普
光明幢劫即是大劫其中已含有刹塵數
小劫此中但明塵數小劫略無大劫之名
二文影略故下結云於二佛刹微塵數劫
中修菩薩行是則前段一如來興義當一
劫若以普光明劫爲刹塵之一此命終之
下結成刹塵之劫則闕二字故晉經言於
彼世界經二佛刹微塵數劫方順下文二
劫之言一劫已有刹塵之佛則佛彌多矣

二文影略者前有大劫之名略無小劫之數故應影取後文小劫此中但明小劫之數略無大劫之名故應影取前文大劫則共有二佛剎塵數劫若以普光明劫爲剎塵之一者上以普光即是大劫於中已有剎塵小劫今爲小劫之名積普光等小劫之數經云佛剎塵言闕二字者合云從此命終還即於此世界中生經二佛剎微塵數劫故引晉經定有二字言佛彌多矣者向以普光爲大大中有剎塵之佛今普光爲小劫一小劫中已有剎塵經二剎塵小劫之佛故佛彌多也

然後命終生此華藏莊嚴世界海娑婆世界值迦羅鳩孫駄如來承事供養得三昧名離一切塵垢光明次值拘那含牟尼如來承事供養得三昧名普現一切諸剎海次值迦葉如來承事供養得三昧名演一切衆生言音海次值毗盧遮那如來於此道場成正等覺念念示現大神通力我時得見即獲此念念出生廣大喜莊嚴解脫

第二於娑婆世界修行得法中二先舉此前三佛後次值毘盧下顯遇本師得今解脫則前所得望此皆因於中二先名體

得此解脫已能入十不可說不可說佛剎微塵數法界安立海

後得此解脫已下明業用此中業用非獨事業良以前之四問皆業用故此通包

於中二初標所入海數良以前之四問皆業用者望於菩薩解脫門故事業但是四中之一

見彼一切法界安立海一切佛剎所有微塵一一塵中有十不可說不可說佛剎微塵數佛國土一一佛土皆有毗盧遮那如來坐於道場於念念中成正等覺現諸神變所現神變一一皆徧一切法界海亦見自身在彼一切諸如來所又亦聞其所說妙法

後見彼一切下明海中所見展轉深細略

爲四重一刹海中塵二塵中之剎三剎中之佛

又亦見彼一切諸佛一一毛孔出變化海現神通力於一切法界海一切世界海一切世界種一切世界中隨衆生心轉正法輪

四又亦見彼下佛毛變化於中二先通力演法

我得速疾陀羅尼力受持思惟一切文義以明了智普入一切清淨法藏以自在智普遊一切甚深法海以周徧智普知三世諸廣大義以平等智普達諸佛無差別法如是悟解一切法門

後我得下明夜神悟入於中有二一總顯能所悟

一一法門中悟解一切修多羅雲一一修多羅雲中悟解一切法海一一法海中悟解一切法品一一法品中悟解一切法雲一一法雲中悟解一切法流一一法流中出生一切大喜海一一大喜海出生一切地一一地出生一切三昧海一一三昧海得一切見佛海一一見佛海得一切智光海

二一一法門下明重重微細於中二先總顯十重後一一智光下別顯智光之用今初有十重一切顯無盡法門十中前五約所悟一法門者如般若一門中有多契經二隨一契經詮多深廣之法謂含諸度等三隨一深法有多品類四隨一類中有多事法其一一法含旨如雲五隨一根本法雲流出衆多支派後五約能悟可知三隨一深法有多品類者如一施度有九門等四一一類中有多事法者如一外施有多財寶

等五如一施食有多支派

一一智光海普照三世徧入十方知無量如來往昔諸行海知無量如來所有本事海知無量如來難捨能施海知無量如來清淨戒輪海知無量如來清淨堪忍海知無量如來廣大精進海知無量如來甚深禪定海知無量如來般若波羅蜜海知無量如來方便波羅蜜海知無量如來願波羅蜜海知無量如來力波羅蜜海知無量如來智波羅蜜海知無量如來往昔超菩薩地知無量如來往昔住菩薩地無量劫海現神通力知無量如來往昔入菩薩地知無量如來往昔修菩薩地知無量如來往昔治菩薩地知無量如來往昔觀菩薩地知無量如來昔爲菩薩時常見諸佛知無量如來昔爲菩薩時盡見佛海劫海同住知無量如來昔爲菩薩時以無量身徧生刹海知無量如來昔爲菩薩時周徧法界修廣大行知無量如來昔爲菩薩時示現種種諸方便門調伏成熟一切衆生知無量如來放大光明普照十方一切刹海知無量如來現大神力普現一切諸衆生前知無量如來廣大智地知無量如來轉正法輪知無量如來示現相海知無量如來示現身海知無量如來廣大力海彼諸如來從初發心乃至法滅我於念念悉得知見

二別顯智光之用者是第十一重但廣最後一重功用無邊則類前重重不可盡也於中初句總該橫竪後知無量如來下別顯橫竪之中所知於中五一知如來因地之行二知往昔超菩薩地下知佛因地之

位三知爲菩薩時常見下知因地作用上三知因四知無量如來放大光下知果用五彼諸如來下總知因果

善男子汝問我言汝發心來其已久如善男子我於往昔過二佛刹微塵數劫如上所說於清淨光金莊嚴世界中爲菩提樹神聞不退轉法界音如來說法發阿耨多羅三藐三菩提心於二佛刹微塵數劫中修菩薩行然後乃生此娑婆世界賢劫之中從迦羅鳩孫馱佛至釋迦牟尼佛及此劫中未來所有一切諸佛我皆如是親近供養如於此世界賢劫之中供養未來一切諸佛一切世界一切劫中所有未來一切諸佛悉亦如是親近供養善男子彼清淨光金莊嚴世界今猶現在諸佛出現相續不斷汝當一心修此菩薩大勇猛門

第三結酬其問中三初結此前次及此劫中下類顯未來及於餘界後善男子下結勸修學

大方廣佛華嚴經疏鈔會本第七十一之一

音釋

寃憎 寃於袁切枉也憎咨騰切惡也 依怙 怙侯古切依恃也 戀著 戀龍眷切慕也著直略切相黏也 姊 姊將几切女兄也 瞋恚 瞋稱人切怒而張目也恚於避切恨怒也 懈怠 懈古隘切懶也怠徒耐切情也 稠林 稠直由切穊也 闇障 闇烏紺切不明也 醜陋 醜昌九切惡也陋音漏鄙也 憍慢 憍舉喬切恣也慢莫晏切倨也 諂曲 諂丑琰切佞言也 怡暢 怡盈之切和也暢尺亮切通也

大方廣佛華嚴經疏鈔會本第七十一之二

唐于闐國三藏沙門實叉難陀　譯

唐清涼山大華嚴寺沙門澄觀撰述

爾時寂靜音海主夜神欲重宣此解脫義爲善財童子而說頌言

善財聽我說清淨解脫門聞已生歡喜勤修令究竟我昔於劫海生大信樂心清淨如虛空常觀一切智我於三世佛皆生信樂心并及其衆會悉願常親近我昔曾見佛爲衆生供養得聞清淨法其心大歡喜常尊重父母恭敬而供養如是無休懈入此解脫門老病貧窮人諸根不具足一切皆愍濟令其得安隱水火及王賊海中諸恐怖我昔修諸行爲救彼衆生煩惱恒熾然業障所纏覆墮於諸險道我救彼衆生一切諸惡趣無量楚毒苦生老病死等我當悉除滅願盡未來劫普爲諸羣生滅除生死苦得佛究竟樂

第二偈頌有十偈分三初一誡聽勸修次八正明昔行於中前四智行上供後四悲心下救後一結行分齊

善男子我唯知此念念生廣大喜莊嚴解脫如諸菩薩摩訶薩深入一切法界海悉知一切諸劫數普見一切剎成壞而我云何能知能說彼功德行

第四謙已推勝

善男子此菩提場如來會中有主夜神名守護一切城增長威力汝詣彼問菩薩云何學菩薩行修菩薩道

第五指示後友般若爲得佛之所特言菩提場般若若現則善守心城及一切智城

萬行由生爲增威力

爾時善財童子一心觀察寂靜音海主夜神身而說頌言

我因善友教來詣天神所見神處寶座身量無有邊非是著色相計有於諸法劣智淺識人能知尊境界世間天及人無量劫觀察亦不能測度色相無邊故遠離於五蘊亦不住於處永斷世間疑顯現自在力不取內外法無動無所礙清淨智慧眼見佛神通力身爲正法藏心是無礙智既得智光照復照諸羣生心集無邊業莊嚴諸世間了世皆是心現身等衆生知世悉如夢一切佛如影諸法皆如響令衆無所著爲三世衆生念念示現身而心無所住十方徧說法無邊諸剎海佛海衆生海悉在一塵中此尊解脫力時善財童子說此偈已頂禮其足繞無量帀慇懃瞻仰辭退而去

第六戀德禮辭中初以心觀次以偈讚後以身禮偈中十偈分四初一明因友得見次二寄對顯勝次六當相顯勝後一總結圓融

爾時善財童子隨順寂靜音海夜神教思惟觀察所說法門一一文句皆無忘失於無量深心無量法性一切方便神通智慧憶念思擇相續不斷其心廣大證入安住行詣守護一切城夜神所

第六守護一切城夜神寄現前地寄現前地者謂住緣起智引無分別最勝般若令現前故

見彼夜神坐一切寶光明摩尼王師子之座無數夜神所共圍繞現一切衆生色相身現

普對一切衆生身現不染一切世間身現一切衆生身數身現超過一切世間身現成熟一切衆生身現速往一切十方身現徧攝一切十方身現究竟如來體性身現究竟調伏衆生身善財見已歡喜踊躍頂禮其足繞無量帀於前合掌而作是言聖者我已先發阿耨多羅三藐三菩提心而未知菩薩修菩薩行時云何饒益衆生云何以無上攝而攝衆生云何順諸佛教云何近法王位唯願慈哀爲我宣說

第二見彼夜神下見敬諮問可知

時彼夜神告善財言善男子汝爲救護一切衆生故汝爲嚴淨一切佛刹故汝爲供養一切如來故汝欲住一切劫救衆生故汝欲守護一切佛種性故汝欲普入十方修諸行故汝欲普入一切法門海故汝欲以平等心徧一切故汝欲普受一切佛法輪故汝欲普隨一切衆生心之所樂雨法雨故問諸菩薩所修行門善男子我得菩薩甚深自在妙音解脫

第三時彼夜神下稱讚授法先讚發心之相後善男子我得下正授法界於中三初標名體二顯業用三辯法根深今初即事契理故曰甚深權實無礙蘊攝妙辯稱爲自在依此演法普應羣機是謂妙音

爲大法師無所罣礙善能開示諸佛法藏故具大誓願大慈悲力令一切衆生住菩提心故能作一切利衆生事積集善根無有休息故爲一切衆生調御之師令一切衆生住薩婆若道故爲一切世間清淨法日普照世間

令生善根故於一切世間其心平等普令衆生增長善法故於諸境界其心清淨除滅一切諸不善業故誓願利益一切衆生身恒普現一切國土故示現一切本事因緣令諸衆生安住善行故恒事一切諸善知識爲令衆生安住佛教故佛子我以此等法施衆生令生白法求一切智其心堅固猶如金剛那羅延藏善能觀察佛力魔力常得親近諸善知識摧破一切業惑障山集一切智助道之法心恒不捨一切智地

二爲大法師下顯其業用於中三初總明次別顯後結益初中二先十句彰法施之德後佛子我以此等下顯法施之意

善男子我以如是淨法光明饒益一切衆生集善根助道法時作十種觀察法界何者爲十所謂我知法界無量獲得廣大智光明故我知法界無邊見一切佛所知見故我知法界無限普入一切諸佛國土恭敬供養諸如來故我知法界無畔普於一切法界海中示現修行菩薩行故我知法界無斷入於如來不斷智故我知法界一性如來一音一切衆生無不了故我知法界性淨了如來願普度一切諸衆生故我知法界徧衆生普賢妙行悉周徧故我知法界一莊嚴普賢妙行善莊嚴故我知法界不可壞一切智善根充滿法界不可壞故善男子我作此十種觀察法界集諸善根辦助道法了知諸佛廣大威德深入如來難思境界

第二善男子我以如是淨法下別顯業用於中三初釋甚深次釋自在後釋妙音初

中三初總標次何者下徵列列法界中十種别義約十種行顯之以行必稱理理由行顯故謂一無分量二無邊際三無齊限四無涯畔五竪無斷絶餘可知後善男子

我作下結前觀盖

又善男子我如是正念思惟得如來十種大威德陀羅尼輪何者爲十所謂普入一切法陀羅尼輪普持一切法陀羅尼輪普說一切法陀羅尼輪普念十方一切佛陀羅尼輪普說一切佛名號陀羅尼輪普入三世諸佛願海陀羅尼輪普入一切諸乘海陀羅尼輪普入一切衆生業海陀羅尼輪疾轉一切業陀羅尼輪疾生一切智陀羅尼輪善男子此十陀羅尼輪以十千陀羅尼輪而爲眷屬恒爲衆生演說妙法

二又善男子我如是正念下釋自在義謂

總持權實故各就所持立名可知

善男子我或爲衆生說聞慧法或爲衆生說思慧法或爲衆生說修慧法或爲衆生說一有法或爲衆生說一切有法或爲說一如來名海法或爲說一切如來名海法或爲說一世界海法或爲說一切世界海法或爲說一佛授記海法或爲說一切佛授記海法或爲說一如來衆會道場海法或爲說一切如來衆會道場海法或爲說一如來法輪海法或爲說一切如來法輪海法或爲說一如來修多羅法或爲說一切如來修多羅法或爲說一如來集會法或爲說一切如來集會法或爲說一薩婆若心海法或爲說一切薩婆若心海法或爲說一乘出離法或爲說一切乘

出離法善男子我以如是等不可説法門爲
衆生説
三善男子我或爲衆生下釋妙音義於中二先別明後總結今初有二十三句初三約三慧後二十句爲十對約廣略辨略而言一者通理通事理一有者二十五有理無二故事一有者同一有爲故餘可思準後我以如是等下總結二十五有理無二故者偈云四洲四惡趣梵王六欲五無想五那含四空并四禪義如前釋
善男子我入如來無差別法界門海説無上法普攝衆生盡未來劫住普賢行善男子我成就此甚深自在妙音解脱於念念中增長一切諸解脱門念念充滿一切法界
第三善男子我入下結益中二先別結甚深益由入無差別故住劫而不疲後我成就下通結妙音自在總持故增長解脱妙音故充滿法界
時善財童子白夜神言奇哉天神此解脱門如是希有聖者證得其已久如夜神言善男子乃往古世過世界轉微塵數劫有劫名離垢光明有世界名法界功德雲以現一切衆生業摩尼王海爲體形如蓮華住四天下微塵數香摩尼須彌山網中以出一切如來本願音蓮華而爲莊嚴須彌山微塵數蓮華而爲眷屬須彌山微塵數香摩尼以爲間錯有須彌山微塵數四天下一一四天下有百千億那由他不可説不可説城
第三時善財童子下辨法根深先問後答答中二先辨初劫修行後從是已來下類顯多劫成益今初分二一總舉刹劫言世

界轉者謂世界爲塵一塵一剎復末爲塵故亦猶無量無量爲一無量轉等若取迴轉形世界塵者何以偏取此形

善男子彼世界中有四天下名爲妙幢中有王都名普寶華光去此不遠有菩提場名普顯現法王宫殿須彌山微塵數如來於中出現

二善男子彼世界下別彰遇佛於中四初總舉佛數與處

其最初佛名法海雷音光明王彼佛出時有轉輪王名清淨日光明面於其佛所受持一切法海旋修多羅佛涅槃後其王出家護持正法法欲滅時有千部異衆千種說法近於末劫業惑障重諸惡比丘多有鬬諍樂著境界不求功德樂說王論賊論女論國論海論及以一切世間之論時王比丘而語之言奇哉苦哉佛於無量諸大劫海集此法炬云何汝等而共毀滅作是說已上升虛空高七多羅樹身出無量諸色燄雲放種種色大光明網令無量衆生除煩惱熱令無量衆生發菩提心以是因緣彼如來教復於六萬五千歲中而得興盛時有比丘尼名法輪化光是此王女百千比丘尼而爲眷屬聞父王語及見神力發菩提心永不退轉得三昧名一切佛教燈又得此甚深自在妙音解脫得已身心柔輭即得現見法海雷音光明王如來一切神力善男子於汝意云何彼時轉輪聖王隨於如來轉正法輪佛涅槃後興隆末法者豈異人乎今普賢菩薩是其法輪化光比丘尼即我身是我於彼時守護佛法令十萬比丘

尼於阿耨多羅三藐三菩提得不退轉又令得現見一切佛三昧又令得一切佛法輪金剛光明陀羅尼又令得普入一切法門海般若波羅蜜

二其最初下別明於佛得法三次有佛興下略舉次前百佛四善男子如是等下結略顯廣二中分六一標佛現二彼佛出時下父王出家三法欲滅下惡世過與四時王比丘下滅過弘闡五時有比丘尼下王女見聞發心得法即正答得法久近也六於汝意云何下結會古今

次有佛興名離垢法光明次有佛興名法輪光明髻次有佛興名法日功德雲次有佛興名法海妙音王次有佛興名法日智慧燈次有佛興名法華幢雲次有佛興名法燄山幢王次有佛興名甚深法功德月次有佛興名法智普光藏次有佛興名開示普智藏次有佛興名功德藏山王次有佛興名普門須彌賢次有佛興名一切法精進幢次有佛興名法寶華功德雲次有佛興名寂靜光明髻次有佛興名法光明慈悲月次有佛興名功德燄海次有佛興名智日普光明次有佛興名普賢圓滿智次有佛興名神通智光王次有佛興名福德華光燈次有佛興名智師子幢王次有佛興名日光普照王次有佛興名須彌寶莊嚴相次有佛興名日光普照次有佛興名法王功德月次有佛興名開敷蓮華妙音雲次有佛興名日光明相次有佛興名普光明妙法音次有佛興名師子金剛那羅延無畏次有佛興名普智勇猛幢次有佛興名

普開法蓮華身次有佛與名功德妙華海次有佛與名道場功德月次有佛與名法炬熾然月次有佛與名普光明髻次有佛與名法幢燈次有佛與名金剛海幢雲次有佛與名名稱山功德雲次有佛與名栴檀妙月次有佛與名普妙光明華次有佛與名照一切衆生光明王次有佛與名功德蓮華藏次有佛與名香燄光明王次有佛與名波頭摩華因次有佛與名衆相山普光明次有佛與名普名稱幢次有佛與名須彌普門光次有佛與名功德法城光次有佛與名大樹山光明次有佛與名普德光明幢次有佛與名功德吉祥相次有佛與名勇猛法力幢次有佛與名法輪光明音次有佛與名功德山智慧光次有佛與名無上妙法月次有佛與名法蓮華

淨光幢次有佛與名寶蓮華光明藏次有佛與名光燄雲山燈次有佛與名普覺華次有佛與名種種功德燄須彌藏次有佛與名圓滿光山王次有佛與名福德雲莊嚴次有佛與名法山雲幢次有佛與名功德山光明次有佛與名法日雲燈王次有佛與名法雲名稱王次有佛與名法輪雲次有佛與名開悟菩提智光幢次有佛與名普照法輪月次有佛與名寶山威德賢次有佛與名賢德廣大光次有佛與名普智雲次有佛與名法力功德山次有佛與名功德香燄王次有佛與名金色摩尼山妙音聲次有佛與名頂髻出一切法光明雲次有佛與名法輪熾盛光次有佛與名無上功德山次有佛與名精進炬光明雲次有佛與名三昧印廣大光明冠次有

佛興名寶光明功德王次有佛興名法炬寶蓋音次有佛興名普照虛空界無畏法光明次有佛興名月相莊嚴幢次有佛興名光明燄山雲次有佛興名照無障礙法虛空次有佛興名開顯智光身次有佛興名世主德光明音次有佛興名一切法三昧光明音次有佛興名法音功德藏次有佛興名熾然燄法海雲次有佛興名普照三世相大光明次有佛興名普照法輪山次有佛興名法界師子光次有佛興名須彌華光明次有佛興名一切三昧海師子燄次有佛興名普智光明燈善男子如是等須彌山微塵數如來其最後佛名法界城智慧燈並於離垢光明劫中出興於世我皆尊重親近供養聽聞受持所說妙法亦於彼一切諸如來所出家學道護持法教入此菩薩甚深自在妙音解脫種種方便教化成熟無量衆生從是已來於佛剎微塵數劫所有諸佛出興於世我皆供養修行其法善男子我從是來於生死夜無明昏寐諸衆生中而獨覺悟令諸衆生守護心城捨三界城住一切智無上法城

三略舉四結廣及類顯成益文並可知

善男子我唯知此甚深自在妙音解脫令諸世間離戲論語不作二語常真實語恒清淨語如諸菩薩摩訶薩能知一切語言自性於念念中自在開悟一切衆生入一切衆生言音海於一切言辭悉皆辯了明見一切諸法門海於普攝一切法陀羅尼已得自在隨諸衆生心之所疑而爲說法究竟調伏一切衆生能普攝受一切衆生巧修菩薩諸無上業

深入菩薩諸微細智能善觀察諸菩薩藏能自在說諸菩薩法何以故已得成就一切法輪陀羅尼故而我云何能知能說彼功德行

第四我唯知下謙已推勝中先謙已知一略顯四種業用若約妙音釋則不綺不離間不妄不惡口如次配之若約甚深釋者不與理合皆名戲論理外發言即是二語既與理乖則非真非淨反此可知後如諸下推勝知多

善男子此佛會中有主夜神名開敷一切樹華汝詣彼問菩薩云何學一切智云何安立一切衆生住一切智

第五指示後友分三初指後位次須前法後善財得益今初開敷樹華者約事在香樹閣内故約位七地是有行有開發無相住故

爾時守護一切城主夜神欲重宣此解脫義爲善財童子而說頌言

菩薩解脫深難見　虚空如如平等相
普見無邊法界内　一切三世諸如來
出生無量勝功德　證入難思真法性
增長一切自在智　開通三世解脫道
過於刹轉微塵劫　爾時有劫名淨光
世界名爲法燄雲　其城號曰寶華光
其中諸佛興於世　無量須彌塵數等
有佛名爲法海音　於此劫中先出現
乃至其中最後佛　名爲法界燄燈王
如是一切諸如來　我皆供養聽受法
我見法海雷音佛　其身普作真金色
諸相莊嚴如寶山　發心願得成如來

我暫見彼如來身即發菩提廣大心誓願勤
求一切智性與法界虛空等
由斯普見三世佛及以一切菩薩衆亦見國
王衆生海而普攀緣起大悲
隨諸衆生心所樂示現種種無量身普徧十
方諸國土動地舒光悟含識
見第二佛而親近亦見十方刹海佛乃至最
後佛出興如是須彌塵數等
於諸刹轉微塵劫所有如來照世燈我皆親
近而瞻奉令此解脫得清淨

二頌中頌前法者臨去慇懃囑令修學故十一偈分二初二偈頌前體用餘頌顯法根深於中亦二初頌初劫後一偈頌類顯多劫前中三初三通頌初後次四別頌於初佛得法後一頌中間百佛及後結文

爾時善財童子得入此菩薩甚深自在妙音解脫故入無邊三昧海入廣大總持海得菩薩大神通獲菩薩大辯才心大歡喜觀察守護一切城主夜神以偈讚曰

已行廣大妙慧海已度無邊諸有海
長壽無患智藏身威德光明住此衆
了達法性如虛空普入三世皆無礙
念念攀緣一切境心心永斷諸分別
了達衆生無有性而於衆生起大悲
深入如來解脫門廣度羣迷無量衆
觀察思惟一切法了知證入諸法性
如是修行佛智慧普化衆生令解脫
天是衆生調御師開示如來智慧道
普爲法界諸含識說離世間衆怖行
已住如來諸願道已受菩提廣大教已修一

切徧行力已見十方佛自在
天神心淨如虛空普離一切諸煩惱了知三
世無量剎諸佛菩薩及衆生
天神一念悉了知晝夜日月年劫海亦知一
切衆生類種種名相各差別
十方衆生生死處有色無色想無想隨順世
俗悉了知引導使入菩提路
已生如來誓願家已入諸佛功德海法身清
淨心無礙隨衆生樂現衆色
三善財得益雖通由前文亦近由此於中
先長行敘益後觀察下偈頌慶讚十偈分
四初一讚福智超絕次四歎悲智甚深念
念攀緣一切境不礙分別事故心心永斷
諸分別常契理故又上句約觀下句約止
即止觀雙運了達無性成無分別而起大
悲成上攀緣攀緣即分別耳不唯屬妄次
四總顯德圓離障攝益後一成行入位
時善財童子說此頌已禮夜神足繞無量帀
慇懃瞻仰辭退而去

大方廣佛華嚴經疏鈔會本第七十一之二

音釋

綺去倚切文繒也　薩婆若梵語也此云一切智若爾者切　髻音計　柔輭而兗切輭亦柔也

大方廣佛華嚴經疏鈔會本第七十二

唐于闐國三藏沙門實叉難陀　譯

唐清涼山大華嚴寺沙門澄觀撰述

爾時善財童子入菩薩甚深自在妙音解脱門修行增進往詣開敷一切樹華夜神所

第七開敷一切樹華夜神寄遠行地寄遠行地者謂至無相住功用後邊出過世間二乘道故

見其身在衆寶香樹樓閣之内妙寶所成師子座上百萬夜神所共圍繞時善財童子頂禮其足於前合掌而作是言聖者我已先發阿耨多羅三藐三菩提心而未知菩薩云何學菩薩行云何得一切智唯願垂慈爲我宣説

初二可知

夜神言善男子我於此娑婆世界日光已沒蓮華覆合諸人衆等罷遊觀時見其一切若山若水若城若野如是等處種種衆生咸悉發心欲還所住我皆密護令得正道達其處所宿夜安樂善男子若有衆生盛年好色憍慢放逸五欲自恣我爲示現老病死相令生恐怖捨離諸惡復爲稱歎種種善根使其修習爲慳悋者讃歎布施爲破戒者稱揚淨戒有瞋恚者敎住大慈懷惱害者令行忍辱若懈怠者令起精進若散亂者令修禪定住惡慧者令學般若樂小乘者令住大乘樂著三界諸趣中者令住菩薩願波羅蜜若有衆生福智微劣爲諸結業之所逼迫多留礙者令住菩薩力波羅蜜若有衆生其心闇昧無有智慧令住菩薩智波羅蜜

第三夜神言下授已法界於中四一顯法

行二立法名三明業用四辨根深今初亦是法門所作業用對先問行故總示其行未舉法門之名於中二先明安樂衆生行後善男子若有下利益衆生行令物斷惡修善故於中先總後爲慳吝下别顯十度治十蔽障

善男子我已成就菩薩出生廣大喜光明解脱門

第二善男子我已成下立法名此有二意一望前稱已益物悲智之心故生大喜二者望後照佛攝廣大悲智故生大喜

善財言大聖此解脱門境界云何夜神言善男子入此解脱能知如來普攝衆生巧方便智云何普攝善男子一切衆生所受諸樂皆是如來威德力故順如來教故行如來語故學如來行故得如來所護力故修如來所印道故種如來所行善故依如來所説法故如來智慧日光之所照故如來性静業力之所攝故

第三善財言下明業用中先問後答問中以是業用分齊故云境界答中三初總標謂知佛攝生之智爲業用分齊二云何普攝下略顯普攝之相謂一切佛樂皆由佛得故知佛攝

云何知然善男子我入此出生廣大喜光明解脱憶念毗盧遮那如來應正等覺往昔所修菩薩行海悉皆明見

三云何知然下廣顯巧方便智先徵可知後釋意云我見如來從因至果大悲巧攝故知樂由佛生於中二先總明

善男子世尊往昔爲菩薩時見一切衆生著我我所住無明闇室入諸見稠林爲貪愛所縛忿怒所壞愚癡所亂慳嫉所纏生死輪迴貧窮困苦不得值遇諸佛菩薩見如是已起大悲心利益衆生所謂起願得一切妙寶資具攝衆生心願一切衆生皆悉具足資生之物無所乏心於一切衆事離執著心於一切境界無貪染心於一切所有無慳吝心於一切果報無希望心於一切榮好無羨慕心於一切因緣無迷惑心起觀察真實法性心起救護一切衆生心起深入一切法漩澓心起於一切衆生住平等大慈心起於一切衆生行方便大悲心起爲大法蓋普覆衆生心起以大智金剛杵破一切衆生煩惱障山心起令一切衆生增長喜樂心起願一切衆生究竟安樂心起隨衆生所欲雨一切財寶心起以平等方便成熟一切衆生心起令一切衆生滿足聖財心起願一切衆生究竟皆得十力智果心

後善男子世尊往昔下别顯於中亦二先發善巧普攝之心後起善巧普攝之行前中亦二先見發心之境況苦集故後見如是下正發救心令得滅道於中先並起慈悲心後起觀察下雙運悲智

起如是心已得菩薩力現大神變徧法界虚空界於一切衆生前普雨一切資生之物隨其所欲悉滿其意皆令歡喜不悔不悋無間無斷以是方便普攝衆生教化成熟皆令得出生死苦難不求其報淨治一切衆生心寶令其生起一切諸佛同一善根增一切智福

德大海菩薩如是念念成熟一切衆生念念嚴淨一切佛刹念念普入一切法界念念皆悉徧虚空界念念普入一切三世念念成就調伏一切諸衆生智念念恒轉一切法輪念念恒以一切智道利益衆生念念普於一切世界種種差別諸衆生前盡未來劫現一切佛成等正覺念念普於一切世界一切諸劫修菩薩行不生二想所謂普入一切廣大世界海一切世界種中種種際畔諸世界種種莊嚴諸世界種種體性諸世界種種形狀諸世界種種分布諸世界或有世界穢而兼淨或有世界淨而兼穢或有世界一向雜穢或有世界一向清淨或小或大或麤或細或正或側或覆或仰如是一切諸世界中念念修行諸菩薩行入菩薩位現菩薩力亦現三世

一切佛身隨衆生心普使知見

二起如是心已下起普攝行中亦二先別明利益衆生行後善男子毗盧遮那下雜明種種行前中三初舉攝生行體次以是方便下明攝生本意後菩薩如是念念下辨攝生周徧即廣大義

善男子毗盧遮那如來於過去世如是修行菩薩行時見諸衆生不修功德無有智慧著我我所無明翳障不正思惟入諸邪見不識因果順煩惱業墮於生死險難深坑具受種種無量諸苦起大悲心具修一切波羅蜜行爲諸衆生稱揚讃歎堅固善根令其安住遠離生死貧窮之苦勤修福智助道之法爲說種種諸因果門爲說業報不相違反爲說於法證入之處爲說一切衆生欲解及說一切

受生國土令其不斷一切佛種令其守護一切佛教令其捨離一切諸惡又爲稱讚趣一切智助道之法令諸衆生心生歡喜令行法施普攝一切令其發起一切智行令其修學諸大菩薩波羅蜜道令其增長成一切智諸善根海令其滿足一切聖財令其得入佛自在門令其攝取無量方便令其觀見如來威德令其安住菩薩智慧

二雜明種種行中二先明觀機彰苦集無涯後起大悲心下顯修行無量於中三初總明化益次爲說種種下別明化法後令諸衆生下總結化意

善財童子言聖者發阿耨多羅三藐三菩提心其已久如夜神言善男子此處難信難知難解難入難說一切世間及以二乘皆不能知唯除諸佛神力所護善友所攝集勝功德欲樂清淨無下劣心無雜染心無諂曲心得普照耀智光明心發普饒益諸衆生心一切煩惱及以衆魔無能壞心起必成就一切智心不樂一切生死樂心能求一切諸佛妙樂能滅一切衆生苦惱能修一切佛功德海能觀一切諸法實性能具一切清淨信解能超一切生死暴流能入一切如來智海能決定到無上法城能勇猛入如來境界能速疾趣諸佛地位能即成就一切智力能於十力已得究竟如是之人於此能持能入能了何以故此是如來智慧境界一切菩薩尚不能知況餘衆生

第四善財童子言下辯法根深先問後答答中二先歎深許說二乃往下承力正酬

前中二先長行亦二先歎深難知後承力許説前中四一標難知非唯久遠難知抑亦當時發心已得深法滿佛境故況無久近相非常見聞故難信非聞慧境故難知非思修故難解難入上皆心縁處滅故難説者言語道斷故二一切下顯不知人三唯除下揀去能知即善財之類四何以故下徵釋所以以是佛境故權敎菩薩尚不能知況前劣耶

然我今者以佛威力欲令調順可化衆生意速清淨欲令修習善根衆生心得自在隨汝所問爲汝宣説

二然我今下承力許説

爾時開敷一切樹華夜神欲重明其義觀察三世如來境界而説頌言

佛子汝所問甚深佛境界難思刹塵劫説之不可盡

後爾時下偈頌二十一偈分二初十九偈頌難深難説後二偈頌承力爲説前中四初一偈頌標深難説

非是貪恚癡憍慢惑所覆如是衆生等能知佛妙法非是住慳嫉諂誑諸濁意煩惱業所覆能知佛境界非著蘊界處及計於有身見倒想倒人能知佛所覺

二有三偈頌不知人

佛境界寂靜性淨離分別非著諸有者能知此法性

三有一偈超頌前釋以是佛境故惑者不知

生於諸佛家爲佛所守護持佛法藏者智眼

之境界親近善知識愛樂白淨法勤求諸佛
力聞此法歡喜心淨無分別猶如太虛空慧
燈破諸闇是彼之境界以大慈悲意普覆諸
世間一切皆平等是彼之境界歡喜心無著
一切皆能捨平等施衆生是彼之境界心淨
離諸惡究竟無所悔順行諸佛教是彼之境
界了知法自性及以諸業種其心無動亂是
彼之境界勇猛勤精進安住心不退勤修一
切智是彼之境界
其心寂靜住三昧究竟清涼無熱惱已修一
切智海因此證悟者之解脫
善知一切眞實相深入無邊法界門普度羣
生靡有餘此慧燈者之解脫
了達衆生眞實性不著一切諸有海如影普
現心水中此正道者之解脫
從於一切三世佛方便願種而出生盡諸劫
剎勤修行此普賢者之解脫
普入一切法界門悉見十方諸剎海亦見其
中劫成壞而心畢竟無分別
法界所有微塵中悉見如來坐道樹成就菩
提化羣品此無礙眼之解脫
四有十四偈總頌揀去能知
汝於無量大劫海親近供養善知識爲利羣
生求正法聞已憶念無遺忘
毗盧遮那廣大境無量無邊不可思我承佛
力爲汝說令汝深心轉清淨
次第頌前佛力所護等恐繁不配說者隨
宜
善男子乃往古世過世界海微塵數劫有世
界海名普光明眞金摩尼山其世界海中有

佛出現名普照法界智慧山寂靜威德王善男子其佛往修菩薩行時淨彼世界海其世界海中有世界微塵數世界種一一世界種有世界微塵數世界一一世界皆有如來出興於世一一如來說世界海微塵數修多羅一一修多羅授佛刹微塵數諸菩薩記現種種神力說種種法門度無量衆生

第二承力正酬中二先長行亦二先正說後結會古今前中四初總顯發心時處佛與二善男子彼普光明下別舉本生時處三其中有王下明發心勝緣四時此會中

有童女下正顯發心本事

善男子彼普光明眞金摩尼山世界海中有世界種名普莊嚴幢此世界種中有世界名一切寶色普光明以現一切化佛影摩尼王

爲體形如天城以現一切如來道場影像摩尼王爲其下際住一切寶華海上淨穢相雜此世界中有須彌山微塵數四天下有一四天下最處其中名一切寶山幢其四天下一一縱廣十萬由旬一一各有一萬大城其閻浮提中有一王都名堅固妙寶莊嚴雲燈一萬大城周帀圍繞閻浮提人壽萬歲時

初二可知

其中有王名一切法音圓滿蓋有五百大臣六萬采女七百王子其諸王子皆端正勇健有大威力爾時彼王威德普被閻浮提內無有寃敵

三中有四初明大王治化即鐵輪王故云

閻浮

時彼世界劫欲盡時有五濁起一切人衆壽

命短促資財乏少形色鄙陋多苦少樂不修十善專作惡業更相忿諍互相毀辱離他眷屬妬他榮好任情起見非法貪求以是因緣風雨不時苗稼不登園林草樹一切枯槁人民匱乏多諸疫病馳走四方靡所依怙

二時彼世界下五濁爲因感三災果壽命短促即命濁資財下衆生濁不修下煩惱濁任情下見濁劫濁則通 五濁爲因感三災果者三災有二一小三災謂飢饉疾疫刀兵謂七年七月七日止謂各是一七二大三災謂水火風壞於器界今此是前經文具云初明飢饉以天不降澤故二多諸疫病卽疾疫也三馳走四方靡所依怙義兼刀兵然三災復有二義一約劫欲盡時人壽十歲等二者少分往往多起今此約少分災耳

咸來共繞王都大城無量無邊百千萬億四面周帀高聲大呼或舉其手或合其掌或以頭扣地或以手搥胸或屈膝長號或踊身大吽頭髮蓬亂衣裳弊惡皮膚皴裂面目無光而向王言大王大王我等今者貧窮孤露飢渴寒凍疾病衰羸衆苦所逼命將不久無依無救無所控告我等今者來歸大王我觀大王仁慈智慧於大王所生得安樂想得所愛想得活命想得攝受想得寶藏想遇津梁想逢道路想值船筏想見寶洲想獲財利想升天宮想

三咸來共繞下悲境現前

爾時大王聞此語已得百萬阿僧祇大悲門一心思惟發十種大悲語其十者何所謂哀哉衆生墮於無底生死大坑我當云何而速勉濟令其得住一切智地

四爾時大王下正明起行於中二先深起大悲 先深起大悲者此悲心與第二地中集果多同初一總明謂三求衆生皆

墮無底生死深坑難免出故

哀哉衆生爲諸煩惱之所逼迫我當云何而作救護令其安住一切善業

餘九爲別又分爲二初一解邪理外推求總名爲邪横計世間常樂我淨起貪等惑故令住善業

哀哉衆生生老病死之所恐怖我當云何爲作歸依令其永得身心安隱哀哉衆生常爲世間衆怖所逼我當云何而爲祐助令其得住一切智道哀哉衆生無有智眼常爲身見疑惑所覆我當云何爲作方便令其得決疑見翳膜

餘八行邪於中別顯三求衆生卽分爲三初五悲欲求衆生次二悲有求衆生後一悲邪梵行求衆生初中又二前三悲現行五欲受用生過後二悲未得五欲追求生過前中卽爲三別一悲不共財衆生欲貲身命爲生老等苦之所逼迫而不得安令不著財則心安矣二悲受無猒衆生内心難滿恐得惡名怖失財利故令得佛因三悲貯積財衆生不能了達財多禍多名無智眼決其疑見卽爲方便

哀哉衆生常爲癡闇之所迷惑我當云何爲作明炬令其照見一切智城哀哉衆生常爲慳嫉諂誑所濁我當云何而爲開曉令其證得清淨法身

後中癡闇所迷下二門悲未得五欲追求生過前三悲其所感此二悲其造業前門悲求後報造有漏善如夜暗行迷失道路當示慧炬後門悲求現報造諸惡行慳已所有嫉他勝已諂誑求財諸惑濁亂若絶諸惡則法身清淨

哀哉衆生長時漂沒生死大海我當云何而普運度令其得上菩提彼岸哀哉衆生諸根剛彊難可調伏我當云何而爲調御令其具足諸佛神力

第二長時漂溺下二門悲有求衆生前門卽道差別謂五道循環藏識漂溺惑苦大海故令昇彼岸後門卽界差別謂眼等諸根六塵等牽不得自在無有出期以佛威神引之令出

哀哉衆生猶如盲瞽不見道路我當云何而爲引導令其得入一切智門第三以第十門悲邪梵行求衆生行不正道迷無我理隨逐邪見乃至九十五種別故引入智門上十悲中皆有所對能治略以顯示餘如二地作是語已擊鼓宣令我今普施一切衆生隨有所須悉令充足即時頒下閻浮提内大小諸城及諸聚落悉開庫藏出種種物置四衢道所謂金銀瑠璃摩尼等寶衣服飲食華香瓔珞宮殿屋宅牀榻敷具建大光明摩尼寶幢其光觸身悉使安隱亦施一切病緣湯藥種種寶器盛衆雜寶金剛器中盛種種香寶香器中盛種種衣輦轝車乘幢旛繒蓋如是一切資生之物悉開庫藏而以給施亦施一切村營城邑山澤林藪妻子眷屬及以王位頭目耳鼻脣舌牙齒手足皮肉心腎肝肺内外所有悉皆能捨其堅固妙寶莊嚴雲燈城東面有門名摩尼山光明於其門外有施會處其地廣博清淨平坦無諸坑坎荊棘沙礫一切皆以妙寶所成散衆寶華熏諸妙香然諸寶燈一切香雲充滿虛空無量寶樹次第行列無量華網無量香網彌覆其上無量百千億那由他諸音樂器恒出妙音如是一切皆以妙寶而爲莊嚴悉是菩薩淨業果報於彼會中置師子座十寶爲地十寶欄楯十種寶樹周帀圍繞金剛寶輪以承其下以一切寶爲龍神像而共捧持種種寶物以爲嚴飾幢旛間列衆網覆上無量寶香常出香雲種種寶衣處處分布百千種樂恒奏美音復於其上張施寶蓋常放無量寶燄光明如閻浮金熾然清淨覆以寶網垂諸瓔珞摩尼寶帶

周迴間列種種寶鈴恒出妙音勸諸衆生修行善業時彼大王處師子座形容端正人相具足光明妙寶以爲其冠那羅延身不可沮壞一一肢分悉皆圓滿性普賢善王種中生於財及法悉得自在辯才無礙智慧明達以政治國無違命者爾時閻浮提無量無數百千萬億那由他衆生種種國土種種族類種種形貌種種衣服種種言辭種種欲樂俱來此會觀察彼王咸言此王是大智人是福須彌是功德月住菩薩願行廣大施時王見彼諸來乞者生悲愍心生歡喜心生尊重心生善友心生廣大心生相續心生精進心生不退心生捨施心生周徧心善男子爾時彼王見諸乞者心大歡喜經須臾頃假使忉利天王夜摩天王兜率陀天王盡百千億那由他劫所受快樂亦不能及善化天王於無數劫所受快樂自在天王於無量劫所受快樂大梵天王於無邊劫所受梵樂光音天王於難思劫所受天樂徧淨天王於無盡劫所受天樂淨居天王不可說劫住靜寂樂悉不能及善男子譬如有人仁慈孝友遭逢世難父母妻息兄弟姊妹並皆散失忽於曠野道路之間而相值遇瞻奉撫對情無猒足時彼大王見來求者心生歡喜亦復如是善男子其王爾時因善知識於佛菩提解欲增長諸根成就信心清淨歡喜圓滿何以故此菩薩勤修諸行求一切智願得利益一切衆生願獲菩提無量妙樂捨離一切諸不善心常樂積集一切善根常願救護一切衆生常樂觀察薩婆若道常樂修行一切智法滿足一切衆生

所願入一切佛功德大海破一切魔業惑障
山隨順一切如來教行行一切智無障礙道
已能深入一切智流一切法流常現在前大
願無盡爲大丈夫住大人法積集一切普門
善藏離一切著不染一切世間境界知諸法
性猶如虛空於來乞者生一子想生父母想
生福田想生難得想生恩益想生堅固想師
想佛想不簡方處不擇族類不選形貌隨有
來至如其所欲以大慈心平等無礙一切普
施皆令滿足求飲食者施與飲食求衣服者
施與衣服求香華者施與香華求鬘蓋者施
與鬘蓋幢旛瓔珞宮殿園苑象馬車乘牀座
被褥金銀摩尼諸珍寶物一切庫藏及諸眷
屬城邑聚落皆悉如是普施衆生
後作是語已下廣行大施於中八一施令

彌布二其堅固下施會大數三時彼大王
下施主超倫四爾時閻浮下施田雲集五
時王見彼下施心殷重六善男子其王爾
時下施願廣深七已能深入下施慧玄微
八不揀方下施時均普
時此會中有長者女名寶光明與六十童女
俱端正殊妙人所喜見皮膚金色目髮紺青
身出妙香口演梵音上妙寶衣以爲莊嚴常
懷慚愧正念不亂具足威儀恭敬師長常念
順行甚深妙行所聞之法憶持不忘宿世善
根流潤其心清淨廣大猶如虛空等安衆生
常見諸佛求一切智時寶光明女去王不遠
合掌頂禮作如是念我獲善利我獲善利我
今得見大善知識於彼王所生大師想善知
識想具慈悲想能攝受想其心正直生大歡

喜脫身瓔珞持奉彼王作是願言今此大王爲無量無邊無明衆生作所依處願我未來亦復如是如彼大王所知之法所載之乘所修之道所具色相所有財產所攝衆會無邊無盡難勝難壞願我未來悉得如是隨所生處皆隨往生爾時大王知此童女發如是心而告之言童女隨汝所欲我皆與汝我今所有一切皆捨令諸衆生普得滿足

第四正顯發心本事中六一發心身德二時寶光明女下正發大心同王心故三爾時大王下王發攝言四時寶光明下女讚王德五時彼大王下大王述讚六王讚女已下施行攝持六中前三可知

時寶光明女信心清淨生大歡喜卽以偈頌而讚王言往昔此城邑大王未出時一切不可樂猶如餓鬼處衆生相殺害竊盜縱婬佚兩舌不實語無義麤惡言貪愛他財物瞋恚懷毒心邪見不善行命終墮惡道以是等衆生愚癡所覆蔽住於顚倒見天旱不降澤以無時雨故百穀悉不生草木皆枯槁泉流亦乾竭大王未興世津池悉枯涸園苑多骸骨望之如曠野大王升寶位廣濟諸羣生油雲被八方普雨皆充洽大王臨庶品普斷諸暴虐刑獄皆止措煢獨悉安隱往昔諸衆生各各相殘害飲血而噉肉今悉起慈心往昔諸衆生貧窮少衣服以草自遮蔽飢羸如餓鬼大王旣興世粳米自然生樹中出妙衣男女皆嚴飾昔日競微利非法相陵奪今時並豐足如遊帝釋園昔時人作惡非分生貪染他妻及童女種種相侵逼今見他婦人端正妙

嚴飾而心無染著猶如知足天昔日諸衆生妄言不真實非法無利益諂曲取人意今日羣生類悉離諸惡言其心既柔輭發語亦調順昔日諸衆生種種行邪法合掌恭敬禮牛羊犬豚類今聞王正法悟解除邪見了知苦樂報悉從因緣起大王演妙音聞者皆欣樂梵釋音聲等一切無能及大王衆寶蓋迥處虛空中擎以瑠璃幹覆以摩尼網金鈴自然出如來和雅音宣揚微妙法除滅衆生惑次復廣演說十方諸佛刹一切諸劫中如來并眷屬又復次第說過去十方刹及彼國土中一切諸如來又出微妙音普徧閻浮界廣說人天等種種業差別衆生聽聞已自知諸業藏離惡勤修行迴向佛菩提

四女讚中三初標心淨次發口言後展身禮口言偈中五十二偈分二初二十五偈總顯王德後王父下二十七偈顯王本生前中有四初六偈明王未興時損次二偈明王興世之益三有十偈翻損成德即翻十惡四有七偈明依正難思

王父淨光明王母蓮華光五濁出現時處位治天下時有廣大園園有五百池一一千樹繞各各華彌覆於其池岸上建立千柱堂欄楯等莊嚴一切無不備末世惡法起積年不降雨池流悉乾竭草樹皆枯槁王生七日前先現靈瑞相見者咸心念救世今當出爾時於中夜大地六種動有一寶華池光明猶日現五百諸池內功德水充滿枯樹悉生枝華葉皆榮茂池水既盈滿流演一切處普及閻浮地靡不皆霑洽藥草及諸樹百穀苗稼等

枝葉華果實一切皆繁盛溝坑及塠阜種種高下處如是一切地莫不皆平坦荆棘沙礫等所有諸雜穢皆於一念中變成衆寶玉衆生皆是已歡喜而讚歎咸言得善利如渴飲美水時彼光明王眷屬無量衆僉然備法駕遊觀諸園苑五百諸池內有池名慶喜池上有法堂父王於此住先王語夫人我念七夜前中宵地震動此中有光現時彼華池內千葉蓮華出光如千日照上徹須彌頂金剛以爲莖閻浮金爲臺衆寶爲華葉妙香作鬚蘂王生彼華上端身結跏坐相好以莊嚴天神所恭敬先王大歡喜入池自撫鞠持以授夫人汝子應欣慶寶藏皆涌出寶樹生妙衣天樂奏美聲充滿虛空中一切諸衆生皆生大歡喜合掌稱希有善哉救護世王時放身光普照於一切能令四天下闇盡病除滅夜叉毗舍闍毒蟲諸惡獸所欲害人者一切自藏匿惡名失善利横事病所持如是衆苦滅一切皆歡喜凡是衆生類相視如父母離惡起慈心專求一切智關閉諸惡趣開示人天路宣揚薩婆若度脫諸羣生我等見大王普獲於善利無歸無導者一切悉安樂

後顯王本生中四初四偈明先王世末次八偈明王與先相三有七偈正顯誕生四有八偈生後之益

爾時寶光明童女以偈讚歎一切法音圓滿蓋王已繞無量帀合掌頂禮曲躬恭敬却住一面時彼大王告童女言善哉童女汝能信知他人功德是爲希有童女一切衆生不能信知他人功德童女一切衆生不知報恩無

有智慧其心濁亂性不明了本無志力又退修行如是之人不信不知菩薩如來所有功德神通智慧童女汝今決定求趣菩提能知菩薩如是功德汝今生此閻浮提中發勇猛心普攝衆生功不唐捐亦當成就如是功德王讚女已以無價寶衣手自授與寶光童女并其眷屬一一告言汝著此衣時諸童女雙膝著地兩手承捧置於頂上然後而著既著衣已右繞於王諸寶衣中普出一切星宿光明衆人見之咸作是言此諸女等皆悉端正如淨夜天星宿莊嚴

身禮及王讚述等可知

善男子爾時一切法音圓滿蓋王者豈異人乎今毗盧遮那如來應正等覺是也光明王者淨飯王是蓮華光夫人者摩耶夫人是寶光童女者即我身是其王爾時以四攝法所攝衆生即此會中一切菩薩是皆於阿耨多羅三藐三菩提得不退轉或住初地乃至十地具種種大願集種種助道修種種妙行備種種莊嚴得種種神通住種種解脫於此會中處於種種妙法宮殿

第二善男子爾時一切下結會古今

爾時開敷一切樹華主夜神爲善財童子欲重宣此解脫義而說頌言

我有廣大眼普見於十方一切剎海中五趣輪迴者亦見彼諸佛菩提樹下坐神通徧十方說法度衆生我有清淨耳普聞一切聲亦聞佛說法歡喜而信受我有他心智無二無所礙能於一念中悉了諸心海我得宿命智能知一切劫自身及他人分別悉明了我於

一念知剎海微塵劫諸佛及菩薩五道衆生類憶知彼諸佛始發菩提願乃至修諸行一一悉圓滿亦知彼諸佛成就菩提道以種種方便爲衆轉法輪亦知彼諸佛所有諸乘海正法住久近衆生度多少我於無量劫修習此法門我今爲汝說佛子汝應學

第二爾時下偈頌但是總相顯已能知於中先九明能知後一結勸

善男子我唯知此菩薩出生廣大喜光明解脫門如諸菩薩摩訶薩親近供養一切諸佛入一切智大願海滿一切佛諸願海得勇猛智於一菩薩地普入一切菩薩地海得清淨願於一菩薩行普入一切菩薩行海得自在力於一菩薩解脫門普入一切菩薩解脫門海而我云何能知能說彼功德行善男子此道場中有一夜神名大願精進力救護一切衆生汝詣彼問菩薩云何教化衆生令趣阿耨多羅三藐三菩提云何嚴淨一切佛剎云何承事一切如來云何修行一切佛法時善財童子頂禮其足繞無數帀慇懃瞻仰辭退而去

大方廣佛華嚴經疏鈔會本第七十二

音釋

慳悋 慳苦閑切悋良刃切慳悋靳惜也 瀠澓 瀠似泉切澓房六切瀠澓洄流也 勇健 健渠建切有力也 枯槁 槁苦浩切亦枯也 匱 求位切乏也 疫 營隻切瘟疫也 搥 傳追切擊也 皴裂 皴七旬切皮細起也裂良薛切破也 羸 力爲切瘦也 翳膜 翳於計切膜音莫 盲瞽 盲眉庚切瞽音古 藪 音叟 腎 時軫切水藏也 肺 芳未切金藏也 荆棘 荆音京棘訖力切 礫 郎擊切小石也 欄楯 欄音闌楯食尹切檻也 沮壞 沮慈呂切遏也壞古壞切毀也 佚 夷質切縱也 涸 下各切水竭也 骸

户皆切煢獨煢渠營切煢獨無弟兄也粳古行切粳稻也溝坑溝古侯切坑客庚切塠阜塠都回切聚土也阜房九切土山也僉然僉七廉切咸也莖户耕切榦也鬚蘂鬚音須花鬚也蘂如壘切花外曰萼内曰蘂鞠音菊養也匿女力切隱也唐捐捐以專切唐捐徒棄也

大方廣佛華嚴經䟽鈔會本第七十三

唐于闐國三藏沙門實叉難陀　譯

唐清涼山大華嚴寺沙門澄觀撰述

爾時善財童子往大願精進力救護一切衆生夜神所

第八大願精進力夜神寄不動地無功用道任大願風普救護故寄第八不動地者謂無分別智任運相續相用煩惱不能動故第一依教趣求畧無念法亦表無功離念故

見彼夜神在大衆中坐普現一切宮殿摩尼王藏師子之座普現法界國土摩尼寶網彌覆其上

第二見彼夜神下見敬諮問然亦含二意若約顯說則自此盡偈皆第二段至夜神答言下方屬第三授已法界若約密授則此現勝用已爲授已法界善財發同善友心便已得益義雖通二爲欲順文且依前判就文分三初見勝用次時善財童子下設敬證入後爾時善財說此偈已下諸問法要今初先總見所依

現日月星宿影像身現隨衆生心普令得見身現等一切衆生形相身現無邊廣大色相海身現普現一切威儀身現普於十方示現身現普調一切衆生身現廣運速疾神通身現利益衆生不絕身現常遊虛空利益身現一切佛所頂禮身現修習一切善根身現受持佛法不忘身現成滿菩薩大願身現光明充滿十方身現法燈普滅世闇身現了法如幻淨智身現遠離塵闇法性身現普智照法明了身現究竟無患無熱身現不可沮壞堅

固身現無所住佛力身現無分別離染身現
本清淨法性身
後現日月下別顯身相有二十四身初十
即應機攝化身次現一切佛所下六身是
應法成行身餘是離障契理身多隨內德
顯身差別見身了心
時善財童子見如是等佛剎微塵數差別身
一心頂禮舉體投地良久乃起合掌瞻仰於
善知識生十種心何等爲十所謂於善知識
生同已心令我精勤辦一切智助道法故於
善知識生清淨自業果心親近供養生善根
故於善知識生莊嚴菩薩行心令我速能莊
嚴一切菩薩行故於善知識生成就一切佛
法心誘誨於我令修道故於善知識生能生
心能生於我無上法故於善知識生出離心
令我修行普賢菩薩所有行願而出離故於
善知識生具一切福智海心令我積集諸白
法故於善知識生增長心令我增長一切智
故於善知識生具一切善根心令我志願得
圓滿故於善知識生能成辦大利益心令我
自在安住一切菩薩法故成一切智道故得
一切佛法故是爲十
二設敬證入中四第一設敬陳禮第二於
善知下發增勝心第三發是心已下深證
懸同第四既獲此已下以偈慶讚初二可
知
發是心已得彼夜神與諸菩薩佛剎微塵數
同行
三中有標釋結今初由前起同已等十心
故得同善友等行通論同有四義一人法

無二與一切法界同二因果無二與一切諸佛同三自他無二與一切菩薩同四染淨無二與一切衆生同今云得彼夜神與諸菩薩同菩薩行則正是第三義兼餘三由見初故則不殊餘二方爲究竟之同良以八地證無生理自他相作皆無礙故偏此明同故下列中有無生忍今初由前起同已者疏文有三初得同之因二同有四義下示同之相言由見初故不殊餘二者謂由證見法界體同故上同諸佛下同衆生云不殊餘二則於菩薩爲究竟之同三良以八地下偏說此文明同之由

所謂同念心常憶念十方三世一切佛故同慧分別決了一切法海差別門故同趣能轉一切諸佛如來妙法輪故同覺以等空智普入一切三世間故同根成就菩薩清淨光明智慧根故同心善能修習無礙功德莊嚴一切菩薩道故同境普照諸佛所行境故同證得一切智照實相海淨光明故同義能以智慧了一切法真實性故同勇猛能壞一切障礙山故同色身隨衆生心示現身故同力求一切智不退轉故同無畏其心清淨如虛空故同精進於無量劫行菩薩行無懈倦故同辯才得法無礙智光明故同無等身相清淨超世間故同愛語令一切衆生皆歡喜故同妙音普演一切法門海故同滿音一切衆生隨類解故同淨德修習如來淨功德故同智地一切佛所受法輪故同梵行安住一切佛境界故同大慈念念普覆一切國土衆生海故同大悲普雨法雨潤澤一切諸衆生故同身業以方便行教化一切諸衆生故同語業以隨類音演說一切諸法門故同意業普攝

衆生置一切智境界中故同莊嚴嚴淨一切諸佛刹故同親近有佛出世皆親近故同勸請請一切佛轉法輪故同供養常樂供養一切佛故同教化調伏一切諸衆生故同光明照了一切諸法門故同三昧普知一切衆生心故同充徧以自在力充滿一切諸佛刹海修諸行故同住處住諸菩薩大神通故同眷屬一切菩薩共止住故同入處普入世界微細處故同心慮普知一切諸佛刹故同往詣普入一切佛刹海故同方便悉現一切諸佛刹故同超勝於諸佛刹皆無比故同不退普入十方無障礙故同破闇得一切佛成菩提智大光明故同無生忍入一切佛衆會海故同徧一切諸佛刹網恭敬供養不可說刹諸如來故同智證了知彼彼法門海故同修行順行一切諸法門故同希求於清淨法深樂欲故同清淨集佛功德而以莊嚴身口意故同妙意於一切法智明了故同精進普集一切諸善根故同淨行成滿一切菩薩行故同無礙了一切法皆無相故同善巧於諸法中智自在故同隨樂隨衆生心現境界故同方便善習一切所應習故同護念得一切佛所護念故同入地得入一切菩薩地故同所住安住一切菩薩位故同記別一切諸佛授其記故同三昧一刹那中普入一切三昧門故同建立示現種種諸佛事故同正念正念一切境界門故同修行盡未來劫修行一切菩薩行故同淨信於諸如來無量智慧極欣樂故同捨離滅除一切諸障礙故同不退智與諸如來智慧等故同受生應現成熟諸衆生

故同所住住一切智方便門故同境界於法界境得自在故同無依永斷一切所依心故同說法已入諸法平等智故同勤修常蒙諸佛所護念故同神通開悟衆生令修一切菩薩行故同神力能入十方世界海故同陀羅尼普照一切總持海故同祕密法了知一切修多羅中妙法門故同甚深法解一切法如虛空故同光明普照一切諸世界故同欣樂隨衆生心而爲開示令歡喜故同震動爲諸衆生現神通力普動十方一切剎故同不虛見聞憶念皆悉令其心調伏故同出離滿足一切諸大願海成就如來十力智故

二所謂下列釋八十四同各有標名釋義文相自顯

時善財童子觀察大願精進力救護一切衆生夜神起十種清淨心獲如是等佛剎微塵數同菩薩行

三時善財童子觀察下總結

既獲此已心轉清淨偏袒右肩頂禮其足一心合掌以偈讚曰

我發堅固意志求無上覺今於善知識而起自己心以見善知識集無盡白法滅除衆罪垢成就菩提果我見善知識功德莊嚴心盡未來剎劫勤修所行道我念善知識攝受饒益我爲我悉示現正教真實法關閉諸惡趣顯示人天路亦示諸如來成一切智道我念善知識是佛功德藏念念能出生虛空功德海與我波羅蜜增我難思福長我淨功德令我冠佛繒我念善知識能滿佛智道誓願常依止圓滿白淨法我以此等故功德悉具足

普爲諸衆生說一切智道聖者爲我師與我無上法無量無數劫不能報其恩

第四以偈慶讚十偈分三初八頌前發增勝心次第頌前十句初六偈各頌一句第七偈上三句頌第七下句頌第八第八偈上半頌第九下半頌第十二有一偈頌前深證懸同三一偈頌荷恩深重

爾時善財說此偈已白言大聖願爲我說此解脫門名爲何等發心已來爲幾時耶久如當得阿耨多羅三藐三菩提

第三諮問法要前已覩解脫之用故不問云何修行直徵名而已文有三問

夜神告言善男子此解脫門名教化衆生令生善根

第三夜神告言下授已法界前即黙授今万言授於中二初答名問後答發心久近所以不答第三成菩提者有二意故一顯悲增如休捨說二顯久成示居因位故下所救千佛尚已久成況能救耶故下所救千佛等者法華經如來壽量品云我實成佛已來無量無邊不可思議阿僧祇劫故前中二先標名謂現身廣化令生諸善究竟得佛故名爲根

我以成就此解脫故悟一切法自性平等入於諸法眞實之性證無依法捨離世間悉知諸法色相差別亦能了達青黃赤白性皆不實無有差別

後我以成就下顯其業用謂契理之用故用而無涯動寂無二於中三初明內契理事初明內契理事者此義全同十通中一切色身智通前已廣說故但畧科總出其意今當重說由內證實故外現色所以起信論云問曰若諸佛法身離於色相者

云何能現色相容曰即此法身是色體故能現於色所謂從本已來色心不二以色性即智性故色體無形說名智身以智性即色性故說名法身遍一切處所現之色無有分齊隨心能示十方世界無量菩薩無量報身無量莊嚴各各差別皆無分齊而不相妨此非心識分別能知以真如自在用義故釋曰彼雖約佛今此位極大同佛也次釋經文又此三段初明內契理事明色即空二明大用廣現色身者空即色故後結深廣不礙悲故今初由了法界無定實色舉體即空而非斷空空中無色不礙色故存亡隱顯皆自在故方能隨樂現種種色故先明共內契事理經中先明證實離相後雙了性相今初悟一切法自性平等者此句總明云何平等次云入於諸法真實之性故謂真實性中無差別相無種種相無無量相萬法一如何有不等此真實性依何立故復次明證無依法所謂不依於色不依於空若萬法依空空無所依今萬法依真真無所依即無依法門故捨離世間世間即有種種差別斯則性尚不立何況於相亦不依空立色亦不依色立空亦無異無不異無即無不即斯見不絕強名內證後悉知諸法色相差別下雙了性相初明了相空即色故後亦能了達下此明了性色即空故又上句色中無空下句空中無色又上句色能容空下句空能容色又上句空能顯色下句色能顯空無障無礙

而恒示現無量色身所謂種種色身非一色身無邊色身清淨色身一切莊嚴色身普見色身等一切衆生色身普現一切衆生前色身光明普照色身見無厭足色身相好清淨色身離衆惡光明色身示現大勇猛色身甚難得色身一切世間無能映蔽色身一切世間共稱歎無盡色身念念常觀察色身示現種種雲色身種種形顯色色身現無量自在力色身妙光明色身一切淨妙莊嚴色身隨順成熟一切衆生色身隨其心樂現前調伏色身無障礙普光明色身清淨無濁穢色身具足莊嚴不可壞色身不思議法方便光明色身無能映奪一切色身無諸闇破一切闇色身集一切白淨法色身大勢力功德海色身從過去恭敬因所生色身如虛空清淨心

所生色身最勝廣大色身無斷無盡色身光明海色身於一切世間無所依平等色身徧十方無所礙色身念念現種種色相海色身增長一切衆生歡喜心色身攝取一切衆生海色身一一毛孔中說一切佛功德海色身淨一切衆生欲解海色身決了一切法義色身無障礙普照耀色身等虛空淨光明色身放廣大淨光明色身照現無垢法色身無比色身差別莊嚴色身普照十方色身隨時示現應衆生色身寂靜色身滅一切煩惱色身一切衆生福田色身一切衆生見不虛色身大智慧勇猛力色身無障礙普周徧色身妙身雲普現世間皆蒙益色身具足大慈海色身大福德寶山王色身放光明普照世間一切趣色身大智慧清淨色身生衆生正念心

色身一切寶光明色身普光藏色身現世間種種清淨相色身求一切智處色身現微笑令衆生生淨信色身一切寶莊嚴光明色身不取不捨一切衆生色身無決定無究竟色身現自在加持力色身現一切神通變化色身生如來家色身遠離衆惡徧法界海色身普現一切如來道場衆會色身具種種衆色海色身從善行所流色身隨所應化示現色身一切世間見無厭足色身種種淨光明色身現一切三世海色身放一切光明海色身現無量差別光明海色身超諸世間一切香光明色身現不可說日輪雲色身現廣大月輪雲色身放無量須彌山妙華雲色身出種種鬘雲色身現一切寶蓮華雲色身興一切燒香雲徧法界色身散一切末香藏雲色身

現一切如來大願身色身現一切語言音聲演法海色身現普賢菩薩像色身二而恒下明大用無涯畧顯九十八種色身并初後標結即爲百身起信等論明八地當色自在地故此廣辨色身種種約其類别非一約一類而多餘可思準二而恒下明無涯大用者經中枋句云而能示現無量色身者牒前起後故云而能由上空不礙色故能現色又若以色爲色不能現色今即色非色故無不現又即空之色方爲妙色故躡上明色空不二成上真空不二而二斯爲妙色色空融即爲真法界緣起無盡即一現多起信等論明八地當色自在者起信云四者現色不相應染依色自在地能離故釋曰何以得知論是八地前有七地後有九故言等論者等取瑜伽等即上八地由證無生絕色累故得十自在十身相作如影普現皆色自在念念中現如是等色相身充滿十方令諸衆生或見或念或聞說法或因親近或得開悟或見神通或覩變化悉隨心樂應時調伏捨

不善業住於善行善男子當知此由大願力故一切智力故菩薩解脫力故大悲力故大慈力故作如是事善男子我入此解脫了知法性無有差别而能示現無量色身一一身現無量色相海一一相放無量光明雲一一光現無量佛國土一一土現無量佛興世一一佛現無量神通力開發衆生宿世善根未種者令種已種者令增長已增長者令成熟念念中令無量衆生於阿耨多羅三藐三菩提得不退轉

三念念中現下總結深廣於中四一結所作之業二善男子當知下結能現所因三善男子我入下雙結寂用無礙四一一身下結成深廣

善男子如汝所問從幾時來發菩提心修菩

薩行如是之義承佛神力當爲汝說
第二善男子如汝所問下答發心久近中
二初歎深許說後正答所問前中三初牒
問許說二善男子菩薩智輪下歎法甚深
三佛子菩薩智輪雖復下結承力說
善男子菩薩智輪遠離一切分別境界不可
以生死中長短染淨廣狹多少如是諸劫分
別顯示何以故菩薩智輪本性清淨離一切
分別網超一切障礙山隨所應化而普照故
二中先法說後喻明今初先標後釋釋中
先正釋本性約理離分別約智超障約所
斷後隨所應下釋妨既無長短今說長短
者爲利生故欲長則長顯法根深欲短便
短顯法超勝
善男子譬如日輪無有晝夜但出時名晝沒
時名夜菩薩智輪亦復如是無有分別亦無
三世但隨心現教化衆生言其止住前劫後
劫善男子譬如日輪住閻浮空其影悉現一
切寶物及以河海諸淨水中一切衆生莫不
目見而彼淨日不來至此菩薩智輪亦復如
是出諸有海住佛實法寂靜空中無有所依
爲欲化度諸衆生故而於諸趣隨類受生實
不生死無所染著無長短劫諸想分別何以
故菩薩究竟離心想見一切顛倒得眞實見
見法實性知一切世間如夢如幻無有衆生
但以大悲大願力故現衆生前教化調伏佛
子譬如船師常以大船於河流中不依此岸
不著彼岸不住中流而度衆生無有休息菩
薩摩訶薩亦復如是以波羅蜜船於生死流
中不依此岸不著彼岸不住中流而度衆生

無有休息雖無量劫修菩薩行未曾分別劫數長短佛子如太虛空一切世界於中成壞而無分別本性清淨無染無亂無礙無厭非長非短盡未來劫持一切剎菩薩摩訶薩亦復如是以等虛空界廣大深心起大願風輪攝諸衆生令離惡道生諸善趣悉令安住一切智地滅諸煩惱生死苦縛而無憂喜疲厭之心善男子如幻化人支體雖具而無入息及以出息寒熱飢渴憂喜生死十種之事菩薩摩訶薩亦復如是以如幻智平等法身現衆色相於諸有趣住無量劫教化衆生於生死中一切境界無欣無厭無愛無恚無苦無樂無取無捨無安無怖

後喻顯有五一皎日隨時喻謂日體恒明暎山出沒智無三世心障見殊二日輪現影喻謂白日無來隨處隱顯智輪常寂機見短長三虛舟運物喻喻菩薩無住攝生四太虛無礙喻喻於菩薩無功益物五幻化無眞喻喻即用而寂然上諸夜神歎深皆倣斯法喻然上諸夜神歎深皆倣斯法喻者然多問發心時之久近而答智輪即體用故然斯五喻非無有義皆前已有故疏不釋

佛子菩薩智慧雖復如是甚深難測我當承佛威神之力爲汝解說令未來世諸菩薩等滿足大願成就諸力

三結承力爲說可知

佛子乃往古世過世界海微塵數劫有劫名善光世界名寶光於其劫中有一萬佛出興于世其最初佛號法輪音虛空燈王如來應正等覺十號圓滿彼閻浮提有一王都名寶莊嚴其東不遠有一大林名曰妙光中有道

場名爲寶華彼道場中有普光明摩尼蓮華藏師子之座時彼如來於此座上成阿耨多羅三藐三菩提滿一百年坐於道場爲諸菩薩諸天世人及閻浮提宿植善根已成熟者演說正法

二佛子乃往下正答所問先長行後偈頌前中三初善光劫中行因得法次日光劫內供佛修行後總結時處初中二先明最初佛所修證後轉生值佛修行前中三初古佛出興

是時國王名曰勝光時世人民壽一萬歲其中多有殺盜婬佚妄言綺語兩舌惡口貪瞋邪見不孝父母不敬沙門婆羅門等時王爲欲調伏彼故造立囹圄枷鎖禁閉無量衆生於中受苦

二是時國王下先王治化囹圄者周之獄名

王有太子名爲善伏端正殊特人所喜見具二十八大人之相在宮殿中遙聞獄囚楚毒音聲心懷傷愍從宮殿出入牢獄中見諸罪人杻械枷鎖遞相連繫置幽闇處或以火炙或以煙熏或被榜笞或遭臏割倮形亂髮飢渴羸瘦筋斷骨現號叫苦劇太子見已心生悲愍以無畏聲安慰之言汝莫憂惱汝勿愁怖我當令汝悉得解脫便詣王所而白王言獄中罪人苦毒難處願垂寬宥施以無畏時王即集五百大臣而問之言是事云何諸臣答言彼罪人者私竊官物謀奪王位盜入宮闈罪應刑戮有哀救者罪亦至死時彼太子悲心轉切語大臣言如汝所說但放此人隨

其所應可以治我我爲彼故一切苦事悉皆能受粉身殞命無所顧惜要令罪人皆得免苦何以故我若不救此衆生者云何能救三界牢獄諸苦衆生一切衆生在三界中貪愛所縛愚癡所蔽貧無功德墮諸惡趣身形鄙陋諸根放逸其心迷惑不求出道失智慧光樂著三有斷諸福德滅諸智慧種種煩惱濁亂其心住苦牢獄入廣罥網生老病死憂悲惱害如是諸苦常所逼迫我當云何令彼解脫應捨身命而拔濟之時諸大臣共詣王所悉舉其手高聲唱言大王當知如太子意毀壞王法禍及萬人若王愛念不責治者王之寶祚亦不久立王聞此言赫然大怒令誅太子及諸罪人王后聞之愁憂號哭毀形降服與千采女馳詣王所舉身投地頂禮王足俱

作是言唯願大王赦太子命王即迴顧語太子言莫救罪人若救罪人必當殺汝爾時太子爲欲專求一切智故爲欲利益諸衆生故爲以大悲普救攝故其心堅固無有退怯復白王言願恕彼罪身當受戮王言隨意爾時王后白言大王願聽太子半月行施恣意修福然後治罪王即聽許時都城北有一大園名曰日光是昔施場太子往彼設大施會飲食衣服華鬘瓔珞塗香末香幢旛寶蓋諸莊嚴具隨有所求靡不周給經半月已於最後日國王大臣長者居士城邑人民及諸外道悉來集會時法輪音虛空燈王如來知諸衆生調伏時至與大衆俱天王圍繞龍王供養夜叉王守護乾闥婆王讚歎阿脩羅王曲躬頂禮迦樓羅王以清淨心散諸寶華緊那羅

王歡喜勸請摩睺羅伽王一心瞻仰來入彼會爾時太子及諸大衆遥見佛來端嚴殊特諸根寂定如調順象心無垢濁如清淨池現大神通示大自在顯大威德種種相好莊嚴其身放大光明普照世界一切毛孔出香燄雲震動十方無量佛刹隨所至處普雨一切諸莊嚴具以佛威儀以佛功德衆生見者心淨歡喜煩惱消滅爾時太子及諸大衆五體投地頂禮其足安施牀座合掌白言善來世尊善來善逝唯願哀愍攝受於我處于此座以佛神力淨居諸天即變此座爲香摩尼蓮華之座佛坐其上諸菩薩衆亦皆就座周帀圍繞時彼會中一切衆生因見如來苦滅障除堪受聖法爾時如來知其可化以圓滿音說修多羅名普照因輪令諸衆生隨類各解時彼會中有八十那由他衆生遠塵離垢得淨法眼無量那由他衆生得無學地十千衆生住大乘道入普賢行成滿大願當爾之時十方各百佛刹微塵數衆生於大乘中心得調伏無量世界一切衆生免離惡趣生於天上善伏太子即於此時得菩薩教化衆生令生善根解脫門

三王有太子下夜神修因於中亦三初明在家本事二結會古今三出家得法今初有十一悲救罪人正答發心之始榜笞捶擊也臏謂刖足之流二臣議非理三請代囹命四臣執令誅言實祚者祚位也易云聖人之大寶曰位五王后哀祈六王奪子志七太子確救八母請修因九正設施場十經半月下如來親救於中二時法輪下

如來降德三爾六一就戮時臨時太子下敬申禮請四以佛申下就座談經言普照因輪者謂令知善惡各自有因罪人惡因所招太子善因當滿故五時彼會下廣益當機六善伏下太子得法臏謂刖足者然俗有五刑劓墨宮割臏大辟也

善男子爾時太子豈異人乎我身是也我因往昔起大悲心捨身命財救苦衆生開門大施供養於佛得此解脱佛子當知我於爾時但爲利益一切衆生不著三界不求果報不貪名稱不欲自讚輕毁於他於諸境界無所貪染無所怖畏但莊嚴大乘出要之道常樂觀察一切智門修行苦行得此解脱佛子於汝意云何彼時五百大臣欲害我者豈異人乎今提婆達多等五百徒黨是也是諸人等蒙佛教化皆當得阿耨多羅三藐三菩提於未來世過須彌山微塵數劫爾時有劫名善光世界名寶光於中成佛其五百佛次第興世最初如來名曰大悲第二名饒益世間第三名大悲師子第四名救護衆生乃至最後名曰醫王雖彼諸佛大悲平等然其國土種族父母受生誕生出家學道往詣道場轉正法輪説修多羅語言音聲光明衆會壽命法住及其名號各各差别佛子彼諸罪人我所救者即拘留孫等賢劫千佛及百萬阿僧祇諸大菩薩於無量精進力名稱功德慧如來所發阿耨多羅三藐三菩提心今於十方國土行菩薩道修習增長此菩薩教化衆生令生善根解脱者是時勝光王今薩遮尼乾子大論師是時王宮人及諸眷屬即彼尼乾六

萬弟子與師俱來建大論幢共佛論議悉降伏之授阿耨多羅三藐三菩提記者是此諸人等皆當作佛國土莊嚴劫數名號各各有異

二善男子爾時太子下結會古今分四初結自身正酬發心之問二結大臣三結獄囚四結王屬並文處可知薩遮有也尼乾不繫也裸形自餓不繫衣食故

佛子我於爾時救罪人已父母聽我捨離國土妻子財寶於法輪音虛空燈王佛所出家學道五百歲中淨修梵行即得成就百萬陀羅尼百萬神通百萬法藏百萬求一切智勇猛精進淨治百萬堪忍門增長百萬思惟心成就百萬菩薩力入百萬菩薩智門得百萬般若波羅蜜門見十方百萬諸佛生百萬菩薩大願念念中十方各照百萬佛刹念念中憶念十方世界前後際劫百萬諸佛念念中知十方世界百萬諸佛變化海念念中見十方百萬世界所有衆生種種諸趣隨業所受生時死時善趣惡趣好色惡色其諸衆生種種心行種種欲樂種種根性種種業習種種成就皆悉明了

三佛子我於爾時下明出家得法各言百萬義當彼時已得四地義當彼時已得四地者初地百二地千三地萬四地百萬故

佛子我於爾時命終之後還復於彼王家受生作轉輪王彼法輪音虛空燈王如來滅後次即於此值法空王如來承事供養次爲帝釋即此道場值天王藏如來親近供養次爲夜摩天王即於此世界值大地威力山如來

親近供養次爲兜率天王即於此世界值法輪光音聲王如來親近供養次爲化樂天王即於此世界值虛空智王如來親近供養次爲他化自在天王即於此世界值無能壞幢如來親近供養次爲阿脩羅王即於此世界值一切法雷音王如來親近供養次爲梵王即於此世界值普現化演法音如來親近供養佛子此寶光世界善光劫中有一萬佛出興于世我皆親近承事供養

二佛子我於爾時命終下明轉生值佛修行畧列八佛通結一萬

次復有劫名曰日光有六十億佛出興於世最初如來名妙相山我時爲王名曰大慧於彼佛所承事供養次有佛出名圓滿肩我爲居士親近供養次有佛出名離垢童子我爲大臣親近供養次有佛出名勇猛持我爲阿脩羅王親近供養次有佛出名須彌相我爲樹神親近供養次有佛出名離垢臂我爲商主親近供養次有佛出名師子遊步我爲城神親近供養次有佛出名爲寶髻我爲毘沙門天王親近供養次有佛出名最上法稱我爲乾闥婆王親近供養次有佛出名光明冠我爲鳩槃茶王親近供養於彼劫中如是次第有六十億如來出興於世我常於此受種種身一一佛所親近供養教化成就無量衆生於一一佛所得種種三昧門種種陀羅尼門種種神通門種種辯才門種種一切智門種種法明門種種智慧門照種種十方海入種種佛刹海見種種諸佛海清淨成就增長廣大

第二次復有劫下明日光劫中值佛修行

中三初總標舉次最初下別列十佛後於

彼劫下總結得法

如於此劫中親近供養爾所諸佛於一切處

一切世界海微塵數劫所有諸佛出興于世

親近供養聽聞說法信受護持亦復如是如

是一切諸如來所皆悉修習此解脫門復得

無量解脫方便

第三如於此劫下總結時處修行得法

爾時救護一切衆生主夜神欲重宣此解脫

義即爲善財而說頌言

汝以歡喜信樂心問此難思解脫法我承如

來護念力爲汝宣說應聽受

第二偈頌中有三十四頌分四初一頌承

力許說

過去無邊廣大劫過於刹海微塵數時有世

界名寶光其中有劫號善光

於此善光大劫中一萬如來出興世我皆親

近而供養從其修學此解脫

次二頌古佛出興

時有王都名喜嚴縱廣寬平極殊麗雜業衆

生所居住或心清淨或作惡爾時有王名勝

光恒以正法御羣生

次一偈半先王治化

其王太子名善伏形體端正備衆相

時有無量諸罪人繫身牢獄當受戮太子見

已生悲愍上啓於王請寬宥

爾時諸臣共白王今此太子危王國如是罪

人應受戮如何悉救令除免

時勝光王語太子汝救彼罪自當受太子哀

念情轉深誓救衆生無退怯
時王夫人采女等俱來王所白王言願放太
子半月中布施衆生作功德
時王聞已即聽許設大施會濟貧乏一切衆
生靡不臻隨有所求咸給與
如是半月日云滿太子就戮時將至大衆百
千萬億人同時瞻仰俱號泣
彼佛知衆根將熟而來此會化羣生顯現神
變大莊嚴靡不親近而恭敬
佛以一音方便說法燈普照修多羅無量衆
生意柔輭悉蒙與授菩提記
善伏太子生歡喜發興無上正覺心誓願承
事於如來普爲衆生作依處
便即出家依佛住修行一切種智道爾時便
得此解脫大悲廣濟諸羣生

於中止住經劫海諦觀諸法眞實性常於苦
海救衆生如是修習菩提道
劫中所有諸佛現悉皆承事無有餘咸以清
淨信解心聽聞持護所說法
餘頌夜神修因於中四初九偈半頌在家
本事次一偈頌出家得法三有二偈頌一
萬佛
次於佛剎微塵數無量無邊諸劫海所有諸
佛現世間一一供養皆如是
我念往昔爲太子見諸衆生在牢獄誓願捨
身而救護因其證此解脫門
經於佛剎微塵數廣大劫海常修習念念令
其得增長復獲無邊巧方便
彼中所有諸如來我悉得見蒙開悟令我增
明此解脫及以種種方便力

我於無量千億劫　學此難思解脫門　諸佛法海無有邊　我悉一時能普飲
十方所有一切刹　其身普入無所礙　三世種種國土名　念念了知皆悉盡
三世所有諸佛海　一一明見盡無餘　亦能示現其身相　普詣於彼如來所
又於十方一切刹　一切諸佛導師前　普雨一切莊嚴雲　供養一切無上覺
又以無邊大問海　啓請一切諸世尊　彼佛所雨妙法雲　皆悉受持無忘失
又於十方無量刹　一切如來衆會前　坐於衆妙莊嚴座　示現種種神通力
又於十方無量刹　示現種種諸神變　一身示現無量身　無邊身中現一身
又於一一毛孔中　悉放無數大光明　各以種種巧方便　除滅衆生煩惱火
又於一一毛孔中　出現無量化身雲　充滿十方諸世界　普雨法雨濟羣品
十方一切諸佛子　入此難思解脫門　悉盡未來無量劫　安住修行菩薩行
隨其心樂爲說法　令彼皆除邪見網　示以天道及二乘　乃至如來一切智
一切衆生受生處　示現無邊種種身　悉同其類現衆像　普應其心而說法
若有得此解脫門　則住無邊功德海　譬如刹海微塵數　不可思議無有量

四次於佛刹下有十七偈頌總結時處得法於中三初一畧標次三總會古今後十三偈重頌末後得法深廣

善男子我唯知此教化衆生令生善根解脫

門如諸菩薩摩訶薩超諸世間現諸趣身不住攀緣無有障礙了達一切諸法自性善能觀察一切諸法得無我智證無我法教化調伏一切衆生恒無休息心常安住無二法門普入一切諸言辭海我今云何能知能說彼功德海彼勇猛智彼心行處彼三昧境彼解脫力

四善男子我唯知下讃已推勝

善男子此閻浮提有一園林名嵐毘尼彼園有神名妙德圓滿汝詣彼問菩薩云何修菩薩行生如來家爲世光明盡未來劫而無厭倦

第五指示後友嵐毘尼林此云樂勝圓光昔有天女下生此處因以爲名表九地總持光明無不照故友名妙德圓滿者善慧無鈌故然此園在迦毘羅城東二十里是摩耶生佛之處又從九地當得受職是故今問生如來家

時善財童子頂禮其足繞無量帀合掌瞻仰辭退而去

大方廣佛華嚴經疏鈔會本第七十三

音釋

綺語 綺去倚切綺語謂綺麗之語也
囹圄 囹音陵圄音語囹圄獄名
杻械 杻敕久切械胡懈切杻械桎梏也
榜笞 榜蒲庚切擊也笞超之切
髕 髕毘忍切刖去膝也
割 割居曷切剝也
倮 力果切赤體也
筋 音斤骨絡也
劇 竭戟切甚也
戮 音六殺也
罥 古縣切網也
祚 昨誤切祿位也
嵐 盧含切
刖 魚厥切斷足也
誕 徒案切生也
貯 展呂切積也